百年汉阳造

1

张晓伟 著

WUHAN UNIVERSITY PRESS
武汉大学出版社

图书在版编目(CIP)数据

百年汉阳造.1/张晓伟著.—武汉：武汉大学出版社，2011.9
ISBN 978-7-307-08751-4

Ⅰ.百… Ⅱ.张… Ⅲ.长篇小说—中国—当代 Ⅳ.I247.5

中国版本图书馆 CIP 数据核字(2011)第 084324 号

责任编辑:郭 静　　责任校对:刘 欣　　版式设计:马 佳

出版发行：武汉大学出版社 (430072 武昌 珞珈山)
(电子邮件：cbs22@whu.edu.cn 网址：www.wdp.com.cn)
印刷:武汉中科兴业印务有限公司
开本：720×1000 1/16 印张:24.5 字数:386 千字
版次:2011 年 9 月第 1 版 2011 年 9 月第 1 次印刷
ISBN 978-7-307-08751-4/I·431 定价:52.00 元(共二册)

序

孟翔勇

一口气了读完了这本厚厚的《百年汉阳造》，有感于它极强的故事性与鲜明的人物性格。

很少有这种阅读快感了。

在辛亥革命百年的今天，作为辛亥革命的重要组成部分，武昌首义无疑是最为具体和可感的重大事件，而百年来众说纷纭的武昌首义第一枪到底是谁开的对普通大众来说似乎并不重要，甚至还没有这第一枪是用的什么枪更让人感兴趣。

谁都不否认，打响辛亥革命第一枪的就是人们耳熟能详的“汉阳造”。

尽管作为枪支的一个品牌，“汉阳造”本身是基于洋枪的中国“山寨”版，但它毕竟凝聚着中国人的智慧——中国人一直认为“汉阳造”就是我们中国的枪。在下也这样认为，而且理直气壮。

虽然与“汉阳造”息息相关，作者却不是在写全方位的“汉阳造”历史，也并非简单意义上的给“汉阳造”树碑立传，当然，如果是那样，就是《汉阳造志》了。作家设置了一群各具社会、政治、军事及工业背景的典型人物，所有人的心思、心血、注意力、甚至性命都与一支枪纠结在一起——正如书名。

如同小说的宣传语：一杆枪、两兄弟、仨女人——简单说来，这就是故事的脊椎，所有情节的铺陈与推进、人物形象渐趋丰满和鲜明正是这四大要素的集中体现。所谓“一杆枪”有两重含义，一是指俗称“汉阳造”步枪的整体。在世界步枪家庭中，步枪可谓品种繁多，但中国人最熟悉的也是和中国战争史关系最紧密的就是“汉阳造”，在此，“一杆枪”既泛指叫做“汉阳造”的步枪，也具体指一支特定的“汉阳造”。无论是泛指还是具指，在小说中，“汉阳造”都经历着不歇的风雨。在“汉阳造”不断改进与成型的过程中，其背后紧紧相连的是与它命运攸关的各色人物。这两者密不可分，但应该说是人的追求（且不论各自目的的迥异）在决定着“汉阳造”的命运。所以，在物质意义上，围绕着“一杆枪”，发生了太多的故事，但最为直接的是“两兄弟”。

到了小说的后半部时，我们才知道，在风风雨雨中，无论是恩还是怨，这两兄弟几乎须臾都没有脱离干系，即使当他们得知对方不是自己的亲兄弟时，这种关系几乎都没有得到改变。

“仨女人”或是与“一杆枪”有直接关系，或是因为两兄弟的缘故情愿与不情愿地间接与“一杆枪”发生着关系，同时也主动或被动地改变了自己的命运。这其间既有责任，也有感情，更有爱情。

任何故事与人物的发生与发展都离不开社会这个背景，但这里说的

“大社会”确有着特殊意义。故事发生的背景是社会剧烈动荡的清末，也就是辛亥革命的前夜，这种“大社会”背景的复杂不言而喻。

看来，作者在动笔前做了大量的案头工作，认真考虑了读者的兴趣。考虑读者，这从来都是所有作家的首要思考，但是，当代社会的特质逼迫着作家们要更加深入地研究读者，给读者最喜欢的、最大的信息量、独特的故事、独特的人物……将读者从电视前拉过来，从诡异的通俗小说中拉过来，这对任何一位想要拥有读者的作家都巨大的挑战。张晓伟先生把他所要表达的思想内涵埋在好看的故事里、鲜明的人物中，可以说，他成功了。

小说的故事环环相扣，让人不忍掩卷，这在于人物个性的鲜明——陈廷安与陈廷顺这兄弟俩从手足情深，到渐行渐远，直至刀枪相见，让人读来真实而可信，不似有些影视剧在编造兄弟反目的故事时所用的几近千篇一律的手法。即使这兄弟俩手足情深时，也会吵个不休；即使渐行渐远时，也有份兄弟之情让他们时时互为牵挂；即使在他们刀枪相见时，也不会妨碍他们之间出自心底的一声“哥哥”和“弟弟”。尤其当他们面对民族的敌人时，就可顿弃前嫌。记忆深刻的是当陈廷安以前的未婚妻云妹被日本特务杀害后、这两兄弟正是针尖对麦芒之时，两腔热血与两腔怒火汇聚成一个行动——追杀凶手！此时，所有的恩怨荡然无存，兄弟甚至将一支枪扔给赤手空拳的哥哥，为的是面对他们共同的敌人，尽管一刻钟前兄弟还在忌惮哥哥手里如果有一枝枪该是多么糟糕。

可以说，这部小说的最大价值还不在于它的故事的跌宕起伏，更在于它给我们提供了几位独特而鲜活的人物。这才是小说的最大价值。

历史的真实中或许找不到小说中的具体人物，但在真实的历史生活中，围绕着“汉阳造”确实发生了太多的故事，也有太多的人物为之努力，为之献身。如小说中“汉阳造”的研发者之一余怀庆，就有真实生活的原型，自然，那是一种人物形象的集合。

不错的一部小说，相信我的阅读经验。

2011 年 5 月

（孟翔勇　北京大学青年作家班主任　中国青年作家学会董事长　（中国作家协会会员））

百年汉阳造①

目　录

引　子

天安门广场的人民英雄纪念碑不仅是北京的著名景观，她所标示的中国近现代历史的内容，已成为中国人民心中沉甸甸的丰碑。去过天安门广场的人们大多会在纪念碑前以庄严、敬慕之心瞻仰这座高高的纪念碑及其基座四周的浮雕。正是这些浮雕的内容如同这坚实的大理石擎起高耸的丰碑一样，构建起中华人民共和国坚固的基石。

这些浮雕由以下几部分内容组成：虎门销烟（鸦片战争），金田起义（太平天国），武昌起义（辛亥革命），五四运动，五卅运动，八一南昌起义，游击战（抗日战争），胜利渡长江，解放全中国（解放战争），欢迎人民解放军。这几组浮雕概括了从1840年至1949年中国革命的重大历史事件和胜利的进程。细心的人们会发现，在这些浮雕中，多有手持刀枪者，刀者不论，枪则多是“汉阳造”，其中最少四组浮雕出现了这个近现代中国热兵器制造初始阶段的最大品牌。确实，从辛亥革命、南昌起义、抗日战争和解放战争直至抗美援朝，闻名遐迩的“汉阳造”都充当着重要角色。“汉阳造”在中国的知名度在于看过战争小说者几乎必然“目睹”过“汉阳造”的细节，最少会看到“汉阳造”这三个字所代表的步枪。即使不识字的人也会通过影视剧中的情节、对白与“汉阳造”相识。“汉阳造”的广告是从它诞生百年来参加了无数次大小战斗和战争开始的。它演绎了无数或主角或次角的故事，从而把“汉阳造”这三个字深植在人们的记忆中……

最为重要的是，在中国近代具有极为重要意义的辛亥革命中，“汉阳造”发挥过巨大作用。今年是辛亥革命100周年，当人们纪念这个伟大的日子时，不应该也不可能忘记“汉阳造”在那场伟大革命中所起到的不可或缺的作用。在近代史的研究中，到底是谁打响的辛亥革命第一枪尚有争论，但无论是谁打的这第一枪，这枪和弹都是“汉阳造”却是无疑的。

其实，作为武器的“汉阳造”，后来的人们更多是特指步枪。事实上，当年汉阳兵工厂制造的武器种类繁多，其中还包括：子弹、架炮、手榴弹和指挥刀等等。

前面提到，汉阳造在中国近现代战争史中所起到的作用是无可替代的，围绕它所发生的故事也是数不胜数。

话还得从头说起。

“汉阳造”当然与汉阳这个地名紧密相关。汉阳指的是武汉三镇中的一镇。

大概没有哪个城市像武汉这么特殊，且不说什么“九省通衢”之类天下人共知的地理位置，单说一座城市由三镇组成就是全国独一无二的了。“三镇”并非是行政意义上的“镇”，指的是在地理上三座互不相干的城市。“镇”在这里既有历史的也有通俗的意义。

这三镇就是武昌、汉口和汉阳，它们构成了武汉市最初的组成部分。在历史上，因为三镇相距极近，无论文化还是交通、政治都密切相关。但在武汉市这个行政称谓未出现之前，三镇在行政隶属上却时常互不相干，这常常让不知就里的人摸不着头脑。

如今的武昌是湖北省的行政机关所在地，这大概得益于铁路交通的便利，其实也承续了明清时行政机关设置地的传统，当然也和历史有关。

三国时，孙权在如今的鄂城建都，名武昌，不久后在现在的蛇山筑城，称夏口；公元280年，晋朝将江夏郡改为武昌郡，就是今天武昌城的正名之始，后又改名江夏直至清末，康熙时曾设武昌府。辛亥革命后改江夏县为武昌县。

再说汉口。汉口大约有500余年历史，始于明代成化年间的汉水改道。汉水原来从龟山南侧注入长江，成化年间其主流则从龟山北的集家嘴注入长江。汉水改道后的低洼荒洲地带，至清嘉庆年间发展成为与河南朱仙、江西景德、广东佛山并称四大名镇的汉口。鸦片战争后汉口开埠通商，英、美、俄、德、法、日在汉口设立了领事馆，开辟了租借地，此后，汉口发展迅速。

最后说汉阳。公元606年，即隋朝大业二年，改汉津县为汉阳县，汉阳名称自此开始。唐代将县治移至汉阳市区后，才迅速发展起来。如今人们知道，在当代的武汉三镇中，汉阳相对比较落后，但在清末民初，汉阳却是十分繁华，除却因为它是一个独立的行政区域之外，更在于它是中国近代民族工业的重要发祥地之一。张之洞创建的汉阳铁厂以及在中国享有百年盛誉的步枪“汉阳造”均使汉阳名垂青史。

作为工业基地的汉阳，“汉阳造”这个特有名词已经不仅指汉阳造步枪，而是泛指在汉阳地区制造的所有工业产品。

1927年初，武汉国民政府将武昌与汉口（辖汉阳县）两市合并作为首都，并定名为武汉。今天由武昌、汉口、汉阳三镇组合而成的“武汉市”，其历史只有83年。

顾名思义，《百年汉阳造》里发生的故事离不开汉阳，而“汉阳造”则与改变中国历史进程的“辛亥革命”紧密相关……

百年汉阳造①

第一章 初登码头

1

1904 年的汉阳还是一座城。这么说的原因是当年的汉阳还有完整的城墙。

1904 年的汉阳很热闹。

在很热闹的一条大街上，一面墙上贴着花花绿绿、乱七八糟的广告、布告、寻人启事什么的。这情形要是放在今天实在是司空见惯，可在当时的中国，却是除了上海、青岛这类在列国强权的强迫下、清政府开埠通商的城市之外，难得一见的情形，它具有了现代经济与文化的特征。

汉口当初被迫开放为通商口岸之一，大量外

邦文化和资本主义经济模式就此涌入三镇，洋行林立、工厂多所，于是，汉口、汉阳和武昌就成了“开放”城市，百姓们对那些昔日从未见识过的洋把戏也就习以为常了。

不知是花花绿绿的广告让人们觉得好玩，还是布告的内容吸引了行人，认字、不认字的行人都拖着辫子伸着脑袋——大清男性子民的后脑勺上都拖条辫子，不同的是有的戴着瓜皮帽，有的光着头。

人群中突然吆喝着挤进两个人，一个拎着浆糊桶，一个夹着卷红纸。只见那个拎着浆糊桶的人把大刷子往那些花花绿绿的广告、布告上面一抹，“啪！”随后另一个人把一张大红纸就贴了上去。

立即，凑过来的行人又多了几个，目光齐齐投向了那张大红纸。人们不知道有啥热闹或者衙门有啥告示了。

大红纸的上方两个醒目的大字：庆贺。庆贺什么？认字的急于知道，不认字的更急得想从别人的表情中先读到什么。

凑在布告前的人们识字的不多，大多等着哪个识文断字的能读出声来，借光听听。果然就有人摇头晃脑地念了起来：“湖北枪炮厂更名为湖北兵工厂暨庆贺配套厂成立大会即日举行，诚迎各界大清子民莅临会场，以壮我国威，显我洋务之果……”落款是光绪三十年。

光绪三十年也就是距今一百多年前的1904年。

围观的人们热烈地议论着。

“听说咱湖北兵工厂这回可是全国最大的兵工厂了呢。”有人自豪地说。

“嗯，造的都是洋枪洋炮。”另一人附和道。

“这可是咱湖北汉阳造出来的呢！”这个人更加自豪。

“所以叫汉阳造呀！”

“他奶奶的，要是百八十年前咱就有汉阳造，洋人敢欺负咱们吗？”

这人的一声反问，赢得了人们的一片赞同。这期间，没人注意到有两个人悄悄离开了人群。

那两个人上了辆停在一边有篷的洋车。

上了车的两人将两侧的布帘拉上，随后伸手拉掉了脑后的辫子——竟然是假的。

其中一个悄悄和另一个人说了一句话，却是日本话。

“间岛君，我们去哪？”

“回洋行。”那个叫间岛的人看来是个头目。

问话的那个人对拉洋车的用日语说了声：“回去！”

看起来拉洋车的是他们的同伙。洋车一溜小跑而去。

这武汉三镇（所谓武汉三镇的称谓后来才有，为了叙述方便，本人提前借用一下）不乏洋人。一百多年前的汉阳在某种意义上说比现今的汉阳热闹，当然那时一定没有现在的高楼大厦和现代化的工业区。当年京汉铁路还没有正式通车，汉水边的汉阳就成了很重要的水路码头。汉阳的下游不出十几华里就是汉口。自打 1858 年《天津条约》规定了汉口对外开放后，这里就陆续建立了英、法、德、俄、日等十二个国家的领事馆，再加上汉阳、汉口、武昌各类外国洋行和洋人开办的工厂，在三镇大街上出没的洋人不少。百姓习惯了迎面遇到个洋人，倒是日本人和中国人长得差不多，就更没人注意了。

那辆神秘的洋车经过一个叫卖声不绝于耳的市场，市场的对面是一处挂着“汉阳 XX 巡警队”的牌子的门面。不过，那辆洋车只是经过。

“巡警”是当时警察的通称，非指当今警察中的一个警种。

那时的朝廷刚刚成立“巡警部”，是在清末官制改革中新成立的一个机构。最早的巡警雏形出现在 1900 年，那时大量外国人在京津一带驻军，清政府却不能在京津有驻军，京城周围的防务事实上已掌握在外国人的手里。1901 年“两宫”回京，袁世凯接受了京津地区的防务，但也只是形式上的。袁世凯是聪明人，不甘心这种形式上的防务，而大权却在外国人的手里，便利用一部分军队匿名成立了巡总局，美其名曰“巡警”。这是我国最早的警察，而后来朝廷的巡警部就相当于如今的公安部了。

洋车刚过去，巡警胡三就匆匆跑进了巡警队。

巡警队内，一个短粗胖的中年人——巡警队长焦伯琛正坐在桌前刚要给自己点烟，胡三跑了进来。焦伯琛看着急匆匆的胡三，把已经点燃的火柴头儿扔掉。

焦伯琛没有等胡三张嘴就急着问："哪出案子了?!"

焦伯琛是个很称职的警察，也很热爱他的职业。当巡警前，他是清军的下层军官，"转业"后当上了巡警，在他的"警区"，他有着很高的威望。那时威望的建立不难，只要尽心就会获得百姓的认同。而那时的巡警的职责与当今的警察几乎完全一样。

胡三气喘吁吁地从上衣口袋里取出一纸公文恭敬地递给焦伯琛："队长，局里的公文。我没敢看，好像挺急。"

焦伯琛麻利地打开公文，脸色越来越严肃。

"胡三!"焦伯琛看完文件后一声厉喝。

胡三下意识地立正："队长，属下候着呢。"

焦伯琛把手往那份文件上一按，板着脸说："命令弟兄们，出队！有公务了!"

胡三转身刚要走，又转回身问："队长，是啥案子?"

焦伯琛稍稍松了口气说："哦，你是刚当上巡警，还不懂规矩呀？以后不该问的别问，咱们当警察的没案子不就没了饭碗？快去!"

"是!"胡三又转回身往外跑。

焦伯琛又把公文拿在手上，往桌上一拍，下意识地叫了声："跑不了你!"

本来已经跑到门口的胡三一激灵，顿时站住了，他以为自己哪出了差错，小心地回头看了看焦伯琛。

“队长，我没跑，是您让我快点的呀。”

“没说你，我就这口头语。”焦伯琛苦笑着一挥手。

“哦，您有这毛病——啊，不对，这是您的口头语！”

“别烦我了，快去！”焦伯琛操起了枪。

胡三赶紧跑了出去。

虽然这胡三有点嫩，但焦伯琛还挺喜欢他。

2

一阵悠长的汽笛声传来。

人们纷纷拥向汉阳门码头。有的是准备上船的，有的是来接人的。

江中那艘客船的船舷上站着等待下船的人们。

码头上的人群中，有位与众不同的年轻男子，二十出头，着新式服装，最为与众不同的是他的头上没辫子。那个年代没辫子的大约有两类人，一是出过洋的，二是洋行里的中国买办。这个叫傅东晨的小伙子显得十分干练，同时又有一丝警觉，眼睛看着即将靠岸的客船的同时，余光却不时扫视着周边的人们。

客船终于靠近了码头，船上的船工将粗大的缆绳抛到了码头上，码头上的工人立即将缆绳固定在缆桩上。

准备下船的人们纷纷拥在船舷上，个个急着尽快上岸。

船舷上的栏杆打开后，人们争先恐后地踏上了船板。岸上的傅东晨不动声色地注意着下船的人们。

一个背上背着大刀、颇为英武的小伙子从船舷上蹿上了岸，回头看了一眼后，向码头大步走来，并迅速跨上了码头边上的街道。

那背大刀的小伙子显得十分兴奋，如同漂泊多年的游子终于回到了故土，又像初到汉阳的游客，对一切都充满了好奇和热情。

急着上船的人们有的开始逆着人流往船上挤。其间，一个三十多岁的汉子手里拿着把没撑开的油布雨伞，迎着下船的人流边往船的方向挤，边眼珠子乱转地瞄着下船的人们，但他看的不是人家的脸，却是人家身上的行李。

那个背大刀的小伙还在码头上东张西望时，一个背着包袱的年轻人夹在拥挤的人群中好不容易一脚蹬上了码头，脚下刚站稳，便充满好奇地四下张望着，好像这里是他从未见过的世界。急于上岸的人们不时地冲撞着他，他索性站在了通道的一侧，长出了口气，轻松地四下看着。

那个拿油布雨伞的汉子的目光恰好落在了那个年轻人肩上的包袱上。

转瞬，汉子转到了年轻人的侧后身。此时背着包袱的年轻人仍在忘情地四下看着。

汉子的一只手把雨伞举了起来，恰好挡住了年轻人的包袱的开口处。雨伞的后面，汉子的一只手已悄悄伸进了年轻人的包袱里。没有人注意到他的举动，在他人看来，这两个人也许是同行者，正在等他们的亲戚什么的。

背大刀的年轻人正欲向码头方向回身时，一辆洋车经过，溅起了一股泥浆，喷洒在他的裤子上，他不急不恼地对已经渐远的洋车微微一笑，好像告诉人家：没事，你走你的。他自己弯腰擦起了裤子。

拿着雨伞的汉子的手已经伸进了年轻人的包袱，随之，他平静的脸上露出一丝满足——显然，这个贼的手触摸到了他想要的东西。果然，他的手开始往外掏，接着那手上便有了个蓝花布包着的小口袋。那小口袋里也不知道包了多少钱，麻绳把它缠得左一道右一道。汉子自以为得手了，刚要在雨伞的配合下往自己的怀里揣时，却怎么也没想到那个小布口袋竟然被缝在了年轻人的包袱里——中间一根结实的线绳连着呢。这轻轻的拉扯立即让那年轻人感觉到了什么，下意识地边转身边挣脱。那汉子初时还有些不舍，最后见无法将那钱口袋从年轻人身上或者是包袱里分离，只好松了手。那年轻人还未及看清对方是什么模样儿时，瞬间失去重心，脚下不稳，一个趔趄跌入江中……

人们还在争相上岸，初时没人发现有人掉进了江里，而那个贼此时已经消失得无影无踪。

落入江中的年轻人显然不会游泳，在水里胡乱地挣扎着，只要嘴一离开水面，就不失时机地大叫“救命!”这时终于有人发现了他。人们立即惊慌失措、手舞足蹈地大呼小叫起来，好像他们眼下只能做到大呼小叫似的。

水里的年轻人没忘记紧紧地抱着包袱并攥着钱口袋。

擦完裤子的背刀年轻人听见人们的惊呼，回头看了一眼，立即飞也似地跑过来！其实他现在还不知道发生了什么。

人们正在岸边想办法施救时，背刀的年轻人奔了过来，当他知道是有人落水时，几乎没看江里的是谁，已经纵身跳入江中。人们一阵惊呼。

“这个人好猛呀!”有人惊叹。

“好心人还是有的!”说这话的人似乎在自我批评。

背刀人跳入江中后，一把拉住了只顾挣扎已无力叫喊却一直没松开包袱的落水者。

“救命！哥！救命!”落水者再次从水里露出头，瞪着恐怖的双眼大叫着。那瞬间，救人者认出了落水者。

“贵子，别怕，哥来了!”救人者叫道。他没想到落水者竟然是他兄弟。在这种情形下，第一时间能够挺身而出的也只有兄弟了。

落水者吐出一口水，闭着眼睛说：“哥来了，我就死不了啦!”看来落水者对他哥充满了依赖。

背刀人拖着贵子向岸边游来，可这时他才发现，码头根本就没有可以登岸之处，甚至没有援手之处。

岸上的人们有的伸手，有的到处找绳子之类的施救物，此时，傅东晨已经脱掉外衣，趴在岸上，将衣服卷成一个卷儿递给背刀人，可是还差了一段距离，立即有人脱掉自己的马褂递给他，傅东晨把两件衣服绑在一起，递给了背刀人……

在人们的努力下，哥俩儿终于爬上了岸。围观的人们对背刀人的奋不顾身一阵赞叹。

此时，一个人挤到傅东晨身边，悄声地说了句什么，两个人迅速离去。

背刀人一爬上岸，就找那个没辫子的恩人，却没了他的身影。背刀人心想：咦？这人怎么转眼没了?!

"谢谢，谢谢父老乡亲们救了我们兄弟俩!"背刀人稍一怔后，没忘了拉着兄弟向大家鞠了几躬。这时人们才明白背刀人是落水者的哥哥。

哥俩浑身湿漉漉地走了。

3

龟山脚下，北靠汉水，西临长江，有一大片厂区，高大的厂房和七八个直耸云天的大烟囱，在方圆几十里内都如鹤立鸡群般醒目。

兵工厂的正大门是一幢木结构的既有传统中国建筑风格、又融入了西洋建筑特点的二层楼。楼上是敞开式的走廊，临街是一排木质扶栏。底下一层的临街一面则是封闭式的，正中间一扇大门，穿过底层，进入厂区。

大门上方——二楼的扶栏上已经挂上了新的厂牌——湖广总督张之洞手书的"湖北兵工厂"五个大字。显然，这个厂牌刚刚挂上不久，上面披着大红的绸花结。

此时，不时有或乘轿、或坐马车，身着官服的各类官吏进入大门。

厂内的会客大厅里此时已是人声鼎沸。

祝贺大会即将召开，湖北各府、司、道的官员纷纷前来祝贺，这些平时颐指气使的官吏们没谁敢不给湖广总督张之洞面子，而这兵工厂就是当朝九位最高级的封疆大臣之一张之洞当年一手创建的。

如今的人们可能对"湖广总督"这一官衔不大了解。尤其张之洞就任湖广总督前曾为两广总督，"两广"指的是广东和广西，可为什么到了湖北就改称了“湖广总督”呢。其实，湖广总督的正式官衔是“总督湖北湖南等处地方提督军务、粮饷兼巡抚事”，简称为“湖北湖南总督”，总管湖北和湖南的军民政务。只是因为湖南、湖北两省在明朝时同属湖广省，所以人们才通称为“湖广总督”。

湖北枪炮厂今天更名为“湖北兵工厂”，自然是这间百姓们俗称“汉阳兵工厂”的大事。

兵工厂名义上的总办由其他官吏兼任，但用现在的话说，“执行”总办则由曾留学德国的余怀庆充任。他不仅主持研发，还主持生产。

此时的余怀庆自然成了此番庆贺活动的主角。

四十多岁的余怀庆身材不高不矮，生得白白净净，虽然后脑袋上也拖着个辫子，身着满清时的典型官服，可言谈举止却多有西方知识分子的礼节。他站在门前，谦恭地对所有来宾都抱拳相迎。对这套繁文缛节他虽然不太适应，但因为此时逢遇喜事，他只能撑着。

会客大厅正面墙的上方悬挂着一条横幅，横幅上一行金黄大字：湖北枪炮厂更名为湖北兵工厂暨配套厂建成庆贺大会筹备处。

庆贺会场不在兵工厂内，为了扩大影响，设在了汉阳街区里的一个广场上。此时，这些前来庆贺的贵宾们在登门道贺之余，也在等待着去庆贺现场。

贵宾们相互客套之后，议论的内容自然离不开“汉阳造”。他们知道，捧“汉阳造”的场就是捧张之洞的场。而张之洞可是权重一方的大吏！

几个官员凑在一起，你一言我一语地议论起来。这些官员按当时的职务称谓多是巡抚、道台、藩台、臬台什么的。

清朝的地方行政机构一般可分为省、府（州、厅）、县三级。省一级的最高军政长官叫总督、巡抚。总督一般管辖两省至三省，总督又可称为“制军”、“制台”。巡抚为一省的最高军政长官，又称为“抚军”、“抚台”。督、抚之下设布政使，掌管一省的财赋、民政。布政使又可简称藩台、藩司。省级又设按察使，掌管一省的司法、监察以及驿传事务。按察使又可简称臬台、臬司。清代道的长官，官方称为“道员”，民间尊为“道台”，因此得名道台衙门。清代的道，是省以下、府以上的机关。

眼下，兵工厂的会客厅里就集中着如上这些嘉宾。

“咱这湖北枪炮厂虽是多灾多难，但还是修成了正果，可喜可贺呀。”

“香师总督湖广，咱湖北洋务蒸蒸日上，才得以面貌一新。听说这湖北枪炮厂更名为湖北兵工厂也是香师亲自奏请朝廷的。”这时刘藩台凑了过来。香是张之洞的字，香帅是对张之洞的尊称。

“钱臬台所言正是。说来，余总办余大人再能干，没有香帅的支持他也是难得施展。”

樊巡抚感叹道：“余大人把全部心血都用在了‘汉阳造’上，留学德国回来，太太死了，女儿也不知去向，从此他孤身生活二十年，从考察到建厂，他可真是兵工厂的大功臣呀。”

“走，咱们到展台看看枪去!”有人提议道。

几个人向一个展柜走去。

那条横幅下是一个大大的展台，展台里放着兵工厂建厂十几年来生产的各种步枪、子弹之类。人们围在一支刚刚出厂的新枪前，那支新枪下方有个小标签：仿德 88 式毛瑟步枪。

这时余怀庆走了过来。

“余大人，正好，给我们说说你的汉阳造?”

余怀庆一提汉阳造就兴奋、就笑容满面：“好呀，在下责无旁贷。”余怀庆走到展台前。会客厅里的人们围拢过来。

“诸位大人，湖北兵工厂目前可日产步枪 50 枝、子弹 12000 颗。当然，这个产量还有待提高，而且很快就会提高。”余怀庆信心满满地介绍道。

“余大人，兵工厂在我汉阳府地界，我这巡抚也快成了半个洋枪迷了。您说咱这‘汉阳造’和德国人的……叫什么 M1888 式有啥不同呢?”有人问道。

余怀庆一笑："在下正要说这。"说着余怀庆将展台里的那支88式步枪拿了起来。"这是本厂仿造的德国88式毛瑟步枪……"余怀庆说到这儿时，脸上掠过一丝不易察觉的尴尬，"说是仿造，我们不得不承认，主体构造是德国人的，但我们对它进行了改进。诸位看，改进后的88式步枪与德M1888式不同点有：德M1888式枪管外部有一套筒，俗称老套筒，而改良88式则去掉套筒，并将枪管外径从13.4mm加大到14.8mm；1910年，增加上护木，又将德M1888式直立式表尺式样，其分划为5-20，改良为88式表尺为固定弧式，其分划为1-20。这两种步枪其他构造基本上相同，如枪机之机头是分离式的，使用弹夹供弹，弹仓外露等等。"

"那可就比德国造的强多了吧？"

余怀庆笑了笑说："最少是实用了。咱们兵工厂虽然以仿造为主，但也要有咱们自己的创造。何时待我们真正能自主研发和生产，那时咱们大清帝国就真的是国富兵强了。"

"那我们可都盼着了！"

"余大人主持兵工厂的枪械研造几年来功不可没，也是咱大清难得的兵器专家。虽然上海、天津都有洋枪厂，可咱湖北兵工厂是全国最大的，能不能强兵可多系余大人一身呀。"

余怀庆对这种勉励一时有些不好意思接受："大人过奖了，机器制造是在下的自小喜好。湖北枪炮厂——不不不，湖北兵工厂有今天，全得香帅之功和朝廷之露。"

余怀庆的话倒是发自肺腑，同时这也启发了人们对朝廷实施新政三年多来的几多感慨。

"余大人所言极是，朝廷施行新政近四年来，大清真是气象万千，咱湖北是大得裨益呀。四大新政之一就是操练新军，有了'汉阳造'，还愁咱大清新军兵不强吗？"一位臬台大人的几句话赞誉了大清，也把余怀庆恭维了进去。

"在下感谢诸位大人前来捧场，我等全厂上下感激不尽。待稍后佳时到来之际，还请诸位大人前去庆贺会场壮势助威，给百姓以轰轰烈烈之感呀。”余怀庆立即转移了话题，他怕众人如果七嘴八舌地夸起来他受用不了。

众人对余怀庆的客套自然是一片响应。

余怀庆将手里的枪小心地放在展台上。当他面对着展台时，没人看得见此时他脸上流露出的一丝复杂的表情。余怀庆转回身，气宇轩昂地向贵宾们宣布：“在下在此还要向诸位宣布一件本厂的喜事：新型‘汉阳造’正在抓紧设计中，相信不久就会有可喜进展。届时，我大清新军所掌枪械当会再添威力！”

众人一阵赞叹、夸奖。此时余怀庆脸上方露出一丝宽慰。

这时，人们一直没有注意到湖北巡警道许道台正闭目合眼地坐在角落里抽烟。

当一个巡警匆匆进了会客厅时，所有来宾才注意到很低调的许道台。毕竟，警察出现的地方应当是没有好事，大家可不愿意不好的事冲了今天的大好事。大家的目光投向了许道台。

事实上，余怀庆从一开始就注意到了许道台。倒不是许道台和他有何与众不同的关系，实在是身为巡警道台，他的举动是治安状况的晴雨表。当然，余怀庆此时关心的是与他有关的那部分。

那个匆匆而来的巡警在许道台的耳边低语着什么，许道台则脸色一变。注视着他的贵宾们也随之脸色一变。倒是余怀庆故作并不在意，因为毕竟这里是兵工厂，兵工厂以外发生什么他都不在意，只要不是兵工厂出了什么乱子就好。问题是他担心出了什么事又恰巧与兵工厂有关！

这时，一个三十岁左右的人又进了会客大厅。这个人来宾们基本都认识，那是余怀庆的助手鲍昆。鲍昆虽然不是警察，可这个时候出现，且其脸上有惊慌之色，这更让来宾们感觉气氛不对了。人们把目光从许道台那转移到了向余怀庆走去的鲍昆身上。余怀庆预感到真的出了什么乱子，而且真的和兵工厂有关。

鲍昆走到余怀庆身边，压低声音说：“老师，刚刚得报，通过外交关系从德国购得的最新98式样枪及图纸在送达汉阳途中，在黄陂附近遭不明身份者的袭击，图纸和样枪均被掳走，但尚不知何人所为……”鲍昆说着看一眼不远处的巡警道：“看样子此情巡警道也已经知晓了。”

余怀庆脸色骤然大变——虽然有预感，却没想到出了如此大的乱子！

人们都注意到了这情形，同时，来宾们下意识地把目光投向了门外，似乎说不定何时又会闯进个不祥之人，或者担心突然传来枪声、爆炸声什么的。

许道台故作若无其事地向余怀庆走来。两人低语了几句，然后简单地和余怀庆打了个招呼后，又转身向来宾们一抱拳：“诸位大人，在下有公务在身，暂且告退。诸位大人不必紧张，只是一般警务，需要在下去处理一下。”

许道台说完，径直离去。可这些来宾哪个是没见过世面的人？大家的目光又都集中到了余怀庆的身上。

余怀庆则在尽力调整着自己的情绪，并很快笑容满面地说：“诸位大人，一切正常，一切正常。和此番本厂庆贺之事毫无干系！”

来宾们舒了口气。

随后余怀庆安排鲍昆带领来宾们去生产车间参观。待大家陆续离开后，整个大厅只剩下余怀庆自己时，他一屁股跌坐在椅子上，掏出怀里的手帕，擦起了额上的汗。而此前几番脸上复杂的表情，如今干脆都一起集中在了脸上：惊愕、失望、悲愤……他下意识地以右手的拳击了一下左手的掌。

4

背大刀的年轻人此时怀里紧紧抱着包袱，和落水者——他的弟弟贵子走在街头上，两人身上的衣服虽然还没干，但已不再滴水。贵子左顾右盼地四下打量着，好像刚才的落水之险并未减弱他对这个全然陌生地界的热情。

背刀人是落水者贵子的哥哥，身材不高不矮，十分精干和精神，尤其一双眼睛虽然不大，却炯炯有神。而贵子则稍稍比哥哥高了一点，看上去比哥哥小两岁，同样也结实和精干，只是眼神里充满的是好奇，仍然透着大孩子的天真。

哥哥看了看兄弟：“贵子，咱俩得改个名。”

贵子看着哥哥，有点不解地问：“改名？改啥名？”

“改一下咱俩的名呀，原来的名太难听，从今天开始咱俩得有个新气象。”哥哥心情不错，好像眼前就有远大前程。

“哥，我虽然不认字也没上过学堂，可说书人有句话我可听说过——行不更名坐不改姓呀。”

“姓是不能改的，名一定要改，从现在开始，我叫……陈廷安！”

“陈——廷——安？挺好听。那我呢？”

“你的比我的更好听，陈廷顺！”

“廷……顺。妥，听哥的，我就叫陈廷顺了！”

从此这兄弟俩就有了全新的名字。

还是那条热闹的大街，那堵墙前仍然有不少人在看布告，不过那哥俩并没在意人们看的是什么。

陈廷顺走到卖小吃的摊前，一样样挨个地看着，恨不得都吞到自己的肚子里。

“想不想吃？”陈廷安问。

“看看就行了，”陈廷顺吞了口口水，“哥，这包袱你可抱紧了！”

陈廷安笑了：“放心吧，这儿没江没河的，我掉不下去。”

“没事，你背着大刀呢，贼不敢靠你边儿。”陈廷顺说着晃晃自己的双肩，“我这体格也行呀，这贼怎么就看我好欺负呢？”

“人家是看你走神儿了，那还不像拿自己的？可他没想到，咱的钱袋有绳儿拴着呢。”陈廷安说完哈哈大笑。

“得了吧，你要不是非把钱袋缝在包袱里，我还掉不到江里呢。”

“可要是没缝包袱里，钱袋儿现在就成了人家的，那咱俩就得要饭去了。”

“可也是，就当我洗了个澡！哥，要是当年你没和爹去参加义和团，来湖北工艺学堂读书了，现在会干啥呢？”陈廷顺边说边打量着街景。

原来，四年前陈廷安考取了香帅张之洞创立的湖北工艺学堂，却在即将前来就学时，和父亲一起参加义和团去了直隶。此时，陈廷安免不得万千感慨。

“干什么呢……不知道，只知道我不会挨洋鬼子的枪子。”陈廷安说完脸上立即浮现出一丝愤怒之情，并下意识地摸了一下左上胸。

可能是陈廷安的声音太大，惹得行人们不禁看了这兄弟俩一眼。陈廷安意识到后，打量了一下自己，并将抱在怀里的包袱挎在了肩上。

“逛够没？逛够了咱就找个下榻之处。”

“哥，下榻之处就是客栈吧？行，住下吧。反正咱也不走了。”

哥俩停住了脚步，四下打量着，可发现这条街上根本没有客栈。正当陈廷安拉着陈廷顺准备转身往回走时，突然前边的人们一阵骚动，随后惊恐地四散而逃。

兄弟俩相视一眼，“走，看看去！”陈廷安未等陈廷顺的意见，迈开大步奔去，陈廷顺毫不犹豫地跟在其后。

“救命……”一声尖厉的呼救声发自一位蜷缩在墙角的小姑娘之口。可她的呼救不但未能招来救命者，反倒让行人拼命逃开。

姑娘十八九岁的年纪，身材不高，圆圆的脸，大大的眼睛，皮肤细腻白晰，如若认真打扮一番，就是个美人坯子。她穿着件蓝色碎白花的小褂子——看不出她是简出的大家闺秀还是哪个府上的丫环。

此时，如所有女性遇到危险时一样，姑娘双臂紧紧扣压在胸前，好像只有那里才是最容易丢失也是最宝贵的。姑娘的脸上则充满了极度的恐惧。

一阵嘻嘻哈哈的淫笑发自她近在咫尺的对面——三个男人伸出的手此起彼伏，向姑娘的脸蛋和胸部袭来。眼见一朵鲜花就被几双肮脏的手玷污了。

这三个流氓身着清一色的黑色麻布衫，其中一个年龄较大的中年人竟然就是在码头上偷陈廷顺钱袋未得手的那个小偷，另两人其中一个长着让人过目难忘的厚厚的嘴唇，另一个是细高个。或许正是他们的穿着打扮让百姓感觉到了恐怖而纷纷躲避，或者是这地界的人们对这几个恶徒早就心有余悸。有的人拼命逃离这是非之地，胆大的人则远远地躲在墙角悄悄看着这一切。

那三个人比赛似地边出手边你一言我一语地调戏着无助的姑娘。

“姑娘别害怕，我们哥几个不就是喜欢你吗?”那个厚嘴唇的歹徒说着摸了一下姑娘的胸，随之那姑娘一声声凄厉的尖叫，双手无力地阻挡着不时袭来的男人的手。

“妹妹，跟我们走吧，我们哥仨你看中谁都是你的福分。”细高个说着摸了一下姑娘的脸蛋。姑娘又是一声尖叫。

“你叫也没用，你看除了我们哥仨，哪有人帮你?”那个中年人说着蔑视地四下看了一眼。看来他们在挑战公理和社会。

“巡警都忙去了，这会儿没在街上，不信你再大声喊试试?!”厚嘴唇说着就要去解姑娘的衣扣儿。

“救命——”姑娘果然声嘶力竭地拼着命大叫起来。

终于，陈廷安哥俩跑了过来，或许是突然看见眼前的情形令兄弟俩十分意外，两人停下了脚步，呆住了。此时，姑娘流泪的双眼可怜巴巴地看着哥俩。

那三个恶徒似乎根本就没看见他们，或者看见了也根本没把他们放在眼里。那中年人也终于下了决心，向其他俩人一挥手：“弟兄们，把丫头给我弄家去!”话音一落，那两人就扑上前去。姑娘一阵声嘶力竭地大叫，拼命地抵挡着。

此时，远处躲在墙角的人们紧张地看着这一切。半路里冒出两个胆大包天的人竟然敢凑到前面去看热闹，这有点出乎他们的意料，此时，他们更想看看接下来可能发生的热闹。

“谁会救你的命呀！这世道我们就算好人了，你还以为会横刺里冲出个英雄好汉？再说大爷我们不要你的命，留着你回去享用呢。快跟我们享福去吧！”中年人再一次挥了挥手，那两个同伙于是再次冲上前。

陈廷顺呆立的同时，盯盯地看着那个姑娘。

陈廷顺肯定不是初到这个世界上，也一定不是第一次看见异性，但他第一眼看见那姑娘时就如同一粒铁砂遭遇了吸铁石——他被深深地震撼了。那姑娘谈不上是国色天香，可天下事就是这么奇怪。这是所有经历男女情感的成人们都或多或少有过的体会。

“哥，那姑娘好可怜……”陈廷顺终于醒过神来。

陈廷安打量了一眼四周，似乎意识到什么，拉起陈廷顺就走。

“哥，咱……不管呀？”陈廷顺看着哥问，可腿下却不得不跟着哥哥走，他知道如果这事哥哥不想管，他也不敢管也无力管。

“咱人生地不熟的可不能管闲事，免得引火烧身。”陈廷安说完自已也觉得有点不男人。这不是他的性格，但自从一踏上汉阳的土地刚刚经历的所有让他不得不小心翼翼。

陈廷顺不太情愿地跟着陈廷安离开，可刚走出三两步，那姑娘几近声嘶力竭的惊恐的大叫让兄弟俩不禁回过头来。

一个歹徒突然撕下了姑娘前胸的大襟。在强烈的阳光映照下，姑娘久不见天日的白晰皮肤那么耀眼。显然，歹徒如此疯狂的举动大大出乎那姑娘的意料，大声呼救的同时，脸涨得通红，拼死挣扎着。

陈廷顺看了眼陈廷安，此时的陈廷安再也抑制不住愤怒，毫不犹豫地冲到三个歹徒的跟前。

“住手!”

陈廷顺紧跟上来：“对，住手!”陈廷顺几乎是吼道。

近距离范围内除了这五个男人和一个姑娘之外再无他人，可这时不远处又冒出一个人来。看得出那人也是听到呼救声赶来的，只是他刚从巷口出来，突然停住了脚。这个人恰是在码头上向兄弟俩施救的没辫子的年轻人傅东晨……

一声“住手”让三个歹徒怔住了。那位姑娘也眼睛一亮。

三个歹徒转身怒目而视。

“怎么光天化日之下就敢欺负一位弱女子呢?”陈廷安声音不大，而且和颜悦色。

“就是，没有王法了吗?”陈廷顺将目光从姑娘的脸上收回后立即接道，心下却想：难怪这几个流氓胆大包天，这姑娘确是太惹眼了。其实，更惹的是他的眼。

恶徒中的那个中年人看了兄弟俩一眼，并认出了陈廷顺，可陈廷顺却对他毫无印象。中年人一怔，但随之发现对方并没有认出他。

“怎么，二位兄弟要充好汉?!”中年人立即底气十足地问。

“好汉可不是充的，是不是好汉也不是自己说的，但我得告诉你，只要有我们在，就不能让你们撒泼逞凶欺负人家姑娘。”陈廷安声调不高，冷静地说。

“呀，大哥，咱今天还真碰上茬口了。你没看人家背着大刀呢？我可有点害怕，咱们还是逃了吧，把姑娘让给他们。”细高个以戏谑的口吻对中年人说。

“是呀，大哥，我腿肚子都哆嗦了，咱还是逃命去吧。”厚嘴唇立即接道。

中年人嘿嘿一声冷笑，看着陈氏兄弟：“还真冒出英雄了。住手？干什么，让给你们呀？看你们这身打扮怕是人家姑娘也不会跟你们走呀。”

“嘿，大哥，两人合伙娶个老婆也不好说嘛。”细高个戏谑地说。

“你还别小看了人家，看人家背的包袱，也许全是钱庄的银票呢!”厚嘴唇的嘴倒是不闲着。

陈廷顺看了看陈廷安。陈廷安仍然不愠不火：“几位，放过这位姑娘，咱们都是男人，欺负个女孩子可是有违天良。”

“天良是不是得上天上找去?这可是汉阳。你是干嘛吃的?!”中年人打量一眼陈廷安问道。

“是人就应该有天良吧?”陈廷安的语气明显加重了。

陈廷顺去扶那姑娘，姑娘却又是一声尖叫，这让陈廷顺心里很受伤，仿佛立即意识到了他与姑娘间的距离，更为对方可能把自己也当流氓而难过。

细高个笑道：“看看，人家美人可没当你们是江湖好汉!”

那姑娘突然问陈廷顺：“你们是……?”

“专门路见不平拔刀相助的!你别怕，有我和我哥在你就没事!”陈廷顺豪气十足地说。

中年人一声大笑：“弟兄们，那咱就陪好汉玩玩，让他们明白除了巡警，没人敢和咱过不去。让他们长长记性!”说着中年人从袖口中摸出三节棍，另两个恶徒则从怀中抽出尖刀，将兄弟俩围了起来。

“你们可别逼我!”陈廷安退后了一步。

“哥，他们已经在逼咱们了!”陈廷顺在一旁叫道。

“废话少说，抄你的家伙吧。”中年人有点不耐烦了。

陈廷安一笑：“要是我用刀那就是欺负你们了。”

“你别害怕，我去帮我哥一把。”说着陈廷顺离开了姑娘的面前。

中年人挥舞着三节棍向陈廷安袭来，陈廷安跳开了步，嘴里嘟囔一声：“个养的!”

原来这陈廷安也有个口头语："个婊子养的！"但陈廷安认为读书人不能口吐脏字，于是就将"婊子"省略了。说着陈廷安将背上的包袱扔在一边的地上，拉开了架势。

细高个和厚嘴唇则毫无章法地挥舞着手里的刀向陈廷顺扑来。陈廷顺灵巧地腾挪，那两个人却并不紧逼。

这一边，陈廷安面对对方呼呼作响的三节棍，瞅准空档，轻探肘部，中年人的三节棍就变成了两节，但那中年人却毫不在意，继续大呼小叫地挥舞着。

此时，那个没辫子的年轻人傅东晨跃跃欲试，可他刚将外衣脱下时，却见那三个恶徒败下阵去，一阵风地跑了。

傅东晨颇为遗憾地又穿上了衣服。

兄弟俩意犹未尽地拍打着身子，看着很快就没影儿的那几个人，一副得胜后的轻松。

"你没事吧？"陈廷安关切地问。

"这还不是小菜儿一碟？还没等咱露一手呢，吓跑了！"陈廷顺意犹未尽地回答。

陈廷安满足地一笑："咱没拔刀就相助了！又当了把好人！"

"哥，他们就是'个婊子养的！'你还给他们文明个屁，还省去了'婊子'！这些婊子养的真不经打……"

此时，远远那些趴在墙角看热闹的人们一阵叹息，那哥俩没看见，就是看见了也不会知道人们为何而叹息。

傅东晨微笑着走了过来。兄弟俩定眼一看，终于认出是当初在码头上施手相救的恩人！

"大哥，在这儿看见您了！"陈廷安兴奋地说。

"只要有缘，随时可见。"傅东晨微笑着说。

陈廷顺凑上前来，感激地说：“大哥，我们一上岸就找你，当时没找着，在这碰见你了。多谢救命之恩!”陈廷顺鞠了一躬。

“别客气。我叫傅东晨，二位?”傅东晨说着伸出手。

“我叫陈廷安，我弟弟叫陈廷顺。”说着向对方抱了抱拳头，那人只好缩回手，也抱了抱拳。待傅东晨想和陈廷顺抱拳时，却发现陈廷顺已经不在跟前，这时陈廷安也发现陈廷顺不见了。

这会儿，陈廷顺正站在那姑娘曾经蜷缩的墙角发呆。那墙角早就没了姑娘的影子。

陈廷安马上走了过去。

陈廷顺满脸狐疑又颇为失落地说：“哥，那……姑娘哪儿去了呢?”

陈廷安倒笑了：“你以为人家会在这观战呀！还是想让人家感谢你？还不早就逃命去了！咱走咱的吧。”

陈廷安回身来取当初扔在地上包袱，可一转身他就呆住了，再看身旁的傅东晨，下意识地问了一句：“哎，我的包袱呢?!”

傅东晨有些不解：“你的包袱……？对了，我记得你当时是扔在这儿了。”傅东晨终于想起当初他确实看见陈廷安把包袱扔在了地上，可后来他把注意力全放在了打斗的双方身上了。

陈廷顺得知包袱不见了，从墙角处跑过来。

陈廷顺徒劳地在地上找了一圈，不免有些意外地说：“哥呀，包袱可一直是你抱着的呀。”

“是，可我嫌碍事，放在了地上呀。”

“没看见那几个无赖拿走包袱呀。”

突然，一个苹果滚到了陈廷安的脚下，陈廷安不明白从哪儿冒出个苹果。这时，一个十五六岁的大男孩跑了过来，跑到陈廷安的脚边，捡起苹果，之后小心地看看四周，又小声地说对陈廷安说：“大哥，你们上当了，他们是一伙的。那个姑娘趁着你们打架时，把你的包袱拿走了!”

陈廷顺听了这话一时间没反应过来，待他默念了几遍这句话后，似乎才明白了什么，但他难以置信。

“不可能吧？不可能！那……那姑娘都吓得哆嗦了，哪还能拿包袱呢？再说，你怎么知道他们是一伙的？”陈廷顺老大地不情愿，好像他十分了解那姑娘。

陈廷安却拉住那大男孩：“兄弟，你叫啥名？”

“我……他们都叫我虾米。”大男孩好像不愿意说自己的真名。

“你看见是谁拿走的吗？”陈廷安冷静地问。可此时虾米四下看了一眼，好像怕什么，接着就挣脱了陈廷安，拿着苹果一溜烟地跑了。

“哥，别听这小子的！”陈廷顺发自内心地认为这不可能。

“我看虾米说的可信，一定是他看见了，否则人家怎么会无是生非？”傅东晨提醒道。

“小毛孩子可能为了咱给他赏钱呗，没看我说不相信，他就吓跑了吗？我一看那姑娘就是好人！”陈廷顺坚定地说，并希望能影响到陈廷安的判断。

陈廷安看了眼早就没了人影的三个人逃走的方向，叹了口气：“你怎么就知道她是好人?!”

陈廷顺张了张嘴，什么也没说来，脸却有点红了。不过这是他自我感觉红了，陈廷安倒没注意看他的脸色。

“个养的！”陈廷安悄悄挤出了三个字。

5

一条比较清静的小街上，三个后脑袋上拖着辫子的人晃晃悠悠地闲走着。看不出他们是在散步还是有目的地去做什么。走在中间的那个人腰里绑着个包袱，不过不是陈氏兄弟的包袱；包袱没陈氏兄弟的大，里面的东西很集中，好像也很硬。看了正面，才知道这三个人就是当初从看海报的人堆里挤出的日本人间岛和他的两个同伙。

不知道他们想去哪时，只见他们的眼珠子和他们似乎悠闲的形体不太协调——叽里轱辘乱转，时时打量着周围。

突然一阵急促的脚步声让他们的神经一绷，结果却跑过去一个姑娘。那姑娘跑过后，钻进了一个小胡同。三个日本人才定下心来。

钻进胡同的姑娘正是那个受辱者。

她进了胡同后，见四下无人，蹲了下来。看得出，她胸前的外衣内鼓鼓囊囊不知藏着什么。此时她闭着眼睛，脸上毫无表情，不知道是累的，还是害怕。稍顷，她叹了口气，机械地从胸前外衣内取出偌大的一个包袱，那正是陈氏兄弟的包袱。她小心地打开包袱，只见里面除了衣物就只有一个小布口袋。打开布口袋，里面除有两个“光绪元宝”银币外，就是几个零钱儿了。她既没有喜悦也没有兴奋，并轻轻叹了口气。

这时，那三个歹徒探头探脑地走进了胡同。姑娘把钱袋放在一边，把包袱细心地包了起来。

“秀儿，怎么样？刚才让你受苦了，桂福在这儿向小姐请罪了！”中年人——桂福说着认真鞠了一躬，随后与那两个人蹲下身“验货”。

不用说，虾米说得没错，这秀儿和桂福确是一伙的，他们不过是联手上演了一出苦肉计，却把陈氏兄弟钓上了钩……

此时，那倒霉的哥俩儿正无精打采地呆坐在丢了包袱的路旁。傅东晨满怀同情地和他们坐在一起。

陈廷安看了看陈廷顺，苦笑地说：“白把钱袋子缝到包袱里了，还害得你掉进了长江。这回省事，人家连包袱都给拿走了。但咱也算做了件好事，管他们是不是一伙的，咱认为不是心里就舒服了。

陈廷顺张了张嘴，什么也没说出来。

傅东晨笑了。

陈廷顺也有了点笑意：“哥，我就佩服你这股劲儿，其实我看那姑娘真不像坏人。”

陈廷安一摆手：“得，别提这事儿了！”

“哥，你说咱是不是太倒霉了，才上岸没两个时辰呢就摊两倒霉事儿了！”

“事不过三。但愿从现在开始碰上的都是好事了。”陈廷安自嘲地说。

“只要人在就行。二位兄弟是哪里人呀？”傅东晨问。

“潜江倒霉村的。”陈廷安半开玩笑地回答。

傅东晨笑了：“二位兄弟以前是做什么的？”

陈廷顺立即来了精神：“我哥可是大清的功臣。当年为保大清国，我哥跟着我爹参加了义和团，拿着大刀和洋鬼子交手，大刀没打过人家的洋枪，我爹……唉，不说我爹了，我哥身上还有洋鬼子的枪伤呢——”

陈廷安拉起了陈廷顺：“那就别说了。”

哥俩站起来，陈廷安向傅东晨哈哈腰：“先生，我们还有事，得赶紧走了。谢谢您了！”

傅东晨一时有些发怔，不明白这哥俩怎么突然要走了？他当然不知道，陈廷安经过这两次事件，对这地界上的人和事都不太敢相信了。

傅东晨仍然坐在路边看着那哥俩渐渐远去的背影。

街上早已恢复了正常，有看见哥俩遭遇的行人以异样的目光打量着他们。陈廷安不愿人家看到失败的他们，拉着陈廷顺拐进了另一条街。

陈廷安：“你还有心给人家讲故事，你知道人家是什么人？”

“救命恩人呀。”陈廷顺正为陈廷安为啥突然把他拉走不解呢。

“兄弟，咱遇到的还不够多吗？不得不防呀。你也长点儿脑袋吧，你以为这是潜江乡下？咱是潜江的不假，可不能真是倒霉村的！你知道那个人是干什么的？从现在开始，咱得提高警觉，别拿谁都当亲戚。”

陈廷顺一撇嘴："咱都身无分文了，还有啥可怕的。"

陈廷安边垂头走路边想着什么："那个虾米说得对，我看那姑娘也像和那几个混混是一伙的。"

"哥，你别拿他的话当亲戚说的！那姑娘多可怜、多老实，长得多甜呀。"陈廷顺再也按捺不住了。

陈廷安认真地瞥了他一眼。

这时，一队背着"汉阳造"的新军在肥胖的郑管带（营长）的率领下迎面走过了，引得行人驻足观看，兄弟俩停下脚步。

清末新军虽然在军服上一改原来清军的样式，但仍然是"中西结合"式，用今天的眼光看可谓是不伦不类：军帽有点类似礼帽，虽然也有腰带，可后脑袋上那条长辫子却让今人有些哭笑不得……但在当年，这身打扮可是威风了得。

"看见没，咱们就要当这样的兵，背着洋枪的兵！"陈廷安兴奋地说。

"真威武呀。四年前咱要是有这些洋枪和洋鬼子干，谁输谁赢还不一定呢，最少你受不了伤，咱爹也死不了。"陈廷顺更是兴奋不已。

陈廷安感叹道："好汉不提当年勇——何况咱就算是好汉，当年的勇如今也说不出口了。"

兄弟俩看着威武的新军有些如醉如痴，当队伍走过后，兄弟俩跟在队伍后学着士兵铿锵地走着。这时他们没有发现那个郑管带不知何时绕到了他们的后面。

"立正！"郑管带突然喊了句。前边的队伍应声而停，哥俩却不知就里地继续往前走，结果自然是撞到前面士兵的身上。两人还不知道发生了什么。

郑管带将两人揪了过来。

"你们俩，干什么的？"

陈廷安这才明白过来，笑了："我们俩是来当兵的，可才明白立正就是不许走了。”

郑管带也笑了：“当兵你得先去募兵站呀，募兵站考验合格了你们还得参加训练，然后才能穿上军装。你们愿意当兵是好事，不过别在我这儿捣乱，去募兵站吧，要是验上了兵，我老郑欢迎你们到我这里来！”

“谢谢长官！”陈廷安利索地鞠了个躬。

“你以后要是当了我的兵，就得这样！”郑管带说着来个新军的敬礼，之后转身走了。

哥俩却站在那儿反复地学着军礼。

突然，远处传来一阵爆竹声。陈廷顺一激灵：“哪里打枪？”

陈廷安听了一会：“瞅你，落毛病了！那不是洋枪声，是鞭炮！”

这时爆竹声响成一团。

“哪家娶媳妇了？走，看看去！”陈廷安拉起兄弟就走。

6

余怀庆将来宾们撂在了会客厅，自己回了办公室。

办公桌上放着几份报纸，多是英文的，其中有一份中文的《楚报》。余怀庆拿起该报。

余怀庆的办公室很大，兼有小会议室、设计室的功能。

回到办公室的余怀庆有了些许的轻松。他显然不习惯应酬，于是才忙里偷闲到办公室，只有在这里或者家里的书房，他才有完全属于自己的世界，也只有在这里或者家里的书房，他才能更明确自己的职责，才会有充实感。

如余怀庆曾向来宾所说，自己少年时就对摆弄小物件情有独钟，稍大后，他对所有机械组合都充满了兴趣，即使是给家里的镐头换个新把都是他所乐于干的，直到后来他会将家里的纺车拆了装，装了再拆，他在这其中就有了创造的乐趣。结果后来，乡里凡是谁家与机械沾边的问题都来找他，他的聪慧和对机械制造的爱好与执着使他很快成为闻名乡里的能工巧匠，并成为中国第一批赴德留学者之一。

1889年，张之洞调任湖广总督。张之洞是朝廷主张洋务运动的代表性人物之一，他提出的“中学为体，西学为用”，是对洋务派和早期改良派基本纲领的一个总结和概括。他在广东时，就向国外订购了大批机器，到湖广任上后，将在广东向外国订购的机器移设湖北，建立了湖北铁路局、湖北枪炮厂、湖北纺织官局（包括织布、纺纱、缫丝、制麻四局），并开办大冶铁矿、内河船运和电讯事业，力促兴筑芦汉、粤汉、川汉等铁路；1894—1895年署督两江时，仿德国营制，在江宁（今江苏南京）筹练江南自强军，后又以之为基础在湖北编练新军；为培养洋务人才，尤注重广办学校，在鄂、苏两地设武备、农工商、铁路、方言、普通教育、师范等类新式学堂，并多次派遣学生赴日、英、法、德等国留学。此时，余怀庆大受张之洞的赏识，并受派再次赴德国专学枪械制造，回国后被委以湖北枪炮厂的业务总办。

报答张之洞的知遇之恩和“报效大清”一直是余怀庆不灭的想法，他的理想是制造中国最好的枪，最少要缩短与西洋的距离，以改变近百年来中国被动挨打的局面。在他看来，中国近百年的屈辱史多是因为“器不如人”，这也是那些洋务派始作俑者的思想主张。

余怀庆拿起了桌上那份报纸。

报纸头版上一个大标题：巨龙之爪。这篇文章是西方媒体报道的转载，恰是对湖北兵工厂的评论。余怀庆认真地看了起来。这篇文章的大体内容是：千年古国如今不但有了自己的兵工厂，可造清人谓之的洋枪，且有自主成分，巧妙而成功地去掉德制88式步枪套筒，足见清人之智。若称中华是东方巨龙，湖北兵工厂便如巨龙之爪……西方人对中国人的认识和看法总是有些偏颇，不过他们也知道中国人曾有过灿烂的文明和强大的历史，所以，中国人任何一个不同常态的举动都会让他们预测着可能的结果。

余怀庆放下报纸，脸上并无得意。显然，他太在意刚才鲍昆报告给他的不幸消息——那些枪和图纸确实是这些天来他日日盼望的，可哪想得到会有这档子事呢？到底是谁干的？他们的目的是什么？对此，他最关心的只有两件事：是谁要阻止湖北兵工厂的发展？下一步该怎么做？

这时鲍昆进来。

“老师，张总督之洞大人差人给您送来封私函。”鲍昆说着呈上一封信。鲍昆是个非常循规蹈矩的年轻知识分子，作为余怀庆的助手兼秘书，他从来都尊称他为老师。

余怀庆神情一振，立即接过、打开，边看边悄声读：“失枪和图纸事不可声张；新枪研发不可废止……”余怀庆看完后，手里仍然拿着那封私函。

“张大人用心良苦呀！”鲍昆感佩地叹道。

余怀庆深深地点点头：“若无大人的鼎力，何来兵工厂的今天。”

鲍昆轻声地：“老师，车已备好，诸位大人均已启程去会场，您……”

余怀庆一摆手：“走！”说着他起了身。

……

庆贺会场是汉阳城边的一大片开阔地，临时搭建的主席台已经布置完毕，主席台上的条桌刚刚铺上紫红色缎子。

爆竹声中，百姓们从四面八方向会场聚拢来。

陈氏兄弟从一个巷子口走来，好奇地看着眼前的一切。

“开大会呀！”陈廷顺有些沮丧。

陈廷安认真地看着主席台上的横幅：“这可是扬眉吐气的大会。”

陈廷顺不认识字，只好求助兄长：“那上面写的啥？”

“湖北枪炮厂更名为湖北兵工厂暨庆贺配套厂成立大会。”陈廷安一字一顿地念着。

“哥，枪炮厂就是造洋枪洋炮的吧？”

“对呀，就是造枪炮的。”

“要是当年咱们有洋枪洋炮，哪能败给八国联军呢！”

“别提行不行？又不是光彩事！”

“哥，我不明白，好好的枪炮厂为啥改成兵工厂呀?!‘枪炮’这两字听着多来劲，还兵工厂，你们读书人就是能卖弄。”

“你懂个什么？人家改叫兵工厂自然有道理的！”

哥俩说着随着人群向广场中间挤去。

一辆马车停在主席台后面。鲍昆先下了车，掀起车帘，扶着余怀庆下车。余怀庆不悦地摆脱开：“你不是我的仆人，是我的助手！先去前面看看那些大人们是否就座了。”

鲍昆立即快步走向前台。

此时，贵宾们已经陆续上了主席台就座。

间岛和同伙随着百姓向会场中心靠近，可转眼就没了这两人的踪影。不用说，这几个人的神秘出现将给会场带来不测……

挤在人群中的陈氏兄弟边看着主席台，边听着身边百姓的热烈议论。

傅东晨从一条街口进入了广场。

忽然，嘈杂声停了下来。大会主持人站在了台前。

“各界同仁、乡亲们，欢迎大家参加湖北枪炮厂更名湖北兵工厂暨湖北兵工厂配套厂建成的庆贺大会……”

广场里的百姓开始议论，哥俩认真地听着。

一个穿着蓝马褂的中年人兴奋地说：“咱中国人也能造洋枪了，汉阳兵工厂真给咱中国人争气！”

“要是几十年前咱有‘汉阳造’，哪能输给那些硬往咱中国卖鸦片、不让卖还打咱们的洋鬼子呢！”一个手里握着大烟袋的老者附和道。

一个穿长袍的老者却说：“这都是那些搞洋务的人鼓捣出来的。可洋务洋务，不都是和人家洋人学的？咱有的人家早就有了。你看洋车呀、洋火呀、洋布呀、洋油呀。”

蓝马褂不太同意长袍老者的话：“那总比没有强。总得承认人家洋人啥都洋；洋就是好。不好人家搞洋务的就不学了。”

“这倒是，都是托张之洞张大人的福。”长袍老者立即回应。

大烟袋老者则说：“说小了，得托光绪爷、老佛爷的福。不兴新政，哪有今天汉阳、夏口厅和江夏如今的繁华。”

陈廷安听到这有些糊涂了。

“这位先生，夏口厅是哪儿?”陈廷安小心地问。

长袍老者打量一眼陈廷安：“一听这话就不是本地人吧？夏口厅就是汉口呀。张总督张大人上任湖广总督后改叫了夏口厅，可老百姓叫汉口叫习惯了。汉口那可是咱中国的四大名镇。知道江夏原来叫啥名吗？告诉你，长长知识，江夏以前叫武昌呢。”

穿蓝马褂的中年人好像有点听着不舒服：“别卖弄了，夏口厅那是官府的叫法，夏口厅归咱汉阳府管——”

大烟袋老者将烟袋里的烟灰往鞋帮上一磕：“得得得，别都显摆了。余大人上台了!”

人们的目光投向了主席台。

主席台上的后侧站着一排手持汉阳造的新军士兵。士兵的前面是一排桌子，后面端坐着一排曾在兵工厂会客厅出现过的各位官员。

余怀庆走到台前。

“这就是余总办，能耐着呢，听说兵工厂造的枪都是他设计的。”长袍老者意犹未尽。陈廷安认真看着台上的余怀庆，深深地点着头。

余怀庆定了定神，尽可能地将自己从那件事的沮丧情绪中解脱出来。

“父老乡亲们！感谢你们踊跃参加本厂的庆贺大会！在朝廷和湖广总督

大人的恩泽和助持之下，从今天开始，大清帝国最大的洋枪洋炮制造厂——湖北兵工厂已全面建成！大清帝国再也不是以大刀对外夷洋枪的时代了。大清必将走上富国之路，强兵之势也即将成型！我华夏子弟不会永远落后于他国！‘汉阳造’也会日臻完善，迟早会有一日与洋人并驾齐驱甚至领先洋人！”余怀庆终于进入了亢奋。

台下一阵欢呼。

这时，台后那一排手持“汉阳造”的清兵走到台前，举枪，拉栓，对天……所有动作都整齐划一，接着是一排枪声。

群情振奋。早已被鼓动起激情的陈氏兄弟激动得跳着脚，泪流满面。周围那几个人不禁打量了他们一眼。

稍远处的傅东晨更加十分注意陈氏兄弟的举止和表情。

人群中又出现了间岛和他的同伙，可他们身上的背包已经不见了。他们注视着台上的余怀庆。大概除了他们，没人知道即将发生的会是什么。

此时，通往广场的一个街口上，站着焦伯琛和胡三等几个巡警。因为近来社会治安不靖，加之疑有乱党活动，值此大型集会，警察就奉命维护社会治安了。

这时，间岛发现了巡警，向两个同伴使了一下眼色，三人悄悄离开。

胡三等人并未在意间岛等人，凑到焦伯琛跟前问：“队长，就是让咱来站街的呀，我还以为出啥大案了呢。”

“大案子是出了！可咱当巡警的破不了大案，不也得站脚助威？”

“队长，啥大案？”

“不该你知道的就别乱打听！咱保证这不出大案子就行了。”焦伯琛终于有点不耐烦了。

陈廷顺捅了一下陈廷安：“哥，你看，那个郑管带！”陈廷顺说着指了指主席台前。

主席台前，一队手持刚刚出厂88式“汉阳造”步枪的新军士兵整齐地站在台侧，在郑管带的率领下正列队准备在台前通过，以接受检阅。

百姓屏住呼吸看着。陈氏兄弟的脸上充满了庄严。

突然，主席台前一声爆炸，地表为之颤动，随之硝烟四起，接着主席台塌下半边……

陈氏兄弟呆住了。

广场寂静瞬间，随后人们突然意识到了什么，喊叫声响成一团。

郑管带立即指挥新军士兵们围住了主席台。

余怀庆等官吏在护卫的保护下迅速离开主席台。

会场里的百姓乱作一团，号叫着四散奔逃。

此时，间岛和同伙已经在洋车上，而洋车正奔跑在大街上。他们听到爆炸声，脸上溢出得意。

陈氏兄弟不相信眼前发生的一切。陈廷安下意识地拔出大刀。

街口的焦伯琛和胡三等巡警也是目瞪口呆。

“他奶奶的！”焦伯琛一时不知自己该做什么好，但他知道发生了不测，而且是对会场而来、对“汉阳造”而来。

“队长，这是怎么了？”胡三发慌地看着焦伯琛。

焦伯琛稳定了一下情绪：“还真就来了大案了。是有人要搞破坏呀！”

“队长，我们怎么办？”胡三好像刚醒过神来。

“弟兄们别乱！严查可疑人！”

会场上的百姓已经逃得所剩无几，可兄弟俩却仍在原处未动。

“哥，咱也快逃吧。”陈廷顺紧紧拉着陈廷安。

“肯定是炸弹！”陈廷安用目光在奔逃的人群中搜索着什么，并肯定地说。

“哥，搞爆炸的坏人早跑了，还会等着你抓他们？”

陈廷安将大刀放回，砸了一下自己的拳头：“你听那位余大人说得多好，可一定是有人不爱听！是谁搞的爆炸？一定是恨中国的人搞的。谁会恨咱大清帝国国富民强呢？谁会眼红咱大清帝国能造出能和他们一比高低的洋枪呢？肯定是‘个养的’！老子抓住劈了他！”

巡警向会场及主席台方向赶来。

“哥，走吧。巡警来了，轮不着你抓‘个养的’。”

陈廷安摸了摸背在身后的大刀：“走，当兵去！”

两人转身刚要走，遇见了傅东晨，陈廷安怔了一下。

陈廷安半认真地说：“傅先生，您是便衣巡警还是搞爆炸的？”

傅东晨一笑：“和你一样，也是来听大会的。”

“哦，和我们哥俩胆子一般大。傅先生，请问哪有募兵站？”

“你们要当兵？”傅东晨有些意外地问。

“先是当兵，也许过几年就是新军长官了。”陈廷安很认真地说。

傅东晨想了一下：“走吧，我告诉你们。”

三人走了。边走傅东晨边向哥俩说着什么。

几个巡警从远处向他们的方向跑来。傅东晨似乎话没说完，就匆匆离开了兄弟俩。

陈廷安有些不解。

“哥，会不会真是傅先生搞的爆炸？”

陈廷安想了想摇了摇头：“就像你说的，要是他搞的爆炸还不早跑了？”

……

此时，突然冷清的大街上，一辆马车快速地奔跑着。车上的余怀庆非常镇静，面无表情。

车里的鲍昆看着余怀庆，终于鼓起勇气："老师，真是万幸，一个人也没伤着。"

"那是因为郑管带刚刚把台前的百姓清离了台前。他是为了阅兵，否则的话，不知会有多少无辜百姓伤亡。"沉吟了一会，余怀庆面无表情地说。

"您觉得此次爆炸是何人大胆所为？"鲍昆问。

"必是与前次枪、图被劫为同一势力所为，都是冲着枪来的。"余怀庆肯定地说。

"今天这么好的气氛被他们破坏了，好在没伤着谁。"鲍昆长出一口气。

"我看这倒是好事。"余怀庆轻轻出了口气。

"哦？您认为……？"

"无论是哪股势力，说明他们恐惧我们的'汉阳造'造得多、造得好。这对我们既是激励，也是评价。我们只有不懈努力，让'汉阳造'更加成熟，才能不负朝廷和张大人的重托，也才能让那些阻我大清昌盛强大之徒的阴谋徒劳。"

"老师不愧是留洋多年，思想通达、高瞻远瞩。"鲍昆感叹道。

忽然，车猛烈地颠簸了一下，鲍昆警惕地要站起来。

余怀庆压压手："路不平，慌张什么！"

鲍昆不好意思地坐下了。

……

从会场逃出的百姓正在通过焦伯琛等人的设卡检查，有的人刚被搜完身离去，有的刚被拦下。

焦伯琛和胡三警惕地打量着每一个欲通过的行人。

陈廷安和陈廷顺走了过来。焦伯琛认真地看着他们。

陈廷安恭敬地："老总，你看我干啥？我又不是坏人。要我说搞爆炸的坏人早跑了，人家还能大摇大摆地往您眼前凑呀。"

焦伯琛看着陈廷安："呵呵，看这样子你比我这当警察的还警察不成？要我看，有的坏人就是像你这样地临危不乱。"话音刚落，焦伯琛突然脸色一变："把手举起来！"

几个巡警立即把哥俩围了起来。

"队长注意，他有刀！"胡三突然发现了陈廷安背上的大刀。几个巡警顿时吓得跳开。

陈廷安若无其事地从背后抽出那把大刀。巡警立即举枪对准了他。

兄弟俩举起手。

"嘿，各位老总，我这刀是家传防身的，搞不了爆炸。"

焦伯琛走到陈廷安眼前："把刀放地上！"说着不满地看一眼手下，"退下，给我丢人！"焦伯琛从地上捡起刀看了看："给我搜搜他们俩的身！"

胡三和另一个巡警搜兄弟俩的身。

"老总，我看你们是在浪费宝贵时间，这功夫真正的坏蛋早跑没影儿了，您在这不是瞎耽误功夫吗？"陈廷安一边乖乖地让巡警搜身一边说。

"那你告诉我，坏蛋在哪儿呢，你领我们去抓，抓到有赏银咱们对分！"

陈廷顺乐了："老总，我和您说，要是我们哥俩知道谁是坏蛋，早抓住送你们巡警局去了！"

陈廷安马上接道："抓住送去了，只要看见是您，赏银保证分您一半！"

焦伯琛笑了："你小子是想和我攀交情呀。我问你，哪的人？"

"潜江。今天才下的船。"陈廷安认真地回答。

焦伯琛板起面孔："到汉阳来干什么？"

陈廷安下意识地立正："投奔张总督张大人的新军，为大清尽忠效力！"

焦伯琛一笑："还是朝廷的良民嘛。什么职业？"

陈廷顺沮丧地："没职也没业。刚——"陈廷安马上接过来："刚要投军。投了军不就是有职业了吗？那咱们就是一家了。"

胡三搜完了身上并无可疑物件的陈廷安，不屑地看了陈廷顺一眼："套什么近乎！"

"军警一家嘛。"陈廷安仍然认真地说。

焦伯琛把大刀还给陈廷安，摆摆手："走走走。再听你说一会咱还得成亲戚了呢！"

有的巡警笑了。

第二章 乱世汉阳

1

这是一条僻静的小街，街道两侧多是民房，间或有无人居住的残破、废弃的房子。

一阵脚步声和洋车轮子的碾路声显得格外刺耳。

一辆洋车转进了小街。洋车上坐着位大家闺秀——罗秋月。

罗秋月二十出头年纪，穿着碎花紫绸传统中式服装；瓜子脸，眉清目秀，略显丰腴，颇有中国古典美人的风韵。只是那脸上的表情不太像一位婀娜多姿的小姐所有。此时她坐车上，头虽不动，眼睛却不时地打量着四周。

罗秋月忽然发现前方有点异常。

"顺子，慢点……"罗秋月警觉而轻声地说。罗秋月的语气与声调中充满了坚定与自信。

洋车马上就慢了下来。

前方的小街深处，两人警觉地打量着前方，果然发现两个人正在往墙上贴着什么。当其中一人发现洋车时，立即示意一下另一人，随即两人消失在小巷中。

此时，洋车慢慢移了过来。

顺子回头："小姐，会是什么人?"

"没事，走吧。"罗秋月看了眼四周后说。

洋车缓缓地渐渐远去……

离这条小街不远处，就是庆贺会的广场。此时，广场上已经没有了百姓。焦伯琛与胡三等几个巡警仍然在街口守着。

焦伯琛打了个哈欠。胡三看了他一眼："队长，咱还在这等啥呢?连个人毛儿都没了。一个人没伤着，也该着那些人命大福大，搞爆炸的白费劲了，咱也该吃午饭了吧。"

"撤!"焦伯琛也觉得再守着也没啥意义了。可这时一个巡警匆匆跑来。

"报告队长，局里的紧急公函。"

焦伯琛一怔，赶紧接过打开看。

胡三等不及地问："队长，又是啥案子?"

焦伯琛收起文件："乱党!"

胡三有些意外："什、什么乱党?!"

焦伯琛看了看胡三，忍不住笑了：“你这小子是太嫩了还是缺心眼?”胡三怔了。见胡三不知所以的窘迫，焦伯琛心一软，把胡三拉到一边：“早晨局里的那个文件啥内容你不知道吧？告诉你，有人劫了朝廷在西洋买的枪和图纸，紧接着这会场就发生爆炸案。上司认为这都是乱党所为，巡警道下了命令，要咱们全力严查！可咱一点线索没有，哪查去?”

胡三缓过了神儿：“不一定是乱党干的吧？队长，不是我乱说话，现在一出点啥案子都往乱党身上推。”

焦伯琛脸色一变：“怎么？那还往你我身上推？再胡说！跑不了你!”

胡三一怔：“队长，你别老跑不了我呀!”

焦伯琛向其他巡警一挥手：“撤!”

……

热闹的大街上百姓们三五相聚一处，热烈议论着刚才的爆炸，一致惊叹的是居然那么大的动静却一个人没伤着。

间岛等人若无其事地穿行其间，脸色却越发阴沉。

另一条街的街边，商号和洋行一家挨着一家。一个有东洋特色的门脸，门旁挂着“大和洋行”的牌子。

两个人从大门走过，却是已经换了一套服装的间岛和同伴。

间岛和同伴看了看后面没有跟踪后，从一侧的小巷绕到了洋行后门，轻轻敲了敲，很快小门开了道小缝儿，两人闪了进去。

间岛和同伴在一间日式房间里沮丧地垂头而坐。他们的对面是一道拉门。

那道拉门响了。当他们看见有人进来时，立即抬起了头，脸上顿时充满了严肃，随后马上毕恭毕敬地站了起来。

站在他们对面的是穿着和服的三十岁左右的日本人，矮矮的身材，却很匀称，看上去十分精干。

“长野君!”间岛两人异口同声地喊了句后立即垂头而立。

“我已经知道了。你们失败了。”

“嗨!”间岛两人头垂得更低了。

“你们知道此次失败意味着什么吗?”长野的声音不高，却充满了威严。

“会引起清政府的高度警惕，从而造成对我不利。”间岛垂头而语。

“我们肩负大日本帝国的重任，容不得半点的疏忽和失败。我们毕竟是在中国的土地上，每一次失败都会为我们的下一步行动造成巨大困难!”

间岛与同伴又是一声:“嗨!”

“尽管我们和清政府有多种领域的默契和合作，但我们近几十年一直是敌人，清政府里的一部分当势者和一些百姓骨子里对我们一直怀有敌意和不甘，所以，我们必须阻止中国获得强于我大日本帝国的任何武器。我大和民族居弹丸之地，之所以能够在甲午战争中大获全胜，一是大和民族一往无前的精神，二是得我武器之先进。不过，中国之大永远是我们的忧患，幸在它们近百年来国弱民饥。你们知道为什么中国的一些洋务系人士吵着富国强兵、师夷之长以治夷吗?首先就是对我日本——他们不甘心败在日本之下。一旦中国上下觉醒，可与我大日本帝国并驾齐驱之时，便是我大日本成小日本之日。所谓居安思危，方能立于不败之地。我们必须阻止他们获得任何先进的武器!”

两人又是一声烦人的“嗨!”

与此同时，罗秋月乘坐洋车曾经走过的那条小街上，陈氏兄弟俩东张西望地走来。

陈廷安:“没错，那个傅先生说的就是这条街往前走。”

“哥，我不识字，也不知东南西北，你走到哪儿我跟着就行，用不着我操心。”陈廷顺无所谓地说。

“当哥的就是得多挨累。”陈廷安笑笑说。

“不是当哥累，是你们读书人累。哥，咱得快点当上兵呀，要不咱没地方吃饭睡觉。”

陈廷安笑得上气不接下气：“你以为兵营是饭店、旅馆呀，进了兵营就开吃开睡？”

“那我不管，反正饿了得吃，困了得睡。”

兄弟俩边走边四下打量。当走到此前那两个神秘人往墙上贴什么的那段路时，陈廷安发现了墙上的传单。陈廷安瞄了一眼后停下了脚步。只见他越看越生气，干脆恼火地一把撕了下来。

陈廷顺看着向来儒雅的哥哥的此举一下怔了。

“嘿，哥，你是读书人，怎么随便撕人家的东西呢？”

陈廷安不管不顾地仍然边走边撕着墙上的传单。

“我是读书人，可这上面写的没文化。”陈廷安气哼哼地说。

“哥你别蒙我呀，那上面不都是字吗？你把字都撕了，显得咱多不知书达理呀。”

“嘿，怎么显得我是文盲你是读书人了呢？成也萧何，败也萧何，说的是一个人，可起的作用不一样。字和字能一样吗？我给你念念。”陈廷安说着打量一眼四周，没人。

“我想听！”陈廷顺来了精神。

“满清政府腐朽无救，我等中华应适时而悟，奋起抗争，推翻封建王朝，建立民主共和……”

“得，别念了！这不是乱党的妖言吗？我看有文化的还真不都是好人。我也撕！”

“那我算不算有文化的？我是不是好人？是不是哥得除外？”

“哥说除外就除外了！”陈廷顺比陈廷安撕得还起劲。

哥俩一路走去，看见传单便撕。一条街上都是兄弟俩撕传单的声音……

哥俩终于走到了小街的尽头，一条路横在面前。两人犹豫着跨上了这条路，往两侧打量了一眼，便见右侧一个大黑铁门，门外站着两个持枪的警察。

陈廷顺兴奋地说："哥，到了！"说着陈廷顺就往前走，陈廷安一把拉住陈廷顺。

"到哪儿了？你也不看看那大牌子上写着啥。要不拉住你，你一下子跑进去可就出不来了！"

陈廷顺不解："我看大牌子有啥用，它认识我我不认识它。那不是募兵站？难道是军营？"

"你好好看看牌子上那几个字——得，我替你看：'汉阳监狱'！"

陈廷顺吓一跳："谢谢哥，你又救了我一次！可那位傅先生说募兵站就在这儿呀。"

陈廷安沉思着："嘿，'个养的'，咱没得罪那个姓傅的呀，怎么往监狱送咱们呢？"

这时突然一声"二位兄弟"从他们的身后传来。陈氏兄弟吓一跳，回头一看，是傅东晨。

傅东晨将兄弟俩拉过街角。

"傅先生，我刚才没骂您吧？"陈廷安有些不好意思，可他对傅东晨这个人到底是何来历一直心存警惕。

傅东晨笑了："我还真没听见那俩脏字。"

"我哥是有文化的人，骂人也不吐脏字。"陈廷顺给哥哥解围，不想陈廷安瞪了他一眼。

"不是我蒙二位，募兵站再拐条街就到了。刚才我有点急事，没领你们来，怕你们找不到，这不后追你们来了嘛。中午了，估计募兵站的人也该吃饭了。"傅东晨平和地说。

“哥，我还真饿了。”陈廷顺不失时机地看着陈廷安。

“饿，哥也没办法了，钱袋和包袱都没了。”

“咱们认识就是缘分，如果二位不嫌，我请你们兄弟俩小酌？”傅东晨真诚地说。

“无功不受禄，没道理吃您的请呀。”

“二位初到汉阳，我尽个地主之谊也是应该的。”

“哥，有人请咱吃饭还不好?！咱又不是黄花闺女，还怕被人家拐了不成?”

“还是这位兄弟讲究实际。”

“饿了是真的，没钱吃饭也是真的。行，今天算欠您的！”陈廷安终于决定了。

……

饭馆里只有傅东晨和陈氏兄弟三位食客。饭菜刚一端上来，陈廷顺就狼吞虎咽地吃了起来。

“傅先生，我们刚到汉阳就认识了您，您还管我们饭吃。我得感谢您！”说着陈廷安举了酒杯，“廷顺，别只顾吃，敬傅先生一杯。对，咱这叫借花献佛。”

陈廷顺端起酒杯，匆匆抿了一口后就大口吃起饭菜来。

“二位，刚才你们看见的那是监狱，里面关押的名义上是犯人，其实不少都是不满政府的革命党和无辜百姓。”傅东晨似乎无意地说。

“那是乱党！”陈廷安立即接道。

傅东晨一笑：“那是满清当局的说法儿，兄弟可不要助纣为虐哟……”

陈廷安稍稍怔了一怔，随后立即装作不在意的样子。“傅先生，帮人帮到底，我这兄弟馋，能再给我们买份外头巷子口的豆皮吗?”

正在下吞食物的陈廷顺听到这儿想说什么一时说不出来。

“没问题！”傅东晨立即爽口答应并起身出去了。

陈廷顺终于咽下了嘴里的食物：“哥你说谁馋呀?!”

陈廷安压低声音：“说你馋你就先馋会儿吧！”说着回头对店家：“东家，一会那位先生结账！”

陈廷安拉起陈廷顺就走。陈廷顺一时不知发生了什么，走前随手又抓了一个馒头。

待傅东晨买了豆皮回到饭馆时，人没了，饭馆老板告诉他，那两位客人有事先走了。傅东晨意外之后冷冷一笑。

此时，陈廷安拉着陈廷顺正在街上快步走着。

“你没听他说什么吗？一定是个乱党！你我都是大清子民，怎能听他胡言乱语？”陈廷安仍有点气恼。

“要知道他是乱党，我再饿也不吃他的东西！”陈廷顺说着巴嗒一下嘴，“可要真能再吃点豆皮也不错。”

“真要是乱党的饭，你还是吐出来的好，要不可能中毒。”陈廷安没好气地说。

陈廷顺马上弯下腰、张开嘴：“哥你不是吓唬我吧？”

陈廷安笑：“还真是吓唬你。饭是肯定没毒，不吃白不吃！不用吐出来了。”

“哥，咱晚上住哪儿呀？”

“你怎么吃完了就想住呀？离天黑还早呢。”

“可住店咱没钱呀。”

“想办法找钱！”

陈廷顺不解地看了看陈廷安：“哥我跟着你啥都不用担心！”

陈廷安苦笑：“可我担心——上哪找钱呢？”

哥俩终于进了家客栈。

双方已经在讨价还价了。

陈廷安挺了挺胸，问坐在柜台里的老板：“一个房间一天要十五大钱儿？”

“这是最便宜的了，您要是有钱，也可以住三十大钱一天的房间。”老板显然已经有些不耐烦了。

“那太便宜了，有没有六十一天的？”

老板有些意外，探出身子打量了一眼哥俩的穿着：“看不出二位是大老板呀。”

陈廷安笑了：“看我们钱是不是挂裤腰上了？我的习惯是把银票放到鞋里当鞋垫儿！”陈廷安说着将脚从鞋里褪出，鞋里露出已经有些踩烂了的纸质鞋垫。陈廷安立即又把脚伸了回去。

“走，兄弟，再找家好的！”陈廷安拉起陈廷顺。

两人刚出这家客栈的门，陈廷顺小声说：“哥你真能蒙。”

“个养的，真黑，十五大钱！咱们找钱去！”

“哥，我知道你鞋里垫的是在船上捡的纸壳儿。”

“那客栈老板没看出来就行。”陈廷安说着弯下腰，取出纸壳儿鞋垫，随手扔到远处的垃圾堆里，“我说怎么有点硌脚呢！”

2

这是一间很大的书房，墙下一张很大的书案，书案后是一把老式木椅子，椅子后面的墙上贴满了各种步枪的照片、图纸……另一侧的墙上挂着几支不同阶段制造的“汉阳造”步枪。

书案的两侧各一摞图纸。此时余怀庆正在里面翻找着什么，最后终于找到一张照片。照片的下侧注明：“德国98式步枪。”余怀庆想了想，又从另一侧的一摞图纸中抽出一张图纸，然后拿起桌上的放大镜，两相认真地对照着。不过，结果却不是他所期待的。

余怀庆放下了放大镜，沮丧地坐在了椅子上。这时他的目光落在了案上的一角，那一角空空的。

余怀庆立即脸色有变地站了起来：“丫头！丫头!!”他的声音甚至有点变了调儿。

应声而进的不是什么丫头，而是个半大老头；半大老头小心地看着余怀庆：“老爷?”

余怀庆看了一眼进来的人：“管家，丫头呢?”原来是管家。

“老爷，丫头出去了。”

“我桌上的照片呢?”余怀庆放缓了声调。

管家这才明白老爷的“心肝”没了——他看了看桌上的那个位置，果然没有照片的影子。“老爷您别急，可能是新来的冯妈刚才打扫卫生时放到别处了吧。”管家马上回头向外间喊：“冯妈!”

冯妈应声而入，表情有些不知所措。

“老爷、管家……”

管家严肃地问：“冯妈，你看见老爷书桌上的照片了吗？照片，就是有小人儿的，在一个小木框里。”管家边说边比划着。

冯妈一时没反应过来，看来她对什么叫照片还不太懂。“……有小人的，哦，我知道。”

冯妈转身出去了。

管家这才松了口气：“老爷放心吧，她没扔。冯妈刚来，咱家的规矩她不太懂，怪我还没调教好。”

余怀庆松了口气：“没扔就好。”

冯妈抱着一个相框进来。

“老爷，我放在厅里了。我怕老爷在桌上干活时，这东西碍您事。”冯妈轻松地说。

管家嗔怪地：“老爷干活儿又不是挥锹抡镐的。”说着管家从冯妈手里接过相框，小心地双手递给余怀庆。余怀庆接过相框，认真地看着。

照片上是一个少妇抱着一个不满周岁的婴儿。少妇的一双耳垂上悬挂着不大的水滴形的耳环……余怀庆凝望许久后，精心地擦了擦，恭敬地放在桌上里侧的显眼处。此时，管家一直小心垂手而立，冯妈则怔怔地看着。

管家向门外示意后，和冯妈从书房出来。

到了中厅，管家才松了口气。

“冯妈，以后老爷的书房你就不要进去打扫了。”管家严厉地说。

冯妈不安地：“管家，我该死，我惹祸了！”其实她可能还未意识到自己到底哪做错了。

“老爷的书房里没一样东西是不重要的，特别是那张相片。你知道那相片里的人是谁吗？”管家问。

冯妈迷惑地摇头。

“那是老爷的太太。”

冯妈一时有点不解：“哦？我还以为老爷没太太呢。可太太现在在哪儿呢？”

管家看了看书房，将冯妈拉到了院子里。这更让冯妈不知所以。

“唉，当初老爷出洋了，准备回国后到汉阳来，就给太太写封信，让太太先到汉阳来等他。可太太刚到汉口就病了——这都是后来老爷回来后到处找太太找不着，听人家讲的。”管家讲得语重心长。

冯妈终于明白了：“那后来呢？”

“后来老爷到处找太太，最后才弄清，太太病死了！”

冯妈一阵唏嘘："太太怀里抱的孩子是老爷的儿子吧？"

"是老爷的闺女。太太死了，那孩子是死是活、哪儿去了也没人知道了。快二十年了，老爷再也没续弦。"

"怪不得老爷那么在意呀，难为老爷，二十年了——那时就有相片了？"冯妈这才明白余怀庆为何那么在意那照片了。

"那还是老爷出洋前用洋人朋友的机器照的呢。"

冯妈似懂非懂地点了点头。

书房里的余怀庆从墙上取下了"汉阳造"。

管家正要进来做什么，但在门口看见余怀庆认真地看着那支枪的每一个部位时，管家又悄悄缩了回去。

余怀庆把枪放在桌上，认真地看着摊在桌上的图纸，拿起放大镜，认真看着德国98式步枪的照片……

余怀庆紧锁着眉头，将手里的放大镜放下，将图纸和照片推到一边，叹了口气。

冯妈探进头来："老爷，吃饭了。"

"哦？哦，知道了。"余怀庆心不在焉。

鲍昆手里拿着本外文杂志进来。

"老师，您通过朋友在德国订购的《步枪》杂志来了。"

余怀庆精神一振："快给我！"他站起身，接过杂志。

冯妈还在等着："老爷，先吃饭吧。"

余怀庆一摆手："不急不急！"

余怀庆把杂志翻开摊在桌上。页面上是一支德国造98式步枪。杂志的一侧是一张有德文的98式步枪图纸。两相比较，我们看不出有何区别，但显然余怀庆看出了不同，突然气恼地将那张图纸抓过来甩到了地上。

这时恰好管家进来，见此情形，一时没敢吭声。

3

这条街和陈氏兄弟丢包袱的那条街差不多，也是行人如织。不远处的街心上，百姓围成一圈，不时传出叫好声。圈里，陈廷安正在虎虎生风地耍着大刀，脸上抹着灰的陈廷顺则手里拿着个破瓢，挨个在观众面前点头哈腰。

原来，兄弟俩在卖艺找钱。

因为脸上抹了灰而显得十分落魄的陈廷顺满脸堆笑，背台词般绕着圈儿说："各位大叔大婶大哥大姐，我们哥俩初到宝地，刚下船钱就丢了，请各位大发慈悲，看在我哥大刀还抡得不错的分上，帮助一个半个的……谢谢！谢谢！"

不知是人们对陈廷安的刀术钦佩，还是被陈廷顺的诚恳感动，不时有一两个大钱儿投在陈廷顺的破瓢里。

忽然，围观的人们一阵骚动。陈廷顺没有注意到，耍大刀的陈廷安却注意到了人们的异样，并向人们投送的目光处撇了一眼——一个略胖、看上去很和善的中年人出现在圈外，几个打手般的随从簇拥在他身后，最后，则是那个叫桂福的人。他突然认出了陈氏兄弟，立即躲开陈氏兄弟的视线。

中年人身边的观众下意识地给他让出了个缺口，中年人进到了圈内侧。桂福悄悄地跟在他的身后。

人们中有人认出了这个中年人。一个老头悄声说："鬼七。"

一个中年人声音更低地说："他倒是挺有闲心嘛。"

老头有点担心地说："不好说他是来干啥呢。等着看看吧。"

桂福在鬼七身后说："大哥，这哥俩我们玩过了。"

鬼七一声不吭地认真地看着陈廷安耍刀的功夫，但目光很快落到了那把大刀上……

桂福又悄声地对鬼七说："大哥，在这哥俩的身上我可没少费功夫。"

鬼七脸上掠过一丝不屑，回头悄声说："就你弄的那两吊钱？你认识他手里的片子吗？"

"不是就一把大刀嘛！"

鬼七哼一声，"你知道那大刀是什么货？值一百倍你弄的小钱儿！"鬼七低语道。他向后面的桂福使了个眼色，桂福捅了捅他身后的那个厚嘴唇，厚嘴唇立即转身出去了。

很快，鬼七那个手下将一把和陈廷安的大刀外形相差无几的大刀悄悄递给了桂福，桂福将刀藏在了鬼七的身后。

这时陈廷顺的破瓢伸到鬼七的面前。观众好奇而期待地注视着鬼七。

陈廷安继续挥舞着大刀。在人们的叫好声中，陈廷顺的破瓢里突然扔进了十几个大钱儿。陈廷顺感激地抬头，原来是鬼七扔的钱。

"谢谢先生，谢谢先生！您一定长命百岁！还能家财万贯！"为了感谢这位慷慨的先生，陈廷顺多说了几句，可围观者中认识或不认识鬼七的都一阵惊叹和意外与不安。

鬼七向陈廷安抬了抬下巴："那位是你哥哥？"

"对！对！我亲哥！"陈廷顺颇自豪。

"你哥大刀抡得不错嘛。"鬼七由衷地赞扬。

"那是，要是抡得差，您也不能赏钱呀。"陈廷顺更加得意了。

陈廷顺正要离开时，鬼七拉住了他："能和你哥说说，让我欣赏一下他的刀吗？"鬼七说着又往陈廷顺的破瓢里扔了几个大钱儿。

陈廷顺看着破瓢里的钱，满口应道："没问题，您等着。"

陈廷顺马上向仍在耍大刀的陈廷安走过去。

鬼七微笑地看着陈氏兄弟，后面的手却向桂福示意了一下，那把几乎与陈廷安的宝刀相差无几的大刀从厚嘴唇的手里递到了桂福的手里。桂福轻轻在鬼七手上拍了一下。

鬼七的脸上掠过一丝得意的微笑。

陈廷顺和陈廷安小声说着什么，随后，陈廷安向鬼七方向打量了一眼。鬼七投以笑意。而观众们则不知道要发生什么。

陈廷安持刀向鬼七走来。

观众们目光一致地投来，目光中有期待、不解、疑惑与担忧……

陈廷安走到鬼七跟着，把大刀交到鬼七的手上。

“兄弟的刀法不错!”鬼七认真地说。

“先生夸奖了。”陈廷安很谦卑，同时心里在想：他是干什么的？

鬼七接过刀，看了看，敲了敲：“好刀！好刀!”

好奇的人们渐渐围拢过来，可鬼七的手下立即大呼小叫地驱赶着人们。这时的陈廷安心里有些犯嘀咕了。

这会儿的陈廷顺正在圈外专心地数着钱。

当人们一阵混乱和骚动时，陈廷安下意识地回头看了一眼。鬼七的几个手下立即挡住了围观者的视线，鬼七则在桂福的配合下，迅速将桂福手里的刀与陈廷安的刀调换了过来。

此时，陈廷安回过头，鬼七将已经置换的大刀递给了陈廷安。

“兄弟，刀不错，我开了眼了。”鬼七的语气仿佛什么事也没发生。

陈廷安接过刀，不经意间瞥了一眼，顿时脸色一变，但仍平静地将刀递回鬼七的眼前：“先生，这不是我的刀。”

鬼七一惊：“哦？什么意思？”

陈廷安一字一顿地：“这不是我的刀!”

鬼七一阵大笑：“年轻人，你开玩笑吧，不是你的刀？你的意思是这刀你不要了？我霍老七虽不是贪财的人，不过你要是把刀送给我，那咱们也是不薄的交情，我就笑纳了？”

陈廷安倒是不急不恼：“霍先生，我刚才交到您手上的刀可不是这一把。我的刀不用看，拿到手里就知道。再说，我的刀的刀把上是有撮红缨的。”

“是吗？那也许是你刚才舞刀时要丢了。来来来，大家帮着找找。”说着鬼七拨开了人们，围观者立即散开。鬼七和几个手下故作认真地在地上寻找着。

人群外的那个细高个将陈廷安的大刀藏在怀里正欲溜走时，陈廷顺却站在了他对面，两人面对面时，终于认出了对方……

“原来是你们呀！怎么还盯上我们哥俩了呢？这是我哥的大刀，你往哪拿？”陈廷顺有点哭笑不得。

另一边的陈廷安和鬼七还在交涉。

“霍先生，您还是别作戏了，我虽然谈不上江湖中人，但也涉过江趟过湖。这是您的刀，我不要，我的刀也请您还给我。”陈廷安不想惹事了，说着将那把刀塞到鬼七的怀里。

鬼七脸色突变：“怎么？小兄弟，你是怀疑我霍老七换了你的刀？笑话，你不是本地人吧？问问在场的乡亲，哪个看见我霍老七换了你的刀?!”

突然人群外一阵骚动。陈廷顺和细高个撕扯着出现在人们的视线内——两人争夺着那把刀。

陈廷安几步蹿过了去。鬼七和围观者也涌了过来。

陈廷安在细高个肩上轻轻一击，细高个一咧嘴，手下一松，刀则滑落到陈廷安的手中。

惊恐而好奇的人们围了上来。鬼七手里捧着那把“假刀”，羞怒万分，忽然抡起手中的大刀扑向陈廷安。

围观者立即紧张地散开。

陈廷顺和细高个也交起手了。

陈廷安躲过鬼七的刀，却将自己的刀瞬间插进背上的刀鞘中。鬼七一怔，顿时满面涨红，再次挥刀砍来。陈廷安轻轻带过，鬼七扑空，身体有些失衡之时，陈廷安一掌击在鬼七的肩上。人们一阵叫好。

已经顾不得许多了的桂福、厚嘴唇等帮凶一齐向陈廷安扑来。陈廷安和陈廷顺背靠背站在一起。

“怕不?”陈廷安问陈廷顺。

陈廷顺发自内心地一笑：“有哥呢，我怕啥!”

陈廷安显然没把鬼七等人放在眼里，可这时，几个看上去显然又是鬼七手下的人手持刀、棍气势汹汹地从远处赶来，百姓不禁惊呼并为兄弟俩担忧。

鬼七等人受到鼓舞，鬼七再次挥起刀，桂福、细高个、厚嘴唇等狂叫着向兄弟俩发起进攻。陈廷安紧紧靠着陈廷顺，拉开架势准备迎敌。

鬼七冲到兄弟俩跟前，挥起手中的大刀，可陈廷安却转回身，以背在背上的大刀相迎。只见鬼七的大刀恰好与陈廷安背上的刀把相碰，鬼七的刀顿时断为两截。

鬼七看着自己手里的断刀，一阵愣神。

此时鬼七那几个手下赶到，连同桂福等人将陈氏兄弟包围起来。

陈廷安侧头悄声对陈廷顺说：“别怕！有哥呢。”

“这回可有点怕了。”陈廷顺声音颤抖着说。

傅东晨挤进了人群，见状，准备出手相助，可一时看不出他要助的是谁。

“弟兄们，咱不要命，只要刀!”鬼七向手下招呼着。

鬼七等人正欲上前、围观者惊呼中为兄弟俩担心时，突然警哨声大作。对峙双方一怔。

围观者似乎终于松了口气，一阵起哄和大叫“巡警来了!”随之人群大乱，鬼七等人环顾四周……

陈廷安借机拉起陈廷顺就跑。围观的人也一轰而散。

围观的百姓已所剩无几，鬼七和众手下四下打量着。

“巡警在哪?”鬼七大叫道，“巡警呢?我被人打了，怎么没人管?!”鬼七继续大叫着。可还是没有巡警出现。

桂福四下打量着：“怎么只听见警哨声没见巡警呀?”

那个神秘的秀儿在远处的街角突然闪身而去。

鬼七发现了秀儿，顿时明白了什么：“给我抓住她!”

厚嘴唇等人立即向街角方向冲去。

鬼七扔掉手里的断刀：“娘的，丢人丢大了!”鬼七肩疼得直咧嘴，桂福扶住了他。

“大哥，没事吧?要不要去看郎中?”

“看什么郎中!我是纸糊的?”鬼七没好气地说着，并大幅度地动了动肩，却不禁咧了咧嘴。

这时焦伯琛和胡三匆匆赶来。

“谁吹的警哨?出什么事了?”焦伯琛看了看鬼七等人。

鬼七哭丧着脸：“姐夫，你来的太是时候了!我被人打了!”原来焦伯琛是鬼七的姐夫，怪不得他刚才还大叫“巡警呢?”

没想到焦伯琛一点没急，反倒放松地看了鬼七一圈：“谁打的?还有人敢打你?!”

“乱党、乱党呀!”鬼七认真地嚷着，并抚摸着肩膀，故意疼得呲牙咧嘴。

焦伯琛看着鬼七的狼狈相：“你怎么知道人家是乱党?”

“那两人在这聚众演讲，讲的都是大清的不是呀。兄弟我上前制止，哪知道这兄弟俩武艺高强，我和兄弟们硬是没打过人家。姐夫，要不是你来了，兄弟的这条命可就捐给大清了。”

焦伯琛严肃起来：“哦？什么样的两个人？”

“二十出头，不是本地人，其中一个还带着凶器……”

焦伯琛：“凶器？什么凶器？”

“一把锃亮、削铁如泥的大刀呀！你看！”鬼七指了指扔在地上的那把断刀，“兄弟以刀相迎，哪知道刚一碰人家的刀我这刀就断成两截儿了，要不是兄弟功夫在身，怕是这条胳膊就没了。”鬼七哭丧着脸说。

“他们人呢?!”胡三问。

鬼七回头往一个街口一指：“朝那边跑了。”

“队长，会不会是从兵工厂庆贺会场上离开的那哥俩呀?”胡三问焦伯琛。

焦伯琛一笑：“你还真聪明。追！这案子咱摊上了，跑不了你！”

两人向鬼七说的街口而去。

桂福立即趋前扶住鬼七：“大哥，你这伤得不轻吧？”

鬼七眼睛一瞪：“什么不轻?!我有那么孬吗？桂福呀桂福，你跟了我这么多年，怎么也不长眼呢？没看人家那刀把上有撮红缨吗？怎么就不把它换下来，害得我当场丢人!”

“大哥，您又不是没看见，咱就是把他那撮红缨换上，人家也认得那不是他的刀呀。您没听他说只要刀一到他手，就知道是不是他的!”桂福委屈地说。

鬼七想想也对。

“娘的！那真是把好刀！早晚我会遇到他们，君子报仇十年不晚！走，回府!”鬼七刚一抬脚，疼得他一咧嘴，但马上忍了回去。

焦伯琛和胡三跑到街口，打量了一下行人，没有像乱党的人。

焦伯琛停下了脚：“没别的路！这么长时间了，那两小子早跑没影儿了。”

“队长，当时咱们搜查那哥俩时怎么就没发现他们是乱党呢，要是当时就把他们拿下了，霍爷也不会挨打呀。”胡三看着焦伯琛问道。

“你的意思是我放走了乱党？”

胡三自觉失言：“队长，在下的意思是要是那会咱们把那哥俩逮了，他们就不会聚众演讲了呀。”

焦伯琛冷笑：“鬼七的话你也能全信？他为啥挨的打还不一定呢。”

“霍爷挨打了倒像是真的。不过我看那哥俩还真不像乱党。”

焦伯琛看了他一眼：“你小子说话怎么两头堵呀。”

胡三不好意思地笑：“您知道，小的是没主意的人。”

“不管他们是不是革命党，聚众滋事是真的，是不是乱党，抓住他们就知道了。”

“队长，‘跑不了你’！对不？”

焦伯琛笑了：“你小子别学我呀。是跑不了他们！我得去局里一趟，你和弟兄们去找找那哥俩。”

4

陈氏兄弟跑进了一个小巷。陈廷顺怀里还抱着那个破瓢。

兄弟俩回头看了一眼，气喘吁吁地放慢了脚步。

“歇会吧。”陈廷安站住了。而陈廷顺却就势靠在墙边一出溜坐了下来。

“哥，你说咱兄弟俩怎么就这么背呢？自打在汉阳一上岸，就没遇到好事。倒霉透了！”

“世风日下，江湖险恶呀。好在咱有店钱了。查查钱。”

陈廷顺立即把瓢放下开始查钱。

……

此时，那秀儿奔跑着从另一条街上拐了过来。她看了眼身后，随手将一个哨子扔到路边。这时，也是从另条街上拐过来的厚嘴唇等人看见了秀儿，立即加快脚步追来。

秀儿回头看见了他们，撒腿狂奔。

跑进一条巷子后，秀儿累得再也跑不动了，回头看了一眼追她的人，索性坐在了地上。行人不知道发生了什么，好奇地看着她。

厚嘴唇等人到了秀儿的身边放缓脚步，显得若无其事。厚嘴唇走到秀儿跟前时，秀儿视若无睹。

厚嘴唇等人扶起了面无表情的秀儿：“小姐，走吧。”

此时那陈氏兄弟还在查钱。

“哥，怕是不够住六十大钱儿一天的店。”陈廷顺拿着钱说。

“能住上十个大钱儿一天的也行。先捱两天，等咱们当了兵就住军营了。”

“哥，这钱还是放你那儿吧，放我这我可害怕。”陈廷顺把查好的钱交给陈廷安。

“你就拿着吧，这回谁敢抢我就拿大刀劈他。这汉阳地界的江湖还真讲不得仁义。走!”

哥俩起身走了。

还是那条哥俩撕传单的小街。小街上的行人不多。

陈氏兄弟东张西望地走来。

“哥，这不是通监狱的那条路吗？哪有便宜的客栈呀。”

“哪有我也不知道，我就知道咱这俩小钱儿只能住小客栈。慢慢找吧。”

陈廷安停下脚步准备向行人询问。这时那个大家闺秀似的姑娘罗秋月四下打量着悠闲地走来。陈廷安走到她面前：“这位小姐，有劳您，我们打听一下这附近有没有客栈？就是不太大、又不宰客的那种。”

罗秋月打量陈廷安一眼：“哦，就是便宜的吧？”

“小姐，您真是好眼力，一眼就看出我们是穷人了。”陈廷安哈了哈腰，自嘲地说。

罗秋月微微一笑，往前指了指：“往前走，往右一拐不远就有一家‘便宜客栈’”。

陈廷安眼睛一亮，继续问：“请问那客栈是什么招牌？”

“便宜呀。店名就叫‘便宜客栈’”。

陈廷安笑了：“穷人就是有穷命。谢谢您小姐！”

罗秋月看了一眼远去的陈廷安，禁不住笑了笑。

……

啪！一把鞭子扔到了桌子上。连气带累，鬼七喘着粗气坐在了椅子上。

地上半坐着的秀儿，衣衫褴褛，伤痕可见，显然是刚刚被打过，但脸上却毫无表情。

桂福走到鬼七身后说：“大哥，您别太生气。”

鬼七不耐烦地一摆手：“带走，关起来！”

桂福走到秀儿身边，去扶秀儿……

秀儿被关了起来。

……

陈氏哥俩一进客栈的房间，陈廷安把大刀往床上一扔，随后四脚朝天地躺在了床上。

陈廷顺也倒在了床上。

躺在床上的陈廷顺大瞪着双眼，眼前就浮现出了秀儿的身影。秀儿在他的眼里和心里一直是第一眼的感觉，不管之后发生了什么，都无法影响他那最初的感觉。那感觉是什么？陈廷顺不知道这叫爱情，只知道自打看了秀儿那一眼，他就一直心里有个说不清也想不清的事。这成了他压在心底的一件宝贝，随时都能拎出来审视和欣赏一番。可这是件什么样的宝贝呢？陈廷顺想不明白，他也乐于在这想不明白的过程中体会一种从未有过的满足。

“哥呀，我不想吃饭了，就想睡觉！”陈廷顺唯恐陈廷安打扰他。

“我也不想吃，省了。睡吧，明天再去募兵站。”

很快便响起了鼾声。但那只是陈廷安的。不知何时，陈廷顺终于睡着了。

当第二天的太阳洒到床上时，哥俩仍然鼾声不止……

同样的太阳也照进了一间房子里，不过却是一间闺房。

一看便知是女人的闺房，但房间里空无一人。

门开了，鬼七满脸笑容地走了进来。

“秀儿呀，是爹的脾气不好，你——”他看一眼屋里，没人，再看窗，开着。

鬼七脸色一变，随即大叫起来：“来人！桂福，桂福！”

……

陈氏兄弟醒了。

陈廷顺一动不动地想着什么。他想的是这一夜睡得真香，可为什么没梦见秀儿呢？

几个宿客齐聚在便宜客栈老板的柜台前津津乐道着，话题是关于昨天的庆贺会场爆炸一事。

穿着白褂子的宿客感叹道："这伙人的胆子也太大了，那么大的会场也敢去炸！"

穿着大裤衩子的宿客笑着说："人家炸的就是那会场！让人家来炸便宜客栈人家还不来呢。"

老板不爱听了："嘿，嘿，二位别老惦记着我这小客栈呀。我谁也没得罪，凭啥炸我呀！"

一个年轻点的宿客好奇地问："你们说那爆炸是谁干的？是乱党还是帮会呢？"

白褂子说："那你可得去问巡警。不过听说巡警也不知道。"

"要我看就是那些洋人干的！这些洋鬼子见不得咱们的好。"大裤衩子断言道。

老板有点不耐烦了："诸位聊点什么不好？莫谈国事！"

人们有点扫兴，正要离去时，一个背着包袱的年轻人从外面进来了，一进门就嚷嚷："哎，诸位，聊啥呢？我可听见个新鲜事！"人们立即转移了兴趣，七嘴八舌地追问是啥新鲜事。

这时，眼睛还没全睁开的陈氏兄弟从房间走出来，见大家热烈地议论着，放慢了脚步……

背包袱的年轻人看一眼老板说："老板，你听说过鬼七吗？"

老板立即脸色一变："怎么？是你家亲戚还是你的仇人？不会跟你来了吧？"老板说着当真向门外看了一眼。

背包袱的年轻人也下意识地回头看一眼："你别吓唬我。我可得罪不起人家。"

老板却说："是你把我吓着了！"

"快说怎么回事吧。"白褂子有点着急了。

背包袱的年轻人津津有味地说："我听说那个叫鬼七的在汉阳、汉口、武昌这一带名声大着呢，也凶着呢。可是呢，就是这么一位爷，昨天被两个乡下小伙儿给揍了！"

老板吃了一惊："不会吧？那鬼七手下可是一帮人呢，再说他也有两下子，会个三拳两脚的。"

背包袱的年轻人一撇嘴："那可得看碰上谁了。他有两下子，人家有三下子他不就完了？听说那哥俩儿可是武艺高强！"这人说着比划起来，"鬼七还没着人家的边儿，人家轻轻一掌，就差点让他闹个狗吃屎。"

白褂子附和道："人外有人天外有天，这是碰上茬儿了。"

大裤衩子宿客兴奋了："有种！这哥俩不是江湖高手，就是身后有靠山，要不谁敢惹这个茬儿？"

"得得得，诸位，别聊这个了，再聊就把七爷招来了！"老板又不耐烦了。

一直认真听着的哥俩出了店门。老板看了他们一眼，忽然眉头一皱……

……

这时，那位巡警队长焦伯琛疲惫地进了队长室，一屁股坐到了椅子上，可气还没喘匀时，胡三就闯了进来。

"队长！"

"有事说！"

胡三低声说："没查到那哥俩的下落，就是打了您妻弟的那哥俩。"

"找不着就算了，别把他的事当事。"焦伯琛并不在意。

"七爷不是您的妻弟嘛，属下哪能不在意？"胡三试探着说。

焦伯琛一声冷笑："鬼七，人家这外号真是没白给他起——一肚子的鬼肠子。他惹的祸凭什么让咱们给他收拾摊子。我怀疑他是没安啥好心，才叫人家给打了。他想官报私仇，拿咱们给他当家丁。”

“那小的就不敢说了。可那哥俩毕竟是把七爷给打了呀。”

焦伯琛不耐烦地摆手：“忙你的去吧，我歇歇。”

胡三刚走，焦伯琛刚把头靠在椅子背上闭上眼，鬼七哭丧着脸闯了进来。

“姐夫……”

焦伯琛一动不动地睁开眼：“怎么了？又谁把你七爷给打了？”

“姐夫你就别挤兑我了！”鬼七一副可怜相。

“那是怎么了？”

“闺女没影儿了。”鬼七自己找了个地方坐下了。

焦伯琛坐了起来：“哪个闺女？娥儿不是早就没了吗？”

鬼七一怔：“我是说秀儿……”

“怎么？是丢了还是……死了？”焦伯琛认真地问。

“跑了。”鬼七眼睛湿润了。

“那就去找呀！干闺女丢了你难过，当年亲闺女你都敢卖怎么就没发发善心？娥儿死时你哭过没？!”

鬼七突然抽起了自己的嘴巴：“姐夫，你别说了！”

“秀儿丢了你到我这儿干什么？快去找呀！”

“我寻思看看她来没来这儿……”鬼七小心翼翼地说。

焦伯琛认真地看了看鬼七：“她上我这儿来干什么？是看我这个借光的干舅舅还是来报案？”

“好歹她也叫你舅舅，我想她是不是受了什么委屈不想和我说，来找你了？”鬼七以试探的语气说。看来，如焦伯琛所说，鬼七大概是怀疑秀儿来报案，才来试试焦伯琛的口风的。

5

便宜客栈老板正打着算盘，傅东晨进来了。

老板打量着傅东晨："老板，您……住店?"

"老板，我打听两位朋友。"傅东晨边客气地说着边四处打量着。

"我说凭您这身行头不会住我这小店嘛，您问。"老板看了看傅东晨后笑笑说。

"有两个潜江口音的年轻人住在这儿吗?"傅东晨问。

老板眼珠子转了几下："潜江口音……有呀，您找他们?"

傅东晨顿时轻松地说："那是我家亲戚。"

"真不巧，那哥俩出去了。"

"说去哪儿了吗?"傅东晨追问。

"没告诉我，我也不能问人家呀。"

傅东晨点点头，却没有失望的表情。

……

此时的陈氏兄弟正边说着什么边走在大街上，谁也不知道这两个倒霉的兄弟还会遇到什么。

前边一个不大不小的门脸，门上一个牌子：新军募兵站。

当陈廷安发现了募兵站的牌子、和陈廷顺说了句什么后，两人快步走来。一到门前，陈廷顺兴冲冲地往门里走，陈廷安却一把拉住了他。此时陈廷安正在看着门旁的布告。

"哥，你闲着没事看那个干什么!"急不可耐的陈廷顺有些不耐烦。好容易找到了募兵站，陈廷顺恨不得马上穿上军装，住在兵营，吃上军粮。

"不看这个你怎么当兵!"陈廷安也有些不耐烦了。

陈廷顺不解地："哦？给咱念念。"

陈廷安看着布告："听着，'募兵告示，凡欲投军者须符合以下各条方可申请。一、须是良家子弟……'"

"咱们肯定是良家子弟呀。"陈廷顺说。

"二、不得吸食鸦片。"陈廷安接着念。

"打死咱也不吸！"

"三、须详报三代背景。"

"那就报呗。"

"四、须略识文字。入军考核以背诵千字文为准。"

"什么？那完了，百字文我也不会呀。"这回陈廷顺傻眼了。

"那还在这儿干啥，回去，背好千字文再来吧！"

陈廷顺打量了一眼募兵站大门里面，沮丧地跟在陈廷安后面离开了。

"从现在开始，你就得一门心思背千字文。背不下来咱就当不了兵，当不了兵就是白来了。"陈廷安边走边和兄弟说着。

"有你我哪能背不下呢？你教我吧。"陈廷顺知道他哥背千字文不在话下。

"那你就得用心了。认真听着：天地玄黄，宇宙洪荒。"

"天地玄黄，宇宙洪荒——哥，'天地玄黄，宇宙洪荒'是啥意思？"

"就是苍天是黑色的，大地是黄色的，茫茫宇宙辽阔无边。"

"哦，明白了。"陈廷顺点点头。

"日月盈昃，辰宿列张——"陈廷安一字一顿地教着他。

"哥，'日月盈昃，辰宿列张'是啥意思？"

"就是太阳有正有斜，月亮有缺有圆。星辰布满在无边的太空中。你就别老问啥意思了，先背下来！寒来暑往，秋收冬藏——”

“寒来暑往，秋收冬藏。这个我明白，不用你告诉我了。”

哥俩儿一边背着千字文，一边慢慢地走着。

在哥俩前方的街边，一段残墙下坐着一个萎靡、垂头的女人，看不出是要饭的还是走失的，总之看上去是病了。这时兄弟俩走来。

陈廷安发现了那个女人，稍放慢了脚步，并未多想，马上掏口袋，并未多看一眼那女人的陈廷顺则拉了他一下：“哥，咱就那两小钱儿，省省吧。”陈廷顺觉得哥哥真是多事！

陈廷安已经掏出了两个零钱，轻轻放在女人的跟前。

那女人抬起头，两人都怔住了。竟然是秀儿。

陈廷安下意识地说：“怎么是你？”

“大哥，怎么不能是我呢？”秀儿倒不意外。

“你——”陈廷安一时不知道说什么了。

本来已经走出了几步的陈廷顺转回身，认真地看过那秀儿之后，快步返了回来。看着秀儿，陈廷顺有点目瞪口呆，不知是激动还是恼火，脸涨得通红。

“大哥，我叫秀儿。”秀儿紧盯着陈廷安说道。

陈廷顺挤了过来，蹲下来面对着秀儿：“姑娘——秀儿，多好听的名儿，你怎么会在这儿？你怎么了？我们可一直在找你。昨天你受伤没？我可担心了。跟你说，为了救你，我们哥俩可吃了大亏了，包袱丢了，那可是我们哥俩的身家。我哥还怀疑你和那帮流氓是一伙的，怎么可能呢？我是坚决不信——”陈廷顺连珠炮似地说着。

陈廷安听着不对味儿，拉过陈廷顺：“快走吧。”可陈廷顺毫无离开的意思。

秀儿不看她面前的陈廷顺，却看着陈廷安说：“谢谢你们救了我。大哥，帮人帮到底，让我和你们走吧。”说着秀儿要站起来，陈廷安却把她按了下来：“我们两个大男人，哪能带着你走呢。”

“哥，有啥不能的——”陈廷顺毫不在意秀儿对他的视而不见，可话刚一出口就被陈廷安摆摆手拦住了。他有点不耐烦，疑惑陈廷顺是着了魔还是喝了迷魂汤。

“你们刚来汉阳，哪儿都不熟，我可以帮你们。”秀儿恳切而不屈不挠地说。

陈廷安稍一深思后，将身上的所有零钱掏出来给了秀儿：“那就不劳你了。”说完再次用力地拉起陈廷顺，以不容置疑的口气说：“走！”

极度无奈的陈廷顺在陈廷安走出了几步后才站起身，起身前小声告诉秀儿：“我们住在便宜客栈……”

陈廷顺开始有些冷静地问自己了，可结果他自己也不明白为何对这个神秘的秀儿有着那么强烈的异样的感觉，这种感觉几乎压倒了所有对她的怀疑与担心。有人说，爱情中的男女是傻子。虽然陈廷顺不懂这是爱情，可已经发傻了倒是真的。不用说，这将直接影响到他对是非的判断。尽管秀儿对他几乎没有正眼看一下。

秀儿也一样，只是对象不同。从外表上说，陈廷安与陈廷顺并无多大的长短和优劣，但说不清为什么，秀儿对陈廷安有着强烈的说不清的好感，两相比较之下，陈廷顺却让她有种说不出的反感。

哥俩走了，秀儿又一屁股坐了下来。待哥俩走远后，她悄悄起身，身下显现出陈氏兄弟的那个包袱。她拎起包正要走时，巡警过来了，她马上坐下垂下了头。

兄弟俩一路未说秀儿的事，背了一路千字文，只是陈廷顺有些心不在焉。

回到客栈后，陈廷安躺在床上监督着陈廷顺背千字文。

“天地玄黄，宇宙洪荒。日月盈昃，辰宿列张。寒来暑往，秋收冬藏。闰馀成岁，律吕调阳……”陈廷顺边背边看着陈廷安。见陈廷安睡了，陈廷顺也躺在了床上。

“别偷懒，接着背呀!”陈廷安闭着眼睛说。

陈廷顺吓一跳：“我以为你睡着了呢。哥，我背得差不多了，歇会，想想心思。”

“啥心思，说出来我听听。”陈廷安坐了起来。陈廷顺观察了一下陈廷安的表情后说：“哥，你说如果云妹她家要是还在潜江，你这次突然回来了，是不是就得和云妹成亲了?”

陈廷安盯了他一眼：“人家一家人都不知去哪儿了，你还提这个干什么？你这哪是心事，我看是闲的!”

“哥你听我说呀，我寻思你要是和云妹成亲了，我是不是也该找个媳妇了……”

陈廷安走到陈廷顺跟前，敲了敲他的脑袋：“嘿，你小子脑袋里装着什么呢？我早就看出来你对那丫头有意思……”

陈廷顺立即兴致大发：“哥，你说的是哪个丫头?”

“你看你，来了精神了，还有哪个?”

“哥，我要是娶老婆，就要秀儿那模样的。”陈廷顺忘情地说，“白净，长得还甜，这要是有了孩子，一定……”陈廷顺说完自责地拍了一下自己的脑袋——他实在找不出什么恰当的语句了。

陈廷安摇晃了一下陈廷顺：“什么有了孩子？你小子别胡思乱想行不行？我告诉你，咱可不是来给你找老婆的，是来投军的。再说这地方到处都藏着险恶，咱得小心点。你就死了心，好好背，背好了咱马上去募兵站!”

陈廷顺眨了眨眼，觉得陈廷安说得没错，可他还是集中不起精神来。

6

余府的书房和兵工厂的办公室都是余怀庆的工作场所。此时他正在自家的书房伏案看着图纸。

冯妈探进头来："老爷，来客人了。"

余怀庆直起身："请客人进来。"

进来的是鲍昆和兵工厂的生产主管王先生。

"老师，王主管坚持要来看望您，给您压压惊。"鲍昆说着将王主管推在了前面。

"余总办，卑职来晚了，昨天就应该来的。"看上去非常和善的王主管说。

余怀庆笑了："你们看我像受惊了吗?"

"总办见多识广，自然不会被歹人吓倒。只是这些恶徒太是胆大妄为!"王主管恨恨地说。

余怀庆给两人搬过椅子，请两人坐了下来。

"针对'汉阳造'下手这也不是第一次了。近百年，咱们中国渐受外辱，实是器不如人，近年李鸿章、张之洞诸大人倡导洋务，中国才有军工业的雏形，可已是落后西洋近百年，但仍然是举步维艰——太多的人不喜欢我们造出好枪呀。"

"老师，我也听说过建厂后咱们湖北兵工厂发生过一次大火和一次爆炸，至今还是个无头案，到底是何人所为呢?"

"上边的人都不知道，我何从知晓呢?对了，你们看看这个。"余怀庆回身从地上捡起卷成一团的那张图纸，又拿过那份西洋《步枪》杂志，并打开。那两人凑了过来。

余怀庆指着杂志照片和图纸："你们发现两者有何不同了吗?"余怀庆待两人看了一会后问道，两人摇头。

"鲍昆，王主管只事生产，你也算搞设计的，应该看出两者的不同。"余怀庆看着他问。

“不都是毛瑟枪吗?”鲍昆又看了一眼说。

余怀庆一声苦笑:“这正是我等上了德国人当的原因!当初德国人提供给我们的图纸与他们当初的承诺不符——他们把98式委员会步枪图纸指鹿为马地妄称是最新式的毛瑟步枪卖给了我大清政府,而两者是有差距的,这一点我早就怀疑。”

“老师,您早就发现了,学生为何才听您说起呢?”

“丢人哪!本想采取补救措施,可——”余怀庆不好意思说出口。

王主管马上接过来:“余大人,在下明白了,这就是您通过大清驻外使节买了一支样枪的原因。”

“是呀,可未想还是发生了不测……”

“老师,您打算……怎么办?”

“咱们去厂里吧。”余怀庆站了起来。

……

正在余怀庆等人去往兵工厂的途中,那位郑管带在军营中正在一份文件上签自己的名字,然后将文件交给恭立在案前的有棚长(班长)军衔的低级军官。

郑管带以命令的口吻说:“你们到楚望台军火库去领刚出厂的新枪。给我记住:世面不靖,一定要注意安全,别招摇过市地走闹市,挑那种清静的小街走。”

棚长倒有些害怕了:“郑管带,没那么吓人吧?”

郑管带不耐烦地:“少费话,这是命令!”

“是!”棚长立即出去了。

原来他们是要去军火库押运枪支。

这时,余怀庆在兵工厂自己的办公室里也刚刚写完一封信。余怀庆将信叠好装入信封。侍从走到桌前,接过信。

“立即送到湖广总督府呈给总督大人。如果大人在，最好立等回讯。”余怀庆吩咐道。

侍从应声后接过信立即走了。

一边的鲍昆想着什么：“老师，您估计香帅会同意您的请求吗？”

余怀庆踱起步子：“通过大清驻外使节购买太浪费时日，而且也不安全，只有和德国驻汉口领事馆交涉，或有收获。唉，没办法，不得不承认我们的军工制造业起步太晚、经验不足，必须得向人家学习；我们的‘汉阳造’目前还只能在整体上以仿造为主，不过，你我都应该坚信，中国迟早会有自己的军工业，什么叫‘自己的’？那就是无论从设计上还是制造上和用材上，都是我们中国人自己的智慧。”

“老师，一定会有那一天的！”鲍昆有些感动地说。

“我们身为大清子民，肩负之责不可懈怠；尤其国库虚浅，我们不能浪费了国家的银子，一定要向德国人讨个公道！”

“但愿他们能认账。”鲍昆有些担心。

“看香帅的意思如何吧。走，到车间看看。”余怀庆拿起外衣。

……

在一个非常狭小而僻静的小巷里，几个男人正凑在一起商量着什么，之后认真倾听一个年轻男人的吩咐，而这个年轻男子竟然是罗秋月所扮。

“一旦得手，立即把马车赶走，切不可过多纠缠，更不能伤害无辜。”此时罗秋月的话语和神态与大家闺秀全不搭界。看来他们要采取什么行动，可这伙人要干什么？什么来历？

众人对罗秋月的吩咐纷纷称“是”，想不到这年轻女人竟然是头目。

“不到万不得已，不要见血，更不能要命。”罗秋月严格要求道。众人点头。

罗秋月把头探出巷子口看了一眼：“大家把家伙藏好，一旦到了现场，马上按事先看好的地方先隐蔽起来，要耐心等待。”

那个曾拉洋车的顺子问："要是人家不走那条路呢？"

"这你不用操心，一定会走那条路！走吧，别紧张，不能引起人们的注意。"罗秋月胸有成竹地说。

几个人将随身的家伙儿以各种方式藏在了身上，在观察了一下巷里的动静后，鱼贯而出。

……

余怀庆在办公室边看报纸边等着侍从的消息……

终于，侍从急匆匆地进来，余怀庆立即放下报纸。

"怎么样？见到香帅了吗？"余怀庆急切地问。

"香帅亲自回文了！"侍从边说边掏出了信。

余怀庆立即接过信，打开后边看边露出笑意。

余怀庆恭敬地叠起信："备车，回府。"

鲍昆立即给余怀庆收拾好了随身的文件包。

……

小街上行人稀少。

几个年轻人前后相隔悠闲地走来。走近后看得出是罗秋月等人。他们的身上都带着经过伪装的武器。

罗秋月环顾了四周一眼，打了个响指，几个人立即四下散去，埋伏在了小街两边的陋巷中。

……

与此同时的余府，余怀庆将最后一份文件放进了文件包。恭立一侧的鲍昆问："老师，我和您去吗？"

"我自己去就行。你回厂，多到车间转转，有什么技术上的问题你处理一下。"余怀庆边说边向门外喊："管家！"

管家应声而进。“老爷。”

“准备马车，去汉口德国领事馆。”

“是。”

余怀庆最后整理了一下公文包里的文件，发现少了份资料，立即在书桌上的文件堆里翻找。可是没有。

“老师，那我先走一步。”鲍昆要走。

“你马上就得走，到我的办公室，查一下当初购买德国毛瑟枪的合同，我等着你。”

“那我快去快回！”

“管家，让车送一下鲍先生！”余怀庆吩咐完又坐下了。

半个多小时过去了，余怀庆在书房里焦急地踱着步。管家在门前看着他。

外边门响。

“鲍先生回来了，快去看看。”余怀庆吩咐。

管家应声而出，少顷，鲍昆和管家进来了。余怀庆期待地看着鲍昆。

“老师，你所有能放文件的地方我都找了，没有那份文件呀。”

余怀庆挠挠了头：“哦，我想起来了，当时那份合同是放在家里了。”

余怀庆又开始翻那摞文件，结果还是一无所获。

“奇怪了，我记得当时怕放在厂里不安全，特意放到家里的，怎么会没有了呢。”

“老爷您别急，慢慢找。”管家安慰着他。

“丫头没在家？”

“老爷，丫头上街了。”管家立即答道。

余怀庆坐在椅子上："我放哪儿了呢？"

"老师您别急，也许您认为太重要，专门放到哪儿了。"

"鲍先生说得对。"管家立即附和。

……

此时的街上，秀儿背着陈氏兄弟的包袱边走边四下打量着。

秀儿拦住了个拉洋车的："先生，这附近有家叫'便宜客栈'的客栈吗？"

"往前走，拐上那条小街再走不远就是了。"

秀儿谢过洋车夫后，蹦跳着往前走，此时，人们看到的是一位天真烂漫的小姑娘，而且是遇到高兴事的小姑娘。

路过一个商铺时，秀儿给自己买了一件花褂子，并立即穿上了。

这时焦伯琛走来，他不经意间发现了秀儿，不禁一怔。这时秀儿正向前走去。

焦伯琛悄悄跟在秀儿的后面。

第三章 连环圈套

1

陈氏兄弟俩端坐在床上。陈廷安看着陈廷顺，陈廷顺则心不在焉地叨咕着："天地玄黄，宇宙洪荒。日月盈昃，辰宿列张。寒来暑往，秋收冬藏。闰馀成岁——"陈廷顺结巴了。

陈廷安立即接道："律吕调阳！"

"哦，哥，我想上厕所，憋不住了。"陈廷顺一脸痛苦。

"我说怎么眼珠子乱转呢，尿憋的？去吧！"

陈廷顺立即出了房间。

其实陈廷顺是装的，一出房间他的痛苦就没

了，而且快步从客栈门里溜了出来。等待这一时刻陈廷顺可是憋了好久了。秀儿就像装在他心里的小兔子，一会也没让他消停过。

出了客栈大门的陈廷顺精神十足地四下打量着。他看了看另一条街，想了想，快步走了过去。

……

此时的余府，余怀庆还是没找到那份文件。他沮丧地坐在椅子上。管家和鲍昆看着他。

冯妈匆匆进来："老爷，我来了。"

"你看见我桌子上的文件了吗？"余怀庆怀着希望问。

"文件？啥……啥叫文件？"看来冯妈对这新鲜词还不太理解。

管家忍不住了："就是、就是有字的纸，纸，懂没？"

"没有呀。自从上次那相片的事，我再也没敢给老爷收拾桌子。"

"奇怪了，不应该丢呀。"余怀庆失望了。

"会不会是丫头给收拾哪儿去了？"管家提醒他。

余怀庆摇头："不会，丫头很少到书房来。怎么，丫头还没回来？"

……

陈廷顺刚过那条街，渴盼地四下打量着。他渴望秀儿的出现，却不知道她是否能出现。

突然，陈廷顺看见了一个穿着新褂子的姑娘。陈廷顺定睛细看，他顿时眼睛一亮，确认那是秀儿。一股热血冲上了陈廷顺的脑瓜皮，心跳也加快了。正待他欢喜地准备奔过去时，突然发现了跟在秀儿身后不远的焦伯琛……

陈廷顺一时呆住了。这时有人一把拉过他就跑。陈廷顺吓了一跳，回头一看是陈廷安。

原来，陈廷安见陈廷顺一直没回来，感觉不好，出来找时，恰好看见了这一幕。

兄弟俩赶紧回了客栈。陈廷顺还有点懵懵懂懂。

这会儿的秀儿终于拐入了“便宜客栈”所在的小街上，偶然回了一下头，惊讶地发现了焦伯琛。秀儿脸色一变，她不知道焦伯琛何时发现了她，又为何跟踪她……

秀儿加快了脚步。这时，她看见了“便宜客栈”的招牌，但她经过客栈门前，却快步继续前行，对客栈视而不见。

焦伯琛走过来，忽然放慢了脚步，因为他也看见了“便宜客栈”的招牌。

焦伯琛犹豫了一下，看了眼远去的秀儿，停下了脚步。

远处的秀儿回头看了一眼……

焦伯琛没上秀儿的当，秀儿为此十分沮丧。她不知道这会不会给陈氏兄弟带来麻烦。

其实焦伯琛遇见秀儿完全是偶然，可是当他意识到秀儿是奔“便宜客栈”而来、却过门不入时，就怀疑了什么，干脆进了客栈。

客栈老板一看来了警察，顿时满脸笑意：“哟，长官，欢迎您光临小店。您是喝杯茶还是歇会……”

“你以为本警官是来揩你油的？例行搜查！”焦伯琛毫不客气。

“搜查……您想搜查什么？”老板小心地问。

“搜查乱党。把所有房间都给我打开！”焦伯琛命令道。

老板赶紧从柜台里走出来：“长官，我可是大清俯首贴耳的顺民，怎么会窝藏乱党呢，不用您来搜查，我要是发现乱党，第一个向您报告。”

“少啰嗦，走，把房间都给我打开！”

“好嘞，打开就打开，我是怕误您的时间。”老板拎起一串钥匙，乖乖地走在前面。

老板依次打开房间，焦伯琛依次地探头看一眼。

“长官，我这小店客人不多，人家都是住个一两宿的就走了。”

两人走到陈氏兄弟的房间，老板犹豫一下后越过。

“这个房间打开!”极富职业敏感的焦伯琛立即站住了。

老板有一丝不愿：“长官，和前几个房间一样，没人。”

“我还没看呢，怎么知道没人？打开!”

老板无奈地打开房间，随着房门打开，老板的脸色有点变了。

房间内空无一人。

老板出了口气：“长官，您看，我说没人吧。”

……

焦伯琛离开了“便宜客栈”。远处的巷口，秀儿注视着焦伯琛，纳闷焦伯琛怎么独自进去又独自出来?

焦伯琛走远后，秀儿马上进了客栈。结果她很快就沮丧地出来了……

是那个陈廷顺骗了她还是找错了客栈，秀儿也弄不懂了……

此时，兄弟俩正匆匆从另一条街上拐了过来。

“你小子，还尿憋的，我一看你就是撒谎。这下惹祸了吧？把巡警都招来了!”陈廷安没好气地说。

“哪是我招的呀，他自己来的。”陈廷顺有点委屈，也有些沮丧。

“你还嘴硬！那个秀儿怎么找来的？还不是你告诉了她客栈在哪儿?”陈廷安干脆戳穿了他。

“我……是告诉她了，可没告诉巡警呀。”陈廷顺倒理直气壮。

“我告诉你这不是潜江，这里的人和事复杂着呢。你知道那个秀儿是干什么的?！你知道她的底细吗?”陈廷安有点生气了。他知道弟弟看上了那个姑娘，在他看来这简直是鬼迷心窍！

“我看她不像坏人呀。再说咱也没犯法，跑啥呀?”陈廷顺反倒有理了。

“‘聚众斗殴’——咱不是把那个鬼七打了吗？你没听说那鬼七在这一带多么横？咱把他打了还有啥好果子吃？也许那巡警就是在那个秀儿的带领下来抓咱们的！谁知道这汉阳都是些什么人！”陈廷安突然愤愤地说。

“哥，你说那秀儿能是坏人吗?”陈廷顺坚决不相信秀儿是坏人，可在这些蹊跷事面前，他有点糊涂了。

“最少不是好人吧！”

“我看不是！”陈廷顺拔高了声调坚定地说。

“小心点没啥不好！”陈廷安不想和他争论了。

“那咱还能回客栈吗?”

陈廷安回头看了一眼，靠墙停下：“再说。”

……

小巷里，一辆盖着棚布的马车驶过来。受郑管带之命的棚长等几个兵士持枪走在马车的左右。看来他们已经取回了枪。

躲在暗处的罗秋月等几人发现了远处驶来的马车。罗秋月向同伴们使了个眼色，大家立即准备好了手里的家伙。

罗秋月将一把飞镖顺在了手里。

马车渐渐驶近。

罗秋月一声呼哨，与对面小巷里的同伴们同时冲出。棚长等人稍一怔，待他们在急促中欲拉枪栓时，罗秋月等人已经冲到了眼前。此时，我们才看到这位罗秋月哪里是什么大家闺秀。

双方打在一起时，罗秋月的同伴趁机欲赶走马车，士兵上前阻拦。

寥寥的行人四处逃避。

突然两个人冲了过来。是陈氏兄弟。陈廷安边跑边抽出大刀："咱们今天就算提前当了兵了！一定是乱党袭击新军!"陈廷安边跑边对陈廷顺说。

兄弟俩冲了上去。押运的士兵以为对方又来了帮手，顿时士气大挫，没想到哥俩直奔的是袭击者。袭击者不知来者何人，一时间乱了阵脚。

陈廷顺将欲赶走马车的袭击者逼退。

"大胆乱贼，竟敢劫持官兵!"陈廷安边大叫边与罗秋月的同伴交手，罗秋月等人一时不知所措。罗秋月正欲抛飞镖，发现是陈氏兄弟，暗自吃了一惊，已掏出飞镖的手又缩了回去。

押运士兵顿时士气大振，奋勇搏斗。

陈廷安翻飞的大刀赶走了靠近马车的袭击者。

当陈廷安逼近罗秋月时，突然发现这个姑娘十分面熟。稍稍一怔时，突然传来警哨声。

罗秋月一声呼哨，一伙人顿时四散而去。

陈廷顺正欲去追，陈廷安拦住了他。

棚长这时才得以拉开枪栓。陈廷安拦住："别开枪伤了无辜。"

棚长感激地看了看他，点了点头。

棚长将在打斗中被掀起的帆布盖上。那瞬间，陈廷安发现帆布下是木箱，箱子上写着"M88 式步枪　汉阳造"。

这时焦伯琛等巡警赶到，几个巡警不由分说地扭住了陈氏兄弟。

陈廷顺大叫："嘿，我们可是好人!"

……

陈氏兄弟被胡三推进巡警队。

陈廷安看了胡三一眼说："兄弟，不太友好呀，客气点不行？我们不敢说是大清功臣，最少也没犯法吧？”

一个巡警冷笑道：“客气？到这地方来的可没有客人。再不老实捆了你！”

焦伯琛进来。那个巡警谦卑地叫了声：“队长。”

陈廷安认出了焦伯琛，立即笑容满面：“队长，我们又见面了。”

“你为再次见到我高兴是不是？我可不是请你来做客的！”焦伯琛板着脸问。

“我们也没犯法呀。刚才一群歹徒袭击军车，是我们哥俩见义勇为，出手相救的！”陈廷顺有点急了。

焦伯琛看了他一眼：“是吗？那你们可得大受嘉奖了！可我们没看见什么歹徒，倒是看见你们两人在现场，而且手持凶器。”说着他看见了陈廷安仍背着大刀，“怎么没下了他的凶器?!”焦伯琛怒问胡三。

“属下一急忘了。”胡三说完刚接近陈廷安的身前，陈廷安主动抽出了刀，把几个巡警吓了一跳。

“放心，我们是好人。”陈廷安把大刀放在身边的桌子上。

“第一次看见你们哥俩我就觉得有点不对。在爆炸现场出现过，这回又意图劫持军车，说你们不是乱党，娃娃都不信。”焦伯琛紧紧地盯着陈廷安。

陈廷安仍然脸上持着笑容：“我们可是与乱党为敌的大清良民！队长，苍天可以作证呀。”

焦伯琛冷笑：“苍天是作不了证了，他老人家今天没下凡。坦白吧，你们到汉阳干什么来?!”

陈廷顺嘟囔：“哥，这回可不怪我，是你惹的祸，咱走咱的多好，你说管那闲事干什么！”

“我们到汉阳是来投军的；富国强兵嘛，我们兄弟要为国家效力。”陈廷安一字一顿。

“大清新军会让你们这种恃强逞凶、抢劫军火的恶徒投军?!”焦伯琛步步紧逼。

陈廷安有点急了：“我们——队长，我们没恃强逞凶、也没抢劫军火呀。”

焦伯琛一挥手：“把证人带上来!”

鬼七进来，兄弟俩一怔。

“就是他们俩！这两个歹徒平白无故地打了我。”鬼七说着摸摸肩，“现在这儿还疼呢。”

焦伯琛不满地：“怎么会平白无故就打你呢?”

“他们俩聚众演讲，诋毁大清，我上前阻止，他们就……”鬼七看见了桌上的大刀，马上走过去，指着刀说：“对，就是这把刀。他们就要抡刀砍我。”

陈廷安顿时火冒三丈：“队长，他血口喷人、反咬一口。他是想调换我们的刀，不幸的是我发现了，结果他就恼羞成怒，先动了手。”

焦伯琛抬手制止，并拿起桌上的大刀：“这刀是哪来的?”

“祖传的。”陈廷顺答道。

焦伯琛马上看着陈廷顺问：“哪辈上传下来的？你祖上是干什么的?”

陈廷顺指指陈廷安：“还是让我哥说吧。”

陈廷安马上接过说：“此刀是我家祖传之器。道光年间我太爷爷是大清军中兵勇，曾用此刀参加鸦片战争。到我爷爷那辈，用他割过芦苇——因为我爷爷是潜江一带编席高手。我父将此刀传给我，我曾用它砍过洋人!”

“什么什么？砍过洋人？在哪砍过洋人?”焦伯琛追问。

“哥，你接着说!”陈廷顺来了精神。

鬼七趁人不备时，悄悄地抚摸着那把大刀。

陈廷安刚要说什么，外边传来一声大喊："你们队长在哪儿呢?!"

焦伯琛一怔。这时郑管带已经带着棚长闯进了屋。

兄弟俩见了他们，脸上立即充满了希望。

棚长指着陈氏兄弟："管带大人，就是这二位义士!"

郑管带一看陈氏兄弟，乐了："是你们哥俩呀！有功之臣，有功之臣!"

焦伯琛赶紧走上前说："管带大人!"

"这是什么回事？怎么把功臣弄到你们巡警队来了?!"郑管带没好气地问。

"大人，有点误会……"焦伯琛小心地解释。

"放屁！什么误会，你们不去抓坏人，反倒把好人抓来了，马上给我放人!"郑管带的语气不容置疑。

"放人！二位请吧。"焦伯琛不敢再争辩，向陈氏兄弟摊手相送。

此时鬼七正抱着刀要开溜。

"长官，我的刀。"陈廷安指着鬼七。

"你给我回来!"焦伯琛一声大叫。鬼七只好转回身。

2

大和洋行门前停着两辆洋车，车前蹲着的人看上去不像普通的洋车夫。

洋行的门开了，身着日本服装的间岛和两个同伙出了门，其中一个人夹着帆布袋，袋里不知装的是什么。三人分别上了两辆车，并立即拉下了前边的布帘。

两辆车上了路。

在车内，间岛迅速脱去日式服装，里面穿的是中国普通百姓的服装。接着他拉开了那个帆布袋的拉练，露出的却是一支枪……

……

巡警队里，郑管带和陈氏兄弟都走了，鬼七垂头而立。焦伯琛气得破口大骂。

“你真是让我丢人丢大了！我现在才明白，你不就是惦记人家那把刀吗?”

“姐夫，我就喜欢那刀呀。”鬼七争辩。

“我问你，人家演讲了吗？当着老百姓的面诋毁大清了吗?”

“我亲耳听见的呀，我可以找证人。”鬼七来了精神。

“要找证人不用你找，我去找。你敢不敢？要是你说了谎，我就把你关进大牢里，行不行?”

鬼七不吭声了。

“我告诉你霍老七，现在是非常时期，你别给我找麻烦，也别给你自己找麻烦!”

鬼七一声不吭了。

……

一条较为宽阔的街道上，在大和洋行门前出现的那两辆洋车跑来。这两辆神秘的洋车在一处废弃的街边房子前停了下来，间岛等人若无其事地下了车。

几个人环顾了一下四周，很快隐入废弃的房子中。那个夹着帆布袋的日本人一屁股坐在了街边，支起了一个小摊儿，从大布口袋里掏出一团绳索，摊在眼前——原来是渔网。显然，他是要“卖”渔网。

看来，有什么事、而且是很大的事要发生了。

刚出巡警队的兄弟俩灰头土脸地走着。这哥俩刚到汉阳两天连续遭遇意外，心气没那么盛了。

“千字文忘了没有?”陈廷安无精打采地问。

“刚才在巡警队我还在心里背呢。”陈廷顺没好气地说。

“那咱就直接去募兵站。当上兵就好了。”陈廷安想过上正常人的生活。

“哥呀，不是我说你，以后闲事咱可别管了。不管闲事哪有这些麻烦，你看这两天……”陈廷顺抱怨道。

“啥算闲事？咱是男子汉，让你看不过去的事撞到咱眼前了，还能装看不见?!”

哥俩边走边说着。他们怎么也料不到前边又有“闲事”在等着他们。

余怀庆的马车行驶在街上。车夫把马赶得一路小跑。这时，间岛和同伙隐蔽在残墙之后，当他们听到马蹄声后，悄悄举起了枪。

距离残墙不远的街边，那个日本人不动声色地摆弄着他手里的渔网……

余怀庆的马车驶了过来，秀儿也迎面走了过去。

马车驶近了卖渔网的日本人所在的街道，突然，那日本人趁人不备，神速地顺着地面抛出渔网，精准地将渔网抛在了扬起的马蹄上。没人发现这一幕，人们看见的只是拉车的马突然被绊倒，随之车厢倾覆……

一个姑娘被眼前的一幕吓了一跳，可当她发现从车厢里滚落出一个文件包时，顿时几步跨上前去，刚要抓过包时，余怀庆挣扎着往车厢外爬，身子还没出来时，手先出来了，并紧紧抓住文件包，两人争夺起来。

此时，间岛的枪口瞄准余怀庆必将出现在车厢外的位置上。

正在这千钧一发之际，远处的陈廷安快步冲了上来，一把按住了那个姑娘的手……

远远跟在陈廷安后面的陈廷顺一撇嘴，心想：这又是啥事让我们兄弟摊上了呀！

那姑娘挣扎着并松开了抓着公文包的手，可陈廷安仍死死不放她的手腕。此时，车夫和陈廷顺、行人都围了上来。余怀庆也从车里爬了出来。

残墙后的间岛的视线里只看得见人群围住了余怀庆……他懊恼地收起了枪，向那个卖渔网的示意一下后，双方前后离开。

当陈廷安与那欲趁火打劫的姑娘面对面时，陈廷安顿时目瞪口呆——竟然又是秀儿。

从车厢里出来的余怀庆一点没伤着，他看了眼秀儿和陈廷安……

陈廷安将公文包交到余怀庆的手上："先生，您没受伤吧？"

"年轻人，谢谢你了！"余怀庆十分感激地说。

陈廷安看着余怀庆，自知眼熟，可一时想不起来是谁了。

"您客气了，只要没事就好。车怎么会翻了呢？"陈廷安说着打量了一下拉车的马。此时马已经没事地站了起来。车夫过来对余怀庆说："老爷，马被破渔网绊了一下。"

陈廷顺一时还不知道发生了什么，却看见了秀儿。他弄不明白秀儿怎么会出现在这里，但他已经是喜形于色了……正当他拨开围观的人群向秀儿走去时，秀儿却不见了。

"年轻人，多亏了你，否则我这重要的东西可就没了。"余怀庆掂了掂手里的公文包。"刚才那个——"余怀庆正找那小偷时，却不见了。

"哥，秀儿呢？"一转眼，陈廷顺问。

这时余怀庆才知道他面对的是哥俩。

陈廷安这时也才发现秀儿不见了，四下打量时，并无秀儿的影子。

"老爷，车轱辘坏了，我得修一下。"车夫对余怀庆说。

"你修吧，我叫辆洋车。年轻人，方便时一定请二位到我家里做客。"余怀庆说着从怀里掏出一张名片，"这是鄙人的名片，二位有事可随时找我。"余怀庆拿着名片一时不知道该给谁。

哥俩怔了。那时有名片的人极少，陈氏兄弟哪见过这洋玩艺？

余怀庆明白了，赶紧解释："那上面有我家的地址，有事凭它找我，凭它可以进我家的大门。”

哥俩明白了。

“给我哥吧，我不认字。”陈廷顺一笑说。陈廷安接过名片，正要看时，一辆洋车停在余怀庆的跟前，余府管家下了车，凑在余怀庆的耳边说了句什么。

“二位义士，鄙人还有急务，先告辞。”余怀庆说着向陈廷安伸出手，陈廷安不知所措地局促地伸出手，陈廷顺见样学样，早早把手伸了出来。

“二位，不多说了，后会有期!”余怀庆上了洋车，洋车调头，向来的方向而去。

陈廷安拉起发呆的陈廷顺：“赶紧离开这里!”

秀儿此时正躲在间岛曾藏身的残墙处，悄悄地注视着陈廷安兄弟。

3

间岛等人灰溜溜地回到了大和洋行，向长野报告了整个刺杀余怀庆失败的经过。

“你们对那兄弟俩的情况了解吗?”长野沉着脸问。

间岛等人摇头。

“对那个行窃的姑娘呢?”

“此前也没见过。”间岛有些惭愧地回答。

“看来那兄弟俩并不认识行窃的姑娘。”长野深思着。

“看上去是这样。”间岛立即附和。

“只要那兄弟俩不是在刻意保护余怀庆就好，否则事情就复杂了。”长野松了口气。

长野踱着步子：“一连串的意外事件极可能引起有关当局的注意和警

惕。为了不暴露我们大和洋行，暂时不能有任何行动。”

“嗨！”三个人同时应道。

“好，你们辛苦了，吃饭吧。吃完饭我们谈谈洋务。”

长野说完独自出去了。

……

陈氏兄弟向募兵站方向走去，边走陈廷安边看着那张名片。

“哥，那位先生看派头是个大财主吧？”陈廷顺往前凑着看那名片，可他自知看不懂，又缩回了头。

陈廷安看过名片后小心地放在了衣口袋里：“什么大财主，大官儿！”

“什么大官？”陈廷顺有点意外。

“你想不起来了？庆贺大会时在台上讲话的那个……”

“对呀！我说怎么面熟呢，是余总办？！”

“余怀庆余大人，湖北兵工厂总办！”陈廷安得意地说。

“这个人值得咱救，以后有事就找他去！”

两兄弟说着到了募兵站前门。

秀儿悄悄跟踪着兄弟俩。当哥俩进了募兵站，秀儿才明白了他们的目的。

秀儿站在募兵站门前的小摊前买了一串葡萄，慢慢地吃了起来。

募兵站里，陈廷顺闭着眼睛在背千字文。

“吊民伐罪，周发殷汤。坐朝问道，垂拱平章。爱育黎首，臣伏戎羌。遐迩一体，率宾归王——”

“行了，算你会背。”坐在桌前的募兵官摆了摆手。陈廷安松了口气。

“你们是亲哥俩？”募兵官拿过一个册子边写边问。

“一个爹一个妈生的。”陈廷安坚定地说。

募兵官抬起头再次认真地看了看哥俩：“长得可不太像。”

“那你得找我爹我妈去。”陈廷顺不太高兴地说。

“好了，说说你们投军的理由。”募兵官低头开始准备往册子上写什么。

“哥，你说。”陈廷顺捅了陈廷安一下。

“长官，我从实道来吧。四年前，我和我父亲为扶清灭洋，参加了义和团，到直隶抗击八国联军……”

那募兵官听到这儿突然抬起了头，看着陈廷安。陈廷顺为能引起募兵官的注意而得意起来，不禁挺了挺胸膛。

陈廷安自顾说：“为保大清，我们父子和洋人拼命，咱的大刀挡不住洋人的洋枪，可我们不怕死，只要能冲到洋人面前，就没他们的好。可是能冲到洋人跟前的实在太少太少了。我爹一身武艺，浑身是胆，眼看着就冲到洋人面前了，却被洋枪打倒了……”

陈廷安突然有些哽咽。

“我爹就死在了洋人的枪下！”陈廷顺愤愤地说。

“听说我爹被洋人打死了，我红了眼，可我刚冲到阵前，就中了洋枪，枪子儿打进了我的肩上……”

“我哥受伤后，在直隶养了两年多才好，我好容易在直隶找到他。我们哥俩回到潜江乡下时，我未来的嫂子——我哥的未婚妻一家却不知去向了。估计是听说我们家家破人亡后搬走了。”陈廷顺插嘴道。

此时哥俩没发现募兵官已经合上了册子。

“好在我没死，还有兄弟在。我们父子为大清出生入死，但不后悔，‘国家兴亡，匹夫有责’，如今我们投靠新军，愿再为大清效力！长官，我们这理由行吗？”陈廷安说完看着募兵官。

“二位，听我的，你们快走吧。”募兵官面无表情地说。

陈廷安大为意外：“怎、怎么了？我们的理由还不够吗？”

“二位就别让我再多说什么了，马上离开这里！”募兵官突然变了脸，一挥手，一直在身后的两个士兵过来往外推搡兄弟俩。

“你是什么意思？你们还想要什么样的兵？!”陈廷安有点发怒，可人家不理会他，将他们推出了募兵站的大门。

怒火中烧的陈廷安一气之下摘下了募兵站的牌子就要砸，可这时两个士兵已经拉开了枪栓。一场祸事即将发生时，秀儿冲上来，拦下了两个士兵，然后从陈廷安手里夺下牌子又挂上了。

“咱走吧。”秀儿拉着陈廷安，平静地说。

陈廷顺几乎认为秀儿不是凡人了——她总是出现在意料不到的场合，而且充当的都是令人摸不清头脑的角色。

“哥，此处不留爷自有留爷处。咱听秀儿的，走。”秀儿的意外出现令陈廷顺激动万分。此时他有点着急的是为啥不是自己摘的牌子，那样秀儿就会拉着自己了。

陈廷安被陈廷顺和秀儿拉走了。

……

此时，余怀庆坐着洋车在余府门前下车后进了余府。一进书房，管家便从书案上拿起一份文件。

“老爷，是不是这个？”

余怀庆接过那份文件，看了一眼，立即高兴了：“正是！在哪找到的？”余怀庆有些疑惑。

“不敢让冯妈进您的书房，我自己亲自进来打扫，在您的那件马褂的里怀里发现了这个。”管家指着挂在墙上的一件马褂。

余怀庆挠挠了头：“哦……可能当时我回家后就没拿出来！”

管家一笑："可能是。我不懂这东西有多重要，也没敢直接拿给您，只好去追您。"

"你做得对，丫头回来了吗?"余怀庆突然想起。

"回来了，回来了。"管家连声答道。

……

陈廷安怎么也想不明白为何人家听了他要投军的理由反倒把他们撵了出来。此时，他和陈廷顺、秀儿并排坐在长江边上。三人如同老相识，事实上也真的是老相识了。

秀儿将一小串葡萄分别递给了兄弟俩，陈廷顺愉快地接过，可陈廷安却挡了回去，并似乎才意识到秀儿就在他们身边。陈廷安对秀儿的来历十分困惑，而且除了新近这一次，她都充当着不地道的角色。

"秀儿，你到底是干什么的?"陈廷安终于忍不住地问。

"我……我不是坏人。"秀儿嗫嚅地说，可这句话一点说服力也没有。

"你家是哪里的?"陈廷顺想帮助秀儿摆脱困窘。

"我没有家……"秀儿平静地说。

陈廷安看了她一眼："可你为什么要骗人？为什么要偷?"陈廷安直指其痛处。

秀儿没有正面回答："大哥……我不是坏人。我都是迫不得已。"秀儿垂下了头。

"你和那个鬼七是不是一伙的?!"陈廷安提高了声调。

"不是。我和他不是一伙的！他是坏人，我是好人!"秀儿突然提高了嗓门。

陈廷安一时哑口无言。他叹了口气，他知道很难从这个神秘的姑娘嘴里知道真相。

"大哥，我不是坏人。我要和你们在一起。"秀儿诚恳地看了看陈廷顺，最后又把目光落在了陈廷安的脸上。

一直看着秀儿的陈廷顺再也憋不住了，他看着陈廷安说：“哥，秀儿多可怜，咱就带着她吧，都是没家的人。”此时的陈廷顺几乎当秀儿是自家人了。

陈廷安看了看陈廷顺，又看了秀儿一眼，叹了口气：“秀儿——我都不知道这是不是你的真名——就当是真名吧。我们哥俩在这里无亲无故，还不知道明天干什么去。你有你的生活，你怎么生活的我们管不着，反正看上去你饿不着。”陈廷安说着将自己衣袋里的所有钱掏了出来：“我们就这点家当了，再没有别的了，这些都给你，你该干什么干什么去吧。”说着陈廷安将钱送到秀儿的眼前，站了起来。

陈廷顺十分沮丧：“哥，你怎么这么无情呀?!”

“闭嘴!”陈廷安突然一声吼。陈廷顺吓了一跳。

秀儿却推开了陈廷安的手，站了起来，头也不回地离去了。

哥俩看着秀儿远去。

“哥，咱就带着她怕什么？你看她多可怜……”陈廷顺低声以几乎乞求的口气说。

“兄弟呀，我们还不知道明天干什么去呢？带着个来历不明——其实不是来历不明——带个女贼到处招摇？你还怕咱的难事不多？走!”陈廷安拉起陈廷顺就向相反的方向而去。

此时秀儿停住了脚，回头望着他们……

……

这会儿，鬼七正无神地坐在自己房间的八仙桌前喝闷茶。

桂福垂头丧气地进来。

“大哥。”

“人呢?”鬼七问。

“没找到大小姐。”桂福小声地说。

“那就再去找！找着了你告诉我，没找着你见我干什么?！把所有弟兄们都撒出去，把汉阳、武昌、汉口都给我翻遍!”鬼七说着擂了一下八仙桌。

桂福立即退了出去。

这时的秀儿正坐在另一处的长江边，出神地摆弄着手里的红缨。显然，那是陈廷安的大刀上的，却不知何时到了她的手上。

陈廷安哥俩背着阳光向“便宜客栈”走去。阳光下映着陈廷安的身影及肩上露出刀柄的大刀。陈廷安不经意看到自己的身影，突然发现了什么。他拔出大刀，看着光秃秃的刀柄。

“红缨呢?”陈廷安捋着刀柄诧异地问。

陈廷顺看了一眼：“我也没看见，也许掉到哪儿了吧。”陈廷顺无精打采地说。

陈氏兄弟垂头丧气地回到客栈，一进门老板就叫住了他们。

“二位兄弟，还以为你们不能回来呢。”

“不回来去哪住?”陈廷顺没好气地反问。

“老板，我这兄弟有点不顺气，您别在意。”陈廷安赶紧打圆场。

“没关系，上午有位姑娘给你们送来个包袱，我放到你们的房间了。”

“姑娘？……”陈廷安一时怔住了。

“她说是你们亲戚。”老板说着拿着钥匙走出柜台。

兄弟俩进了房间，看见那包袱后，不禁呆住了。

老板走后，陈廷顺立即扑到包袱前，边打开包袱边说：“你看，一定是秀儿送来的！你还说人家不是好人!”

包袱打开了，可陈廷顺把包袱里的东西抖个遍，却没有那个钱口袋。

“别找了，钱是不可能有了。”陈廷安躺在了床上。

“包袱送来也不错了。再说，要是让秀儿和咱来，钱也许就能还给咱们。可你就是看人家不顺眼！”

“你知道她是什么人？你还怕咱们的事少？”

“她还能是什么人，不就是个姑娘吗？你真没有善心！”陈廷顺终于按捺不住了。他觉得完全是哥哥剥夺了他可能即将到来的爱情。

“你是不是想女人想疯了？那也得挑挑吧？”陈廷安从床上跳了起来。

陈廷顺不吭声了。

陈廷安又躺在了床上：“店钱都没了，你说咱们怎么办？”

陈廷顺看了哥哥一眼：“那就……回老家吧。你会编席子的手艺，我给你打下手，也能糊口。可我还想把秀儿领回老家去。秀儿是挺神秘的，但我看她不像坏人。人家要是坏人，还能把包袱送回来？还会想和咱两个穷光蛋走？”

“你怎么就鬼迷心窍了？别提她！回老家不可能，男子汉就得四海为家。”陈廷安以不容置疑的口吻说，“再说老家哪还有家了？”

“那……你就再去工艺学堂读书，不用管我。”陈廷顺认真地说。

陈廷安欠起身：“你有打算了？和那个秀儿去当贼？”

“肯定不让她当贼了，我养活她！”陈廷顺说得理直气壮。

陈廷安突然笑了起来：“兄弟，你这么有本事，快想想明天店钱怎么办。”

“没钱交店钱咱就先住露天去。”陈廷顺倒不愁。

这时，老板给兄弟俩送来一壶茶水。哥俩立即恭敬地坐了起来。

“二位躺你们的，有什么吩咐只管叫我。”老板反倒比他们还客气。这让陈廷安更加不知该如何开口了。

老板正要转身离去时，陈廷安叫住了他。

“老板，和您商量个事。暂时……家里还没把钱捎来，我们的店钱您看能不能缓交两天？到时多给您点也行。”陈廷安几近央求地说。

老板一时怔住，随后笑了：“二位，你们还不知道？有人给你们交了店钱了，住十天都够呀。”

“谁，谁交的?”陈廷安一时不解。陈廷顺倒来了精神：“那一定是秀儿交的!”

“秀儿?”老板怔了一下。

“一个挺好看的姑娘!”陈廷顺肯定地说。

“那可不是，是一个年轻人，男的。”老板纠正道。

“他姓什么?”陈廷安追问。

“人家让我保密，我不能说。管他是谁，你们就住你们的。”

老板走了。

4

临近码头的一条街上，落魄无望的秀儿踟蹰在街头，手里攥着那撮红缨。不知道她在想什么，脸上的表情不时地变化着，一会是微笑，一会是沮丧。

突然，她发现前面不远处人群中的桂福，秀儿立即拐进了街边的巷子，一阵狂奔。

其实，桂福并没看见她。

当秀儿觉得没了危险后，蹲在墙角歇息一会又走了。

……

汉阳与汉口交界处是一片树林和与其相连的草地，在草地和树林的中间地带有一座孤坟。中国人一般爱扎堆儿，就是死后钻到了坟里大家也喜欢聚集一处，于是这座孤坟就有些另类。

坟包不大，但看上去也是个老坟了。坟前立着块石碑，石碑上刻着“爱女霍娥儿之墓”。

坐在坟前的是鬼七。

鬼七痴坐一会儿，突然猛抽起自己的嘴巴，接着泪流满面……

桂福走到鬼七的身后：“大哥，今天就不做活儿了吧?”

鬼七擦了一把脸，如同变了一个人，站了起来：“走!”

……

客栈里的兄弟俩索性不再猜是谁给他们交了店钱，商量起如何去赚钱，先有了吃和住再考虑下一步做什么。陈廷顺倒不操心也不愿意操心，一切听陈廷安的。

两人出了客栈。

……

还是那座码头，又是准备上船的人和接客的人们站满了码头。

傅东晨和小吴站在人群中，并不时警惕地看看四周。

“老板今天一定会来的，已经接到了那边的通知，老板就在船上。”傅东晨悄悄对小吴说。小吴点点头。

船靠岸了。傅东晨二人和所有人一样，向岸边挤来。

鬼七和桂福靠在一辆洋车旁，向码头上打量着。

“码头上人多，别在这儿动手，免得出事逃不出来。”鬼七悄悄对桂福说。

“好，我去吩咐弟兄们。”桂福要走。

鬼七拉住了他：“别急，目标我来定。”

人们开始下船了，鬼七紧紧盯着每一个下船的人。

一个商人模样的中年人下了船。鬼七抬了一下巴："你看那个穿长袍的怎么样？"

"是只肥羊。"桂福点点头。

那个商人模样的中年人一只手里拿着把雨伞，另一只手里拎着个皮箱。刚踏上岸没几步，傅东晨和小吴就快步走到他的眼前。

"唐老板吗？我们是仁昌客栈的伙计，老板让我们来接您。"傅东晨话音刚落，那人马上应道："我是唐季恺，辛苦二位了。"

傅东晨刚刚接过唐季恺的箱子时，一只手从他的身侧伸进了唐季恺长袍的口袋里，可未待这只手从唐季恺的口袋里抽出来，唐季恺头也没动地按住了这只手……傅东晨和小吴意识到发生了不测，立即将唐季恺围在中间。

此时，鬼七正在注视着商人，突然发现形势有变，再定眼看时，那个被唐季恺抓住手的人竟是秀儿。鬼七吃了一惊："她怎么在这儿?!"

商人微笑着稍一用力，秀儿便被拎到了他的眼前。

"姑娘，你是没饭吃了还是要买衣服？"唐季恺温和地问。

傅东晨要将秀儿的胳膊拧过去，唐季恺示意作罢。

"我……我爹病了。"秀儿垂着头说。

唐季恺从长袍里掏出钱包，取出几张纸币，塞到了秀儿的手里："姑娘，快离开这里吧。"

秀儿想了片刻，接过钱后很快消失在人群里。

鬼七看着看着，突然脸色一变："桂福!"

"大哥，我看见了，是秀儿!"桂福立即说道。

"我说的不是她。看见那个商人没有？告诉弟兄们，别打他的主意!"

“怎么，大哥认识他？”

“哪那么多话！告诉你怎么做就怎么做！”鬼七不耐烦了。

“是，大哥，可秀儿怎么没了？”桂福在人群里搜寻着……

“追！”鬼七一声令下。

唐季恺在傅东晨和小吴的保护下匆匆离开了码头。

……

下游不远处是一座货运码头，光着膀子的汉子们在装货。陈氏兄弟打量了一会。

“廷顺，我们干这个怎么样？”陈廷安问道。他想马上得有个安身立命之处了。

“看给多少钱吧。”

陈廷安拦住了一位装完货回码头的汉子。

“大哥，这儿还缺人手吗？”

“这你得去问老大。”

“哪位是老大？”

汉子擦了把汗：“七爷，鬼七。用不用人得他说了算。”

“知道了。谢谢大哥。”

陈廷安拉着陈廷顺走了。

“妈的，鬼七的势力可真大！”陈廷顺感叹着。

“咱可不能再找麻烦了。”陈廷安将褂子脱了下来，准备铺在一块石头上坐会，这时从褂子的口袋里掉出了余怀庆的名片，陈廷安捡了起来。

“有地方去了！”陈廷安兴奋起来。

“去哪？”陈廷顺一时没反应过来。

“去找余总办，当造中国枪的工人!”

兄弟俩立即走了。

可陈廷顺不知道又在想什么心思，跟在陈廷安的身后左顾右盼。不用说，他心里一直放不下秀儿。

此时，鬼七等人也在找秀儿。他们已经发现了秀儿的行踪。

大街上，秀儿发现了鬼七，可在人群里钻来钻去仍然摆脱不掉鬼七等人，而且周围也没有小巷可钻。秀儿急得满头大汗，几近绝望时，突然发现眼前一位和自己身形极为相似的姑娘。秀儿急中生智，在走到一辆停着的马车旁时，迅速从地上的一汪水中抓起一把泥，然后紧跑了几步，一个趔趄撞到了那位姑娘的身上，在从后面抱住姑娘的同时，伸出的手似乎为了保持自己的平衡而撕开了那位姑娘的前襟。那位姑娘吓了一跳，害羞地下意识捂住了自己的前胸，并发现自己身上已满是泥水。

“小姐，太对不起了，我摔了一跤，没站稳。”秀儿一脸歉意，对回过身的那位姑娘十分真诚地道歉。那姑娘仍然不知所措，秀儿迅速地脱下自己的衣服，并把那姑娘的衣服脱下来。那姑娘惊讶之余，木然地任凭秀儿摆布。

秀儿给姑娘换上了自己的衣服，自己则穿上了姑娘的衣服，迅速离开了。

这时那姑娘才缓过神儿来，仍然下意识地捂着前胸一路小跑地离开。

鬼七等人恰好从人群里钻出来。

桂福发现了“秀儿”的影子。

“大哥，我把她抓来?”

“跟着她，看她能不能跑得掉。我还要看她到底去哪儿!”

鬼七等人悄悄跟着“秀儿”……

……

不大的屋子里坐满了人，人群中间坐着的是唐季恺。他正在向与会者宣讲孙中山先生主导的同盟会纲领。

“孙中山先生为兴中会提出的纲领是：第一，驱除鞑虏，恢复中华，创立合众政府；第二，养成尚武精神，实行民族主义；第三，驱除鞑虏，恢复中华，建立民国，平均地权；第四，民族、民生、民权。这是中国有史以来从没有人做过的伟业，希望能从我们这代人开始，掀开中华民族新的篇章。”唐季恺以富有感染性的情绪说道，立即召唤起人们的激情……

同盟会的前身，中国第一个资产阶级革命团体——兴中会成立于 1894 年 10 月的檀香山。此后孙先生不倦地奔走，鼓动革命，1904 年，华兴会与光复会亦先后成立于长沙和上海。1905 年 7 月，三者联合组成中国同盟会，成为全国性的革命组织，确定以“驱除鞑虏，恢复中华，建立民国，平均地权”为革命政纲，并开始策动一系列的武装起义……

原来，唐季恺是兴中会派到湖北建立革命组织的领导人。

“我们现在的首要任务是扩大影响，发展队伍。诸位看看你们有什么想法？”唐季恺说完先看着傅东晨。

“我向唐先生汇报一下最近的收获。”傅东晨立即接过话，“宣传工作我们一直在做，扩大队伍的事情我们也已经开始着手。在座的有几位就是新近加入组织的。这几天我发现有两兄弟的情况不错，他们年轻，而且有功夫，如果能争取他们加入组织，一定是革命队伍中的有用之人。”

“说说他们的情况。”唐季恺感兴趣地说。

于是傅东晨开始介绍他所了解的陈氏兄弟的情况……

5

“你还能不能走得动了？”陈廷安看着远远落在身后的陈廷顺问。

“哥，我有点不舒服。”陈廷顺满脸痛苦地说。

“哪不舒服？是不是又在打什么主意？”陈廷安关切地停下脚问，但他知道兄弟的心里是有女人了，可他必须要阻止。

“哥你别这么说呀，真不舒服，这儿不舒服。”陈廷顺说着捂着自己的胸口。

“我们去看郎中！”陈廷安立即决定。

“不用，哥，我想要是能躺一会就好了。”

“那你能不能自己回客栈？我自己去找余总办。”

“我能。”陈廷顺毫不犹豫地说，他正等着这句话，说完就往回走。可陈廷安拦下了辆洋车，把钱付给洋车夫后叫他拉上刚走出几步的陈廷顺。

陈廷顺见陈廷安给他叫了洋车，一时间有点不想上，可最后看了一眼陈廷安，还是捂着胸口上了车。上了车后他立即精神起来。

陈廷安边看着名片，边大步地向余总办家方向走去。

余怀庆正要出门，管家报有人来访。

……

陈廷顺匆匆赶回客栈，见了老板就问有没有人找过他们兄弟俩，老板告诉他没人来，陈廷顺又转身出去了。

陈廷顺离开客栈没多久，陈廷安就兴冲冲地回来了，可陈廷顺却不见了。

陈廷顺正在街上无目的地乱转着。他像丢了魂似的，他不知道要去干什么，更不知道明天会发生什么。

突然，他的眼睛一亮，瞬间觉得奇迹出来了！只见“秀儿”的背影急匆匆地拐进了另一条街。陈廷顺刚要大叫时，却发现鬼七和桂福等人跟在后面。陈廷顺赶紧把声音咽了回去，悄悄跟在鬼七等人的身后。

那个穿着秀儿衣服的姑娘不知道有人跟着她，更不知道一场意外后换上的这件衣服的背后有着怎样的故事，只想快点到家，换掉这件别人的衣服。

她终于到了家。

这是非闹市区的一家门面。院子不小，但门楼不大。门旁挂着个铁牌子："刘氏铁器行"。

那姑娘推开了门，进门后回头关上了门，脸部正对着门外。

这时，趴在不远处的墙角的鬼七骂了一句："奶奶的，根本不是秀儿！我眼神不好，你也没看清？"说着鬼七回头骂了桂福一句。

"明明是小姐呀！"桂福一时不解。

"是什么是！只是穿着和秀儿一样的衣服，个头、后影儿和小姐太像了。"鬼七为自己也看花了眼懊恼。

鬼七看了眼刘氏铁器行的牌子，转身和桂福走了。

躲在鬼七身后不远处的陈廷顺所在的角落恰好与刘家的大门大体在一条线上，所以，当他刚刚在那角落停下脚时，没有看见"秀儿"关门，自然也没看见"秀儿"的脸。此时他不明白鬼七为什么突然离去了。这让他费了番思量：那鬼七到底和秀儿是什么关系？他们是同伙吗？如果是同伙为什么要跟踪她呢？既然跟踪她了为什么又中途走了呢？他哪里知道那根本就不是秀儿。

陈廷顺见鬼七走远了，悄悄来到刘氏铁器行门前，打量了一番后，满心欢喜地进了门。

此时，以自己的机智逃脱了鬼七追捕的真正的秀儿已经大摇大摆地走在另一条街上了。

秀儿低头看了眼自己身上的衣服，恰好路过一家成衣铺，秀儿进去，看中了一件衣服，正在与店家讨价还价时，偶然间发现了一面镜子，她照着镜子看了眼自己，没想到那件衣服非常合体，于是和商家商量能不能将前襟缝上、要多少钱……

陈廷顺小心地进了刘氏铁器行的院子，发现院子里到是铁器：一摞摞的铁锅，一捆捆犁头，厢房里是敞开的铁匠炉，而后院则是个大大的化铁炉。

陈廷顺正探头探脑地打量时，一个戴着瓜皮帽的中年人从上屋出来了。

“嘿，先生，有事吗?”中年人打量着陈廷顺。

“我找一个人。”陈廷顺点头哈腰地说。

“谁?”

“她叫秀儿……”陈廷顺说着发现那中年人盯盯地看着他，看得他有点发毛，再细看时发现这人有点面熟。

“你是姓陈吧?”中年人眯着眼打量着他。

“您是?……”陈廷顺认真打量后，终于认出了他，“是刘伯伯吧?!”

“哈哈，是我呀，贵子!”刘伯伯十分惊喜地上前拉住了陈廷顺。这时“秀儿”出来了，手里拿着那件秀儿的衣服。陈廷顺看着她，瞪大了眼睛：“云妹?!”

云妹怔了一下。

“云妹，是贵子，老陈家的贵子，你金子哥的兄弟呀!”刘伯伯说完这句话时，脸上掠过一丝困窘。

云妹笑了：“我想起来了！你怎么找到这儿的?”

陈廷顺指了指云妹手里的那件衣服：“刚才，从街上回来时，是你穿着这件衣服?”

云妹点点头。

“进屋说，进屋说!”刘伯伯拉起了陈廷顺。

……

陈廷安在客栈房间里急得团团转，这时有人推门。陈廷安边上前开门边说：“你干啥去了?!”可进来的是傅东晨。陈廷安一愣：“傅先生。”

“估计是不太欢迎我吧?”傅东晨微笑着。

陈廷安有点不好意思：“傅先生，那天真是对不起了。我弟弟他突然不舒服了……”

“没关系，我倒是很欣赏你的机智呢。不过你心放在肚子里，我可不是鬼七，也不是江洋大盗。”傅东晨轻松地说。他力图打消对方的戒备心理。

“傅先生是爽快人，那您能告诉我您是做什么的吗?”陈廷安也不想兜圈子了。

“我是一家洋烟店的股东，也可以叫买办。”傅东晨立即答道。

“您是好人，我们兄弟有对不住您大人的地方，还望大人不记小人过……”陈廷安真诚地说。

“别这么说，大家都是中国人，相互帮助是应该的。我想问问你们兄弟准备在汉阳做点什么?”

“想去兵工厂当工人。”陈廷安不想把当兵不成的丢人事告诉他。

“看来二位对清王朝很有信心呀。”傅东晨话里有话地说。陈廷安一时没摸准他的意思。

“大清的百姓，当然要为大清效力。我们的国家是大清呀。”陈廷安立即表明自己的态度。

“兄弟呀，看得出你是读过书的人。我喜欢和读书人交流。咱们中国这几百年来为什么总是挨打？为什么总是在洋人面前矮三分?”傅东晨边说边看着陈廷安。

“那是因为我们落后于人家，要是我们早就有洋枪洋炮，凭中国的物广人稠，怎么会打不过那些洋鬼子!”

“可兄弟想过没有，我们为什么落后?”傅东晨立即追问。

“技不如人呀。”陈廷安肯定道。

“兄弟说对了一半。技不如人那是因为中国几千年的封建帝制拖累了中国人……”

“您的意思？……”陈廷安意识到了什么。

“我们只有改变这种现状，才能从根本上解决中国的问题!”傅东晨边说边观察着陈廷安的反应。

“怎么改变?”陈廷安再问。

“历史证明，尤其是近代历史证明，封建统治阻碍了中国的进步，只有推翻封建王朝，建立民主政体，中国才会有希望……”傅东晨干脆不再绕弯。

陈廷安的脸色立即变了:“傅先生，我早就看出您是乱党，至少和乱党有关。我们兄弟不是忘恩负义的人，但我们一定不会和你们这类人为伍。”

傅东晨微微一笑:“看来陈先生忠君报国的观念不轻。好，我们只是随便讨论一下，不必伤了和气。”说着傅东晨站了起来。

“对了，我们不能因为争论几句就变成敌人了吧?有什么困难你们尽可以找我。如果店钱不够了告诉我。”傅东晨随意地说。

陈廷安怔了一下后终于明白:“店钱是您付的?”

傅东晨一笑:“四海之内皆兄弟。认识了就是朋友。你们正是困难时期，作为朋友先帮一下也是应该的。”

“您稍等。”陈廷安立即背着刀出去了。

很快，陈廷安回来了，不过身上的刀没了。

陈廷安把钱交给傅东晨:“傅先生，再次谢谢您，这钱我得还给您。”

傅东晨有些意外:“这是……为什么?”

“店钱我们马上就会有了。”陈廷安肯定地说。

傅东晨很无奈地接过钱:“看来你是把刀押给了东家……好吧，那我就只能尊重你了。”

陈廷安收拾起简单的行李:“马上我就能赎回来。”

“不在这住了?”傅东晨不解。

“是，有地方住了。”

不欢而散的陈廷安和傅东晨前后离开了“便宜客栈”。

……

陈廷顺怎么也没想到，他进的刘氏铁器行竟然就是陈廷安的未婚妻云妹的家。

刘家只父女两人，几年前在潜江乡下时，以开铁匠铺为业，本以为陈氏父子回来时为陈廷安和云妹完婚，没想到京城传来的消息是陈氏父子已死在洋人的洋枪之下了。父女俩背井离乡到了汉阳，凭着刘老板的精明和手艺，开了家铁器行，生意越做越红火。可想不到陈廷安竟然起死回生了。

陈廷顺得知这一切后，也才知道了云妹为何穿的是秀儿的外衣。让他颇感意外的是小时见云妹从未发现她竟然会像一个人，像一个他心仪的姑娘，但云妹不是秀儿……

朴实简单的云妹对兄弟俩的意外出现非常兴奋，不停嘴地打听这几年他们的经历，也为陈父之死流下了泪。

另一边的刘老板却有些心神不宁，好像陈氏兄弟的意外出现让他非常为难。

云妹张罗着做饭，可陈廷顺坚持马上要走。

“刘伯伯，我得马上去找我哥，把这个大好事告诉他！”陈廷顺十分兴奋。

“哦？哦，好。”刘老板心不在焉地应道。

陈廷顺撒着欢地走了。

刘老板却发了愁。

“云妹呀，这都是想不到的事。怎么办呢？”

“有什么怎么办的呀，来了我们招待呀。”云妹一时不解。

“你这傻丫头呀！当年咱可是和陈家指腹为婚的！”刘老板只好挑明。

“哦，那怕什么呀，告诉他不就得了！”云妹倒不以为然。

……

正当陈廷顺一路向“便宜客栈”飞奔时，秀儿已经到了客栈。

秀儿一进客栈，老板就认出了她。

“我来看亲戚。”秀儿说着就往里走。

“小姐，你来晚了，你家亲戚已经走了。”老板叫住了秀儿。

“他们不回来了吗？”秀儿问。

“不在这儿住了，但肯定能回来。”老板说着把大刀拿了出来，“你看，他们没店钱了，把大刀押这儿了。那个‘哥哥’说这刀值钱，我看那小伙子人挺实诚，信了他。”

秀儿怔了：“欠了多少店钱？”

“不多，三十吊。”

秀儿掏出一张纸币：“我把刀赎回来。我这个表哥呀，没钱告诉我一声呀！”

老板接过钱，找过零钱后把刀给了秀儿：“就是，看得出来那小伙子是个要脸面的人。”

秀儿赎完了刀后走了。

6

余怀庆在汉口德国领事馆和德国领事谈判。

德国领事布特的办公室是完全的欧式装潢和陈设。

布特此时正拿着放大镜看着摊在他面前桌上的文件。余怀庆则期待地看着他。

布特终于放下了放大镜。“余先生，本人对您十分相信也十分尊重，毕竟您是我们德意志培养的兵工专家。”

余怀庆弄不清领事这两句话背后的含义。“布特先生，无论是中国人还是德意志人，都是以诚信为长的民族，可您已经看过……”

“我承认合同与图纸是有误差的。”布特承认道。

“我们当初向贵国购买的图纸和样枪均是以毛瑟枪为目的，可贵国交给我们的却只是落后的‘委员会步枪’，这一点我们早有发现，但为了贵我两国的邦谊，本人未上报给朝廷。眼下本兵工厂正在生产阶段，无暇通过繁复的外交途径与贵国商讨此事，其实，您也明白，若那么做，大家都会不愉快，也会对贵国的军工企业造成负面影响。恰好贵国委您为湖北地区的领事，我想，如果我们间能妥善解决此事当为最好。”余怀庆软中有硬地道来。

“余先生所言极是，本人会当即与国内联系，一定会在几日内给您满意的结果。”布特真诚地说。

“那我们就静待好消息了。”余怀庆站了起来。

“我想，如果你们急需，我会想办法尽快给你们解决样枪。但你们要尽快打过一笔相应的款子来。”

布特的承诺让余怀庆顿时喜形于色。“那没问题，只要我收到您的信息。如有样枪最好，我们会根据样枪绘制图纸，这样确实会省去贵我两国间的漫长邮路。”

“好，那就这么决定了。”布特肯定道。

布特送走了余怀庆后，立即叫来了参赞巴拉克……

……

陈廷安虽然离开了“便宜客栈”，却没敢走远，在街上找了一圈之后，又回到客栈的附近。这时他发现了秀儿，本想躲开她的陈廷安却发现她怀里抱着那把大刀，陈廷安意识到什么，立即迎了上去。

秀儿看见陈廷安后，脸上立即绽放出开心的笑意，抱着刀跑着迎了上来。

“大哥!”秀儿叫得十分亲昵。

“你……”陈廷安刚要说什么,秀儿打量了一下四周,将他拉到身旁的巷口。

“刀怎么在你手里?”陈廷安仍然关注着他的刀。

“你怎么能离开刀呢?我给你赎回来了。”说完秀儿把刀轻轻地放在陈廷安的怀里。秀儿亲人般的口气让陈廷安有点不舒服。

“唉,你怎么就盯住了我们不放呢?”陈廷安感激之余,有些无奈地问。

“不是盯住你们不放,是盯住你!”秀儿大胆而娇嗔地说,脸上是少女的纯情与幸福。这让陈廷安吓了一跳。话出口后,秀儿自己也吓了一跳,但她一点不后悔说出的话。

“我?”陈廷安一时不解,可秀儿却已突然抱住了他。

“大哥,你是好人,我喜欢你!”秀儿紧紧地揽住他的脖子。有点上不来气儿的陈廷安吓得竭力推着她。

晚清女子虽然有了些新思想的浸染,但男女相拥这类举动还是极为少见的,秀儿这极为大胆的举动让陈廷安十分意外和不适。

说来就是巧!正这时,一路小跑的陈廷顺经过巷子口时下意识侧头看了一眼,之后立即停下脚,并呆住了。他恰好看见了秀儿的那个举动。

此时陈廷安已经推开了秀儿。“你这是干什么?!你拿你当什么人?拿我当什么人!”陈廷安十分气恼。这一切陈廷顺看在眼里,有点变了色的脸瞬间松弛了下来。他知道秀儿喜欢的是哥哥,但哥哥不可能喜欢她。

秀儿羞臊地看了眼已经走近的陈廷顺,这时她好像才意识到自己是多么轻佻。

陈廷安看见陈廷顺站在面前,稍怔后顿时来了火:“你干什么去了?你不是不舒服吗?!”

“我好了呀，然后我就去找你了。虽然没找着你，可你猜我找到谁了?!”陈廷顺赶紧转移话题，免得陈廷安斥责，并刻意提高了声调，他要让秀儿知道。

“找着谁了?”陈廷安的语气平和了一些。

陈廷顺却看着秀儿，意味深长地说：“秀儿，你穿这衣服真好看。”

“找着谁了?!”陈廷安有些不耐烦了。

“哥，这可真是想不到的好消息。我到处找你不是找不着吗?就走丢了，路过一家铁器行，正好人家一开门，就出来一个姑娘……你猜是谁?”

“别费话，快说吧。”陈廷安边急速地想着是谁，边等着陈廷顺的答案。

“是云妹!”陈廷顺大声地叫着。不知是因为兴奋还是要讲给秀儿听见。

陈廷安虽然想到了，但还是大吃一惊。

陈廷顺想吊秀儿的胃口，也让她对陈廷安死了心，有意问秀儿：“你知道云妹是谁吗?”可秀儿看了他一眼什么也没说。

“真的……是云妹?刘伯伯在吗?”陈廷安终于回过神来。

“在呀，他们让我来找你一起过去呢。他们家的房子可多了，这回用不着住‘便宜客栈’了!哥，我是真替你高兴，这回我又有嫂子了!”陈廷顺边说边看着了秀儿。果然，秀儿有点急了。

“云妹是谁?”她不得不问陈廷顺。

“我哥的未婚妻呀。他们二十年前就订婚了。后来我们从直隶回来，云妹一家却搬走了，搬哪儿去了没人知道。可你说巧不巧，我今天就找到了!”陈廷顺越说越兴奋，越说越得意。

果然，秀儿有些发蔫了。

“走，我们去刘家。”陈廷安率先起步。

“走，秀儿，和我们一起去。”陈廷顺高兴地看着秀儿。

陈廷安回头看了他们一眼，想了想，什么也没说，上了路。

……

鬼七坐在八仙桌旁，眼前站着一排垂头而立的手下。显然，鬼七刚训完话。

“难道这死丫头还能上天入地不成?!”鬼七懊恼地问。

“大哥，您也知道，小姐精灵，她不会在街上等着咱们找呀。”桂福大着胆子说。

鬼七没吭声，想了一会说：“也真是怪了，两个大活人，硬是没看出来人家那姑娘根本就不是秀儿!”

“是、是，那姑娘的个头、身形再加上穿着和小姐一样的衣服，谁从后面都认不出来。”桂福松了口气。

“他奶奶的，刘氏铁器行!”鬼七自言自语之后，突然看着桂福：“马上派几个弟兄去刘氏铁器行踩踩点，看看有什么好货，有好货咱就出工!”

“小的马上就派人去!”说着桂福向那几个鬼七手下一挥手。

……

陈氏兄弟边说边在街上走着，秀儿没着没落地跟在后面，不时地打量一眼四周，并急速地想着什么。

“余大人已经答应咱们去兵工厂当工人了，可以吃住在厂里。”陈廷安说。

“哥，工人就是做工的人吧?”陈廷顺凑近陈廷安身边小声地问。他怕秀儿听见会笑话他没文化。

“你说得对。”

“那可真好，当不上兵，能当造洋枪的工人也是顶好的事。”陈廷顺兴奋地说。这些天陈廷顺也折腾得累了。

陈廷安抬头看了看天上的太阳，好像觉得太阳今天是为他们兄弟而出的。

“哥，那我们啥时去兵工厂？”

“咱们现在去吧，先把手续办了，晚上就有地方吃住了。再说人家在等着咱们。”陈廷安说着停住脚。

“别别别，怎么也得先去云妹家呀，你们可是好几年没见了。再说到了刘家还愁没地方吃住？”陈廷顺急于让秀儿看见云妹，从而让她对陈廷安死了心。

“那就快点走！”陈廷安同意了。可这时陈廷顺却站住了。

此时三人面对的是个三叉路口。

陈廷顺挠着脑袋：“咦，哪条路呢？”

“那你可得问自己。别着急。”陈廷安看着他。

秀儿凑上前来：“你说那刘氏铁器行周围都有什么？”

“都是房子……对了，好像附近有个小罗锅桥。”

“罗锅桥……哦，我知道了，和我走。”秀儿轻松地说。

“你知道？”陈廷安将信将疑地问。

“我是汉阳长大的，哪儿不知道。”秀儿肯定地说。

哥俩在秀儿的带领下东绕西绕地走上了一条较为繁华的街道。

陈廷顺停下了，认真地打量着四周。

“秀儿，不对吧，我记得没从这儿走过呀。”陈廷顺发觉路不对了，但他没有想到的是秀儿本来就没想把他们领到正道儿上去，秀儿对那个什么“云妹”充满了敌意，当然她不知道云妹就是被她换了衣服的姑娘。

陈廷顺急得直转圈，可在这里他找不到一点熟悉的地方。

“命呀，”秀儿一语双关地说，“要不就别找了。”秀儿小声地说。

"那怎么行，一定得找到!"陈廷顺往回看了看，"走，咱们回去重新走，我想起来了!"陈廷顺兴奋起来。

陈廷安："想起怎么走了?"

"对，我记得从'便宜客栈'出来住西走，然后再左拐……"陈廷顺很有把握地说。

秀儿却一脸的不高兴了。陈廷顺哪里想得到，秀儿是有意领错的路。陈廷顺和秀儿两个人可谓各怀心事，目的都是一个，只是目标不同罢了。

陈廷顺快步地走在前面，陈廷安只好跟在后面，秀儿在最后，不时地四下打量着。

一个挎着枪的洋人士兵在街上横晃着，行人们好奇地看着他，都离得远远的。

秀儿突然从德国兵身边奔跑而过，并撞了他一下。洋人士兵见是一位小姐，反倒向秀儿笑了笑。

秀儿快步走到陈廷安的身后。

"大哥，我们吃完饭去吧，我请你们。"秀儿拍了一下陈廷安背后的包袱，然后盯盯地看着陈廷安。

"什么时间！吃哪门子的饭。"陈廷安没好气地说。

秀儿就势落在了陈氏兄弟的身后。

这时洋人士兵下意识地低头，发现自己军装口袋的里子露了出来。他意识到什么，马上摸了一遍身上所有的口袋后大惊失色。

"我的、我的钱包!"洋人士兵竟然会几句中国话。

秀儿立即拉了一下他。洋人士兵立即住了口。

"你的、钱包，那个人的偷去了。"秀儿指了指前面的陈廷安。

"谢谢。"洋人士兵对秀儿又是一笑。

一无所知的陈廷安正跟在陈廷顺身后走着，洋人士兵却跑上来拉住了他。陈廷安一愣，回头一看竟然是洋人。

“我的，钱，钱包。”洋人士兵比划着。

“什么你的钱包?”一见洋人就气不打一处来的陈廷安没好气地问。

“我的钱包、你的拿去了。”德国人认真地说。

这时陈廷顺回身，一时不知道发生了什么。而秀儿这时已经在陈廷顺的身后了。

陈廷安终于明白了洋人士兵的意思，不禁怒火中烧：“你的钱包怎么会在我这里?!”

“你的，打开的你包包……”洋人士兵指了指他的包袱。

这时人越围越多，洋人士兵揪住陈廷安不放。

“哥，就让他看看咱的包袱，要是没有他的钱包，咱再收拾他!”陈廷顺提醒了陈廷安。

陈廷安气得咬牙切齿，看了洋人士兵一眼后，将打开的包袱摊在了地上。围观者和洋人士兵的目光都集中在了打开的包袱里。陈廷安把几件衣服掀开——他万万想不到的是，一个西洋钱夹子呈现在人们的目光中。陈廷安目瞪口呆。

德国人哇啦哇啦不知叫了声什么，随后从肩上拿下枪，一枪托砸在了陈廷安的脸上，陈廷安下意识地去挡，可枪托已砸在了他的脸上，顿时，他的嘴出血了。

陈廷安虽然一时不知道洋人的钱包何以到了他的包袱里，但他知道这完全和自己无关。他站起身，愤怒地抽出了后背上的大刀。可这时不知真相的人群中发出一阵嘘声。陈廷安无奈地放下了大刀。德国人吐了口口水后扬长而去。

秀儿从陈廷顺身后冲了出来，当她看见陈廷安嘴里流着血时，她险些掉下眼泪。她掏出手帕，给陈廷安掩住不断流血的嘴，然后回身对着陈廷顺说：“快叫辆洋车，去看郎中呀！”

陈廷顺这时醒过神儿来，叫了辆洋车。两个人把陈廷安扶上洋车。

陈廷安此时只想尽快离开这里。

第四章 义愤夺枪

1

月黑风高。

刘氏铁器行附近，鬼七和几个手下打量了一下四周，鬼七向一个手下点点头，那个手下就蹿上了刘家的墙头。

正这时，一辆洋车奔跑而来，偏偏在墙边停下了。墙上的人不敢动了。可这时鬼七从暗处出来。

车上下来的是桂福。

“怎么回事?”鬼七上前问。

桂福立即和鬼七耳语了几句。鬼七听过后向墙上的兄弟一招手，那人就跳了来。

“回家！”鬼七一挥手，然后自己上了洋车。

……

鬼七回家一进房间就急着让桂福快说说那个事。

“据说德国人这几天有可能要向兵工厂提供一支样枪，有人在打这支枪的主意，说明这枪的分量不轻。”

“消息可靠？”鬼七想了想后严肃地问。

“可靠，是帮会那边的朋友透露的。”

“帮会的人是无孔不入。不过，以后咱们要尽可能少和他们来往。”

“是我过去的一个兄弟，大哥您放心。”

鬼七思忖着：“一支枪，还是给兵工厂的……你说得对，这枪确是分量不轻。”

“要是我们能拿到手，无论出手给谁，都一定是个大价钱。”桂福肯定地说。

“可是……涉及兵工厂，这事有点难办。那可是张之洞大人的眼珠子，咱要是沾上了腥儿，可就是引火烧身了。我再想想。”说着鬼七合上了眼。

鬼七还没拿定主意时，帮会那边已经在为此事商讨了。

这是天地会的一个堂口。

当年，长江中下游有许多帮会组织，以天地会为盛。天地会以反清复明为宗旨，政治色彩很浓。

此时大家正在为枪的事讨论着，因为堂主还没来。

那个顺子在座。

“这个消息一定是可靠的了——德国人将给湖北兵工厂提供新型样枪。”顺子说。

另一个人说：“我们一定得夺下这支枪，免得清政府得此枪后如虎添翼。”

“只要是清逆想做的事我们一定要让它做不成！”又一个人说。

“这枪我们是夺定了。堂主一定同意。”顺子说。

“这消息我们知道了，别人会不会也知道了呢？”另一个人担心地看着大家。

“应该不会吧。毕竟这消息不是公开的。”

“堂主怎么还不来呢？”顺子有点急了。

……

那个帮会的人说对了，已经知道了这个消息的不仅仅是他们。

第二天一早，在唐季恺秘密住处里就已经为此专门召开会议了。

“既然大家同意这个计划，我们马上就开始行动。一定要夺取该枪，不给兵工厂造出好枪镇压人民的机会！”唐季恺下了决心。

接着，唐季恺开始布置人们如何行动……

……

大和洋行长野的房间里也在开会，内容也是有关这支枪！

“此情报准确无疑。我们的任务是继续关注德国领事馆送枪的时间和确切的路线。”长野的桌上铺着一张汉阳的大地图。

“不知其他势力是否也会得此情报有所行动呢？”间岛问。

长野微微一笑：“这个问题问得好。据我们掌握的情况是，可能会有其他势力也得知了此情报，这就是说，极有可能他们也在策划夺得此枪。这是好消息，我们的目的是阻止清政府造出好枪，只要这支枪没到兵工厂的手里我们就已经完成了大半的任务。当然，如果能不落在中国人的手里更好。所以，我们就是要利用中国的无序和混乱达到我们的目的——届时，我们要审时度势，见机行事。”

“长野君的意思用中国话说就是‘浑水摸鱼’吧?”间岛问。

“正是，这样有利于保护我们自己。好，大家做好准备，随时待命!”长野站了起来。

……

此时的德国领事馆，布特领事刚要出去时，巴拉克进来。

“公使先生，湖北兵工厂的款已经到了我们的账户上。”

“哦，这位余总办的办事效率倒是很高。来，我们正好要商量一下如何应付这位余先生。”布特指了下椅子。

巴拉克坐下了。

……

鬼七病了，躺在床上什么也不吃。

桂福进来了。

“大哥，要不要请个郎中来?”

“什么郎中能治心病?”鬼七虽然没吃饭，底气还是那么足。

“我知道。大哥，我想呀，秀儿小姐是一时使性子，用不了几天一定还会回来的!”

“这已经几天了，怎么还没回来?”鬼七又有点有气无力了。

“大哥您放心，我已经安排弟兄们天天找呢。还有，告诉您件事，我听说日本人也在谋划着夺取德国人的那支枪，就是要给兵工厂的那支枪……”

鬼七腾地坐了起来。

“确有此事?!”

“兄弟岂敢蒙大哥。确定无疑!”

“他奶奶，这小日本天生就不地道! 当年那徐福东渡怎么教下这帮孙子!”

“大哥，徐福是哪路大哥？”

“秦朝的，八百童男童女没听说过？”

“哦，那兄弟知道了。”桂福有点不好意思了。

“这小日本屁大的地方怎么就老是惦记着招惹咱们中国呢?！你说他们明明是个耗子放个屁全国都能闻着味儿的屁大的国家，偏偏老自称是‘大日本’，也他妈不嫌风大刮了舌头。多少年了，他老是和咱们中国过不去！”

“那咱得体谅，就像一个侏儒，你还不让他自己蹦蹦嘛。”桂福笑着说。

“桂福，你给我盯牢了小日本！这事咱掺和定了。”

“好，大哥打算怎么做？”

“先要弄清德国人什么时候交枪，然后要看住了日本人，看他们要干什么和怎么干……到时我们浑水摸鱼，不管谁得到了枪，我们都要夺过来，然后再以大价出手。”鬼七立即理出了自己的思路。

“好主意！”桂福附和道。

鬼七哈哈大笑：“但有一个事必须得告诉兄弟们，不管枪落在谁手，最后也不能落在小日本的手里！”

鬼七说着从床上跳了下来。

2

“大哥，给你买来好吃的了！”秀儿蹦跳着进了兄弟俩的房间。

陈廷安的嘴唇还有些肿，但吃饭没问题。

看着秀儿对陈廷安的热情劲，陈廷顺有些酸溜溜的不得劲。

“大哥，你张嘴，我喂你。”秀儿坐在了陈廷安的床前。秀儿的话音刚落，陈廷顺就不由得瞪大了眼睛，那瞬间恨不得挨打的是自己，躺在床上的是自己。

“不用不用。我说过多少次了，我自己会吃！”陈廷安说着从秀儿手里拿过了饭碗。

“秀儿，没给我买一份?”陈廷顺有意地问，问完后充满期待地看着秀儿。

“你又没受伤，自己出去吃嘛。”秀儿不客气地说。

“廷顺，咱欠了多少店钱了?”陈廷安问陈廷顺。

“没欠，都是秀儿交的。”说着陈廷顺凑到陈廷安的床前，认真地看了看陈廷安的嘴唇，“哥，好多了。咱啥时去兵工厂?”

“一会就去!”陈廷安起身。秀儿却去摸陈廷安的头。陈廷安立即拨开了她的手。

“不行，头还热呢。”

“热什么热。没事，走!”

这时门开了，是余府的管家。陈廷安赶紧迎了上去。

“先生，您怎么找到这儿来了?”

“我是传余总办的话，大人请你们兄弟俩去兵工厂，大人在厂里等着给你们办入厂手续呢。余大人已经等你们三天了。”管家客气地说。

“先生，真对不起，发生了点事，耽误了去厂里，让总办大人操心了。”陈廷安歉意地说。

“今天能去吧?”管家问。

“我们马上就退了房子，然后就去。”陈廷安肯定地说。

“那我先回府上，你们直接去兵工厂就行了。”管家说着递给陈廷安两个入厂牌。

“拿着这个就可以进厂大门了。”管家叮嘱道。

管家走后，陈廷安收拾东西准备马上走。

秀儿看了看陈廷顺，然后才看着陈廷安说：“你们去兵工厂，我怎么办呢？”

“是呀哥，秀儿怎么办？能不能再和余大人说说——”

“说什么？说我们要带个姑娘去当工人?!”陈廷安没好气地说，“秀儿，谢谢你，也对不起了，我们哥俩去当工人，吃住都在兵工厂，你只好自讨方便了。欠你的钱我会想办法还你的。”陈廷安客气地说。

秀儿低下头了，眼泪夺眶而出。见此情形，陈廷顺心里一阵难受。

陈廷安看了她一眼，还是冷漠地出了房门。

陈廷顺走到门前又转回身小声地对秀儿说：“你就在这儿住着，别动也别出去，到时我们来找你。”

秀儿看了看他，但还是什么也没说。陈廷顺不得不走了。

两人刚出门，陈廷安想起了什么，“你那儿还有没有钱?”

“还有十吊钱吧。”陈廷顺说。

“我们得给余大人买点什么礼物才好。”陈廷安说。

“那就买块肉吧。”陈廷顺提议。

陈廷安笑了：“那不是太让人家笑咱是乡下人了？余大人是见过世面的人，也不缺什么，但咱要表达那么点意思，不在钱多，要新鲜。”

“新鲜，那就买几个苹果吧。”陈廷顺认真地说。

陈廷安又笑了：“算了，咱去趟汉口，那里洋人多，有洋玩艺卖的，我们去看看。”

“怎么去?”陈廷顺马上问。

“坐洋车是没钱了。走，跑着去!”

说着陈廷安已经开跑了，无奈，陈廷顺也只好跟着跑。

……

余怀庆刚要进办公室，屋里的鲍昆已经给他从里面推开了门。

“老师，德国领事馆打来了电话，他们今天就会来送枪。”一进屋鲍昆就向余怀庆报告。

“好！”余怀庆把公文包放在办公桌上，“我们的设计正好可以参考一下人家的枪了。对了，可能今天会来两兄弟，一个叫陈廷安，一个叫陈廷顺，他们来时，你帮他们办一下入厂手续。这两个年轻人很可靠。”

“好。”

……

德国领事馆。布特领事刚要出门，巴拉克进来了。

“公使先生，国内给我们领事馆配备的五支 M98 式新枪运到了。这可是德意志制造的领先世界的步枪。”巴拉克报告道。

“好，马上发给我们自己的卫兵。我现在要去日本领事馆，回来后我们商量一下给兵工厂样枪的事。”布特吩咐道。

“好的。”

……

3

汉口外滩。

汉口的外滩在武汉三镇至今都非常有名，“外滩”这两字是否学自上海的外滩不得而知，但无论是当代还是当时，汉口的外滩都堪称景色独特的人们休闲散步的好去处。

在外滩岸上的街边，是一字排开的建筑风格各异的西洋式建筑，冷眼一看，还以为置身西方。这条街道的西侧是通往汉阳的官道。

这里是租界区。在这条路上通行的多是各国领事馆的外交官员或者雇员，及一些买办、达官贵人。不时有洋车在街道上穿行。

一个洋人士兵横挎着一支崭新的洋枪在街上像喝醉了酒似的横晃着。这个人竟然是打过陈廷安一枪托的洋人士兵。原来他是德国领事馆的卫兵。

行人都离他尽可能地远点。

一辆洋车不紧不慢地远远地跟着这个德国兵。车里坐着间岛和他的同伴。

一辆马拉车一路小跑地越过德国兵向前走了。车里坐的是鬼七等人。

两个挑担卖小吃的人相距不远地边吆喝边走着。这两个人是傅东晨和小吴所扮。他们缓缓地跟在德国兵的身后。

不远处的长江岸边，一位穿着华丽的大家闺秀在两个下人的陪侍下正在欣赏着江边美景——那是罗秋月和顺子等人所扮。

够热闹的了。这几伙人为了同一个目的，在相同的时间和地点互不所知地伺机而动。他们都在暗中注视着德国兵。有的在等待着那德国兵离领事馆区远些后再动手，有的则等待着见机行事。

正在这时，那个借捡苹果悄悄提醒过陈廷安的虾米正无精打采地从德国兵对面走来。他好奇地看了德国兵一会后，虽然与德国兵错过了，但又转身跟在德国兵的身后慢慢地走着……

这时，陈氏兄弟从西向东而来，显然，两人跑得累了，喘着粗气向德国兵和虾米的方向而来。

"长官……"虾米突然紧走了两步，向德国兵伸出大拇指。德国兵看了他一眼，不知为什么笑了，虾米不失时机地将手一摊："钱。"紧接着虾米指了指德国兵的衣口袋。那德国兵终于明白了，突然脸色一变，从肩上拿下枪，将枪口一指虾米……可虾米对枪好像毫无恐惧之感，这让德国兵很恼火，立即抡起了枪把子，虾米知道这是要打人，灵巧地跳开时，额头上已经挨了一下子。这时陈廷安已经走到近前，见此情景本就已经火气上窜，定睛一看那德国兵竟然是打伤过他的洋人时，立即怒火中烧，冲上前去照着德国兵的脸就是一记重拳！这时陈廷顺也认出德国兵，未待他出手，那德国兵已经向后踉跄几步险些跌倒，终于站稳后，却马上拉开枪栓，陈廷安一步跨前，抓住枪管，一把夺了过来，并一脚将德国兵踹倒在地。

此时，暗中跟踪和注视德国兵一举一动的几路人马顿时受到了刺激，他们不知道即将发生的是什么，立即快速向兄弟俩和德国兵靠近。

正这时，远处的租界巡捕吹着哨跑来。

“洋鬼子来了，快跑!”对眼前突然发生的一切一时没弄明白状况的虾米突然对陈氏兄弟大喊。

“哥，快走!”陈廷顺大叫。陈廷安犹豫了一下，随后拎着枪和陈廷顺立即回身向汉阳方向狂奔。

鬼七等各路人等尚未近前，突然见有人劫走了枪，一时弄不清他们的底细，但这如同突然开启了闸门，所有混水一股脑儿地倾泻而下——各路人等以各自的方式从各个角度一冲而出……

那个傻了眼的德国兵半卧在地上犯了一会傻，之后突然醒悟过来，爬起来就去追陈氏兄弟，可陈氏兄弟双腿如飞，没一会就跑没影儿了。

巡捕赶了上来，不知所措的德国兵对巡捕哇哇啦啦一阵后，巡捕循迹追去。

……

此时，布特从日本领事馆回到了德国领事馆，巴拉克已经在恭候。

“巴拉克先生，”布特刚一坐下立即说道，“我们马上就得办件事——把刚刚替换下来的 M88 式步枪提出来一支。”

“您的意思是……”巴拉克一时摸不着头脑。

“交给湖北兵工厂呀。”布特说。

“可您答应的是给他们最新式、也就是 M98 式新枪呀。”巴拉克不知布特的意思，或者不敢确定是什么意思。这话要布特亲自说出口才行。

“我们怎么会把德国最新型的枪交给他们呢？不会有哪个国家会把自己

核心武器的秘密交给其他国家，除非已经有了更新的。但是我们又不能不讲信誉，所以，我想找支新一点的 M88 式步枪，稍稍改装一下，打扮成新枪一样，交给他们。”

“我明白了阁下，立即去办。”巴拉克刚要走，德国领事馆卫兵队长慌张地跑了进来。

“布特阁下，枪被人抢走了！”队长上气不接下气地报告。

“什么枪被抢走了？别急，说清楚。”布特指了指椅子，可队长没坐。

“上等兵海因里希背的刚刚下发的 M98 步枪被不明身份的劫持者劫走了。”队长终于说完整了。

布特腾地坐了起来：“追回了吗?!”

“租界巡捕正在追。”

布特在地上转着圈子：“看见是什么样的人劫的枪了吗?”

“对不起阁下，卑职当时没在现场。”

“如果追回最好，如果追不回来，马上和清政府巡警局联系，无论如何也要找回枪！”布特说着开始擦额头上的汗。他怎么也想不到主意刚打好就出了这么大个漏子！

队长走了。布特看着巴拉克，突然醒悟：“巴拉克先生，会不会是余怀庆所为呢?”

巴拉克一怔，想了想：“不会吧，他已经知道我们今天就会把枪给他送去，他为何要取此没必要的下策呢?”

“中国人愚蠢时不可理喻，聪明时又出人意料。我怀疑他们是否已经得知我们新枪已到，担心我们不会给他们新枪而下了手呢。”布特认真地说。

“有这个可能。”巴拉巴附和道。

“先等最后的结果再做处置！”布特坐在了电话旁。

与此同时，巡捕早已失去了追捕的对象——根本没有看见陈氏兄弟的影儿，只好返了回来。而此时的陈氏兄弟已经狂奔到了茫无人际的荒郊。

他们虽然甩掉了巡捕，却没甩掉穷追不舍的日本人。间岛等人后面是鬼七等人乘坐的马车。那马车跑得飞快，不知道的行人还以为马受了惊。

“桂福，前面那几个人肯定是小日本吗?”鬼七问。

“大哥，肯定是！你看他们跑路那姿势，像鸭子似的。”桂福很有把握地说。

“兄弟，把马给我赶飞起来！”鬼七拍了拍赶车的厚嘴唇。

鬼七的马车飞奔起来，并很快超过了间岛等人。只见马车在间岛等人的前面突然横了过来，间岛等人险些扑在了马车上。

厚嘴唇费力地拉住了马后，下了车。

“先生，对不起。这马受惊了，你们没事吧?”厚嘴唇问间岛，可间岛毫不理会他，推开了厚嘴唇，正欲继续追赶时，鬼七从车里骂骂咧咧地下来。

“奶奶的，这车是怎么赶的?”鬼七说着看了眼正要离开的间岛等人，“怎么？把人家给了碰了?”鬼七说着拉住了间岛：“先生，碰到您没有?要不要去看郎中……去医院?”间岛看着前方，早就没了陈氏兄弟俩的人影，只有一片荒草地和远处的树林。

间岛恼火地骂了声：“八嘎！”随后和同伙转身走了。

“他奶奶的，还真是小日本！”鬼七吐了口痰骂道。

这时，从东面追过来的各色人等不知道发生了什么，更看不见了陈氏兄弟，立即放缓了脚步，顿时成了与众相同的行人。

陈氏兄弟狂奔到一片树林中，看看后面没了人，这才坐在地上大口地喘粗气。

陈廷安瞪大了眼睛看着他手里拄着的那支枪，好像这时他才知道自己抢了枪而且一直在他手上。

“哥，怎么办？”陈廷顺打量了一眼陈廷安手里的枪。

陈廷安摇了摇头。

“哥，你说你打那洋鬼子我看行，可你抢他的枪干什么呀？这枪咱往哪儿扔呀？”

“为啥扔?！洋鬼子当年就是仗着洋枪洋炮欺负咱们，我抢了又怎么样？”陈廷安虽然这么说，可心里也有点发虚了，他明白，即使洋鬼子认了挨拳头，怕是不会不要枪，而兄弟俩马上要去当工人，人家会要个劫枪犯吗？想到这，他知道自己这祸惹得不小。

“我去投案！”陈廷安突然说。

“哥，那可不行。要是投案了，肯定得把咱们关大牢去。”

“那怎么办？带着枪去兵工厂怕是不成。”陈廷安边抚摸着枪边轻出了口气，“这还是新枪呢。”

“卖了它，还不值十几个银元？”陈廷顺来了精神。

“你倒挺会想生财之道呢。这叫军火，你敢去卖？”

“那怎么办？咱这不是弄了个惹祸的玩艺吗？”

“怕什么，男人敢作敢当！”说着陈廷安站了起来，“先把枪藏起来！躲过了风头再说！”

陈廷顺跟着哥哥向树林里走去……

4

余怀庆看了会图纸，却怎么也静不下心来。

侍从进来给余怀庆倒上水。

“德国领事馆的人来了没有？”余怀庆完全是无意义地问，要是人家来了他第一时间就应该知道了。

“总办大人，没有。”

“有没有两个姓陈的兄弟来找过我或找了鲍先生?”余怀庆似乎有点不甘心，退而求其次。这两件事总得有一个有点动静吧。

“总办大人，没有。”侍从又重复了一遍。

什么也做不下去了的余怀庆干脆站了起来。正这时鲍昆进来了。

“鲍昆，人……来了吗?”余怀庆期待的是送枪的德国人，如果德国人没来，陈氏兄弟也该来了，毕竟答应了帮人家。

“来了，布特先生亲自来的。还有……”鲍昆的脸色有些不对。这时，布特和租界几个巡捕直接进来了。

余怀庆立即笑容满面地迎了上来。

“欢迎布特先生光临!”余怀庆向布特伸出手，可布特却脸色难看地打量起余怀庆的办公室来。余怀庆怔了。这时他才认真看了眼那两个巡捕，也意识到发生了什么。

“余先生，没想到本人能来吧?”布特紧紧地盯着余怀庆的眼睛。

“不不不，您的到来让我很高兴。”余怀庆立即答道。

布特哈哈大笑。他正是想以此来试探余怀庆的内心所想，以图从中发现什么，而余怀庆脱口而出的实话让他心里有了点底。“余总办，我很欣赏阁下的真实。不过我得告诉您，给贵厂送的样枪在来贵厂途中突遭人抢劫。犯罪分子并没劫财，却劫走了样枪。尽管本人毫不怀疑此事与您有关，但本人专程来向您报告此事之余，还望能消除您的嫌疑。”布特的一番话让余怀庆瞬间有些摸不着头脑。当他回过神来后，才明白了布特何以带着巡捕来了。

余怀庆这才明白发生了什么，同时心下一沉，暗想这都是怎么了!

“您有何话明说吧。”余怀庆收起了笑容。

“我知道，贵厂不是租界，租界巡捕也无权在贵厂执法，但是……”布特的态度缓和了些。

“我明白，如果您怀疑本人或本厂和劫枪有什么关系，你可以下令，我这间办公室您可以任意搜查。

“那好，我就先不客气了。”布特说着一挥手，两个巡捕开始搜查。结果自然是一无所获。

此时的余怀庆对布特有辱人格甚至国格的行为虽然很恼火，但他更为在意的却是那支样枪。样枪竟然再次遭劫，这让他十分震惊。

“余总办，本人为打扰阁下表示歉意，还望您能原谅。”布特伸出了手，余怀庆木然地伸出手。

“总办大人，鄙人要立即回去处理此档事，过后再专程向您请罪。”布特要走了。

余怀庆送到大门前，一直渴盼的是布特基于这支样枪丢了，是否该马上再补送一支？正待余怀庆要开口时，布特却认真地告诉他：“余总办，被劫的是本馆唯一的新枪。我一定会督促巡警局尽快破案，以完成我们间的协议。”余怀庆怔了一下，可还有什么办法呢。

送走了布特，余怀庆的情绪坏到了极点。刚回到办公室，焦伯琛登门拜访了。

两人以前就比较熟悉，而且是不错的朋友。双方没有太客套。

“余大人您都知道了吧？”焦伯琛直接问道。

“布特先生刚走，是为了被劫的枪。你也是为了枪案吧？”

“我只是听说了德国人的枪被抢了，还听说那枪是要交给咱兵工厂的。”

“噢，”余怀庆有点失望，“现在枪在哪都不知道了……伯琛，我很相信你的能力，还希望你能帮忙破案，找到枪。这支枪对兵工厂非常重要。”余怀庆认真地说。

“余大人放心，为朝廷效劳是伯琛的职责。”焦伯琛同样认真地答道。

“你知道，前次我们在德国买的枪和图纸在送本厂的途中被劫，虽然还没有证据证明是何人所为，但我怀疑与日本人有关……”余怀庆希望能启发焦伯琛。

焦伯琛想了想，点了点头。“余大人的怀疑也有道理。据在下所知，汉阳三地不少的案子都有日本人的黑手。不过，如您所说，我们现在没有证据，而且没有上级的命令，我们也不能擅自行动。”焦伯琛如实道来。

“你说得对，我也只是感觉。不过我会提醒你们巡警局长，将这两起案子联系在一起……”

焦伯琛点点头：“大人，您的这个想法卑职赞成。大人有何吩咐在下随时恭候……”

……

陈氏兄弟空着手从树林出来，不知道他们把枪藏在了哪里。

“哥，我们去哪儿?”陈廷顺不知道他哥是怎么想的。

“咱不能给余先生找麻烦，所以如果咱们想去兵工厂当工人，就先得去自首。咱们解释清楚，也许官府不能让咱们下大牢。”

“为啥要自首？余总办又没看见咱们打洋鬼子、抢他的枪。”

“你以为咱在外滩做的事谁也没看见呀，如果我们去了兵工厂，工人还没当几天，巡警来了，余总办也救不了咱们了。”陈廷安没像陈廷顺想的那么简单。

“我看不一定。要是他们根本不知道是咱们干的，咱去自首不是自投罗网？哥，我看先等几天再说。”陈廷顺认为自己的主意是可靠的权宜之计。

“去哪等?”陈廷安意识到了陈廷顺的目的。

“去‘便宜客栈’呀。”陈廷顺轻松地说。

陈廷安叹口气：“我就知道你是这么想的。你不就是惦记着秀儿吗?”陈廷安一直洞悉陈廷顺的心理。

“廷顺呀，不是给你泼冷水，到现在我们都不知道她是什么来历、到底是干什么的。你想想，自打咱到了汉阳，遇到的那几件祸事，是不是都有她的影子？”

“哥，我知道你对她没好感，可人家对咱……不是挺好吗？再说，要是大户人家的小姐，人家能认识咱呀。”陈廷顺说这番话时心里很复杂。他知道秀儿在意的是陈廷安，可为她说话的还是自己。

“我怀疑她有什么目的。”陈廷安终于说出自己的担心。

“目的？有啥目的？咱一不是财主，二不是皇亲国戚的。哥你是不是太多心了？”陈廷顺不以为然。

“洋鬼子的钱包莫名其妙地到了我的身上，我就怀疑是她干的！”

“我看不一定。”陈廷顺顺口说道。

“怎么？你认为是我偷的钱包？！”陈廷安停住了脚。

“不是，哥，你哪能偷人家的东西呢，我是说不一定是秀儿干的。哥，不管怎样咱都得先回客栈吧？秀儿还等着我呢。”陈廷顺虽然说得没底气，却还是憋不住了。

陈廷顺见陈廷安以异样的目光紧盯着自己，突然硬气起来：“你不去我去了！”陈廷顺说着就开步走了。

“你给我站住！”陈廷安一声吼把陈廷顺吓了一跳，下意识地停下了。

“廷顺，”陈廷安放缓了语气，“我知道你喜欢秀儿，可咱们不知道她的底细，不能离她太近，否则就会惹来麻烦的。好姑娘有的是，你着什么急？”

……

正当那哥俩正为回不回客栈争执时，间岛和他的同伙却已经摸到了“便宜客栈”。两人向老板打听一对年轻兄弟时，恰好秀儿出来打水，意外地听到了……

老板本来就对陈氏兄弟的神秘有些不安，唯恐给他的客栈带来什么麻烦，一口否认有兄弟俩在他这儿住过。

间岛两人走了。老板到秀儿的房间，可一开门，人不见了。

……

闹市一如往常般热闹。巡警队的门洞开着。

不远处，陈廷安拉着有点心神不宁的陈廷顺向巡警队走来。看来他说服了弟弟。无论是哥哥还是弟弟，越到巡警队门前，心里越是没底。就要走到巡警队的门前时，从门里突然跑出几个拎着浆糊桶的巡警，一个巡警腋下夹着一卷纸。兄弟俩就势靠在一边。

那几个巡警在巡警队门前贴上了一张布告。拉着陈廷顺正要进巡警队大门的陈廷安不经意地看了一眼，不禁吓了一跳。布告上写着："悬赏捉拿劫枪犯"！再扫一眼内容后，陈廷安已经拉着陈廷顺转身走了。

这会儿，巡警队里的焦伯琛刚忙完，坐了下来。

"队长，看来一定是那哥俩干的了。"胡三给焦伯琛倒上水。

"是余大人怀疑错了？可前起劫枪案绝对不像是他们兄弟所为呀。"焦伯琛有些摸不着头脑了。

"可这一起是确凿的。不但巡捕看见了，当场不少百姓也看见了。"胡三说。

"那个虾米呢？"焦伯琛突然想起。

"我放了。"

"什么？放了？他可是在场的证人呀。"焦伯琛很意外。

"巡捕都没问出什么，咱还能问出什么呀队长。一个毛头小子，当时吓也吓傻了。"

"也是。"焦伯琛喝了口水。

此时的虾米一路小跑正在往家跑。

这是一片低矮、混乱、肮脏的棚户区。虾米家的棚子在一个角落。

棚子里很昏暗，但虾米一进门就直奔一张破床，床上半卧着一个白发苍苍的老人。

“奶奶，虾米回来了。”虾米说着已经扑到奶奶的眼前。

奶奶的眼睛微睁着，却什么也看不见。她的右手里永远握着一个核桃，那核桃已经被奶奶搓磨得没了纹路，光光亮亮的。

奶奶摸着孙子说：“我早就知道是你回来了。奶奶听得见你的声音。”

“奶奶，你好些了吗?”虾米摸着奶奶的腿。

“好多了，也不太疼了。”

“奶奶，可不敢再下地乱走了，您的眼睛不好，跌了跤会更疼的。”虾米耐心地告诉着奶奶。

“奶奶知道了。”

“奶奶，我会赚钱给您买药的。”虾米认真地说。

“可不能做坏事呀。”奶奶叮嘱道。

“虾米怎么会干坏事呢？奶奶，我是好人不是呢?”

“奶奶的孙子当然是好人。”

“虾米很勇敢是吗?”

“奶奶的虾米当然勇敢——虾米，是谁找你的麻烦了吗?”

“没有，没有。”虾米边否认边轻轻摸了一下自己额头上的伤，一声不吭地咧了一下嘴。那是德国兵打的。

5

“那个小混混是什么人?”坐在太师椅上的鬼七问桂福。

“听说就是一个小混混，是碰巧赶上了那场事。”桂福答道。

“可那哥俩是为了帮他才出的事，也才把枪抢走了。”鬼七想了想，

“好在那枪没被日本人捞了去。咱们一要听官府的动静，二要听世面上的动静，三要找到那哥俩，夺了枪！”

“大哥说得对。我马上派人出去。”

“秀儿还没有影儿吗？”鬼七又想了起来。

“兄弟们一直在找她呢，只要她一露面兄弟们就能给您带回来。”

……

那个革命党的头头儿唐季恺正在屋子里看文件，傅东晨进来了。

“唐先生，消息弄准了。德国卫兵的枪是姓陈那哥俩夺走的。不过，好像他们并非预谋，只是因为那德国兵对一个小孩子的野蛮行径激怒了他们，才打了德国兵，然后情急之下夺枪而去的。”

“看来这兄弟俩很有正义感，”唐季恺点了点头，“有他们的行踪吗？”

“还没有。巡警已经贴出了悬赏两兄弟的布告。”

“哦，这么快？”唐季恺有些意外，“看来德国领事馆出面了。”

“是。”

“东晨，我们一定要赶在巡警之前找到这兄弟俩！”唐季恺站了起来。

……

上次帮会开会的那间屋子里，顺子等人在等着谁。

门响了，大家期待地看着门。进来的是罗秋月，满脸的严肃，一身的威严。

人们立即站了起来：“堂主！”

原来这罗小姐还是个小堂主！

罗秋月摆一下手：“咱们坐着说。”

罗秋月坐下后，不好意思地说：“昨天实在脱不开身，让大家白等了。不过情况我都知道了。”

顺子马上说：“街上已经贴出了悬赏布告。是那哥俩抢了德国人的枪。”

“哪哥俩？”罗秋月马上问。

“就是上次咱们失手——”刚说到一半，罗秋月就知道了。

“又是这两个人……”罗秋月边说边想着什么。

……

惊慌的陈氏兄弟刚要拐过街角、将到“便宜客栈”时，陈廷安停住了脚，朝客栈方向看了看。当他感觉没有危险时，回头告诉陈廷顺：“你等我一会，我去把秀儿叫出来，再把包袱拿回来。”陈廷顺犹豫了一下，但最后还是点点头。

陈廷安没有发现的是间岛此时正隐身在一棵大树后，另一个人则持枪躲在一个放着遮帘的洋车里。

陈廷安悄悄进了客栈。

间岛向洋车里的同伙发出了信号。

陈廷安进了房间收拾起包袱，再到秀儿的房间，可房间却是空的。陈廷安怔了一下。

此时，躲在墙角的陈廷顺懒洋洋地看着客栈大门，而间岛和他的同伙同样也密切注意着门口，他们期待的是出来的陈廷安能带着枪……

拎着包袱的陈廷安在走廊里正欲向门口走去时，一颗石头子打在他头上，陈廷安一回头，发现秀儿在走廊的窗口向他悄悄示意。陈廷安意识到什么，立即翻窗而出。这走廊的窗子的外面就是客栈的后院。

洋车上的间岛已经看见了陈廷安的影子，却发现他突然转了回去。他意识到出了什么意外，立即跑进了客栈，当他发现洞开的窗子时，才知道可能陈廷安已经逃了。伸头看了看后院，早就没了人影。他没有看到外面的窗下是陈廷安掉落的包袱。

外面的陈廷顺无意中看见了间岛，随后又发现洋车里那个人的诡秘，陈廷顺吓得缩回了脑袋……

刚才没在门前柜台里的老板这时从别的房间跑了出来。

“先生，怎么了?”老板问间岛。

这时间岛已迅速撤回了身：“我是想找找那个朋友。”

“先生，我说了，他们不在这儿住了。”老板不悦地说。

“哦，那打扰了。”间岛匆匆而去。

陈廷顺看见间岛出来，回想起当初在外滩时对他们哥俩穷追不舍的人中就有这个人。可陈廷顺却不知道这个人是干什么的。

正这时，焦伯琛等人匆匆赶来。陈廷顺立即转身而去。

间岛发现巡警来了，立即跳上了洋车，另一个人拉起洋车快速离去。

焦伯琛看着逃去的洋车十分奇怪，当老板告诉他那陌生人几次来打听陈氏兄弟后，焦伯琛立即在客栈里查个遍，自然是一无所获。满腹狐疑的焦伯琛出了客栈，在刚才洋车停的地方反复查看，终于发现了一个烟蒂。仔细看过之后，焦伯琛认定这是日本人喜欢吸的牌子。

此时，陈廷安已经绕到了陈廷顺曾经躲藏的墙角，定下神来看着刚刚发生的一幕，回头找陈廷顺时，却没了他的影儿!

“秀儿，我们分头找一下廷顺吧。”陈廷安想就此支走秀儿，秀儿立即爽快地答应了。可她刚走出几步，突然想起如果找到了陈廷顺，如何再找陈廷安呢，一回头，陈廷安已经不见了……

此时，有点吓晕了头的陈廷顺在大街上的人群里乱钻着，期间不时听见人们三五成群地议论说德国人的枪被抢了，据说那枪要是卖了定能值大钱，那抢枪的可是发了大财云云……陈廷顺听了这些倒稳下了神，想了想，又匆忙钻进了人群。

其实，陈廷安也在这条街上，也听见了人们的议论……

在这条街上，不时有神秘人士在倾听着人们的议论，有的则在打听着兄弟俩的下落……

……

余怀庆正为陈氏兄弟何以不守信、已经是下午了还不来而有些恼火，这时巡警局来了电话："德国枪是被陈氏兄弟所劫！"余怀庆听了这句话后大吃一惊。他不明白陈氏兄弟为何会犯下如此大案？正这时焦伯琛匆匆到了余怀庆的办公室。

焦伯琛告诉他日本人确实可能在关注枪的下落，但枪却是被陈氏兄弟劫走。

焦伯琛走后，余怀庆陷入了深深的忧虑之中。这时鲍昆又告诉他：租界巡捕在工厂大门前设了岗。

"只要他们不妨碍我们生产，随他们去。看来，汉阳三地又要不得安宁了……"

……

此时，陈廷安正坐在汉阳和汉口交界地的树林旁。他判断弟弟应该会来这里，因为这附近藏着枪。

果然，陈廷顺来了。

"哥，秀儿呢？"陈廷顺见到陈廷安的第一句话令陈廷安很不高兴。可陈廷顺此时的脑袋里最重要的不是枪，而是秀儿！

"我们现在只有一条路可以走了。"陈廷安冷冷地说。

"什么路？"

"把枪交给余大人。"

"对！"陈廷顺立表赞同，"余大人是总办，把枪交给他，他会帮咱们免罪。"

"但愿。"

"那咱快去拿枪呀！"陈廷顺说着就往树林里走。

“枪先不急着拿，我们得先去见余大人。余大人可能一直在等着我们，也不知道他听说了什么没有。”

陈廷顺站住了。

6

秀儿按着陈廷安的吩咐在大街上寻找着陈廷顺，又不得不时时地防备着鬼七和他的手下。

突然，人们一阵骚动。秀儿和行人一起靠在了街边。

几辆囚车在巡警的护卫下走了过来。囚车的后面走着气宇轩昂的几个手持“汉阳造”的行刑人。

“真是改了世道了，杀人都不用刀了。”

“新政嘛。”

人们悄悄议论着。

秀儿刚要离开，突然，大批巡警将行人围了起来，大家不知道发生了什么，秀儿更加紧张起来……

……

陈氏兄弟俩终于到了兵工厂，可这时他们发现兵工厂的大门口徘徊着两个租界巡捕。

这些洋人也是奸不奸傻不傻，他们虽然是为了阻截枪支的下落，可就没想过弄两个巡捕明晃晃地守在大门前，哪个劫枪的傻瓜会自投罗网呢?

其实洋人不傻，布特如此做自有他的想法：他就是要以此造成声势——被劫那支枪极可能要流向兵工厂，而他的目的不但是要吓唬劫枪人，也是做给余怀庆看——唯一的枪被劫了，剩下的就是你们中国人的事了。

陈氏兄弟俩看见了巡捕后，立即返身回走，可刚走到街上，却被突然而来的巡警“包围”了。一时不懂如何落入巡警之网的陈廷安反倒很坦然。

“别怕，早晚的事。”陈廷安安慰着陈廷顺。

“哥，坐牢不是也给饭吃吗?”

“给，天天吃大餐。”陈廷安板着脸说。

可这时他们才发觉巡警并非针对他们，而是将所有行人围了起来。

“大家别害怕，只是请你们到刑场看行刑!”一个巡警头目大声地反复喊着。

“完了，大餐你还吃不上了。”陈廷安笑笑说。

“什么叫看行刑?”陈廷顺一时没弄明白。

“就是看杀人。”

陈廷顺张了张嘴，啥也没说出来。

陈氏兄弟和百姓被巡警们赶走了。但他们没发现，洋人巡捕也在后面跟着。不知道他们是不是发现了陈氏兄弟……

另一条街上，秀儿等百姓也被赶往刑场。在这群人中，傅东晨发现了秀儿。他密切地注视着她，并在她的周围寻找着什么……

一片开阔的丘陵就是刑场了，陈廷安注意到这里距离藏枪的那片树林不远。

一条绳子把百姓拦在一则，陈氏兄弟站在绳前，不远处的秀儿站在后排，而傅东晨则在秀儿的侧后身。

远处则是丘陵脚下。犯人被从囚车上拉了下来……

几个手持“汉阳造”的行刑人准备着行刑。

百姓议论：“刽子手这回不用拿刀砍了，可是省了力。”

“他们拿的那是啥枪?”

“是咱汉阳兵工厂造的枪呀!”

百姓们没有湖北兵工厂的概念，因为工厂在汉阳，百姓都叫汉阳兵工厂。

陈廷安听到了身边百姓的议论，插嘴道："中国造的枪应该去杀洋人，为什么要杀中国人呢？"

周围的人侧头看了看他。

"哥，其实你说得不对，犯人怎么都是死，刀砍和吃枪子还不是一样？！"

"中国有洋枪才几年？！就拿来屠杀自己人呀？我这儿还有洋鬼子的枪子儿呢！"陈廷安勃然大怒中边说边扯开上衣指着自己肩上的伤疤，似乎在向人们证明什么。

哥俩的争吵引得周围人们的注意。这也引起了不远处的秀儿的注意……

行刑人举起了枪。陈廷安拉起陈廷顺往人群外挤："咱不看！"

身后，刑场方向传来枪声，接着是百姓的惊叫声。

陈廷安跑了起来，陈廷顺紧随其后。而秀儿已经从人群中挤出来，向陈氏兄弟追来。她没有发现的是傅东晨也挤出人群，向同一方向跑来。

兄弟俩向树林方向跑去，这时，傅东晨越过了秀儿，追上了陈氏兄弟。

陈廷安回头看见傅东晨，非常意外，心想这人怎么又出现了？

"二位兄弟，快躲开，危险！"说着傅东晨率先跑在前面，陈廷安回头时，发现巡捕已经向他们追来。这时傅东晨带头向汉口方向跑去。

"廷顺，快往树林里跑。"陈廷安说着并未向傅东晨带领的方向跑，而是向树林跑去。

要命的是这时陈廷顺发现了秀儿，索性回身等秀儿时，秀儿快步追了上来，却越过陈廷顺，瞬间与陈廷安并肩向前了。陈廷顺怔了一下，抬腿再追时，却被块石头绊倒。待他再爬起来时，巡捕已经赶到了身边，陈廷顺用力甩开被巡捕抓住的胳膊，可另一条胳膊很快又被另一个巡捕抓住了。

“不许动！”巡捕用生硬的中国话叫道。陈廷顺却挥拳向搜捕击去，可这时又一个巡捕手里的枪已经响了。陈廷顺应声倒地，小腿上流出血。巡捕上前将其捆起。

跑到树林边的陈廷安听见枪声后猛回头，发现陈廷顺已受伤被俘，陈廷安立即抽下背上的大刀转身欲去解救，可秀儿拉住了他。暴怒中的陈廷安甩开秀儿。可这时他看见的是大批巡警已经赶来……

傅东晨回头时发现既没有陈廷安，也没有陈廷顺跟来，大为沮丧。

陈廷安和秀儿隐进了树林，见那几个巡捕没有追来的意思，陈廷安又悄悄出了树林，秀儿只好跟着他。

几个巡捕抓住了陈廷顺已经非常得意，在他们看来，抓住了一个另一个跑不了，抓住了一个照样可以回去请赏！这会儿他们端着枪，押解着陈廷顺回了城。

陈廷安和秀儿远远地跟踪着押解陈廷顺的巡捕和巡警，可刚进入城区，秀儿就发现了鬼七的手下跟上了他们。

“大哥，快走，有人跟着咱们！”秀儿拉了陈廷安一下，陈廷安一回头，果然有人在监视着他们。两人立即逃进了小巷……

……

傅东晨将刑场前后的所见向唐季恺报告完之后，唐季恺指示他一定要找到陈氏兄弟。

此时的傅东晨还不知道陈廷顺已经被捕。同时，唐季恺要求傅东晨调查秀儿的底细。职业习惯让他对这个神秘的丫头到底是什么背景心有狐疑。

“看来他们的关系很微妙，能找到秀儿大概也就找到了陈氏兄弟。”唐季恺判断道。

“这个秀儿的真正身份我还不敢肯定，但我有些怀疑……会搞清楚的。”傅东晨胸有成竹地说。

7

“怪了!”鬼七一声苦笑，“秀儿怎么会和那兄弟俩在一起呢?”他摇了摇头，有点不相信。

“大哥，会不会是小姐要将功折罪，为了给大哥弄来那支枪呢?”桂福提醒他。

鬼七哈哈大笑：“你把秀儿想成大忠大义的穆桂英了，不可能!”

“可小姐为什么就不回头了呢?”桂福奇怪。

“桂福，我出去一趟。”鬼七突然想起什么。

“我和大哥去还是派几位弟兄?”

“谁也不用，这是我的私事。”鬼七穿好了衣服。

……

鬼七去的是百花园妓院。

这百花园在汉阳算是个老字号了，可鬼七在这里却没什么人气——没人认识他。他刚一进门，妓女们就骚首弄姿地往上涌，以为来了个大财主。四十多岁的老鸨发现是鬼七，立即挡住了妓女们，独自迎了上来。

“七爷呀，您可是好久也不来了，怎么就不关照关照妹妹的生意呢?”老鸨嗲声嗲气地说。

这是个档次不太高的妓院，不知是那些妓女和嫖客不在意，还是房子的隔音不好，说笑的，弹唱的，叫床的，质量不太好的木床的吱吱呀呀声“声声入耳”……

“别和我来这套！没我你这园子早就开不成了。赶紧，找个安静的地方我有话说。”鬼七毫不客气地说。

老鸨赶紧把鬼七领进大门旁的一个房间里。

“你还记得秀儿吗?”鬼七一坐下就问。

“秀儿?”老鸨稍稍想了一下马上说：“那怎么能忘呀，是当年七爷大发慈悲救了那丫头呀。”

“她最近来过没有?”鬼七问。

“没有。如果她来我一定会知道的。”老鸨肯定道。

鬼七站了起来：“老桃红，咱们可是老交情了，当时我把这生意盘给你，可就是给了你一座金山……”

“七爷，这我永远也忘不了。有什么您尽管吩咐。”

“一旦秀儿来了，绝对不能透露当年那件事的半点风声！否则的话……你知道我霍老七的性格。”

“七爷您放心了，这点规矩我还不懂嘛!”老桃红恭顺地说。

两人正说着，鬼七偶然地向门外望了一眼，只见傅东晨出了大门。鬼七一怔。

“嗯？刚才出去的那个人是谁?”鬼七有些疑惑地问。

老桃红向外看了一眼，没见有人。“可能是客人吧?”

鬼七立即追了出去，可到了街上，也没有傅东晨的影子。鬼七的脸上更多了疑惑的表情。

老桃红见鬼七出去了，马上往院子里走去。

……

德国领事馆的地下室里，陈廷顺被绑在一把椅子上，后面站着两个巡捕，前面站的则是巴拉克。

“先生，只要你告诉我们枪藏在了哪里，我们立即就会放了你。”巴拉克和蔼地说。

“我不知道呀。我知道就交给你们了，你以为我喜欢被绑着?”陈廷顺咧了咧嘴说。巴拉克无奈地摊摊手：“如果您坚持不交枪，最后我们只能把你交给贵国巡警，他们对您可能就不会像我们这么客气了。”

“你把我交给阎王爷我也不知道呀。枪在我哥的手里，你得问他去呀。”陈廷顺一副无辜的样子。

……

余怀庆刚从车间出来，鲍昆就匆匆向他跑来。

“老师，好消息。”

“怎么？是枪有下落了？”余怀庆现在只关心枪。

“差不多。陈氏兄弟中的弟弟落网了！”鲍昆高兴地告诉他。

“哦？关在哪？”余怀庆急切地问。

“据说在德国领事馆。”

“枪在哪？”

鲍昆摇头：“听说没有眉目。他哥还没抓住呢。”

余怀庆没再说什么，边走边想着什么，进了办公室。

“鲍昆！”余怀庆想起了什么。

“老师。”鲍昆立即走到他眼前。

“我一直怀疑，为什么德国人来送枪是一个人？这不可能嘛，而且枪被劫后德国人大动干戈……德国人是想就此赖账！”余怀庆肯定地说。

“老师，我也有些疑惑，如果他们真是给咱送枪的，为何枪被劫了他们要说那支是领事馆唯一的新型枪呢？”

“得想办法保出被捕的兄弟，至少不能让德国人掌握着他。所以，他现在没把枪交给德国人倒是好事！”余怀庆坚定地说。

……

不知何时，陈廷安又甩掉了秀儿。

心急火燎的陈廷安草草化了装，悄悄地到处打听陈廷顺被押在了何处，可没人知道。真正能知道的地方他又不敢自投罗网去问。

突然下雨了，陈廷安冷了。他想去“便宜客栈”取回包袱，他还记得当时包袱掉在客栈后院了，但不知道那里是否安全……

客栈周围没了可疑人，陈廷安悄悄溜到客栈后窗。刚爬上院墙，就看见包袱在那窗下，可他没有看见隐蔽在后院内那些破烂家俱后的巡警。陈廷安刚要翻墙而入时，突然一块石子打在他的头上，已有经验的陈廷安立即滑到外墙下。秀儿从邻家的墙上爬下来，暗示他后院里有埋伏。

陈廷安对秀儿五次三番的神秘出现有些习惯了，此时顾不得多问，和秀儿迅速离开。

陈廷安不敢进城里，直接到了长江边。秀儿一直跟在他的后面。

陈廷安对两次救了他的秀儿有些无可奈何。

岸边泊着一条破船，陈廷安上船看了一下，没人，看来是一条废弃的船。陈廷安没下船，秀儿也上了船。陈廷安什么也没说，自顾自地躺在了船舱里，刚躺下突然觉得不对，又坐了起来。

“秀儿，能和我说实话吗?”陈廷安不忍心这么冷酷地面对这个姑娘，但他却拿不准这个姑娘的底细。

“大哥，你说吧……”秀儿小心地回答。

“洋鬼子的钱包是怎么回事?”陈廷安觉得该了解这个姑娘了，因为他知道这个姑娘最少对他们兄弟并无恶意，甚至屡屡在帮他们。

秀儿垂下了头：“是我干的……我不想让你去见那个云妹。”

“为什么?”陈廷安不解。

“因为、因为、因为我喜欢你……”秀儿把头垂得更深了。

陈廷安有点哭笑不得。

“秀儿，我求你件事吧。”

“大哥你说吧，干什么都行!”

“我得知道我弟弟被关在哪，帮我打听打听。”陈廷安可用和可依靠的只有眼前这姑娘了。

“行!”

……

此时，傅东晨和顺子朝兄弟俩当初奔去的方向寻来，之后在树林外的草丛中搜寻着，但一无所获……

与此同时的德国领事馆门前，不时有可疑人徘徊和打量。期间有一个卖花的姑娘慢慢走过。那是秀儿所扮。

……

陈廷安疲惫地刚回到破船上，秀儿就回来了。秀儿果然给他带回了准确消息——陈廷顺就关在德国领事馆。

陈廷安立即背上大刀要走。

秀儿拉住了他：“大哥，那周围有好多可疑的人，再说，领事馆铜墙铁壁的，你的大刀砍不开，而且他们有洋枪!”

“我不能不救我弟弟!”陈廷安甩开秀儿，坚定地说。

……

余怀庆坐着马车离开了兵工厂。他要去德国领事馆见陈廷顺，争取保出他。

可能是德国领事馆感到了可能的危险，门前增加了几个持枪的警卫。

如同当初陈氏兄弟劫枪的情形，领事馆周围的街道上到处是挑担的、坐车的、叫卖的、悠闲而行的，期间多有日本人、帮会人士、革命党和鬼七的手下。他们都是在此刺探消息和观察动向的。

这时，背着大刀的陈廷安边打量着德国领事馆的建筑边无所顾忌地走来。

那些暗中注视着这一切的人们为此愕然了，共同的第一个感觉是：怎么是他？这个人怎么这么大胆？

正当德国领事馆门前路上的各色人等欲采取行动时，一个老太太突然从领事馆的另一侧快步走过来，把陈廷安拉走了。

陈廷安疑惑这老太太竟然有如此敏捷的身手，细看时却是秀儿所扮。

秀儿把他拉到了领事馆侧面外墙的一个角落里。

“大哥，千万别干傻事，咱们不但进不去这个大楼，而且你没看那马路上的人？都不是好人。快离开这儿！”秀儿把她归入了“咱们”。

此时，陈廷安好像才冷静下来。

两人正要离开时，突然，他们所藏身的角落的围墙的柱石自动打开了，两人吓了一跳，赶紧躲开。原来这里是个暗道，那个挨过陈廷安打的德国卫兵先爬了出来，可他没有看见藏在墙角的陈廷安两人，接着，德国兵回身从暗道里拉出一个人来，竟然是陈廷顺……

陈廷安冲上前一脚踢倒了德国兵，秀儿则将石门推了回去，将后面的德国人闷在了里面。陈廷安拉起陈廷顺向领事馆的后面跑去……

秀儿随后赶到了。那里等着两辆秀儿事先叫好的洋车。三人上了洋车离去。

此时，领事馆正面街上的人们似乎才知道发生了什么。当他们和看热闹的行人跑来时，其他德国卫兵已经从领事馆正大门冲了出来。当然，早没了劫人的人和被劫走的人。

这会，余怀庆的马车也到了领事馆门前，可一下车就看见了一片乱象，随后方知陈廷顺被人劫走了！

余怀庆大吃一惊，但心底却一喜。

此时，傅东晨正在唐季恺的秘密住地向唐季恺报告没有找到秀儿和陈氏兄弟，也未找到枪，但却了解到秀儿的底细，因为傅东晨少时曾在妓院打过杂，见过秀儿……这时顺子匆匆来报告说陈廷顺被陈廷安抢走了！唐季恺十分吃惊。

“这个陈廷安竟能从德国人那里抢走陈廷顺，可见其智勇！”唐季恺感叹道。

……

枪被劫走已经是意外，抓住了人犯是不幸中的大幸，可人犯又被劫走了却如雪上加霜！

布特气得摔坏了他桌子上的笔筒："立即通报湖北最高警察机构巡警道，乱民劫走了重要人犯！"

"阁下息怒，卑职立即去办！"巴拉克走了。

出了这么大的事，而且事涉德国领事馆，湖北警方想不重视也不行。很快，汉阳、江夏（武昌）、夏口（汉口）两府一厅所辖的大街小巷上立即布满了搜查可疑人的巡警……

"有人劫枪又劫走人犯"的消息传遍了三镇。

第五章 疲于奔命

1

秀儿欢喜地把破船舱里收拾得像个小房间，之后满足地看着小小的空间，得意中俨然有了主妇的美好感觉。

陈廷顺躺在船舱里，腿伤疼得他呲牙咧嘴。曾受过枪伤有了经验的陈廷安查看陈廷顺腿上德国人包扎的伤口，认定没有伤到骨头。陈廷安心安了些。

不知陈廷顺是真的疼痛难忍还是有点夸张，不停地呻吟中时时偷偷瞥一眼秀儿。只要秀儿替他轻轻按摩腿伤，他的呻吟就顿时没了。

陈廷安不安地不时向船外探探头观察一下四周。他想出去给陈廷顺买药，可显然又不放心。尽管秀儿救了他们兄弟几次，可这几次遇险却几乎都和秀儿相关，在没有彻底弄清秀儿的底细之前，他不敢完全相信这个神出鬼没的姑娘。这几天的经历既让他长了见识，对即将发生的一切无法揣度，更不敢轻易相信任何人。

“哥，给我买点药去吧。”陈廷顺颤微微地恳求着。他确实疼，也希望能单独和秀儿在一起。

陈廷安回身看眼弟弟：“一定要买药。你先咬牙挺一会。”

陈廷顺欣慰地点点头。陈廷安站了起来。

“秀儿，你在汉阳生活了多少年?”陈廷安突然问。

“从我记事起就在汉阳呀。”秀儿不知道他问这话的意思。

“那你一定知道哪儿有药房吧?”陈廷安紧接着问。

“秀儿，你要是知道这附近哪儿有快告诉我哥。”陈廷顺马上接过话说。他的意思不言而喻。

“我知道好几个药房呢。”秀儿答道。

“秀儿，那就辛苦你了，给廷顺去抓点创伤药。”陈廷安用期待的目光看着秀儿，秀儿感觉到了这目光，立即答应：“我马上去!”

陈廷顺顿时没了精神。但沮丧的他没有任何理由反对，因为他知道陈廷安是为了在船上照顾他。

看着秀儿，陈廷安心底稍稍有些不安：“秀儿，注意安全!”

陈廷安的不安是因为他在决定着什么。

秀儿跳下了船，为陈廷安的这句话幸福地回头深深看了他一眼：“放心，大哥。”

陈廷安赶紧把头缩回了船舱里。

陈廷顺也不呻吟了，闭着眼睛没滋没味地躺着。

……

傅东晨坐着洋车向汉口方向而去时，突然发现了刚刚进城的秀儿。待秀儿过去后，他想了想，下了洋车，打量着秀儿来的方向……

傅东晨向秀儿来的方向寻去。

此时，鬼七正在百花园妓院的伙房里和做饭的大师傅聊天。

“七爷，昨天来的那个人叫小晨子呀，大号叫傅东晨，十多岁时在这里帮我打过杂……”大师傅说。

鬼七拍了一下额头：“哦，对，对，我想起来了。我说看着眼熟嘛。他没说现在做什么呢?”

“哟，七爷，这个我还真忘问了。”

“他干什么来呢?”

“这孩子还挺念旧，来看看我。”

“没说点别的?”

“嗨，打听打听当年那些老人儿。”

“哦……”鬼七若有所思。

……

鬼七一回到住处，马上把桂福叫来。

“马上把弟兄们撒下去，无论如何也要找到秀儿。别把眼睛光盯在城里，城边凡是有人的地方都给我翻翻，我就不信她还能躲在长江里!”鬼七吼道。

桂福不敢吭声，立即去安排人手。

……

秀儿拎着药包儿从药房出来了。她注意了一下四周没有可疑人后，快步离开。可她没发现有一个人却认出了她——当初被她换了衣服的云妹。

其实云妹早已不记得秀儿的模样了，但衣服她却认得。

秀儿正快步走着，云妹从后面冲上来一把抓住了她。

“站住!”

秀儿吓了一跳，木然地回头，终于认出是云妹。

“妹子，对不起，我还有事，那天对不起了。”秀儿一副可怜相。

“我看你不是好人，平平的路你就往我身上撞，还抓破了我的衣服……我看你就是看我这衣服好了！你得赔我钱!”

“好，我赔你行吧。”说着秀儿掏衣口袋，可那瞬间她的表情僵住了——口袋里没有钱了！“妹子，我下次多赔你些钱行吗?”

“骗子！把衣服给我脱下来!”云妹毫不相让。

两人的争吵引来了路人的目光。

正在悠闲地逛街的罗秋月看见了她们，接着又发现了看着眼熟的秀儿。她突然想起曾见她和陈氏兄弟在一起……当她看见秀儿手里拎着的药包时，顿时意识到了什么，立即只身趋前。

此时的秀儿解释不清，干脆挣脱了云妹，狂奔而去。

罗秋月立即快步跟了上去。

按理说，陈廷安兄弟也好，秀儿也罢，和罗秋月的帮会既没有直接关系，也看不出以后会有什么关系，但帮会的身份练就了罗秋月的敏感和机警；同时，她毕竟是个年轻姑娘，难免对这些蹊跷产生巨大的兴趣。但她不知道，一直在暗中跟踪她的间岛虽没看见秀儿，却紧紧地跟着罗秋月。原来，在几次图谋得枪的过程中，长野已经意识到还有其他势力欲得此枪，他要摸清这几股势力的底细，于是，罗秋月成了日本人跟踪的对象。

这会儿傅东晨已经一路寻到了江边，但没有任何异常，只好遗憾地离开。

秀儿觉得安全了，放慢了脚步，可没走几步，又发现一个姑娘似乎在跟踪着她。机警的秀儿有意拐了几个弯，仍然没甩掉罗秋月。秀儿认定了对方是为她而来，虽然她拿不准跟踪者是何人，但肯定是要摆脱的，于是早已胸有成竹的秀儿一出城就没了影儿。

当秀儿确定已经没人跟踪后，迅速向破船处跑来，可待她跑到江边时，却不禁目瞪口呆——原来的停船处早就没了船，向江中看去，也没漂走的船的影子。

终于明白陈廷安打发她去买药的目的是为了甩开她，不知是因为急还是委屈，秀儿突然泪水盈眶……

原来，当陈廷安看着秀儿远去后，立即悄悄跳下船，奋力将船推向江里，然后缓慢地将船推往下游……当船舱里的陈廷顺还一无所知时，破船已经停在了下游一个江湾里。陈廷安将船做了简单的伪装，趁着陈廷顺睡着后便去买药了。

罗秋月为跟丢了秀儿十分沮丧，好像因此失去了一个即将揭底的巨大秘密，此时只好盲目地向江边而来，却阴差阳错地走到了破船新的泊靠处。罗秋月看着破船，正疑惑间，陈廷顺从船里探出头，和罗秋月打了个照面。罗秋月十分意外，可这时她发现不远处的江边有可疑人在监视着她，罗秋月立即转身向上游而去。

间岛没有看见船，而且他的任务是跟踪罗秋月，于是又尾随罗秋月而去了。

此时，船上的陈廷顺不但为有人寻来心惊肉跳，更发现这停船处已非原地，而且哥哥陈廷安也不见了踪影……陈廷顺意识到此地不可久留，立即爬出船，踉跄着上了岸……

秀儿在原来的停船处呆呆地坐着，不知道她在心里想着什么……

买药回来的陈廷安转入一条小径，匆匆向江边赶来，可没走几步就发现对面有人。陈廷安立即躲在树丛后，发现走过去的竟然是罗秋月，陈廷安惊异之时正欲起身，又发现从江边过来一个人，而且鬼鬼祟祟，陈廷安赶紧俯下身，看见过去的是间岛。陈廷安更加不安，待看清前面再没人时，立即向江边狂奔。

看见江边的船，陈廷安安下了心，但他知道那两个人从这个方向过来，十有八九是为他们而来，只是万幸没有发现船吧。

陈廷安将药包往船上一扔，立即跳入江中，将船推出下游好远的一个小河汊里，并牢牢地固定好，这才上了船，可一见船舱中空无一人，陈廷安顿时傻了眼。

此时，陈廷顺正坐在一辆洋车里，他的洋车紧紧跟着前面的那辆洋车。前面的洋车里坐的是傅东晨。

陈廷安抱着希望奔回原来的停船处去找陈廷顺，可没发现陈廷顺，却见秀儿坐在那儿。

“大哥，船呢?”秀儿仍然坐着，歪着头问陈廷安。

“我弟弟呢?”对秀儿在这里陈廷安并不意外。他没说船，只想知道弟弟的下落。

秀儿站了起来，不知所以地看着陈廷安：“我不知道呀，我回来就没看见船。”

陈廷安看着秀儿，此时，他满脑袋里都是已不知下落的陈廷顺，他去了哪里或者有人把他弄到了哪里？谁是其中的关系者？眼前的秀儿是否与此有关?!

“你走吧！我不想再见到你！”陈廷安突然狂暴地说。不知哪根神经在提醒他：面前这个丫头是个丧门星！

秀儿吓了一跳，怔怔地看着他，什么也说不出来。

“自从我们认识你，就没有一件事不是倒霉的事！”陈廷安索性地说，完全忘记了陈廷顺正是在秀儿的协助下才得以脱险。

“我不知道你弟弟在哪，我也没害你们……”秀儿说着突然泪流满面，然后转身头也不回地走了。

秀儿走远后，陈廷安呆呆地站了许久，随后跌坐在地上。

秀儿茫然而下意识地往前走着。

此时她的脑袋里一片空白，眼前只有为陈廷安解救她和鬼七手下搏斗时的男子汉英姿及形成鲜明对照的刚刚的那顿吼叫。陈廷安是第一个走进她心里的男人，也是这个男人才让她第一次体会了什么叫男女之情。

她拿不准这是不是男女之情，但她知道，如果让她为陈廷安付出生命，她也在所不惜，可她不明白的是陈廷安为什么要那般对她？自己有什么不对？她唯一觉得对不起他或者说他们兄弟的就是那次假“受辱”，可那不怪他，也不是为他们兄弟而设计的，只是他们兄弟恰巧走入了这个圈套。至于她的身份底细——此时秀儿仰望了一下天空，她也不知道自己的底细。她知道与鬼七及其一伙的所为是遭人恶指的，这是她的最大痛处，但这也正是她远避鬼七并四处逃亡的原因所在——她不想再与鬼七为伍！

秀儿刚一迈进汉阳城的东门，双臂就被人拧住了。她侧头一看，是桂福等人。秀儿一声未吭，表情如旧。

陈廷顺此时仍在洋车上，他不知道傅东晨要将自己送到哪里，但有一点他心里有底，因为正是在他惊慌失措一瘸一拐地从岸边奔向树丛时，傅东晨突然出现扶起了他，并将他搀扶到城边，叫了两辆洋车……

洋车停了下来，傅东晨掀起布帘。

“陈先生，安全了，下车吧。”傅东晨说着去扶陈廷顺。

陈廷顺四下打量了一眼，不禁怔了，因为他面对的正是“刘氏铁器行”！

陈廷顺没吭声，任由傅东晨将他搀扶进了刘家的大门。

……

秀儿被桂福带到鬼七面前。鬼七见了秀儿，立即从太师椅上跳了起来，冲上前紧紧地抱住了秀儿，眼睛随之湿润了。看得出，鬼七对秀儿的感情倒是发自内心。那瞬间，桂福等人也大受感动，只是秀儿却表情漠然。

鬼七放开秀儿，双手紧搭在秀儿的双肩上，认真地打量着她。

“我的好闺女，衣服好漂亮。在哪买的?”鬼七认真地问。

“捡的。”秀儿嗫嚅地说。

“桂福，按着小姐衣服的样子，马上去多做几件！”鬼七吩咐道。桂福立即应声而去。

“嘿，等会！”鬼七追出门，桂福回身。

“大哥，还有什么吩咐？”

“再给我买几束花。秀儿回来都是因为娥儿的功劳。”鬼七认真地说，并回想着当时在孤坟前的祈祷。

……

刘氏父女对陈廷顺的再次到来而且负了伤且又是傅东晨带来的惊讶不已。而让傅东晨更为惊讶的是他们竟然认识！

刘老板马上解释说陈家是他们在老家时的邻居。傅东晨反倒惊叹天下之小、陈刘两家缘份之大。

傅东晨只说陈廷顺是在江边抓鱼时掉进江里，腿被礁石撞伤。云妹给陈廷顺收拾出一个房间，安顿下陈廷顺。

云妹不明白陈廷安怎么没来。

“我哥很快就会来的，如果不是我受了伤，我们就一起来了。”陈廷顺解释道。

“那他现在在哪儿呢？”云妹问。

“他去兵工厂联系我们当工人的事了。”陈廷顺解释道。

刘老板听了为之一振：“是真的吗？兵工厂可不是谁都能进得了的呢。”

“是余总办余大人亲自答应的，怎么能假呢。”陈廷顺有点不服气，因为这是真的。

刘老板更加惊讶了：“我信。你们哥俩自小就能干。可你们怎么认识余大人的呢？”

此时，傅东晨要云妹去买药。云妹离开了。

“我们救过余大人的命呢。”陈廷顺得意地说，当然其中有了夸张的成分。

“伯父，廷顺先在咱家养几天，这样子他也去不了兵工厂，以后有的是说话的机会。”傅东晨似乎不想让陈廷顺说得太多。可他的话却让本就对傅东晨与刘家的关系摸不着头脑的陈廷顺更加纳闷了。恰好这时傅东晨出去洗手。

“刘伯，傅先生是……？”陈廷顺小声问。

“是云妹的未婚夫呀。”刘老板同样小声地说。看见陈廷顺瞪大了眼睛，刘老板赶紧接着说：“唉，当时以为你们都不在人世了呢，才——”这时傅东晨进来了。陈廷顺立即闭上了眼睛。他怎么也没想到面前这个人竟然是夺哥哥之妻的人，尽管他知道这怪不着人家，可此时他的抵触无法稀释，因为他的心底还有一个情结，那就是：云妹本是陈廷安的未婚妻，有了这道屏障，即使秀儿对陈廷安钟情再深也是枉然，可老天爷也想不到会出现这种局面呀！

“陈先生，你怎么了？”傅东晨问。

“他可能累了，让他睡一会。”刘老板多少能知晓陈廷顺的部分心理。

……

这会，陈廷安正发疯地在沿江边一带寻找陈廷顺，尽管毫无踪迹，他还是一遍遍地来来回回地寻找着……

2

陈廷安在船上住了一夜，第二天去了那片树林。他梦想着能在那里见到弟弟。

将要走到草丛与树林的相接地带时，陈廷安突然停下了脚步，他发现有个人正在一座孤坟的石碑前恭敬地放下一束花……

陈廷安藏好身，发现是鬼七。

待鬼七离去后，陈廷安来到坟前，反复琢磨孤坟，什么也没有发现，只看见坟上有一个坟洞……

陈廷安进了树林，爬上一棵树，把当初绑在一根树枝上的枪取了下来。他摆弄着那支枪，却发愁该怎么办。显然，自首和交给余怀庆的可能都没有了……

他还想把枪藏在树上，可围着树转了一圈后，突然觉得放在树上不安全。

陈廷安来到那座孤坟前，打量了一会坟上的那个洞，试着把枪藏在了坟洞中。恰好，全部放了进去，陈廷安满意地将坟洞堵上。看来是万无一失了。

此时傅东晨已经离开了刘家。云妹给陈廷顺做了面汤。喝完面汤的陈廷顺几番想问她和傅东晨的事，最终还是没开口。

刘氏父女吃饭时，刘老板担心地说："云妹呀，我看他腿上的伤不像是石头碰的。"

"那是什么碰的？"云妹不在意地问。

"是枪伤！"刘老板加重了语气。不想云妹仍然不在意："管它是什么伤呢，什么伤不都得养好？!"

刘老板对女儿的话无言以对。

"等东晨再来时，我得仔细问问这到底是怎么回事。"刘老板心神不宁地说。

"爹，您就快吃饭吧。问了不也是贵子哥吗？!"云妹有些不耐烦了。她向来对父亲的谨小慎微不以为然。

……

大街上到处张贴着缉拿陈氏兄弟的布告，布告上有他们的画像，只是画像不太像陈氏兄弟。也难怪，那图像是根据德国兵、焦伯琛等人的描述所画，大概除了他们本人看着可能有点像，别人看了就是走在对面怕是也认不出来。

此时，唐季恺在布告前看了一会后急速离开。他刚离开，陈廷安也行经此地，看了一眼后也马上离开了。

同样的布告，不同的地点，鬼七看到了，间岛看见了，罗秋月也看见了，刘老板也看见了。鬼七看见后觉得意外，心想是哪路神仙做下这么大个活儿？间岛看见后，面无表情，悄然离去。罗秋月看见后，心下一惊，更加弄不明白那陈氏兄弟到底是什么人了。刘老板看后吓出一身汗，才知道陈氏兄弟犯了这么大的事！他叫了辆洋车急忙赶回了家。

……

傅东晨向唐季恺报告他如何意外发现了陈廷顺，并安顿在了未婚妻家。但他未将有关两家早就相识的事告诉唐季恺。

“我看到了街上的缉拿布告，根据内容判断，枪还在他们兄弟手上。”唐季恺肯定地说。

“但最少现在没在陈廷顺的身上，而且他似乎也不知道枪在何处。”傅东晨判断道。

“一定要保证他的安全，并在恰当时机向他探问一下枪的下落。”唐季恺指示说。

“我分析枪在何处可能只有陈廷安知道，因为陈廷安不但有文化，而且很有主意。”傅东晨说。

“我也这么看。所以要循陈廷顺的线索找到陈廷安。”

“只要我们保证枪不落入他人之手就好吧？”傅东晨问道。

唐季恺一笑：“当然。但既然是好枪，为什么不能为我所用呢？”

……

刘老板回到家后坐卧不安。

“贵子的伤怎么样了？好些了吗？”刘老板看着忙活的云妹终于问。云妹本来对父亲极少去陈廷顺的房间就不太高兴，认为父亲太胆小怕事，听父亲突然关心起陈廷顺，她才心宽了些。

“好多了，能下地走了。”

“东晨这两天来没有？”此时刘老板就盼着傅东晨赶紧来，问个究竟后让他赶紧把陈廷顺弄走。

“没来。也许一会就能来了吧。”云妹话音刚落，傅东晨就来了。可傅东晨直接去了陈廷顺的房间……

傅东晨见陈廷顺正在试着走路，关切地问：“看来是没伤到骨头。”

“再有几天我就能出门儿找我哥了。”陈廷顺语气生硬地说。

“哦，对了，你哥现在在哪儿你知道吗？”傅东晨试探着问。

“我还真不知道。也许哪天他就来这儿找我了。”陈廷顺说。

“他知道你在这儿？”傅东晨有些不解。

“他知道刘伯家在这儿呀。”

“他来过吗？”

“没来过是因为碰上了洋鬼子，要不的话早就在这儿了。”陈廷顺提高了声音。

“哦……你哥在外边很危险，到处张贴着缉拿你们兄弟的布告。要是能找到你哥就好了，他在外边太危险，要是身边带着条枪，那就更危险了。”傅东晨说完看着陈廷顺的表情。

“我哥又不傻，怎么可能带着枪呢？”陈廷顺冷冷地说。

“那你们把枪藏在哪儿了？”傅东晨紧接着问。

陈廷顺看了他一眼：“那我可不知道。枪是他自己藏起来的。”陈廷顺心想：我还不知道你的小算盘，怎么能上你的当？!

这时门外有响动，是刘老板在听声。傅东晨想了想，出去了。

在刘老板的房间，刘老板问傅东晨那缉拿布告上说的是不是陈廷顺兄弟。

“是。”傅东晨只好如实说。

“那咱可是窝藏罪呀！”刘老板急得跳了起来。

“刘伯伯，您别害怕，陈氏兄弟是你家的老邻居，出于人情，咱得照顾。还有，那布告其实是有人陷害，您了解他们兄弟俩，怎么可能是罪犯呢？”傅东晨深知这位未来的岳父除了为生意，半点风险也是不愿承担的。

刘老板还想说什么时，云妹进来了。刘老板只好转移话题。

……

鬼七的客厅里坐着几个看上去颇有身份的中年人。鬼七坐在上首，挨个地看了大家一遍。

“各位都是汉阳、汉口和武昌三地有头有脸的老大，咱们也都是兄弟，有话说在明处，有事讲在台面上，有好事嘛，我自然也不能忘记了诸位。这德国枪的事大家都听说了，一定是支好枪，诸位也都是老江湖了，虽然这枪的买卖咱不算太熟，但也能估摸出个价钱来。”说完鬼七期待地看着大家。

鬼七在这地面以其心狠手辣且又为人仗义而令人们或怕或服。人们相互看了看，其中一个人说：“老七呀，这枪肯定能值不小的价，可它也是个祸头，你想，德国人、官府都在找这支枪，谁还敢沾边？”

另一个人接着说：“有人敢卖，怕是也没人敢买呀。”

又一个人问：“老七，怎么，枪已经在你手了？”

鬼七一声大笑：“你可别往牢里送我。我是想看看行情。”

“既然你没弄到枪，最好就别沾那个边儿。”有人说。

这时，桂福进来走到鬼七耳边悄语：“大哥，有个陌生人要和您谈件大事。”

“哦？那我一会儿就去见他，让他等会儿。”鬼七说完，老大们知道也该告辞了。

……

一个小时后，鬼七从一间小屋里出来。

“桂福，送客！”鬼七话音刚落，桂福跑了过来。

鬼七小声地说：“马上安排辆洋车，送客人出府，别让任何人看见！”

“好。”桂福一摆手，从院子里跑过来辆洋车，直接停在了那间小屋的门前。看不出是谁从门里出来，上了车。

见洋车出了大门，鬼七又把桂福叫到身边：“这是个大买卖，这个人愿意出价儿买那支枪！”

“可咱没枪呀。”桂福不解。

“我告诉你，枪我一定会弄到手。但是，你马上派人把这个人的身份给我查个水落石出！”

“我明白！我已经交待了拉洋车的兄弟了。”桂福得意地说。

鬼七拍了一下桂福的肩：“这才是我的兄弟！”

……

汉阳城外的一大片沼泽地及芦苇丛。

蓬头垢面的陈廷安在苇丛给自己做了个窝，之后他就这身打扮进了城。

陈廷安在城里不时地四下打量着，并刻意站在那张有些斑驳的缉拿布告前看着。当有人也停下看时，他就会问一句：“这布告上的逃犯抓住了吗？”每每人们的回答是“没听说。”每每此后，陈廷安就有点失望——这说明陈廷顺没有一点市面上人们知晓的音讯。

如此往复，夜里，陈廷安就睡在苇丛中的小窝里……

又一天，仍然是蓬头垢面的陈廷安像个要饭的在街上边打量边慢慢地走着。他是凭着记忆中当初陈廷顺所描述的地理位置在找云妹家。他知道找到的可能性不大，但此时他能做什么呢？虽然他不知道陈廷顺就在刘家，但这是陈廷安目前唯一能做的。

陈廷安一路找一路打听刘家，进了几家刘姓，但都不是。陈廷安终于灰心了，索性不再找了，当他离开那片区域时，恰好途经了“刘氏铁器行”，可他头也没抬。

很大的太阳照在苇丛中，苇丛中的一片空地显然是陈廷安清理出来的。不知陈廷安从哪弄来的工具，正熟练而认真地在那片空地上将苇杆劈开、刮净……另一边晒着刮好的芦苇。

陈廷安躺了一会儿后，开始手脚并用并麻利地编起了席子……

……

巡警队对面的市场上，一个老头在卖席子，并不时地注意巡警队的动静。

一家饭馆老板看了几家席子，最后向老头订了几张席。这老头原来是陈廷安。

……

鬼七正在院子里打拳，桂福从外面进来，走到仍在打拳的鬼七身边：“大哥，那个人的底细弄清了。”

“哪的人？做什么的?”鬼七没有停下。

“是日本大和洋行的雇员，叫间岛。”桂福小声说。

鬼七立即停下：“进屋里说!”

两个人进了屋。

“我觉着这小子的来历有点儿神秘嘛，果然是日本人!”鬼七长出口气说。

“大哥，这个间岛开的价可比官府悬赏开的价高出不少，日本人的油水挺大呀。”

鬼七未动声色。桂福观察着他的表情。

……

3

傅东晨在街上匆匆而行，突然发现对面过来十几辆洋车，傅东晨靠在街边好奇地打量着。

颇有气势的洋车队在对面一家叫“宴宾楼”的饭店门前停了下来。鬼七等人下了车，接着秀儿也下了车，并表情麻木地搀着鬼七的一条胳膊进了宴宾楼。

傅东晨不动声色地看着这一切。

宴宾楼上，鬼七落坐，叫来东家，大声大气地吩咐要最好的酒菜，期间得意地看了一眼身边的秀儿，可秀儿似听未听地低头摆弄着手里的一撮红缨……

陈廷安扛着一卷席子东张西望地走来，当他看见了“宴宾楼”的大招牌后，马上进了大门，堂中的店小二看是来送席子的，领着他穿过中堂来到了后院。

陈廷安放下席子，领了钱后经过中堂要出来时，突然听见楼上豪声大气的说话声，期间提到了秀儿。陈廷安站住了脚，看看四周没人，轻轻上了楼梯，还剩两节楼梯时，陈廷安便看见了一间包房开着门。包房里乌烟瘴气，但陈廷安还是发现了鬼七和鬼七身边的秀儿。陈廷安悄悄退下了两步。

这时传来了鬼七的说话声。

“诸位都是我的兄弟，是自家人，我这当老大的也不怕丢了面子，当着你们各位小的面，我给我干闺女秀儿赔个不是。为啥我要给闺女赔不是呢？秀儿，你看着爹，其实你是知道爹的，刀子嘴豆腐心呀。”鬼七说着又面对大家，“我霍老七平时脾气不太好，对闺女太严厉了，闹得弄僵了我们爷俩的感情。”鬼七说着端起酒杯：“各位兄弟，今天我霍老七在宴宾楼就是专门给闺女压惊的，这第一杯酒算是我罚自己的！”说着鬼七一饮而尽。

此时，陈廷安悄悄上完了最后几节楼梯，站在那间包房的门后，透过门帘的缝隙向里望去。

包房里的鬼七从怀里掏出个紫红色小绒包，从里面拿出一个水滴形的耳环。这只耳环和余怀庆书房书案上那张照片里的少妇——余怀庆的妻子耳上戴的耳环是一样的，耳坠是个水滴形。

“闺女，来，爹给你戴上。”鬼七轻轻搬过秀儿的头，给秀儿戴上了耳环。人们不解为何鬼七只给秀儿戴上了一个耳环，可没有敢问。

“兄弟们可能都知道，秀儿小时的命苦呀……”鬼七说到这里，桂福接过来。

“年轻的兄弟可能还不知道，咱小姐一岁多时就没了娘了，是咱大哥可怜小姐，把她娘安葬后收留了小姐。咱大哥大仁大义呀！”桂福赞叹道。众人一阵感叹。

“不说这个了。”鬼七感慨万千地一挥手，侧身看着秀儿：“秀儿，这是你妈留下的唯一的物件，我今天给你戴上了。你虽然大了，可有些事情你不知道，今天当着大伙的面我都告诉你吧。你还有个小你一岁的妹妹，可惜，才几个月的娃娃就出天花不治了……”说着鬼七流泪了。只见秀儿也落下泪来。

陈廷安目睹这一切，不禁十分惊讶，更摸不着头脑，本就对秀儿的神秘充满疑惑并随时小心翼翼的他，已经在秀儿的执着中表现了他的那份冷漠，可此时，他不免有些胆战心惊了。

这时，楼下传来上楼的声音，陈廷安下了楼。

……

陈廷顺在自己的房间里来回练着走路，看得出已无大碍。这时傅东晨进来了。

“哟，好得好快!”傅东晨惊讶地赞叹。

“傅先生，有我哥的消息吗?”

傅东晨摇了摇头：“我一直在帮你找你哥，可一点消息也没有。也难怪，虽然这几天风声没那么紧了，可毕竟是遭通缉的人，他怎么可能招摇过市呢？对了，你知道秀儿吗?”傅东晨突然问。

“秀儿？我、我知道!”陈廷顺一听“秀儿”这两个字就有点激动。

“前几天我倒是看见她了。”傅东晨轻描淡写地说。

“哦？她在哪?”陈廷顺急切地问。

傅东晨正要回答时，刘老板进来了。

“贵子好多了呀。”刘老板一进门就笑容满面地说。

“是，谢谢刘伯伯和云妹的照顾。”陈廷顺感激地说。

这时云妹拎着暖瓶进来了，给三个人倒上了水后，问傅东晨：“东晨，你给我写几个字吧，我要绣个门帘……”

“好。”傅东晨应道。两人牵着手出去了。

“你哥会不会回老家了呢?”刘老板坐下后关切地问。

“不会!”陈廷安肯定地说，“他怎么会把我扔下回老家呢?”

“可他能在哪呢？这城里不像乡下怎么都能活，他总得吃饭呀。”刘老板一心想找到陈廷安的下落好尽快把陈廷顺打发走。

“我哥有的是办法，饿不着他。”陈廷顺不经意地说。

“也是，你哥自小就心灵手巧，十来岁就跟你爹学会了编席子的手艺……”刘老板有一搭没一搭地说。

陈廷顺听到这，猛然意识到了什么，可他没说什么。

“刘伯伯，腿好多了，我出去走走。”陈廷顺说。

“那可得注意安全呀!”刘老板马上吩咐道。他心底巴不得陈廷顺马上离开自己的家，即使在外面出了什么事，也和他没关系。

陈廷顺到云妹的房间，却得知傅东晨已经走了。

“他可真忙。”陈廷顺遗憾地说。

“是呀，也不知道他天天忙什么，来像风去也像一阵风的。”云妹不经意地说。

“云妹，你认识秀儿吗？”陈廷顺小心地问。

“秀儿？没听说过。”云妹想也没想地回答。她怎么知道把她衣服换走的就是秀儿呢。

陈廷顺失望地走了。

陈廷顺刚走，刘老板马上在他房间里翻了起来，结果没翻到任何可疑的东西。这时云妹进来了，发现父亲的所为后十分不悦。刘老板赶紧向女儿解释了一番。

“爹，你可真是，怎么老当人家是累赘呢？”云妹不高兴地问。

“唉，闺女呀，我也是为了你。咱家这生意是为谁开的？我能不处处小心吗？咱不能有啥闪失呀。”刘老板语重心长。

出了刘家，陈廷顺上了一辆洋车，车夫问他去儿，他说要去有卖席子的市场……

那个因为向德国兵讨钱不成却惹得陈氏兄弟闯下大祸的虾米在市场上漫无目的地闲逛着，看着人家做生意的不时有钱揣在怀里，他就眼馋得不行。虾米太需要钱了。

一个卖席子的老头儿的生意引起了虾米的注意。那老头儿不短的胡子，戴着肮脏的毡帽，面前只摆着几领席子，却不时有人来向他订货，并交给他订钱。

“老大爷，需要人手吗？”虾米见老头儿面前没了人，凑上前问。

老头儿瞟了他一眼，摇摇头。

“我这人很勤快的，有了我帮你，你的席子生意肯定会更好，那时就不会让人家交订钱了，随时有货卖。”虾米不甘心地鼓动着老头。

老头儿还是摇头。

“你是哑巴呀?!”虾米没好气地说。

老头儿还是摇头。不知是真哑巴还是铁了心不想和他说，但老头儿的眼睛不时地瞟一眼斜对面的巡警队。

虾米恼火地站起走了。

一辆马车上装着一箱箱火柴，火柴厂的人吆喝着卖火柴。虾米凑到一侧，趁人不注意时从箱子里抠出了一盒火柴……

正当卖席子的老头儿和买席子的人说话时，没注意到虾米正在他席子边上鬼鬼祟祟地鼓捣着什么。当他的席子突然燃起了火苗、周围的人们一阵惊叫时，那老头儿才发现起了火，随后大家手忙脚乱扑灭了火。这时，那老头儿毡帽下的眼睛发现了躲在远处暗笑的虾米。到此，他也没认出虾米就是那个他救下的半大小子。

斜对面的巡警大概是听见了外面的嘈杂声，胡三跑了出来。

陈廷安只好扔下席子离开了。

虾米跑了。看着他的背影，他终于想起了这个当初被德国兵欺负的半大小子。

转瞬，虾米已不知去向了。陈廷安恨得牙根痒。他想不到这个当初讨钱的可怜孩子竟然如此恶毒……

胡三见没什么大事又回了巡警队。这时陈廷顺走了过来，挨个地打量着那些卖席人。

虾米沮丧地在另一条街上逛着，发现了一个卖艺人眼前放着大大小小的刀、刃之类冷兵器。那人边卖艺边卖刀、刃，虾米看了一会，打听了一下价格，为这些东西竟然能值那么多钱吐了吐舌头。

虾米一无所获地回了家，但他告诉奶奶，很快就能给奶奶买治病的药了，因为他找到了生财之道，可说完之后他却有点心虚。

此时，陈廷顺也一无所获地离开了市场。

……

“告诉弟兄们，准备好，晚上干活。”鬼七吩咐桂福。

“大哥，随时都可以上路了。”桂福答道。鬼七和他的那帮兄弟本就是以不法为生，小偷小摸自是不在话下。桂福一时还不太清楚鬼七这次要做什么活儿。

鬼七向外示意了一下：“这回可不能再让她跑了。”鬼七指的是秀儿。

“大哥放心，我派了弟兄们看着呢。”

鬼七怕秀儿再逃掉，从饭店一回来，就没让秀儿再出去。

此时，秀儿正在自己的房间急得团团转。外边有人守着，窗子被从外锁着。倒不是不让出门，但出去就有人跟着，而且不能出院子。

秀儿试着去开窗户，打不开，想砸开窗，又怕门外的人听见。秀儿只好躺在了床上，瞪大眼睛想着什么。

夜里，鬼七亲自率领手下潜出老巢。这时桂福才知道是去那家刘氏铁器行。桂福不明白如此小事一件为何他要亲自出马。其实也很简单，就是因为那家的姑娘误导了他一次，害得他不但白跑了一趟，而且在兄弟面前丢了人。

晚上回到刘家的陈廷顺再次感觉到了刘老板的冷淡，他也知道给人家找了不少麻烦，可他一时无处可去，只能先在刘家栖身。

半夜，陈廷顺怎么也睡不着，秀儿和陈廷安换着班地在他眼前晃。闭着眼晃，睁着眼还是晃。他起身去厕所时，突然发现有人从墙上跳进了院里。陈廷顺赶紧躲在厕所墙边，只见那人跳进墙后，回身打开了院门的插销，陈廷顺意识到是进来了贼，操起身边的大粪勺子一阵狂叫：“有贼呀！”边叫边挥舞着大粪勺子冲了过来。

已经进了门的另外两个人加上翻墙而入的一共三个人，三人一怔后，便迎着陈廷顺而来了。可这时突然一声呼哨，三个人立即又返身冲出了门，不想落在后面的厚嘴唇的头上被陈廷顺的大粪勺子蹭着了。一点不疼，厚嘴唇没在意。

这时刘老板披着衣服从房里出来。

“怎么了?!”刘老板心慌地问。

“进了贼了!”陈廷顺手里仍然握着大勺。

刘老板赶紧跑过来，扶着院门小心地向外看着，远处还有几个逃去的身影。刘老板赶紧回身关上了大门。

“他们是看中了咱这些铁锅呀!”刘老板借着月光看着那一摞摞铁锅，心有余悸地说。

“好在被我撞上了!”陈廷顺威武地挥舞了一下大粪勺，然后放在了厕所旁。

“幸亏了你呀!”刘老板拍了拍他的肩，“走，快进屋。”

此时，另一处墙头上的鬼七清楚地看着这一切，悄悄溜下了外墙……

原来，鬼七一直在墙上指挥着手下的行动，此时虽然厚嘴唇他们听命离开了，可鬼七还没走……

鬼七等人回到家时，厚嘴唇正边骂着边洗头上的大粪。原来，大粪勺子虽然没有实实在在地打到他，却抡了他一头的大粪!

桂福问鬼七为啥关键时把大家叫了出来呢？三个兄弟足可以对付那人。鬼七却一摆手：“睡觉，明天再说!”

第二天等鬼七睡醒了，大家才知道，那个舞着大粪勺的竟然是陈廷顺!鬼七在月光下认出了他!

桂福立即向鬼七建议：“大哥，是不是赶紧向姐夫报告?!”他说的姐夫就是焦伯琛。

“报告了巡警和咱们还有啥关系了?”鬼七不高兴地看了他一眼。

“那大哥的意思……？”

“这事也真是怪了，那小子怎么会在刘氏铁器行呢？”鬼七还在琢磨。

“大概是他们亲戚或者……”

“那咱就不管他了，但肯定是那哥俩中的弟弟。可是为什么他哥不在呢？”鬼七挠挠头。

“大哥怎么能肯定他哥不在刘氏铁器行呢？”桂福不明白。

“这还用问？你用用脑子呀——兄弟受伤了，在院子里大喊大叫了那么久，如果哥哥在不早就出来了?!”鬼七肯定地说。

“大哥说得对。”桂福认为鬼七说的确实有道理。

“只要兄弟在，就不愁哥哥不来！”鬼七信心十足地说，“只要把他们哥俩掌握在手里，就不愁找不到那支枪！”

“大哥说得对。”

“桂福，马上准备车。我要去日本人那一趟！”鬼七突然站了起来。

“哪个日本人？”桂福一时有点发蒙。

“还有哪个日本人?! 好像我和小日本都是兄弟似的！”鬼七不高兴了。

“哦，我知道了，是大和洋行。”桂福也想到了。

4

陈廷安病了，自己躺在席筒里不停地咳嗽，好容易睡着了，可眼前都是往昔和兄弟在一起的情形及秀儿的种种所为……

此时，鬼七正大大咧咧地坐在长野的会客室里。

“霍先生，我们已经是朋友了，也都是生意人，我就不必遮掩自己了。”长野见鬼七这副神态，立即一改刚刚的斯文。

“有话直说嘛，兜圈子累还耽误时间！”鬼七本来也不想和他废话。

“我也是受人之托，他喜欢收藏好枪，价钱倒不在意。”长野说。

“哦？还有这爱好的？他喜欢什么枪？”鬼七明知故问。

“越是新型枪越喜欢！”长野立即回答。

这时鬼七已经明白了几分。“要是德国人被抢去的那支枪呢？”鬼七干脆直来直去了。

“当然最好。多少钱都可以谈。”长野抑制着兴奋。

“那我就试试看吧。”

“霍先生，试试看的意思是什么？”

“就是看咱们这笔生意能不能做得成！”鬼七还是没给长野想要的答案。久经江湖的鬼七知道该如何对付眼前这个日本人。

“还望鬼七先生能尽快给我们个确切答复。”长野渴望地说。

“快了，你等着吧。”鬼七站了起来。

……

离开了大和洋行，鬼七让拉着洋车的兄弟在街上转了几圈后去了巡警队。

鬼七将长野的原话一一告诉了焦伯琛。

焦伯琛沉思了一会：“看来这长野就是日本人的特务机关大和洋行的头目呀！”

“反正不是什么好东西！以兄弟的眼光，一看就知道他们不是干什么光明正大生意的，一定是专干猫洞来狗洞去见不得人的事的——姐夫，我看小日本都是这号人！”鬼七一副正人君子的模样，倒把焦伯琛惹笑了。

“你还是什么好人吗？“焦伯琛和鬼七说话倒是从来不客气。

鬼七看了眼门外：“姐夫你给我点面子就不行？”

“这几次因为枪闹的事都有日本人的影子，我在想朝廷从德国订购的枪还没到就被劫走了，会不会也是这个长野所为。”焦伯琛边说边琢磨着。

“我看就是他们干的！”

“老七”，焦伯琛忽然神情严肃起来，“可以肯定的是，这个长野买枪的目的绝对不是他所说的是朋友收藏，那就说明日本人是有计划地想获得此枪。目的就是不让中国得到这支枪和造出这种枪！”

“那是一定的。小日本就是看不得中国好！”鬼七赞同。

“你虽然不是巡警，可好歹也是中国人，你也帮我找找枪，一旦有线索马上告诉我。赏金你放心，全是你的。”

“姐夫放心，反正不管怎么说，这枪不能落在日本手里！”鬼七拍着胸脯说。

鬼七走了，却没把陈廷顺在刘氏铁器行的这一重要线索告诉焦伯琛。鬼七有自己的小九九，不能和盘告诉焦伯琛，这样他才会有自己的回旋余地。

鬼七一回到家就到处找桂福，桂福向他报告监视刘氏铁器行的兄弟说那边没有什么动静。

“一定要盯牢，一旦那个哥哥出现了，我们就马上动手！”鬼七吩咐道。

……

此时，刘老板正在陈廷顺的房间和陈廷顺没话找话，目的只有一个，请他尽快离开刘家。

“贵子，你也看见了，咱家也不太安全，我就想呀，你哥一时没有个消息，你是不是回乡下找找他？”刘老板拐弯抹角地说。

陈廷顺点了点头。他当然知道对方的意思。

“伯伯可不是撵你呀，也是为了你好。”刘老板又说了一句。

……

焦伯琛突然接到巡警局的命令：得报陈氏兄弟中的弟弟陈廷顺可能藏身在刘氏铁器行，要焦伯琛立即率警前往抓捕！

“跑不了你！”大喜过望的焦伯琛立即率领几个手下匆匆离开了巡警队，这让对面卖席子的陈廷安有些警觉。他悄悄从席子下抽出大刀背在身上，跟踪巡警而去。

……

鬼七偷偷从秀儿屋子的窗外往里看着，见秀儿正在睡觉，便悄悄退了回来。这时桂福匆匆来找他。

“大哥，出事了。”桂福心慌地说。

“怎么回事？”鬼七知道桂福都慌了的话，这事不小。

“可能是那个刘氏铁器行的老板告了密，巡警知道了劫枪犯就在刘氏铁器行，现在可能他们去了那里。”

“他奶奶的，这世道都是些什么人呢！”鬼七十分意外，“快，找几个弟兄，带上家伙，咱最少得弄个头功！”

此时，焦伯琛正向刘家赶赴的途中。行进中，胡三从岔路迎面截住了他们。

“队长，上峰有令，让咱们马上返回。”胡三上气不接下气地说。

焦伯琛有点不相信：“哪个上峰？”

“局长呀。”胡三说。

“为什么？”

“我也不知道，回去您就知道了。”

“嘿，怪了！”焦伯琛摇摇头，随后向巡警们一挥手，“回去！”

巡警又返了回去。跟在后面的陈廷安赶紧躲避。陈廷安不知道他们要去哪，只好跟着他们，结果最后却发现这些巡警又回到了巡警队……

回到巡警队的焦伯琛发现余怀庆正在局长的陪同下等着焦伯琛。大家寒暄后，局长说：“伯琛，把你们叫回来是余大人的吩咐。”

余怀庆马上接过来：“伯琛，据说你们现在只是掌握了其中一个逃犯的行踪，那就是说抓住了他也难说就能找回枪……”

“余大人说的很有道理”，局长插话，“先不能惊动弟弟，要用弟弟引出哥哥，那样才能一举破案！”

“二位大人所言极是，在下明白了。”焦伯琛知道余怀庆的目的不是抓人，而是找枪。

……

鬼七等人匆匆赶往刘家，他担心自己落了后，却不知道巡警中途返了回去。

陈廷顺为了不给刘家找麻烦，也不愿因为自己的离开而让父女俩吵嘴，于是没和父女俩招呼，就悄悄离开刘家。

陈廷顺刚一出刘氏铁器行的大门，恰好鬼七等人赶到。没待陈廷顺弄清怎么回事，鬼七手下就将他绑起并塞进一辆洋车。

5

兵工厂的生产车间有偌大的面积、高大的空间，若非机器的古老，与当今的现代化车间没有太大区别。

余怀庆在鲍昆和王主管的陪同下，一处处地视察，有时指导工人的操作，有时解答工人的问题，更多时则是余怀庆对工人生产热情的鼓励。

余怀庆和鲍昆出了车间。

“鲍昆呀，最后能不能找到那支德国枪现在不好说，所以，我们不能被动地等枪，还要自己摸索研究，在设计上提高‘汉阳造’的性能，在生产上提高‘汉阳造’的质量。”余怀庆边走边说。

“老师，枪有可能找到吗？”鲍昆问。

“只是可能吧。但我们不能等，尽管咱们得承认，德国人的研发水平远远高于我们，我们需要学习的太多，但不能等，等就是往后走。我们就是因为等了太多年，和西方的距离才越来越大。”

“老师，您说得对!”鲍昆由衷地赞同。

这时，余怀庆的侍从拿着份文件跑来，余怀庆接过文件扫了一眼，不禁停下脚步认真看了起来。

原来，这份文件的内容是关于上调鲍昆赴京城工部就职的官文。

余怀庆有些意外，他不知道这位颇有才华的年轻人是以什么途径打通了上调京城的道路。此时鲍昆还不知道文件的内容。

“鲍昆，你喜欢去京城?”余怀庆看着他问。鲍昆怔了一下，随即明白了。

“老师，我……”鲍昆一时不知道说什么好。

“年轻人往高处走是应该的，只是我还真的是舍不得你。”余怀庆的一片真诚让鲍昆赶紧将目光移到了别处。

……

在一间没有窗户的屋子里，鬼七坐在中间，身后站着桂福，两边立着厚嘴唇和细高个，俨然是古代县太爷的“升堂了”。

陈廷顺被带了上来。虽然他没被绑着，但仍然双眼冒火。他弄不清自己何以落入了鬼七的手里，却知道既然落到了他的手里，大概是没什么好了。

“兄弟，过来，坐这儿。”鬼七和蔼地指了指自己身边的椅子。可陈廷顺站着不动。

“兄弟，你别拿我霍老七当仇人行不行。我可告诉你，要不是我把你接我这儿来，你现在就在大牢里了。”鬼七认真地说。

陈廷顺一声冷笑：“鬼七说鬼话!”

“这位兄弟，七爷不是蒙你，要是我们晚了一步，你就被焦队长抓走了。那时七爷倒是也能救你。知道焦队长是七爷的什么人吗？是七爷的亲姐夫！可那就麻烦多了。”桂福说。

陈廷顺倒是有些意外，他看了看鬼七。鬼七一挥手：“这个咱不用说。你们先下去，别弄得我像山大王似的。”那几个人下去了。

“你打算把我怎么样？”陈廷顺问。他没有想到眼前这位老大和那个焦队长竟然是亲戚。

“没打算把你怎么样呀，我不是一直叫你兄弟吗？告诉你，别认为我鬼七是恶霸，我只是喜欢你哥的那把刀，可他既不能送我、也不能卖给我是吧？那你说我该怎么办？我就得想办法，谁让我喜欢呢。喜欢就要据我所有，这就是男人。”鬼七的一番理论不知触动了陈廷顺的哪根神经，他没说话。

“兄弟，咱就直说了吧，那支枪在哪？”鬼七问。

“我没有枪。”陈廷顺生冷地回答。

正在这时，秀儿端着水果进来了。初时陈廷顺没有注意，当秀儿把水果盘放在鬼七眼前的桌子上时，陈廷顺无意瞥了一眼，当他认出是秀儿时，立即瞪大了眼睛。

秀儿拿起个苹果，正要削皮：“爹，您吃个苹果吧。”秀儿只知道这里坐着个人，但她眼皮也没抬。

“秀儿?!”陈廷顺脱口而出。

秀儿侧身，这才发现坐在一边的是陈廷顺。

“陈……廷顺？”秀儿也很意外。

“闺女，你先忙你的去。”鬼七挥了挥手。

秀儿疑惑地看了眼陈廷顺，出去了。

“知道你认识我闺女。”鬼七毫不意外地说。看来鬼七让秀儿来送水果是有目的的。

“秀儿是你闺女？”陈廷顺怎么也不相信，尽管当初包袱被骗后他嘴上不承认秀儿是鬼七的同伙，但他心里明白，这是无法否认的，只是他怎么也想不到秀儿竟然是鬼七的女儿。

“真人不说假话，秀儿是我一手养大的，比亲闺女还亲。兄弟，我和你说实话，那枪放到你们兄弟手里就是一根烧火棍，你把它交给我，由我来交给我姐夫，你们也就不用东躲西藏了。”

陈廷顺好一会没作声。他急速思考着，思考的结果是他认为鬼七的话不无道理，重要的是焦伯琛是他的姐夫，更重要的是秀儿是他的干女儿！那瞬间，如果他不是鬼七，陈廷顺倒想叫他声岳父大人！

“如果我们把枪交给你，你能保证我们没罪吗？”陈廷顺问。

“既然你现在在这儿，我当然要保你无罪。我鬼七讲的就是个义气！”鬼七站了起来，回头告诉桂福：“告诉厨房，弄桌好菜！”鬼七知道这事有眉目了。

“七……”陈廷顺到底还是没把“爷”字叫出口，“我不明白为什么不能把枪交给焦队长，却要拐弯交给你呢？”陈廷顺倒是不傻。

“问得好。因为我霍老七是江湖上的人，我不能总是给我姐夫找麻烦，我得为他做点事，也算立功吧！再说，枪交给了官府，我也是有赏金的。明白了吗？”

正是这期间，正在兵工厂的余怀庆接待了来访的樊道台，闲聊时得知朝中一位著名保守派人物是鲍昆的亲戚，余怀庆方知鲍昆何以能上调京城。

送走了樊道台，余怀庆一直在想鲍昆的事，这时鲍昆来了。

“老师，我已回绝了亲戚的安排，不再去京城，愿意继续留下和您一起工作……”鲍昆的表情和语气里既有愧疚又有兴奋。余怀庆看了看，确定这是真的后，高兴地拍了拍他的肩：“谢谢你！兵工厂需要我们！”

……

忐忑不安的刘老板没等来巡警，陈廷顺却不见了，这让他把心放进了肚子里。可云妹却和父亲大吵了一顿，她坚持认为是父亲的原因，陈廷顺才不得不走了。刘老板一时说不清也无法说清，只好痛哭流涕地告诉女儿："你妈死得早，我这一辈子做的一切都是为了你呀！"他每每如此说，云妹都会无言以对。

这时傅东晨来了，对陈廷顺的不知去向，他大吃一惊。

……

秀儿虽然可以在偌大的院子里自由来往，却不许离开院子，这已经是鬼七对她的宽大了。可当陈廷顺被抓来也住在这院子里后，她的行动又受到了限制，只要往院子深处的那两间房子一靠近，就有人客气地拦住她："小姐，大哥交待了，谁也不能往里走。"

秀儿明白，陈廷顺就住在那里。她在想办法接近陈廷顺，她想知道陈廷安的下落。

陈廷顺的自由程度还不及秀儿，但受到了很客气的对待。

秀儿想像不到的是，陈廷顺所受到的待遇比她想像的好得多。

鬼七没让人马上带他出去找枪，因为鬼七需要探听一下外面的风声。

桂福奉鬼七之命在饭馆陪陈廷顺喝酒，两人喝得差不多了，陈廷顺感觉桂福开始拿他当自己人了，便想有意套他的话。

"大哥，秀儿怎么被七爷收养的呢?"陈廷顺似乎随意地问。

"这话说起来可长了，"贪酒的桂福独自喝了一口后，打开了话匣子，"为啥七爷拿秀儿当亲闺女呀？一是咱大哥重义气，讲情义，二是呀，大哥当年有一对儿女，一双儿女呀，多好。可那时大哥穷呀，老婆跑了，两个孩子有病请不起郎中，死了呀！我告诉你，可不能和大哥提起这事，他会发火的。"

"那秀儿是怎么收养的呢?"陈廷顺关心的是秀儿。

"不是说了嘛，秀儿没爹，娘又死了，是大哥收养了他……"说着桂福趴桌上睡着了。陈廷顺没得到太多情况，桂福的话只是验证了鬼七所说的话。

此时，鬼七正在长野那里。

“那兄弟俩有一个已经在我的手里，枪指日可待。”鬼七一坐下就得意地说。

长野很意外也很兴奋。他早就知道鬼七神通广大，否则也不会找他。

“那我就等着好消息了。”长野不动声色地说。

“长野先生，咱都是生意场上的人，得照规矩办事吧？”鬼七马上说。

“哦，霍先生的意思我明白。你看定金多少？”

“那要看你想出多少钱买枪了。”

“五百！”

“纸票还是银元？”鬼七立即问。

“当然是银元。”长野肯定地说。

“我霍老七向来做买卖不喜欢讨价还价，八百银元，多一元不要。成就成，不成我现在就走人。”鬼七本来想认这五百了，可瞬间转念一想：和小日本不多要白不多要。

“好，就这么说定了！”长野沉吟了一下后说。

……

鬼七从长野处拿回了一百块银元，回来后十分得意地告诉了桂福。

“就看陈廷顺那小子的了！”鬼七期待地说。

两人的一番话都被趴在后窗的秀儿听见了。秀儿吃惊得目瞪口呆。

“怎么样，陈廷顺那小子还乖吧？”鬼七问桂福。

“很听话。想不到他脑筋转得还挺快，不记仇。”

鬼七一阵大笑：“他小子为啥脑筋转得快？为啥不记仇？”

“大哥，为啥？”桂福赶紧问。

“算了，我知道就行了。”鬼七不说了，“可以让那小子在院子里转转，别以为我霍老七这里是牢房。”鬼七摆了摆手，桂福马上出去了。

陈廷顺被放了出来，俨然已是鬼七大家庭的成员了。他在院子里四处转着，目的是找到秀儿。

功夫不负有心人。当他自己都转乏了、怀疑秀儿是否在这院子里时，却迎面碰上了秀儿。那瞬间他如同看见了太阳，立即大喜过望地快步向秀儿走去并张嘴要说什么，可秀儿刚一看见他就转身走了，并很快拐过房角消失了，待他追过去时，秀儿没了踪影。

他知道秀儿是有意在回避他。尽管秀儿一直对陈廷顺不太感冒，可从没像今天这样让他感受着如此的刺痛。这是为什么？是因为秀儿喜欢的是哥哥吗？那瞬间，陈廷顺很难受……

陈廷顺一遍遍在院子里绕着圈子。他不知道，此时，在大院外远处的一处民房上，间岛正在监视他，而民房下的几个日本人随时在等待着机会……

鬼七正在床上休息，桂福闯了进来。

“什么事？”鬼七眼睛也不睁地问。

“大哥，我刚才想了一下，要是找到了枪，咱不能真的卖给小日本吧？”

鬼七翻身坐了起来：“你当我鬼七是什么人呀！我霍老七再不是人，也不至于当个卖国贼吧。”鬼七喝了口水，哈哈大笑地说：“不过细想想我也真不是什么好东西。我的鬼主意是这样：一旦得到枪，立即出手，届时再通知我姐夫，这样咱们就会……”鬼七看着桂福，“咱们就有三份收入。”桂福会心地笑了。

“所以呀，桂福，你得尽快找到一个下家，给钱就行。”

“可是日本人那边呢？”桂福不知道鬼七还有什么鬼主意。

“办法总会有的，这难不倒我。”鬼七胸有成竹。

“大哥，那我去找下家了。”桂福高兴地走了。

……

和鬼七一样，长野这会儿正在床上休息。门外有脚步声，长野立即翻身而起。

间岛进来了。

“没关系，我已经习惯失败了。”长野看了间岛一眼，预料到了结果，冷冷地说。

“长野君，那个兄弟确实在鬼七家，可是他一直没出院子，可能鬼七也不允许他离开，我们无法得手。”间岛报告道。

“我想到了。要继续监视鬼七，防止他耍花招，但我们不能被他牵着鼻子走，一定要继续监视鬼七和那个兄弟。”

“可他一步也不离开院子。”间岛沮丧地说。

长野微微一笑：“他不可能永远不离开院子。他们还没得到枪，迟早要出去取枪的，那时，我们就要跟踪他们，一旦他们得手了……间岛君，中国有则寓言，叫‘螳螂捕蝉，黄雀在后’，你大概知道吧?”

“我明白了。”间岛也笑了。

“当然，我们必须要做得干净、漂亮，不能留下半点痕迹。”长野充满杀气地说。

6

苇丛中的那片空地上，陈廷安将已编好的席子一把火烧了。他不想再继续这种毫无起色的生活状态。

满腔热血地和兄弟来汉阳投军不成，却连遭不测，兵没当成，不但弟弟不见了踪影，还背负了个逃犯的罪名。

“屋漏偏逢连阴雨，船破又遇顶头风”，这句话几乎贯穿着踏上汉阳后兄弟俩的命运。这些窝火的事情为什么接连发生？他不知道。前边还会发生什么？他也不知道。但有一条他很清楚，那就是一定要找到陈廷顺。还有一件让他闹心的事，就是秀儿。他清楚秀儿对他情有独钟，他也早就怀疑秀儿来历的复杂，却没有想到她竟然是恶名昭著的鬼七的干女儿！如果她是有目的地与他兄弟俩接触，目的又是什么？如果最初是为了包袱里的钱，她已经达到了目的；如果是为了那把大刀，在“便宜客栈”时，秀儿就有机会偷走；如果是欲将他们置于死地，她有太多的机会，却多次救了他们兄弟……秀儿就像谜一样让陈廷安难以猜解。任何一个好玩的谜都会引起人们的巨大好奇和猜解的欲望，更何况秀儿这个与他们兄弟命运相关的姑娘……

秀儿在某种程度上造成了兄弟如今的命运，同时他也隐隐感觉到，今后的命运或许也将与秀儿有着某种关联。

他要找到陈廷顺，同时也要猜解秀儿这个谜！

陈廷安决定进城，就是要在这令人迷惑的世道里扑腾一番，看看还会生出何样的情节来！

陈廷安在汉阳一家条件还不错的客栈里住了下来。他想更接近危险的漩涡一些，这样才能更接近真相，而当务之急的真相就是：我的兄弟在哪?！他无法知道的是，他们兄弟在汉阳的出现及其以后因他们而发生的一切对各方的利益意味着什么，自然也就不知道他们的生命值不了几个钱，值钱的是他们兄弟手里的枪！

陈廷安理了发，买了套新衣服，完全像换了个人。从街上逛了一圈后，他回到了客栈，自我感觉良好，因为无论是百姓还是巡警，没人发现他是逃犯。

可一进他的房间，就有了情况——门下塞着一个纸条。纸条上写的是“藏枪处危险！”这时陈廷安好像才意识到还有一支枪在他的手里！但猜不出是谁塞的纸条。是秀儿？还是傅东晨？他能猜到的只有这两个人。事实则是对此枪大有兴趣的远不止这两个人。

陈廷安背着包袱和大刀出了客栈，很快就有人跟踪……

……

陈廷顺和鬼七坐着洋车出了城，然后徒步向那片树林走来。鬼七没有发现间岛等人在跟踪着他们。

陈廷顺领着鬼七进了树林，几经周折终于找到了那棵树。

陈廷顺已经决定将枪交给鬼七了，他认为这比交给巡警和余怀庆都好。鬼七可以保他们兄弟无罪；秀儿是鬼七的干女儿。这两条就已经让陈廷顺别无选择了。

陈廷顺在树下打量了一会，树叶繁密，看不见枪在哪。他爬到了树上，可找遍了树杈，全无枪的影子，那瞬间陈廷顺有些傻了。他站在树上看了看周围的大树，确定当初枪就藏在他所在的这棵树，可枪哪去了？

陈廷顺下了树，满脸的沮丧和疑惑。鬼七知道没有枪了。

“七爷，我真的没骗你。”陈廷顺主动说，“当时我和我哥一起藏在这棵树上的。”

“我没说你骗我。”鬼七打量了一下四周，“你哥又不傻，这么长时间了他还能一直放在这儿?”鬼七倒是很客观。

“可只有我和我哥知道，他为啥要挪走了枪呢?”陈廷顺几乎是拖着哭腔说。他不是因为找不到枪无法向鬼七交待而沮丧，是为哥哥有意防备他而悲伤。

“别急，一定会找到枪的，只要你哥在。”鬼七语气平和地说。

“我一定能找到我哥!”陈廷顺咬着嘴唇说。

“那就好。”鬼七拍了拍他的肩。

两人走了。陈廷顺反倒觉得有点对不起鬼七了。

本来想按计划一旦鬼七得到枪，便中途劫持并杀人灭口的间岛发现鬼七和陈廷顺空手而归，不禁大失所望。间岛不知道鬼七他们下一步要做什么，未敢贸然行动。

正当鬼七等人离去、间岛等人欲继续跟踪时，间岛意外发现了陈廷安！

在这同一时间里，焦伯琛派到刘氏铁器行监视陈廷顺的便衣巡警来向他报告：陈廷顺不知去向了！焦伯琛立即向上司报告……

……

不知陈廷安是否发现有人在跟踪他，只见他径直到了那片树林，四下打量了一番后，蹭蹭地爬上了一棵树。在树上，他看见了几个日本人。虽然他一时不敢确定他们是不是日本人，但在多种场合陈廷安见过他们，最少知道他们的神秘及其神秘背后的不可测与必须的提防。

陈廷安竟然躺在了一个大树枝上，他就是要看看那些人想干什么。

间岛等几个日本人向陈廷安所在的大树包抄过来。

间岛很清楚，不一定能就此得到那支枪，但抓住了陈廷安就得到了大半条枪，因为以他的判断，只有陈廷安才知道那支枪的所在。

陈廷安存心要戏弄这几个人。当间岛等人刚到树下，他便借着树枝之力，运用少年时爬树的功夫，窜到了另一棵树上，接着又窜到了另一棵树上。间岛等人上了树，边找人边找枪，结果什么也没有。

陈廷安"玩"得没了兴趣，看了看四周，没有可疑人，便悄悄溜下了大树。可还未待他站稳脚，早已埋伏在周围的日本人蜂拥而上……这大大出乎陈廷安的意料，慌乱中抽取后背上的大刀，可日本人的短枪已经对准了他……

"个养的!"陈廷安极为沮丧和恼火地骂了句。

陈廷安没见过短枪，但他知道那也是能要人命的家伙，同时，也顿时明白面前的这几个人绝非善茬。正当他即将束手就擒时，突然一支飞镖击中正对着陈廷安的那支持短枪的手腕。几个人大惊失色，紧接着一阵呐喊声传来，间岛示意后，几个日本人立即逃走。陈廷安顾不得是谁救了他或者救命者另有企图，很快隐身在树丛中夺路而去。

罗秋月和顺子等人冲到了树下。

“追哪个?”顺子问罗秋月。罗秋月却摆了摆手。罗秋月知道，不管从哪个角度说，她能做的只能到此为止。

原来，陈廷安一出客栈，顺子等人就已经跟上了他。

……

陈廷安一路小心地回了城，没回原来的客栈，找了一家闹市中的客栈住了进去。

一进房间，他就四下看了看，并找好了万一有不测发生时的退路。

房间里的陈廷安犹如困兽，在屋里四下转着。他为自己的自作聪明从而险些遭人暗算而恼火。他意识到这远非是一场他所能掌控的游戏，更意识到危险无时不在，不测随时都可能再次降临。

窗外刮起了一阵清风，他哆嗦了一下，关上了窗子。他回身看了看床上的包袱，不禁想到穿着一件单衣的陈廷顺。他又背起了包袱，出了门。

陈廷安警惕地打量了一下街道上的行人，没有可疑人。他叫了辆洋车。

洋车在距离江边不远处时停了下来。

陈廷安找到了那艘破船。船还在，他四周转了一圈，没有发现陌生人的足迹。他进了船舱。

他想像不出陈廷顺是什么时间、如何离开的这条船，也不知道他现在在哪儿、是否还活着、是否在找他、能否找到这只破船，但只有这条船才是兄弟俩最后曾在一起的地方。

陈廷安将包袱里的衣服拿出来，放在船舱里的显眼处。别无他法，只有寄希望于这一几乎无望的办法了。如果他还活着，如果他能想到这只船，就会知道哥哥还在找他。

……

同样，在鬼七的大院里，陈廷顺也是坐卧不安。他知道，如果找不到枪和陈廷安，他对鬼七就没有了价值，结果是什么，他不敢去想，更何况，只有找到枪，他和陈廷安的命运才可能转变。如果找不到枪，他就要想办法离开这里。可他知道他逃不出这个院子，而且逃出这个院子的动力也不是那么足，因为这院子里有他最在意的秀儿。要逃出这个院子最充分的理由只有一个，那就是带着秀儿一起离开！

陈廷顺正在为如何才能见到秀儿动着心思时，有人来给他送饭了。让他惊喜的是送饭的竟然是秀儿。

“秀儿！”陈廷顺的声音都有点哆嗦了，他激动地站了起来。

“吃饭吧。”秀儿把还算丰盛的食盒放在了桌子上。秀儿是奉鬼七之命来给陈廷顺送饭的。她差不多已经猜到了鬼七的用心，但鬼七没有向她交底时，她不想和陈廷顺多说什么。

“秀儿，你别走……”陈廷顺几乎是以央求的口吻说，“秀儿，七爷要枪，我一定会找到枪！”陈廷顺说完注意着秀儿的表情。但他的话不但让秀儿更加明白了鬼七的用意，也对陈廷顺为鬼七找枪的想法顿生反感。

“秀儿，一旦找到枪，我就领你远走高飞。”陈廷顺一字一顿地说。

“什么枪？”秀儿终于问。

“七爷想要的枪呀。我哥一定知道在哪。”陈廷顺见秀儿终于说了话，立即高兴起来。

“你哥在哪？”

“我一定会找到！”

“那好，你找到你哥我就和你们走。”秀儿说完就往外走。陈廷顺呆住了。因为秀儿说的不是“和你走”而是“和你们走”。

“我一定会找到我哥的！”陈廷顺朝着秀儿的背影喊。那瞬间，他的目光落在了秀儿的屁股上。

秀儿在院子里穿的不是那种裤腿肥大的裤子，因而臀部的轮廓得以展现。陈廷顺从未看过或者从未认真看过一个女人的屁股，即使是隔着几层布料。如果说此前他对秀儿是一种说不清的爱恋与向往，此时则瞬间升级为积蓄已久的原始冲动，他一步跨到秀儿的身后，他不知道自己要做什么……就在那瞬间，秀儿突然回过头。秀儿完全是下意识地回头，她不知道陈廷顺要干什么。当她的目光直视陈廷顺时，陈廷顺目光中性欲的火焰顿时熄灭了。这时他清醒地意识到，他面前站着的是不容侵犯的圣女……

7

让秀儿给陈廷顺送饭，鬼七当然是有用意的。久经江湖的他看得出陈廷顺对秀儿的那份痴情，但他一时拿不准秀儿对陈廷顺的态度意味着什么。不过鬼七此时只需要陈廷顺的痴情就够了。他就是要通过秀儿来测试陈廷顺，看看他是否说了假话——鬼七怎么可能那么轻信陈廷顺呢？他要让陈廷顺放松警惕，按着他的真实想法去行事……

陈廷顺悄悄溜出了鬼七的大院。

陈廷顺不是要逃走，他要找到陈廷安。他非常清楚，一切希望都在哥哥的身上，只有找到他，秀儿才可能离他近一些。

陈廷顺自以为无人知晓时，桂福已经悄悄跟上了他。这个结果在鬼七的意料之中，但这不是他的目的。

陈廷顺很快找到了兄弟俩曾经住过的“便宜客栈”。老板看见他后吓了一跳。可他也从未再见过陈廷安，得此肯定的答案后，陈廷顺立即第一时间离开了这里。不知是因为有意，还是为了防止从“便宜客栈”出来后招致人们的怀疑，抑或是半年多里在这地界的所经所历让他养成了提高警惕的习惯，他七拐八拐地一气乱跑，结果阴错阳差地把桂福给甩掉了。

……

虾米总是没有大出息，靠小蒙、小骗、小劳动所得的小钱儿一直没有达成给奶奶买一大堆药的许诺。并且，他身上的衣服已经可以用“破衣烂衫”来形容了。

虾米偶然间走到云妹家门前，见一堆垃圾放在墙下，他翻了一气，挑出了一件完好的褂子，只是那是件女式的花褂子。不过虾米已经很满意了。

虾米穿上了那件花褂子，街上的行人倒也没人太注意他。

虾米来到了江边，他希望能在江边捡到点什么有用的东西。

江上的行船、上游江边住着的数不清的人家……在江边，时常会有上游漂来的不少有用的东西，当然不能指望有好东西了。

站在江边，虾米看着水面里的自己，禁不住笑了——虽然褂子很合体，但毕竟有些不男不女。可他舍不得扔掉，顺着江边向下游走去。没走多远，就发现河汊里的那条破船……

虾米兴奋地爬进船里，船里什么也没有，却在船舱里发现了一件男式的上衣，虾米大喜过望，只觉得这是上天的恩赐，立即脱下了捡来的花褂子，扔在一边，换上了本是陈廷顺的褂子，虽然有点大，可是男式的。虾米觉得未虚此行！可接着再翻时，却再无所获了。

……

桂福跟丢了陈廷顺，一时又无法找到，只好回来向鬼七报告，并等着挨骂。鬼七虽然很光火，却没骂他，他坚信，只要秀儿在，他不会不回来。

“派人把秀儿给我看好了就行。”鬼七吩咐道。

此时的陈廷顺已经到了江边。他冥思苦想之后，觉得这是和哥哥最后分手的地方，也许在这里能找到哥哥的踪迹，可费了老大的劲，却没找到那条破船。陈廷顺最后一线希望破灭了。

正当陈廷顺准备在下游找条路上岸时，却在河汊里发现了那条破船。接着又发现了虾米扔在船舱里的秀儿的褂子。这让他十分意外，更让他兴奋不已，进而又迷惑不解。

陈廷顺抓起秀儿的褂子，先是放在鼻边嗅个不停，然后放在了胸口，最后合着眼睛想着什么……他不明白秀儿的褂子为何在船上——是秀儿当初留下的？还是秀儿后来又来过？如果是秀儿后来来过，那就说明哥哥也曾经来过。可如果他们一直有联系，那意味着什么呢？陈廷顺想到这儿，气喘得粗了起来。

最后，陈廷顺又把秀儿的褂子放在了原处。

……

鬼七果然等回了陈廷顺。

“兄弟去了哪里?”鬼七一点责怪他的意思也没有。

“我答应了七爷，一定得说话算数——找我哥去了。”陈廷顺赶紧将自己从秀儿褂子的纷乱情绪中挣脱出来。

“看样子没有眉目。”鬼七压抑着失望说。

“七爷您放心，我哥一定在找我，我也一定能找着我哥。不过，七爷您也一定要话附前言。”陈廷顺说。

鬼七看了看他：“这话要不是你说的，我早就一拳头过去了——我霍老七虽然不地道，可从来说话算话!”

“那七爷您就放心，我们哥俩肯定能到一起，那时您——我相信七爷!”

“小子，你是不是有啥眉目了?”鬼七闻出点什么味道。

“没有。要有啥眉目我马上就告诉您了。”陈廷顺马上否认。

“那好，我可就等着你的好消息了!”鬼七大喇喇地一拍桌子。

8

陈廷顺一夜没睡。一夜没睡的结果是他打好了主意。

终于等来了送饭的秀儿。秀儿把饭放下刚要走，一直没吭声的陈廷顺突然拉住了秀儿，秀儿非常意外和恼怒，一把甩开了陈廷顺的手。

陈廷顺说：“秀儿，你别急。”陈廷顺说完示意她不要喊叫：“我找到我哥了。他让我把你带出这里。”陈廷顺神秘而兴奋地说。

“他在哪儿?”秀儿果然神情为之一变，急切地问。

“他在码头附近的一条小船上等着咱们。我哥说咱们一起离开汉阳，回老家。还让我问你你愿意去吗?”陈廷顺期待地看着秀儿。

秀儿毫不犹豫地点点头。秀儿知道陈廷顺悄悄溜出了这个大院，看来他果然找到了陈廷安，不过显然他没有告诉鬼七。陈廷安终于有了下落这让思念陈廷安的秀儿兴奋和激动，恨不得马上见到他。

“可我们怎么离开呢？鬼七已经怀疑我了。”陈廷顺说的倒是真话，秀儿也对此心里有数。

“我们马上就走！”秀儿果断地说。

“现在？可这院子里……”陈廷顺不知道秀儿有什么好主意。

“到时你听我的！”秀儿边说边想着什么，看来她还没有成熟的计划。

秀儿走后，陈廷顺立即做好了离开的准备。他知道秀儿有的是办法。在他看来，秀儿的可爱不仅因其外表，也因其有主见以及一连串的神秘。如果一个女人在男人眼里有了几分神秘，这个女人在男人的眼里就多了几分魅力，尤其对陈廷顺这样的初涉女人河的男人更是这样。

陈廷顺做好了一切准备，只等秀儿的召唤随时离开这里。

一个多小时过去了，陈廷顺开始有点焦躁不安了。正这时，有人进来了。陈廷顺一阵兴奋，险些张嘴叫“秀儿”，可进来的是厚嘴唇。

陈廷顺不知道他来干什么，是否秀儿出了什么差池或者鬼七发觉了什么？

“嘿，你现在没事吧？”厚嘴唇生硬地问。

“没……没事。”陈廷顺不知道如何回答才好；是有事好还是没事好此时只有听天由命了。

“小姐要吃活鱼、鲜藕，反正是要出去买菜，现在家里没人，你和我们一起去吧。不过你可得有力气背着扛着，我昨天可是闹肚子了。”厚嘴唇的语气中有着命令的成分，陈廷顺立即意识到这是秀儿的计划，马上满口应承。可当厚嘴唇和他及秀儿一起离开鬼七大院的大门时，陈廷顺才知道厚嘴唇也和他们去。不过很快，陈廷顺坦然了，因为他知道鬼七不可能让他和秀儿单独离开这院子，派人盯着他们是很自然的事。他相信秀儿有办法甩掉厚嘴唇！

三人没有叫车，陈廷顺挑着担子，跟在秀儿和厚嘴唇的后面向市场而去。如果此时陈廷顺溜掉是很简单的事，但他的目的在于秀儿。

在市场，秀儿一份份地挑她所喜欢的菜和其他食品，且不厌其烦地和人家讨价还价。很快一个多钟头就过去了。

“小姐，咱快回去吧，厨房还等着咱的菜给小姐做饭呢。”厚嘴唇终于劝起秀儿。陈廷顺则悄悄盯着秀儿，看她作何反应。

“马上好了。”秀儿边说着边向一个卖萝卜的摊床走去。厚嘴唇咧了咧嘴：“小姐，我去趟茅房马上回来！”看样子厚嘴唇已经憋了好久了。

“你去吧。要不要让陈廷顺和你一起去？”秀儿看了眼陈廷顺。本来，陈廷顺以为这是好机会，却没想到秀儿竟然如此说。

厚嘴唇看了一眼陈廷顺扶着的扁担和两筐菜：“得了，你买萝卜时再让人家把那条大鱼偷去！”说着厚嘴唇转身就向街边的一个胡同里跑。陈廷顺松了口气，终于明白这是欲擒故纵之策，他暗暗佩服之余，也有点后脊梁冒冷汗。

见厚嘴唇没了影儿，秀儿将菜筐搬到另一侧的卖茄子的摊床后，和摊主嘀咕了几句什么，塞到他手里一个银元。

陈廷顺还傻站着，秀儿快步到他身边，一摆手，悄声说：“快走！”这时陈廷顺才回过神儿来，两人立即疾步而去。

很快，陈廷顺和秀儿跑到了码头上游。不远处是一个停着大大小小木船的野码头。

“陈廷安在哪儿？”秀儿急切地问。

“你先等着，我去找。”陈廷顺说完快步跳上一只小船，又从这只小船跳到另一条小船上。秀儿的脸上不但充满了渴望，而且满是期待与幸福。

很快，陈廷顺跑了过来，拉起秀儿就走。秀儿跟着陈廷顺麻利地跳上小船，又跳到另一条船上。

这是一条不大但有蓬有船舱的小船。陈廷顺先进了船舱，秀儿也紧随其后进来。

“陈大哥呢?”秀儿刚一适应船舱里的昏暗便急切地问。

“我哥在码头下游等着我们。我哥担心呀，你也知道，这地面太不安全了。”陈廷顺边说边走出了船舱，操起了船桨。

此时的秀儿有了些警觉，立即也上了甲板。

“那为什么我们不直接去下游?”

“我刚才问了那条船上的船夫。”陈廷顺立即回答道，并将船划到了河道中。

“你等会儿!”秀儿突然叫道，并拉住了陈廷顺的手。

陈廷顺转过头，看着秀儿，眼里噙着泪水。

“秀儿，啥都瞒不过你，我也不想瞒你了，我没找到我哥，可我想我哥最后一定会回家，咱们先回老家吧。”陈廷顺以央求的口吻说。

此时，船自己在漂行着。

“陈廷顺！你……”秀儿一时说不出话。

陈廷顺突然一把抱过秀儿，一股巨大的力量让秀儿无法挣脱。陈廷顺把她连抱带拖地弄到了船舱里。

秀儿挣脱一只手，正想扇他的脸时，陈廷顺扳住她的手，随后一个踉跄两人倒在了船舱里，陈廷顺压在了她的身上。

“秀儿，秀儿……”已近疯狂的陈廷顺边叫着边试图去吻秀儿的嘴，秀儿拼命地扭动着脸。

终于，陈廷顺亲到了秀儿的嘴，同时秀儿也挣脱出一只手。未待秀儿的手打过来，陈廷顺已经提前躲过，并马上跳了起来。这时，他才意识到自己惹下了大祸，他何尝不知道秀儿是什么性格?

此时，船不知何时停了下来。

陈廷顺突然给秀儿跪下了。双手不停地打自己的嘴巴。

秀儿起身后整理了一下衣服和篷乱的头发，看也没看陈廷顺，出了船舱，看了看，跳上了江滩……

当秀儿没了动静，陈廷顺才意识到什么，爬出船舱，才知道小船已经自己冲到了滩上。

陈廷顺冷静了片刻，想到此后可能发生的一切，马上出了船舱，上了岸。

原来，这是陈廷顺想将秀儿领回乡下所设的局，他只是给了船主一笔钱，暂时租用了这条小船罢了。如果能把秀儿领到乡下，他相信，属于自己的机会就多了。可是面对心理强大的秀儿，陈廷顺承认自己再一次失败了。这让他更加多了一分痛苦，却没让他死心。

当船上没了人时，桂福等人从江边的水里钻了出来，到船上反复查看，发现没有一个人的影子。

秀儿和陈廷顺都不知道的是，鬼七不是傻瓜，他同意了秀儿要亲自去买菜的要求自有他的打算——他要顺藤摸瓜，找到陈廷安。

当陈廷顺跑到菜市场时，只见秀儿已经担起了菜筐，陈廷顺跑过去，接过了扁担。秀儿似乎知道是他，头也没回。

这时的陈廷顺再次羡慕哥哥了。他弄不明白哥哥到底有何让秀儿那么钟情的地方呢?!

他好想自己是陈廷安!

9

秀儿和陈廷顺刚到鬼七大院的门前，便见厚嘴唇站在大门口等着他们。

秀儿并未多说，只说去了调味品铺，才使得厚嘴唇没有找见他们。

……

晚上，陈廷安又来到了那条破船上。进了船舱的第一件事是看陈廷顺的褂子还在不在。虽然在黑暗中，他还是发现那已经不是陈廷顺的上衣了……他激动地抓起秀儿的褂子，钻出船舱，在月光和水面的映照下，他认出了那是秀儿当初穿过的褂子。吃惊的陈廷安一时不知道这意味着什么，但最大的可能是与秀儿有关。她来过这里吗？她还会来这里吗？陈廷安不知道。

陈廷安干脆枕着大刀睡在了船舱里。

与此同时，鬼七召集好了人马。

“看样子陈廷顺不知道陈廷安到底在哪儿。我告诉你们，那支枪我是要定了。想要那支枪就得找到陈廷安。看样子现在没有别的办法，咱们知道的就是陈廷安一定是在那条破船上待过。城里大小客栈咱都查过了，他还能去哪儿？桂福，你们给我看好了陈廷顺，晚上呢，给我守着那条破船。多带点人手，万一那小子要是在船里，一定给我抓来——请来也行，总之是弄来！”鬼七本以为这次欲擒故纵会有所收获，不想，陈廷顺却是狗急跳墙。

此时在房间里的陈廷顺极为不安。不安的原因有三，今天的冒险为一，这让他在秀儿心里的形象一定大打折扣，这是他非常清楚的。其次，鬼七对他的真实态度到底如何？最后就是“买菜”回来后的陈廷顺经过思考，将哥哥陈廷安可能在那条破船上的信息告诉了鬼七。他不知道自己的这种率性而为对还是不对，但他所做的一切都与秀儿有关是确定的。他忘不了秀儿。每当想起秀儿，最大的慰藉就是回想当时在船舱里吻秀儿的那一刻……

寄身在鬼七之处，陈廷顺知道哥哥是不会赞同的。但他有很好的理由，那就是鬼七的承诺。对此，他无法预判哥哥的态度，但就此结束逃亡生活，有了自由身，再去兵工厂当工人，哥哥不会不愿意吧？至于鬼七，他知道哥哥可能不大会买账，可只有他才能保兄弟俩无罪呀。

陈廷顺和鬼七等人正要出发时，下起了大雨。

江水很快就大涨了起来。那条破船向江心漂去，而熟睡的陈廷安在船舱里一无所知。江水倒灌，破船被一波波水浪推进了江里，眼看着就被卷进了江心，可这时船却突然改变了方向，向江边靠了过来……

一只飞镖突然钉在了陈廷安的耳边，陈廷安猛然惊醒，发现船在动，马上伸头看看外面，才知道发生了什么。陈廷安跳入江中，奋力将破船停稳在下游的另一条河汊中……忙活了一气后，他四处打量了一遍，却没有任何人。他看着这个自己以后不知还将住多久的栖身之地，淋透了的陈廷安又钻回了船舱，看着手里的那柄飞镖陷入沉思……他想起树下遇到危险时的一幕，知道了这可能是罗秋月等人的飞镖，可她在哪里？她为什么要救自己？

……

鬼七和陈廷顺等人出了鬼七的大院。一直没睡的秀儿在窗子里发现了他们的行踪，她感觉到既然陈廷顺在其间，就一定是和陈廷安有关。可是她出不去这个房间——每到晚上，都会有专人守在她屋子外面。

雨停了。鬼七等人在陈廷顺的带领下到了江边，可令陈廷顺大吃一惊的是竟然全无那条破船的影子！

“七爷，船怎么没了?!”陈廷顺只怕此时鬼七怪他骗了他然后和他翻脸。

“你记得是在这里吗?”鬼七板着脸问。

“一点不差呀，一路上我都做了记号呀。”陈廷顺无法说清船为何不见了，这一切就像做梦一样。

“七爷，你看，这还有脚印呢!”陈廷顺在江边发现了一行脚印。鬼七让桂福点燃了火把，在火把的光照下，岸边果然有一行脚印。

“怎么像是女人的脚印?”桂福看了看鬼七。

“你哥有女人吗?”鬼七看了一眼后问。

这个问题让陈廷顺一时无法回答了，与陈廷安有关的女人只有两个——云妹和秀儿。云妹不可能来这里，剩下的就只有秀儿了，可秀儿有没有可能来或者是否来过，陈廷顺都不愿承认。

“我哥不认识女人呀！”陈廷顺肯定地说。

鬼七等人顺着那行脚印寻到江边，脚步消失了，另一头则到了大堤上也没了踪迹。

“你小子要小心，要是存心戏弄我，我可就没那么客气了！”鬼七凶神恶煞般地看着陈廷顺。

“七爷，我、我怎么会呢？”陈廷顺急得快哭出来了。

鬼七他们悻悻地走了。可陈廷安此时在船上却睡得正香。

第六章 情义迷乱

1

从刘老板和云妹那里，傅东晨没有得到有关陈氏兄弟的任何有用的信息，只好向唐季恺报告。唐季恺对陈廷顺的失踪十分恼火，他看着傅东晨和顺子等人，神情十分严肃。

“一定要倾注所有力量找到这兄弟俩！我只能告诉你们，事情的复杂程度远远超出那支枪的本身！”唐季恺还不想和弟兄们说得更多。他所掌握的情报显示，各种势力都搅进了这支枪的争夺中。确如他所说，这件事的本身已经超出了单纯的那支枪，唐季恺从中体悟和猜测着各种势力的目的，更让他不得不思考在这复杂的局面中，革命党如何才能游刃有余、达到自己的目的。

于是，革命党开始小心地查访与收集所有围绕着兄弟俩和那支枪的情报。

……

从外面回来的陈廷安在那条破船的周围看了看，确定没有异常后，才爬到船舱，然后拿出那个飞镖边看边思索着……这个罗秋月究竟是干什么的？为何要劫持军火，又为何救我？陈廷安努力想从这些相互矛盾的信息中整理出个头绪，结果徒劳。这不怪他，在这纷繁的大社会中，本来就有太多不确定的人与事，每个人的欲望和目的不同、手段不同——这就是个欲望与政治、阴谋与暴力搅和在一起的大时代，难以以正常的逻辑来判断，所以，陈廷安不可能思考出个结果，至少在当下。但有一点陈廷安可以肯定，罗秋月没有害他们兄弟之心。可她为什么要劫军火？他们是乱党还是大盗抑或是生活所迫？陈廷安不是罗秋月，他无法洞悉罗秋月的内心，事实上，罗秋月的内心到底想的是什么，或许罗秋月自己也说不大清楚。但是，罗秋月此时肩负的是帮会的使命，这与她的好奇之心恰好重合，所以她会更好地完成帮会赋予她的使命。

忽然陈廷安听到了人声，他立即伏在船舱的角落里，并慢慢抽出大刀。

昏暗中，一个人钻进了船舱，不急不忙地坐了下来。

"陈先生，出来吧。"来者竟然是罗秋月。

陈廷安虽然对罗秋月的思考还没个结果，此时也只好从角落里站了起来。

"小姐，谢谢你几次救了我。自打到了汉阳，我们兄弟不是被人坑就是被人救。"陈廷安苦笑着说。

罗秋月笑了："说明你们兄弟总是被人注意呀。"

"可能人家都拿我们当乡下人吧。"陈廷安无奈地说。

"乡下人怎么了？"罗秋月反问道。

“乡下人没见过世面，好蒙吧。”陈廷安不软不硬地说。

“在这汉阳、汉口和武昌，有多少人不是从乡下来的？”

“小姐，我冒昧了，能问你是做什么的吗？”陈廷安终于耐不住了。

“良家女子。我说这话是可以脸不红心不跳的。”罗秋月抬头挺胸地说。

陈廷安明知道问不出来什么，将手摊开，手心里是那只飞镖：“这是您的吧？”

罗秋月也把手心张开，手心里也卧着个同样的飞镖，之后一笑：“在你手里的就是你的了。”

陈廷安缓缓地握上了手：“行，那我就留下，它救过我的命。”

“但愿你们兄弟别再为那支枪担那么大的风险了。”罗秋月突然说。

“怎么才能不担风险呢？”陈廷安诚恳地问。陈廷安当然知道那支枪给兄弟俩招来不少麻烦，但他不知道这背后涌动的激流还远不止他已经经历过的。

“要是你相信我，就把那支枪交给我，我可以保证你的安全。”罗秋月的目光里充满了真诚与肯定。

“我要找到我弟弟！”陈廷安不想以枪换来什么，只想换来弟弟和平安。眼下他只能借助眼前这个姑娘了。

“我保证帮你找到你弟弟！”罗秋月肯定地说。

“怎么保证呢？”陈廷安还不敢相信。

“只要你相信我，只要你把枪交给我。”罗秋月肯定地说。

陈廷安没有吭声，罗秋月也不再问他。她不想让陈廷安有一点儿违心和不情愿，也不会采取强制手段。

……

这会儿，鬼七正在自家院子里练功，一会是拳，一会是刀，停下后喘了几口气。

“桂福，把我的飞镖拿来!”鬼七一摆手。

桂福回屋很快端出来个盘子，盘子里摆着一圈飞镖。那飞镖和罗秋月的一模一样……

鬼七拿起只飞镖，顺手甩向了对面的一扇门，可飞镖钉在了门环的边上。鬼七再投，终于钉在了门环里。桂福拍起了巴掌。

“老了，眼睛不行，手也不行了。去把陈廷顺叫到我的房里来。”鬼七吩咐桂福。

……

陈廷安和罗秋月已经到了那片草丛，不远就是那片树林，那座孤坟就在前面。看来陈廷安想把枪交给罗秋月了。

“罗小姐，你要枪干什么呢?”陈廷安越往前走想得越多，想得越多就越是担心。

“陈先生，不该知道的你就别问。答应你的我们一定会做到就是了。”罗秋月以不容置疑的口吻说。

陈廷安停下了:“你们?”

“是，我们。我一个弱女子有多大的本事呢。”罗秋月不得不承认。

“你们不会是乱党吧?”陈廷安脱口而出。

“什么乱党？我们是天地会!”罗秋月忍不住脱口而出，但她马上补充道:“如果陈先生兄弟能加入帮会，你们不但安全有保证，生活也有着落了。”罗秋月索性如实道来。

陈廷安立即放缓了脚步，边想着什么边向前走着:“帮会……是干什么的呢?”陈廷安只知有帮会之说，却不知道这个在长江中下游分布广泛的天地会到底是做什么的。

罗秋月看了看四周："我们天地会讲的是仁义，反的是清……"

陈廷安一怔："反清？为啥要反大清？"

"因为满族人的清王朝是靠侵略建立的，我们本是明朝的臣民。所以反清复明是本会的宗旨。"虽然是小堂主，罗秋月还未失年轻姑娘的天真。她以为这两句话应该能得到陈廷安的认同，而且，她几乎是以朋友的口气和他说这番话，却不知道陈氏兄弟恰是清王朝的追随者。

在陈廷安看来，没有什么比父亲为之献出生命的大清朝更应得到维护了。此时，他已经决定绝不能把枪交给罗秋月！

这时他们已经越过了那座孤坟。

"如果你们兄弟能加入帮会，我们就是兄弟了。"罗秋月期待地说。无论是从个人感情上还是出自帮会的利益，罗秋月的话都不失真诚。

"罗小姐，你在这儿帮我看着点，我去取枪。"陈廷安拉了罗秋月一下。罗秋月看了下四周，想了一下："好。"

陈廷安进了树林，自然是一去不复返了。

罗秋月感觉不对头再进树林时，陈廷安早就没了影儿。罗秋月多少有点明白了陈廷安为何中途改了主意，这让她有些遗憾。

……

陈廷顺站在鬼七的面前显得非常局促，他不知道鬼七要如何处罚他。

"廷顺。"鬼七非常和善地叫了一声他的名，这让陈廷顺顿时放松了下来。

"你打算什么时候把枪交给我或者找到你哥？"

"我一定尽快。"陈廷顺说是尽快其实他心里也没底。

"你在我这儿吃的和住的怎么样？"鬼七又问。

"好，好。多谢七爷的关照。"陈廷顺点头哈腰地说。

“可你不能在我这儿白吃白住吧？你也看见了，我这帮兄弟可都是要做事情的。”鬼七突然板起面孔。

“让我做什么都行！”陈廷顺知道只要一离开这个院子，他就会随时处在危险之中。

“那好，今天晚上和我出趟活儿。”

“什么……叫出活儿？”

“明说了吧，我霍老七是吃哪碗饭的你也应该知道了。如果你还愿意在我这院子里待着，那今天晚上就和我做趟生意，我亲自带着你。”

“七爷，就是……偷吧？”陈廷顺小心地问。

“反正是尽可能地别让人家看见，拿人家的东西。”鬼七笑了。

“可我……长这么大还没偷过别人的东西……”

“那好呀，你要想当好人，又想好吃好住，只有请你开路了。”说着鬼七大喊一声：“来人！”桂福应声而入。

“七爷，我……听您的。”陈廷顺知道莫说别人，出了这院子鬼七也不会让他好活。

“桂福，忙你的去吧。”鬼七一挥手，桂福又出去了。

2

半夜，胆战心惊却又不得不为的陈廷顺“出活儿了”。

莫看鬼七已经四十出头，可天一黑他就身手矫健得如鱼得水。

陈廷顺也穿着一身夜行服，紧紧跟在鬼七身后。

在一个巷子口，鬼七停了下来，陈廷顺悄悄靠近他的身后。

鬼七指了指对面。陈廷顺看去，昏暗的路灯下，陈廷顺看见的是“大和洋行”的牌子。

"知道这是哪吗?"鬼七回头小声问。

"七爷，我不识字。"陈廷顺回答。

"真他娘的，还不如我呢！这是日本人的大和洋行，其实是他娘的鬼窝子。你跟着我！"说完，两人越过马路，消失在对面的巷子里。

大和洋行的后墙，两人翻墙而过。借着月光，两人摸到房子的后门。鬼七轻轻推门，没开，他又掏出一个类似刀片的东西去拨门，可毫无反应，这时他才发现，这不是中国门上的木插销，而是铁销。

"奶奶个皮!"鬼七恶狠狠地小声骂了一句后去摸门轴处，也是洋式铁折页。

"七爷，进不去。"陈廷顺心想可以就此打道回府了吧，可鬼七不想空手而归，又转到窗下，却轻轻地启开了窗子。

两人翻窗而入，进了室内。

借着月光，看得清这里是个客厅，一应的日式家具和装修。

鬼七四下打量着。看得出，他要取什么本就是心里没数的。这时他发现墙上一幅看不清是什么的横幅下有一张锃亮的桌子，桌子上摆着一个刀架，刀架上横放着几把日本刀。向来对刀感兴趣的鬼七凑了过去，从中挑了一把他认为的好刀，然后交给陈廷顺。

正待他欲继续搜寻时，隔壁传来一阵鼾声，鬼七和陈廷顺吓了一跳，可那鼾声又戛然而止。顿时，整个空间又陷入寂静中，在这寂静中，刚刚进入室内的鬼七还没注意的钟摆声显得那么清晰起来。这让鬼七有点烦，他走到那台大座钟前，打量了一眼那座西洋式座钟，见那个金色的钟摆每左右晃动一下，就发出一声"哏嘎"的声音。鬼七打开座钟下方的门，一把抓住钟摆，顿时，整个房间悄无声息了。鬼七轻轻向上动了一下钟摆，那金属钟摆就到了他的手上。他掂了掂这块金属，随手扔给了身后的陈廷顺，可就是这一瞬间，整个座钟却悄无声息地离开了后面的墙体，鬼七吓了一跳，借着月光向墙里看去，原来是个不大的小暗层，暗层里分明立着一支枪。鬼七很意外，同时也无声地笑了笑。正当他欲伸手取枪时，突然隔壁传来一声日本话。

“什么人?!”

鬼七吓了一跳，他哪里知道，那隔壁睡的就是长野，而长野睡眠的习惯却是在钟摆声中入梦，当钟摆声突然停止后，他也就从梦中醒来了。

丧气的鬼七向惊慌失措的陈廷顺一挥手，两人立即翻过窗户进了后院，然后又从里面打开院门，扬长而去。

这时，整个大和洋行的灯都亮了……

鬼七将陈廷顺打发回老巢，自己直奔巡警队。他不知道焦伯琛是否在巡警队，但他知道一定会有人。他要抓紧时间通知巡警，以尽快赶到大和洋行查抄那支枪!

鬼七撞开了巡警队大门。

“有人吗?!”一进门鬼七就大叫。

“叫什么?!”这时胡三跑了出来，“是七爷呀。”胡三认出了鬼七。

“就你自己在?”鬼七问。

“焦队长今天值班，他也在呀。”胡三不知鬼七要干什么。

鬼七推开胡三，直奔焦伯琛的房间。

焦伯琛正在睡觉，鬼七刚一闯进来，焦伯琛立即翻身而起：“什么案子?跑不了你!”焦伯琛是半睡半醒的状态，可能在梦中正在抓人。

“姐夫，想不到你在这儿呀。幸好没跑你家去!”鬼七回身关上了门。

“出什么事了?”焦伯琛揉了揉眼睛不高兴地问，可鬼七却显得很兴奋。

“姐夫，你不是让我找那支枪吗?”鬼七卖弄地问。

“你找到了?!”焦伯琛马上放下手里的水杯。

“兵工厂从德国订的那支枪不是被人劫了吗?我怀疑真是日本人干

的！”鬼七胸有成竹地说。

“哦？你有啥证据？”

“我一直怀疑大和洋行不干好事，尤其那个叫什么长野的社长，我怎么瞅都像坏人里的坏人。我老七看不上的人差不多没啥好东西。这不，刚才我就潜入了大和洋行，凭兄弟机智，果然就发现了那支枪！”鬼七自豪地说。

“哦……”焦伯琛将信将疑地点头并思索着。

“姐夫，你别不信我。我可不敢开这类玩笑！”鬼七有点急了。

“你被人发现了吗？”焦伯琛突然问。

“可能是他那藏枪的地方有什么机关，我刚要拿枪，屋里的人就醒了。我就只好离开了。”鬼七遗憾地说。

焦伯琛丧气地说：“就是你说得是真的，怕是人家也早就转移了。胡三！”焦伯琛边说边穿好了衣服，抄起身边的枪。

可这时外面传来了说话声。胡三跑进来。

“队长，有个日本人报案。”胡三小声说。队长看了鬼七一眼。出去了。

来报案的是间岛。

鬼七在焦伯琛的房间里听到间岛说他们大和洋行发生了盗情，请巡警到现场……

焦伯琛回到房间，拿起枪。

鬼七小声提醒焦伯琛：“座钟的后面……”

“跑不了你！”焦伯琛压低声音来了一句。

焦伯琛明知这是日本人先声夺人以掩盖真相，但这也说明人家早把现场收拾干净了。但也不能不去，并寄希望于发现一些蛛丝马迹。

在大和洋行，焦伯琛认真地勘察了现场。那台座钟依然挪开着，只是后面的暗格里却挂着一件和服。长野说那是他父亲的遗物，他带来中国是为了时时缅怀……

……

鬼七第二天醒来后还在琢磨着长野家的事。他深信藏在座钟后的那支枪一定来历不明，并遗憾未能得手，但他认定长野绝非普通商人。

焦伯琛虽一无所获，鬼七却已经达到了目的，所以当桂福问他有无收获时，他学说了半句日本话："收获大大的。"

鬼七又把心思收到了陈廷顺的身上，因为无论找到枪还是陈廷安，对他都是笔大买卖。他还不敢完全相信陈廷顺所说的一切，但他相信陈廷顺对秀儿的一厢情愿通过这小子的那次冒险已经是无比真实的了。他就是要利用这一点。

鬼七把陈廷顺叫到跟前。

鬼七对陈廷顺的那次冒险从未流露出半点知情。

"别看咱们只弄了个铜疙瘩，可也没白跑一趟。你要知道，能和我霍老七一起做活儿是你的福分。"鬼七微笑着说。

"谢谢七爷。"陈廷顺不知道面前这个让他憎恶的人要说什么。

"你现在是我霍老七的兄弟了，不管你愿意不愿意，你也负案在身了。"说着鬼七哈哈大笑，"不过你和我干什么都不犯法，而且保你好吃好穿享好福。"

陈廷顺终于明白了，鬼七是以此要挟他以令他死心塌地入他的伙。

"谢谢七爷。"

"廷顺呀，我倒是很欣赏你们兄弟，如果你们哥俩愿意和我霍老七干，我保证亏待不了你们，如果能把枪交给我霍老七呢，你们不愿干我这行当，可以另谋高枝，我老七也保证帮你们的忙！"鬼七接着说。

"谢谢七爷。到时我劝劝我哥。"陈廷顺含混地说。

“但眼下你得帮我把这件事做好：找到你哥、找到那支枪！”鬼七突然以不容置疑的口气说。

“只要您能保证当初的话算话，免我们兄弟没罪，我一定会找到我哥和那支枪。”

“那就好。廷顺呀，我知道你对我的秀儿有那个意思，都是男人嘛，我什么看不出来？我今天就告诉你个实话吧：只要你以后死心塌地跟我干、找到那支枪，我就把秀儿许配给你！”鬼七说完看着陈廷顺。

陈廷顺有点不相信自己的耳朵，当他确信后，立即跪倒在地：“七爷，您就等着吧，我陈廷顺为报答您的恩情，一定尽我全力！”

“出去吧，多和弟兄们熟悉熟悉。虽然咱干的是见不得人的事，可兄弟们可不是小人，个个都是讲义气的好汉！”鬼七豪气十足地说。

陈廷顺出了鬼七的房间，看着天上的太阳，觉得比往日大了不少。自从那次冒险后，秀儿对陈廷顺并未表现出特殊的反应，一如既往的冷漠，却没有特别的反感，这让陈廷顺稍稍心安了点。秀儿不买他的账不是从那次冒险行动开始，所以，一段时间过去后，陈廷顺又安下心来，接着又升起新的希望。他相信有了鬼七的话，秀儿也不得不听三分。何况，陈廷顺有耐心感动秀儿，使其最终能一改初衷。想着想着，他眯起了眼睛，想像着他和秀儿拜天地的喜庆场面。

这时秀儿恰好走过来，看见了陈廷顺，正要转身离去时，陈廷顺却已睁开眼睛。看见正要离去的秀儿，他欣喜地追了上去。

“秀儿。”陈廷顺跑到了秀儿的正面。

“找着你哥了吗？”秀儿面无表情地问。虽然不似讥讽，但味道陈廷顺还是品得出来的。同时他也知道，秀儿的话不全是在讥讽他。同时他猛然省悟：秀儿不是从她个人的角度关心陈廷安，而是站在鬼七那边关心枪。

“一定能找到。我不找他他也会找我！”陈廷顺边说边目不转睛地看着秀儿。这时他看见了秀儿一只耳垂上的那个水滴形耳坠儿，可另一只耳朵上却没有。

“秀儿，你那只耳坠儿呢?”陈廷顺有些奇怪地问。

“丢了。”秀儿轻轻一声后，绕过陈廷顺走了。

陈廷顺转过身，呆呆地看着秀儿的背影，没有急也没有恼更没有怨，只有自己才能体会的幸福。

3

“啪”的一声枪响，子弹射进了圆铁桶。

这是兵工厂西侧的射击场，专供兵工厂试射新枪之用。

兵工厂造枪最重要的两项指标就是射击的准确度和射程。准确度越高越好自不必言，射程越远越好同样也是一把好枪的硬指标。

余怀庆亲自试射后，放下枪，和鲍昆向那排铁桶走来。

用现在的眼光看这个方法挺原始——子弹着点处纵向排着一排铁桶，然后纵向射击，再检查子弹穿透了几个铁桶。

余怀庆发明的这个办法在当时很聪明。这样射击场无须太大的纵深，通过检测铁桶的承受力及子弹的贯穿力，再经过计算，就可得出射程。

余怀庆从头开始验看弹孔，结果子弹穿透了五个铁桶。而铁桶一共是六个。

鲍昆无语地看着余怀庆。

余怀庆摇了摇头：“和人家毛瑟枪的射程还是有差距呀。”

“老师，什么原因呢?”鲍昆小心地问。

“多种原因吧……”余怀庆叹了口气。

“老师您别灰心，西方人的现代步枪制造技术有近百年的发展过程呢，咱们才几年。”

“差距是实在的，可我们的责任就是尽快地缩小这种差距!”余怀庆默默地说。

余怀庆回到了办公室，翻看了一会桌上的图纸后，给巡警局长打了个电话，询问那支枪的侦破进度，结果是毫无进展。

余怀庆情绪低落地回了家。一下车，管家已经把门打开了。

“怎么知道我回来了？”余怀庆有些不解。

“老爷，我以为是丫头回来了呢。”管家毕恭毕敬地回答。

“怎么？她又出去了？”余怀庆不高兴地问。

“老爷，小丫头爱逛街。”管家随便说了一嘴。

余怀庆看了他一眼：“以后别让丫头老往外跑，就说我说的。”

余怀庆刚进家，焦伯琛就来访了。

焦伯琛就是来告诉余怀庆长野可能与那支被劫的枪有关的消息的，这不出余怀庆的意料，只是为失去一次失而复得的机会遗憾。

“伯琛，还是希望你们能找到枪。从德国买回的枪既然已经落在了日本人手里，怕是抠不出来了。德国领事馆被劫的枪呢？相信还是在那兄弟俩的手里。”余怀庆几乎是抱着有一搭无一搭的希望说道。

“大人说得对，卑职一直在不懈努力，一旦有线索我立即向您报告。”焦伯琛说道。

焦伯琛是个很有个性的人，他佩服的人不多，而余怀庆就是其中之一。他觉得余怀庆不但有知识，而且为人正派，虽无太太，却从不拈花惹草，尤其余怀庆对汉阳兵工厂的发展立下了不朽之功，在湖北官场有口皆碑。

尽管余怀庆渴望得到德国样枪，但他知道自己不能等，必须以自己的智慧往前走，哪怕是很小的一步也是向世界先进水平靠近了。

当晚，他就搬到了厂里，夜以继日地投入了新枪的设计。

此时，与余怀庆一样想得到那支枪但目的各异的各类人等都在寻找着陈廷安，可谁也没掌握陈廷安的行踪。倒是虾米在无意中撞上了陈廷安。

虾米仍如没头苍蝇般四处乱转着，还是没想出什么办法弄到钱给奶奶买药。他木呆呆地在大街上往前走着，目光只在眼前三米之内。可这时他却目光一亮，因为他的目光所及之处是一双他熟悉的鞋，那双鞋的鞋底虽然也是布底纳成，但其中一只鞋的千层底中有一层却是红色的。这只鞋他有印象，是当初卖席子的那老头穿的……虾米想到这，激灵一下抬起头，并准备离这老头远点，毕竟烧过人家的席子。可他突然又改了主意，因为他发现眼前的人根本不是老头，而是个年轻人！

虾米向一边走去，紧走两步，斜眼看去。虾米大吃一惊——竟然是当时在汉口外滩因为他而与德国兵交手的那位大哥。虾米停下脚，眯着眼回忆了片刻，终于醒悟：卖席子那老头也是这位大哥，只是胡子长了头发长了罢了！虾米兴奋之余又一阵愧疚，他准备向这位大哥认罪，以获得他的谅解。可是当他再定睛看时，陈廷安已经不知去向了。

虾米不明白那位大哥怎么转眼就没了呢？其实陈廷安知道危险无时不在，时时改变着自己的行动规律。

虾米不知去哪儿找陈廷安，徘徊时，发现了一张贴在墙上的已经破损的缉拿陈氏兄弟的布告。虾米一共不识几个字，却认得“赏”字。他拉住一个行人，问了一番后才明白这是缉拿恩人的悬赏布告。而且知道了陈氏兄弟曾住在“便宜客栈”。

能抓住恩人就能换来一大把钱！不过这念头只在他脑袋里一闪便被他给自己的一个嘴巴扇没了。

虾米对汉阳的大街小巷了如指掌。他很快就找到了“便宜客栈”。他知道恩人不可能还住在这里，但他想恩人或许会在这里留下蛛丝马迹。

单纯的虾米哪里明白，即使有蛛丝马迹也轮不到他这儿了。

虾米和“便宜客栈”老板闲聊时，拐弯抹角地打听当初陈氏兄弟住在这里的情形。恩人救了他，又扮成老头卖席子，而且遭到悬赏缉拿，这都让他觉得新奇……按理说那老板哪有兴致和这么个跟要饭的差不多的毛头小子聊这些，全是因为他受过鬼七的人的警告，一旦有与陈氏兄弟有关的一切人和事都要向鬼七报告！

虾米以为遇到了好人，因为老板还留他吃了顿饭。可饭没吃完，桂福等人就闯了进来，虾米一时不知道怎么了……

虾米被揪到鬼七的大院，并一把被推到鬼七面前时，虾米才知道自己撞到大名鼎鼎的鬼七门上了。

“小子，你认识陈氏兄弟俩吗?”鬼七问。

虾米摇头。虾米决心从一开始就要捍卫恩人的利益，以赎此前烧恩人席子之过。

桂福和鬼七一阵耳语……

“你小子说谎，也不够江湖呀。人家兄弟俩为你打抱不平犯了大案，你却说不认识。像你这种混混吃点皮肉之苦就算你爹教育你长长记性了!”鬼七说着一示意，几个鬼七手下就把虾米拖了出去。

“大哥，把陈廷顺找来对对质?”桂福问。

“这小混混在说谎，谁知道他是哪根蔓上的?不能让他见到陈廷顺!”鬼七说道。这时外面传来了虾米夸张的痛苦的叫喊声。

“大哥，这小混混不像和陈廷安有联系。”桂福说。

“可能也在找陈廷安。”鬼七点点头，“可他为什么要找陈廷安呢?”

厚嘴唇进来说:“大哥，这小子说他不知道陈廷安在哪儿。”

鬼七摆摆手:“让他哪儿来回哪儿!”

虾米被打了几板子，伤得虽然不重，可他还是疼得呲牙瞪眼。当他被鬼七的人架出来扔到门口后，恨得咬牙切齿。

虾米喘了一会粗气，回头看了看那扇大门。

大门吊着个金黄色的大铜环，虾米看了看，眼珠子一转有了主意。他爬了起来，看看四处没人，抓住那铜环看了看，找到接口后用力掰开一道缝隙，然后旋转到门上的环钩处，几番用力，终于弄了下来。这时大门被他弄得欠开了一道缝儿，虾米惊慌中向院里瞥了一眼，却看见了陈廷顺，虾米没时间细打量，抱着铜环撒腿就跑。

跑到没人的地方时，虾米还在想着门缝里看见的那个人。有些面熟，可一时想不起来。

虾米怀里抱着大铜环，不知道到哪儿才能换成钱，这时他路过一家当铺。虾米只知道当铺是拿东西换钱的地方，规矩却不大懂。他闯了进去，踮着脚把大铜环递到柜台上，可人家只扫了一眼就把铜环又递了回来。

“您还是去旧货市场卖了吧。”

虾米不敢理论，抱着铜环走了。

他不知道这铜环能不能卖出去、能卖多少钱，然后能给奶奶买多少药。此时他蹲在当铺门口，想伺机偷那些来当物品的人。他知道，来当物品的人多是一些大烟鬼，偷他们的东西也算帮他们戒烟了。可当他想到陈廷安时，突然又觉得这个想法不可取，因为说不定哪天被自己偷了的人会帮了自己，那时该如何面对人家？

虾米真的就到了市场，把那铜环按分量卖给了个卖旧货的摊主。所得三个大钱儿足以让他兴奋的了，可这不够给奶奶买一大堆药的。这时他想起了捡到的那件花褂子，也许能在这儿换个大钱儿。

虾米满怀希望地跑到江边，可哪里还有船的影子？想像中的几个大钱儿也就瞬间和那破船一样无影无踪了。

……

虾米终于给奶奶买来了药，可只够吃两次的。虾米告诉奶奶说买太多了拿不动，要间隔着买。

4

鬼七终于给了秀儿自由——她可以随意出入这座大院了。这是鬼七的算盘，他想通过秀儿追寻到陈廷安的踪迹。

秀儿出了大院第一步就是去江边找那条破船，结果自然没找到陈廷安。

秀儿的心里无时不装着陈廷安。那个对她一直冷漠却充满男子汉气概的男人第一次启开她少女的情感之门。她从未想过婚嫁，初开的情窦却无时不令她激动。她想知道他的信息、想见到他。见到他又会如何，她同样也没想像过，只是觉得生命中有了这个说不清的人、有了对这个人说不清的惦念而饱满了。只要能随时离开那座院子，她相信就离那个男人近了一步。

秀儿坚信一定能找到陈廷安，也坚信陈廷安一定会很安全。几乎所有女性对男性的爱慕都源自女性对男性几近莫名其妙的盲目崇拜，那种崇拜常常又基于两点——力量与神秘。这两点永远是让女性如醉如痴的源泉。

秀儿途经一个小河汊子，河水很清澈，周围也很安静。秀儿脱掉衣服，跳进河里，虽然不会游，却畅快地扑腾起来。

秀儿怎么也想不到，此时的陈廷顺已卧伏在草丛中……

从秀儿离开大院的那一刻起，陈廷顺就悄悄地跟踪着她。他不知道秀儿要去哪儿，但他想知道她去哪儿。当秀儿来到江边寻船时，陈廷顺就明白了秀儿是在找陈廷安。这再一次刺痛了他，虽然他非常清楚哥哥从来就没对秀儿有一点好脸，但此时仍对哥哥生出一丝嫉和恨。这种嫉恨的出现把他自己也吓了一跳——其实，这种情绪他一直在压抑着，如今终于冒了出来。

陈廷顺不由自主地又回想起在船舱里强行吻秀儿的情形，他好想秀儿能情愿地让他狂吻呀！

注视着眼前这令他有点喘不上来气的情形，陈廷顺心跳如鼓。秀儿洁白的肌肤和极富女性特征的身形，令第一次看见异性身体的陈廷顺几乎瘫软。此时他悄悄地看了看四周，似乎不想再有第三只眼睛与他分享眼前的一切……

远处主航道里驶过一艘船，秀儿赶紧躲到岸边的草丛中，而这恰恰就在陈廷顺的眼前。

秀儿出于本能地蹲了下来，双手捂住了前胸。可她赤裸的后身却对着陈廷顺。此时，他实在希望这不是梦。他咬了咬嘴唇，肯定这不是梦。他屏住激动的呼吸，眼睛也不敢眨，就怕一眨眼秀儿就消失了。秀儿那泛着光泽的腰际与臀部，如同无可挑剔的雕塑——细细的腰，向下渐渐凸起的曲线后就是浑圆的臀部，如同一个垂放的大喇叭，腰是嗽叭管，臀是嗽叭碗……秀儿的臀部并不白得耀眼，却圆润得令人惊叹，皮肤细腻得令人窒息，似乎她的身子透着可视、可触、可嗅的香气……

那船驶过去了，秀儿又跳进河里，似乎所有的美好被河水掠夺了去。

陈廷顺也终于可以长长地出口气。

不知在水里扑腾了多久和多远，意犹未尽的秀儿从河里站起身，捋了一把脸上的水，睁开眼睛，不禁呆住了——不知何时她已扑腾到河汊的拐弯处，而拐弯处不远的河边上竟然停着那艘破船。

秀儿登上了破船，轻轻的脚步似乎怕惊扰了梦中的陈廷安。结果船上没有人。但她发现有人住过的痕迹，她十分兴奋。当她发现了她那件叠得整齐的褂子时，不但惊讶和疑惑，更有了甜蜜之感……不管这褂子从何而来，她坚信和陈廷安有关！

秀儿又将她的褂子原样放回了原处，她相信这是上天的旨意，让她半身赤裸地接近了心中的恋人……

陈廷顺接近了那艘破船，他几次想冲出草丛登上破船，因为那船里有半裸的秀儿这个可能瞬间属于他人的心上人。但他还是控制住了自己。

秀儿下了船，蹦跳着跑回原来的岸边，穿好了衣服，匆匆离去，似乎只有这样，才不会有第二个人接近这神秘而又神圣的地方……

秀儿离开后，陈廷顺犹豫了一下，终于没有再跟着秀儿。当秀儿走远后，他上了船。

陈廷顺在船上首先发现了秀儿的那件褂子。他回想了一下，秀儿并未带着褂子上船，可这褂子从何而来?！只有一种可能——陈廷安一直和这条船有联系，而且这褂子是陈廷安放在这里的。可这褂子当时是被换穿在云妹的身上，怎么会到了这里？莫非哥哥已经到过刘家？可认真想来这又不太可能。

无法解开这个谜团的陈廷顺想不出哥哥是否还能来这里……

陈廷顺匆匆赶往刘氏铁器行……

此时的鬼七家，桂福向鬼七报告："大哥，陈廷顺还没回来！会不会逃走了？"

"不会，我自有安排。不过你要经常注意一下秀儿。"原来，是鬼七安排陈廷顺去跟踪秀儿的。鬼七相信陈廷顺不会跑掉。

秀儿正在房间里翻找着被子等东西，然后打起了包袱，她要给可能栖身在破船上的陈廷安送去必要的铺盖。这时，门外传来一阵脚步声，秀儿赶紧将包袱藏了起来。

桂福发现秀儿在自己的房间，立即离开。

鬼七听说秀儿已经回来了可陈廷顺却没回来，也有点摸不着头脑。

"再等等，不回来再说。"鬼七不想让自己的判断在兄弟们面前出错从而丢了脸面。

……

刘氏父女对陈廷顺的突然到来吓了一跳，陈廷顺说他现在找到了事情做，而且有人帮他摆平了官府悬赏缉拿他们兄弟的案子，只是他还是没找到哥哥。对此，刘老板一无所知，陈廷顺才认定哥哥从来就没来过刘家。陈廷顺背后问云妹当初那件褂子的事，云妹轻描淡写地说早就扔了……

……

秀儿悄悄离开大院时，突遇桂福和另一个人在议论陈廷顺去了哪儿，秀儿意识到什么。自从陈廷顺上次欺骗了她之后，她对陈廷顺并无太多的记恨，冷静地想过后，她知道陈廷顺是喜欢她，尽管她很反感他，但她也知道自己没有剥夺人家喜欢的权利，只是，她太在意陈廷安的下落了。如今，陈廷顺自己悄悄走了，多半是与陈廷安的下落有关。她赶紧背着包袱离开了大院。

可厚嘴唇却在暗处注视着秀儿……

……

黄昏时，陈廷安疲惫地向破船走来，意外发现河滩上女人的小脚印。他认真地看了一下，判断这个女人已经离开了破船……

陈廷安钻进了船舱，刚要躺下，却触到了一个人的身上，而那个人也如同受到了惊吓，突然翻身而起。陈廷安抽出大刀，退到船舱外，那人也钻出了船舱，陈廷安这才发现那是陈廷顺。兄弟俩都万分惊喜……

“廷顺，啥也不用说，咱回家，不在这是非之地东躲西藏了。在老家哥编席子，足能为你娶个老婆。”陈廷安马上收拾包袱。

“回老家干什么，云妹一家在汉阳呀。”陈廷顺说着将自己在刘家养伤的事详细告诉了陈廷安，但他没说云妹已和傅东晨订了婚。

“咱们犯了案，人家还会嫁给我吗？刘伯那人是势利眼，再说咱也不能给人家找麻烦。”陈廷安显然对云妹已没有了信心。陈廷顺心里暗自佩服哥哥对刘老板的评价。

“那……怎么也得见人家一面吧？”陈廷顺想拖住哥哥。

陈廷安把头伸出了船舱，看了看天说：“那就明天你来找我，我和你去看看。”陈廷安以为弟弟一直住在刘家。

“那也行。”陈廷顺也不想冒然去刘家，那样哥哥就会知道他并未住在刘家，可他又不能说他和鬼七在一起，最少他还不想马上把和鬼七的瓜葛告诉哥哥，他非常清楚哥哥不可能相信鬼七的话，也不可能和鬼七做交易。

“哥，咱不回老家行不行？”陈廷顺试探着问。

“留在汉阳？”陈廷安认真地看着陈廷顺，不解他为啥会有这个想法，而支持这个想法的理由又是什么？

“咱把那支枪——”陈廷顺刚说到这儿，陈廷安打断了他，“枪的事就别想了，就是枪给咱带来的麻烦，就当没有它！”

“哥，你听我说呀。我这些天一直没闲着，结交了几个可靠而且神通广大的朋友，他们答应只要把枪交出来，就保咱们无罪。”

“枪交给谁?!”陈廷安立即警惕地问。

“交给巡警呀。”

“那你那些朋友图的什么?”陈廷安再问。

“和我有交情呀。其实我知道，他们是为了赏金。他们有关系，可以保咱无罪，然后他们又能得到赏金，不是双方都得利嘛?”

陈廷安将信将疑。

“哥你还不相信我吗?”

陈廷安确实有点不太相信这个事，可这是亲兄弟说的，亲兄弟怎么可能说谎？此外，陈廷安不想兄弟伤心。如果真如他所说，交了枪就没了罪，倒也是个出路。

“那先把枪取来再说。”陈廷安松了口，陈廷顺很高兴。

陈廷安和陈廷顺下了船。

……

背着包袱的秀儿有种如芒在背的感觉——她怀疑自己被人跟着，因此她没敢回头看，夹杂在一群出城的乡下人中间出了城门。当她觉得安全后，快步向江边跑来……

桂福等人也追出了城，却一时不知秀儿去了哪儿……

背着包袱的秀儿赶到了河汊，并在船边发现兄弟俩的脚印……秀儿有些疑惑，但还是悄悄地进了船舱，可里面没人，她把包袱放到船舱里，又下船细看那两行脚印，突然意识到了什么，立即循着脚印追去。

这时，兄弟俩已走上河滩，隐入了草丛，并向树林方向而去。

桂福等人为跟丢了秀儿十分恼火，但桂福认为秀儿一定是出了城，于是他们也出了城，只是，出城后他就不知道往哪儿去了。正当桂福懊恼时，却意外发现了不远处走来的陈氏兄弟俩，这简直是丢了芝麻捡了西瓜！桂福等人大喜过望，立即隐蔽起来，可偏这时，横刺里追来的秀儿同时发现了桂福和陈氏兄弟。

情急之下，秀儿大叫："大哥！快跑!!"

陈廷安和陈廷顺猛然回头，发现狂奔而来的秀儿，秀儿边跑边指着前边的树丛，而桂福也意识到被发现了，只好与同伙向陈氏兄弟奔来。

陈廷安拉起陈廷顺："快跑!"不想陈廷顺却拉住哥哥："哥，是我朋友……"

陈廷安分明认出了率先跑来的桂福，他不知道兄弟怎么和鬼七的人成了朋友，那瞬间他一时无法分辨和判断是与非。

"大哥，你快跑!"将到他们眼前的秀儿盯着陈廷安喊，陈廷安才意识到什么，闪身跑进了树林。

陈廷安逃离危险后急速地思考着刚才发生的令人意外和迷惑的一切——秀儿再次救了他。而陈廷顺与桂福的关系还是让他一时无法判定。

显然，兄弟和鬼七一伙混在了一起，目的一定是为枪。好在枪还在自己的手里。只是他不知道兄弟是甘心与鬼七为伍，还是受鬼七的要挟?

无论是哪种可能，麻烦都大了。陈廷安边跑边想：这是啥命呀!

……

桂福等人将陈廷顺和秀儿带了回来。

"秀儿呀，我没有对不起你的地方，可你怎么竟然帮着外人和我当对头呢?"鬼七痛心疾首地看着跪在眼前的秀儿，秀儿半垂着头，看着地面，面无表情。

"那个陈廷安有什么好？难道他比你的救命恩人和把你抚养成人的我还重要?"鬼七越说越难过，可秀儿还是一言不发。

"你说说，那个陈廷安怎么就比我对你更亲了？你明明知道我在找他，可你倒好……"鬼七说着拿起桌上的鞭子，可叹了口气又放下了。

“桂福!”鬼七一声大喊，桂福应声而入。

“大哥。”桂福不知道鬼七要如何发落秀儿。

“把这死丫头带下去！别让我看见她!”

桂福扶起秀儿：“小姐，回房吧。”

秀儿刚走，陈廷顺就悄无声息地进来了。

“七爷……”

“有话说！有屁放!”鬼七没好气地说。

“您别难为秀儿。她可能是因为当初骗走了我们包袱里的钱，觉得对不起我哥才……”陈廷顺小心地说。

鬼七想了一会，换了个口气说：“我知道了。你是怎么找到你哥的？是不是想和你哥带着枪一起跑掉?”鬼七板着脸问。

陈廷顺马上争辩：“七爷，这怎么可能？咱们说好了的呀，我是讲信用的人。要是我想跑，看见桂福时我早和我哥一起跑了，还能等着桂福和他一起回来见您?”

“那你是知道你哥哥住在哪儿了?”鬼七追问。

“如果七爷守信用，不伤害我哥，我就能找到他也能找到枪。”陈廷顺肯定地说，其实他心里并无把握。

“以后别再和我说什么信用，好像我霍老七从来说话不算数似的!”鬼七有些不耐烦。

……

陈廷安知道那条破船已经不是安全的栖身之所了，但是唯有这条船才是联结陈廷顺及弄清楚那些谜团的所在。所以，夜深之后，陈廷安悄悄地潜近了那条破船。而此时，围绕着那条破船的不同方向，隐蔽着几伙不明身份的人，但目光集中的都是一个地方——那条破船。

几伙人都在等待着什么出现，陈廷安则悄悄地向破船移动，在其他几伙人将要发现他时，突然，那条破船冒起火光，很快就燃起熊熊大火……陈廷安立即伏下身，和所有人一样都不知发生了什么。

5

虾米回到家，兴奋地告诉奶奶他找到活儿了，以后就能赚钱给奶奶买药了。奶奶为孙子终于成人而高兴……

……

陈廷安到曾经卖席子的市场悄悄打听鬼七家在何处，可不是没人知道，就是一听这个名字就吓得离开了他……

傍晚了，陈廷安出了城，在郊区无目的地向前走着。他不知道该在哪里度过夜晚，哪里才是安全的。这时他发现了远处一片杂乱无章的破工棚。原来这里是修建中的京汉铁路的工棚，不知是因为晚上没人，还是何故暂停了施工，四周静悄悄的。陈廷安摸进了一个工棚，棚子里虽然四处透风，但尚可遮雨，而且还有一个看来是放工具的木台子，完全可当床躺着。

当晚，陈廷安住在了这里。

白天，陈廷安进城去打听陈廷顺的下落和鬼七家所在，夜里，就悄悄溜到工棚。

但他的行踪还是先后被人们发现了。这些“人们”都是一直在寻找陈廷安或者陈氏兄弟下落的人们。

陈廷安早已熟悉了这几个工棚的情况，从不敢放松警惕的他每晚都换个工棚住，有的工棚里有工具台，没有的他就睡在草袋堆上或者枕木堆上。

一个夜晚，早已习惯了这种生活方式的陈廷安正在睡梦中，一个蒙面的人影儿悄悄地摸进了工棚。显然，这已经不是他进的第一个工棚了。这时他听见了陈廷安的鼾声，蒙面人从腰间抽出一把短刀，先是在陈廷安睡着的工具台下寻找着什么，再在工棚的各个角落不停地搜寻着，可他一无所获。这时他在昏暗中发现了偌大的工具箱，他用短刀去撬工具箱，期间的一声响动惊动了睡梦中的陈廷安，陈廷安刚要起身时，那个蒙面人立即起身挥刀向尚未坐稳的陈廷安刺来，陈廷安跳开，大叫一声："个婊子养的！"这回他没省略那两字。

陈廷安去取一旁的大刀时，蒙面人的短刀再次刺来，陈廷安闪身躲过，却找不到攻击的空档，而且飞速的刀光一次次刺来，陈廷安只有招架之功，并对对方的刀法颇有些惊恐，他知道遇到了强劲的对手。而这时又冲进两个人来，那两个人显然是蒙面人的同伙，各自手持长刀。陈廷安暗叫不好，心想此生怕是就此休矣，万分危急之时，又一个人闯了进来，挥舞着一条粗大的扁担挡开了寒光闪闪的刀光剑影，可那人手持的毕竟是扁担，几个回合下来只剩下了半截。眼见两人危在旦夕之时，工棚突然坍塌下来。工棚的棚顶多是竹竿与席子覆盖，当几个人抖落身上的席子后，已经不是五个人打在一起，而是十来个人——原来是罗秋月带领帮会的兄弟赶来。蒙面人及他的两个同伙身着夜行衣，装扮可辨。此时他们明显处于下风。正这时，突然锣声大作，三方人顿时收手，四散而去。

原来，他们都以为是巡警来了。

陈廷安从工具台上翻出了他的大刀后趁乱逃走。跑出好远后才发现身边的救命恩人竟是挥扁担的傅东晨。

"谢谢傅先生！"陈廷安边跑边说。

这时，他们发现前方有人向他们这个方向赶来。

"陈先生，随时可以到江汉洋烟行找我！"傅东晨说完后匆匆闪进路边的丛林中，陈廷安则跳入不远的河中潜水而去。

此时，虾米拎着面铜锣到了那个倒塌的木棚前，拨开那些烂席子和竹竿，没发现什么值钱的东西，却看见了一只鞋、一只他认识的救命恩人陈廷安的那只鞋。

虾米不知道刚才发生了什么，但一定出了和恩人有关的大事。虾米已经在这工地上打了多天的工，今晚还是第一次当起更夫，便遇到了这事。

有人向这里赶来。虾米扔掉了手里的铜锣，撒丫子跑了。

匆匆赶来的是焦伯琛，他看着眼前的一切，断定这里刚刚发生了一场搏斗，但都是什么人参与其中，他无法判断。

焦伯琛所以能在这时赶到这儿，是因为受命监视大和洋行的胡三发现日本人半夜溜出了洋行，胡三紧紧跟踪，却在郊外失去了目标，待他去向焦伯琛报告时，焦伯琛觉得三个日本人深夜外出，且又那般神秘，必有何不端。当他带人向这个方向搜寻而来时，听到了锣声。可待他们赶到时，早就没了个人毛。

“胡三，你说你啥时能干出件漂亮事呢?！如果你没跟丢他们，咱今天就能立一大功!”焦伯琛丧气地说。

“队长，这些小鬼子太鬼，再说他们三个人，我一个人，跟得太紧我也怕呀。”胡三自知是自己的错，可也得讲点理由。

“又没让你去抓人，你怕什么？跟着不就得了!”焦伯琛说着一挥手：“走吧，回家睡觉!”

……

陈廷安上了岸，朝着城里的方向走了一会。快到城边时，他有些累了，也困了，恰好路过一个桥洞，摸黑钻进了桥洞，精疲力竭的他倒下后就呼呼大睡起来。

天亮了，陈廷安翻了个身，半梦半醒间，感觉到很温暖，朦胧中以为睡在家里或是客栈里，可循着半梦半醒的记忆往前理顺时，却想起当初爬进一个桥洞，而此时应该是睡在这个桥洞里……稀里糊涂地想到这儿时，他猛地睁开了眼睛，随之立即坐了起来，发现前后左右都是或坐或半卧的蓬头垢面的人们。

见他醒了，那几个人开心地笑了。

“你、你们是?”陈廷安惊愕地看着这些破衣烂衫的人。

一个叫黑老大的人拍了拍他的肩说：“兄弟，睡得香吗?”

陈廷安点了点头：“大哥，你们是……?”

“我们是一帮要饭的，我叫黑老大。”

“老大不是坏人，是我们大哥。因为他长得黑，我们才叫他黑老大的。”一个比黑老大年纪轻的人说。

“我们这些人都是干啥啥不行，吃啥啥没够的人。怎么办？只能要饭了。”黑老大说着打量一下这桥洞，“这就是我们的家。”

这是个早就干涸了的小河的桥洞。洞体是粗树枝结成，约有半间房大小，地面上是已经隆起的沙土，这些以要饭为生的人在沙土上铺上了从工地上捡来的草袋子，大家的身上则围着破棉絮。

陈廷安看了看盖在自己身上的破被子，显然是这七八个人里最好的被子。

“谢谢各位大叔大哥们！”陈廷安真诚地说。

“这有啥可谢的，能到咱这破家来的那是瞧得起我们。咱就是八抬大轿请别人人家都不来呀。我估计你也是半夜三更没看清，一头钻了进来，要不你也不会来的。”黑老大说完，和大家开心地笑了。

“怎么样？睡得香不香？”另一个人问。

“香，多少天了，从来没睡这么香过！”陈廷安发自内心地说。

“那就好，能在咱这大铺上睡得香的人一定也是受苦人！”黑老大说着从怀里掏出个黑乎乎的面馍，掰下一半，“来，吃点！”说着有人递过来一碗水。陈廷安感动了。

“咱都是受苦人，我也是穷人，但我现在还有两个钱儿，今天我请大家去吃馆子！”陈廷安说着站了起来，可头差点碰了桥顶。

“真的呀？”一个叫豆芽的半大小子跳了起来。这时陈廷安才发现这里还有个孩子。

“当然是真的！”陈廷安弯腰走过去拍了拍他的头。

“还是省两个吧。就住半宿，值不了那么多钱。”黑老大半开玩笑地说。

“黑大哥，您是不想让我在这儿住了？”陈廷安认真地问。

“你能和我们这些要饭的住一起？你应该是干大事的人。”黑老大不相信他说的话。

“要是你们收留我，就吃我一顿馆子！”陈廷安发急地说。在陈廷安的心中，这是他们兄弟到了这地界之后，他遇到的最善良、最可放心的一群人。

黑老大看了看其他人。

“这大哥一看就是好人，就吃去呗。”豆芽巴嗒着嘴说。

……

长野一惯的面无表情，看不出他对间岛等人此次任务的功败垂成是何态度。

“从今天开始，我们要把枪和人分开处理。”长野突然把手拄在了桌子上，可间岛一时不解其意。

“一方面找枪，另一方面找人。找到了枪，那兄弟俩就只是大街上的普通行人，如果找不到枪，就将陈廷安解决掉。如此一来，那支枪也就从这世上消失了。结果都是一样。”长野说完，间岛等才明白了他的意思。

“间岛君，一会儿你再去找鬼七，问问他枪的事怎么样了，我们可是付了他定金的。”长野吩咐道。

“长野君的意思是看看他有什么线索？”间岛问。

“对。鬼七毕竟是这个地面上的流氓头子，他能掌握上上下下各个行道的信息，我们要借他的力。”

……

此时，陈廷安和黑老大等几个要饭的正在饭馆狂吃痛饮。

自从到汉阳这快半年的时间里，陈廷安还从没像今天这样放松，也从没有今天这样开心。尽管陈廷顺到底在哪里仍然是压在他心头的一块石头，而且他到底和谁在一起、到底在干什么令他疑虑重重，但他突然间感受到的温暖与真诚，让他这根一直紧绷的琴弦顷刻间松弛下来，以至索性放开自己，和这些完全不必提防的行乞者开怀畅饮。

“廷安，咱们是弟兄了，可我们还不知道你是干什么的呢。”黑老大和陈廷安都已进入了醉酒的状态，酒精已经把大家更加融合到了一处。

“我到现在都不知道我是干什么的，但我肯定是好人呀。”陈廷安灌了一口酒，大着嗓门喊道。

“我看你也是好人，可好人要做好事才是好人呀。”豆芽说。

“我呀，干的都是好事!”陈廷安十分自信地说。

“大哥，给我们讲讲。”同样也喝了半盅酒的豆芽兴趣十足地催着陈廷安。

黑老大也捅了捅他：“讲讲，我们也开开眼。”

“开开眼……好。当初我和我弟弟刚到汉阳，有一次去汉口，遇到一个洋鬼子欺负一个小孩儿……”陈廷安讲起当初在汉口外滩痛打德国卫兵的故事，但他把夺枪的事隐了下来。

这是个不大的饭馆，来了这七八个客人让老板挺兴奋，上上下下地伺候，陈廷安讲的一切他都听得一清二楚，老板越听越察觉了什么。本来，这些要饭的居然进饭馆吃饭就让他觉得稀奇，而背着大刀的陈廷安是饭东就让他更注意了陈廷安。

黑老大虽然喝得也不少，但生活方式练就了他的善于察言观色——他注意到了饭馆老板神情的异常。

果然，饭馆老板在后厨打发一个伙计快去巡警队报案……

“兄弟，你请我们吃馆子到底有没有钱呀?”黑老大有意地问陈廷安。

陈廷安从怀里掏出一个银元，“啪”地拍到了桌子上：“大哥，这……这是不是钱?”黑老大拿起来看了看：“老板，麻烦您看看这钱是不是真的。”黑老大把银元递给老板。

“大哥，瞧不起我吧？以为我的银元是假的?”陈廷安突然不高兴了。

“是真是假得让人家老板看看呀，咱吃饭不能让人家说饭钱是假的吧。”黑老大从陈廷安的手里夺下了酒盅。

“先生，这银元是真的。”老板又吹又听后说。

“那就对了。别看我们这身打扮不怎么着，可从来不干假事。那妥了，够不够这桌酒菜钱？”黑老大问。

“够，够，还得找您钱呢。”老板点头哈腰地说。

“算了，不用找了！”黑老大说着架起了陈廷安。

“弟兄们，咱们回客栈！”说着黑老大向其他几个人使了个眼色。几个人立即过来架起了陈廷安，走了。

饭馆老板有些傻了眼。将他们送到门外后，着急地向远处看着，还没有巡警的影子。

老板亲自收拾完了桌子，几个巡警跑了进来。

“老板，犯人在哪？”一个巡警问。

“您来晚了，人家走了！”老板沮丧地说。

“走了？走多久了？”巡警立即问。

“一刻钟了。”

“知道他们去哪儿了吗？”

“说是回客栈了，哪个客栈不知道。”

巡警们立即跑了出去。

……

陈廷安酒醒后发现自己又是躺在桥洞里。在黑老大等人的启发下，陈廷安才零星地回忆起不久前在饭馆的无所顾忌。陈廷安突然意识到了什么，这些虽无身家却不缺同情与善良之心的人们很可能因为他的出现给他们带来灾难。所以当黑老大劝他以后切不要在公众场合无所不言时，他决定必须离开他们，以免给他们平静的生活带来无妄之灾。对于陈廷安的坚持离开，黑老大的理解却是从另一层面。

“兄弟，我知道你一定得走，因为你有你的大事可做，我就不留你了。你要是在外面混不下去了，就到这儿来找弟兄们，有东西吃，有地方睡觉，这年头就是不错的日子了。”黑老大认真地说。

“黑大哥，如果我陈廷安有发达的那天，一定会让弟兄们好吃好住。”陈廷安根本就不知道自己是否有发达的那一天，但此时却是发自内心。

黑老大从怀里摸出一个大钱儿，认真地捻了捻：“兄弟，你拿着这个。”豆芽看见了那个大钱儿，脱口而出：“老大，你真舍得呀!”

“咱们讨饭不就是有时是干粮有时是稀粥嘛，廷安一定是做大事的，更用得着。”黑老大边说边拉过陈廷安的手，把大钱儿摁在他的手心里：“兄弟，别小看这东西，能预知祸福，你要想做什么事时，事先问问它，管用。”

“谢谢大哥。”陈廷安合上了手心，认真地向大家作了个揖。

陈廷安走了，桥洞里的人目不转睛地看着他的背影。

“这个人一定能做大事!”黑老大断言。

陈廷安几乎是下意识地往城里走去。他不知道目的何在，却在反复地想着黑老大那些人。他有点羡慕他们无忧无虑的生活了，他知道自己远不如他们，可原因何在呢？是因为那支该死的枪！想着想着，他苦笑了一声，为兄弟俩一踏上汉口的土地，整个命运就发生了无可预料的改变自己却又无能为力而无奈。

6

余怀庆一连几天没回家了。

管家悄悄推开一间房门，门虚掩着。这是一间闺房，床上的被子叠得十分工整，屋里的摆设也十分规整，管家退了出来，拉上了门。

“冯妈，看见小姐了吗?”管家喊一声。

“小姐一早就出去了。”不知冯妈在哪回了一声。管家没再说什么，走了。

余怀庆不但几天没回家，也一连几天没在他兵工厂的办公室。他的工作台上摆满了各种模具和图纸以及显然是来自国外的枪支照片。

余怀庆扔下手里的绘图笔，如释重负地仰坐在椅子里长出一口气。

这时鲍昆进来了。

“老师，您别天天闷在屋子里。出去走走，呼吸点新鲜空气吧。”鲍昆关切地说。

“鲍昆，告诉你，那支被劫走的德国样枪对我们的意义已经不大了。”余怀庆轻松地说着，并把图纸递给了鲍昆。鲍昆认真地看后，兴奋地说：“老师这些天的努力终于有了收获!”

“可却耗费了我们太多的心血，也耽误了我们的时间。”余怀庆叹道。

“是呀，老师，我们的努力总要比人家多耗些时日。毕竟我们的起步晚。”鲍昆迎合道。

“咱们毕竟还是沿着人家成功的脚印往前走，可这也不是坦途，方方面面的羁绊太多呀。走，我们去车间看看!”余怀庆说着拿起图纸和模具。

余怀庆在车间和王主管及几个洋人技师正在商讨如何制作一支样枪时，侍从来通知余怀庆有客人来访。余怀庆问是谁，侍从却说客人不让通报姓名。

余怀庆疑惑地赶回办公室，却是焦伯琛。

“焦队长呀，干嘛这么神秘?”余怀庆有点不解。

“余大人，不是在下过于谨慎，实在是有必要。”

“哦？怎么?”余怀庆一时不解。

“据卑职所知，日本人曾有暗杀您的计划。”焦伯琛认真地说。

“……这就顺理成章了。可他们没损我半根毫毛!”余怀庆似乎并不在意。

“余大人，您是逃过了一劫呀。您那次去德国领事馆途中是不是出了点意外?”

余怀庆稍稍回想了一下:“对，马突然被绊倒了。”

“那就是日本杀手设的埋伏，若不是那陈氏兄弟误打误撞地出现救了您，您可能就着了日本人的枪了!”焦伯琛说。

余怀庆一怔，“哦，原来是这样。”

“卑职此来就是提醒您，一定要加强自身的保护。”

余怀庆笑了:“看来我这条命还值钱。”

“治安状况越来越不好，不知道就会从哪里冒出个杀手——这是怎么了呢，怎么都喜欢下黑手呢。”焦伯琛忧虑地说。

“看来我还真得感谢陈氏兄弟救我一命……对了，有他们的消息吗?”余怀庆问。

“还没有。难说他们是不是还在汉阳一带。”

“伯琛，我曾和你们局长说过，只要私下陈氏兄弟能把枪交出，就赦他们无罪……”

“为什么呢?”焦伯琛有些意外。

“很简单呀!你比我更清楚，无论是德国人还是那些说不清的什么人，都惦记着那支枪，只要我们悄悄处理了，就少了不少麻烦。汉阳也好，汉口也罢，包括武昌，已经够乱的了。”

“好，在下明白了。但您一定要加强自身的保护，即使日本人罢了手，怕是别人也不会放弃。您可能听说过，乱党多是以暗杀当朝政要为主要手段——他们是在制造恐怖气氛。您的安全可是关系着兵工厂。”焦伯琛再次认真地说。

“我知道了，不单是我，整个兵工厂也要加强保护。”说着余怀庆叫进了侍从。

……

很快，兵工厂大门及厂内的要害之处加派了兵工厂的护卫。

这时的陈廷安在巡警队门前徘徊着，他决定自首。如果自首能结束这种天天提心吊胆的生活，并能让兄弟获得自由，他打算这么做。

这时，他发现鬼七坐着洋车径奔巡警队而来。陈廷安立即隐在巡警队大门一侧的墙角里。

鬼七一下洋车，就向巡警队门里走去，这足以让陈廷安意外了。这么个流氓头子竟然能大摇大摆地进巡警队！可接下来更让他吃惊了——那鬼七一进门就大喊：“我姐夫在不在?”接着是胡三的回答：“七爷来了。我们队长出去了呀，您有什么事我们能办吗?”

陈廷安听见了这一切，方知那看上去人还不错的焦伯琛竟然是鬼七的姐夫！他立即打消了自首的念头，转身走了。

鬼七找不到焦伯琛，只好又回了家。

鬼七之所以专程去找焦伯琛，是他心里有块病，这事他一直放不下，是有关傅东晨的。他一直觉得傅东晨掌握了他什么秘密，尤其这傅东晨到底是干什么的？他现在掌握的信息是：这个当年在百花园打杂的小工现在挺神秘……

此时的刘氏铁器行侧院里，刘老板正忙着监督工人们干活，云妹来找父亲，可她又说不清有什么具体事情要和她爹说。

自打云妹知道陈廷安未死后，她一直有种愧疚感，尽管这怪不得她。她也没有在傅东晨和陈廷安之间重新选择的想法，但父亲的势利与胆小怕事让她更加自责。兄弟俩一直没消息，尤其陈廷安此时在哪里？她总觉得心里有件事放不下。

“云妹，你有心事吧?”刘老板看出了她有心事，不过他以为是因为傅东晨这几天没来的缘故。傅东晨这门亲事是刘老板亲自决定的，傅东晨是读书人，又是买办，这在当时是非常时尚的职业，不但体面，收入也好。

“东晨可能太忙，你别怪他。”刘老板说。

“我没怪他呀。我是想他们哥俩现在怎么样了，怎么一直没来咱家。”云妹干脆说破。

“云妹呀，你怎么操这些闲心？你又不是不知道，这哥俩闯下了大祸，官府在四处抓他们。他们不来，那是他们懂事，怕给咱找麻烦。”刘老板的话再次让云妹听着不舒服，转身走了。

云妹刚回房间，傅东晨就来了。刘老板放下手里的活，把傅东晨拉到了自己的房间。

“伯父，那兄弟俩来过吗?”没等刘老板说话，傅东晨先问起了陈氏兄弟。

“你怎么和云妹一样呀，总是惦记别人的事。”刘老板有些不解。

“哦，我是随便问问，毕竟你们是乡亲嘛。”傅东晨也感觉自己有点唐突了。

“贵子来过一次，他哥根本就没来过咱家。”刘老板说完紧接着又说：“东晨呀，你一天天总是忙，得多关心云妹呀。”

“伯父，我是因为太忙了。这不是来了？给您和云妹买了点东西。”傅东晨说着指了一下放在桌子上的一包什么东西。

“你都忙什么呀。”刘老板略有不悦地问。

“这一段我们店正在做洋人的生意，所以忙了点。”傅东晨看出了对方的不满。

“我看差不多你们就抓紧把婚事办了吧，免得夜长梦多。”

“我也是这么想的。等我忙过这一段就张罗。”傅东晨肯定地说。

“我去云妹房间了，伯父。”说着傅东晨站了起来。

“去吧。”刘老板也站了起来。

……

焦伯琛不知道鬼七找他什么事，径直来了鬼七家。

秀儿见焦伯琛来了，心想是否会和陈廷安有关？她悄悄隐身在鬼七房间的后窗，期望能听到什么与陈廷安有关的情况。

“找我什么事?”焦伯琛一坐下就问。

“姐夫，你们是不是在抓乱党?”

“怎么？你有乱党的情报?”

“刘氏铁器行刘老板未来的姑爷叫傅东晨，我怀疑他是乱党。”

“怀疑？证据呢?”

“证据你们巡警可以调查呀。”

“你说人家是乱党，凭的是什么?”

“他非常神秘、可疑。”鬼七也只能提供这些证据。

焦伯琛板着脸认真地打量了鬼七一眼：“你是拿我当小孩子、拿我们巡警当你看家护院的？是不是人家哪得罪你了你要给人家下套？要是可疑的我都抓起来，这大街上还能有几个人了?”焦伯琛觉得鬼七的说法有点荒唐，同时他多少也说到了鬼七的痛处，因为鬼七就是想通过巡警之手弄清这个傅东晨的底细和他去百花园调查秀儿的目的。

“姐夫，这个叫傅东晨的是江汉烟店的股东，可很少在他的烟店，到处乱窜，却不知道干什么，你说不可疑?”鬼七有些不甘心。

“哪有股东总在店里呆着的？得了，你还是琢磨点正事儿吧。要是你能找到那兄弟俩的下落，倒是能领到赏金。”

“姐夫，那兄弟俩比我还凶，你们巡警都抓不住，我也不能为了赏金不要命呀。”

“又没让你去和人家打打杀杀，要是你和你那帮狐朋狗友能找到他们，就把我们巡警的意思告诉他们，只要他们交出枪，就免他们无罪。”焦伯琛把余怀庆和局长沟通的结果告诉了鬼七。

“真的吗？那就好办！”鬼七眼睛一亮。

此时在后窗听声的秀儿也眼睛一亮。

鬼七送走了焦伯琛后，立即叫来了陈廷顺。

“我姐夫刚才来了。”鬼七卖弄地说。

“是，我听兄弟们说了。”陈廷顺期待地看着鬼七。

“我呀，早就和我姐夫说了，可一直没回信，我也就没告诉你。今天我姐夫正式告诉我了，只要你们兄弟能把枪交出来——但是要交给我，没我这事就成不了。明白吗？”鬼七在修改焦伯琛的意思。

“七爷，我明白，您说。”陈廷顺期待着。

“只要你们把枪交给我。我姐夫就可以介绍你们当巡警！那你们可就是大爷了，背洋枪，穿洋服，吃官饷，走到大街上也神气！”

“七爷，太谢谢您对兄弟的关照了！我做梦都想当巡警，为的是为咱大清效力呀！”陈廷顺几近感激涕零了。

“先别高兴得太早。刚才我姐夫也交待了，现在乱党行动得挺厉害，他们巡警正在抓乱党，我把这立功的机会给你，在找你哥的同时，你多注意一下乱党的行踪，要是你能立了功，当巡警不就更有把握了?!”鬼七倒像是在为陈廷顺考虑。可陈廷顺却现出为难：“可我去哪儿找乱党呢？”

“我这个人就是心肠热，帮人帮到底！我给你提供个情况。你不是认识刘氏铁器行的老板吗？那个经常去他家的傅东晨你认识吧？”鬼七还是放不下那个傅东晨。

“认识。”陈廷顺不解鬼七的意思。

“就我所知，他就有乱党的嫌疑。你没事时多注意注意他。我就不安排别的兄弟做了。”

“傅东晨真是乱党？”陈廷顺随口说。

"怎么，你也早就看出来了？"

"他都做了什么我不知道，可是我们刚到汉阳时，他好像一直跟着我们，后来又劝我们反清……"陈廷顺回忆道。

鬼七一拍大腿："他奶奶，你早说呀！我早就看他像乱党！这回就更好办了，该着你小子立功，你以后只要抓住他的把柄，咱就能把他抓住报官！你放心，要是有赏金全是你的！"

"七爷，不给赏金我也干！"陈廷顺只知道乱党就是和朝廷作对的，谁和大清作对谁就是他的敌人，这个观念是几年前陈廷顺和父亲、哥哥一起就树立了的。虽然他对傅东晨没有好感，但还真不知道他有乱党的嫌疑，但此时陈廷顺有了种庄严感和神圣感，四年多前父亲和哥哥冒着枪林弹雨和洋鬼子对垒的情形他听陈廷安讲过无数次，那情形早已活灵活现地深深植入他的心里。

"七爷，您就放心吧，我一定把他的底细弄清！"陈廷顺再次表决心。

"那好，你忙去吧。我等你的好消息。"鬼七下了逐客令。

桂福进来，鬼七吩咐他："你去告诉秀儿，以后她就不用再出去干'外活儿'了，姑娘大了，在家绣绣花，学学琴。俺霍老七的闺女也得有大家闺秀的样儿！"

后窗的秀儿听到这儿，赶紧回了自己的房间。

7

在一条僻静的臭水沟边，陈廷安不但精疲力竭，也感觉自己几近走投无路了。

回乡下是唯一可行之路，可陈廷顺在哪？他到底和鬼七有何瓜葛？想到这里，最后还是归结到了那支枪上。陈廷安感觉到了，无论陈廷顺是受鬼七的支使还是他本人为使兄弟俩摆脱困境，总之陈廷顺也在为那支枪操心。如果把这支枪赶紧交出去，或许就没有那么多麻烦了吧？

可把枪交给谁呢？

陈廷安将一块瓦片扔进了臭水沟，然后走过来坐下。

大概人们嫌这里的味道不好，经过者或选另一边走，或加快脚步离去，可陈廷安此时就需要这种安静。

他坐了下来，从怀里摸出那个大钱儿，看着大钱儿，他想问问这枚大钱儿，枪应该给谁。他闭着眼睛想了一下，然后用一个有锋尖的小石子儿将大钱儿两面分别写上罗和余两个字，以代表罗秋月和余怀庆，陈廷安向上抛出大钱儿……劲使大了，大钱儿抛出好高，陈廷安伸手去接时，没接住，大钱儿滚落到臭水沟里。陈廷安一怔，只好伸手去捞，却把先前扔进臭水沟里的那个瓦片捞了上来，那瓦片上写着“傅”。原来，大钱有两面，无法代表三方，陈廷安本准备连那瓦片和大钱儿一起抛，但中途改了主意，排除了傅东晨，才扔进了臭水沟。此时他在臭水沟中搜寻那枚大钱儿时，隐约发现那大钱儿竟然是竖插在污泥中，就是说哪面也不朝上。陈廷安自己也笑了：上天的意思这枪是一定要交给傅东晨了……

此时，傅东晨正和唐季恺在江边散步。

“也许他走投无路时会去烟店找你，一定要抓住这个机会，争取他加入我们的队伍。”唐季恺说。

“这哥俩似乎对腐朽的清王朝有种说不清的感情，总是以维护满清的利益为荣，所以我看可能性不大。”傅东晨很没信心地说。

“越是这样我们越要争取。争取了他们不仅壮大了我们，也削弱了满清政府的力量。其实，人比枪重要。当然，我们现在还是以得到枪为主，最少不能让它落在别人的手里。”唐季恺说着看了看傅东晨。

……

罗秋月匆匆赶到帮会的秘密会议地点，但会已结束。顺子告诉她，帮主令其尽一切可能将陈廷安兄弟拉入帮会。

“为什么？”尽管罗秋月为此做过努力，但仍对帮主的决定有点不解，因为罗秋月不想难为那兄弟俩，更不愿意帮主还会生出什么她不愿意去做的主意。

“可能是因为这兄弟俩很仗义，正是咱们所需要的吧。”顺子也只能解释这些。罗秋月点了点头。

……

陈廷安决定遵从上天的意愿，把枪交给傅东晨。于是他开始打听江汉烟店的所在。

此时，傅东晨到了烟店，可因为傅东晨时常旷工，大股东又雇请了新的买办，这大出傅东晨的意料。傅东晨要买下烟铺，无奈老板不卖，并将退股的现金给了傅东晨。傅东晨不想和对方理论，拿上钱走了。

陈廷安好不容易找到了洋烟店，可店主说傅东晨刚离开，且已不在本店……

陈廷安只好离开洋烟店，边走边想：这是不是上天的意思呢？还要不要抛次大钱儿呢？

陈廷安刚拐过街角，傅东晨就追上了他。

“我没敢走远，就想到万一你来找我如果我不在，我就成了骗子了。”傅东晨老朋友般地笑道。

两人转进一个巷子口，傅东晨停下了。他知道陈廷安来找他一定是和枪有关。

“傅先生，我可以把枪交给你，但你要帮我找到我弟弟。”陈廷安虽然认定陈廷顺和鬼七一伙有着某种关联，却不太相信他住在鬼七那里，他急于找到兄弟，也是为了排除这种怀疑。

“没问题，就是你不把枪交给我我也会帮你找陈廷顺。”傅东晨肯定地说，陈廷安却一时不解他何以这般热情。只有傅东晨知道对面这位落魄的同龄人曾是云妹的未婚夫。

“那我们就说定了，如果你能帮我找到我弟弟，我一定把枪交给你！”陈廷安肯定地说。

“好，我先领你去刘氏铁器行。”傅东晨拉起他。

“刘氏铁器行？”陈廷安一时有点不解。

“就是云妹家呀，你不会忘了吧？”

“云妹家？你怎么知道她家？”陈廷安更加不解。

“到了你就知道了。”傅东晨笑了笑。傅东晨知道他不是小气人，这层窗户纸迟早要捅破的。

当两人离开巷子口去刘家的同时，陈廷顺也出了鬼七的大院……

陈廷安和傅东晨快到刘家时，机警的傅东晨发现了在刘家附近徘徊的陈廷顺。陈廷安和傅东晨瞬间怔住了……尽管他们都想找到陈廷顺，但陈廷顺在此时此地的出现还是令陈廷安和傅东晨有些意外。

“你怎么……在这儿？”陈廷安看见兄弟后，惊大于喜，惊的是他对陈廷顺出现在这里有些不解，喜的是竟然在这种情境见到他苦苦寻找的兄弟。

“我是想去云妹家找你呀。你们认识了？……不对，咱们早就认识，我的意思是你们是要去云妹家吗？”陈廷顺有些语无伦次地说着，一边急速地思考着，对枪的渴望冲淡了见到哥哥的喜悦。

“廷顺，这么长时间了，我到处找你，你到底在哪？”这是陈廷安最想知道的。

陈廷顺把两人拉到角落里：“哥，傅先生，我一直在鬼七家——哥你别生气，当初我是被鬼七抓去的……”

正当陈廷顺竭尽全力地解释着自己何以和鬼七在一起的同时，秀儿在鬼七的大院里从桂福那里套出了刘氏铁器行的地址，之后出了大院。

这时，陈廷顺的解释已经让陈廷安相信了一大半。因为他了解弟弟，虽然没有文化，却经常有小主意，按他的话，在鬼七处获得安全从而暂时栖身至少是个权宜之计，尽管他陈廷安一定不会这样做。

“哥，我还没吃饭，这附近有个饭馆，我们先去吃饭，然后再去云妹家吧？”陈廷顺边说边拉起两个人，可陈廷安却不解已经到了刘家附近，还去饭馆吃什么饭？

“廷顺说得对，估计廷安在外好久也没吃顿正经饭了，我们先去吃个饱!”傅东晨立即赞同。其实，傅东晨何尝不知陈廷顺的提议有些不合逻辑，但他想得更多的是：刘家附近是否有什么埋伏呢？他知道既然陈廷顺一直在鬼七那里，鬼七又怎么可能让他自己这么轻松地离开鬼七的视线之外呢？傅东晨的想法是先稳下兄弟俩再说。

既然三人中两人同意去饭馆，陈廷安也就不再坚持了。

三人在饭馆坐下后，陈廷顺要了不少好菜。

“廷顺，你哪来的钱?”陈廷安一是有些心疼，二是有些怀疑。

“没关系，我做东。”傅东晨笑笑说。

“哥，吃顿饭的钱我还有。那鬼七也不可能供养我呀，我在他家干点收拾院子的活儿，他当然也就给我几个小钱当工钱了。”陈廷顺怕哥哥怀疑，赶紧解释，可他的这些话反倒让傅东晨加深了怀疑，因为他了解鬼七。

三个人两盅酒下肚后，陈廷安先说了话：

“傅先生，我也不想追问你到底是干什么的了，我陈廷安说话算话，现在我们兄弟到了一起，枪我可以给你。但有一条……”陈廷安正往下说时，身边的陈廷顺急得拉了拉他。

“你听我说!”陈廷安看了他一眼。

“廷顺，你不用担心，我不会害你们的。”傅东晨笑着对陈廷顺说。陈廷顺尴尬地笑了笑。

“枪我们可以交给你，但有一个条件，不能用枪杀我们中国人!”陈廷安一字一顿地说。尽管这支枪已经让他精疲力竭，可也正是因此，他不能让它落在坏人的手里，也不能成为屠杀同胞的工具。

“这你们放心!”傅东晨张罗着和两兄弟喝了口酒。此时傅东晨还记着唐季恺的指示——发展两兄弟加入革命党的队伍。

“二位兄弟，自从你们到了汉阳，我大概是你们最早认识的朋友。可能有些事情你们一时还不能接受，但有一点是肯定的，我从来没有害你们之心。我们都是中国人。一个有良知的中国人无不希望自己的祖国富强——”

“傅先生，你直说吧，是不是乱党？”本不想究其底细的陈廷安禁不住再次问。

“不是乱党，是革命党！”傅东晨毫不掩饰地间接承认了自己的身份，可兄弟俩却没有感觉到意外。

“你是不是乱党我们不管，但我们肯定不当乱党，我们是为大清卖过命的，为啥要反它呢。”陈廷安再一次拒绝了傅东晨的鼓动。

“哥，你还没见到云妹和刘伯伯吧，他们家就在这附近，傅先生是刘伯家的常客，不如我去把他们请来一起吃吧。”陈廷顺建议。

陈廷安一直不太清楚傅东晨和刘家的关系，而且与刘家失去联系四年多，无论怎么样，他都想尽快见到他们。于是二人同意陈廷顺去接刘氏父女。

陈廷顺走后，傅东晨继续劝说陈廷安。

“陈先生，‘乱党’是清政府的鹰犬对仁人志士的污称，我们既不是江洋大盗，也不是乌合之众，我们的同志都是如你这样的有志向、爱中国的人士——”傅东晨仍然想说服他。可陈廷安却打断了他。

“别再说了，如果再说我马上就改主意——枪不给你了！”陈廷安有点后悔答应把枪交给傅东晨，可还有什么好办法？他怎么也想不出。

这时，傅东晨突然感觉到了不安，但他又不便和陈廷安表明，因为他知道即使有何不测，陈廷安也肯定不会是陈廷顺的同谋——他一直在怀疑陈廷顺！

傅东晨借口去小解，以便观察一下四周的动静，可他刚一出饭馆的门，就发现鬼七等人手持棍棒，在陈廷顺的带领下气势汹汹地向饭馆赶来。傅东晨立即返回饭馆。

“陈先生，快跑，你弟弟把鬼七他们带来了！”傅东晨一进饭馆就喊。陈廷安初时有些不信，但当他趴在窗子向外看了一眼后，不禁大吃一惊，而且热血上涌——陈廷顺到底要干什么?!

“陈先生，快走!”傅东晨把陈廷安拉到后窗前。

“傅先生，对不起了，你走吧。”陈廷安脸色铁青。

傅东晨越上后窗后回头说了一句：“小心你弟弟！我会再找你。”

陈廷安平静地回到饭桌前，坐在了原来的位置上。

这时鬼七等人闯了进来。后面跟着陈廷顺。

“陈廷安，我们又见了。”鬼七走到陈廷安面前，哈哈大笑地说。

“哥，傅东晨呢?”陈廷顺四下看了看，走到陈廷安跟前。

陈廷安既不动，也不说话，却端起酒杯，一饮而尽……

第七章 枪祸连连

1

鬼七非常兴奋。陈廷安已在他手上，他认为这就意味着那支枪也离自己不远了。

鬼七是个久混江湖的人，其实那支枪对他倒不是最重要的，重要的是这种人不能没事做，他会在做事中感受到自己的力量以及由此带来的快感。

鬼七吩咐手下：严密封锁陈廷安已在他手上的消息。

鬼七认为自己总算干成了这件大事，下一步就是如何得到那支枪，之后再如何处理那支枪。

更让鬼七兴奋的还有一件是他的心底所想：

将陈氏兄弟纳到自己麾下。他对陈廷顺虽没有大的好感，但对陈廷安却十分欣赏。尽管挨过陈廷安的打，可那是条汉子。如果有了这兄弟俩的加盟，他就不用干鸡鸣狗盗的勾当，专做正经生意了。“转型”是他一直在考虑的计划，只是无论干什么正当生意，都得有可信任的人手，眼下他缺这样的人手。陈廷安是个可造就、能干大事的爷们，这一点他十分坚信。

一间只有门没有窗的房间是鬼七大院里的私人牢房。室内应有尽有，如果不是没有窗户和铁门及门外的彪形大汉的守护，看不出这里是关人的地方。

陈廷安躺在床上，床边的桌子上摆着各种水果，俨然是贵宾的享受。

陈廷顺坐在床边的椅子上，显得局促不安。他知道哥哥对他的一顿痛斥是必不可免的，但他坚信自己是对的。

陈廷安一直没有从沮丧和恼火中冷静下来，他怎么也想不到自己的兄弟会干出这么不地道不男人的事。

“哥，那个傅东晨一看就是乱党，咱不能和他掺和到一起。”陈廷顺边小声说边观察着陈廷安的表情。

陈廷安没吭声。他关心的重点不在这儿。

陈廷顺又压低了声音：“哥，我知道鬼七不是好人，可咱在汉阳无亲无故，只认识个刘家，刘伯还是胆小怕事、很怕咱给他找麻烦的人，咱能靠谁呢？鬼七在武汉三镇都有号，别看他净干不地道的事，人还不太坏，咱呢，在鬼七这儿能白吃白住，也没人敢追杀咱们。当然人家也有条件，只要把枪交给他，鬼七答应我了，他保证让咱们当上巡警。哥，巡警呀，比当工人强多了。”

陈廷顺越说越兴奋，可陈廷安还是一声不吭，他从来就没想过和鬼七为伍！

“哥，傅东晨还是你的仇人呢！”陈廷顺本不想太早说破傅东晨和云妹的关系，因为那就等于将陈廷安推向秀儿一边。陈廷顺很清楚，秀儿钟意的是哥哥，而哥哥本是有未婚妻的人，可一旦这层保护膜被捅破了，结果必将是秀儿将离自己越来越远。可为了让陈廷安说话，他顾不得那么多了。

“他是我什么仇人?”果然，陈廷安开了口。

“他和云妹订婚了！这不是夺妻之恨吗?”

不过，陈廷顺的话没让陈廷安震惊，因为毕竟四年多没见了，原本也只是兄妹相待，既然人家以为他已经死了，再许他人有何不可呢。

……

鬼七以为自己做的一切都非常隐秘，其实，长野在第一时间就知道陈廷安已经落入他手。因为鬼七一直在间岛等人的秘密监视之下。

“我们时刻在监视他们的动静，一旦发现鬼七得到枪，就不惜代价夺取，然后将鬼七除掉!”长野斩钉截铁地说。这时，一个日本人走了进来，悄悄在长野耳边嘀咕了几句什么。长野点点头。

“长野君……”间岛不知道发生了什么。

“中国人的汉阳兵工厂新枪研发有了新进展……看来我们得全面行动了。间岛君，你们先按计划行事，严密监视鬼七等人的行动。”

“嗨!”间岛等人立即出去了。

长野从抽屉里拿出一张兵工厂的地图认真看了起来。

没一会儿，一个日本人进来报告：“鬼七来了。”

长野立即收起地图：“请霍先生进来。”

“长先生,”双方一坐下，鬼七就迫不及待挑起话题。他知道长野不姓长，但他喜欢这么叫这个小日本，“我做生意可是讲诚信的，可别以为拿了你的预付就没影儿了，我今天就是通知你，得把钱预备好了。”鬼七大大咧咧地说。

“怎么，货到手了吗?”长野故作一无所知地问，却掩饰着心底的兴奋，虽然他无法相信眼前这个中国人，但这次鬼七显然没说谎，因为长野知道陈廷安在鬼七的手上，这说明鬼七接近了那支枪。这是否意味着长野也接近了那支枪呢?

“总之是快了吧。”鬼七信心满满地说。

“霍先生放心，只要货到手，我们一定一手钱一手货。我那朋友可是天天催我呢!”长野从心底里看不起这些只认钱的中国人。

“那好，你这钱我是赚定了。”

……

鬼七走后，长野虽然对自己可能先于他人接近了那支枪而兴奋，但他不想改变原计划，那就是只要鬼七一旦得到枪，就立即置其死地。

长野又拿出了兵工厂的地图……

……

鬼七以极丰盛的菜肴款待陈氏兄弟。

陈廷安的身上一刻不离地背着他那把大刀，对此鬼七倒不在意。

“二位兄弟，霍老七不仁，但还不至于不义。我对你们的大智大勇发自内心地钦佩。老实说，当初在汉口外滩，要是我遇到洋鬼子欺负咱中国人，我也会出手——不能让洋人在咱的地界上撒野……来来来，先喝一杯!”鬼七说着举起杯，桂福急忙响应地站了起来，鬼七一摆手，桂福又坐了下来。这时，陈廷顺偷偷地看着陈廷安。他不知道哥哥能否给鬼七面子；而是否给鬼七的面子将决定着兄弟俩的命运，这命运此时在相当大的程度上取决于陈廷安的态度。

众目睽睽之下，陈廷安拿起酒杯，一口喝了。这让其他人松了口气。

“好！够朋友!”鬼七也一口喝下。

“兄弟，如果你们没有高就之处的话，能不能就留在哥哥这里？我霍老七说话算话，这院子里的房子你们随便住，娶媳妇我霍老七给你们出彩礼。不过你们放心，咱们不干偷鸡摸狗的事，咱们一起干大生意，怎么样?!”鬼七边说边看着陈廷安，陈廷顺也兴奋地看着哥哥，可陈廷安还是面无表情。

“哥，咱还想干啥呀，就答应了吧。”陈廷顺央求着。陈廷安恶狠狠地看了他一眼。

“兄弟，我知道你对我霍老七有气。虽然是你把我打了，但我早就没气了呀。”鬼七仍然不急不恼。

“兄弟，江湖上磕磕碰碰的事总是有的，只要大家相逢一笑，仇就免了嘛。”桂福插嘴道。

“你看，你的刀不是还背在你的身上吗？在我家里，我老七想下了你的刀还不容易？可我没有，我霍老七相信你的义气。”

“霍先生，”陈廷安终于开口了，“道不同，不相与谋你听说过吧？”

鬼七一怔，随后哈哈大笑：“那好，咱就明说了，如果你能把枪交给我，你们兄弟不愿和我一起干，行，去哪儿我霍老七都欢送，如果愿意当巡警，我霍老七包下了！”

“哥哥，咱来汉阳干什么来了？能当上巡警，不比当兵强呀。”陈廷顺又憋不住了。

“住嘴！”陈廷安突然愤怒了，“知道我在饭馆为啥没跑吗？我就是要看看你到底在干什么！”

众人目瞪口呆……

陈廷安站了起来。宴席不欢而散。陈廷安被送回了那间房子。

……

唐季恺和傅东晨匆匆进了一个房间，刚坐下唐季恺就迫不及待地开口：“说说情况。”

“陈廷安已落入鬼七之手。”傅东晨肯定地说。

“枪呢？”唐季恺紧接着问。

“眼下还没有枪的消息，也没听说陈廷安交给了鬼七。”

“兄弟俩都在鬼七的手上，一旦枪落在了鬼七的手上，他很可能会卖出去，因为鬼七这种人唯利是图。所以我们要马上布置营救!”唐季恺下定了决心。

……

夜里，陈廷安正在那间密封的房间里躺着。他知道如果不入鬼七的伙或者交出枪，鬼七不大可能放他出去，结果最后一定是把他交给巡警，但这三条路都不是他所愿意的，那唯一的出路就是逃走了。既然逃走就一定要把陈廷顺带走，可他毫无和陈廷顺交流的机会，到现在他也无法确定陈廷顺对他所说的一切是无奈之举，还是言而由衷呢？他忧虑的是兄弟和他各行其路，好在现在还看不出陈廷顺的不可救药……正当他胡思乱想时，突然听到门外的说话声。那是秀儿的声音，陈廷安悄悄走到门前……

“你在这儿干什么？屋里有人?”秀儿问守在门前的厚嘴唇。

“七爷让我守在这儿的。”厚嘴唇不得要领地说。

“在里面的是什么人呀?”秀儿接着问。

“小姐，七爷吩咐了，保密。小姐，您得离开这儿，七爷说了，不管什么人都不能靠近!”

“好好好，你保密吧。”秀儿说完走了。

虽然陈廷安一被带进这个大院子，鬼七就严令保密，但秀儿很快就嗅到了异常的味道，并从厨房那里打听到了鬼七宴请的是一个“重要客人”。鬼七府上经常有重要客人来访，可这次陪客的竟然有陈廷顺，秀儿就此基本认定了这个“重要客人”就是陈廷安。

秀儿对这个大院里的一切了如指掌，于是很快就找到了关押陈廷安的房子。

秀儿走了，陈廷安又回到床上。

自从给酒楼送席子时发现秀儿是鬼七的干女儿后，陈廷安对秀儿的那点好感几乎就荡然无存了，可之后又发生的事却又激起了他的迷惑——这秀儿到底是什么人?!

想着想着，陈廷安又关注起自己眼下的命运。他想像不出如果不交枪也不入鬼七的伙，鬼七会如何处置他，更想像不出陈廷顺此时在做什么，又是做何打算……

鬼七自以为诡秘，其实，他将陈廷安抓到手的信息该知道的人都知道了。焦伯琛当初虽然中途撤回了抓捕陈廷顺的人马，却在刘氏铁器行附近布下了暗探，虽然没有当场看见鬼七在饭馆带走陈廷安的情形，可这个暗探晚上去那家饭馆吃饭时，意外听饭馆老板说起了此事……

焦伯琛得此情报后十分震怒，他搞不明白鬼七搞的是什么鬼，为何瞒着巡警自己行动，为了赏金则还罢了，如果为私下获得那支枪，则是焦伯琛所不能容忍的。

因为鬼七是他的小舅子，焦伯琛没敢向上司报告，免得落下纵私犯法之嫌，于是自己悄悄调集巡警，准备将陈廷安带回巡警队——他还不知道陈廷顺也在鬼七手里。

晚饭前，鬼七志得意满地在院子里散步，偶然走到了秀儿的房前。

此时，秀儿坐在床上，手心里放着陈廷安大刀柄上的那撮红缨，盘算着该怎样将陈廷安救出来。救出陈廷安的主意在秀儿心里不可动摇，无论付出多大的代价她都在所不惜，她不能让自己爱的人在这个她最厌恶的环境里多呆一天！

这时鬼七推门进来了。秀儿一怔，似乎心底的秘密被人看见了。

“闺女，在想什么心思呢?”鬼七大大咧咧地随口问。

“爹，我在想荷花该怎么绣……”秀儿说着拿起床上的绣花绷子。

秀儿温和的态度和语气令鬼七高兴了。

“那就对了，闺女家嘛。”鬼七说着不经意地看见了秀儿手上的那撮红缨，“秀儿，你手里拿着的那个是什么?”

“哦，是我捡的，我喜欢这个颜色，想把它拆成线，绣进荷花的花蕊里。”秀儿边说边看着手里的红缨。她不知道鬼七是否认得这撮红缨，边编着谎话，边不经意地将红缨放在了床栏上。

“哦，那你就做你愿意做的事吧，有事尽管和爹说。”鬼七说着出了秀儿的房间。秀儿松了口气。

虽然因为那撮红缨，当初偷换陈廷安的大刀时露馅，可鬼七却一时想不起来了……

鬼七一走，秀儿就把红缨揣进了怀里，悄悄溜出房间，到了厨房。

鬼七的大宅几十号人，与之相配的也是个偌大的厨房。此时，厨房的饭菜已经做好了，一个丫头正往一个食盒里装着饭菜。秀儿料定那是给陈廷安送的。

秀儿经常到厨房来，因为是“七爷”的干闺女，大家都另眼看待。

“这饭是给谁送的呀?”秀儿漫不经心地走到那个丫头前，看着食盒问。

“给后院石头房送的。”丫头随口说。院里的人都知道“石头房”指的就是经常关人的屋子。丫头说完拎着食盒要走。

“我正好要去后院，我代你送过去吧。”秀儿的口气虽然好像挺随意，可一只手已经提起了食盒。

“小姐，七爷……”丫头有些犹豫，因为鬼七叮嘱过不许别人接近石头房。

“怎么?七爷是我什么人不知道?”秀儿突然板起脸。那个丫头不敢再说什么了。秀儿提着食盒走了。

这会儿，营救陈廷安的革命党已经接近了鬼七大院……

冬天，天黑得早。小吴、傅东晨等人在鬼七大院的高墙外抛出了索钩，并相继攀爬入院……

此时，鬼七正在陈廷顺的房间和陈廷顺聊着怎么才能让陈廷安交出枪。

“七爷，你放心，我哥留那枪有啥用，他现在一时没想通，早晚能交出来。”陈廷顺很有把握地说。

“我天天好吃好喝地招待他，就是不许他出那石头屋，看他还有啥辙！你哥也是石头脑袋，干嘛非和我老七过不去呢……”

“就是呀，不过我哥从小就倔，过两天就好了。”陈廷顺说。

“走，我们去吃饭。”鬼七起身时，猛然想起秀儿手里那撮红缨，“对了，你哥的大刀上原来是不是有撮红缨？”鬼七的记忆不经意间被唤醒了。

“是呀，丢了。”陈廷顺随口说。

“秀儿手上怎么有撮红缨？我看像那把大刀上的。”鬼七肯定道。

“哦？”陈廷顺一怔，“可能是……七爷，我看看去。”

“去吧。如果是那把大刀上的马上告诉我！”

此时，秀儿提着食盒到了石头房前。厚嘴唇见是秀儿来送饭有点意外。

“小姐，怎么是您来送饭？”

“送饭的闹肚子了，我赶上了就替她送一次。”秀儿说着把食盒放在了厚嘴唇身边的一张小桌上。

“那谢谢小姐了。”厚嘴唇起身去掏腰上的开门钥匙。

“我回去吃饭了。”秀儿转身走了。

“小姐走好。”厚嘴唇还没忘了客气一句。此时秀儿已经转过了房山头……

厚嘴唇打开那扇大铁门上的一扇小铁门，那是送饭口。当他回身拿起食盒，刚把食盒放在小铁门的平台上，有人在他后脖颈上重重一击，厚嘴唇一声不吭地瘫软在地。

是秀儿。秀儿知道这个营救陈廷安的计划十分冒险，但她别无选择，为了陈廷安，她什么险都愿意冒。

秀儿从厚嘴唇身上找到拴在一起的两把钥匙，可无论哪一个都无法打开大铁门的锁。

“大哥，是我。我来救你，可怎么打开门呀！”秀儿情急之下不知说什么好了。

陈廷安探出头：“别急，再翻翻那个人的身上……”陈廷安对秀儿又在他的困境之时出现有种无法说清的感慨，但又暂时无暇感慨，他只想离开这里。

此时，陈廷顺已经到了秀儿的闺房。他推开秀儿的闺房，可房里没有秀儿。陈廷顺知道秀儿手里的红缨一定是哥哥大刀上的！红缨在秀儿的手上，这意味着什么陈廷顺非常清楚——随着陈廷安的出现，对秀儿充满幻想的陈廷顺的面前本就存在的屏障将再次厚重起来。尽管他对哥哥陈廷安有诸多不满和不理解，但从未把他想像成情敌，或者说不愿这成为事实。可他知道不管陈廷安愿意不愿意，还是他自己是否愿意面对，这都是不断呈现的事实。

陈廷顺以为秀儿去吃饭了，只好悻悻地离开。

此时，秀儿在昏迷中的厚嘴唇身上没有翻出钥匙，危险却一步步临近——鬼七等人随时都会出现，而铁门上的那个不大不小的铁锁阻断了陈廷安获得自由之路。

突然，陈廷安将大刀从小窗中递了出来：“秀儿，用它试试，砍断铁锁！”

秀儿接过大刀后，仍有些怀疑：这大刀能砍断铁锁？但别无他法，只有试试了。

秀儿挥起大刀，狠狠向那枚铁锁砍去，虽然第一刀没将铁锁砍下来，但那铁锁却立即变了形……第三下，那枚铁锁便在铁环处断裂了……

陈廷安从门里出来。

“大哥，你快跑。不管啥时候都别信鬼七的鬼话。我听焦伯琛说过，只要你们交出枪，就会免你们无罪。”秀儿只是要将她所知道的告诉陈廷安，怎么做才对她不知道。可陈廷安听了后却立即想到了这是否是秀儿也参与了的圈套呢？陈廷安对凡是提到枪的人都会有极度的敏感……

此时，顺子和傅东晨等人正在接近石头房，却意外与陈廷顺相遇。虽然昏暗中陈廷顺没有认出蒙面的傅东晨，但蒙面人的突然出现足以让他意识到发生了什么。

陈廷顺下意识大叫："乱党呀!!"陈廷顺边叫边向院子里跑去。陈廷顺知道，只有"乱党"这个词才足以让人恐惧。

很快，大院里的人们不知道发生了什么，一阵乱哄哄后，桂福等人提着家伙从房间里跑了出来。

"大哥，你快走，我们一定会再见面的。"秀儿和陈廷安冲到一堵墙下，秀儿突然弯下腰，以便让陈廷安踩着她的背攀上高墙。可陈廷安犹豫了。

此时，院子里已经吵声一片。两人只以为是鬼七的人发现陈廷安已经逃出了石头房，却不知道这大院里已经进了革命党。

"大哥你快走，我还有我的事，随时可以走!"秀儿催促道。陈廷安却犹豫了，并非他不想离开这里，他是不想将这个姑娘踩在脚下。踩着这个姑娘的背……这个举动令他无法接受，他自觉他没这个资格，对秀儿的愧疚令他在这一具体的细节面前时彻底放大了。

"哥!"秀儿弯着腰，期待而焦急地看着他，眼里噙着泪水。

"秀儿，对不起了。"陈廷安深沉地说，不知是为要踩她的身体还是因为以前对她的伤害。

"哥，你没有对不起我的地方。我愿意为你做一切!"秀儿的眼泪已经流了下来。

陈廷安心下一横，闭着眼睛，踩着秀儿的后背，那瞬间，他的心底更加了一份沉重和内疚。他冲上墙头，在翻墙而去时，他回头看了秀儿一眼。秀儿甜美地朝他一笑，随后示意他快走。

傅东晨等人赶到石头房时，却见铁门洞开……

行动前，傅东晨等人通过各种渠道已将鬼七院子的大体结构了解得很清楚了，如果陈廷安被关在鬼七的院子里，只有这石头房的可能性最大。

傅东晨进了石头房，空无一人。傅东晨在床上捡起一个破褂子，并认出是陈廷安的。是陈廷安刚刚独自潜逃而去，还是其他同志和其他势力先已得手？无论怎么样，陈廷安显然已经逃出。傅东晨抓起那件褂子迅速离开……

傅东晨一声呼哨，顺子等人立即赶到另一处高墙，攀绳而去……

这时秀儿已经赶到石头房子，见厚嘴唇仍躺在地上，她将其扶起，轻轻地呼唤着。

这时，鬼七等人已经赶来，而且随鬼七而来的还有焦伯琛。

2

焦伯琛脸色铁青地坐在鬼七的太师椅上，鬼七则小心地坐在下首。

“你以为你家是巡警道？你以为你家是小朝廷?! 竟然私押罪犯、私设牢房了!”焦伯琛越说越恼火，鬼七则低眉顺眼。

“知道是谁劫走的吗?”焦伯琛看着桂福问。

桂福看了一眼鬼七：“不像是日本人。日本人的动作一般都差不多，很整齐，因为日本人的功夫都是一个师傅教的。也不像是帮会的人，因为帮会的人老老少少多大的人都有，可这伙人清一色是年轻人……”刚才桂福曾和负责掩护傅东晨的顺子等人简单交过手，印象颇为深刻。

“肯定是乱党!”鬼七终于冒出了一句。

“查没查有没有内鬼?!”焦伯琛对有人竟然能从鬼七这戒备森严的大院里救走人心生疑惑。

鬼七突然想起了秀儿手里的红缨，可他一时不能把陈廷顺叫到跟前，那样就会招致焦伯琛再次痛责。

“秀儿在哪?”鬼七突然问桂福。

“小姐在。”桂福说。

“把她叫来!”鬼七听说秀儿在，心里多少放了心。

秀儿很快无声地进来了。她礼貌地叫了一声焦伯琛姑父，焦伯琛点点头。

“秀儿，陈廷安逃了，你知道吗?”鬼七边问边紧紧盯着她。陈廷安逃走大院里已经尽人皆知。

“不知道，平时我门也不出。”秀儿平静地说。

鬼七认真地看了秀儿一会。

“下去吧。”鬼七虽然对秀儿一直不太放心，可是他知道如果是秀儿救了陈廷安，她应该早已随他而去了。

“要是上司知道了这事，我怎么交待?!”焦伯琛仍然恼火地说。

“姐夫，这回我一旦找到陈廷安，马上向你报告!”鬼七恭敬地说。

焦伯琛哼了一鼻子后走了。

秀儿回到自己的房间后，兴奋与幸福中偶然照了一下镜子，却惊讶地发现自己的耳环不见了，秀儿立即在屋子里找了起来。

与此同时，陈廷顺在关押陈廷安的房间附近仔细搜寻着，意外发现了秀儿掉落的那只耳环。他看看四周没人，捡起后藏在了自己的身上。他已经判断出，陈廷安的逃离至少与秀儿有关。

这会儿，那个送饭的丫头正在鬼七面前垂首而立。

“你下去吧。”鬼七铁青着脸。丫头下去后，鬼七看了看桂福：“我还是信不着秀儿。”

“大哥，那锁头是刀砍开的，要是秀儿帮他逃的，应该是用钥匙呀。”

“她哪里知道钥匙在我这儿?”鬼七说着掂了掂手里的钥匙。

“可那锁头别看不大，要是刀砍也要很大的劲的。再说，如果是乱党干的，小姐不可能和乱党有瓜葛呀。”桂福还是难以想像。

“我也这么想……厚嘴唇好点没有？把他叫来！”鬼七吩咐道。

陈廷顺悄悄地走近了秀儿的窗下，可这时桂福在院子里叫他，他只好离开。

这会儿，鬼七正在问受伤的厚嘴唇。

“没看见是谁打昏的你？”鬼七又问了一次。

“七爷，我真是没看见，但是小姐救的我。”厚嘴唇说。

“好了，你下去吧。”鬼七摆摆手。

厚嘴唇刚下去，桂福和陈廷顺进来了。

“你当时没看清那伙人的脸？”鬼七劈头就问。

“他们都蒙着面。”陈廷顺说。

“有没有那个傅东晨？”

“七爷，他们蒙着面，又是黑天，我看不出来呀。”

这时秀儿又进来了。

“秀儿，刚才你姑父在，有些话我不能当着他的面问你。我问你，你那撮红缨是哪来的？”鬼七问。

“捡的呀。”秀儿认真地说。

鬼七看了眼陈廷顺：“不对吧。好像是陈廷安那把大刀上的。告诉爹，你是怎么得到的？”

“真的是捡的呀。”秀儿平静地再次强调。

“你拿给我看看。”鬼七突然板起脸。

“我拆了。”秀儿立即答道。

陈廷顺心里非常清楚，秀儿不可能把那红缨拆了。

……

巡警局长果然知道了陈廷安曾经出现在鬼七家里，却被不明人士劫走。焦伯琛只好报告说鬼七正准备移交给巡警队时发生的劫案。巡警局长命令全城搜捕！

唐季恺猜不出是谁救走了陈廷安，而傅东晨从石头房里捡来的褂子也毫无意义。唐季恺深感形势更趋复杂，向傅东晨和顺子等人布置新任务……

陈廷安从鬼七家逃出后，无处可去，又找到了那个“家”——桥洞子。这会儿正如释重负地睡了一觉后静静地躺着。他在等黑老大给他带回他需要的消息。

陈廷安还没想好那支枪该怎么办，只想至少暂时离开这是非之地，先回老家。可黑老大回来告诉他，所有水路旱路都有巡警把守着，想离开怕是非常危险。

陈廷安婉拒了黑老大等人的挽留，离开桥洞进了城。他想去找刘家，不管怎么说还是乡亲和邻居，除了看望他们，还可以避避风头。

虽然没去过刘家，但他知道大体方位了。

在刘氏铁器行附近，陈廷安刚要打听一下刘家所在，却发现不远处走来了巡警，陈廷安只好逃掉。

……

余怀庆从家里去兵工厂的途中，发现到处是巡警。到了兵工厂，余怀庆才听说发生了陈廷安出现后再次脱逃的事，也才知道这兄弟俩还在汉阳一带。为此，他再次给巡警局长打了电话，建议无论发生什么，都要尽可能保护兄弟俩的安全……

回不了乡下老家，也不能去刘家，陈廷安只有一条出路了——找余怀庆。不敢指望当兵工厂的工人，最少他会帮自己出出主意。

陈廷安到了兵工厂门前，可卫兵却不让这个陌生人进。陈廷安问卫兵余家的所在时，警惕性极高的卫兵差点没把他抓起来。他只好跑掉。

陈廷安围着兵工厂的围墙乱走着，走不动了，天也黑了，索性睡在了墙下的草丛中。

深夜，两个人影跃上了兵工厂的墙头。两人悄悄说了句日本话，却惊醒了睡在草丛中的陈廷安。这时他发现两个人影翻过了围墙。

陈廷安定了定神，也随之翻过了围墙。

那两个人影在黑暗中直奔生产车间，陈廷安紧随其后。此时他已经意识到这两个人绝非好人，可他们到底要干什么？

陈廷安悄悄接近了他们……

只见那两个人从怀里取出一个皮囊，向生产车间的窗子上泼去。显然，那是汽油。

汽油在当年是个稀罕玩艺，陈廷安虽然不太懂，但他知道那极可能是洋油——也就是煤油，只是味道极浓。

正待其中一个刚要划洋火（火柴）时，陈廷安没来得及拔刀，大叫一声扑了过去。那两人措手不及，一个人对付陈廷安，另一个则继续划火柴，陈廷安则一边抵挡对方的攻击，并腾出一只脚，踢飞了另一人手里的火柴。可那根点燃的火柴飞向泼了汽油的窗框，顿时火焰四起。

这时，厂内的警报声大作，那两人甩开陈廷安逃去。陈廷安想追时，回头看见火势渐起，只好回身扑火……

这时警卫赶到，将仍在扑火的陈廷安抓住。接着，大批人赶到，熄灭了火。

……

得到警报的焦伯琛赶到了兵工厂，他先是勘察了现场，认定非一人所为，且燃烧源是汽油，同时，附近有过搏斗的痕迹……

此时，陈廷安正在厂里的护卫室和护卫们理论，大叫火不是他放的！可兵工厂也算军事要地，他一个外人在那里做什么？人们无法相信他的话。

焦伯琛只是听说兵工厂的护卫抓住了一个纵火者，却没想到是陈廷安！

“你跑到兵工厂来放火了?”焦伯琛转着圈地看着陈廷安，半信半疑而又惊讶地问。

“你信吗? 是别人要烧兵工厂，我——”陈廷安争辩，可被焦伯琛打断了，“你怎么就恰好赶上了呢? 得了，和我走吧。我们可是到处找你呢!”说着焦伯琛拉起被绑着的陈廷安。焦伯琛现在不关心是不是他放的火，抓住他是他许久以来的任务。

陈廷安知道也只能和他走了，至于结果如何只能听天由命。

这时余怀庆赶来了。余怀庆在门外就看见了陈廷安，但此时他还不知道火是不是陈廷安放的。

余怀庆差人把焦伯琛先叫了出来。

“伯琛，你认为是陈廷安干的吗?”余怀庆之前已经了解了部分情况。

焦伯琛摇头：“现在还真不能肯定。这小子没有理由来兵工厂放火呀。”

“对，这是不可能的! 能不能把他留给我。”余怀庆以商量的口吻问。

“……余大人，”焦伯琛想了想，“可这小子毕竟是劫枪犯呀。”

“我担心一旦到了你们巡警手里，就会把其他案子搅起来，就会引起人们的注意，如此一来，可能对我们很不利，最少对兵工厂不利。你把他交给我，案子可能就单纯了。明白我的意思吗?”余怀庆将自己的担心和想法和盘端出。

“余大人，我明白……好吧，幸好现在局里还不知道这边出了案子。”

“如果有什么麻烦，你只管往我身上推。陈廷安由我来处理。”

“如果他不肯交出枪呢?”焦伯琛没忘这个关键问题。

“要是那样，我再通知你。”

“那就好。余大人是总督大人的红人，这个人情我不敢不卖。”焦伯琛说的也是心里话，反正有张之洞挡着呢，他没什么可怕的。

……

余怀庆把陈廷安带到自己的办公室。

陈廷安没看见焦伯琛，想到了是余怀庆把他保了下来。在余怀庆面前，陈廷安顿感轻松了不少。

陈廷安将经过从头到尾说了一遍。

“看来又是日本人所为！”余怀庆听完断言道。

“对了，您一说我想起来了，我睡得稀里糊涂时，好像听他们说了句日本话！”余怀庆一下提醒了他。

余怀庆并不意外地点了点头：“小伙子，知道吗？你们兄弟可是把汉阳、汉口搅得底朝天呀。”

“余大人，我们不是刻意抢枪的，是赶上的，那洋鬼子太不地道！”

“我知道、我知道。你知道吗？你抢走的那支枪可是我们兵工厂努力了一年多还没能如愿得到的呀。”余怀庆感叹道。

“那么重要？”陈廷安此时有着孩子般的天真。因为他知道自己面对的是一位可尊敬的长辈。

“我们中国技不如人，可我们不能永远不如人。西洋人不比我们聪明多少，只是他们先行了百余年，我们必须奋起直追，才能强我兵，富我国。”余怀庆感慨地说。虽然话不多，但足以打动陈廷安。

“余大人，是小的莽撞……”

余怀庆摆摆手：“什么都是误打误撞。就是你没抢走那支枪，我估计德国人给我送来的也不一定就是它！”关于这一点，余怀庆早就得出了结论。

“余大人，要是知道您……我也是中国人，我也是大清一分子，我也希望大清帝国不输他人！”陈廷安激昂地说。

“年轻人，生活往往就是这样，总是阴错阳差呀。看来你是读过书的人。”

“不瞒大人说，当年我是考取了湖北工艺学堂的，后来因为……就没能前来就读。”有了上次当兵不成的教训，陈廷安不敢再随便讲当年的经历了。

“哦？”余怀庆认真地看着陈廷安。余怀庆自小沉迷于“工艺”，也才走上了枪械制造之路，而当年湖北工艺学堂的主要科目就是“机器学”，由此看来，面前这个年轻人也喜欢“机器”。

“如果你还想入学，本人可以代你介绍。”

“余大人，我想投军……”陈廷安当兵之心不死，他忘不了想像中的手持“汉阳造”、身穿新军军服的那份自豪感。

“那好，我可以帮你这个忙。哦，对了，你兄弟呢？”余怀庆突然想起。

“……我没找到他，可能回了乡下老家吧。”陈廷安不想把实情告诉余大人。

3

陈廷顺不知道哥哥意外逃出后去了哪，而他这一走又将他置入一时的尴尬和无望——枪不在他的手里，他不能把枪交给鬼七，就无法免罪，无法当上巡警，也无法获得秀儿的爱。尽管他知道这些可能都和秀儿无关，却和鬼七有关，而秀儿是鬼七的干女儿！

他不知道何时才能找到哥哥，也拿不准他是否最终会听从他的，如果不能如愿该怎么办？

陈廷顺暗下决定：一定要当上巡警，一定要娶秀儿为妻！

陈廷安逃走的责任不在陈廷顺，所以他倒是心安理得。

陈廷顺在院子里又碰见了秀儿。

也是怪了，无论是男人还是女人，都有一个共同的弱点，那就是如果你越是在意对方，对方越是不理你，你就越会觉得对方是那么可爱，而且是发自内心的。陈廷顺就是这种状态，有种百折不挠的劲头。

秀儿看见陈廷顺后，马上又转身走了。陈廷顺追了上去。

“秀儿，七爷已经知道是你把我哥放走的了！”陈廷顺小声地说。果然，秀儿站住了，回头看着他。

“真的。”陈廷顺走到秀儿跟前。

“是你说的吧。”秀儿冷冷地说。可能因为陈廷安的缘故，秀儿在个人感情上对陈廷顺有着强烈的排斥，可同样因为陈廷安，秀儿又对陈廷安的这个弟弟有着天然而间接的怜悯。

“秀儿你真聪明！但我不会告诉七爷。”陈廷顺突然认真地说。

“你还是去告诉你的七爷吧！”秀儿为他的话有点恶心，甩下这句话转身就走了。陈廷顺一时怔住了：秀儿为何对鬼七如此不恭？

陈廷顺再次追上秀儿，横在秀儿面前。他见四周无人后，突然从怀里掏出一个东西，然后向秀儿伸出手。他的手心里是那枚耳坠儿。

“这是我在石头房铁门前捡的。”陈廷顺不动声色地观察着她的表情。果然，他从秀儿的脸上搜索到了一丝慌乱的神情。

“是你的吧？”陈廷顺轻松地问。在秀儿的面前，他还从没有过这般得意和主动。

秀儿伸出手：“给我！丢了好几天了。”

陈廷顺把耳坠儿真的放在了秀儿的手心里：“放心吧，我不会告诉七爷。”

秀儿把耳坠儿放进一块手帕里放到怀中，又一声不吭地走了。

陈廷顺看着她的背影，有种完成了什么壮举般的得意。

……

鬼七的所有手下几乎倾巢而出，散布在大街小巷，四处打探陈廷安的下落。

鬼七已经不仅仅为得到那支枪，他更要证明自己在汉阳、汉口一带无所不能，而陈廷安竟然能从他的大院里逃走，这让他在江湖中很没面子。

桂福和同伴正在街上毫无目的地走着，迎面过来一辆马车。那时能坐马拉车的不是官吏就是豪商买办。桂福赶紧躲在路边，可是他不经意间瞥了一眼，虽然那马车车厢拉着布帘，眼尖的桂福还是发现坐在马车上的是余怀庆和陈廷安！这让桂福惊出一身汗来。

桂福马上派同伴去通知鬼七，自己则紧紧跟着余怀庆的马车。

鬼七得报后有些意外——会不会是桂福看错了？余总办怎么会和陈廷安在一起？一个是总办大人，一个是逃犯，就是因为那支枪，两个人也是对头呀……

余怀庆的马车在郊外的树林旁停了下来。马车夫和护卫守在马车边并担任着警戒，桂福只好远远偷窥，而此前，他已经按着鬼七一伙的一贯做法，沿途散下了小红豆。

余怀庆在树林边等着陈廷安，陈廷安则跑出好远，找到了那座孤坟。原来，他没让马车驶到坟前，而是停在了另一侧的目的，是怕余怀庆说他对死人不恭，竟然把枪藏在了坟里。

陈廷安从孤坟中拽出枪，期间不经意地向坟洞里看了一眼，意外发现坟中并无尸骨，只有一件破烂的花褂子！陈廷安赶紧掩上了洞口。

……

余怀庆的马车走了，桂福又跟踪而去，直至跟到兵工厂，眼见着他们进了兵工厂的大门。

鬼七带人找到桂福后，桂福将情况报告给了鬼七。于是桂福和鬼七等人来到那片树林附近，可找遍了周围，毫无可疑之处，尽管他们怀疑余怀庆和陈廷安是来这里取枪的，可即使枪已经取走，他们也不可能去兵工厂抢了。

“大哥，真要是我们得不到枪，怎么和长野交待？”桂福担心地问。

鬼七一声冷笑：“他又不是我爹，和他交待个屁！”

……

余怀庆将陈廷安抢来的德国枪和自己刚刚造出的唯一样枪比较后，为自己的枪与德国枪的差距并不大而欣喜……

余怀庆将枪放好后，带着陈廷安回到了府上。

余怀庆的意思是让陈廷安先在他家小住，等他联系好从军之事后再说。同时，余怀庆向他承诺，将为他们兄弟摘除犯人之名。

陈廷安一到余府，倒头便睡。半年多了，还第一次睡得这么踏实。

管家问余怀庆陈廷安是哪里的客人？余怀庆随口说是亲戚，管家也就不再多问。

在陈廷安看来，关于枪的事，至此已算是善终了。下一步就等着从军和通过余怀庆去鬼七那里把陈廷顺弄出来。他以为可以一切从头再来，但这纷繁的世界可没打算让他安宁下来。

……

焦伯琛正为自己擅自答应余怀庆把陈廷安交给他而担心引火烧身时，从全省最高警察当局——巡警道传来消息：革命党人刺杀湖北督军的阴谋未得逞，督军大怒，下令严查乱党并格杀勿论。看来此案冲淡了陈氏兄弟的案子，焦伯琛松了口气。

在三镇军警展开对革命党搜捕的同时，巡警道把刺杀督军案子的侦破交给了汉阳巡警局，汉阳巡警局又交给了善于办案的焦伯琛。焦伯琛也不知道这是好事还是坏事。

革命党一直将暗杀清政府要人作为达成革命目的的重要手段。刺杀督军之事正是唐季恺等人一手策划，行动失败后，革命党立即停止了一切活动，以避开清政府的大规模搜捕。

焦伯琛接手此案并勘察现场后，军警将现场的一件证物交给了他。那是一件男式破褂子。虽然这是大街上许多男人常穿的衣服，可焦伯琛却从这件褂子的后背上有了意外发现——有一条纵向的长方形的摩擦痕迹。无疑，这是穿衣人背负着什么留下的。焦伯琛心下一惊，马上找来胡三，两人仔细辨认和回忆后，认为这是长久背刀留下的，于是他们想到了陈廷安。

焦伯琛吃惊不小，马上找来了鬼七，鬼七立即认定这是陈廷安的褂子！

焦伯琛陷入巨大的矛盾中。他无法想像陈廷安是乱党，而且是乱党的杀手。以他对陈廷安的了解，那哥俩充其量是毛头小子，虽然身手不凡，但刚到汉阳不过半年之久，怎么可能是乱党？在焦伯琛看来，那些乱党或者是有留洋背景的人，或者是一些仕途不畅的失意者，再或是一些满脑袋要青史留名的学子，陈氏兄弟和这些都不沾边，可这件褂子又确实是在现场发现的。焦伯琛回忆在兵工厂见到陈廷安时，他穿的不是这件褂子，而那时谋杀案已经发生。但这又能说明什么呢？如果他不是杀手，就可能有人利用了他的衣服……

其实，这个问题说来也简单。褂子的确是陈廷安的，当时在鬼七的石头房里是傅东晨捡走的。后来革命党在伏击督军时，傅东晨将裹枪的这件褂子遗落了。

鬼七听说了陈廷安与刺杀督军有关后，回到府上立即把陈廷顺绑了起来，拷问他们兄弟是否和乱党有关，陈廷顺坚决否认，称全家为效忠大清或死或伤……鬼七倒也知道这不太可能，可毕竟现场的那件褂子确实是陈廷安的，如果督军追查下来，必然会牵连到他鬼七，他哪能不胆战心惊？

此时，余怀庆专为陈廷安之事去巡警道见那位许道台，可许道台去了督军府，余怀庆这才知道发生了未遂谋刺大案，只好先回了家。

余怀庆回到家后，发现陈廷安还在酣睡。

余怀庆正准备去兵工厂时，焦伯琛来了。

余怀庆听完焦伯琛讲完案子发生的过程和那件褂子后，虽有些吃惊，可他不相信这事和陈廷安有关。

“不可能是陈廷安所为。虽然这年轻人可能有点莽撞，但绝不会是乱党，更不可能去刺杀督军！”余怀庆断言。

“我也这么想的。没发现他们兄弟和谁有瓜葛，而且这么大的事肯定不是一两个人所能为的。可那件褂子确实是陈廷安的。余大人，我能不能私下见见他？巡警局和巡警道都还不知道他在您这儿。”焦伯琛说。

余怀庆知道虽然陈廷安不可能是杀手，但褂子是他的却是不争的事实，总要说清，可这样陈廷安就得去巡警局，事情就会因此很麻烦，必然会牵出陈廷安以前牵涉的积案，如此一来，自己对陈廷安的承诺就很难实现……

“焦队长，这件事情把你牵连进来我很不安，不过你放心，如果有什么事我一定一人承担。现在陈廷安在厂里，正由厂里的护卫队看守着。明天我再请你到厂如何？”余怀庆不想让焦伯琛知道陈廷安此时正在他的府上，同时他也要和陈廷安单独沟通一下。

此时，陈廷安醒了，正当他想离开房间去看看余怀庆时，透过窗子，他看见一个姑娘从大门走进来了。

“小姐回来了呀！”管家在院子里大声说。

陈廷安呆住了。那小姐竟是罗秋月！陈廷安真是不明白了，怎么一踏上这块土地，总是发生令他意外的事情呢？

罗秋月进了房门，她打量了一眼陈廷安所在的房间，随便推了一下，发现房门却在里面锁着。

“咱家来客人了？”罗秋月随口问。

“对，是老爷的亲戚。”管家说。

“亲戚？老爷在家？”罗秋月立即小心起来。

“在书房和焦队长说话呢。”

罗秋月听完管家的话，立即抿着嘴，轻手轻脚地回了自己的房间。

房间里的陈廷安急速地思索着：显然，罗秋月这个帮会分子是余家的家庭成员，她和余怀庆是什么关系？余怀庆到底是什么人？尤其那个管家告诉罗秋月说焦队长正在书房……陈廷安不愿再多想，所有这些意外足以让他马上离开这里了。

陈廷安背起大刀，悄悄地开了门，恰好院子里没人，陈廷安悄悄溜了出去……

很快，余怀庆也送走了焦伯琛。

“丫头回来了？”送走了焦伯琛的余怀庆返回来一进门就问管家。

“回来了，回自己的房间了。”管家说。

“这丫头越来越野了！”余怀庆不高兴地说。这时，他看了看陈廷安睡觉的房门，还关着。

“他还没睡醒？”余怀庆问管家。

“不知道呀，一直没看见客人出来。”管家说。

余怀庆掏出怀表看了看：“问问冯妈饭好了没有。”

“早就好了，还以为焦队长在咱家吃呢。”管家立即说。

余怀庆轻轻推开陈廷安睡觉的房门，刚要叫陈廷安，却发现房间里已经空无一人。余怀庆呆住了。

“廷安！”他下意识地喊了一声，没有回应。

“管家，去院子里看看，是不是亲戚走了！”余怀庆意识到陈廷安是不辞而别了。

管家找了一圈儿，果然没有了陈廷安的影子。

罗秋月不知发生了什么，终于出了自己的房间。

“伯伯，怎么了？!”罗秋月一副天真的小姑娘的神情，完全不像先前身手矫健的女侠。

余怀庆什么也没说，铁青着脸离开家，匆匆赶往兵工厂。

一到兵工厂，余怀庆便用办公室里的样枪在院子里朝天上放了几枪，引来了鲍昆和几个厂里的护卫。……

4

余怀庆向鲍昆和厂里的护卫做了相应部署，之后就只能静待事情的发展了。

谋刺督军的案子巡警局等着向巡警道上报侦破进展，只好催促焦伯琛。焦伯琛知道这事既然躲不过，就不可能不把陈廷安涉案的事端上去。至于陈廷安是否真的涉案，那就是上司的事了。

于是焦伯琛将那件褂子是何人之属、陈廷安因何而被拘在兵工厂打了份报告，上报给了巡警局。

陈廷安逃出余府后，在街上东游西走地观察着市面上的形势，正准备出城时，突见大批新军士兵扛枪拖炮地进了城，接着有队列中的军人向市民散发传单。陈廷安捡起一张传单看了起来……

原来，不久前“萍、浏、醴”发生革命党起义，并自号“新中华大帝国南部起义恢复军”，发布檄文称：“勿狃于立宪、专制、共和之成说，但得我汉族为天子，即稍形专制，亦如我家中祖父，虽略示尊严，其荣幸犹为我所得与。”面对蓬勃发展的起义，清政府十分惊恐，急令湖广总督张之洞、两江总督端方、湖南巡抚岑春宣调集湘、鄂、赣、苏四省军队及地方驻军、“义勇”共5万余人参与围剿。起义军虽英勇，无奈手中的武器极其简陋，怎抵得住训练有素，手持“汉阳造”的清军镇压，最后惨遭失败，首领多死在清军枪下。那传单便是清军为炫耀胜利、震慑“乱党”之用。

陈廷安看过传单后，看了看也在看传单的其他市民。人们边看边议论着。

“这些人呀，拿着大刀长矛往枪口上冲不是找死?”

“看见了吧，还是汉阳造厉害!”

“那些闹起义的都是些老百姓，何苦呢，把命闹没了。”

……

陈廷安静静地听着人们的议论。

事实上，自1895年到1911年间，兴中会以及后来的同盟会先后直接和间接发动了数十次起义，而其他革命组织自立军、光复会等亦发动过多次起义。这十多次的起义虽昙花一现，但却在全中国种下了革命的种子。

无疑，这为此后震惊世界的“辛亥革命”打下了坚实的基础。

陈廷安看完传单、听了这些议论，只觉得这些新军是杀人犯，而汉阳兵工厂则是杀人犯的同伙！尤其令他无法接受的是，中国人自己造的枪怎么能用来杀自己的同胞呢？不懂政治、只有一腔青春热血的陈廷安身上还有洋枪的弹头，他坚定地认为洋人的洋枪是打中国人的，中国人的洋枪就不该打中国人自己，何况那些人不过是平民百姓，罪不该死。这时的陈廷安认为自己也和杀人沾了边儿，因为他把洋枪给了余怀庆，余怀庆是造枪的……此时，陈廷安有点后悔了。

突然传来一声枪响，行人顿时紧张起来。接着街上的另一头跑过来一群惊慌失措的百姓，陈廷安才知道这些从前线回来的骄横士兵因为随便放枪，打死了一个老头！陈廷安的脑子里更乱了，那支洋枪不停地在他的眼前晃，而且不停地射出子弹……

陈廷安找个角落坐了下来。

……

焦伯琛很快接到上司命令：立即将陈廷安从兵工厂押回巡警局！

焦伯琛只好赶到了兵工厂。

“伯琛，非常抱歉，当初你在我府上时，陈廷安畏罪潜逃，兵工厂的护卫没经验，胡乱开枪，把他打死了！”余怀庆略显沉重地说，焦伯琛则瞪大了眼睛，不敢相信这是真的。

“余大人，尸体呢？”

“这些护卫自知惹了祸，擅自把尸体沉入了汉江。我真不明白，他不可能是刺杀督军的嫌犯，而且还把当初的样枪交给了我，有什么理由要逃走呢？”这也是余怀庆的心里话。但他之所以这么做，一是为了保护陈廷安，二是想免去太多的麻烦。

“大人，您可能还不知道，上边一定要把他押解到巡警局，大概是为了向督军交差吧。是在下无能，一时无法缉到真凶，只能遵从命令……”焦伯琛说的也是真话。他不太相信余怀庆的话，但他宁愿相信，所以他没多问。

“我给你写个文书，交给你们局长，我会把情况说清。如果有什么责任，我来承担。”余怀庆说着拿过了纸和笔。

焦伯琛走后，余怀庆又看了看陈廷安交来的那支洋枪，再看看自己的样枪，准备不再做修改。余怀庆将自己那支样枪的所有零部件一一拆解开，然后再组装上，之后吩咐侍从：通知有关部门，明天来取样枪，准备依件制造模具……

当晚，陈廷安住在了一家客栈，可是这一夜他没睡好，天一亮就离开了客栈。

陈廷安想去桥洞找黑老大他们，他认为眼下只有他们是可信任的。

刚到街上，陈廷安便发现巡警在贴布告。陈廷安立即躲开，可转过一条街后，他又看见了刚贴完的布告，他好奇地走到跟前看了一眼，不禁大为意外，内容竟然是“纵火、劫枪犯陈廷安畏罪潜逃被击毙”！

这是怎么回事？陈廷安一时摸不着头脑，莫非是欲擒故纵？想来想去，觉得巡警没有这么做的理由和必要……他怎么也想不到是余怀庆保护了他，而焦伯琛再也不想在陈廷安身上浪费时间，干脆就坡下驴，卖余怀庆一个人情，在向上司秉报后，立即发个布告，从此让陈廷安消失，最少在人们的意识中消失，免得因他而惹来数不清的麻烦！

陈廷安立即有了一身轻的感觉，既然自己已经不在这个世界上存在了，就不会再有人盯着他，也不会有人找他的麻烦。

陈廷安打算潜入鬼七家，救出陈廷顺然后远离这是非之地。

……

鬼七刚起床穿上衣服，桂福急急忙忙地跑进来，手里拿着份布告。

鬼七看完布告怔了：“一个大活人说死就死了?!”

那布告中没提枪的事，只说他欲纵火兵工厂，事发后被逮，但在兵工厂关押时欲潜逃被击毙……

“会不会是真的?”桂福吃惊地下意识地问道。

“巡警发的布告还能假？我也听说当时兵工厂还真响了枪，可不像是他们校枪时打的枪。你说这个陈廷安呀，放着好日子不过，跑什么？不是找死吗？人呀，就是命，你看陈廷顺，那小子就贼性。可这陈廷安不像是乱党呀，他为什么要去烧兵工厂?”鬼七还是有点不明白。

“也许背后有人指使。”桂福说。

“我看那陈廷安不是别人能使得动的人,”鬼七自认为对陈廷安有所了解，“行了，咱不操那个闲心了。死了算他命短!”

“大哥，陈廷安死了，陈廷顺不知道枪在哪，日本人那边怎么办?”

“不办了。老子还为没赚到小日本的大钱窝火呢!”鬼七没好气地说。桂福一时不解其意。

这时，陈廷顺大叫着跑了进来。

“七爷！我哥、我哥死了!”陈廷顺泪如雨下，跌坐在鬼七面前。

陈廷顺刚在街上看见了布告，他怎么也想不到哥哥会去烧兵工厂，更想不到一直呵护他的哥哥没死在洋枪之下却死在了中国人的手里。

“哭也死了。谁让他吃了豹子胆去烧兵工厂了？那兵工厂是大清朝的眼珠子，他不是找死吗?”鬼七说着向桂福摆摆手，桂福扶走了陈廷顺。

陈廷顺想不明白的是一向无限忠于大清的哥哥怎么会烧兵工厂?!

秀儿看见桂福扶着陈廷顺离开了鬼七的房间，一时不知发生了什么。待桂福送陈廷顺回来时，秀儿问陈廷顺怎么了。

“他哥死了。”桂福叹口气说。

“……他哥死了？陈廷安死了?!”秀儿惊愕之余几乎机械而麻木地问。

“是呀，街上有布告，是畏罪潜逃被打死的。”桂福说完走了。秀儿呆立了一会，如梦初醒后发疯地向院外跑去……

……

5

德国公使布特听说汉阳兵工厂已经研制出新枪，而且很可能近期将投入生产，马上怀疑中国有关方面早就得到了德国卫兵被劫的枪，汉阳兵工厂参照后才造出的新枪，但他没有证据。为此，他决定以咨询该案为由向有关警方发难。正这时，他接到国内电报，得知德国新枪即将研发成功，被劫枪支已无关紧要，布特才取消了行程。

……

陈廷安溜到鬼七家的后院墙时，发现不但墙加高了不少，而且墙头布满了铁蒺藜。陈廷安决定到正门附近去等，直到等出陈廷顺。

虽然经过了化装，可陈廷安刚在鬼七家大门口一出现，便引起了鬼七门前把门的厚嘴唇和细高个的注意。自打陈廷安逃走，鬼七就加强了戒备。

陈廷安只好马上离开，他深知不能在任何人面前露出真面目，否则，那层“陈廷安已死”的保护膜就将立即被撕破。

一时间陈廷安不知去哪好了。总不能天天躲在客栈里，也不能天天在大街上晃吧。还得去桥洞！

陈廷安买了一大堆吃的提着。将到桥洞时，陈廷安才盘算好该怎么和这些要饭的朋友解释他并没死，可是到了桥洞却发现一个人也没有，烂行李却还在。陈廷安知道，他们出去行乞时，“家里”总会留个人的，发生了什么事呢？陈廷安正百思不得其解时，一个行人路过桥洞，见里面有人，好奇地向里面看了看。

“先生，您知道这些讨饭的都去了哪吗？”陈廷安看了看自己，倒也和讨饭的差不多了。

“哦？你不知道？你怎么没去？”

“我知道什么？去哪？”陈廷安一时不明白。

“你快去南山坡看看就知道了。”那个行人说完走了。他确实以为陈廷安也是讨饭的了。

这些讨饭人是他唯一可信赖的朋友，一定是出了什么事，他们的事就是我的事！陈廷安毫不犹豫地向南山坡跑去。

黑老大和那些要饭的以及更多要饭的正在默默地给一个新坟培土，他们见陈廷安来了，一声不吭地停下手，看着他。他们饱经风霜和阅尽人间冷暖的脸上几乎是一个表情：凝重而淡淡的悲切。

陈廷安知道发生了有关人命的不测。

他走到黑老大身边，小声地问："怎么了？是谁?"

"豆芽儿……"黑老大说完，立即抿了抿嘴唇，将悲伤压在了心里。震惊的陈廷安下意识地望着那堆不大的土堆，似乎透过土层，看见了豆芽儿还有些稚嫩的脸庞……

"怎么回事?"许久后，陈廷安问。

"那些当兵的和巡警到处抓乱党，他们胡乱开枪，和人们乱跑的豆芽儿被打穿了胸口……"黑老大再也抑制不住哽咽。

陈廷安十分震惊，眼前立即浮现的是天真活泼的豆芽儿，一个鲜活的生命就这么离开了人世。是谁？是什么夺去了他的生命?!

陈廷安将买的那些吃的整齐地摆放在豆芽儿的坟前，眼里噙满了泪水。

"汉阳造、汉阳造……"陈廷安下意识地自语着。此时他的脑袋里想的都是：是汉阳造夺去了小豆芽儿的性命！他从黑老大手里拿过破铁锹，轻轻地给豆芽儿培了几锹土，之后深思片刻，转身径直下了山坡……黑老大等人无语地看着他的背影。

……

大和洋行内的长野放下手里的电报，敲了几下桌面，间岛立即拉开房间的拉门，走了进来。

"长野君。"进来后间岛立即垂手而立。

"间岛君，德国又研造出新式步枪了。国内来电，要求我们尽一切所能，通过德国驻汉口领事馆，购得德国最新式步枪。"

“长野君，属下不懂，为何不通过大日本帝国驻德使馆直接向德国购枪呢?”间岛有些不解。

“距离大日本帝国本土，德国近还是中国近?”长野故意问。

“当然中国近。”间岛明白了长野的意思。

“更重要的是一旦通过外交渠道就要大动干戈，从而引起人们的注意，也有损我大日本的声誉——大和民族的智慧怎能低于日尔曼民族?”长野一脸盛气凌人的表情。

“那我们以什么理由和布特交易呢?”间岛还是不明白。

“当然是民间。别忘了我是枪械收藏家。”

“可如果是新枪，布特能卖给我们吗?据我们掌握的情报，他们和清政府有协议，给湖北兵工厂提样枪，他们尚且不愿……”

长野冷笑了一声：“那是因为他面对的是清政府。我们和德国可是友邦。以我和布特先生的关系，只要新枪到了德国领事馆，我还是有把握的。”说着长野突然换了副表情：“间岛君，请告诉诸位同仁，暂停其他行动!”

“嗨!”间岛出去了。可很快又转了回来。

“长野君，鬼七来访。”

长野有点意外，想了想：“请他进来。”

……

“长先生，你听说了吧?”鬼七一进门就大着嗓门说。

“听说什么?”长野皱了皱眉头。

“那个陈廷安死了呀。好像只有他知道那支枪在哪，他一死，我就不可能马上把枪交给你了。你看这事……?”

“既然陈廷安死了，枪还何处去寻呢?那么霍先生来的意思又是……?”鬼七的到来本已让长野意外了，因为既然无法履约，以鬼七的吞到嘴里的肉就不可能再吐出来的个性，他此来的目的是什么？

“他弟弟还在我手上呀。你我都是生意人，我拿了你的预付，就得给你货，你也好支付余款。长先生放心，我迟早会把那支枪搞到手。反正你不是急着用，不耽误你收藏就行嘛。”鬼七说。

“行情可是随着时间有涨有落的呀。”

鬼七大笑：“那咱就随行就价，别管我啥时给你枪，到时咱结算就是了！”鬼七斩钉截铁地说。长野明白了，鬼七不但不想吐出预付金，还想得到余款。

长野笑了：“霍先生，实话告诉你，我对那支枪没兴趣了，不过你放心，预付我不会索回，我们是朋友嘛，以后还有的是生意可以合作。算我先放到你那儿的，如何？”

“哟，那我霍老七不是太贪财了吗？长先生既然这么说了，我再硬还给你，就显得我拂了你的面子。放心，有什么可以合作的生意你只管找我！”鬼七本来也不想退他的预付，但他此行的目的看来也只能达成这一半了，因为他不但想留下预付，还要留下个尾巴，为的是诈得长野更多的钱。

鬼七离开大和洋行后，怎么也想不明白长野怎么就突然对那支枪没了兴趣呢？

鬼七路过巡警队，干脆进来看看焦伯琛。焦伯琛不在巡警队。鬼七和胡三攀谈了一会，得知兵工厂已经研造出新枪，巡警这才得以清闲——除了针对乱党已经不必再到处找那支德国枪了……从巡警队出来，鬼七才多少悟出点味道来——原来那支枪已经不重要了呀，所以小日本也不感兴趣了。

不过，长野突然对那支枪不感兴趣并非是鬼七想到的原因，日本人将目光盯上了更新式的德国枪这个原因鬼七最少暂时还无从知晓。

长野的目的是阻止中国造出好枪，最少要保持日本在武器制造方面要远远领先于中国的事实。既然中国人没有得到德国样枪，而且转眼已经过去快一年了，即使余怀庆现在得到枪，再经研究与仿制，怕是又得小半年的时间，可那时，世界步枪水平又将前进了一大步。

不过他低估了中国人的聪明才智——在长野去德国使馆的途中，间岛追了上来，告诉他刚刚得到情报：余怀庆已独立设计出样枪，并很可能将要批量生产。长野吃了一惊，立即返回洋行。

长野不知道余怀庆研发出的新枪是什么样，性能如何，但他知道，既然已准备投入生产，说明不会太差。

“间岛君，我们要调整部署，想尽办法阻止他们投入生产。”长野下了决心。

“从哪下手呢?”自从上次纵火失败后，间岛有些怯手。

“抓紧时间，趁他们还没有投入生产，盗取样枪然后毁坏其模具!”长野说着又拿出兵工厂的地图，间岛凑了过去。

“长野君，怕是巡警已经盯上了我们。我们的目标太大了吧?”间岛担忧地说。

“要双管齐下……”长野已经胸有成竹。

6

陈廷安出现在兵工厂大门前。

陈廷安称是余总办的亲戚，来找余怀庆。守门的警卫见他说得有鼻子有眼儿，放他进去了。

大白天的，陈廷安不想翻墙而入，那样反倒容易被人发现。他已经熟悉了厂内的大体情况，只要能进了厂区他自信会有办法。

陈廷安知道此行可能不义，但他已经坚定了决心：即使伤害了恩人也不能伤害那些百姓!

自从在余府意外看见了罗秋月，陈廷安就开始犯了嘀咕，接着是得知清兵用“汉阳造”剿灭了起义军——虽然他对乱党很反感，但他们毕竟同为中国人。接着是豆芽儿无辜死在“汉阳造”枪下。至此，陈廷安已决定不能充当间接杀人犯，要把自己交出的枪夺回来！

陈廷安溜到了余怀庆办公室附近，刚要接近窗口时，却发现两个护卫走来，陈廷安立即转身，拐过墙角，看见一排铁桶，陈廷安灵机一动，立即跳进一个铁桶中。

两个护卫快步跟了过来。

“我怎么看着刚才那个人有点眼熟呢?”一个护卫说。

“这厂里你眼熟的多了!”另一护卫说。

“不是。对了，我想起来了，好像是那个叫陈廷安的!”

“胡扯吧你，陈廷安不是早被击毙沉入江里了吗?”

“你知道什么！对了，那天你没上班，根本就没那事，那是余总办安排糊弄巡警的!”

“哦……那可能是我看走眼了，即使他没死，也不可能再来这儿了。”

两个人走了。

铁桶里的陈廷安听见了两人的对话，一时间弄不明白余怀庆是为了救他还是为了保全自己。此时箭已在弦上，陈廷安决意走到底。

陈廷安刚拐过墙角准备接近余怀庆的办公室时，余怀庆出了办公室，向车间方向走去。待他走远，陈廷安看了看四周，闪身进了余怀庆的办公室。

陈廷安进了办公室，发现枪架上立着支枪，立即将其拿到手，出了房间。

陈廷安知道持枪不可能通过大门，于是他穿过厂区，翻过围墙……

半小时后，余怀庆回到办公室，准备取枪后去车间造模具，可枪架上是空的！

余怀庆傻了眼……

鲍昆等人闻讯赶来，可没人知道样枪的去向。

随即，全厂展开了大搜查，可全无枪的影子了，也未见可疑人。这使得在墙头上观察厂内情形的间岛不知道发生了什么，还以为自己的行动被发现，立即离开……

这时两个护卫向余怀庆报告曾在余怀庆办公室附近见过疑似陈廷安的人……

"……告诉大家，此事暂时严格保密!" 呆想了许久后，余怀庆吩咐鲍昆。

人们都走后，余怀庆长叹一声，跌坐在椅子上。

……

此时，陈廷安用衣服裹着那支枪疾步行走在大街上。途经当初抛大钱儿的臭水沟时，见四下无人，他将枪抛进了臭水沟……

或许是陈廷安一生注定要与枪扯不清了，本来看似峰回路转、一切都将重新开始的人生，一连串的偶遇又让他的思想发生了紊乱，从而又开启了本已经合上的潘多拉之盒。之所以说他"思想发生了紊乱"，是说此时的陈廷安对社会、对政治的认识并没有产生根本的变化，只是因为他对洋枪与人命的朴素认识触发了他本就爱憎分明的神经，于是他才会毫不犹豫地再次做下了这一惊天大案，以致又把各种政治势力搅得不得安宁……

……

间岛向长野报告他在兵工厂的所见后，两人都认为兵工厂已加强警戒，看来"双管齐下"只能走另一"管道"了。

于是间岛去见鬼七。

"霍先生，我们老板想接着和你谈笔生意。"

"还是要枪吗？说吧，要什么枪？"

间岛起身把门关上。

“别弄得那么神秘，这是我家，到处是我的兄弟!”鬼七对日本人的故弄玄虚有些不耐烦。

“霍先生，这是为你好。实话说，这个买卖见不得人。”间岛显得很坦诚地说。

鬼七笑了：“我霍老七这半辈见不得人的事还真没少干。你有啥买卖就快说吧。”

“我们老板对‘汉阳造’特别有兴趣，中国造的嘛，他对中国很有感情，所以只要是中国枪他就一定要第一个收藏。”

“长先生想收藏什么枪?”

“听说湖北兵工厂马上要投产一种新枪，我们老板想要样枪。”间岛终于说出了自己的要求。

“什么叫样枪?”鬼七立即严肃起来。

“就是新枪大批投产前，要有支母枪……”

“明白了!”鬼七是真的明白了。他明白日本人的目的何在。

“霍先生有这个能力吧?”间岛试探着问。

“只要有钱就没啥我不能干的。不过，你得告诉长先生，这可是一笔新买卖，和上次的那笔生意无关，我的意思就是要咱们做，你们还得再付预付金。这可是冒风险的事，没钱我的弟兄们可不会做。”

“霍先生，我会向我们老板报告的。那就是说您答应了?”间岛有点高兴了。

“拿人家的钱就替人家办事，这是江湖规矩。”鬼七肯定地说。

“好！霍先生不愧是高人!”间岛准备告辞了。

……

余怀庆一直在办公室里坐着。他怎么也想不通陈廷安为何偷走了凝聚着他心血的样枪？这个陈廷安到底是什么人？是我看人看错了吗？余怀庆难以相信陈廷安是乱党或者哪一路的坏人。可他为什么这么做呢？是对兵工厂有成见还是对我余怀庆有成见？

这时焦伯琛闻讯赶来了。

“余总办，我怀疑厂内有乱党！”焦伯琛未待余怀庆详细说明情况就断言道。

“伯琛，你先坐下。”余怀庆有气无力地说。

“余大人，这个案子太大了，是否马上报告给局里？”焦伯琛问。因为他还不知道余怀庆是怎么处理的，而他则是听兵工厂那个护卫朋友说起此事……

余怀庆摆了摆手：“和你说实话吧，伯琛。”他真诚地看着焦伯琛。

“余大人，您虽然官为总办，但从不嫌弃我这个朋友，我们之间还有什么不能说的呢？”焦伯琛同样真诚地说。

“陈廷安没死！”余怀庆的话刚一出口，就紧紧地看着焦伯琛。

焦伯琛沉吟了一会，然后叹口气说：“余大人，其实当初我就怀疑不那么简单，但我想，既然是您做的就一定有道理，于是按您的吩咐在全城张贴了布告……”

“谢谢你伯琛。并非因为陈廷安救过我的命，我就投桃报李。我看那年轻人很诚实，也很善良，可是你知道吗？我的样枪就是他拿走的。”余怀庆还是没说出那个“偷”字。

这是焦伯琛已经想到的。

“他为什么要这么做呢？”焦伯琛惊讶地问。

“这也是我不解之处。”

“我知道这支样枪对您、对兵工厂是多么重要。我立即组织人手搜捕！”焦伯琛站了起来。

“这个年轻人很机警，怕是很难找到，不过眼下也没有别的好办法……

切不可大势声张，免得引起各类人的蠢蠢欲动……”

“伯琛明白！”

余怀庆拍了拍焦伯琛的肩……

……

“陈廷顺还在鬼七家吗？”长野突然站起来。

“应该还在！”间岛说。

“派人盯住鬼七家！知道吗？有人已经捷足先登，盗走了余怀庆的样枪！”长野一字一顿地说。

“哦？”间岛十分意外，“是何人所为？革命党还是帮会分子？”

“现在还不得而知，但余怀庆的样枪已被盗走是确切的消息。这是老天帮了我们的忙呀。间岛君，可以预料，巡警一定也在全力寻枪，我们要尽一切所能，赶在他们之前找到枪……”

“长野君，请指示！”间岛立即双脚并拢、垂下头。

长野想着什么，突然笑了：“这简直是一场游戏，只要游戏开场了，我们就必须要参与其中！间岛君，在监视鬼七家的同时，把所有人手都撒下去，秘密调查是谁盗了余怀庆的样枪，现在枪在何处！”长野说着开始脱下和服，穿上中国服装。

“长野君，您……？”

“我马上去见鬼七。在汉阳、汉口和武昌地界，鬼七的作用往往是我们无法企及的。只要能达成我们的目的，就答应付给他钱，不过，他迟早还得吐出来！”长野咬着牙说，“你去通知鬼七，我要在如意酒楼见他。”

7

焦伯琛深感自己肩上责任重大，且莫说老友余怀庆遭此一劫的损失之大，如果陈廷安再做下大案，他这个巡警队长也难逃其咎。为此，他将巡警召集到一起，严令他们在保守秘密的同时，秘密查访陈廷安的下落。他知道此为下策，因为当初全城公开大搜捕也未得陈廷安的踪影，如今只此一个巡警队的力量要达到目的可谓难上加难，可没有上策可采，只此一途，可能兵工厂失枪一事难以保密，但是陈廷安所为却一定要能保一天的密就保一天！

可很快唐季恺就知道了兵工厂失枪的大体内幕。此时，他看完了一张小纸条后，立即烧掉了。小吴和傅东晨等人看着他。

“陈廷安畏罪潜逃是假，如今他‘起死回生’，偷走了余怀庆的样枪！”唐季恺看着大家说，人们非常惊讶。

“看来我们的情报工作漏洞太多。也难怪，革命处于低潮时期，但我们的工作马上要有个大的起色。现在我们马上要做的是：找到陈廷安，最少要摸到他的行迹，确保余怀庆的样枪不能落在日本人的手里。同时，要开展宣传活动，揭露腐朽的清王朝的本质，唤起民众的觉醒。”

……

此时长野已经和鬼七在如意酒楼。

鬼七看着长野，瞪大了眼睛：“兵工厂的枪也能被人偷走？”

“这咱不去管他。老天成全咱们，枪出了厂，那可就是谁得到就是谁的了。”说着长野将一叠钱在桌上推给了鬼七。

“这是预付。先前所付因为责任不在霍先生，所以无须退还。如果这笔买卖我们能做得成，本人定付重金——我相信霍先生，这次合作一定能达成！”

“我霍老七就是见钱眼开、为钱卖命，你就等着好消息吧！”鬼七接过了钱。

……

余怀庆在家躺了三天，第四天终于起了床。他已经决心在原来样枪基础上再重新设计。

陈廷安是出于什么目的偷走了样枪对于余怀庆已经不重要了，可样枪何时能找回，能不能找回，谁也说不准，自然也不能被动地等。

余怀庆是那种视事业为生命的人，而且在事业的创造中他会得到无上的快乐，这是自小养成的。他想在原来的基础上，重新设计，并加以改进。

余怀庆从卧房到了书房。他把那样枪的图纸找了出来，可翻着翻着，发现有关弹仓和撞针部分的图纸不见了。他认真想了想，当时这些图纸是从厂里拿回来的，而且是放在一个文件夹里，不可能落在厂里，也不可能遗失。

“管家!”余怀庆大叫。

管家不知道发生了什么，匆匆而进。

“老爷。”

“看见我的图纸了吗?”余怀庆拍了拍他的文件夹，又指了指那摞图纸。

“没有呀。老爷您知道，我也看不懂那些，更不会动。”管家茫然地说。

“有人进过书房吗?”余怀庆又问。

管家似乎想了一会儿：“好像小姐进来过。”

余怀庆摆了摆手：“叫冯妈过来一下。”

很快，冯妈进来了。

“冯妈，你别害怕。”

“哦，老爷叫我有啥吩咐?”

“我问你，谁进过这个屋子?”

“我没进!”冯妈立即说。

“我没说你。我是问别人有没有人进来过。”

“我没看见呀。老爷您丢啥东西了吧?”

“不能说丢，是不见了。”余怀庆心开始往下沉，谁会偷走了图纸？而且是关键部位的？家里这几个人不可能，可是如果是外人进来了，为何未将全部图纸偷走呢？

“老爷，丢啥了？要不要找巡警？”冯妈倒知道找巡警。

余怀庆摆摆手：“不用。”

“哦，也是，您这书房也没啥值钱的东西呀。”冯妈安慰着余怀庆，倒把余怀庆弄得哭笑不得。

“丫头又没在家？”余怀庆问。

“小姐上街了。”冯妈说。

“冯妈，不要和任何人说我丢了什么东西。”

“老爷，我知道了。”

8

街上，小吴站在一辆破马车的车架子上正在演讲。百姓越聚越多。

不知道陈廷安这些天都躲在了哪里，总之是没有离开汉阳。但这时他也挤进了人群。

小吴讲得慷慨激昂。

“清政府的昏庸无能，出卖主权、镇压人民，我们必须团结一心，驱逐外强凌辱，推翻腐朽的清王朝，建立人人平等的共和国家……”陈廷安不禁驻足而听。

街头这种鼓动革命、宣传群众的方式我们太熟悉了，但这种形式在那个年代还比较新鲜。革命党人从一开始就非常注重舆论宣传，用反动势力的话说叫“蛊惑人心”。我们很快就会看到不久后“辛亥革命”的发端——武昌起义所产生的震撼社会的效果，它成功的原因之一就是深入人心，这与革命党人的有效宣传不无关系。

实际上，深受儒家思想浸染的中国知识分子少有反抗精神，所谓“反骨”也多是表现在独自的咬牙切齿，真正有违法条、宣传变革的社会宣传是从维新时期开始的。我们都知道，当时中国资产阶级改良派的代表人物们创办了一批报纸杂志，康有为、梁启超、严复等人不遗余力地热情宣传进化史观，介绍西方社会制度和自然科学知识，在西方政治、民主、科学进步的这把尺子下，分析中国积贫积弱、面临瓜分的危急形势，批判中国民众守旧思想影响下的奴性，提倡在中国进行政治、经济、文化、教育等方面的改革。这是中国近代史上的首次思想解放运动，虽然这运动还多局限于知识界。后来的史学家之所以评价其为改良主义，那是因为他们自身所无法清洗干净的皇权思想，幻想在不彻底改变封建制度的基础上，达到让上层资产阶级参政和发展资本主义的目的。显然这是一厢情愿。相反，辛亥革命前，这些革命党不仅宣传爱国反帝，还大力抨击清政府的昏庸腐败、丧权辱国，鲜明提出只有革命才能挽救中国的危亡。邹容的《革命军》热情讴歌被压迫人民的革命的正义性和巨大的历史作用，对广大人民的悲惨境遇表示极大的同情，并指出祸根在“内受满洲之压制，外受列强之驱迫”，因而只有用革命手段“扫除数千年种种之专制政体”，建立“中华共和国”，“再扬荡干涉尔主权外来之恶魔”，才能给中国开出一条生路。革命党人从民主观念出发，驳斥了君权神圣不可侵犯的说教；批判三纲五常，斥责那些满口仁义道德的封建卫道士正是杀人不见血的刽子手；号召人们从封建的思想枷锁中挣脱出来。

在当时的中国，这种大声疾呼显然是“危言耸听”，但它所具有的启迪意义也是前所未有的。同盟会等革命组织从数十次武装起义失败中汲取教训，正在以新的形式发动与积蓄革命力量。

那些百姓虽然多有听不懂者，但小吴慷慨激昂的那些新鲜词儿还是让听者们感觉新鲜和刺激。

这时巡警冲来。

“巡警来了!”有人喊了一声。

小吴跳下了车架子，可这时巡警也已经跑了过来，陈廷安不动声色地将破车架子踢倒，瞬间车架子绊倒了巡警，小吴这才跑远了，但他回头看了一眼陈廷安……

随后，陈廷安随着人流也消失了。

小吴演讲脱险后，回到了秘密驻地。唐季恺对小吴成功的演讲表示赞赏，认为这已经达到目的，因为唤醒民众不是一朝一夕的事情。而当小吴说是陈廷安掩护了他时，唐季恺兴奋起来。

“看来这个年轻人是可以争取的！”唐季恺思考着。

陈廷安知道自己“死了”，而偷回了那支枪，看来余怀庆也不会有何过激反应，毕竟那是我交出的枪，我拿回来了不算偷吧？陈廷安有理由这么想，却不知道他偷回来的根本就不是那支枪了！对于余怀庆，他虽然交出了不错的枪，可却偷走了更重要的枪！

陈廷安不知道，焦伯琛率领的巡警已换成便衣在大街小巷搜寻着……

陈廷安不敢马上去找陈廷顺，只好在街上闲逛，为的是能和陈廷顺不期而遇，而在内心的另一层，则半隐半现地藏着秀儿——秀儿对于他来说，既是谜，也是惑，又隐隐的是痛。至今，他都不知道该如何对待秀儿，但他欠秀儿的，他的心里只承认这一点。而对去找云妹，他已经没有欲望了，既然云妹已经与他人订了婚，自己再出现只能让人家烦心。

陈廷安不经意间路过百花园妓院。他不知道这里是干什么的，听见里面的琴声和女人嗲声嗲气的浪叫，就好奇地向门里看了一眼，不想立即有两个姑娘出来拉住他。

“先生，进来玩玩嘛。”

“玩什么？”陈廷安一时有些发蒙。

“只要哥哥有钱，玩什么都行。”姑娘说着去摸陈廷安的腿下——看来古今妓女都是一个德性。

陈廷安终于明白了，挣脱两个姑娘跑开了。

走远后的陈廷安心有余悸地回头看了一眼，竟然看见了一个熟悉的身影——秀儿！

此时秀儿正行色匆匆地向百花园而去。

陈廷安立即返回，远远地站在门外，却不见了秀儿的影子。

陈廷安想进百花园，他知道这得有钱，可他身上没有那么多钱。他等了许久，未再见秀儿的影子，只好离开。

陈廷安到了桥洞子。

不知今天是什么日子，黑老大等人一个不少。大家对陈廷安的到来十分高兴。在他们看来，陈廷安虽然有些神秘，但一定是好人，只要是好人，对他们就足够了。

黑老大居然搬出一罐酒。陈廷安和大家喝了起来。

“老大，那个鬼七以前是干什么的？”陈廷安问。

“鬼七可惹不得呀。我知道你和他有仇。”黑老大马上警告他。

“我只是打听一下还不行呀。”陈廷安轻松地说。他想尽力解开秀儿与鬼七关系之谜，从弄明白鬼七入手。

“这小子年轻时不这样，后来惹上大烟瘾，就没他不干的坏事了。对了，他还开家妓院——”

“妓院？”陈廷安下意识地冒出一句。

“怎么？愿意去？不不，你不是那种人。”黑老大立即否定道。

“那百花园没开几年，虽然生意不错，可扛不住他抽大烟，就把妓院盘给了别人。后来就干起了道儿上的勾当。”

陈廷安心里一震，但这次他没有表现出来。

“大哥，有没有钱？先借我几个。”陈廷安突然郑重其事地问。

“不会是去逛妓院吧？”黑老大开玩笑地说，但已经把手伸进了怀里。

……

秀儿离开了百花园。离开百花园的秀儿脸上满是疑惑的表情。

秀儿刚走，陈廷安就进了百花园。他给在门前拉客的两个妓女每人几个小钱儿，让她们把自己领到了老鸨的房间。

陈廷安一进门就给了老鸨几个大钱。

“哟，大爷这是……让我给你找个好姑娘?”当老鸨判断出这是个雏时，高兴地说。

“不不，今天就不了。想请教大姐个事。”陈廷安很认真地说。

“大爷请讲。”老鸨是见过世面的人，什么人她都能应付，更何况是这么懂事理的人呢。

“您认识一个叫秀儿的人吗?”陈廷安故作轻松地说。可没想到老鸨听了“秀儿”这两字后，却顿时不轻松了。

“你找她干什么?”老鸨警觉地问。

“我……随便打听一下。”陈廷安本想说他是秀儿的亲戚，可见老鸨如此警惕，他又不知说什么好了。

“先生，我不认识这个人。”老鸨说着把钱塞给了陈廷安。

“大姐，我不是坏人，可不是拿钱来买什么。”陈廷安强调说。

“我没说你是坏人。可我真不知道秀儿是谁呀!”

“可她中午来过的呀。我看见了。我这眼睛看人可准呢。”陈廷安只好端出底。

“大爷，我这院子里来的人可多了，也不一定个个我都认识呀。”

说着老鸨站了起来，示意“你该走了”。

此时，秀儿刚刚回到鬼七的院子。不知是凑巧，还是有意，秀儿刚一进院门，陈廷顺便迎了上来。

“秀儿，我、我不知道你为啥老是躲着我……”陈廷顺对秀儿的感情无疑是真诚的，此时也表现出无辜与可怜。

“我没躲着你呀，不是经常看见你在我眼前吗？”秀儿话里带刺儿地说。秀儿是个不掩饰自己好恶的姑娘，她也说不清自己为何对陈廷顺越来越没有好感，如果他不是陈廷安的弟弟，可能这点儿客气也没有了。

“我知道你喜欢我哥，可我哥……”陈廷顺欲言又止。

“这辈子我只想嫁一个人，他死了，我就终身不嫁！”秀儿仍然冷冷地说。

从见到秀儿的那一刻起，陈廷顺心中就燃起了怎么也浇不灭的热爱之火，尽管秀儿说出在他看来如此绝情的话，但陈廷顺并不气馁。

爱情永远是前进路上的动力，单相思的动力则是成倍的。陈廷顺开始按着自己的方式塑造自己并坚持着信心。

……

鬼七正在自己房间看着长野的那摞钱发呆，心想：这玩笑是不是有点开过火了？小日本的钱不会这么好拿吧？到底兵工厂的枪谁弄去了？是江湖同道还是乱党？鬼七当然想得到此枪，可他不想为此付出太多代价，如果因此搅得太深，会不会有太大的危险？此时他感觉到围绕这支枪所发生和即将发生的一切实在不太简单……

这时陈廷顺来了，这让鬼七眼睛一亮。他想，要找到陈廷安，只有陈廷顺才有可能。

“廷顺，是不是呆着腻歪了？坐下吧，有事尽管说。”鬼七格外客气地说。

“七爷，您对我的好我永远记着，有用得着我的地方您就吩咐。”陈廷顺满脸的谦卑。但鬼七看出他是有事相求。

“别，你有什么用我的地方还是你说吧。”

“七爷，我、我想当巡警，您能不能替我向焦队长美言几句？”陈廷顺心里明白可能性不大，可他想试试。

“廷顺呀，这事我还真替你想过，可当巡警哪那么简单？要是我能给我姐夫送点零花钱你就能当上巡警，这钱我给你出，可不是那么回事呀。”

陈廷顺立即给鬼七鞠了一躬：“谢谢七爷，您说怎么做我才能当上巡警？干什么都行！”

鬼七有意想了想：“想当巡警嘛……你得立功，就是得做他们巡警没干成的事……”

“七爷，您让我干啥尽管吩咐。”

“你过来。”鬼七向他招招手。陈廷顺不知道鬼七有啥吩咐如此机密，往前凑了凑。

“杀了傅东晨！”鬼七对着他的耳边悄声说道。陈廷顺吓了一跳。

“廷顺，傅东晨是乱党，如果你杀了他，我就会告诉我姐夫你是为朝廷除了奸！”

“七、七爷，那傅东晨好像是有武艺的人，我怕是没杀了他，他倒把我杀了。”陈廷顺说的是心里话。

“啧，这我替你想好了。背后下手——你还能事先和他打个招呼说‘我要杀你了’？”

陈廷顺低头不语，心想：能否杀得了傅东晨暂且不论，如果拒绝了鬼七，怕是自己就死无葬身之地了。如今哥哥已死，不但没了靠山，连个最后的护身符都没了。出了这个大门，哪里还有容身之处呢？他明白，鬼七表面上是在和他商量，其实是下命令。

“七爷，我还有一件事。”陈廷顺说着低下了头。

“你尽管说！”鬼七就希望他现在有事求他。

“秀儿也不小了，我想请七爷给我们做主……”陈廷顺很聪明，他认为这个时候提起这件事，鬼七就会认为他对找到陈廷安有把握。

鬼七笑了：“廷顺，我知道你对秀儿好，可你我都知道，秀儿钟情的好像是你哥，虽说你哥死了，你的机会大了，可我想……秀儿是我的干闺女，我这当爹的说话她得听三分，但能不能管用可就不太好说了。”

“七爷，只要您同意，秀儿一定会听的!”陈廷顺看到了希望。

“你把傅东晨的事办了，不但当巡警有望，秀儿的事也会顺理成章。”鬼七说的秀儿的事也会顺理成章是什么意思陈廷顺听不大懂。可这已经足够了。

“七爷，那我就试试。”陈廷顺说完这句话时自己都一哆嗦。

第八章 险恶用心

1

可能是因为保密工作做得好，焦伯琛的上司一直不知道是陈廷安偷走了兵工厂的样枪，而且余怀庆向有关方面透露，丢的样枪图纸还在，无碍大事……

可如此一来，焦伯琛的压力大了——他没有太多的警员去暗查失枪，因为上司要求他们加紧对乱党的侦查……

余怀庆已经开始重新设计图纸，但他既不在家工作，也不将图纸带回家，同时，他吩咐管家秘密调查罗秋月总是外出到底在干什么。

……

陈廷顺一连几日在刘家附近徘徊着。

他不想杀傅东晨，他也下不了手，重要的是他似乎意识到鬼七这是在给他挖了个坑儿，想取傅东晨的性命本不必用他，手下那么多弟兄，干嘛非要他下手呢？可怎么才能向鬼七交差呢？他打好了主意，一旦发现傅东晨有“乱党”行为时，立即直接向焦伯琛报告，如此虽然没有完成鬼七的“所托”，却可以事情紧迫、直接报告了焦队长为由……

他不知道这傅东晨为何对鬼七那么重要，显然，傅东晨是不是乱党对鬼七来说并不重要，一定是有什么个人恩怨。这正是陈廷顺想知道的。

陈廷顺不想进刘家，他不想把哥哥已死的消息告诉他们，即使他们已经知道了，他也不愿意面对。

他不知道，便衣巡警也一直在刘家附近埋伏着。

功夫不负有心人，陈廷顺终于发现傅东晨从刘家出来了，可他何时进的刘家陈廷顺却没发现。

傅东晨上了一辆洋车，陈廷顺也叫了辆洋车，紧紧跟在傅东晨的后面。他不知道一个便衣巡警也在跟着傅东晨，只是在陈廷顺之后。

傅东晨的车在百花园门前停了下来，陈廷顺则让车夫跑出了一段后才下了车。

下车后的陈廷顺正要返回来时，发现了那个便衣巡警。陈廷顺不知道他是巡警，却见那人很神秘地躲在了百花园大门不远处的角落里。陈廷顺以为是傅东晨的同党……

陈廷顺久等傅东晨不出来，看了看那个神秘的人物，却不知去向。

陈廷顺悄悄向百花园的大门接近，正这时，傅东晨出来了。很快，一辆洋车停在了门前，傅东晨上了车。

车向陈廷顺的前方开去，陈廷顺在后面小跑地跟着。刚才不见了踪影的便衣巡警不知道从哪儿冒了出来，而且变成了两个人。

洋车夫边跑边突然回头问傅东晨："先生，您有仇家吗？"

"仇家？"傅东晨一怔，随即意识到了什么。

洋车一拐进小巷突然停了下来。很怕失去目标的陈廷顺快步追上来并拐进小巷，可随之陈廷顺就不由自主地站住了——傅东晨正稳稳地站着面对着他。傅东晨不知道是谁在跟踪他，当与陈廷顺面对面时，双方都怔住了，就是这瞬间，傅东晨身后的洋车夫突然举刀向傅东晨砍来。

傅东晨一时间还没有察觉，陈廷顺却吓得本能地转身就跑，刚一出巷口，见两个便衣巡警正向巷口赶来，陈廷顺立即调头向相反方向而逃。那两个巡警追了上来，路过巷口时，向里面看了一眼，一个人停了下来，另一个人继续追陈廷顺。陈廷顺此时不知道傅东晨死活，只想赶紧离开这是非之地，逃脱后面的追捕——他可不愿这个时候落入巡警之手，那他可就跳进黄河也洗不清了。

马上就要甩掉追击的巡警了，可突然桂福和细高个从街边冒了出来，横在了陈廷顺的面前。

"桂福大哥，傅东晨他……"如同遇到救星的陈廷顺有点上气不接下气。

"怎么？你杀了他？"桂福问话的同时，细高个已经绕到了他的背后，陈廷顺对两人的突然出现立即感到有些迷惑，这时，身后的巷子里传来了大叫声。正要去追陈廷顺的那个巡警立即停住脚，之后转身跑了回去。

待那巡警跑到巷子时，发现先前那个巡警正看着地上的一把大片刀和一摊血发怔。

"人呢？"后跑进来的巡警问。

"那还用问，跑了呗。"先来的巡警丧气地说。

此时，桂福在巷子口探了探头，很快又缩了回去。

细高个正紧紧拉着陈廷顺，陈廷顺无法动弹。这时，他似乎明白了：可能傅东晨死了，他将成为替罪羊……这莫非是鬼七借刀杀人的圈套？陈廷顺不寒而栗。

这时，桂福跑了过来，向细高个和陈廷顺一摆手：“快走！”

陈廷顺这才松了口气。

“桂福大哥，怎么回事？”细高个不解地问。

“人没了，地上一摊血。”桂福简单地说。

陈廷顺吓了一跳，随后急速地盘算着。

……

回到鬼七家后，陈廷顺将如何跟踪傅东晨到百花园，又如何在僻静地方对傅东晨下手时，偏偏遇到巡警，否则傅东晨早已死在他刀下……鬼七听着，心底却暗骂：个婊子养的，要是我那兄弟得手，你现在早进了大牢了。

原来，鬼七却是设的借刀杀人之计，只可惜，虽然设置得天衣无缝，无奈那兄弟却未能得手，不但没砍死傅东晨，反倒被傅东晨绝地夺刀后险些砍掉一只胳膊，如今鬼七给了他几十块大洋，正在家养伤……

“好了，你下去吧。”鬼七摆了摆手。他并不是为兄弟的受伤难过，是在想这傅东晨又去百花园做什么？

鬼七没再逼陈廷顺去杀傅东晨，陈廷顺也不知道傅东晨出了什么事，总之他可以先松口气了。

陈廷顺在院子里转来转去。他是在鼓励自己去见秀儿！

曾有在爱情的大海里扑腾过的哲人说过：“爱情中的男女都是傻瓜”，这实在是经验之谈。单说此时的陈廷顺，虽然是单相思，但一点没有影响他爱情之火的熊熊燃烧。在他的意识里，无论秀儿如何蔑视他，都丝毫动摇不了他对秀儿的一腔柔情。一般说，爱的狂热阶段相对时间有限，可陈廷顺却持续不断。如果说陈廷安对秀儿的认识与感觉是慢热型的，陈廷顺则恰恰相反，而且是持之以恒。秀儿从来就没给过他一点希望，唯一让他激动的回忆一是秀儿如同永远也品不完滋味的奇异果；二是在他的强迫下的那一个吻，最后是在河边目睹的秀儿的身体。所有这一切，在他的心里构成了永远充满魅力的挥之不去的而且时时在心底涌动的激情。此时他说不清自己要见秀儿的目的。

终于，他快步走到了秀儿的闺房前，观察了一下四周，鼓起勇气，果断地推开了秀儿的房门。

可房中无人。本来小心翼翼的陈廷顺在屋子里站了一会，突然反身离开，遍问在大院里所有能看见的人们，可没人知道秀儿去了哪儿。

“一天没看见小姐了，”厚嘴唇想了想说，“可小姐好久没离开过大院这么长时间了。”厚嘴唇也觉得有点奇怪。

陈廷顺不知道秀儿是独自离开了还是受鬼七所派，这个大院里如果连鬼七都不知道的事就没人知道了。

陈廷顺故作惊慌地去找鬼七，当鬼七听说秀儿已经离开大院好久了，反应得比陈廷顺还激烈。

“这事你就不要管了！”鬼七深思片刻后铁青着脸说。这让陈廷顺都有点出乎意料。

鬼七独自出了大院，叫了辆洋车直奔郊外。有鬼七的话在先，陈廷顺虽然着急，却不敢乱动。此时他最希望的是秀儿能平安，当然最好不是去找陈廷安了……

鬼七似乎预料到了秀儿的所在，其实这也是最让他担忧的。

鬼七早早下了洋车，向那片树林边的草地匆匆走去。不远处，就是那座孤坟。

果然，鬼七在孤坟前发现了秀儿的身影。鬼七的表情立即变得更加阴沉，说明秀儿的这个举动足以让鬼七如芒在背。

那孤坟前的石碑上明明刻着“爱女霍娥儿之墓”，落款是鬼七的大名“霍振江”，可此时秀儿却坐在坟前泪流满面……

秀儿摘了几朵野花，插在了坟前……

秀儿的每个举动都牵动着鬼七的心境，以至他的脸上不时地表现出惊愕、阴沉和杀气……

秀儿走了，鬼七紧紧跟踪。

秀儿向百花园妓院而来，鬼七远远地跟着她，心下好像已经明白了什么。

此时，陈廷安正在百花园老鸨的房间。

“唉，看你这小伙子不像坏人，我就告诉你吧。秀儿确实来过，可干什么来了，我是真不知道。”老鸨说。

“您认识她吧？”陈廷安想知道的不只是秀儿来过，而是她为什么要来这里。

“也许这里有她的朋友吧，我也不太清楚。我不是太熟悉她，只知道她是个好姑娘，不是来我这里讨生活的。”显然，老鸨有所隐瞒。经多识广的她不可能将她所知道的一切告诉眼前这个来历不明的年轻人。

已经磨了好久，老鸨才说了这些话，陈廷安不知还有什么办法能让她说出更多他想知道的内容了。

“秀儿和这里的谁是朋友您能告诉我吗？”陈廷安抱着最后一线希望问。

“年轻人，谁是她的朋友我不知道。我知道的都告诉了你！”老鸨有些不耐烦了。

此时，秀儿已经进了百花园的院门。秀儿虽然穿的不是那么花枝招展，但其容颜和气质立即引来嫖客淫邪的目光。一个不知是在百花园没找到中意妓女还是刚刚嫖完意犹未尽的嫖客立即被秀儿所吸引，拉住秀儿就往房里走，边走边从怀里掏出钱。

“姑娘，新来的吧？怎么这老鸨也不通知大爷我一声！”

秀儿一把推开了他。

“怎么，嫌钱少？”那嫖客又从怀里掏出一把钱，在秀儿的眼前晃了晃，秀儿看也没看，一个巴掌抡了过去！

“当姑奶奶是什么人啦！”秀儿甩下一句后直奔老鸨的房间。看来，老鸨说不熟悉她显然是假话。只有那个只是过了过眼瘾就挨了一巴掌的嫖客发呆地摸着火辣辣的脸。

秀儿走到老鸨门前时突然停住脚。她听到有人提到了她的名字。她悄悄凑到门前，透过门缝，惊讶地发现陈廷安竟然在老鸨的房间里。

秀儿打量了一下四周，没有贸然进去。激动、兴奋让秀儿涨红了脸。

“大姐，不瞒您说，秀儿对我很重要。我相信您的话，那就不打扰您了。”陈廷安说着站了起来。

秀儿立即闪身躲在房侧。

……

此时，虾米出现在城外。闲得无聊的虾米逛到了黑老大他们所住的桥洞。虾米发现桥洞里有点异样，索性进去后才发现这里简直是个大房间，可虾米翻了半天没有一样可卖钱的东西，正要离开时，却发现桥壁的树枝里藏着一把大刀，虾米抽出看了看，想起当初在街上卖刀具的贩子，认定这东西会值几个钱。虾米高兴地抱着大刀离去。

这是陈廷安的大刀。

桥洞里第一次没留人，虾米就乘机而入了。

……

鬼七正守在百花园门前通往鬼七大院的路口。他没有进百花园的意思，只想等秀儿出来。

倒是陈廷安出来了，但没有引起鬼七的注意。妓院进进出出的嫖客多了，鬼七此时注意的只是秀儿，何况陈廷安化了装，再说鬼七怎么也想不到陈廷安没死。

陈廷安出来后向鬼七隐藏的相反方向而去。很快，秀儿相跟而出。她不想在百花园附近和陈廷安相认，想离开这里再说。可秀儿一出来，鬼七就发现了，而当他发现秀儿向相反方向而去，却不是回家时，立即追了过来。

秀儿还不知道怎么回事时，鬼七已经抓住了她，秀儿下意识地一声惊叫，走在前面不远的陈廷安也下意识地回头，惊愕地发现鬼七拖走了秀儿。陈廷安极为震惊，立即奔过来，可秀儿在挣扎中回过头向陈廷安示意千万不要过来！这时，桂福等人赶了过来……

那瞬间，陈廷安明白了秀儿一直在跟着他或者是在保护着他。此时他的内心极为复杂，他知道秀儿的“示意”完全是为了保护他而做出的最后努力，那“示意”表明鬼七并未发现陈廷安。陈廷安在瞬间的犹豫中谴责着自己眼看着鬼七拖走了秀儿而自己却无能为力，当他明白了自己之所以一动没动是因为秀儿几乎是恳求的眼神打动了他，以至他不由自主地听从了这个女子……这时陈廷安终于明白了他对秀儿已经有了份无以言表的感情……

2

焦伯琛对跟踪傅东晨的两个巡警意外发现傅东晨不知与什么人发生冲突、在现场留下大刀和血迹后不知去向而摸不着头脑。仇杀？意外遇劫？现场的血迹是谁的？

正在焦伯琛百思不解之时，终于有便衣巡警又发现了傅东晨的行踪：傅东晨在联系印刷反清宣传品！焦伯琛意识到傅东晨可能真的是乱党！

“跑不了你！”一直没破大案的焦伯琛认为是立功的机会了。

焦伯琛亲自带领几个巡警着便装埋伏在刘氏铁器行附近，准备亲自跟踪，待傅东晨有所活动时，来个人赃俱获。可一连几天傅东晨也没出现。焦伯琛索性扮作客户进刘家打听傅东晨，刘老板称那是他的客户，并不熟悉。

焦伯琛走后，云妹对傅东晨一直在做什么感到不解，刘老板也疑惑起来。

……

与秀儿在那个特殊的环境下远远见了一面的陈廷安心里一直五味杂陈，

她如同一头一刻也安静不下来的小鹿，在他的心里不停地冲撞着……

陈廷安来到了那座孤坟……

当初看见鬼七和秀儿分别在这座孤坟时，陈廷安只是惊讶，可如今这里似乎有了特殊意义。至于这孤坟和鬼七、秀儿到底有什么联系，陈廷安不得要领，但有一点倒是让他觉得有意思——他曾在这孤坟里藏过枪！可更让他迷惑的是，这明明是座空坟，和鬼七和秀儿有什么关系呢？秀儿和鬼七虽名为“父女”，可他们的关系极为微妙……

陈廷安坐在坟前，不知不觉中回想起认识秀儿之后与秀儿相关的一幕幕……

这时，有人轻轻地拍了拍他的肩，陈廷安吓了一跳。

是黑老大。

“车准备好了，能送你回乡下了。”黑老大轻松地说。

“老大，我不回乡下了！”陈廷安站了起来后忽然坚定地说。

“怎么了？”黑老大有些意外。受陈廷安之托，好不容易才搞到了出城的马车，怎么又不走了呢？

“我们走吧，回家再说。”陈廷安拉起了黑老大。

两人走了。

陈廷安和黑老大回到“家”时，大家都在等着他们。原来，陈廷安一直和他们住在一起。陈廷安下意识地看了眼桥洞的墙，顿时出了一身冷汗——刀哪去了？!

……

鬼七和桂福等人将秀儿带回了大院。

鬼七将秀儿推进他的房间，回身关上了门。

“秀儿，我哪对不起你了你到处找我的毛病？!”鬼七虽然声音不高，却充满了威慑。

“我没找你的毛病，我找的都是过去的事……”秀儿争辩道，不知道她这争辩是为了说明什么还是为了表达她的愤怒或者不满。

“你是信不着我。我知道，你不是怀疑我吗？那行，咱们可以掘坟！”鬼七突然提高了嗓门。

秀儿看了看鬼七：“行，坟里如果是你的女儿娥儿，那就是我错了，我还叫你爹，给你养老。如果是我妹妹呢？”

“哪有什么如果！我亲自埋的娥儿！”鬼七暴怒起来，“行了，我也不和你吵了，免得让别人听见以为怎么了。你在外边跑了一天了，先歇着吧。我让厨房给你做饭。”鬼七推开了门，秀儿想了想，走了。

随后桂福进来。

“桂福，把秀儿给我看住了，不许她离开房间一步！”鬼七有点气急败坏地说。

陈廷顺见秀儿的房前有人看守，一时不知发生了什么，但他知道除了鬼七不会有第二个人有这个权力。他急于想知道为什么，在他看来，秀儿的一切也紧紧关系着他的一切。

陈廷顺找了个理由，请桂福出去喝酒，爱喝酒的桂福立即答应了。在这个大院里，只有桂福是最了解鬼七的了。

当两人在酒馆推杯换盏时，在鬼七的吩咐下，厨房给秀儿专门做了一桌子好菜，可秀儿几乎没动。

陈廷顺观察着桂福，见他几盅酒下肚开始兴奋时，陈廷顺开始套他的话了。

“大哥，七爷和秀儿怎么了？”

“秀儿惹大哥七爷生气了嘛！”桂福对陈廷顺毫不防备。

“七爷对秀儿那么好，她是不应该。”

“就是呀。这丫头有时不懂事呀……来来来，咱喝酒，他们爷俩的事咱说不清。”桂福不管陈廷顺喝不喝，自己又干了一盅。

“秀儿没有亲生父母吧?”陈廷顺似乎无意地问。

“原来肯定有呀，后来就没了。”桂福大大咧咧地说。

“七爷怎么认的她作干闺女呢?”

“别的我不知道，我就知道秀儿姐俩很小很小的时候就没爹没妈了，是七爷救了秀儿，秀儿的妹妹却死了。”

“秀儿还有个妹妹?”陈廷顺有些意外。

“是呀。”

“那时秀儿多大了?”陈廷顺对秀儿的出身十分惊讶，不觉更加关注起来。

“好像才两三岁吧。”

“对了，七爷以前是做什么的?”陈廷顺深入地问。

“以前……哈，以前七爷可是老板，百花园的老板!”桂福话一出口，陈廷顺已经暗吃一惊，他立即想到的是傅东晨去过百花园……

陈廷顺马上给桂福又倒了一盅。

“大哥，那是很久以前了吧？是不是那时秀儿也在百花园呆过?”陈廷顺急切地问。

“那还用说——”陈廷顺的急切让已经醉意略显的桂福意识到了什么，赶紧岔开话题，“廷顺呀，我知道你喜欢秀儿，可人家好像不喜欢你呀。”桂福说完哈哈大笑。

“那是现在，以后她一定喜欢我!”陈廷顺不知道是告诉桂福还是告诉自己，紧接着心里却塞满了秀儿、百花园、傅东晨……

……

鬼七到了秀儿的房间。

“秀儿呀，爹给你张罗了一桌子菜，你也没吃呀。”鬼七看着几乎没动的菜，不禁皱了皱眉。

“我吃不下去。”秀儿强打着精神。

“爹不是答应你了吗？明天咱就去开坟。我都安排好人了。但不能和那兄弟们说，掘坟可不是啥好事。”鬼七认真地说。

“不要找别人挖吧，我就行。”秀儿也认真地说。

“那哪行，你毕竟是个姑娘，女儿身，可不敢累着。秀儿呀，爹一直也没和你单独在一起呆会，走，和爹去汉口的江边走走，洋鬼子可是把外滩弄得挺漂亮的。”此时的鬼七表现出十足的慈父模样，这让秀儿无法拒绝。

当鬼七和秀儿离开大院上了一辆洋车时，他根本没有想到会有人在跟踪他们。事实上，日本人一直在监视着鬼七，他们的目的是循鬼七的行事轨迹，以发现他如何寻枪，以便在关键时捷足先登。

恰好，今天是长野亲自出马……

傍晚的汉口江边，不知是因天冷，还是别的什么原因，在江边散步的洋人不多，中国人更没几个。鬼七和秀儿刚到外滩的西侧便下了洋车，两人在坡堤下的江边边走边说着什么。江边的台阶下就是深不可测的江水。

长野坐着洋车继续前行，之后停在了不远处江边的堤上。长野没下车，而车夫间岛像待客似地依在了车梁旁。

“秀儿，爹和你说，我这半辈子没亏待你，尤其这几年，你在我心里已经替代了娥儿。”鬼七感叹且略带伤感地说。

“我从来没见过我亲爹，也一直拿你当爹了，但我不喜欢——”秀儿正想说什么时，鬼七拦过了话头，“我知道，我知道，所以我才不让你出大门了呀。”说着鬼七向江心望去。

鬼七深知秀儿的性情，如果说以往他还当她是干女儿，可一旦她知晓了曾经的秘密，就只能是仇人。

“秀儿，你看，那是不是江豚？”鬼七突然指着江心，秀儿侧头看去，鬼七突然一把将秀儿推入江中。因为鬼七是在秀儿的肩上用的力，秀儿几乎是头朝江中跌了下去。虽然秀儿不会游泳，但在江中挣扎着，鬼七准备跳进江里实施最后的动作时，突然，不远处一辆洋车不知为什么从江堤上顺着堤坡滚向江中，一阵叽哩咕噜的乱响吓了鬼七一跳，见此情形，他不知道发生了什么，立即返身上了大堤，快速离去。

鬼七知道秀儿不会游泳，她根本就无法攀上光秃秃的台阶，一块心病和麻烦就此去除了。

3

陈廷安和黑老大他们搬到了一幢破败的老房子里。屋顶虽然几处露着天，可毕竟是进了城，也有了窝。

大刀丢了，陈廷安心境极为不好。黑老大很心疼这位小老弟，却不知道那把大刀到底被谁偷去了。大家感觉到了桥洞子不是久留之地，才终于找到这处新的栖身之所。

“兄弟，别想了，明天兄弟们不去讨饭，都给你找刀去。”黑老大拍了拍他的肩。

“只要我的刀在市面上一出现，我就一定能夺回来。”陈廷安对那把大刀充满了感情，因为它曾伴随他在疆场上和八国联军拼杀。

“怎么不回老家了呢?”黑老大终于想起这事。

“老大，”陈廷安看着黑老大，“我现在还不能走。我要还债!”

黑老大不理解他的话，而陈廷安的此言不知是还谁的债。是秀儿？还是弟弟陈廷顺?

……

虾米抱着那把大刀，找到了当初看见卖刀具的摊贩的地方，却没见那个卖刀具的人的影子，虾米决定自己摆摊卖刀。

虾米不知道这把刀能值多少钱，如果卖了它能给奶奶买多少药？他开始认真琢磨这把刀，以便给它定个价。当他看到刀柄时，发现上面依稀有个“陈”字。虾米似乎想起了什么，会是恩人的吗？这时他想起了当初德国兵驱赶他的情形以及陈廷安持刀相助及后来“布告”上写的“陈廷安”……虾米恍然大悟，立即收刀要走。

当虾米扛着大刀还没走几步时，恰好桂福和厚嘴唇出来找事，桂福不经意间看见了虾米扛着的大刀，当他的目光凝聚在大刀的刀柄上时，他的精神为之一振：这是陈廷安的刀呀。

桂福立即上前拉住虾米：“小兄弟，你这刀哪来的？”

虾米吓了一跳，回头一看是桂福，顿时有点腿软了，他忘不了当初在“便宜客栈”被他们抓去后还挨的大板子！

“我家的呀，祖传的。”虾米垂着头说。

桂福也认出了虾米：“哈哈，是你小子呀！你家祖传的？小兔崽子，我看你家把你传下来就不错了，你以为我不知道这刀是谁的?!”

说着桂福已经夺下大刀。虾米那瞬间把自己恨了个半死——阴错阳差地把恩人的大刀偷了出来，正要送回去时，却落入了这帮人的手里！

虾米跳起脚来去夺大刀，不想人家桂福把刀举过了头顶，虾米无能为力了。

“说，这刀是哪来的?!”桂福此时在意的不是刀，是刀的主人陈廷安！

“我回家了。”虾米只想马上抽身，说完抬腿就逃。

“快！逮住这小子！”桂福回头向厚嘴唇大叫一声。

两人追虾米。可别看虾米个子没他们高，跑起来却如同受惊的兔子连窜带跳，没几十米就钻进小巷没了影儿。

追虾米无望了，桂福两人只好上气不接下气地停下了。桂福打量着这把大刀，断定是陈廷安的。他疑惑了……

刀被人家抢去了反倒被人家撵得东窜西逃的，虾米好窝火！

虾米一溜烟地跑到桥洞，希望能找到陈廷安，可是桥洞不但空无一人，而且空无一物了。

……

鬼七脸色难看地回到家时，只见桂福和陈廷顺正在他房间的厅里，八仙桌上放着把大刀，两个人正在看着刀。

“七爷!”陈廷顺颇兴奋地看着刚刚进来的鬼七。不知他的兴奋是因为找到了哥哥的大刀从而间接证明了哥哥可能没死，还是因为如果哥哥没死，那支枪就有望到手。

鬼七走到桌前，只一抬眼，就认出了那刀，不禁一怔。

“哪来的?!”鬼七脸色骤变。

“从一个小混混——上次那个叫虾米的兔崽子手里弄来的。”桂福说。

“虾米呢?”鬼七马上问。

“跑了。”

“真是笨蛋!”鬼七恼火了，“如果陈廷安没死，那小混混就知道他在哪儿!”

“大哥说得对，可那小子比兔子跑得还快，我们没追上。大哥，你说这虾米从哪儿弄的刀呢? 那陈廷安到底死没死呢?”桂福不敢确定陈廷安的死活，因为人死了却不能说明刀也随之亡了。

“陈廷安没死，我也是刚刚知道的!”当着陈廷顺的面，鬼七如此说自有目的。

“七爷，我哥在哪?!”果然，陈廷顺急不可待地问。

鬼七长叹一声坐了下来。这时人们才想起鬼七从一进门就脸色不对。

“大哥，出啥事了?”桂福小心地问。

鬼七咬了咬牙：“我和秀儿上街，我正在给秀儿买东西，一转身秀儿不见了，四下一找，才发现陈廷安和秀儿一起逃了，可我追不上他们!”鬼七说着急恼得险些流下泪来。

桂福和陈廷顺目瞪口呆。

其实，单凭此刀，鬼七无法确认陈廷安是否还活着，但如果陈廷安确实已死，这刀最少也应该在巡警手里，怎么可能流落到一个小混混的手里呢?

鬼七的初步目的达到了，在他看来也算是一箭双雕。第一，为秀儿找到了一个“去处”，第二，激发陈廷顺的嫉妒之心。如果陈廷安真的活着，就在最大程度上在这兄弟俩的中间插进一个楔子，这样鬼七才会在更大程度上掌控局面。

当陈廷顺得知哥哥可能还活着时，如果说最初的兴奋中有很大程度是为哥哥庆幸，此时就多了百味杂陈。

“我一定要夺回爱女!”鬼七恨恨地说。

“我一定能找到我哥!”陈廷顺也誓言道。

“先把刀给我收起来。奶奶的，这把刀再值钱也不抵我的秀儿!”说着鬼七急匆匆往外走。

“大哥，您干什么去?”桂福小心地问。

“去巡警队报案!”鬼七说。

“大哥，也许秀儿一会能回来呢。”

“回来个屁!我早就知道她对那小子有意思，这回好不容易两人见到了还能回来?!”鬼七的话是说给陈廷顺听的。

鬼七当真到了巡警队。他把陈廷安可能没死的消息告诉了焦伯琛，焦伯琛当然知道陈廷安没死，而鬼七也无非是来确认一下这是否真的。

“我知道他没死。”焦伯琛不知道鬼七到底知道多少底细，只好承认陈廷安没死。

“那他在哪儿?”鬼七掩饰着意外问。

“我要是知道早把他抓起来了。对了，陈廷安没死是个秘密，你可不许给我到处说去，否则别怪我不认识你！”焦伯琛突然板起脸。

“姐夫，我知道。”鬼七应道，却不知道为啥这是个秘密。

鬼七在焦伯琛这里确认了陈廷安没死后，心里多少有了点底，如此一来，不但秀儿的下落有了交待，枪的事也会重新拾起。

鬼七心里的秘密是绝不会让任何人知道的，尤其是秀儿，所以，自打秀儿的秘密调查被他所知后，他极力在补救着，无望时，他就已经决定将她置于死地了。

陈廷安没死既然对焦伯琛等人是个秘密，就会有人想探知秘密。如果是全体老百姓都知道的事，就不是秘密，也不会有太多的人关心了。

这个秘密被长野探知了。他知道，既然陈廷安没死，显然就是他偷的余怀庆的样枪，如此一来，事情似乎就简单了不少——找到陈廷安！

鬼七回家后立即把陈廷顺找来，而且完全换了幅面孔——不再是要挟，而是合作。

“廷顺，我们一定要找到你哥。找到你哥我就能找回秀儿，也就找到了那支值钱的枪，那时，你当巡警就没了问题。以前我惦记着赏金，现在我想开了，只要找回秀儿我就心满意足，赏金全给你了！”鬼七显得那么语重心长、那么诚恳。

“七爷，你放心！我一定找到我哥！”陈廷顺知道，找到了陈廷安，无论从哪方面来说，对他都是好事！

……

陈廷安对陈廷顺的状况只有一点非常担心，那就是他到底和鬼七是否沆瀣一气？还是暂时栖身？可以肯定的是这个弟弟与以前的弟弟已大不同，这是他早就怀疑和感觉到的。而要了解鬼七进而了解陈廷顺到底陷了多深，在陈廷安看来，只有秀儿这把钥匙才能打开这个问题之锁，同时，他也越来越清楚地感觉到秀儿在他的心里有了重要的位置……

陈廷安悄悄来到了鬼七家的大门外。

终于，陈廷安等来了一个小孩子，给了他一个零钱儿，要他进院去打听一下秀儿……

小孩子进去了，陈廷安躲了起来。

很快，小孩子出来了，可身后跟着桂福。桂福没发现可疑人，只好又回去了。

小孩走远后，陈廷安才追上去。

“小兄弟，怎么样呀?”

“他家大人说了，秀儿被坏蛋拐走了!”小孩子天真地说。

陈廷安有点摸不着头脑了。其实，这是鬼七吩咐他的弟兄们的话——无论谁打听秀儿，都说被坏人拐跑了。但这却给了陈廷安一个信息：秀儿可能真的不在鬼七这里，可被坏人拐走了是什么意思呢?!

4

又一团纸被扔进了纸篓。

余怀庆一连几天在兵工厂的办公室没回家。已经反复设计和绘出了弹仓的图纸，但都难令他满意，甚至不及当初的设计，可当初的图纸仍无下落。

毫无疑问，这是一个创造的过程，而人们在创造的过程中，同样需要一种激情，一种特定的状态，一旦这种状态不再，灵感就不再。半生视造枪为生命存在的理由的余怀庆因为与枪有关的成功而喜，为与枪有关的失望和挫折而忧。

余怀庆索性回了家。

罗秋月又没在家，余怀庆叫来了管家。

“我让你做的事做了吗?”

“老爷，您说的是……”管家有点明知故问。

“丫头在外边跑什么?”余怀庆以为他忘记了。

“老爷……”管家欲言又止。

“有什么不方便和我说的吗?如果不想说你就出去吧。”余怀庆不高兴地说。

“丫头去过……百花园妓院。”

“什么……百花园妓院?”余怀庆有点不相信自己的耳朵。

“她为什么要去那种地方呢?”余怀庆似乎在自言自语。

“老爷,我也不知道。不过咱家丫头好像不是干什么坏事。”

“我知道她不是那种人!”余怀庆没好气地说,好像管家本就不该说出这种话。

“管家,你有时间帮我查查丫头小时候的情况。你跟了我十几年,有些情况你也知道,看看还能不能查到她来咱家之前的情况。”

“好的,老爷。”管家立即应道。

“老爷,快清明了……”管家刚要走,又回身告诉余怀庆。余怀庆马上抬头看了看皇历,“哦,又是清明了……”

管家离开后,余怀庆坐在案前,看着相框里的照片,之后又拿了过来,用袖口轻轻地擦拭……

每年的清明节,余怀庆都会那么长时间地注视着照片上的母女,祭上最深切的哀思……

……

清明节了,此时的陈廷安来到那个桥洞,久坐在曾经藏刀的桥壁前,忽然,他跪了下来。

“爹,您老人家若在天有灵,保佑弟弟没学坏,不会出事……”接着他磕了个头,“我一定会找到刀,有朝一日,孩儿一定为您报仇!”

……

那座孤坟前，鬼七久坐不去。桂福陪在他身边。

坟头上压着黄裱纸，坟前摆放着水果和点心。

“桂福，娥儿死了多少年了?”鬼七满怀悲伤地说。

“大哥，二十年了。”桂福虽然不是当年鬼七失去儿女的亲历者，但做为鬼七最信任的人，他已经无数次听鬼七讲起有关他一双儿女的故事。

“桂福，我对不起他们，可他们也不能真的就个个都死了吧?！你，要想办法给我找到！”鬼七有点声嘶力竭地叫道。

“大哥……”桂福有些为难。

鬼七平静了一下情绪：“桂福，帮我、帮我找到当年收留我儿子和闺女的那户人家！”

桂福点点头，可是他知道，大海捞针似的去哪儿找呢?

……

清明的气氛也笼罩在刘家。云妹张罗着要回老家给母亲上坟。

“云妹，家里忙，你就别回老家了。在家给你妈立个牌位，咱们在家祭奠一下，好不好?”刘老板劝道。

父女俩在陈廷顺曾经住过的房间里为云妹的母亲摆上了牌位，云妹恭敬地给母亲上了香。刘老板看着云妹，有一丝欣慰呈现在脸上。

“云妹，你大了，当年，你娘给你留下件东西——”

“爹，是什么?”云妹回身问。

“不是什么值钱的玩艺，是你娘的。”刘老板满脸凝重地说。

“是什么嘛！”云妹有些急不可耐了。

“急什么呀，以后再给你。”刘老板说着走了。

……

陈廷安已经在鬼七家院门前徘徊了许久，可不见一个人出来，也没见一个人进去。陈廷安按捺不住，索性推门进去，可院子里的房门大多开着，屋里也空无一物。

陈廷安来到街上，才听说鬼七几天前已经搬走了！

鬼七的弟兄们和陈廷顺自然也随其搬走了。

鬼七没有解释为什么要搬家，可让陈廷顺有些不解的是：如果秀儿回来找不到家怎么办？桂福等人都不知道搬家的理由，也没人敢问鬼七。

这是处老房子，比原来小了许多。

把一切安排好的鬼七来找陈廷顺了。

鬼七之所以搬了家，是觉得那老房子晦气，得和以往一刀两断，重新开始。

……

鬼七没再和陈廷顺提起傅东晨，可陈廷顺却没忘傅东晨。那天到底发生了什么？以至让自己有可能逃过一劫？傅东晨去百花园是否与鬼七有关进而和秀儿有关？陈廷顺想去刘家，向云妹打听一下傅东晨的情况。

陈廷顺没想到的是刚到刘家附近就意外发现了傅东晨，还未待他打定主意是跟踪还是上前搭话时，却见几个便衣巡警突然从角落里一拥而上，机警的傅东晨挣脱后夺路而逃。

傅东晨跑进一个死胡同，怎么也无法攀上高墙，他回身看了看，往回跑来不及了，已经听到了便衣跑来的脚步声。

傅东晨准备好了搏斗。

“傅先生!”墙上突然一声召唤，傅东晨回头，发现墙上垂下一条绳子，再往上看，却是陈廷顺!

傅东晨很快借着绳子攀上了墙头……

便衣巡警冲进巷子时，却不见了人影。

傅东晨和陈廷顺很快来到了一个安全的巷口。

“廷顺，谢谢你，上次也是你救了我。”傅东晨感激地抓住他的手握了握。

“那伙人是谁?”陈廷顺已经知道那伙人是便衣巡警，可他还是故意问。

“巡警。”傅东晨脱口而出。

“他们为啥抓你?”

“因为我是好人。”傅东晨一笑。

“傅先生，你知道秀儿在哪吗?”陈廷顺最关心的是这件事，也是他救傅东晨的目的。

傅东晨摇头：“不知道。廷顺，你住在哪？你哥呢?”傅东晨急切地问。

“我也不知道，我还想问你呢。”陈廷顺想离开傅东晨了。

“傅先生，你等会儿。我出去看看巡警还在不在。”

傅东晨点点头。

傅东晨对陈廷顺已经没用了。他本指望能从傅东晨那里得到秀儿和哥哥的信息，可他不但不知道秀儿的情况，居然还想从他这里知道哥哥的信息呢。

到了陈廷顺立功的时候了。陈廷顺转过巷子，终于看见了巡警。

“你们找谁?”陈廷顺上前问。

巡警打量了他一眼：“看见个穿洋服的人吗?”

“看见了，在那边!”陈廷顺往他和傅东晨藏身的巷子一指。

此时，傅东晨早已离开了巷子，他倒是没想到陈廷顺会告密，看见陈廷顺出去后很安全，他就趁早离开了。

陈廷顺在暗处看着巡警的行动，一旦他们抓到了傅东晨，他就可以跟着巡警一起去见焦伯琛了。可令他失望的是巡警从巷子里空手而出。陈廷顺奇怪了，可也只好悄悄地离开，免得让巡警抓住给他安个谎报的罪名。

……

脱离险境的傅东晨马上向唐季恺报告了自己遇险的经过。

“看来巡警盯你已经很久了，这说明他们掌握了什么……”唐季恺肯定地说，“先不要去刘家了。我们得马上检讨一下，看看哪里出了漏洞。”

“唐先生，这些天我确实感觉一直有人跟着我……”

“这些天你都去过哪？”

“去过秘密印刷点。”傅东晨马上想到了。

“通知印刷点马上转移！”唐季恺立即走出了房间。

5

余怀庆又好几天没回家，全身心投入了无数次反复的图纸设计中，几乎已经忘记了家里令他烦心的事。

这时管家来厂找他，并和他悄悄地说了什么……

余怀庆先把管家打发走了，他不想因家事影响了公事。家里没什么可丢的图纸了，可是，让他心神不宁的不是图纸，而是人……

余怀庆悄悄回了家。

不知道管家去了哪儿，只有冯妈在家。

余怀庆进了罗秋月的房间，没有人，一切都非常工整。极少进罗秋月房间又从来不碰罗秋月闺房里的东西的余怀庆终于下了决心，开始翻罗秋月的东西。翻了她床上的行李，什么也没发现，再翻一下她的箱子，也没有什么特别的东西。当他正要离开时，看了一眼梳妆台上的首饰、脂粉盒，余怀庆打开盒盖，见里面并无脂粉之类，却有一个红绸子包着什么，余怀庆好奇地打开，竟然是几枚锃亮的飞镖。余怀庆吓了一跳。再往底下翻时，又发现了一个小布片，上面是小篆“天地会”三个字……余怀庆又吃了一惊。

余怀庆将罗秋月的东西放好后，回到了自己的房间，跌坐在椅子上。

余怀庆一时无法确定罗秋月到底是什么人，无论她是什么人，都大大出乎他的意料。因为余怀庆把她领回家时她还不过两岁多，十几年过去了，她一直生活在余家，可她何时与外界发生了显然是十分复杂的联系呢？而且她一直在秘密地干什么？

余怀庆终于恍然大悟陈廷安为何当初突然离开了余家，必然和他知晓了罗秋月的底细有关，那么陈廷安偷枪是否和罗秋月有关呢？这是个余怀庆再也解不开的难题了。

余怀庆没有回厂。傍晚前，管家回来了。

不多时，罗秋月回来了。见余怀庆在家，罗秋月有点意外，并有些慌乱。

“秋月，出去做什么了呀？”余怀庆很关切地问。罗秋月听了一怔，这时站在余怀庆身旁的管家急忙向她示意——指了指衣服。罗秋月明白了。

“哦，去成衣铺做衣服了。”

“哦，做好了穿给我们看看好看不好看。”余怀庆不经意地说。

余怀庆没有表现出任何反常，一如往常地和大家一起吃了晚饭。罗秋月则大讲着在成衣铺做衣服的见闻……

晚上，罗秋月回到自己的房间，坐在梳妆台前，认真地看着镜子里的自己，然后从箱子里找出了一个鲜艳的褂子，认真地穿上，然后前后左右地在镜子前转了一圈儿，忽然，她侧着身停了下来，凝视着镜子里的自己，然后她发现自己的脸红了……她不知道自己为何脸红，严格的家教与帮规也在潜意识中阻断着她的情思——她不敢深想什么，匆匆脱掉了衣服。

第二天，余怀庆正在书房伏案工作，王主管来找他去厂里解决一个生产工艺的问题，余怀庆匆匆离开了家，而书案上的一部分图纸他未及时收起。

中午他再回来时，发现桌上的图纸不见了，再看他走时撒在地上的浮土，只有罗秋月的脚印。

余怀庆知道，此时罗秋月在家，管家却不在。余怀庆没有惊动罗秋月。

余怀庆又回了兵工厂。他非常难过，难过的不仅仅是十几年来对罗秋月视如己出的感情却几近养虎为患，同时，也让他有点心惊肉跳——罗秋月是帮会分子？她的目的是什么？他知道天地会是以反清为目的，难道兵工厂也是他们破坏的目标？最后，让他不知如何是好的是怎么处理她？他还不想报告给巡警，毕竟也是家丑，何况，罗秋月还年轻，也许是一时误入歧途……

余怀庆离开家不久，管家回来了，原来他是上街给余怀庆买雨伞去了。

罗秋月见管家回来，从房间跑出来。

"管家，我进老爷的书房看过了，没有你盼的家信。"

"谢谢小姐了。"管家感激地说。

"其实你有事自己进去就行的，老爷不会怪你的。"罗秋月说。

"自从老爷上次因为照片的事情不高兴，我和冯妈是不敢进老爷的书房的。"管家认真地说。

余怀庆病了。不知是心病还是真生病，总之他十分虚弱，这与他多日来承受着工作的压力和家里的诡异气氛的压力有关。

管家张罗着要请郎中，但被余怀庆阻止了。他不想和任何人多说一句话，也不想郎中的打扰。因为他自己也说不清是身体难受还是心里难受。

罗秋月细心伺候在床前，余怀庆深切地感觉到了罗秋月在尽着女儿的责任，这不是装出来的。

"老爷，您脱了衣服躺着吧。"罗秋月看着一直和衣而卧的余怀庆，说着去解余怀庆的外衣。余怀庆拨开罗秋月的手。

"秋月，你去歇着吧。我自己躺会。"余怀庆有气无力地说。

“老爷，您别太累了。”罗秋月关切地说着，并给余怀庆掩上了被子。

罗秋月离开余怀庆的房间后，望着罗秋月的背影，余怀庆一声无声的叹息。随后，他又解开衣服，看了看胸前的图纸——原来，真正的图纸一直在他的怀里。

罗秋月闯进了管家的房间。

“管家，老爷好像心情不好呀！”一进门罗秋月就说，可是房间里没人。

……

大街拐角处的一个院门上挂着一块牌子“科学补习所。”余府管家走来，并进了大门。

管家进了间屋子，屋子里的唐季恺见他进来，立即站了起来，两人握了握手——原来余府管家竟然是革命党！

管家从怀里掏出一卷纸递给唐季恺：“这是余怀庆的最新图纸。”

唐季恺接过图纸，打开后，用火柴点燃了。

“我的大管家，你直接销毁就行了，不要轻意离开余府。”唐季恺微笑地说。

“我以为……”管家一时不解。

“我们的目的是以阻止清王朝获得先进武器用来屠杀革命志士。尽管我们知道这有些对不起余总办的心血，没办法，革命就是残酷的。”

6

陈廷安在鬼七老宅附近打听鬼七家搬到了哪里，可无人知晓。

陈廷安下定决心一定要找到鬼七的家，只有找到他，才会知道兄弟和秀儿的下落。在此时的陈廷安看来，弟弟和秀儿都与他紧密相连……

陈廷安在街上无目的地乱走时，突然发现一个似曾相识的人——他终于想起是曾在兵工厂纵火的那个人！

间岛向一家杂货店门前走来，陈廷安远远地跟踪着他，并急速地思索着怎么办。他知道自己是戴罪之身，向巡警报告等于自投罗网，就是将其扭住又能往哪送呢？

陈廷安决定先弄清他的身份。

间岛在杂货店前刚站了一会，过来一个人，两个人说了几句什么，一起走了。陈廷安立即认出了那个后来人——竟然是桂福！

这两人在陈廷安的心中毫无疑问都是歹人，他们在一起要做什么？

陈廷安悄悄地跟踪着他们。

再次让陈廷安吃惊的是这两个人竟然进了百花园妓院，而且一进大门便被两个妓女嘻嘻哈哈地缠着进了院里。

这两个人仅仅是嫖客吗？看他们之间不是很熟悉，可他们来这种地方干什么呢？陈廷安想不明白了。

这百花园怎么有这么多秘密？联想到秀儿也曾来过这里，陈廷安更是理不出个头绪了。

这时他发现在百花园门前徘徊着几个可疑人。陈廷安赶紧离开了这是非之地。

百花园内一个房间里，鬼七正端坐在上首。间岛和桂福分坐两旁。几个娇艳的妓女有的在给鬼七捶背，有的在给三人倒茶。

鬼七一挥手："你们都出去。"

几个妓女乖乖地出去了。

鬼七看着间岛："先生有事说吧。"

"我们老板想和霍先生合作一宗生意，还望您能答应。"

"不会是枪的事吧？还是另有生意？"鬼七来了精神。

“不是枪。枪的生意我们相信霍老板一定会马到成功。是这样，我们要往上海运一批货，当然是船运，我们日本人对水陆不熟，而且听说这一路上盗匪、劫匪多有出没，所以，想请霍先生押运，依您的威名，我们非常放心……”

“什么货?”鬼七问。

“药品。”

“药品……只要不是烟土，这笔生意我接了。不过，药品可是值钱的货，给我的……?”鬼七捻了捻手指。

“这您放心，我们按货值的百分之十给您。”

……

此时的陈廷安如幽灵般沿着江边漫无目的地走着。

鬼七回到了新家。

“桂福，我想让陈廷顺去大和洋行详细接洽一下。你看如何?”鬼七问。

桂福有些意外：“陈廷顺?他……这么大的事情，可靠吗?”

“你不懂我的用意呀。”鬼七拍了拍他的肩，“你相信日本人吗?和他们做生意我们永远得多留个心眼儿。”

“这和谁去有什么关系?”桂福还是不懂。

“我对日本人没好感，对他们有好感的老百姓怕是也不多，咱们不能轻易搅和进去，但小鬼子的钱咱不能不赚。还有，万一有什么意外发生，咱们可以轻松撤回，陈廷顺是谁?和咱们什么关系还不是我们说了算?!”

“大哥，我明白了!”桂福伸出了大拇指。

“你把陈廷顺找来吧。”

很快，陈廷顺来了。

“廷顺，傅东晨的事你在我这儿算是立了一功，待巡警抓住了傅东晨，我马上就和我姐夫说你当巡警的事。”

陈廷顺：“谢谢七爷，还有什么事您吩咐，在家呆着我闷得慌。”陈廷顺一会儿也不想在这新院子里呆着，一切机会都必须出去才有可能。

“你代表我去大和洋行，咱们和他谈了宗押运货物的生意。为什么让你去呢？是我信得过你。懂吗？”

在鬼七边说时陈廷顺已经在思考着为什么让他去。

“对七爷的恩情我领一辈子！”陈廷顺想往下听。

“你小子机灵，又去过大和洋行，你代表我去和他们见个面，一要看看他们要运的是什么货，二要确定一下日期。这是笔不小的生意，咱们得敲他小日本一笔。”鬼七得意地说。

“可是，要是遇到了巡警……”陈廷顺仍然是当初遭缉拿的兄弟二人中的一个，虽然已经风平浪静了，可大和洋行不是人来人往的市场，陈廷顺不想冒险，最少要鬼七作个保证。

鬼七大不以为然地说：“人家抓的是你哥！抓你有什么用？只要你别一头扎进德国领事馆就没人拿你当回事。再说不是有我吗？”

“有七爷这句话我就放心了。”陈廷顺要的是他最后那句话，“可那日本人能信我的吗？”

“我已经告诉他们了，派我最可靠的兄弟去和他们接谈。”鬼七说着从腰里摸出一个小圆铁牌儿，递给了陈廷顺。陈廷顺知道那东西如同鬼七的令牌，每次鬼七“行动”前和“行动”中就交给鬼七的兄弟们。那铁牌上有个字，陈廷顺不认识。

“七爷，这上面的字……”

“对了，你他妈不识字，那是‘家’。我就是咱这大家的家长，懂不懂？小日本见我这东西就和见了我一样！”鬼七粗声大气地说。

“明白了！我马上就去！”陈廷顺知道，无论这是不是鬼七的阴谋他都得去，因为自己的命运掌握在鬼七的手里。

……

陈廷顺胆战心惊地到了大和洋行门前。他担心这是鬼七的什么阴谋，或者是拿他当替罪羊之类，他深知自己远不是鬼七的亲信，他不可能把什么好差事交给自己去做。

他硬着头皮往门里走，刚一迈进院门，立即有个日本人拦住了他。

“什么的干活?”

“我不干活，是来见长野先生的。”说完陈廷顺将鬼七的铁牌儿递给那人。那人迷惑地看了一眼，将他让到离门不远的一个房间里。

“先生稍等。”原来那个日本人会说很流利的中国话。

房间不大，靠墙摆放着几把日本椅子，椅子前的长条方桌……陈廷顺定下神来开始打量着周围。

这时门开了，进来一个提着小水桶的姑娘，陈廷顺顿时呆住了。那姑娘也认出了陈廷顺。

是秀儿!

“秀儿?”陈廷顺不敢相信自己的眼睛。

秀儿也呆住了:“你——怎么在这儿?!”

“你……不是和我哥在一起?”陈廷顺下意识地问。

“谁说我和你哥在一起?”秀儿有点疑惑。

“你爹说的。说你和我哥跑了……”陈廷顺激动中略有点委屈地说。

“呸!谁爹!”秀儿恼怒地说。

“秀儿，你怎么会在这儿?!”陈廷顺清醒过来，似乎意识到什么了。

这时，外边传来脚步声。

“鬼七要害死我，把我推进了长江，是长野先生救了我!你不能把我的事告诉任何人!!”秀儿急速而小声地说，陈廷顺惊得瞪大了眼睛，慌乱地点点头。

秀儿如不认识陈廷顺般擦起了桌子。陈廷顺大惊之余，又忆起在小船上的情形，于是他控制不住地盯着秀儿那红润的嘴唇看——那是他亲吻过的，尽管是在那种情形之下、强迫中的吻……

长野进来了，见秀儿在房间，稍稍一怔，立即面带微笑地向秀儿摆了摆手，秀儿马上悄无声息地出去了。

长野不认识陈廷顺。

“先生，请跟我来。”长野向房门一摊手。

……

陈廷安仍在江边徘徊。

前方一个老者正在江边捡垃圾。陈廷安走到跟前，不经意地看了一眼老者的收获，却见他的破筐里有一只女鞋，陈廷顺认出那是秀儿的鞋，陈廷安立即从老者手里买下了那只鞋。

陈廷安拿着那只鞋，在江边走来走去。秀儿的鞋怎么会出现在江边？是她抛弃不要的，还是失落的？还是落水而……越是解不开的疙瘩，陈廷安越是感到不安，可是他在江边再也没有发现任何与秀儿有关的蛛丝马迹，却不知不觉中走到了码头旁。

几个工人正在向船上装货，而那几个工人不像陈廷安所见过的朴素的中国搬运工，个个穿得干净利落。陈廷安好奇，悄悄走到了船边。船上的人没有发现他，这时陈廷安听到船上的人在说日本话！随后有人下了船，向江边走来。陈廷安无处躲避，只好潜入江中。

此时，长野和陈廷顺上了船。

“长野先生，这是霍先生的交待，不是我一定要看您的货。”陈廷顺歉意地说。

长野笑了：“陈先生，这是规矩，押运一定要验货的，否则出了问题我们双方都得承担责任。”

长野打开船舱，两人钻了进去。

长野打开一个木箱，只见里面是一盒盒西药。

“这都是西药，上海的用量很大，销路也很好。”长野介绍着。

陈廷安露出个头，手扶着船壁。他坚信这条船一定有什么秘密，而且是与日本人相关的。他怎么也想不到的是弟弟此时就在船上。

鬼七交待的陈廷顺都一一做过。这期间，他一直想能再见到秀儿，可秀儿没再出现。

本以为日本人会留他吃饭的陈廷顺迟迟不见主人有此意思。

“请七爷尽快过来，将未尽事宜了结后，抓紧启航。”长野说。

陈廷顺只好暗暗骂了一句，告别了长野。

陈廷顺走后，间岛立即告诉长野：“这个人就是陈廷安的弟弟陈廷顺！”

长野并不为此奇怪，他担心的是陈廷顺是否认识秀儿，两人在待客室时是否有对话……

“我去问问她认识不认识陈廷顺吧？”间岛请示道。

“不急。如果陈廷顺认出了秀儿，如果陈廷顺是鬼七的死党，我想用不了多久，鬼七就会亲自找上门来！”长野反倒露出得意之色。

“您的意思？”间岛似乎明白了什么。

“那时，秀儿就是我们手中的一个筹码，不怕他鬼七不付出点代价！”长野肯定道。

……

回去的路上，陈廷顺一直在思谋着：看来，鬼七定有不可告人的秘密被秀儿所知，否则他怎么会置秀儿于死地呢？眼下这只是令陈廷顺不解之处，接下来最重要的是该如何向鬼七报告此行的结果呢？当然是一定不能将秀儿的所在告诉鬼七的，可如果一切顺利，下一步鬼七一定会亲自来大和洋行与长野当面谈那些具体事宜或者来取押运费用——其他结果陈廷顺不关心，他关心的是那时鬼七极有可能发现秀儿，接下来的结果就可想而知了。若是那老鬼子讨好鬼七，就可能把秀儿交给鬼七……陈廷顺又想到：长野是否真的不认识我？他知道不知道秀儿是鬼七的干女儿？他又是在什么状态下救了秀儿的？

陈廷顺快到鬼七家时，终于想出了个好主意。

陈廷顺将所有经过向鬼七报告完后，突然神色严肃起来。

“七爷，什么货您都押运吗？”

“除了烟土给多少钱也不运之外，什么货都运。”鬼七随口说道，“你验货了吗？”

“七爷，我验了，长野说是西药，可我趁他不注意时，悄悄翻了翻，发现药的下面都是大烟土！”陈廷顺早就编好了该怎么说才能阻止鬼七去大和洋行。

果然，鬼七立即绷紧了脸：“你看清了吗？你认识烟土？”

“看清了呀，我哪能不认识大烟土呢，我小时候看见我爷爷抽过大烟。”

鬼七的脸色非常难看：“狗日的小日本，他是要害我！奶奶的，这笔定金老子留下了，剩下的事，他们自己想办法去！”原来鬼七已经收到了定金。

……

此时，夜幕已经降临，陈廷安感觉船上已安静下来后，悄悄地攀上了船。可他刚在船舷上一露头，便看见一个日本人在甲板上警惕地来回走着。陈廷安又缩回头，悄悄下了水，潜到船尾，又爬了上来。

陈廷安避过那个日本人的视线，打量了一下四周，并潜到船舱附近，掀开船舱盖，钻了进去。

船舱里一片漆黑，陈廷安摸到一个舷窗处，轻轻打开，一缕晚霞射了进来。

陈廷安启开一个木箱，发现里面是西药。他搬下一箱，又开启了下面的一个木箱，上面也是一层西药，正当他准备盖上盖子时，箱子盖却被什么挂住了，他用力一拉，却把箱子里的西药带了起来，这时陈廷安看见了西药下面的一包包烟土……

“个养的!”陈廷安从牙缝里挤出了这仨字。

7

当晚鬼七没来见长野，这说明陈廷顺没认出秀儿，或者认出了也没告诉鬼七，否则鬼七不可能不在第一时间赶到大和洋行。长野虽然猜不出个中症结，但已排除鬼七知道秀儿下落这档事，那就只好等着明天鬼七来谈押运的事了。至于秀儿，长野不想告诉鬼七。

……

早晨，焦伯琛刚一进巡警队，胡三就交给他一封信，“队长，这是昨天晚上塞进门缝儿的信。

“那就是告密的了。什么内容?”焦伯琛边穿警服边问。

“我还没看呢。”

“马上看。”

胡三拆开信，看了起来……“队长，这可是大案，您看看吧。”说着把信递给了焦伯琛，焦伯琛看过后恶狠狠地看了胡三一眼：“你他妈以后再看见有密告信要马上拆看！叫上兄弟们，马上和我走。误了大事了!”

……

焦伯琛和胡三等巡警赶到了码头上。焦伯琛看了看那封信，确认信中说的就是这条船，随后把信塞进了怀里。

这时船上的日本人见来了巡警，马上上了码头。

“长官，有何公干吗?”日本人问。

“这船上是什么?”焦伯琛问。

“是我们大和洋行的货物，马上要发往上海。”

“我们要检查。”焦伯琛以不容置疑的口气说。

“对不起长官，这要等我们的老板来。”日本人拦住了焦伯琛。

这时，长野匆匆赶来了。

“先生，您……”长野看了看焦伯琛。

“这船上的货是你的？我们接到举报，要检查。”

“鄙人长野一郎。一大清早，几位还没吃饭吧？请几位到小店吃个早茶，船跑不了，一会儿再检查也不迟。”

“那就免了吧。”焦伯琛说完一挥手，先自上了船。

长野知道此时只能听天由命了。

焦伯琛让长野打开了船舱，在船舱里，一箱箱写着药品的箱子码放在一起。

“把箱子打开。”焦伯琛示意胡三。

“长官，这些都是玻璃包装的药品，还望能轻拿轻放。”长野感觉到不妙，因为这些巡警直奔的是船舱而且完全是有备而来。他急速地思索着是什么环节出了问题。

箱子打开了，确实都是西药。

“把上面的药拿开。”焦伯琛已经心里有数了，看来告密的人掌握的情报是准确的。

长野知道，这一关是过不了了。

上面一层西药的下面是一袋袋烟土。焦伯琛抽出匕首，挑开了其中一袋。烟土顿时溅开。

“这是什么?”焦伯琛看着长野。

长野十分镇静，满脸惊异：“长官，我们装的是西药。我们是有进货单的，而且昨天霍先生的雇员已经验过货，确实是西药。”长野只好将责任外移一下再说了。

“哪个霍先生?”焦伯琛一怔。

“霍七爷。本洋行确定由霍先生押运本船货物运往上海，所以他们昨天来人亲自验了货，当时确无这些东西的。霍先生的雇员陈先生可以作证!”长野争辩道。

“封了这些货!”焦伯琛下令道，心里想：哪个陈先生呢?

此时，远处岸边的陈廷安注目着这一切。

……

焦伯琛立即赶往巡警局，准备向局长报告，可还没到巡警局，一个巡警就迎面向他跑来。

“焦队长，上峰有令，大和洋行的货没收了事，不得再追查。”巡警悄悄地告诉他。

“为什么?”焦伯琛深感意外。

“为什么我就不知道了。”

……

焦伯琛处理完没收长野的烟土后，筋疲力尽地回到了巡警队，却见鬼七正在等他。本来想休息一会儿就去找鬼七的焦伯琛立即把门关上了。

“你要给大和洋行押运货物?”焦伯琛问。

“对，我派一个弟兄去验货时，发现他的货是大烟土，我不能赚这昧心钱呀！所以赶紧来向姐夫报告。”

焦伯琛有些意外：“你这消息已经过时了。”

“姐夫，你是说……？”

“我们接到了密告，已经查封了大和洋行的烟土。不会是你举报的吧？”

鬼七摇摇头，自言自语地说：“怪了，还有谁会知道呢？”

此时，鬼七新宅里的陈廷顺不知道鬼七去了哪里，焦躁得如坐针毡。他担心鬼七去了大和洋行，如果他真的去了那里，就极有可能发现秀儿，那秀儿的命运将会再次发生不测！

搬到新住处后，陈廷顺和桂福住一个屋子，而此时桂福也不知道哪儿去了。

这时鬼七疑惑重重地回来了。他悄悄走到陈廷顺房间的后窗，只见陈廷顺正趴在床上写字……鬼七知道，陈廷顺不知发的什么神经，刻苦地学起识字来。

鬼七悄悄离开。

桂福正在鬼七房间等着他。

“大哥……”桂福想知道鬼七此去的结果。

“奶奶的，怪呀，还有谁知道长野要运的是烟土呢？”鬼七边想边说。

“怎么了大哥？”

“有人比我早一步告密了，我姐夫他们已经把那条船查扣了——桂福，你给我多注意点陈廷顺，我怀疑这小子背后在搞什么勾当。这两天他有什么反常没有？”

“好像有心事，我问他他不说。不过，他回来后倒是没出去过呀。”桂福挠着脑袋说。

“你多注意他，但别惊动他。明白吗？”鬼七吩咐道。

此时，陈廷顺已经在考虑离开鬼七了。他想，目前在安全上几乎无须鬼七的庇护，博得秀儿之爱，更不可能得到鬼七的恩准，继续在这随时都可能发生不测的鬼窝里就只有一个理由了——借助鬼七的关系当上巡警。可当巡警的条件是立功，只要立了功，他也可以去找焦队长却不一定要通过鬼七。其实，促使他离开鬼窝的最重要的动力就是秀儿。秀儿还活着，而且是在长野的大和洋行，这个秘密只有他知道，而这个秘密就是他的动力！

陈廷顺准备行动了。

他翻了一遍桂福的床铺，没有发现值钱的东西。又去摸挂在墙上的桂福的衣服，终于从口袋里摸了两个银元……

此时，桂福正从外面的窗户缝儿里注意着他，但桂福没有声张。

8

陈廷安坐在离码头不远处的江边，不时地瞥一眼泊在码头的那条船。

长野的烟土被查扣了，虽然经过对巡警上层的打点将事情压了下来，可烟土毕竟是没了。这笔巨大的损失令长野十分恼火，他首先怀疑陈廷顺告的密，尽管他当时验货时什么也没发现，可谁知道他背地里是否已经知道了船上的秘密呢？尤其巡警搜查的前后鬼七均没露面，使得长野对鬼七的怀疑更深了。如果是鬼七所为，他为什么要这么做呢？难道他知道了秀儿在大和洋行？长野没有从中得到合乎情理的答案。

此时，间岛等人正在船上收拾那些药品，并搬到了岸上。看来，只是药品他们还不想发往上海。

陈廷安发现了间岛！

此前，陈廷安只知道这个人想火烧兵工厂，只知道这条船是日本人的。而此时，二者已经合一，这让他对这个人充满了痛恨！

间岛离开了码头，陈廷安远远地跟着。

间岛到了大和洋行并进了门。陈廷安远远地打量着，终于认定那个纵火者是日本人，而这座什么大和洋行则是鬼子窝！

陈廷安正准备走近观察时，突然看见一个人慌张地向大和洋行走来，陈廷安一眼认出了他是陈廷顺！

陈廷安吃惊不小。

陈廷顺从哪儿来？要干什么？他为何慌张？陈廷安稳下自己，决定先观察一下。结果陈廷顺竟然进了大和洋行，这更让陈廷安目瞪口呆。

离开弟弟的这些日子里，他都干了些什么？陈廷安迷惑了。他下意识地接近洋行，并思谋着是否也要进去时，却见鬼七向大和洋行附近鬼鬼祟祟地走来，陈廷安立即躲在一旁。

显然，那鬼七是跟踪陈廷顺而来，这让陈廷安非常疑惑。陈廷安知道，陈廷顺可能一直在鬼七那里，这也是他一直担心的，他担心弟弟和鬼七学坏从而与其沆瀣一气。眼前的情形却使他的担心更加复杂化了。

陈廷安在暗中注视着鬼七的同时，也不时看一眼洋行的大门，这时，他又发现鬼七身后的不远处是穿着便衣的焦伯琛。这让陈廷安更加如坠五里雾中。

焦伯琛凑到鬼七的跟前。

“你又在折腾什么?!”焦伯琛不悦地问。原来，他是被鬼七叫来的。

“姐夫，我怀疑陈廷顺和小日本有啥勾当，这可是大事，我不能做主呀，要是他们干什么违法的事，我可就把这小子交给你了。”鬼七认为陈廷顺实在已经没什么利用价值，何况眼前的情形证明这小子一定背着他干了什么。

“你不但给我找麻烦，也给我们巡警找麻烦！”焦伯琛抱怨地说，“要是当初把陈廷顺交给我们，哪有这些烂事！”

鬼七眨了眨眼，没敢说什么。

陈廷顺本不知道长野的船上的货是烟土，当时对鬼七的谎称不过是为了阻止他去大和洋行从而发现秀儿，他没想到鬼七那么好骗，竟然相信了，而且他观察了一上午，鬼七根本没有来见长野的意思。陈廷顺灵机一动，想顶着鬼七之名，来和长野面谈货船启航的时间和押运费的问题。这些当然只是借口，真正的目的则是要见到秀儿，如果能从长野那里拿到押运款，他就一走了之！

可他根本不知道不久前已经发生的一切。

陈廷顺又被让到了待客室。他不知道，此时长野并不在洋行内。

陈廷顺坐立不安。他没见到秀儿，也未见长野过来。他悄悄出了会客室，见走廊的一头房门半开着。他走了过去，却是个洗手间。他探了探头，竟然见秀儿正在打扫卫生。陈廷顺闪身进去了。

“秀儿，你怎么干这个?!”陈廷顺大不解地问。

秀儿看了他一眼，多少有些意外：“我自己愿意干。”秀儿边说边看了眼门外。

陈廷顺看了眼门外，之后快速地说：“秀儿，我费了不少力气才知道你从小就没了父母，还有个妹妹不在了……”

陈廷顺把他知道的告诉了秀儿，以示自己对秀儿过去的关心，但他的目的是想知道更多的情况，包括为什么鬼七要害死她。

但秀儿打断了他：“你来这里干什么?”

“秀儿，我是来救你的!”陈廷顺豪情满怀并坚定地说。不过他说过之后立即有些底气不足了。

果然，秀儿笑了。那笑里的含义是什么陈廷顺当然明白。

“秀儿，我……我不是骗你的，这次真的不是骗你的。只要咱们离开这里你安全了，你愿意去哪儿去哪。”

秀儿不再笑了，脸色凝重起来，叹了口气，认真地说：“陈廷顺，我哪儿也不去。除非陈廷安还活着，要不我就哪儿都不去了!”

陈廷顺看着秀儿那认真的表情，心里一阵阵刺痛。正这时，走廊里传来了脚步声。陈廷顺赶紧离开。

长野回来了。长野见陈廷顺从洗手间出来，并未在意，铁青着脸独自进了会客室。陈廷顺觉得不太对头，但也只能跟着到了会客室。

“陈先生，你干什么来了?”长野没想到陈廷顺还能来。此时，他对陈廷顺的怀疑进一步加重了，因为如果不是他告的密，此时来的就不是陈廷顺而是鬼七。

“我是……霍先生让我来问何时启航、还有押运费——”陈廷顺只能说这些，因为鬼七没给他这个授权，他只想如果能从长野这里拿到钱，不管多少，只要到手就立即消失。

“还是让你们七爷来吧!”长野仍然冷冷地说。他一时弄不清陈廷顺代表的是自己还是鬼七，无论代表的是谁，他们的目的是什么?他们真的不知道货已被查?还是本就是他们告的密，而此番又是别有用心?

陈廷顺一时不知说什么好了，因为此时他想的是：莫非自己蒙骗鬼七的话鬼七当了真，然后发生了什么?可转而一想，不可能呀，如果发生了什么为啥没听鬼七说什么呢?

陈廷顺怎么也想不到他出于个人目的顺嘴一说竟然歪打正着了!

“长先生，那您的货……”

“因为有人告密，诬陷我们船上是烟土!”长野紧紧地盯着他说。

“那船……真的是烟土吗?!”陈廷顺有点发蒙、有点意外，不想却惹恼了长野。

“陈先生请便吧。如果想聊就请你们的七爷来。”长野站了起来。

此时，秀儿在走廊里听见了这几句没头没脑的话，感觉陈廷顺要离开时，赶紧又退回到洗手间。

陈廷顺完全陷入了不知所措，他虽然无法确定这半天的时间里发生了什么，但与他和鬼七谎称的烟土有关他倒是明白的。

陈廷顺灰溜溜地出了大和洋行。鬼七和焦伯琛立即跟着他。陈廷安正欲尾随时，突然有人拉住了他。

是黑老大。

“兄弟，别干傻事。这附近都是巡警。”黑老大悄声说。这时陈廷安才注意到洋行附近有许多举止可疑的人在徘徊。

陈廷安随着黑老大等兄弟遗憾地离开。

一前一后的陈廷顺和鬼七他们已经没了影儿。

陈廷顺不知道有人跟着他。什么目的也没达到，陈廷顺知道自己还得回到鬼七那里。

陈廷顺走到鬼七家的门口时，回头看了一眼，鬼七从洋车上下来了。

“七爷!”陈廷顺有些意外。

“进屋里说。”鬼七面无表情。

鬼七在房间里刚一坐定，便厉声问陈廷顺：“你刚才去了哪?”

“上街走走，您不是告诉我多注意傅东晨吗?我去了刘氏铁器行，饿着肚子等了半天也没见他的影子。”

陈廷顺早就编完了谎话，并做出十分辛苦的样子。

“是实话吗?”鬼七忽然又放缓了声调。

“七爷，我怎么能不说实话呢?”陈廷顺一副无辜的样子。

“来人!”鬼七突然一声断喝。桂福等人应声而进。“桂福，把他给我拉下去家法从事!”陈廷顺弄清不鬼七知道了什么，故作无辜且痛苦地看着鬼七：“七爷，我没说谎呀!”

……

没一会，桂福又进了来。“大哥，他招了。”

“带进来!”鬼七吩咐。

陈廷顺被人架了进来。看得出，虽然受了刑，但还不太严重。

“去哪儿了?”鬼七语气平和地问。

“大和洋行。”陈廷顺垂着头说。

“干什么去了?”鬼七问。

陈廷顺已打定了主意，绝不说秀儿在大和洋行。

“我想确认一下他们到底私运的是不是烟土，我不能给七爷的生意添麻烦呀。”

“哟，难得你忠心呀。那为什么要骗我呢？我是最恨骗我的人!”

“我想我弄清了再告诉您——如果错了我担不起呀七爷。”

“弄清了吗?”

“七爷，您别怪罪小的了。您不是已经……”陈廷顺现在只能认为是鬼七在得到了自己的信息后报了警，可报警后是什么结果陈廷顺一点也不知道。

“我已经什么？是不是你小子告的密?”鬼七走到陈廷顺跟前，盯着他问。陈廷顺有点哆嗦了。

“七爷，我只告诉了您，没告诉任何人呀!”陈廷顺有点糊涂了，莫非那船装的真的是烟土不成?

“长野和你说了什么?”

“他说要是有事让您直接和他说。”

“说他奶奶的孙子！他差点让老子上了当!”鬼七也弄不明白到底是谁告的密。只是他怀疑陈廷顺为了立功才擅自向焦伯琛去买好。可此时他想到了陈廷顺连字都不认识，怎么会写告密信呢。

“你回屋去吧，我一会让厨房给你做点好吃的。记住了，以后不能和老子说谎话!”鬼七摆摆手。

陈廷顺边往外走边想：莫非长野要运的真是大烟土?！可看样子这事不是鬼七捅出去的呀。

第九章 遭遇“乱党”

1

一间洋人的教堂。

不知道革命党和教堂神父是什么关系，神父将教堂后的一间密室借给了革命党。这会儿，革命党正在开会，十几人中包括傅东晨、小吴等人。在昏暗的角落还坐着一个人，竟然是余府管家。

他们正神色庄严地听着唐季恺讲话。

“孙中山先生提出的‘驱除鞑虏、恢复中华、建立民国、平均地权’是我们同盟会的纲领。这四句话是什么意思呢?”唐季恺说着打开一张叫《民报》的报纸。“孙先生在发刊词中，把它解释为‘民族、’‘民权’、‘民生’三大主义。民族主义就是‘驱逐鞑虏、恢复中华’，‘覆彼政府，还我主权’。具体有以下几个方面：第一，反抗满洲贵族的压迫，推翻清朝政府的统治，但不是种族复仇；第二，国内各民族平等平权，实现‘五族共和’；第三，改变中国受帝国主义列强欺凌的状况，挽救中华民族的危亡。孙中山高瞻远瞩，看到了中国社会的危机是‘异种残之，外邦逼之’，要解决民族压迫的问题，就要以革命手段推翻清王朝的统治。推翻了清朝，对外既可以打击帝国主义列强，对内又可以实现各族一律平等……”

听讲的人们兴奋地议论了一会儿之后，唐季恺又宣布了一项决定：“遵照上级意图，我们要力求团结和依靠各阶层的力量，以壮大我们的队伍；天地会将列入优先发展对象。一会儿，天地会就会有人来……”说着唐季恺坐了下来。小吴却出去了。

此时，孙中山领导的同盟会正在以各种方式团结着所有能够争取的阶层与人们，以壮大队伍，推翻清政府，达到这些革命者的理想。这大概也是资产阶级革命的特征之一。

人们的记忆和印象中，帮会的形象非常复杂，随着历史的演变，有时它也是流氓无赖的集合，最少这些人借用了帮会之名。因为从历史上说，帮会更多的是江湖道义与兄弟间的义气，“路见不平，拔刀相助”常常是帮会中人的所为，如此说来，在当时的历史背景之下，帮会中人虽也有渣滓，但有学识、有思想、有志气、有胆量的人也很多，他们“义”字当头，敢做敢为，成为许多人抱团取暖之处。

中国帮会到底起源何时，有两种说法，一种是帮会中人所说的明末清初，源头可溯至李自成，用他们的说法，李自成的起义军就是起事最早、人数最多的帮会。但按研究者的说法，则是起源于清朝中叶。当时因为“康熙盛世”、“乾隆盛世”，人口激增，脱离土地的人多了，这些人大多在社会上讨生活，成了离开宗法社会的流民。为了互助和自保，这些人成帮结伙，进而发展为“帮会”。帮会的建立首先以生存和自保为主要目的，加之成分复杂，难免干点非法的勾当。所以，当初的帮会组织不过是流民团伙。发展到后来，帮会组织逐渐完善，帮规森严，而且“流派”众多。

中国的帮会，无论哥老会、天地会、洪门以及三合会、三点会，以及袍哥，虽然在性质上都是一个系统，但各种帮会之间、各个地方的帮会，并无统辖关系，甚至一省一地的帮会，谁也不买谁的账，龙头大爷，双龙头大爷，也只是管自己麾下的一摊事。

帮会至清朝末年似乎达到了鼎盛时期。这些形形色色的帮会组织多以反清复明为号召。如此，满清政府也就自然把帮会当做仇敌。

从清廷的角度说，“帮会”是“流氓匪类”，是“大逆不道”。但从汉人一方面说，“帮会”的所为是一种革命，是“无革命之名而有革命之实”的有组织的人群。

清朝是个势力相对比较弱的异族统治的王朝。面对人口众多、土地广袤的中原大地，统治者心比较虚，非常注重法度，对于帮会这种非官方而且脱离了宗法体系，连乡绅都无法控制的民间组织大有戒心，一开始就严查严禁。可是，清政府与所有的传统的封建王朝一样，都是小政府格局，政令不畅，而且法令的执行既达不到末梢，也多赖于地方官的随意。对于有一定自治作用的乡间士绅，对这种对自己利益破坏不大的民间组织，也没有多大的热情去遏制。所以，帮会就一直像野草一样，割而复生。朝廷的镇压，不仅没有消灭他们，反而让他们从中生出了反叛性。一有机会，个别怀有政治野心的，就借用帮会之名，以“反清复明”相号召，或大或小地干一场，结果自然更增加了清廷对他们的敌意。说实在的，虽然说帮会都会做点非法的勾当，对于自己的叛徒和伤害他们的人，也会采用私刑，但他们的反叛，主要是朝廷的镇压激发出来的，在他们自己，原本并没有多少政治图谋。于是，帮会成为了一种植根于社会底层的带有政治色彩的组织。

到了晚清，清政府的控制能力进一步减弱，尤其是几十万湘军在扫荡了太平天国之后突然被解散了，那些当惯了兵的人，没心回乡种田的，于是散落民间，这在客观上给帮会提供了大量的生力军，帮会的战斗力和破坏力因此大大增强。

这样一股政治力量的存在尤如一颗颗没安上引信的炸弹，成为了清王朝的隐患，统治者看到了这个威胁，任何图谋推翻朝廷的势力也无不时时想到他们。19世纪末到20世纪初，这种情形越发明显。康梁变法失败，康党中的激进分子策动自立军起义，打的就是帮会的主意。而以孙中山为首的革命党人，从一开始，就是跟帮会结盟。他们在海外就加入洪门（中国源于明末清初的一个秘密组织）。同盟会成立之后，三大派系都热衷跟帮会拉关系，大多数起义都借助帮会。各地的革命党人，几乎都有关系密切的帮会人士。

我们受到的历史教育对辛亥革命的定义是“资产阶级革命”，反正它不是无产阶级革命，既然叫资产阶级革命，它的起因、诉求以及革命队伍中的成分自然就很复杂。革命党借助帮会的力量才达成了革命的成功是个不争的事实，因为有了帮会的参与，双方搅在一起，都给对方带来了深刻的影响，这种影响绵延了几十年，以至后来的蒋介石要起事都要拜帮会大佬为师。

在帮会中，虽说相当多的人跟革命党走无非是拿钱干事，相当于革命党雇人造反，钱尽人散。但另一个事实是也有相当多的人受革命党的宣传教育，“政治觉悟”大增，本已淡忘的“反清复明”的宗旨，再次明晰起来，他们因为江湖义气而造就了意志坚定，视死如归。如此看来，策动帮会人士造反，实在是革命党人的高明之处。

这时罗秋月已经进了教堂，小吴迎了上来。

“小姐，您是祈祷还是忏悔?”小吴问。

“当然是祈祷。”

“小姐这边请。”小吴立即走到了前边。显然，那是暗语。

罗秋月进入密室后，人们轻轻地鼓起掌来。

罗秋月是代表天地会出席这次会议的。她向大家点头致谢，却在期间发现了管家!

“管家!”罗秋月下意识地脱口而出。

管家站了起来，笑着说：“小姐，我们已经是同志了。”

“余大人怀疑我做了什么，是不是都是你干的，然后栽到了我身上?”

罗秋月稍一停顿后微笑着问。

管家点了点头："这是策略，小姐可别记我的仇呀。"众人笑了。

唐季恺主持大家开了个联席会议，确定了天地会会员同时也是革命党成员，并称赞是余府管家从中穿针引线，促成了此事，接着分析了一下当下的形势问题以及组织将要做的工作。最后，唐季恺提到了陈氏兄弟的问题。

经过无数次失败，以孙中山为首的革命党人越发认识到拥有一支成熟的、忠于革命并为革命所用的武装力量对推翻清政府是多么重要。于是从1908年开始，革命党人将发动群众起义的重点转向争取新军。革命党人在新军内进行各种秘密革命活动，向士兵进行革命的宣传，启发他们的革命思想。在当时的背景下，这不仅是必要的，也是极为可能的，因为科举制度被废除，当时许多青年知识分子投入了新军当兵，成为新军中的有生力量，争取他们的同情并支持革命，就相对容易达成目的。后来成为辛亥革命中坚分子的著名人物，许多都是来自新军，而武汉三镇地区的革命组织很早就与新军建立了联系。

"扩大我们的影响和扩大我们的队伍是当务之急，新军和巡警是我们重点发展的领域，同时，也要注重社会上的有识之士和有能力的人。对了，"唐季恺说着看了看傅东晨和罗秋月等人，"陈廷安兄弟你们要多加注意，视情况引导他们参加革命。"

罗秋月立即点了点头。

傅东晨正要说什么时，小吴进来报告："余怀庆来了！"

大家一怔。

"……他怎么会找到这儿呢？"唐季恺深为意外。

"我去看看。"罗秋月站了起来。唐季恺点点头，并指了一下后门。

余怀庆正板着脸，坐在教堂大厅里。这时，罗秋月从忏悔间走了出来。

余怀庆看见罗秋月后，站了起来。

“跟我回去!”余怀庆对走到身边的罗秋月说。

……

在回余府的马车上，余怀庆一言不发，罗秋月也不想先说什么，以免被动。

回到余府后，没待余怀庆说什么，罗秋月便主动地跟着他到了书房。

余怀庆坐下后，看了罗秋月一眼：“秋月，即使你不念养育之恩，也不可与乱党混为一谈。你在这个家里，我就要对你尽一份责任。”

“老爷，”罗秋月立即接过话头。罗秋月对余怀庆的称谓十分有意思，与下人对余怀庆的称呼一样，这是她自小养成的习惯，余怀庆也从未想明白当年的这个孩子应该称呼他什么为好。不能称父，他嫌这样会使得他当初领养她的初衷受到亵渎——他不想让人家觉得他是有目的的，因为他毕竟没有儿女。所以，当罗秋月自小牙牙学语时，第一次学下人的话也叫他“老爷”时，他哈哈大笑地接受了。

“我没有不念您的养育之恩呀，再说谁是乱党呀?”罗秋月满脸的无辜。

“我一直在注意你。当初以为你是帮会分子，今天才发现你和那些神秘人物在一起!”

“老爷!”罗秋月以撒娇的口气说，“让您这么一说，我都不知道我是干什么的了。”

余怀庆从抽屉里拿出几把飞镖放在桌上：“这是你的吧?”

“是我的呀。怎么到您的抽屉里了呢?”罗秋月迅速掩饰着自己的意外，故作惊讶地问。

“哪来的?”余怀庆追问。

“街上买的呀，我看着好玩。”

“这个呢?”余怀庆又把帮会的标志拿了出来。

“这个是捡的呀。老爷，你说好看不?”罗秋月故作天真地问。

余怀庆无奈地叹口气：“你去教堂干什么?”

“我想听传教士的传教呀。可好听了，就像小时候我听老爷给我讲故事似的……”她还想说什么，余怀庆一摆手：“不管你说的是真是假，以后不许乱跑了，丫头就该在家呆着!”余怀庆站起来，还想接着说什么时，鲍昆来了。

“回你的房去吧。”余怀庆向罗秋月一挥手，又恢复了原来的和善。罗秋月如释重负地和鲍昆打了招呼后离开了。

“老师，新的设计进展得怎么样了?”鲍昆似乎随口问道。

“快了。”余怀庆微笑地说。

……

此后几天，余怀庆一直没有去兵工厂，把自己关在了书房。他在家，罗秋月不敢离开，为不能参加革命党的活动而焦虑，管家背地里安慰她安心以待，准备承担更大的使命。

2

陈廷安在讨饭的破屋里几天没出去了，一时间他成了讨饭的朋友们供养的对象，不过大家乐于让这个有义气、有文化的人生活在他们中间；他们乐于他在家里呆着，不让他抛头露面。他们早已将荣辱看得很淡，却也愿意他们中间有位不比那些有钱人矮几分的汉子……

陈廷安想调整一下自己。他慢慢意识到自己现在像无头苍蝇似地乱撞，什么目的也达不到，什么事情也做不成。眼下，他已经彻底打消了回老家的念头，可在这让他疲于奔命、险象环生的地界干什么呢？他没有明确的想法。他一件件回忆着一年来的所经所历，一件事没干成，兄弟还丢了，唯一的收获是在这一年来的风风雨雨中，他长了见识。他将从汉阳登岸那天起至今的经历梳理了一遍，虽然多是触目惊心，却最后停在了那天街上听到小吴站在马车架子上的演讲……

黑老大他们回来了，带给陈廷安的信息是世面很平静——这是陈廷安每天都想知道的。

陈廷安突然把大家叫到一起，给大家讲起小吴在街上的演讲，可大家听着听着，黑老大却打断了他的话：“兄弟，那一定是乱党所言，咱可得离他们远点。咱吃的是百家饭，给咱饭的是好人，不给咱饭也不是坏人，谁是谁非和咱没关系。”

“可咱们也是人呀。”陈廷安觉得黑老大怎么活得一点人的底气都没有呢。

黑老大笑了：“人和人不一样呢，别的人吃的什么？咱们吃的是什么？”

陈廷安看着大家不时打开的或是一钵或是一碗一天的讨饭所得，无论是钵还是碗，里面的内容都是五颜六色。他突然说：“百家饭好吃吗？”话出口后，他意识到伤了大家的感情，立即补充道：“咱总不能下辈子还讨饭吧？”

大家看了看他。

此后的几天，陈廷安仍然没离开破房子半步。

黑老大他们又出去讨生活去了。陈廷安坐在一把破椅子前发呆，椅子上放着从江边捡破烂的老者那里买来的秀儿的那只鞋。这只鞋好像成了一本书，陈廷安想读出什么，并正在读出什么。

一年的时间不长也不短，却已形成了岁月的筛子，细尘或已漏去，余下的则是颇为沉重的砺石。此时的秀儿在他心里与当初已不可同日而语，这不仅仅因为秀儿是位妙龄的姑娘，也不是因为她对陈廷安百拒而不恼的韧性，她太复杂、太难解，以至陈廷安只要一回想，就有太多的不解；只要一思索，就会有新解或新的未知……

黑老大他们无精打采地回来了。

黑老大把一块饼子递给陈廷安：“兄弟，你先吃一口，下午我们再出去。”黑老大有些歉意地说。陈廷安机械地接过饼子咬了一口，眼睛仍未离那只鞋。黑老大他们不知道这哥们为啥对一只女人的鞋如此痴迷。他们下意识地巴嗒着嘴，看着陈廷安。

长久的寂静反倒让陈廷安突然醒过来了。手里拿着半个饼子的陈廷安一回头，发现了他们静静的目光以及饥饿中一张张脸上的菜色。

“老大，你们……？”陈廷安意识到大家还没有填上肚子。

“我们马上还出去的，吃的会有。你是秀才，可不敢饿着的。”黑老大十分认真地说。

这时，陈廷安才意识到他们还饿着肚皮。

“老大，”陈廷安站起来，挨个看了看大家，“我一定要让大家吃上饱饭！”他的话一出口，人们就笑了。不知是开心地笑还是以为他在开玩笑。

陈廷安也笑了：“看来穷鬼说不了富话呀。”

“兄弟，有你这句话我就饱了。我得上茅房去。”黑老大半开玩笑地说。人们一阵笑。此时，陈廷安下意识地在自己的周围看了一眼，这才想起他的大刀已经丢失了好久了。

黑老大从茅房回来，手里拿着一张传单。

“秀才，我没舍得用这东西揩屁股，你看看是什么。”说着把那张传单递给了陈廷安。陈廷安接过来看了一会，人们注意到他的脸上有一丝丝的心慌和兴奋。

“驱除鞑虏，恢复中华，建立民国，平均地权。”陈廷安读道。

“啥意思？”黑老大不懂。

“这张纸上解释了这几句话。‘驱除鞑虏，恢复中华’，就是要用革命手段推翻帝国主义走狗清王朝的封建统治，恢复真正的中华民族的国度；‘建立民国’，就是要进行政治革命，推翻封建帝制，建立共和国；‘平均地权’就是要核定全国地价，现有地价归原主所有，革命后因社会进步所增长的地价归国家所有，由国民共享，做到‘家给人足’……”

“我听不大明白，可听出点味儿了！”一个讨饭的人说，“真要是这样了，咱就不用要饭了。前边的咱不管，土地共享，不就是说咱讨饭也能有土地了吗?”他兴奋地说。

“这话是谁说的？挺惦记咱们穷人的呀!”另一个人说。

黑老大拿过那张传单，几把撕掉了。“秀才，这道理咱听听也就行了，这是乱党所言，咱可不能惹这个麻烦。”

陈廷安似有所悟地点点头。

陈廷安为大清的利益，曾与父亲凭着朴素甚至盲目的感情与洋人浴血奋战过，自从父亲为大清献出生命、自己为大清负伤后，兄弟俩更觉得大清王朝与自己的身家性命息息相关。于是他们就将维护大清王朝的利益视为自己的天赋之责了。可陈廷安毕竟是有知识的人，与陈廷顺相比，更勤于动脑，自从到了汉阳，他与兄弟的所经所历让他的思想发生着悄然的变化。无论是小吴的演讲还是这份传单，都让他觉得多少有些道理，而且这道理又是那么新鲜。只是，黑老大的一句话又让他有点警醒——是呀，那是乱党之言，而乱党正是大清朝所要剿灭的。

“老大，我和你们一起去讨饭!”陈廷安突然说。

黑老大意外：“那可不行，你不怕丢人我们还怕丢人呢！你可是我们的秀才!”

“老大，你听我说呀，咱们不能一辈子以讨饭为生，得想为生之道!”陈廷安眼睛亮了。

……

黑老大和弟兄们集资后，给陈廷安买了把大刀，在一个行人不多不少的街上的一棵大树下给陈廷安打了个场子。他们要自食其力了。

陈廷安挥起大刀，上下翻飞的刀影令人们一阵阵大声喝彩。当然，喝彩声中最响亮的是黑老大他们。

果然，有的围观行人往场子内的破盆里扔下几个零钱儿。

舞得兴起的陈廷安转圈时发现了身边大树上的一个枝杈，陈廷安一个鹞子翻身，身体瞬间贴近了树杈，所有人都屏住呼吸，注视着他的下一个动作。

一道白光向树杈闪去，陈廷安手中的大刀砍进了树杈。那瞬间，他以为手中是自己的宝刀，自然以为不细的树杈会悄然而落，可是，人们看到的却是那把大刀砍进了树杈，不但树杈未被砍落，而且那把大刀竟弯了。

陈廷安一怔，才意识到这只是几个小钱买的一把铁片大刀罢了。

围观者中顿时爆出了笑声。

陈廷安顿感羞臊，抽出大刀，飞起一脚，那个树杈顿时被踢断，人们又一阵惊叹。

陈廷安已经力不能支了，可破盆里的钱却不见长。陈廷安擦汗时，黑老大走到他身边："兄弟，你是文武双全呀。"

"兄弟丢人现眼了。"陈廷安不好意思地说。

"那是刀不管用，怪不得你。兄弟，咱得走了，要是一会惹来了鬼七的人就坏了。"黑老大向他使了个眼色，马上又回到了人群中。

铁片大刀的弯曲让陈廷安顿生万千感慨，其中不仅是一时的尴尬，更多的是无名的愤怒……

陈廷安将手里的大刀抻平后，发疯地挥舞起来。

"鬼七，有种你的出来！"陈廷安大叫着。围观的人一怔，吓得纷纷离开。黑老大也吓个半死，赶紧上来拉住陈廷安："武秀才，你疯啦！"

"老大，巡警来了！"一个讨饭的冲进来说。

"走！"黑老大等人架起了陈廷安就跑。

巡警不知道发生了什么，赶到时已经没了人。

这时，那个虾米出现了。他为没看到刚才的热闹而懊丧。巡警走了，他也走了。

没走几步，他发现了一个熟悉的人——陈廷顺！

虾米有些疑惑了，恩人的兄弟在，可恩人在哪儿呢？他想拉住陈廷顺问个究竟，可若提起那把刀时该怎么向恩人交待呢?!

虾米想先弄清陈廷顺的住处。

虾米悄悄地跟着陈廷顺，终于看见陈廷顺进了一个大宅。虾米心里没底，转身打听邻居这大宅里住的是什么人，结果吓了他一跳——竟然是鬼七家。

虾米一口气跑出了好远。“他怎么会去鬼七家呢？恩人是不是也在那院子里呢?”虾米想不明白了。

3

破屋子里没人。

陈廷安买了一大盆饼子搬进了破屋，找出一块干净的破衣服，盖好了盆子，将自己的包袱背上，走了两步又回头看了一眼，然后走了。

陈廷安到了码头上，一打听，得知坐轮渡去武昌要三个铜板，陈廷安舍不得了。他干脆潜入江中，待船开了，抠着船板，渡过了江……

陈廷安想暂时离开汉阳，到武昌去看看。

武昌确实比汉阳热闹，许多湖北、湖广总督府的机构都设在这里。

陈廷安走到著名的武昌户部巷时，在一家小酒馆里喝了两杯。

混丢了兄弟、混丢了宝刀而自己还毫无着落的陈廷安竟然喝多了。还要喝时，东家见他的装束和讨饭的差不多，让他先付酒钱，陈廷安倾囊而尽还差了几个酒钱，被店家赶了出来。

跌跌撞撞的陈廷安在街上一遇凉风，酒劲上涌，突然觉得自己本是一条好汉，如何落得如此地步呢？

户部巷不宽的街道上行人如织，人们纷纷避让着这个醉汉。

突然，前方的人们如遇恶兽，纷纷逃开——只见一个人抱着支“汉阳造”横冲直撞地跑来。这个人竟然是虾米。虾米穿着当初从破船上捡来的陈廷顺的衣服，可怀里却抱着支枪！行人不知道这个未穿军服的半大小伙子何来的枪，自是纷纷远离。

虾米蒙头转向地向陈廷安跑来，他只想赶紧跑到一个安全的地方，并为人们的纷纷避让而觉得自己竟也有让人恐惧之处，顿生一丝快感。可是当他奇怪前面迎头而来的这个人何以不怕他时，陈廷安的醉眼中似乎看见了陈廷顺，毕竟他太熟悉陈廷顺的衣服了。当虾米竟然一头撞进他的怀里时——确切地说虾米怎么也躲不开他了——陈廷安二目圆睁，认出虾米竟是当初烧他席子的小混混，却没想起他也是挨了德国兵打的无辜者。陈廷安再次酒劲往上涌，并未注意虾米怀里抱的枪。

“个养的!”陈廷安一顿拳脚把虾米打翻在地，这时虾米惊讶地认出了陈廷安是他的恩人……

虾米也不还手，只凭他打。可陈廷安力气使出去后，也迷迷糊糊地瘫倒了。这时，不知发生了什么的人们开始往前围。虾米胡乱一挥枪，又吓退了人们。

虾米将陈廷安扶了起来，跌跌撞撞地拐进了一条小巷……

不知何时，陈廷安醒来。他看了看四周，又看了看虾米。

这里是著名景观黄鹤楼下不远处的山坳里。刚才虾米将陈廷安扶到巷子里，藏好枪后，又叫了辆洋车，可车钱只够跑到黄鹤楼附近，车夫再也不肯拉了……

“大哥，是我。”虾米心有余悸地说。

陈廷安定睛一看，认出是那小混混：“你为啥要烧我的席子?”陈廷安不记得当时在外滩是因为眼前的虾米而起的冲突。

“大哥，当初我没认出恩人呀。”

“恩人?”

“大哥，你忘了，当时在汉口外滩，您为了帮我……”虾米提醒着他。

“……哦，是你小子！”陈廷安终于彻底醒了过来。

“大哥，你别怪我好不好？”虾米突然垂着头说。

陈廷安一挥手：“怪也没用。就当那领席子卖你了。”

“那算我欠你领席子钱！”虾米高兴了。

可随后虾米还是垂着头。

“大哥，你的大刀……是我拿走了的，可我不知道是你的，后来才知道。”虾米抬起头说。

陈廷安腾地坐起：“在哪？我的刀你可是给多少钱也不卖的，别说是赊的了！”

“被鬼七的人抢去了……”虾米哭丧着脸说。接着，他把刚发生的事讲给了陈廷安。

原来，虾米实在没钱给奶奶买药，也找不到来钱的事可做，听说枪可以卖钱，他便在户部巷不远处的一个澡堂里偷了几个洗澡的士兵的一支枪……

听完虾米的陈述，陈廷安感叹地拍了拍他的肩。他知道这是好孩子，因为他孝敬奶奶。

“你怎么穿着我弟弟的衣服？”陈廷安突然想起，拉了拉虾米的衣服。

虾米马上讲了当时在江边船上捡到衣服的情形，陈廷安才恍然大悟：“你小子天生和我有缘！”

“对了大哥，我看见你弟弟了！”虾米突然想起。

“我弟弟？这怎么还越说越和我靠近了呢。在哪？”

“我见他……进了鬼七家。”

陈廷安站了起来：“走，你领我去！”

虾米却哆嗦起来。

陈廷安笑了："兄弟，害怕了？别怕，有我呢。去年有我，今年还有我！"

"我没怕，是……有点冷。"虾米缩了一下身子。

4

唐季恺坐在洋车上赶路，突然他看见了什么。

"车夫，停一下。"他叫了一声车夫，车停下后，他指着路边躺着的一个人，车夫向路边看了看。

"先生，那是死倒儿，抽大烟抽的！"车夫不以为意地说。

唐季恺心下一沉，

唐季恺心情沉重地回到居所时，小吴向他报告，因为鬼七的举报，贩卖烟土毒害中国人的长野被查抄。唐季恺有些意外。

"小吴，马上想办法调查一下这个鬼七的背景！"

没几天，小吴向唐季恺报告：鬼七本名霍振江，乃闻名三镇的流氓大哥……未待小吴接着往下说，唐季恺已经深为意外了……

唐季恺决定立即去见鬼七，以争取其同情革命。小吴等人不懂他何以生出此念。

鬼七这些天一直无所事事，不知该干点什么才赚钱，这时桂福来报说有个老朋友要见他。自称是鬼七的朋友多了去了，鬼七并不在意，倒是想如果有笔"生意"做倒也不妨见见。

桂福把客人领了进来。鬼七打量了一些眼，只是有些面熟却不认识。

唐季恺笑了笑，先自坐了下来。鬼七一时有点发怔——这哥们自来熟呀，可确实有点面熟，何时认识的呢？

"振江，不认识我了？"

"你是？……"鬼七有点想起来，只是不敢确定。

"我是你大哥——"

"天！真的是大哥！"鬼七立即从椅子上跳了起来，俩人紧紧相拥。

原来，这两人当年都是义和拳民，只是鬼七对义和团刀枪不入的咒语深为怀疑进而恐惧才中途逃离……

"想不到我还能见到你，以为你早就成了洋人的枪下鬼呢！想不到咒语在哥身上灵验呀。"鬼七哈哈大笑地说。

"快，给我大哥上茶！"鬼七向桂福一挥手。桂福立即出去了。

"振江，你怎么样？"

"你看，就这样嘛。"鬼七一张双臂。

"振江，听说你在汉阳、汉口和武昌一带的名声可不小。"唐季恺试探地说。

"徒有虚名，混碗饭吃。"

"你我是生死弟兄，大哥说几句心里话你别在意。"

"说！咱们兄弟还有什么可客套的。"

"你是有本事的人，别看当年你溜了回来，其实后来看你是对的。没回来的兄弟没少死伤。我的意思呢，兄弟你危害百姓的事不会做——"

"你就明说嘛！"

"你认为清政府所说的乱党是好是坏呢？"

"大哥是革命党？"鬼七立即说。

唐季恺没有正面回答："振江，你对革命党是什么看法？如果你遇到了革命党会怎么办？"

鬼七料定唐季恺是乱党了："大哥，这个党那个党的和我没啥关系，井水不犯河水。"

这时，桂福进来，给二人倒上茶，给鬼七倒茶时，鬼七示意了他一下。

“大哥，你不是来劝我参加乱党——不，革命党的吧？”鬼七这么说的目的是在暗示桂福。果然，桂福马上出去了。

桂福刚一出门，碰上了陈廷顺。

“桂福大哥，七爷来客人了？”陈廷顺对这个院子里发生的一切都充满了兴趣，或者是充满了警觉。

“廷顺，你千万别进去，是乱党分子，我马上去巡警队报警去！”桂福严肃地说。

“乱党分子？！”陈廷顺吓了一跳。

陈廷顺一把拉住了桂福：“大哥，我腿脚快，我去！”

桂福迟疑了一下，“好，快去，越快越好！告诉焦队长，咱家有个乱党分子，七爷正拖着他呢，让他们马上来！”

陈廷顺点点头，飞也似地跑了。

对眼前这个大哥，鬼七并无太深的交情，同样他对乱党不乱党也谈上不上好恶，但他立即站在自己的角度来权衡利益——如果将他交给巡警，自己是否会立一大功？然后赏金是多少？

唐季恺听了鬼七的话后一阵大笑：“可没人交我这个任务呀。不过，我倒不希望兄弟为虎作伥、充当朝廷的鹰犬呀。”

“我可是只给我自己当鹰犬！”鬼七也一阵大笑。

“振江，记得你有一双儿女来着，现在大了吧？”唐季恺突然转移了话题。

鬼七一怔：“儿女自有儿女福。来，你看我这茶怎么样？”说着自己先喝了一口。

……

这时，陈廷安和虾米已经登上了回汉阳的渡船。

“兄弟，船钱我一定会加倍还你的！”陈廷安摸了摸虾米的头。

“大哥，这才几个钱儿呀。别看我没钱，我也是江湖人，讲的是义气呢！”虾米拍胸膛说，陈廷安笑了。

“走，快领我去鬼七家！”

此时，接到陈廷顺举报的焦伯琛和巡警们已经向鬼七家赶来。陈廷顺本要和他们同行，但焦伯琛不想让这个角色不清的人出现在现场，将他留在了巡警队。

陈廷安和虾米终于赶到了鬼七家附近。直到这时，虾米也不知道陈廷安要干什么。

“大哥，是要去鬼七家找你弟弟吗？”虾米小心地问。

“算是吧。”陈廷安心不在焉地说。到这里干什么？是否进得去？是找鬼七还是找兄弟还是秀儿？结果会如何？这一切陈廷安都无法预料。

“大哥，鬼七可凶了，你敢进去吗？你又没大刀了。”虾米担心地问。

“兄弟，别害怕，你在外边给我放哨就行，要出人命时还有我这个儿大的挡着你呢。”

“那行，我放风挺在行的——大哥，可不敢出人命呀。”虾米说到一半时心又提到了嗓子眼儿。

两个人已经接近了鬼七家的大门，陈廷安拉着虾米正要往旁边的巷口走时，突然发现焦伯琛等人从巷子另一端赶来，虾米一见，顿时发了慌，转身就跑。

“虾米，别跑！”陈廷安边往街角一边闪去边小声地喊，可已经上了发条般的虾米却狂奔不止，而他这一反常的举动引起了巡警的警觉，巡警立即向他追来。陈廷安只有干着急的分了。

陈廷安隐进一家房门的墙垛处，巡警冲过来。巡警以为虾米是革命党，边追边向虾米逃跑的方向开了枪。陈廷安闭着眼睛为虾米祈祷……他弄不明白巡警是否有备而来、是否为他们而来。巡警冲过后，陈廷安立即往巷口看了看，已经没了巡警，陈廷安立即向巷子深处跑去，并拐过巷口向虾米逃走的方向赶去。

此时，鬼七屋里的唐季恺听到了枪声，并迅速注意到了鬼七脸上掠过的一丝异样的表情。

“振江，我得马上离开。”唐季恺立即站起来。

“大哥，在我这儿你怕什么呀。”鬼七想拖住他。

“我不能给你添麻烦。有机会咱们以后见！”说着唐季恺已经出去了。鬼七犹豫了一下，才想起该送送。

鬼七出来时，唐季恺已经快到了大门口，一出门，便有辆洋车在等着，唐季恺上了洋车，洋车立即飞也似地跑去。鬼七明白了，唐季恺哪里是等闲之人，早就有备而来。

焦伯琛等人没抓到虾米，恰在此时返回，先是看见了那洋车擦身而过却并没在意，可待到了鬼七门前时，却见鬼七向他示意，他方明白了什么，转身就追，眼见追到了那辆洋车的影子，一道寒光向他飞来，他立即停住了脚：一枚飞镖已经钉在了他的脚尖前。

焦伯琛吓了一跳，弯腰拔出飞镖欲再追时，洋车早就不见了踪影。

焦伯琛匆匆和鬼七进了屋。

“姐夫呀，你怎么没进院、没见人就开枪呀，这下把人家吓跑了，也让我没法做人了！”鬼七抱怨。

“是他们胡乱开的枪，还以为跑的那小子是乱党呢！”焦伯琛说着的将手里的飞镖往桌上一扔：“娘的，跑不了你！”

鬼七一见，顿时眼睛直了。

“姐夫，这是……”

“刚才要不是这只飞镖救了那乱党，也许我就抓住他了！”

鬼七拿起飞镖认真看了看：“没错，是我霍家的飞镖。姐夫——”鬼七说着把飞镖送到焦伯琛的眼前：“这是我霍家的飞镖呀，这是……”

“你霍家的飞镖怎么跑到乱党手里去了?!”焦伯琛有些意外。鬼七立即起身进了屋，从自己的床下取出一只飞镖，两只飞镖放在一起，果然一模一样。

“这种飞镖只我们霍家才有。这么多年没用过了。”

“没丢过？别人没见过？”

“当年只是哄娥儿时给她玩过，可娥儿现在已经在坟里了……”

焦伯琛拿着飞镖看了看：“倒是一样儿，不过，一样的东西多了，再说，也许人家看你霍家的飞镖好，按你家的样子做的呢。”

“那倒也许……”鬼七又拿起飞镖。

“快说说乱党是怎么回事!”焦伯琛看了看桌上的那两杯茶水，急着问。

……

罗秋月将唐季恺护送回他的秘密住处后，立即返回余府。

此时，陈廷安没找到虾米，又悄悄回到了鬼七家附近……

鬼七家门前已经没有了巡警。

陈廷安决定闯进去，直接去见鬼七，和鬼七有个了断。陈廷安一直弄不清陈廷顺怎么和鬼七混到了一处，而且看起来还有些心甘情愿。

鬼七送走焦伯琛后，一直在屋子里琢磨着那枚飞镖，这时，一阵吵嚷声越来越近。几个人阻挡着陈廷安，可陈廷安还是闯了进来。

桂福等人的刀棍立即逼住了陈廷安。

鬼七见是陈廷安，先是吃了一惊，但见陈廷安赤手空拳后，立即向手下一摆手：“瞅你们，家里来客人了就这么待人家?!”鬼七虽然这么说，可心里也是没底，因为他领教过陈廷安的功夫。

“霍先生，我找你不是拼命的，是找我弟弟。”陈廷安说完，扫了眼房间，没有陈廷顺，也没有秀儿的影子。

“兄弟，你弟弟是在我这儿，他要不要和你走可不是我说了算的。”鬼七说的倒是真话。

正这时，一句“七爷，怎么没抓住乱党?!”先传进了屋子里。所有人都一怔，随后陈廷顺闯了进来。

所有人都呆住了。

这时，陈廷安多少明白了刚才巡警是来抓乱党的，而且从陈廷顺的那句话中，也意识到了他或许参与了看来失败了的对乱党的抓捕。

陈廷顺看见了陈廷安，也呆住了。倒是鬼七放松了。

“你们兄弟终于见面了。别那么紧张，都坐下!”鬼七亲自搬过了椅子。

“哥。”陈廷顺终于叫道，脸上的表情极为复杂。

“你在这儿还好吧?”陈廷安的表情同样也很复杂。

鬼七对桂福摆了摆手：“让弟兄们都下去。”随之，那几个人都收回家伙，除了桂福，都出去了。

“廷顺，你不和我走?”陈廷安问。

陈廷顺看了看鬼七：“哥，咱都别走了，还能回乡下吗?在七爷这里挺好的，有吃有住——”

陈廷安立即打断了他的话：“别忘了你是陈家的子孙！我们陈家从来没有为非作歹的历史!”

“哥!”陈廷顺吓得看了鬼七一眼，但鬼七面无表情。

“哥，七爷答应我们只要把枪交出来，他就保咱们没罪，还可以介绍咱们当巡警!”

“你弟弟说得没错，我霍老七说到做到!”鬼七马上接过来。

“哥，咱要那枪有啥用呀，交给七爷，七爷代咱们交给巡警，咱就没罪了。焦队长是七爷的姐夫。”

“他是你的七爷，可不是我的！”陈廷安没好气地说。同时，他已经意识到他和兄弟的分歧不是几句话能消解的，也并非以前兄弟俩意见不一时，兄长的几句就能强迫兄弟听从的。

“哥……”陈廷顺也有点发了急，“咱在汉阳人生地不熟的，除了七爷咱指望谁呀！再说，云妹的未婚夫，那个傅东晨是乱党，咱不能靠他们……”

鬼七说话了：“兄弟，我霍老七以前多有得罪，在这儿向你们兄弟赔礼了。我说句实话，如果二位愿意留下，我霍老七一定热情款待，随你们吃住！别看我霍老七名声不太好听，可也是讲义气的，如果你能留下，我们一起做正当生意，咱们合作，何愁没好日子过？”

“霍先生，恕我得罪了，我陈家人从来自食其力。”说着再次面对陈廷顺：“你走不走？”

“哥，咱不能失去机会呀！”陈廷顺不想离开，最少现在还不想离开鬼七，莫说和陈廷安走后前途莫测，就是一旦离开鬼七，随时都可能落进巡警的大牢。而如果能把枪交给鬼七，不但可获自由，还有可能当上巡警。此外还有个他不想说出口的是，一旦和陈廷安走了，秀儿迟早将是兄弟间的障碍甚至冲突点……

“廷顺，你愿意在这儿我不管。但你是陈家人，我随时等着你！”当陈廷安说完这句话时，突然心里一阵刺痛，似乎从此舍弃了弟弟。他知道已经难以说服他了，而自己不可能听从他和鬼七的相劝。

“兄弟，你们兄弟俩谁去谁留我不管，但我有个请求，你手里的那支枪能不能交给我呢？就是兵工厂里的那支。如果你把枪交给我，我保证巡警不再抓你，你也就自由了。当然，你可以提提条件。”鬼七认真地说。

陈廷安想了想，突然说：“那好，我可以把枪交给你，但你要把秀儿交给我！”

陈廷安的话顿时让鬼七和陈廷顺睁大了眼睛。如果说弟弟对他是无可替代的重要，可当弟弟执意不肯离开时，秀儿的重要性就显现了出来。此外，他并非不知道弟弟对秀儿的一厢情愿，可如果弟弟一定要为虎作伥，他就一定要把秀儿带离这里，这样，不仅是对那位姑娘的尽责，也可以将弟弟间接带离——或者这个办法不是那么道德，可他也只此一途了。而且，他早已认定，秀儿在鬼七这里似乎并没好日子过。

陈廷顺没想到陈廷安会突然提出这个建议，那瞬间，他首先想到的是鬼七当初所说的是陈廷安把秀儿拐走了，显然这是谎话。接着他急速地思索着哥哥目的。是为了夺我之好逼我离开鬼七？还是他早就和秀儿有私下的接触？他是否知道秀儿“已死”？更是否知道秀儿没死而是在长野处？此时他紧紧盯着鬼七，看他如何说。

“好呀！”鬼七稍一沉吟，马上答道：“如果你能看上我家秀儿，我可以做这个主。”鬼七一语双关地说。鬼七打的是什么主意尚不得而知，但他既然以为秀儿已死，接下来他要怎么做，就肯定是一派谎言了。但他的话却让陈廷顺心惊肉跳——鬼七知道秀儿没死?！更让他气恼的是，这个老混蛋把秀儿答应了我，为何又答应了他?！如果他一直以为秀儿已死，他拿什么和我哥换枪？不管怎么说，陈廷顺最后认定鬼七一定不知道秀儿还活着，那他对我哥说的就应该是假话了。想到这儿，陈廷顺心理上平衡了一点。

“那好！明天这个时间我们在如意酒楼前一手交枪一手交人！”鬼七一拍桌子爽快地说。

陈廷安看了陈廷顺一眼，转身离去。

“七爷，秀儿没在我哥那儿?”陈廷顺有意问。他想得给鬼七个台阶，如果自己不问，反倒会让他怀疑。

“那一定是秀儿跑了呀，他还以为在我这儿呢。”鬼七脑子转得也不慢。

5

离开鬼七家的陈廷安发了愁，眼下他急于找到虾米，可去哪找呢？

找不到虾米，就得找枪。他当然不想用那支兵工厂偷出来的枪去换秀儿。他无法相信鬼七，而且也不想相信，宁可砸烂那支枪，他也不可能交给鬼七，但秀儿是一定要救出来的。

陈廷安边琢磨边走，突然有人拉住了他。

“大哥！”是虾米。

“虾米，你可吓死我了！”陈廷安一把拉住了他。

“大哥，你看，啥事没有，我腿儿快着呢。”虾米说着伸展开四肢，“我怕你担心，在这儿转了好几圈了。”

陈廷安拉着虾米赶紧离开这里。走到僻静处时，陈廷安停下。

“兄弟，你得帮我个忙。”

“大哥别老这么说，让我干啥都行，我再也不跑了。刚才是害怕了，以后就不能了。”虾米有点不好意思。

“兄弟，你偷来的那支枪能给我吗？我知道你要卖了枪给奶奶买药的。我现在需要这支枪……”

“大哥，你是要去杀人吗？”虾米紧张地问。

“你看我像杀人的人吗？我怎么会杀人呢？我要拿它去换一个人。”

“是换你弟弟吗？”

“……反正是非常重要的人，虾米，你放心，就算你把枪卖给我了。我一定会给你钱给奶奶买药。”

“大哥，我相信你做的事都是好事，都是应该做的。我给你枪！”虾米爽快地答应。

此时，鬼七正在盘算得到枪后该做的事情，却不知陈廷顺已如热锅上的蚂蚁——他极力想弄清鬼七去哪儿找秀儿；他甚至怀疑秀儿告诉他的一切可能都是谎言，鬼七杀她是假，将她藏在长野处是真。他想没话找话和鬼七套近乎，无奈，鬼七一直关着房门，晚饭都没出来吃。

第二天醒来，陈廷顺已经盘算好了。

鬼七叫来了陈廷顺。

“廷顺，你去趟大和洋行。告诉那个长野，让他准备买枪的钱。”鬼七将陈廷顺拉到身边说。陈廷顺顿感意外——怎么会这么巧？简直是正中下怀！

枪是否能真正到手，现在还无法预料，鬼七并非不知，但他所以提前告知长野，意在告诉他我鬼七并非没本事，而且一直在行动着。其次，也要让长野当真备好钱。而之所以让陈廷顺担此大任，正是鬼七机巧之处——管他结果如何，即使出了什么事，担事的自然是陈廷顺，他可见机行事，随时抽身。

接着，鬼七将陈廷顺见到长野后应该怎么说告诉了他一遍。

陈廷顺对领这个差事大喜过望。昨晚他就已经想好今天要找个借口出去，守在大和洋行，以防止鬼七当真会以秀儿换枪——如果秀儿在大和洋行是鬼七和长野勾结好的话。

陈廷顺一走，鬼七马上叫来了桂福……

陈廷顺此番又是手捏鬼七的铁牌儿，理直气壮地到了大和洋行。当铁牌被日本人拿走后，陈廷顺又坐在待客室里等着长野的接见了。

一直没有秀儿的影子。陈廷顺耐不住，悄悄去了卫生间，还是没见秀儿。他开始怀疑这会不会是鬼七的调虎离山计：秀儿早已离开了这里，而鬼七却将他圈在了这里呢？

正这时，长野来了。

“欢迎陈先生，请跟我来。”长野出乎意料的热情。

陈廷顺跟着长野到了他的房间。陈廷顺知道长野高兴了。在穿过走廊时，陈廷顺四下打量着，以期发现他所希望看见的秀儿。可直到长野的房间后，也没有秀儿的影子，他有点发慌了。

“陈先生是个人有事找我呢还是代表霍先生？”

“长野长生，您怎么认为都行。”陈廷顺卖起了关子。

“哦，还请陈先生明示。”长野觉得，不管他是为何，敢于再次来大和洋行，只会有三种可能，一是解释烟土告密之事，二是有关枪的事，三是陈廷顺的个人行为。无论哪一种可能，长野都多有期待。

“七爷让我来和您说枪的事。马上枪就会到手，他让您把钱先准备好。”

“哦？很有把握？”长野冷静地问。心底却立即盘算起来，如果烟土事是鬼七告的密，那么此番又扯出枪事，就是想继续蒙骗他，以达到鬼七的目的。可有这样的傻瓜吗？如果真是鬼七告的密，他就应该从此在长野这里消失，而不可能一如既往地继续和他交易。如此说来，烟土事或与鬼七无关，自然也和面前的陈廷顺无关。

“当然！”陈廷顺有些得意地说，“我哥同意把枪交给他了。”

“你哥？”其实，长野早就知道枪在哥哥陈廷安的手里，这也是日本人一直没对陈廷顺动手的原因。

“是呀。马上就会把枪交给七爷，七爷不想把枪放在他那时间太长，所以请您尽快把钱准备好，只要枪一到手，七爷就马上交给您。”陈廷顺说着四下打量起来。这时长野才想起还没上茶。

“秀子，上茶！”长野高兴地喊了一声。陈廷顺在听到第一个字时，还以为是在叫秀儿，可后一个字却是“子”！

很快，“秀子”端着茶壶进来了。竟然是秀儿！秀儿低眉顺眼，似乎没有看见陈廷顺，完全是日本女人的做派。而陈廷顺也非常清楚，不能在长野面前表现出认识她。

长野观察着他们的表情。

长野虽然知道鬼七欲置秀儿于死地，却对秀儿的底细并不了解。救上秀儿后，秀儿只说是她父亲生前欠鬼七的债，欲将她卖到妓院顶债，因其不从，才遭鬼七暗算……对秀儿的如此说辞，长野深信不疑，因为他知道鬼七是个无所不为的人。

陈廷顺还是抑制不住地匆匆瞄了秀儿一眼，但马上收回了目光。他知道长野一定十分敏感地注意着他。

从两人的表情上，长野没有发现什么异常，这说明他们之间可能不认识。

长野继续问陈廷顺有关陈廷安的情况。陈廷顺兴趣盎然地编了一些他自己都不相信的话，为的是拖延时间。其间，陈廷顺不时地看一眼墙上的钟。鬼七和哥哥约定的时间快到了。

陈廷顺边说边拼命地喝水，为的是让秀儿能来续水……

“请转达霍先生，只要我看见了枪，钱会在第一时间交给他！”长野说，同时也看了一眼墙上的钟，“你哥哥何时把枪交给霍先生？”

“快了。”陈廷顺有点心不在焉了。约定的时间到了，可秀儿没有离开大和洋行的迹象，鬼七用什么和我哥交换呢？看来我哥一定上当了！

“长野先生，我得走了，现在枪应该在七爷的手里了。”

……

长野送走了陈廷顺后，立即叫来了间岛。

“看来我们这期间撤掉了对鬼七的监视是个错误。现在只好等着鬼七了。但是，你们马上做好准备，一旦我们得到枪，立即中途拦截，把我们的款截下来！记住，绝不能暴露我们的身份！”

此时，陈廷安已经等在了如意酒楼前，但他的身上并未带枪。虾米则在远处的一堵墙下蹲着，眼前是一捆干柴……

这时，鬼七坐着一辆洋车来了。洋车经过陈廷安的身边时，鬼七示意他往前走。

到了一个僻静处，鬼七下了车。

“哪儿都不安全，可能小日本在盯着咱们。”鬼七警惕而神秘地说。他说的倒是实话，尽管没发现什么可疑人，但他预料日本人也不是傻瓜，他不得不防。

“秀儿呢？”陈廷安受到鬼七的感染，看了眼四周，小声问。

“车上呢。”鬼七回身掀起洋车上的前帘，座位上是个麻袋，麻袋里显然装着人。

陈廷安稍稍一怔：“是秀儿吗?”

鬼七走到跟前，伸手抓了一下麻袋，立即一声女人呜呜的叫声。显然，她的嘴被堵上了。

“没办法，她不相信我的话，还以为我要把她卖了呢。”鬼七解释道。

陈廷安走上前，欲打开麻袋，可这时远处走来两个巡警。

“快走!”鬼七向拉洋车的一招手，鬼七和陈廷安随着洋车又前行了一段。

“兄弟，别耽误时间了，你的东西呢?”鬼七看了看远处的巡警，小声问。

陈廷安回头看了一眼，只见机警的虾米已经扛着那捆干柴走到了距离洋车不远处。陈廷安快步走去，将那捆干柴拎了过来。

“霍先生，你这车……”显然，陈廷安对车夫不放心。

“放心，车你可以自己拉走，随你扔到哪我不管。”

陈廷安将那捆柴往地上一戳，示意了一下，鬼七走过，扒了一下外面的干柴，一支枪露了出来。正这时，那两个巡警好像看见了他们，向他们走来。

“快走。”鬼七低声说道，并向那个车夫一摆手。车夫立即离开了洋车，陈廷安拉起车，快速离开。

那个车夫扛起了那捆柴。

这时，陈廷安拉着车，虾米后面推着，已经转过了一条街，那两个巡警不见了。

这时那两个巡警向鬼七走了过来。原来是桂福和厚嘴唇。

“快走!”鬼七一挥手。几个人扛着柴走了。

此时，陈廷顺向如意酒楼跑来，还没到酒楼，就见鬼七几个人扛着柴走了过来。可“巡警”却吓了他一跳，走到近前才知道是桂福，陈廷顺心想：鬼七一定要了什么把戏。

……

陈廷安将洋车拉到了城边，见四处无人，才打开了麻袋……

麻袋里果然是位姑娘，可取下姑娘嘴里塞的破布后，陈廷安却呆住了——不是什么秀儿，却是几年没见的云妹！

“云妹？”陈廷安几乎有点张口结舌。

云妹看着陈廷安：“金子？把我手松开……”

原来，鬼七认为秀儿已死，还哪里去找，但要得到枪，必须要装得像，于是他很自然地想起了刘氏铁器行那位和秀儿身形差不多长像又相近的云妹。派桂福等人在刘家门前守了一上午，终于将刚离开家门的云妹绑架了。

鬼七等人到了家，立即命人守好大门。

一到鬼七的房间，鬼七便打开了柴捆，抽出了枪。认真打量过后，扔给桂福，“桂福，我看这枪也不是新样枪呀，你比我明白，看看。”

桂福接过枪认真看了一会：“大哥，这就是一支普通的汉阳造，哪是什么新样枪！”

“嘿，他奶奶的，这小子把我给骗了呀！”鬼七说着哈哈大笑起来。这让站在一边的陈廷顺不知如何是好了。

“七爷，我哥交来的不是那支枪？”陈廷顺小心地问。

“你哥还真是聪明呀……”鬼七倒不恼。

“七爷更聪明，您也不会把秀儿交给他呀。”陈廷顺试探着说。

“秀儿就是在我这儿我也不可能和他换枪呀，那我老七成了什么人了！”

这时桂福一笑：“我们是拿个毫不相干的人换来了这支枪，那姑娘是刘氏铁器行的小姐。”

“你先回你房里呆着去!”鬼七看了陈廷顺一眼。陈廷顺吃惊的嘴还没合上，只好离开。

陈廷顺走后，鬼七马上告诉桂福：“你赶紧去告诉我姐夫，我们发现了陈廷安了，就在汉阳，拉着辆洋车!”

“没地方找呀!”桂福提醒道。

“真他妈的笨!那个小妞是陈家的老相识，他能去哪?!

“哦，大哥，我明白了!”桂福为鬼七的精心设计钦佩不已，立即去找焦伯琛了。

陈廷安也好，云妹也罢，两人都没有料到会在这种情况下见面。不管两人之前的关系如何，现在又是什么情况，总还是要到刘家看看……

虾米为陈廷安费尽心思没换来应该换的人，却阴错阳差地换来个他认识的姑娘惊讶不已。

陈廷安告诉虾米把洋车卖了，然后一定要买个卖洋烟的匣子，好好做卖洋烟的小生意赚钱养家，虾米高兴地答应了。一支枪换来辆洋车，不错的买卖!

陈廷安和云妹又叫了辆洋车，去了刘氏铁器行。

另一边，巡警队的焦伯琛听了桂福的所报后，并不在意，因为鬼七的话他本来就不敢太相信，加之这几次鬼七每次都煞有介事，却无一获得。可桂福言之凿凿，焦伯琛虽然还是不信，但为保险，干脆和桂福来到了鬼七家。

待鬼七有鼻子有眼儿地把经过说了一遍之后，焦伯琛信了。

“姐夫，陈廷安肯定在刘氏铁器行!你们快去吧!”鬼七着急地催促。

“你给我把嘴封严实点，别把陈廷安还活着的事到处讲!”焦伯琛说。

“姐夫放心，刀架脖子上都不说!”

“他弟弟呢？”焦伯琛刚要走，突然想起陈廷顺。

“对了，我让他和你们一起去抓他哥，拿他当个诱饵！”鬼七突然想起。

“你小子馊主意倒不少。把他叫来吧。”

陈廷顺听说要去刘氏铁器行抓他哥，顿时有些犹豫。

“你不是想当巡警吗？立功的时候到了，你他奶奶的要是帮巡警抓住了你哥，那叫大义灭亲，再说你怕什么？你要是能把你哥说服了，那叫投案，还是可以免罪的。”鬼七边看着焦伯琛边说。这倒说到了陈廷顺的心里，但如果这话是出自焦伯琛之口就好了。

“焦队长，我信七爷的，你说我不信七爷的信谁的？您说是不是？”陈廷顺渴望地看着焦伯琛。

“你愿意当巡警？”焦伯琛问。

“做梦都想！”陈廷顺热切地说。

“快走吧。”焦伯琛不再说什么了。

6

刘老板对云妹竟然和陈廷安一起回来惊讶不已，待得知女儿的险遇后，吓得半天说不上话来，接着一个劲地感谢陈廷安，这让陈廷安不太自在。

刘老板深知陈廷安是巡警追捕的罪犯，但碍于情面，无法立即把人家撵走。

云妹忙着给陈廷安做饭，刘老板陪着陈廷安在房里说话。

“金子，可能你也知道了，我和云妹以为你和你爹都已经……”

“刘伯，我知道了，我算是捡回一条命。”

“……以为你已经……我们就搬到了汉阳，云妹也不算小了，恰好有个合适的小伙子，挺不错的，就——”

“刘伯，我都知道了，是我和云妹没缘分。可我们还是乡亲。”陈廷安坦然地说。

“金子，你现在……没啥事吧?”刘老板试探着问。陈廷安顿时明白了，也突然意识到什么：“刘伯，我得马上走!”他突然想到的是既然鬼七绑架了云妹，当然知道他和刘家的关系，那就一定知道他会送她回来……

“吃了饭再走吧。”刘老板有点虚伪地说。

陈廷安知道自己必须马上离开，免得给刘家找麻烦。

下雨了。刘老板给陈廷安拿了把伞，并塞给他两个银元，送走了陈廷安。

刘老板刚松了口气，不知陈廷安已走的云妹却不高兴了。

“爹，你怎么让他走了呢?!”她以为又是她爹撵走了陈廷安。

“不是我撵的！我怎么会撵人家呢？他非要走的呀。”刘老板辩解。云妹不信，回到房里换上衣服就要出去追，可刚开了院门，焦伯琛等人就闯了进来。

陈廷顺没敢进来，躲在大门外。

焦伯琛看了眼云妹，似乎明白了什么，向巡警们一挥手：“搜!”

“长官，这是……”刘老板跑过来小心地问。

“搜查!”焦伯琛未待刘老板有反应，一挥手，胡三等人已经闯进去搜查了。

本想出去的云妹明白发生了什么，干脆回了房间。

胡三等人搜查过后一无所获。焦伯琛有点疑惑。

“刘老板，今天你们家来过客人吗?”

“客人？没有呀。这些天生意不好，再没客人来我就得关门大吉了。”刘老板哭丧着脸说。

“我是问你家里来没来人！”

“那更没有了。我家在汉阳一个亲戚也没有，老家乡下的亲戚也很少来的。”

“哦，对不起，那打扰你们了。”焦伯琛知道，不管陈廷安来过没有，既然现在不在，只有撤了。

等巡警一走，刘老板马上关上了门。云妹也才知道陈廷安确实是主动走的，为的是不给刘家添麻烦。

一离开刘家，焦伯琛就吩咐巡警立即换上便装，胡三没明白他什么意思。

“陈廷安极可能再去霍老七那儿，我们守株待兔！”焦伯琛说。

此时，鬼七正在家打扮那支枪。他把枪擦得锃亮，可怎么看还是不像新的。桂福一边给他打下手，一边信心不足地说：“大哥，怎么擦也不像新枪呀，要不要刷点油？”

“那得啥时才能干！就这样了。”鬼七干脆罢了手。

“大哥，小日本能上当吗？”

“怎么是上当，这不是枪？只是不值那么多钱就是了。”鬼七说着把枪栓拉了下来，“奶奶的，就这枪也不能卖他们全的！去告诉陈廷顺，通知长野，一手交钱一手交枪！对了，我对那小子有点儿不太放心，你告诉他，通知完长野后，让他马上回来！”

陈廷顺走后，鬼七又让桂福等人换上了巡警服。

另一边，长野得知鬼七已经拿到枪后，十分兴奋，因为鬼七和陈廷安的交易过程已经被间岛等人窥知……

长野当着陈廷顺的面，将现金放到一个小木箱中。

长野得知要在如意酒楼上的包厢里交易，马上出去安排车，等在房间里的陈廷顺四下探头，却没发现秀儿。

长野吩咐间岛等人立即去如意酒楼附近设伏，一旦交易成功后，立即在鬼七返回的途中截下枪款并将鬼七杀掉。

陈廷顺跟着长野到了如意酒楼。可到了包厢好一会儿后，鬼七才独自夹着一个毛毡卷进来。鬼七见陈廷顺在场，不觉一怔，当初他只是告诉陈廷顺通知完长野便回来，可他怎么竟然跟着长野一起来了呢?

“廷顺，你回去吧。”鬼七冷冷地说，陈廷顺只好离开。

其实，陈廷顺只是担心两人见面后会意外提起秀儿，可即使他在场，双方提起秀儿他又能做什么呢?没人知道，他的身上一直藏着把短刀，他已经做好了准备，必要时他会杀死长野或者鬼七，无论杀死谁，他都会向另一方解释理由，而这一切，都是为了他一厢情愿的秀儿。从这个意义上说，陈廷顺是个很简单的人，他是个愿意为自己所喜欢的人不惜付出与努力的人。

陈廷顺一离开，鬼七就说话了。

“长老板，我可是冒着危险来的，巡警正在搜查这支枪，我好不容易摆脱了巡警，所以耽误了时间。”鬼七坐下后解释道。

“哦?”长野警惕地向窗外看了一眼，“您拿着这个目标是太大了些。”长野看了看那卷毛毡。

“我这是做贼心虚，人家巡警也不是朝我来的。”鬼七轻松地说。

这时店小二进来：“二位点点儿什么?”

鬼七掏出一个银元递给店小二：“我先交个定钱，菜嘛，一会再点，我们兄弟先说说话。”

店小二点点头，接过银元走了。

“钱带来了吧?”鬼七看了眼小木箱问。长野马上打开了箱子盖，鬼七看了看，满意地点点头。

“相信这就是那支枪吧。”长野看着毛毡卷。

“枪是您的，钱是我的。”鬼七说着把毛毡卷拿过来放到桌上，随后伸手要从长野脚下去提那个小木箱。

长野摆了一下手："慢，霍先生，按规矩，我们都事先验下货。"

"好，您看枪吧。"鬼七平和地说。

鬼七将毛毡卷拉到自己身边，刚打开捆着的绳子、掀开毛毡卷、露出枪柄时，楼下突然传来一阵混乱。

"长官，你们吃点什么?"是店小二的声音。

鬼七顿时脸色一变，立即停下手。

"我们是搜索嫌犯的。鬼七在不在这里?"楼下传来似乎是巡警的声音。接着楼梯上传来了杂乱的脚步声。

鬼七立即卷起毡子："巡警！长老板，快走!"说着鬼七提起小木箱就走，长野则马上将毛毡卷抢了过来，放在自己的身后。

可鬼七刚一出门，几个巡警就堵住在门口。

"鬼七，你还往哪跑！巡抚太太的细软你也敢偷!"一个巡警一把揪住了鬼七。

"人赃俱获!"另一个巡警从鬼七手里夺过箱子。

"带走!"一个巡警厉声喝道。

鬼七被架走了，一直躲在包厢内的长野看着这一切，长舒了一口气。

鬼七被几个"巡警"架出了酒楼，并被塞进了一辆马车。

马车飞快地驶去，几个"巡警"围在马车左右跑步前进。

街边，几个挑担的乡下人模样的人见马车驶过来，立即站了起来，放下担子，欲取担子里的武器，可一见环绕着马车的"巡警"，乡下人罢了手。

马车消失了，几个乡下人马上向如意酒楼赶来。

长野从酒楼出来，上了辆洋车。

长野回到了大和洋行。

“长野君，鬼七被巡警带走了，我们无法下手。”间岛说。

“我知道了。”长野把毛毡卷放到地上，脸上是疑惑的表情。他足足看了那毛毡卷有五分钟，最后终于打开，那支枪展现在他的眼前。旧枪，且没有枪栓。

“我们上当了。”长野以平和的语气说道。

间岛等人目瞪口呆。

“把秀子小姐请来。”长野把枪又卷进了毛毡卷里。

秀儿进来了。

“长野先生。”秀儿如日本女人那般轻轻地鞠躬。

“秀子小姐，您能给我介绍一下霍先生的爱好和日常生活习惯吗？”长野看着秀儿，温和地说。

……

鬼七得手了，回到家后立即吩咐桂福在门前一定要派兄弟一刻不离地守着，以防长野打上门来。

“桂福。”鬼七突然想起件事。

“大哥？”桂福刚要走，马上停下脚步。

“你当时告诉陈廷顺去通知长野准备钱到如意酒楼，告诉没告诉让他通知长野后就马上离开大和洋行？”

“我是按大哥的原话告诉他的呀。怎么，有什么不对吗大哥？”桂福不知道发生了什么。

“……哦，没事，我是想这小子怎么敢不听我的了呢？没事了，是我多虑了。”鬼七一摆手。

7

陈廷安没有立即去鬼七家，这并非老谋深算的焦伯琛的失算，是因为陈廷安还没有考虑好该做什么。

想来，陈廷安白白失去了一支枪，尽管那枪不甚重要；换回的不是秀儿，却是云妹，也非云妹不值一支枪的价钱，可如果从头想来，若非这笔“交易”，云妹也不会无辜卷入这场惊吓，自然，没这场交易，陈廷安还不知道何时才能去刘家。

陈廷安最为忧虑的是看来陈廷顺和他已然渐行渐远了。他不知道陈廷顺想当巡警的目的是否能达到。当巡警固然也是陈廷安所愿，但他不可能经由鬼七的路子。让他越来越感觉到神秘和忧虑的是秀儿。秀儿到底在哪？这场交易是否有秀儿在其中？陈廷顺是否知道她的下落？

当一个明确的目标消失而另一个目标还没有明确确立起来之前，人们往往会在目前的生活中建立起一个尚不明晰但却会为之所思所想所为的模糊的对象。秀儿正是在这期间，才在陈廷安的心中变得越来越重要。如果陈氏兄弟俩顺利地当上了兵，或者当了兵工厂的工人，也许陈廷安一生都不会和秀儿有什么瓜葛。命运在任何时代都有着共通之处。

从当初的寻找兄弟，到对兄弟的所为渐渐难以理解甚至愤怒，这时，让陈廷安仍然呆在汉阳的理由就已经不仅仅是陈廷顺，还有那个痴痴的屡屡帮助他和他们兄弟俩的秀儿。每当陈廷安想起以往对秀儿的不冷不热甚至呵斥，他都有点心痛——陈廷安还谈不上对秀儿明确的爱，但她对于他的意义肯定已是今非昔比了。

他决定要找到秀儿！

此时，已经卖了洋车、换了身衣服的虾米脖子上挎着个小木匣，木匣里摆放着几种洋烟——他果然听了陈廷安的。

他到了一家小铺，买了一小瓶酒，捏着鼻子喝了下来，然后走到街上，双手交替地拍了拍胸膛，觉得的自己的胆子果然比没喝酒时大了不少。

虾米一直觉得对不住陈廷安，他要为陈廷安做点什么。

虾米向鬼七家走去，他要为陈廷安找到秀儿！

虾米在鬼七家附近转了一会，可没人买他的洋烟。他已经注意到鬼七家门前有一个守门的细高个。虾米走了过去。

“大哥，买洋烟吗?”

“我还真没抽过洋烟。”细高个说。

“那就买一盒嘛，便宜你。”虾米动员他。

“好，那就给我来一盒尝尝。”细高个伸手从虾米的木匣里挑出一盒烟。虾米马上伸出手。

“现在就要钱呀？我身上没有呀。”细高个点着了洋烟。

“大哥，我都便宜你了，你怎么也得给点吧?”虾米一副可怜相。

“哦，那你等着，我进院给你取钱去。”细高个转身进了院子。

虾米待细高个消失在院子里后，一闪身也快步进了院子。

可能是院子里的人都出去“干活”了，院子里静悄悄的，虾米悄悄挨个儿屋子扒窗户看，不但没见一个姑娘，连个人影都没有。

待他从后窗看见鬼七的卧房时，虽不知道这就是鬼七睡觉的地方，却看得出比别的屋大不少……正待他要离开时，却发现了挂在墙上的大刀，虾米眼睛一亮——他认识那把大刀，那是陈廷安的。

虾米放下脖子上的烟匣子，推开窗户的上扇，爬了进去，取下大刀后，又爬了出来，将大刀藏在褂子里面，急忙往院外走。

细高个此时还没回来，其实不过是想虾米等得不耐烦走了后，他就白得了一盒烟。

虾米见细高个还没回来，赶紧出了大门。

到了街上，虾米才发现这附近多了不少行迹可疑的人，而且，他认出那个挑担卖水果的是巡警胡三。虾米常在市场上转，巡警队就在市场那条街上，他经常看见这些巡警。

虾米不知道他们要干什么，赶紧离开。

虾米狂奔起来，一转弯，将一个挑着担子卖菜的人绊倒了，虾米也险些跌个跟头。

虾米回头看时，却是陈廷安。

陈廷安也一怔，为虾米的这身装束笑了。

虾米帮陈廷安收拾好菜篮子，然后拉着他到一个墙角，从怀里抽出那把大刀。

“虾米，哪来的大刀？”陈廷安还没细看那刀。

“大哥，这是你的刀呀。”

陈廷安细看，果然，一把抱住了虾米：“兄弟，哪弄回来的？本事不小呀！”陈廷安惊喜地问。

“在鬼七家。”虾米小声而得意地说。

陈廷安高兴地把大刀又背在了背上。

“大哥，你怎么卖起菜了？”虾米不解。

“卖菜是假，救人是真。我得去把秀儿救出来。”陈廷安已经为此做好了准备，所以才扮成了卖菜的。

“你可不能去，大哥，鬼七家门外有不少巡警，都没穿巡警服，有的装成卖水果的，有的装成拉洋车的……”

“哦……”陈廷安略感意外。他料到鬼七会有防备，所以才扮成卖菜的，却想不到巡警已经参与其中了。

“那院子里的屋子我都看了，没有秀儿的。”

“你认识秀儿？”

“秀儿不是女的吗？那院子里一个女的都没有呀。”虾米说。

陈廷安和虾米走了。他决定暂时放弃这次行动。

……

鬼七和他的兄弟们回来后，很快就发现大刀不见了，鬼七吃惊不小。不在于宝刀得而复失，严重的是他房间的东西竟然也能丢！

鬼七立即叫来了细高个，细高个不得不承认一个卖烟的小子在门外转过，而且非要卖他洋烟……鬼七立即派人四处寻找卖洋烟的，可哪还有虾米的影子。

陈廷安给虾米的奶奶买了药，两人去看虾米的奶奶。

陈廷安一路上摆弄着心爱的大刀，看到刀柄时，感到一丝遗憾——那撮红缨一直与大刀相伴，现在却不知所踪。

终于快到虾米的家了。

虾米的家在城外，用现在的话说是一片棚户区，杂乱无章的棚子，除了能遮阳避雨，其他功能就有限了。而且这些棚户区里没有个通常意义上的道路，人们只能在棚子间七拐八拐才能到达自己的“家”。

当陈廷安和虾米钻进了虾米的家时，陈廷安心里一阵发酸。过了一会，他才适应棚子里的昏暗。

棚子里，只有一张乱七八糟的东西搭起的床，另一侧则是破门板铺在地上，那就是虾米睡觉的地方。

一进棚子，就有股浓烈的药汤味。

“虾米呀，咱家来客人了吧？”奶奶从床上坐了起来，她床头的一个底朝天的破木水桶上，放着一个药罐子。

“奶奶，”虾米赶紧走过去，按住了奶奶，“是我大哥来咱家了。”虾米得意地说。

“哪个你大哥呀？”奶奶边问边探身向前摸来。这时陈廷安才发现老人看不见。他赶紧走到老人的眼前。

“奶奶，我叫陈廷安。”

“奶奶，就是我和你说过的在汉口救过我的那个大哥。”虾米提醒着奶奶。

“呀，他大哥呀，可是谢谢你。我这虾米总是在外边闯祸。”奶奶开心地拍打着陈廷安的手。

“奶奶，你吃药了吗？我大哥给你买药了。”

“谢谢孩子你啦。你说我这个人呀，老了，啥用没有了，就剩下老毛病拖累虾米了。”奶奶感叹地说。

“奶奶，我们给你熬药。你先吃点东西。”虾米说着，从怀里掏出一个饼子，放在奶奶的手里，然后拎起药罐子。

陈廷安和虾米边在棚子外熬药，边聊起了虾米的父母。

原来，虾米的母亲早亡，父亲当年参加义和团，虽然没被洋人打死，但后来清政府清算义和团，虾米的父亲还没回到湖北，就被清政府以“拳匪”罪名抓去坐了大牢，并死在牢中……

陈廷安听后万分震惊，但他竭力压抑着自己没有表现出来。

“大哥，你能不能不走了，就住在我家呢？”虾米真诚地看着他问道。

陈廷安深深地点着头。

8

余怀庆出差几天了，罗秋月如同重获自由。她不想伤余怀庆的心，但也不想放弃自己的理想和追求。她的理想就是和志同道合者共同建立一个全新的中国。全新的中国具体是什么样她不太清楚，但那动力足以让她觉得生活是多么有意义。可见，在革命党与会党的联合中，罗秋月在思想上已经从会党分子转变为革命分子。

管家接到通知，要去参加革命党的秘密会议，罗秋月也想去。

“秋月，你就别去了。老爷不知何时突然就回来了，见你我都不在家，会很麻烦。开的啥会我回来告诉你就行了。”管家劝道。

“老爷也不能咱前脚走他后脚就回来呀。”罗秋月坚持要去。自从帮会集体加入了革命党，罗秋月对革命党的行事规则非常有兴趣，她不想落下这次会议。

管家说服不了罗秋月，两人前后离开了余府。

革命党的会议仍然在教堂举行。到了会场后，管家和罗秋月才知道这次会议和他们两人都有关系。

“检讨以往的行动策略之后，我们认识到还有狭隘的地方，尽管我们仍然要执行的是对反革命者施行必要的打击，但前提是在争取他们革命无望的前提下。对一些特殊人士，我们一定要竭力争取和保护，比如余怀庆。”唐季恺说到这儿，人们议论起来，管家和罗秋月顿时觉得他们的压力小了许多。他们是余怀庆身边的人，可此前革命党将余怀庆归为清政府的鹰犬，所以曾多次针对他的新枪设计采取了一系列阻止和破坏行动。唐先生今天的话无疑是个重大的策略转变。

“余怀庆是个技术官僚，虽然领取的是清政府的俸禄，却不一定说明他完全是在为清王朝效力。他不一定热爱清王朝，却一定爱他的事业。所以，对他应该和那些满清走狗区别对待，这也是我们争取他同情革命的基础。而且，据我们对他的了解，他是个很有同情心，很明事理的人。如果我们能争取他同情革命，对我们将有重大积极意义。不过，我们不能急，这可能是个漫长的过程。”唐季恺补充道。大家对他的分析十分赞同。

唐季恺看了看管家和罗秋月：“你们二位在余怀庆的身边，要注意影响他的思想，但要循序渐进。”

两人点点头。

“我们再说说另一个问题。对于那些对革命充满了仇恨、顽固不化、危害到革命的人，我们仍然要采取铁血手段。”唐季恺突然换了个语气。

“比如陈廷安这种人呢？”小吴问道。

“这兄弟俩年轻有为，争取他们当然是应该的，不过，看来这兄弟俩有些冥顽不化，但他们还没有危及到我们的事业。”唐季恺说。

“他们已经明确拒绝了革命……”傅东晨说。

“如果可能，我们还要尽力争取他们！”唐季恺说。

罗秋月不停地点着头。她非常乐于与陈廷安为伍，至少不想伤害他。其实，她和陈廷安并没有更多的交流，但他身上的男子汉气质令她对他的好感逐步加深，而且不可阻止。

革命党的会议还在进行中时，余怀庆回府了。

冯妈说管家和小姐都出去了，干什么去了不知道。管家出去了余怀庆没在意，可罗秋月又出去干什么呢?

余怀庆烦躁地再次检查了罗秋月的房间，没有什么新发现，偶然进了管家的房间，却发现了几张革命党的宣传资料。余怀庆大吃一惊。

余怀庆将宣传资料拿到自己的书房，看了几眼，扔到了桌上，然后一动不动地等着管家回来。

没多久，罗秋月先回来了，冯妈暗示他老爷回来了。罗秋月吓了一跳，正要悄悄回自己的房间时，余怀庆已经站在了必经之路——他的书房门前。

“往哪溜？进来!”余怀庆板着脸说。罗秋月只好乖乖地进了书房。

罗秋月一进书房就发现了桌上的革命党资料。她急速地思索着：自己的房间肯定没有，当时读完就还给了管家，那就是说老爷是从管家的房间里找到的了……罗秋月打定了主意，一定要承担起责任，暂时不能暴露管家的身份。

“去哪了?!”余怀庆厉声地问。

“参加个聚会。”罗秋月想明白了该怎么说，就有了底气。

“聚会？什么聚会？都是些什么人?”

这时管家也回来了，他听见了书房里的说话声，才知道余怀庆回来了，他透过门缝悄悄看去，惊讶地发现革命党的材料正在余怀庆的案前……

罗秋月没有正面回答余怀庆的问题，却装作意外看见了那材料：“咦，老爷，我的东西怎么跑到你这儿了?”

“你的东西?”余怀庆一怔，回手拿起材料：“这是你的?”

"是呀。"罗秋月说。

这时，门外的管家知道罗秋月的用意了，只好悄悄离开。

"你的东西怎么跑到管家的房里了？"余怀庆觉得问题复杂了。

"我看着挺好的，想让他也看看。我还想让您也看看呢——"

"放肆！"余怀庆猛地站了起来，将材料摔在地上。

"你到底是什么人?!"余怀庆似乎已经不认识罗秋月了。

"老爷您别生气，坐下、坐下。"罗秋月拉着余怀庆。余怀庆也觉得自己有点失态，干脆坐下了。

"老爷，我不能不和您说实话，我是天地会的人。"罗秋月平静地说。余怀庆瞪大了眼睛："你什么时候成了天地会的人了？"

"还是前两年，您出洋考察时，我上街，几个无赖欺负我，是天地会的人救了我……"罗秋月说的是真话，余怀庆想了想，认为可信。

余怀庆沉吟了一下："你知道天地会是干什么的吗？"

"知道呀，反清复明。复明复不了啦，还反清吧。"

"反清！这是大逆不道、是杀头之罪你知道吗?!"

"老爷，我知道。老爷，您总说要富国强兵，可是，就凭腐败的清王朝，啥年啥月才能富国强兵？只有推翻清王朝，建立共和政体，中国才有希望，您的富国强兵的理想才能实现呀——"

"住嘴！"余怀庆再次站了起来，罗秋月不敢再说了。

"想不到我余家还出了反贼！"余怀庆吃惊不小。

罗秋月如此大胆，是领受了唐季恺的指示，适时在余怀庆面前公开身份，向余怀庆渗透革命道理。

这时，管家进来。

"老爷，您回来了呀。怎么，丫头惹您生气了？"管家故意一无所知地问。

“这个东西你看见了吗?”余怀庆指了指地上的材料。管家看了看，摇头：“这是什么?”说着要捡，余怀庆却先行捡了起来。“没看过就不要看了。”余怀庆拿出火柴，将那材料点燃。

“从现在开始，不许她离开府上一步，否则我就拿你是问!”余怀庆吼道。

“好，好。秋月，你可不能再惹老爷生气了。”管家向罗秋月使了个眼色。

这时冯妈进来：“老爷，吃饭吧。”

“我不吃了，回厂。”余怀庆拿起自己的文件包，离开了余府。

回到厂里的余怀庆始终放不下罗秋月的事，他想不到罗秋月竟是帮会成员，显然还接受了乱党的思想。他自责对罗秋月的管教不力，也自责对她的照顾不够。

确如唐季恺的分析，余怀庆是个技术官僚，他对政治没有兴趣——如果可以把民族利益和清王朝的利益分开的话，他更倾向的是民族利益。他只想研制出中国最好的枪，最少要缩小与世界水平的差距。可他知道清王朝是绝不允许他人动摇自己的统治的，乱党的所为充其量是一些狂人的哗众取宠，结果必然招致剿灭。罗秋月虽是领养的，而且一直叫他老爷，但他一直当她是自己的女儿。他不想罗秋月因与乱党有染而毁了她的一生，也不愿自己家里出了乱党分扰他专心的事业。

在办公室里坐了许久，他认真地分析了罗秋月的情况，认为她不过是姑娘家的好奇和赶时髦，还不至于惹来太大的麻烦，只要从今以后看牢了她。

余怀庆从文件包里取出了他这几天精心设计的图纸。原来，他并非真的出差了，而是秘密地在武昌东湖边上找了一处房子，一连数日闭门不出地设计他新的汉阳造图纸。

他再次认真地看了一遍图纸，找不出自己能看出的毛病，却总是觉得离满意还有距离。这很让他烦躁。

余怀庆一连几日住在厂里，试图换换脑子再回头来看已经完成的图纸，同时，他心里放不下罗秋月……在事业和亲人的双重煎熬下，余怀庆病倒了。

鲍昆把余怀庆送回了家。

到家后的余怀庆强撑着精神问了管家和冯妈，得知罗秋月这几天确实没离开过家。

余怀庆再也没气力了，躺在床上不想吃不想喝，而且阻止家人请郎中。余怀庆感觉是身心俱疲，他知道这不是郎中所能医治的，可这急坏了家里的每个人，尤其是罗秋月。

罗秋月几乎一刻不离地守在床边，床边的那杯热水她换了一杯又一杯，而余怀庆却眼也不睁。眼前这位老人，虽然不是她的亲生父亲，但罗秋月一直视其为生父，此时此刻，看着虚弱而慈祥的老人，罗秋月一阵阵心痛。

“老爷，您哪里不舒服呢？秋月要是能为您分担多好。”罗秋月坐在床前，轻声地说着，似乎是说给自己听。

余怀庆毫无表情。

“老爷，您没儿没女，没人照顾您，这么多年了，却时时地照顾着我，我不该惹您生气。老爷好了，秋月才好。老爷病了，秋月也心里难受……”说着，罗秋月想起这近二十年来余怀庆对自己的恩泽，想到余怀庆几乎无可挑剔的人格，罗秋月忽然有种自责和难过，声音有些哽咽。

“老爷，您不是被我气病的吧……？”罗秋月似乎在问着自己。

余怀庆的眼角流下泪来。罗秋月高兴得含泪笑了起来：“老爷，您一定好了！您喝点水吧。小时候您告诉过我，白水治百病的呢。”罗秋月说着端起水。

“秋月呀，”余怀庆睁开了眼睛，“前几天我对你太凶了，你别记恨我。”余怀庆有气无力地说。

“老爷，您说秋月是应该的。您虽不是我的生身父亲，可胜似亲生。”罗秋月擦了一把泪痕。

“唉，你小时候……很可爱的。那时你才两岁多，可不知道为什么你的父母抛弃了你。”余怀庆边说边回忆着当年的情形。

当年，余怀庆刚从德国回来，得知妻子和女儿已经从家乡到了汉口，可一时找不到她们。余怀庆走遍了汉口、汉阳和武昌，始终找不到她们的下落，也是这时，一个秋天的傍晚，余怀庆在街头上发现了被人出卖的小姑娘罗秋月。小秋月满脸是泪，不停地哭着，可当余怀庆停住脚看着她时，小秋月却笑了……余怀庆买下了她，抱着这个陌生的小姑娘到处寻找他的妻女，最后方知妻子已经病死，女儿早已不知去向。余怀庆悲伤过后，对小秋月更多了份感情——如同命运的安排，亲生女儿不能见了，可上天却又送给他个女儿。有朋友建议他给当时还没有姓名的小秋月取姓余，余怀庆没同意，他觉得那样太自私。为了纪念妻子，他给小秋月取姓妻子的姓氏罗，因为是秋天的月光下见到的她，因而取名秋月。

余怀庆几乎是低吟着回忆当年的情形，罗秋月已经泪流满面……

“秋月，别哭，我问你一件事。”余怀庆轻轻起身，靠在了床栏上。

“老爷，您问。”罗秋月擦去了眼泪。

“你是一直在找你的父亲吗？”余怀庆平静地问。

“老爷……您怎么知道？”罗秋月惊讶了。

余怀庆微微一笑：“如果我什么都不知道，你就是我的老爷了。”

“是，我是在找他。”罗秋月立即绷起了脸。

“有结果吗？”余怀庆关切地问。

“还不能确定。老爷，一旦有结果，我一定会告诉您。”罗秋月认真地承诺道。她不知道余怀庆还知道多少，并等着他的继续发问。可是，余怀庆虽然知道她为父亲的事去过百花园，可她父亲和百花园有何关系？罗秋月是从何而知的？尽管这些他不知道，但他不想追问。因为当她自己主动和你说时，才有意义，何况他也知道罗秋月是个有主见的姑娘。

……

余怀庆终于好了。这期间，他没再和罗秋月谈到帮会和革命党的事。对此，罗秋月认为第一步工作已经达到了目的。和管家交流后，管家也这么认为。

余怀庆又回了兵工厂。他要尽快确定图纸，以便投入生产。

此时，陈廷安一直在虾米家，在帮助虾米进货卖烟的同时，也在准备着自己的下一步行动。两人经常在棚子外聊天。

“虾米，你平时满街乱窜的，知道不知道乱党？”陈廷安突然问，这些天来，乱党的事一直让他困惑不解。

“知道，就是巡警要抓的人。”

“你倒是直接刨到老根儿上了。乱党要建立什么共和，平均地权……”陈廷安将自己知道的也不是太理解的乱党的主张讲给了虾米。

“平均地权是好事嘛，我们也可以有地了，就不愁给奶奶买药的钱了。”虾米天真地说。

陈廷安也似懂非懂地点点头：“虾米，我也不比你明白多少。我琢磨为啥一定要推翻大清呢？大清朝是光绪帝的，是咱们所有人的皇上呀……”陈廷安说着捶了捶自己的头。无论如何，皇帝是不能推翻的，否则就是大逆不道。这一点，陈廷安仍然无法改变。

此时，兵工厂的余怀庆已经在兵工厂护卫的严密保护下，按着图纸亲自监督制造每个部件……

（未完待续）

百年汉阳造

2

张晓伟 著

WUHAN UNIVERSITY PRESS
武汉大学出版社

图书在版编目(CIP)数据

百年汉阳造.2/张晓伟著.—武汉：武汉大学出版社,2011.9
ISBN 978-7-307-08751-4

Ⅰ.百…　Ⅱ.张…　Ⅲ.长篇小说—中国—当代　Ⅳ.I247.5

中国版本图书馆 CIP 数据核字(2011)第 084324 号

责任编辑:郭　静　　责任校对:刘　欣　　版式设计:马　佳

出版发行：武汉大学出版社　(430072　武昌　珞珈山)
(电子邮件：cbs22@whu.edu.cn　网址：www.wdp.com.cn)
印刷:武汉中科兴业印务有限公司
开本：720×1000　1/16　印张:25.5　字数:402 千字
版次:2011 年 9 月第 1 版　2011 年 9 月第 1 次印刷
ISBN 978-7-307-08751-4/I·431　定价:52.00 元(共二册)

百年汉阳造②

目　录

第十章 多方诛杀

1

一阵阵阴风刮来，让这寂静的四周多了几分鬼气。鬼七在那座孤坟前不知坐了多久。那坟里埋藏着他的思念，可更多的是他给自己所造成的痛苦，那痛苦已经不仅仅是自责。

或许为了独自想想心事，也免得兄弟们窥得他的痛处，他是自己悄悄来到这里的，却没想到把危险也带到了这里。此时的草丛中，悄悄地隐伏着一个人，这个人是大和洋行的日本人。他悄悄给枪膛里压上了子弹……

鬼七诈得长野大量的金钱，导致长野深感耻辱，那种被戏弄了的耻辱怎么会让长野善罢干休？

他们一直在寻找机会，将鬼七置于死地早已纳入计划中，只是，大和洋行已经引起警方注意，所以必须做得天衣无缝、不留痕迹。

枪手等待着鬼七一旦站起，便开枪。

可这时突然在他的视野里出现了一个人，枪手吓了一跳，收起枪，随时准备撤出。

来者是桂福。桂福找不到鬼七，料想是到这里来了。

“桂福，我让你找那户人家找到了吗?”鬼七从脚步声中就听出了是桂福，头也不抬地问道。

“大哥，兄弟一直在找。”

“你来这里干什么?”鬼七失望地说。

“大哥，兄弟们报告，陈廷顺这些天经常在大和洋行附近转悠，他会不会和小日本有什么勾当呢?”

鬼七不说话了。对陈廷顺他从来就没信任过。对兄弟俩的评价，他更看重那个对他十分不恭的陈廷安，那才是男人。同时，他认为陈廷顺是个很善于钻营的人，不可能死心塌地地维护他鬼七的利益。他几次和长野直接接触，双方有什么勾当也未可知。忽然，鬼七想起一件事：当时让他去通知长野到如意酒楼，曾明确告诉他通知完长野后马上离开大和洋行，可他为何要陪着长野到了如意酒楼呢?

“桂福，我们走。”鬼七站了起来。

两个人向路边走来，这时隐蔽处的日本枪手才发现路边还停着两辆洋车……

鬼七上车前告诉桂福：“我直接去如意酒楼，你去把陈廷顺给我叫来……”接着又和桂福小声地交待着什么。桂福不停地点头。

两人上了车。那个枪手收起枪，悄悄地跟在洋车后面。

鬼七在如意酒楼下了洋车，直接上了二楼的包厢。

他想今天弄个究竟，若那陈廷顺果然干了什么不地道的事，就马上把他处理掉！

陈廷顺对鬼七的最大价值在于他有可能从他哥那里弄到那支枪，虽然那支枪没搞到，可总算有了一支，而且从长野那儿换来了钱。对于鬼七来说，基本目的已经达到，至于巡警要找的那支枪，虽然也有赏金相跟，但如果付出太多，鬼七是不愿意做的。

鬼七点好了菜，陈廷顺也到了。

陈廷顺知道鬼七摆下这桌菜一定有目的，但是何目的他一时还猜不透。无非是三件事：陈廷安、枪和秀儿。他最怕的是涉及秀儿，因为他坚信鬼七以为秀儿已死了。

“廷顺，”两人两盅酒下肚后，鬼七开始涉及正题，“你这些天都在干什么？”

“没事我到处转转，找我哥，再注意一下傅东晨——七爷交待我的事我还没办成。我一定能把那支枪找到的！”陈廷顺早已经编好了。

“你哥在大和洋行还是傅东晨在大和洋行？”鬼七板着脸突然问道。顿时，陈廷顺傻了眼，他立即明白了鬼七的人在跟着他。

“……大哥，您都知道了，那我就说实话吧。七爷，我不能一直住在您这给您找麻烦……”

“想投靠小日本？”鬼七打断了他。

“那怎么可能？！我最恨的就是洋人，更恨东洋人！”陈廷顺立即争辩道。

“那你在大和洋行附近转悠什么？”鬼七突然厉声道。

当然，陈廷顺在大和洋行附近徘徊的目的是为了秀儿，自然，这是不能说的秘密。

“七爷您听我说完呀。咱们和长野的交道我都参与了，我就想，那小日本不太可能善罢干休呀，我想，他要是敢报复咱们，咱就得先掌握他们的行踪——我是为了保护七爷您!”陈廷顺说得十分激昂，可鬼七却笑了：“你是把我当娃娃呀!”

“七爷，您怎么不相信我呢？还有，我一直在找机会，想把交给长野的枪偷回来！凭啥咱中国的枪给他呀!”陈廷顺知道自己必须继续“真实”下去。否则就会因为解释不清引来大祸。

“偷回来了吗?”鬼七问。

“我试着几次想进去，可小日本太精，我没捞着机会。”陈廷顺沮丧地说。

突然，一声枪响，击破了鬼七身后墙上的一个木框画。鬼七一下怔住了。陈廷顺立即扑过去，保护起鬼七。那瞬间，他心里想：如果自己死了就算命短，没死的话就能因此讨得鬼七的充分信任，尽管他心里恨死了鬼七。如果自己此番大难不死，一分钟前的所有担心都会烟消云散——陈廷顺可谓是拼死一搏，也算是老天给他一次机会，尽管他不知道哪里打的枪，是否还有第二枪。

这时隔壁传来一阵慌乱声。鬼七一把推开陈廷顺，向室外冲去，陈廷顺紧紧相跟。

桂福等人持械从隔壁包厢冲出，一个持枪的人已经冲下楼梯。桂福等人追去。

鬼七立即返回，冲到窗前，陈廷顺也跟着到了窗前。楼下门外，那个枪手上了一辆马车，待桂福等人冲出后，马车已经疾驰而去。

“七爷，你没事吧?!”陈廷顺关切地问。

“好兄弟，谢谢你。我怎么会有事？命大着呢!”鬼七哈哈一笑。说着看了看墙上的弹痕，然后看了看外面。鬼七出了包厢，这时店老板跑上来。

“七爷，怎么回事？您没事吧?”老板十分惊慌。

“没事没事。”鬼七摆摆手，“你忙你的去！有事再找你。”

老板一步一回头地下了楼梯。

陈廷顺和鬼七到了对面的包厢，看得出，枪手曾经埋伏在这。

这时，桂福等人上了楼。

“大哥，你没伤着吧？”桂福惶恐地问。

“他是想伤着我了，可我老七没那么命薄！”鬼七得意地说，“还是老子聪明吧，要是不把你们安排到隔壁，他要是打出第二枪——”鬼七看了看陈廷顺，“那可就伤到廷顺了。”

此时陈廷顺纳闷了：鬼七真的知道有人要暗杀他才将桂福等安排在隔壁保护他吗？他哪里知道，那是准备必要时把他陈廷顺置于死地的。

“妈的，跑了他了。”桂福遗憾地说。

“跑了就跑了吧。”鬼七又回到了自己的包厢，大家跟了过去。

“桂福，廷顺不知道那狗日的能不能开第二枪，但他舍命保护了我，这才是真正的兄弟。”鬼七走到陈廷顺身边拍了拍他的肩膀。

“自家兄弟，自家兄弟！”桂福也拍了拍陈廷顺的肩。

“看清那个人了吗？”鬼七问桂福。

“七爷，我虽然没看太清，但我觉得面熟。”陈廷顺抢过话说。

“哦，想想，是谁？”

“好像是日本人……”桂福说。

“对，是日本人。我在大和洋行见过这个人！”陈廷顺马上说。

“那就对了！”鬼七说。

这时，厚嘴唇跑了上来。

“大哥，有客人来找您。”

“在哪儿？”鬼七随口问。

“在咱家，是长野。”

“长野?”鬼七眯起眼睛想了想，人们紧张地看着他。

“走!”鬼七一挥手。

大概因为鬼七的手下知道长野是个不速之客，所以没把他领到鬼七的房间，而是陈廷顺和桂福的房间。

鬼七和长野见面后好像什么事也没发生似地客套了几句。

“长野老板不会是来讨钱的吧?”鬼七开门见山，心里暗暗佩服这小日本胆子倒是够大，那边的杀手估计还没到家，他已经到这儿来了。

长野一笑:“怎么会呢，生意一笔是一笔嘛。”

“长野老板，这话我爱听。不过我得告诉你，上次我被抓进了巡警队，你那些钱我拿一半打点人家，这才在当天回了家。”鬼七解释道。

“您知道那支枪不是我要的吗?”长野问。

“这我还真不知道，不过，那支枪可是我从陈廷安那小子手里用一条人命换来的!”

“那可能就是我们都上当了!”长野有意这么说。

“哦?他奶奶的，我也不懂枪，以为那支就是了呢。”鬼七故作沮丧地说。

“霍先生，我说过了，不是来和你要退款的。我相信我们都上了当，但是，凭霍先生的性格，不会甘心上了当吧?”

“那是当然，要是找到那姓陈的我劈了他!”鬼七咬牙切齿地说。

“那倒不用，我还是想要那支枪的。”

“那就是咱们之间的又一笔生意?”鬼七立即问道。

“当然。”

“那好，这回咱生意成了再提钱，我也不用你交定金了。”鬼七很仗义地说。

“一言为定！”长野和鬼七握了握手。

长野是真的还想要那支枪还是来给鬼七送葬的？鬼七自己怎么也想不明白了。

2

焦伯琛垂头而立，脸色难看。因为他的顶头上司——巡警局长正在训他。

“我以前那么信任你，可你都做了什么让我脸上有光的事？这一年多净出和枪有关的案子了，你一个案子也没给我破！”局长越说越气。

“卑职一定再行努力！”焦伯琛不敢回嘴。

“那我就限期破案了。一个月内如果几个案子一个也没眉目，就怪不得我了。”局长走前扔下一句。

焦伯琛送走了局长，回到办公室郁闷了。他想：我一个小小巡警队长，权力没你们大，处处遭掣肘，让我如何破案？

焦伯琛正在喝闷茶，鬼七来了。

鬼七将自己险些被刺、长野又要“买枪”的经过告诉了焦伯琛。别看鬼七爱钱，但他恨日本人，和日本人的游戏怎么玩，他是有底线的，他可不想把自己搅进那个太大的漩涡。

“从今以后，你愿意帮我、帮我们巡警做事你就帮帮，不想帮你就给我离那支枪远点！我要是再知道你搞那些鸡鸣狗盗的事，可别怪我不客气！”焦伯琛当真动了火。

“姐夫，我这不是向您报告来了吗?!”鬼七不知道焦伯琛哪来的这么大的火药味。

“局长刚走，我要是再破不了案，这碗饭我就不用吃了！”

“姐夫你放心，这个忙我肯定帮你！”鬼七马上说，他知道没了这个姐夫，他的半个后台就塌了。

“抓住陈廷安，或是找到枪都行!”焦伯琛语气缓和了些。

“要不把那个陈廷顺交给你们?”鬼七说。

“得，他不是主犯，枪也不在他那儿，要他有个屁用?!先放你那儿，实在不行我再捕了他!”

“姐夫你放心，只要我弄到枪和人就交到你这儿!”鬼七保证道。

“那就快去吧。”焦伯琛挥挥手。

鬼七一走，焦伯琛马上向属下布置任务：撤回在刘氏铁器行附近监视傅东晨的便衣，全队巡警在全城寻访陈廷安……

很快，有便衣来报告，发现了当初和陈廷安在酒馆一起喝酒的那帮讨饭的。焦伯琛认为在汉阳无根无底的陈廷安很可能和讨饭的人混在一起，立即带人亲自去搜捕。

焦伯琛等人赶到了那个破屋，可没有陈廷安的影子。问他们是否看见过陈廷安，黑老大说没听说过这个人。当焦伯琛告诉他就是请他们喝酒的那个，黑老大似乎才恍然大悟，但他说：“您一说我们才知道他叫啥名。没看见他呀，我们也找他呢，又想喝酒了!”

焦伯琛哭笑不得地离开了破屋。

焦伯琛知道，虽然汉阳不算大，可紧邻着汉阳的还有汉口、武昌，要找这么个十分机警的人也和大海捞针差不多了。焦伯琛还知道，唯一的线索可能来自余怀庆，但是他又深知，对这条线索，他要十分小心，稍有不慎，就可能把他所尊敬的余怀庆拖入案子。

焦伯琛到了兵工厂，才知道余怀庆不在。焦伯琛立即到余府拜访。

焦伯琛想从余怀庆这里得到什么和能得到什么他自己一时也无法预料，但他相信，对于陈廷安，余怀庆可能比他知道得多。他只期望能在不经意间得到点信息，这样就不会伤害到余怀庆。

到了余府，余怀庆却不在家。接待他的是罗秋月。

“余大人没在兵工厂呀，怎么也不在家?”罗秋月说余怀庆没在后，焦伯琛边打量着罗秋月边问。

“我家老爷可能去了张大人那里。”罗秋月说。她说的张大人是指湖广总督张之洞。

“小姐，你是？……”焦伯琛紧紧盯着她问。

“我是丫头秋月。”罗秋月不冷不热地说。她对巡警没什么好感。

焦伯琛听说过余府有个丫头，相当于余怀庆的养女，却想不到就是眼前这个姑娘。

离开余府后的焦伯琛既有丝疑虑也有股兴奋。

刚回到巡警队，就有巡警告诉他：有个乱党被另一个巡警队抓住了。

“队长，您说要是这个乱党让我们抓住多好，局长也不会再训斥您了。”这个巡警很同情焦伯琛。焦伯琛一言不发，将胡三等几个亲信叫到他的办公室，向他们秘密布置了任务……

……

一位同志被捕后，唐季恺得到了上级的指示，将革命党的活动中心移至武昌。

很快，名为“科学补习所”、实为革命党宣教场所和机关的所在地设在了“湖北工艺学堂”的不远处。

一切安顿下来后，唐季恺立即总结近来革命党活动的受阻与同志被捕的原因所在，在听取了各方面报告并综合各种情报后，得出结论，祸源是陈廷安！

唐季恺一直认为若能将陈氏兄弟拉进革命党，就会是有生力量，而一旦他们成为朝廷的鹰犬，就是革命党的对头。而就目前情形看，这兄弟俩虽然没有直接阻碍革命，却拒绝了革命，而且因为他们似乎无目的的莽撞行动，搅起了汉阳一带一波波的不靖。虽然他们的行动并无政治意图，却引发了巨大的波澜，不但惹起各种势力的关注，也将革命党推到了台前——这就如同拔出萝卜带出泥，而泥却是被动的。换句话说，革命党的活动因为他们而更加引起当局的注意。

此时，陈氏兄弟尤其是陈廷安，对革命党是危险的。他们明确拒绝了革命，虽然尚未成为当局的帮凶，但这种可能随时会发生。而且，因为他们的存在，巡警的活动频繁了，革命党人也因此大大受到掣肘。

唐季恺下了决心：除掉陈廷安！

从他所掌握的情报看，这兄弟俩中陈廷安更具危险性。为了避免在暗杀陈廷安时暴露革命党的身份，他决定派帮会人士动手……

密令刚刚送出去，小吴来向他秘密报告一件事情……

唐季恺很高兴，决定马上去看一位老兄弟。

唐季恺刚走，傅东晨就来了，在得知唐季恺已经下达了暗杀陈廷安的指令后，不觉吃了一惊。

此时，唐季恺已经出现在了虾米家的附近。

奶奶一个人在棚子里摸索着收拾“家”，这时门外传来脚步声，听觉格外灵敏的奶奶感觉到脚步声异常，立即停下了手里的活儿，可脚步声越来越近，直至进了棚子。

“您找谁呀？”奶奶警觉地问。

唐季恺终于看清了老太太。

“婶子……是您！”唐季恺激动地说。

“你是……”奶奶细细地听着声音。

“婶子，我是老逑子的朋友，我是显魁呀！”唐季恺看着奶奶，一字一顿地说完后，期待地看着老太太。

奶奶凝神片刻，突然伸出手来抚摸唐季恺的面颊。“显魁，显魁呀！”奶奶有些激动，眼泪也随之流了下来。

唐季恺搀扶着老人坐下。“婶子，老逑子呢？”已经适应了棚子里光线的唐季恺边打量着边问。

奶奶怔了一下："你不知道?"

"婶子，他怎么了?"唐季恺意识到了什么。

"他……死了三年了。死在了大牢里。"奶奶低声说。

唐季恺怔了好久："怎么会这样……出了什么事吗?"

"几年前回来后，他不时地和你们那帮义和团的兄弟来往，谁知道犯了哪道天条呀，就被官府抓了进去……"奶奶说。

"婶子，我明白了。"唐季恺说。

原来，虾米的父亲老逑子曾是唐季恺义和团时的好兄弟，唐季恺想不到虽然意外知道了他家的所在，老兄弟却已不在人世……

"显魁呀，这些年我真没少念叨你……那个孩子还好吗?"奶奶拉着他的手问。

唐季恺愣了一下，随后马上明白了，忙不迭地说："好，好呀。有机会时我一定领他来看看您。"唐季恺认真地说。

唐季恺说着，从怀里掏出两个银元，悄悄地放在老人的床边。

……

此时，余府中的罗秋月手里攥着个字条，回到了自己的床边，坐下后打开那字条，只见字条上写着：尽快除掉陈廷安！陈近日可能会出入刘氏铁器行……

罗秋月惊出一身冷汗。

按年龄说，罗秋月当是情窦初开之季，但自幼在余府所受的教育与严格的规范，及至后来帮会中所受到的称兄道弟的熏染，使得罗秋月的思想意识也较为简单甚至有点男性化。在她看来，帮会与革命党的性质没什么不同，都是以江湖道义为根本的"兄弟会"，上头的指令要毫不迟疑、不容怀疑地执行。但她视陈廷安为朋友，最少不是仇人，有什么理由除掉他呢？不过她知道这是组织的命令。作为帮会成员的罗秋月深知"规矩"的重要与革命党言出必行、令行禁止的严格。罗秋月躺在床上，满脑子都是第一次见到陈廷安的情形……她不明白革命党为何要除掉他，却知道这是命令。

当唐季恺告别了虾米奶奶的同时，罗秋月一身素装悄悄离开了余府。

罗秋月叫了辆洋车，准备往刘氏铁器行方向而去。可刚拐过一条街，突然被几个巡警拦住。

“干什么?”罗秋月坐在车上没好气地问。

“搜查乱党!”巡警不客气地说。

“看我像乱党?”罗秋月更没好气儿了。

“下车！乱党又不是脑门上贴标签的。”巡警吼道。

“我是余怀庆余总办府上的小姐!”罗秋月仍然不示弱。

“哦……余府的小姐。”巡警打量着罗秋月，“可我们也是奉上司的命令，对经过这条街的人无论是谁，都要搜查。不是我们不给小姐的面子，是小姐也得让我们好活呀。”

说着，另外几个巡警将枪口对准了她。罗秋月无奈，只好下了车。

“小姐，男女授受不亲，本不该搜小姐的身，好在这些弟兄们都在场，我们绝不是占您的便宜，您就委屈一下吧。”说着这个巡警要搜罗秋月的身。怒火中烧的罗秋月强压着愤怒，但她很快压制住了自己的情绪，她不想暴露自己的身份，更不想惹出事端连累了余怀庆。她只是祈祷身上的飞镖不要被搜到。

虽然搜身的巡警不敢乱摸，可搜得却十分认真。

罗秋月作为女人，长这么大还是第一次有男人接触她的身体。她强压着自己的愤怒甚至一些恶心，并急速地思考着对策。

结果，那个巡警在她的肘弯里搜到了三枚飞镖。事已至此，罗秋月只能听天由命了。

巡警摆弄着飞镖：“小姐，这是干什么用的?”他有点兴奋，却未表现出极大的意外。

“先生，世道如此之乱，我一个上街的孤身女子不该带个防身的家伙?”罗秋月不知道下一步还会发生什么。

“哦……看在你是余府的大小姐，我们就不为难你了，不过这飞镖可不能还给你了。”巡警说。

罗秋月没想到事情会这么快就结束了。可她不想让对方看出她急于脱身。

“先生，那三个小刀都是一样的，您留下一个还不行吗?”罗秋月故作天真地问。

巡警想了想：“那好，还给你一个。免得你遇到坏人后怪我们。”巡警递给了她一枚飞镖。

罗秋月上了洋车，告诉车夫回府。出师不利，她取消了本次行动。

很快，那两枚飞镖摆在了焦伯琛的桌子上。他又把在鬼七家门前遇险时的飞镖拿出来，和那两枚摆在一起。三枚飞镖一模一样。

焦伯琛几乎已经认定：罗秋月就是鬼七的一双儿女中的女儿！为此，他兴奋不已。

鬼七的儿女就是焦伯琛的妻侄和妻侄女。虽然两人是至亲，但对于鬼七当年的恶行，焦伯琛恨之入骨。本以为那两个孩子早已不在人世，就是在人世怕是一生也寻见不得，却不想娥儿出现在了余府。焦伯琛虽然很兴奋，但他不想马上告诉鬼七。一则让他为自己赎罪，二则，一旦把真相公布于众，可能会有太多的麻烦。眼下，焦伯琛还不能确定罗秋月是帮会成员还是乱党分子，无论是哪个，都会直接牵扯到余怀庆，那时的局面，就不是他焦伯琛所能左右的了。

这时，焦伯琛接到报警：出了件人命案子。不敢怠慢的焦伯琛立即出警。

3

和虾米在街上转的陈廷安很烦，因为他没找到合适的活儿干，没活儿干就没钱赚，没钱就没法吃饭，更不用说给虾米的奶奶买药了。

虾米的烟也没卖出几盒。

“虾米，我们得尽快赚钱，也好给奶奶买药。”陈廷安似乎有了主意。

“这不是在赚吗？”虾米没明白他的意思，说着又叫了起来：“洋烟了！洋烟了！”

“和我走！”陈廷安拉起虾米。

虾米不知道陈廷安要干什么，乖乖地跟着陈廷安来到城边有臭水沟的那条街上。

原来，陈廷安想把枪捞出来卖掉。这尽管有些危险，也不知道能不能卖得出去和卖多少钱，但没办法时总要试试。

“虾米，你在这儿等着我。”走到街角时，陈廷安拉住了虾米。虾米非常相信陈廷安，在他眼里，他是无所不能的人，也是他精神的依靠，让他干啥他都会无条件服从。

虾米将烟匣子合上盖，蹲在了街边，陈廷安则拐过街角，向臭水沟走去。

这时，秀儿突然出现了。

偶然上街的秀儿没想到会看见陈廷安。当她看见了颇为神秘的陈廷安时，惊喜之余又有些疑惑，于是悄悄向街角而来，而又恰好从虾米的眼前经过。

虾米看见秀儿时，眼睛一亮。虾米虽然不认识秀儿，但秀儿胳膊上挎着的洋包包却引起了他的巨大兴趣，他立即跟了上去。他相信那洋包包里装的不是钱就是细软！

此时，陈廷安已经到了臭水沟边。他打量了一下四周，却没发现远处躲在墙角的秀儿。秀儿不想此时上前，她想看看陈廷安要干什么——经历了风雨的秀儿似乎更加成熟了。

突然，秀儿感觉一只手伸进她的包包，久谙此道的秀儿迅速回身，一把抓住了虾米刚刚伸出的手。虾米吓了一跳，随之又稳下神儿来，毕竟，在他看来，秀儿不过是个女人。他索性去夺包，可没想到秀儿稍一用力，他的一只手便被窝到了他的背后。虾米才真正大惊，又不想惊动陈廷安，只能咧咧嘴。同样，秀儿也不想惊动陈廷安，压低了声音说："滚!"随后一脚把虾米蹬出好远。

此时，陈廷安的脚已经踏进了臭水沟，也是这时，街上突然警哨声大作……

陈廷安的手还没伸进臭水沟便听见了警哨声，已经练就了一身机警和敏锐本领的陈廷安立即跳出臭水沟，此时，大批巡警满街跑来。陈廷安一时不知发生了什么，很快向对面的巷口跑去。

虾米也不知发生了什么，回头看时，已经没了陈廷安的影子。虾米只好躲在路边。

秀儿不知道巡警是冲着谁而来，正欲奔往臭水沟边时，却发现那里已经没了陈廷安。

陈廷安跑进去的竟然是个死胡同，再往回返时，却见一个姑娘经过巷口，且不经意地看了他一眼。那姑娘竟然是云妹。

云妹见是陈廷安，看到他与街上的巡警等神情异常，感觉出是陈廷安遇到了麻烦。

"哥，快过来!"云妹稳下神儿来，上前几步拉过陈廷安。

"你怎么在这儿?"陈廷安也很意外。

"我来给家里的铁器行买点东西。"云妹刚说完，巡警已经到了他们的身边，云妹机智地拉起陈廷安的手，两人如夫妻般地离开。巡警们打量了他们一眼，向巷子里探了探头，又向前跑去。

云妹叫过来一辆洋车，两人上了车。而这一情形被正在疑惑间的秀儿看见了。此时，路人们议论，巡警在抓一个杀人犯，秀儿才知道这一切和陈廷安无关。

陈廷安和云妹的洋车走远了，秀儿看了看臭水沟……

巡警不见了，虾米也出来了。四处找了找，没有陈廷安的影子。再到臭水沟边转了转，没猜出陈廷安到这里干什么。想了想，只要没被巡警抓去，陈廷安就一定会回家的……

陈廷安和云妹到了刘家。

此时，傅东晨正在刘家与刘老板说着什么，云妹和陈廷安双双而归，刘老板十分意外，且有几分尴尬。虽然他并不认为陈廷安与云妹婚约的自然解除刘家负有多大的责任，但当着傅东晨，他还是不太舒服。

“金子，这个就是东晨，云妹的——”

傅东晨马上接过话：“伯父，我们认识。”

陈廷安笑了：“傅先生，咱们也是有缘呀。”陈廷安对傅东晨并无多大的个人反感，也知道他是乱党。

“哦，你们早就熟悉呀，那太好了，一会都在家吃饭。”刘老板的尴尬消除了不少。

“云妹，你们在哪遇到的？”傅东晨似乎无意地问。其实，傅东晨是关心陈廷安在哪里，因为他知道陈廷安随时会有生命危险。

“在家门口遇到的呀。”云妹随口说。可傅东晨却犯了嘀咕。傅东晨不敢保证刘家门外是否有革命党的杀手，如果杀手真的跟踪到了这里，最后无论陈廷安是死是活，都和他脱不了干系。他可不想担这个名。

“云妹，快去做饭，别让客人饿着。”刘老板说着拉走了云妹，他说的“客人”不知指的是陈廷安还是傅东晨。

只剩下两个人时，陈廷安立即说：“傅先生，家弟多有得罪，还望见谅。”陈廷安发自内心地说。他指的是上次在这附近那个饭馆发生的事。

“这不怪你。尽管是亲兄弟，难免走的不是一条路。”傅东晨善解人意地说，陈廷安却不十分爱听。他不认为是什么路不同，路不路的只是乱党之语。

“傅先生，你是乱……革命党吧？”陈廷安直接问。

“你说是就是吧。”傅东晨不否认也不直接承认，“其实，革命党不是洪水猛兽，她是为百姓的利益所想、为中国所为。任何一个爱国人士都应该为这个国家所想。你是有文化的人，看看眼下的中国已经腐朽到了什么程度，这一百多年来，我们受了多少外夷的欺辱！只有推翻清王朝，才能建立起共和政体，这是已被世界革命历史证实了的。”傅东晨突然慷慨陈词起来。

“傅先生，驱逐鞑虏我看行，可怎么恢复中华？驱逐鞑虏就一定要推翻大清朝？大清朝就是我们的国家呀，叛国就是逆盗！”陈廷安还不能认同革命党的政治主张。

“陈先生，可惜你风华正茂，怎么就这么顽固呢！”傅东晨叹道，不由得想起唐季恺下的诛杀令。

陈廷安倒笑了：“我认为你太年轻，却上了乱党的当。”

“好，我们先不争论这个了。陈先生，您来汉阳一年多了吧？准备下一步做什么？”傅东晨关切地问。

“还真没想好，也没找到什么该做的。”陈廷安如实地说。

“廷安呀，要是没有好的去处，我劝你还是回老家吧。在老家毕竟还安全些。”傅东晨发自内心地说。他想，如果陈廷安离开汉阳，无论对他还是对革命党，可能麻烦都会消除了，陈廷安也不会有生命之虞。

陈廷安一时不解傅东晨的本意，以为是因为云妹的原因才劝他离开。“要是我弟弟现在和我在一起，我早就和他回乡下了！”陈廷安肯定地说。

“可据我所知，陈廷顺和鬼七一伙已是沆瀣一气了。我说过，你们不是一条路上的人，你改变不了他，大概他也改变不了你。对了，廷安你别在意，我知道你也在找那个秀儿。”傅东晨微笑地看着陈廷安说。

“是。”陈廷安毫不掩饰地说。

"你了解秀儿吗?"傅东晨突然问。

陈廷安摇了摇头:"傅先生知道一些?"

傅东晨点点头。随后起身,关好门。

"我小时家里穷,七八岁时就经别人介绍到百花园妓院的伙房去烧火。那时就听说过秀儿和她妹妹的事——"

"秀儿还有妹妹?"陈廷安惊讶地问。

傅东晨点点头,接着说:"前一段,我又去过几次百花园,才弄明白了秀儿姐妹当年的遭遇。当年呀,鬼七把秀儿和小她一岁的妹妹不知从哪买了回来,放在了他罩着的百花园。他本想把姐妹俩养大些再当童妓训养,也好还他那些烟债,可秀儿的妹妹却病得要死了,鬼七就把秀儿的妹妹扔掉了,但他告诉秀儿她妹妹已经死了。没多久,鬼七听说当年被他换了大烟的亲生女儿娥儿已死,鬼七为赎罪,认秀儿做了干女儿并把她带出了妓院……"

陈廷安目瞪口呆了好久。

"可那座孤坟是怎么回事?"

"那是因为鬼七找不到女儿的尸骨,起的一座空坟。"看来傅东晨果然知道得不少。

陈廷安终于解开了秀儿与鬼七的关系之谜。

"秀儿……现在在哪儿呢?"陈廷安期望着傅东晨能告诉他。

"秀儿真的好像从这世上消失了。对不起,我真的不知道。廷安,如果我知道秀儿的消息一定告诉你,就是你在老家,我也会去通知你。真的,你现在没有必要在汉阳,这里太危险……"傅东晨的话是真诚的,显然也有他的用心在其中。

这时,云妹进来,请他们过去吃饭。

此时,一个小伙子悄悄接近了刘氏铁器行。小伙子看了看四周,轻轻地叩响了院门。

刘老板听见了院门响，赶紧出了房门。

那个小伙子有点急了，使劲敲起了院门。当他几乎听见了院里的脚步声时，突然有一只手搭在了他的肩上，小伙子一回头，发现身后站的则是小吴。小伙子怔了一下，原来这小伙子是罗秋月所扮。

“罗小姐，这……太危险了。”罗秋月立即随小吴离开了刘家院门前。

罗秋月奉命除掉陈廷安，但经过一夜自我斗争后，她决定救陈廷安一命，可是，革命党的安排是派小吴配合她一起行动，显然，这种安排是有用心的。

看来，革命党已经得到了陈廷安就在刘家的情报。

为了救下陈廷安，在与小吴约定的时间之前，她提前赶到了刘家门前。只是，小吴是个按革命党指不折不扣行动的人，在约定时间之前，他就去找罗秋月，却没找到，为了她的安全，并未多想的小吴找到了刘家。此时，他还以为罗秋月要独自行动，提前下手。

罗秋月只能暗暗叫苦，不得不与小吴悄悄埋伏在了刘氏铁器行对面一段残墙下的草丛中。

刘老板已经打开了院门，却见门外空无一人。刘老板又关上了门。

“罗小姐，你不会手软吧？”小吴担心地问。因为他感觉到了罗秋月的心神不宁，不过，他并未怀疑罗秋月有什么与革命党指令相悖的心理。

“你放心，我们帮会里的兄弟可不是孬种。”罗秋月冷冷地说。

“那我相信。”小吴不再说什么。唐季恺只是指示他配合罗秋月，他明白，革命党是想以此次行动检验双方合作得是否默契。

刘家的四个人吃完饭后，云妹将傅东晨拉走了。

原来，云妹听到了傅东晨劝陈廷安离开汉阳的那几句话。

“你为啥要撵他走?!”云妹质问傅东晨。她本来就觉得对不起陈廷安，当然不想傅东晨有醋意在其中。

“我哪是撵他，我是为他好呀。”

“他家里没什么亲人了，回去干嘛？为他好就应该帮帮他，在汉阳找个活儿干——我还想让我爸把他留在我家呢，反正我家的铁器行也需要人。”云妹不知道傅东晨的用意。

“你别害他，他在这里会很——很不安全的。”傅东晨不想将真相告诉她。

“什么不安全？哪不安全？我看是你怕不安全吧？你就是小心眼儿，想不到你是这种人！”云妹越说越生气。

“云妹，你不懂——”

“就你懂！我再傻也知道什么是好坏！”云妹仍然不依不饶。

此时，刚要进来和他们告别的陈廷安在门外听见了他们的对话。陈廷安悄悄退了回来，走了。

也许是因为天热，也许是因为罗秋月有些不舒服，她的额头上流下汗来。

“罗小姐，你怎么了？”小吴问。

“没事，一会就好了。”罗秋月说。她有些不舒服，但不是生理上的，这期间她一直在想象如果陈廷安死在自己的手上将是何情形，可结果是她突然无法承受那种难过与紧接着的难受。

罗秋月打起精神，突然想起帮会中的帮规。她非常清楚，革命党与帮会一样，只是帮会叫帮规，革命党中叫纪律——大凡是帮会中人，遵守帮规是帮会成员的第一要旨，这一点罗秋月并非不懂。不遵照革命党的指令行事无疑就是违犯了帮规或叫纪律，这是向来遵守帮规的罗秋月所不能忍受的。此时她有些自责，为什么要漠视革命党的指令呢？仅仅就是上面那些理由吗？这是罗秋月的自问，结果回答是那不是唯一的理由。

罗秋月对陈廷安的好感已涉入男女之情。

这时，刘氏铁器行的大门开了，罗秋月却垂下了头。

“罗小姐!”小吴已经看见了出了刘家大门的陈廷安。可这时罗秋月突然呕吐起来。待她好了一些时，陈廷安早就不见了踪影。

“对不起，我们再找下次机会吧。”罗秋月说。

“陈廷安怎么会来这里呢?”小吴只好站了起来。

“那个傅东晨不是你们同志吗？也许他们是朋友。”罗秋月提醒道。

“罗小姐，我们失去了一次机会，回去……”小吴担心怎么向唐季恺交待。

“兄弟，是我的过错，我去请罪吧。”

“那我也脱不了干系……这样吧，罗小姐，我们只能说没看见陈廷安。好不好?”

罗秋月眼睛一亮:“谢谢小吴兄弟!”罗秋月的脸色好多了。

“我看你干不了这个。”小吴肯定道，接着又说:“傅先生下手最合适，可唐先生考虑得很周全……”往下小吴没细说，但罗秋月也能猜出几分。

4

陈廷安或者虾米对那条臭水沟的“关注”显然引起了日本密探的注意。此时，装扮成贫民模样的间岛等人正在臭水沟边寻找什么，然后又跳进了臭水沟，在臭水里摸着什么，但除了几块臭石头和臭树枝，一无所获。

远处，桂福等人在看着他们。

几个日本人失望地离开了。本来，他们也只是怀疑这条臭水沟里藏着什么。

日本人走了，桂福却大受日本人的启发——他们在这里找什么？桂福命令几个小兄弟去买了几个耙子，在臭水沟里搅个遍，比日本人的收获大得多，可也只是破麻袋烂衣服什么的。

桂福失望地走了。小吴等几个革命党又出现了。他们意识到日本人和鬼七一定是在找枪。小吴等人没在臭水沟里找什么，而是在周边搜寻了个遍，结果也是一无所获。行人们以为这附近藏着什么宝贝，引得百姓将这一带掘了个底朝天……

陈廷安回到虾米家时，虾米问："大哥，你跑哪儿去了？"

陈廷安笑了："我没跑，是巡警跑了。"

虾米知道自己不该再多问了，便告诉他给奶奶买药了！陈廷安问他钱从哪里来的，虾米却答不上来。这让陈廷安十分恼火，因为他不允许虾米再做鸡鸣狗盗之事。

"如果你再干鬼七那些人干的事，我就不认识你！"陈廷安将虾米拉到棚外，严厉地说。

"大哥，我真的不是偷的！"虾米只能这么说。

"那钱是从天上掉下来的不成？"陈廷安更生气了，他不喜欢撒谎。

其实，虾米回到家时，发现了奶奶床边唐季恺放下的两个银元，奶奶知道后，想起一定是唐季恺放下的，奶奶告诉了他经过后，告诫他不要将此事告诉陈廷安，因为奶奶认为义和团这事已经将儿子的命搭了进去，不能再让别人跟着担惊受怕了。偏偏虾米是个极孝顺极听奶奶话的孩子。

"大哥，我真的没说谎也没干坏事，要是我真的干了坏事和说谎了，我就——"虾米说着在地上找到了片残瓦，捡起后狠狠地摔在了地上，那片瓦立即碎了。"我就像它似的！"虾米补充道。

"给奶奶买的药够吃多久的？"陈廷安知道再问也没用了。

"半个月够了。"虾米过惯了这种日子，奶奶的药经常断顿，够吃半个月在他看来已经是大好事了。

陈廷安进棚取他的大刀，看着奶奶喝着汤药时的那副神情，他心里一酸……

见陈廷安拿出了大刀，虾米有点急了："大哥，你要干什么去？"虾米以为陈廷安要去找鬼七。

陈廷安摸了摸他的头："放心吧，我不去杀人，也不会越货。"说着飞快地挥舞了一下大刀，把虾米吓了一跳。

陈廷安是想把大刀卖掉，给奶奶买药。可到了旧货市场，刚把大刀摆在眼前时，便见巡警走来，他只好赶紧离开。

他知道，即使卖掉了大刀，也难维持长久，钱总有花光的时候，所以，一定要有固定的收入才是办法。

陈廷安坐着轮渡过了江，到了武昌。

陈廷安也说不清自己来武昌干什么。当他无目的地走到工艺学堂大门前，不禁感慨万千，在门前坐了好久才离去。

这时，他发现了"科学补习所"的牌子。科学这个词当时很时髦，是大多有文化的青年们热衷的词汇，陈廷安很好奇，下意识地走了进去。

"先生，您找谁?"一个看门的马上拦住了他。

"哦，请问，您这里需要人手吗?"陈廷安的这句话已经成了近来的口头语，因为他一直在找活干。

那个看门人打量了他一眼："识字吗?"

"认识。"

"那你等等。"看门人进去了，陈廷安还在想，这是不是学科学的学堂呢，要多少学费呢？看门人很快就出来了。

"先生，有个烧水的活，你愿干吗?"看门人问。陈廷安奇怪这烧水还要识字的?

"愿意!"陈廷安立即答道。

"那就请您进来登个记，谈谈工钱。"

陈廷安和看门人进了院子。

工钱谈好了，陈廷安开始干活。其实就是几个大茶壶，每当烧开后，把几个暖瓶灌好，再送到一间大房子里。那间大房子里坐着许多人。

此时，小吴不在所内，他去码头接回老家的唐季恺了。

烧水房离大门不远，坐在水房里，随时能看见进出的人们。对这里的一切充满好奇的陈廷安打量着那些进进出出的人们，发现这些人多是些显得很有身份的商人、学生、买办这类有知识的人，总之没有穷人，也并非都是年轻的学生，而且人们都显得很神秘。

趁送水时，陈廷安发现那间大屋子并非通常意义的课堂，桌椅摆得很随意，大家犹如聊家常，一个学者模样的中年人正在讲解西方的科学和民主，以及对中国封建王朝种种弊端的抨击……陈廷安有点意外——莫非这里是乱党的机关？

此时的码头上，唐季恺下了船，小吴迎了上来。

两人很快离开了码头。

“唐先生，老家的情况怎么样？”小吴关切地问。

“一个亲人也没有了。”唐季恺悲伤地摇摇头。

路上，小吴向唐季恺报告了发现傅东晨和陈廷安在一起，并和罗秋月埋伏在刘家门前，可陈廷安却从刘家的后门离开了。

“这个陈廷安很机警，可越是机警就越危险。一会我要见傅东晨。”唐季恺知道傅东晨和陈廷安很熟悉，而且他一直担当着劝陈廷安加入革命党的任务。

唐季恺到了科学补习所。

傅东晨很快赶来了，向唐季恺如实报告了最后一次争取陈廷安未获成功的经过。唐季恺一言没发。

这时，那个把门的来找唐季恺，向他报告新招了一个烧水的。

“给他登记了吗？”唐季恺很在意进入这个院子的所有新人。

“登记了。这个人识字，字也写得挺好的。”说着看门牌人将登记簿递给唐季恺，唐季恺一看名字是“陈廷安”，立即站了起来：“马上把他找过来！”

看门的一走，唐季恺将登记簿交给傅东晨，“你看看，是不是那个陈廷安。”

傅东晨接过，只见登记簿除了写着陈廷安之外，还写着年龄和原籍。“是他。”傅东晨肯定道。

“他怎么会到这里呢？是投奔我们来了还是另有企图？”唐季恺自语道。

这时，看门的跑了进来：“唐先生，那个烧水的不见了。”

“不见了？再找找，看看是不是在哪个屋子里。”唐季恺马上吩咐。

“都找了，没有，一定是走了。有人看见他出了院子！”看门的肯定地说。

“奇怪，怎么来了半天走了呢？会不会是……”

“唐先生，您是说他会不会有别的目的？”傅东晨问。

“看来此人越来越危险了。”唐季恺咬了咬嘴唇。这时小吴匆匆进来，悄悄向唐季恺耳语，告诉他情报人员发现了陈廷安的大体住处，现在正在继续查找，相信用不了几天就会找到。唐季恺欣慰地点点头。

唐季恺更加坚定了除掉陈廷安的决心。

陈廷安此时的思想极为迷惘，他已经从一味盲目地效忠大清王朝转而开始怀疑清王朝是否能让中国富国强兵，虽然他仍不能认同革命党推翻清王朝的主张，但对“驱逐鞑虏”却极为赞同。他之所以很快离开，是怕自己稀里糊涂地和乱党走到了一起，他甚至有些奇怪了，自己怎么就和乱党扯不清了呢？陈廷安有些彷徨了，若不是因为父亲为大清而死这道防线时时提醒着他，或许他会更认真地思考面临的选择。

思想上陷入痛苦的陈廷安准备采取自己的行动了。他既要为大清效忠，也要为国家出力——不知道他的这种两全其美的出路是否走得通。

陈廷安从武昌回到汉阳后，决定一旦有机会，就把奶奶和虾米家搬到更大些、更热闹些、更安全些的武昌来。

天热了，陈廷安和虾米睡在了棚子外。两人躺在一领破席子上，望着星空，聊了起来。

“虾米，你说乱党都是些啥人？”

“就是乱臣贼子、犯上作乱的人呗。”虾米这两句话是他听汉剧时学来的。

“不那么简单，他们有好多人，是个组织。”

“啥叫组织？”虾米不懂。

“就是……就是团伙，有上有下，像帮会似的。”

“哦，巡警到处抓他们，一定不是好组织。”

“但他们不是江洋大盗，也不危害百姓，而且他们有个很大的目的……”陈廷安似乎和虾米在说，也似乎在自言自语。

“啥目的？”

“他们——他们要推翻大清朝，建立他们所说的新的国家……”

“啥？”虾米一下坐了起来，“那可是杀头之罪，怪不得巡警抓他们呢。大哥，你可别和他们搅在一起！”

“我又不是乱党，和他们搅什么一起？乱党主张驱逐鞑虏、恢复中华。驱逐鞑虏还是好主张嘛。”

“什么叫鞑虏？”

“就是外国人、外族人。”陈廷安也只能解释到这个程度了。

“妈的，把外国人都赶跑，咱就搬汉口外滩住去！”虾米来了精神。

“行。德国领事馆就让你和奶奶住了……我明白了，大清皇上也是外族……”陈廷安突然明白了革命党的意思，“驱逐鞑虏”就是把洋人撵出中华，还要驱除满清政权……

“大哥你着啥魔了？”

“国家兴亡，匹夫有责。我们是不是匹夫？”陈廷安在问虾米，其实也是问自己。

“啥叫匹夫？”

“就是男子汉！”

“那得有责！”虾米又坐了起来。

“虾米，你明天帮我个忙吧。”

“大哥你说！”

“帮我搞些炸药，就是开矿崩山用的。”陈廷安怕虾米不明白，讲了半天什么是炸药。虾米终于明白了。陈廷安知道，对这一带的地面，虾米比他熟悉得多。

“我听说过，很不好搞，但我能搞到！”虾米不知道陈廷安要干什么，但他相信这位大哥。

陈廷安将怀里唯一的一块银元塞给了虾米。

“大哥，不用钱，我有办法！”虾米推托。

“不许偷！”陈廷安严肃地说。虾米只好收下了。

5

陈廷安一连几天在汉口的外国租界地里转悠，将巡捕的活动规律摸了个透，之后他就等着虾米搞来炸药了。

炸药在那个年代还是个稀罕物，不过，在汉阳、汉口和武昌一带却时有所见。因为汉阳兵工厂在1892年建厂时，之所以选择在了汉阳，就是因为湖北大冶县产铁，大冶就是现在的黄石市，离武汉三镇不远。那里的铁矿和江西省萍乡煤矿、1890年建成的汉阳铁厂成立了汉冶萍公司，用现在的话说就是企业集团。开矿自然就需要炸药，而只要是官家有的，三镇黑市上就都有，只是交易时要背着巡警就是了。所以，虾米虽然费了点周折，但还是搞了炸药等一应东西。

“大哥，你要这些干什么?”虾米看着陈廷安在棚子外的角落里摆弄着炸药，不解地问。

“你就不用操这个心了，你知道得越少越好。”陈廷安不说，虾米也不敢再问了。但好奇的虾米一直观察着陈廷安的举动。

那几天，虾米惦记着这事，在街上卖烟也总是分神，卖了几盒就往家里跑，想看看陈廷安在干什么。可是今天他回来时，却发现一直在家鼓捣炸药的陈廷安不见了！再找炸药，也不见了。虾米琢磨着他会去哪？虾米在棚子里翻了一气，发现了陈廷安画的汉口领事馆的草图，他大惊失色，立即出了家门。

此时，拎着两个猪腰子形饭盒的陈廷安进了租界。

陈廷安想炸洋人的领事馆，并选择了两家——德国的和日本的。可是，他发现德国领事馆戒备森严，这可能与当初陈廷安救走其弟有关。

他决定将两个饭盒都送给日本领事馆。

陈廷安将两个炸药包饭盒放在日本使馆地下室窗外的窗台上，点燃后迅速离开……

陈廷安躲在了距离租界地界线不远的地方，只等爆炸声响起后迅速离开。

可陈廷安久久未听见爆炸声。陈廷安想可能是自己没有装好，虽然他对工艺之类向来极感兴趣，但毕竟是第一次组装炸药包。

他悄悄溜回了日本领事馆的地下室窗外附近，只见两个饭盒还静静地放在那里。陈廷安想取回来，可刚要奔窗户而去时，一个打扫卫生的过去了，发现了两个饭盒，好奇地捡了起来，陈廷安知道大势已去。

打扫卫生的把饭盒捡走了……

虾米混进了租界，却不知道去哪找陈廷安。

陈廷安不甘心，从背包里又拿出个饭盒来。这个饭盒里的炸药包他本想趁乱扔到巡捕房里，此时，他有了新想法。

陈廷安转到了德国领事馆。德国领事馆的主体建筑无法接近，他就绕到了围墙外，找到了那个当初救陈廷顺出来的暗道。虽然此处离德国领事馆的主体建筑还有段距离，可一旦真的爆炸了，最少会把暗道口炸掉，也能把洋鬼子吓个半死。

陈廷安靠着墙坐了下来。此时周边没人，他打开饭盒，将雷管装好，可这时却发现那个雷管是用过的，已经空了。陈廷安十分沮丧，刚要起身离去时，虾米赶来了。

“大哥，快走!”虾米拉起了陈廷安。

“你怎么来了?”陈廷安吓了一跳，他不想虾米参与其中。

“巡警马上来了。小日本那边炸锅了!”原来，虾米刚刚从日本领事馆那边跑过来。

两人刚离开租界，便发现大批巡捕和巡警向日本领事馆赶去。原来，日本人发现了炸药包之后，在向巡捕报告的同时立即通知了中国巡警。

当陈廷安和虾米已经离开汉口时，巡警正在挨个检查领事馆的周围。

有人要炸洋人的领事馆，这足以让洋人和巡警紧张几天了。这期间，陈廷安一直躲在虾米家的棚子里没出来。

6

陈廷安没闲着，将虾米家的棚子从里到外地修理了一番，期间，他也在修理着自己的思想和情绪。

虾米天天出去卖烟，并睁大了眼睛、支着耳朵观察和探听所有与陈廷安有关的一切。

虾米不知不觉中叫卖到大和洋行附近。当他发现那是日本人的洋行、正要离开时，却发现秀儿从洋行门里出来。虾米吓了一跳：这姑娘是日本人？虾米回想一下当初掏她包不成的情形，觉得她不是日本人呀。

秀儿出来好像要买什么，此时四下打量着。当一个挑着担子卖水果的过来时，秀儿走上前去。这会儿，从洋行门里探出个头来，向秀儿叫道："秀子，买几斤橘子！"

那日本人可能中国话不太麻利，虽然喊的是"秀子"，可虾米却听成个"秀儿"，算得上是阴错阳差歪打正着了。虾米听见"秀儿"的名字之后，立即想到会不会是陈廷安一直在找的那个姑娘呢？再一回想当初在臭水沟旁，这姑娘好像是在看着陈廷安……想到这儿，他几乎已经确认那是秀儿了！

虾米兴冲冲地往家跑，他急于告诉陈廷安他所发现的巨大秘密！

可就在此时，虾米家的附近却充满了杀气——持枪的小吴已经埋伏在虾米家附近……

到了家的虾米告诉陈廷安，他发现了秀儿！陈廷安不相信，虾米就绘声绘色地讲了一遍前前后后的经过。

陈廷安还是不太相信，秀儿怎么也不太可能在大和洋行吧？

"我去看看！"不管真假，看见了就知道了。

"我也和你去！"虾米仍然兴奋不止。陈廷安同意了。

两人离开了家。

棚户区杂乱无章，到处是掩蔽物。此时，小吴正躲在虾米家附近的一个没人住的残存的棚子里，后有退路，前有开阔的视野。

正是这时，桂福边四下打量着边小心地走来。

受不了鬼七的一再催促，鬼七手下的弟兄们四处寻找当年将娥儿和南儿姐弟俩买去的那户人家。当小兄弟们终于找到线索后，桂福亲自出马了。他知道，无论娥儿和南儿是死是活，对鬼七都十分重要，桂福不能不当大事来办。

桂福只知道那户人家有一个半大小子，是卖洋烟的，却不知道那半大小子就是虾米。

桂福向虾米家的方向走来。

虾米在前，陈廷安在后，两人向小吴埋伏的破棚子的方向走来。

前边就是个拐弯，虾米拐过后立即出现在了小吴的视野里，小吴立即做好了准备。虾米过去后，陈廷安很快出现在小吴的视野里，小吴立即扣动了扳机……此前的瞬间，桂福发现了虾米，同时虾米也发现了桂福。虾米下意识地转身就跑，桂福也下意识地去追。这时枪响了。

子弹打在了陈廷安的身边，将一片破碗击碎。陈廷安吓了一跳。他经历过面对八国联军的冲锋陷阵，知道这是洋枪在对着他。他立即在周围扫视了一圈，那瞬间，发现破棚子里有人影一闪而过，那是小吴正在装填子弹。陈廷安立即闪在一边，隐藏起自己。这时虾米和随之而来的桂福出现了，小吴也装好了子弹，陈廷安也已经抽身而逃。本来，突发的枪声让桂福吓了一跳，但他想不到这是枪声，凭着惯性又往前跑了几步，这时枪声再次响起，桂福的鞋被打了个洞。桂福立即站住了，傻了眼。小吴也傻了眼——他不知道击中了谁，更不知道何以出现了陌生人。他立即收起枪，从后面迅速离开。

虾米追上了陈廷安，陈廷安回身拉起虾米，两人也迅速离开了棚户区。

桂福醒过神来，意识到自己中了枪，以为自己从此残废了，可好一会未见到鞋里流出血来，轻轻动了动，脚居然还能动弹，再试着脱掉鞋子，才发现子弹居然那么精准地从脚的大脚趾和二脚趾间穿了过去，两个脚趾间只擦破了点皮……桂福看了看四周，毫无动静，他立即跑出了棚户区。

陈廷安和虾米已经跑出了棚户区。

陈廷安回头看了看，停了下来。

“大哥，是谁打的枪呀?”虾米已经不害怕了。

“谁知道！我这命还值钱了，谁都想取!”陈廷安自我解嘲。

“那咱还去大和洋行吗?”虾米有些担心地问。

陈廷安也一直在想这个问题。刚刚开枪的人虽然他没看清，但似乎在哪里见过，是日本人？乱党？鬼七？还是帮会？陈廷安突然苦笑了，想想自己的命竟如此令人在意。

他不敢排除是否是日本人所为，决定暂时不去大和洋行。

“我们回去!”陈廷安突然说。

“回哪?”虾米一时不解。

“回家呀!”说着陈廷安已经转身走了。他想的是，那个杀手为何而来?是否会寻到棚子，是否会对奶奶有何不利。其实这些陈廷安早已想到了，所以第一时间没有回到奶奶那里，正是担心把枪手引到那里。

桂福逃回了鬼七新宅。

鬼七立即亲自察看了桂福的“枪伤”。

“奶奶的，是谁要对我兄弟下手呢?”鬼七很疑惑。

“我看见了那个小混混，那小子挎着个洋烟盒子，我怀疑就是他偷走了大刀，因为当初我就是从他手里夺来的。”桂福回忆道。

“也许是那小混混救了你的命呢。”鬼七猜测道。他们想不到是革命党开的枪，目标是陈廷安。

陈廷安和虾米回到棚子里时，奶奶安然无恙，只是说听见过一声爆竹响。陈廷安知道枪手可能还没找到他的住处，或者是偶遇。

陈廷安放了心，和虾米又走了。

陈廷安离开棚户区的一路上十分小心地观察着四周，而且尽可能地不让虾米察觉到什么，免得引起他的恐慌。

两人到了大和洋行，陈廷安悄悄地躲在远处，虾米则在洋行门前高声叫卖，可一直没见秀儿出来。

虾米的兴奋渐消，并有种挫败感。他向陈廷安建议自己进去找。

“不行，你以为那里面是商铺，可以随便进出的?!”历经风雨的陈廷安不想去冒无谓的风险，也不想再次因自己的鲁莽搅起风波，给虾米和奶奶带来危险。

他决心耐心等待，一天不行两天，两天不行三天，一定要等出那个姑娘以确认是不是秀儿为止。随着时间的推移，秀儿似乎成了他留在汉阳最重要的理由。

陈廷安和虾米还在大和洋行附近转悠时，小吴已找到了虾米家。其实，他一直没有离开这一带，并在暗中打探着……他知道了那个半大小伙子叫虾米，陈廷安就住在他家。

小吴刚在虾米家外埋伏下来，就发现鬼七等人提着礼物来了。

这一意外的出现令小吴十分惊讶，他想象不出住在这里的虾米或者是陈廷安和鬼七有何瓜葛。这时，小吴又发现提着家伙的鬼七的弟兄们四处搜查起来。小吴只好悄悄离开……

原来，鬼七吸取了桂福的教训，事先将周围控制起来。不管枪手为谁而来，鬼七可不想玩命。

很快，棚子被鬼七的兄弟围了起来。鬼七觉得安全后，才提着礼物进了棚子。

当鬼七适应了棚子里的昏暗后，认出了奶奶就是当年买了他一双儿女的那个老逑子的母亲。

奶奶听到了脚步声："是显魁吗?"鬼七听了一怔，他知道显魁就是唐季恺。

"婶子，我是霍振江呀。"鬼七情不自禁且有些激动地走过去，坐在奶奶的眼前，这时才发现奶奶的眼睛看不见了。

"霍振江?"奶奶叨咕着这个名字时脸上逐渐现出异样的神情。

"对，霍老七!"鬼七立即接道。

"……你还活着呀。"奶奶脸色灰暗下来。

奶奶的话并未让鬼七不悦。"婶子，我当年确实没干好事，才……"

"老七呀，你能找到这儿，也难为你了，我就把实情告诉你吧。"

奶奶将鬼七的一双儿女的情况如实告诉了鬼七。原来，当年鬼七抽大烟，不但抽光了家当，卖掉了老婆，最后，又把一双儿女卖掉了。当年，虾米的父亲老逑子还没结婚，因为同情那两个孩子，买下了娥儿和南儿，可老逑子一家也不富裕，而且喜欢舞刀弄棍的老逑子经常不在家。那时湖北一带已经有日本浪人出没，后来老逑子讨的老婆又很有姿色，经常会有不肖之徒骚扰，这其中就有日本浪人。一次，老逑子不在家，日本浪人又来骚扰，刚刚生下虾米的虾米娘身体虚弱，还要照顾那两个孩子，在与日本浪人拼命时，身受重伤……老逑子回来后，找日本浪人拼命，杀死了一个日本人，可老逑子媳妇也伤重不治……

闯下大祸的老逑子只好远走天涯，把三个孩子扔给了虾米的奶奶。后来，老逑子参加了义和团，最后又……

鬼七听得唏嘘不止，又咬牙切齿。

“婶子，我那两个孩子呢?”鬼七问。此前，他得知买两个孩子的那个人已家破人亡，以为自己的一双儿女一定也是凶多吉少，可此时，他似乎有了希望。

“我儿媳死了，儿子也跑了，只好把两个孩子分送给了两个好心人。收养了娥儿的那个好心人是做什么的、现在哪里，我不知道了，南儿我给了儿子的一个朋友，就是显魁，他前几天还来过，说是过些天再来看我……”

鬼七可谓是大喜过望，最少说明南儿还活着！可他没想到的是儿子竟然在唐季恺那里。他为自己得罪了唐季恺深悔不已。不过，他想会有办法的。

鬼七为奶奶留下了十多个银元。当时，银元是货币中的硬通货。

离开虾米家后，鬼七吩咐桂福常来虾米家，随时打探那个要领南儿来见老太太的显魁……

“就是那个唐季恺!”鬼七明确道。桂福点点头。

小吴将在虾米家刺杀陈廷安未获成功并看见了鬼七的经过向唐季恺做了报告。唐季恺大为吃惊，想不出鬼七怎么会去找老逑子的母亲，或许他认识老逑子？毕竟都曾是拳民。他想不到的是当年出于同情领养的南儿和鬼七有什么关系。

唐季恺指示小吴，先不要去捅这个马蜂窝，刺杀陈廷安之事暂缓。

晚上，陈廷安和虾米无功而返。当奶奶把十几个银元交给他们俩时，两人大为意外！奶奶告诉他，是虾米父亲的老朋友送来的。

“大哥，这回咱们可有钱了，也不用太着急了！”虾米高兴地说，可陈廷安却心里难受——自己一个大男人，怎么能用人家的钱呢？可陈廷安仍然不知道自己应该做什么。

陈廷安不在棚子里时，奶奶把虾米叫到身边，悄悄告诉他，送来银元的那个人是鬼七！虾米吃了一惊。当奶奶把来龙去脉告诉了他之后，虾米更是睁大了眼睛。虾米记不得当年还有两个大他一点的哥哥和姐姐，更不知道他们竟然是鬼七的儿女。

“唉，也不知道娥儿还在不在，南儿好像还在……”奶奶叹口气，然后接着说：“你爸爸的那个朋友显魁说这几天来，也许能把南儿带来?”虾米不知道显魁是谁，但知道他曾给奶奶留下两个银元……

鬼七极度兴奋地回到家，为自己至少还有儿子可能在世备感幸福。

南儿如果在唐季恺那里，该如何认这个亲呢？毫无疑问的是，当初唐季恺从巡警手上逃脱，他不会不知道是鬼七告的密，那就是说，两人间已经结下了梁子……正在鬼七琢磨着如何面对唐季恺，或者如何向他认罪时，巡警胡三来了。

胡三是受焦伯琛的吩咐来告诉鬼七：长野已秘密将他告到巡警局说他敲诈……鬼七气得跳起脚来。送走了胡三后，鬼七将茶碗摔在了地上！

“他奶奶的，小日本是真该日！表面上正人君子，背地里啥都干，当面一套背后一套这把戏他们比我玩得熟呀。”鬼七说这种话的同时，把自己的所为和日本人做了个比较。

“大哥，怎么办？会不会给焦队长添麻烦?”桂福问。

“那还用说？没看我姐夫都不敢来了吗?”

以为发生了什么的陈廷顺闻风而来。这些天，陈廷顺一直小心翼翼，观察着所有风向。他一直有种不安全感，似乎随时都有可能发生不测。

“奶奶的，老子去宰了他!”鬼七大叫道。陈廷顺吓了一跳，不知道他要宰谁。

“桂福，给我找个由头，我去大和洋行和那个长野谈生意!”鬼七看了一眼陈廷顺后说道。

“七爷……谈什么生意?”

“什么都行，只要我借口进去了，就宰了那狗日的!“鬼七发狠地说。

“七爷，那可不行呀!”陈廷顺立即说，“长野那里的人个个身上都有家伙，七爷您那不是自讨苦吃吗?!”陈廷顺急切地说。陈廷顺最不愿意的就是鬼七去长野家，说穿了就是最不愿意鬼七看到秀儿。

“怎么，我还怕了他小日本不成？去去去，干你的去!”鬼七将陈廷顺撵走了。

陈廷顺一走，鬼七马上消停了。

“大哥，你真的要和小日本玩命?”桂福也同样担心。

“小日本的命比我的值钱？真是！你给我盯牢了陈廷顺，我一直怀疑这小子和日本人有什么勾当。你看，我刚才一说要杀了长野把他吓的。他是为我担心吗？我还没糊涂呢！我就是要看看他的态度！看看他到底和小日本有什么关系。”

“我明白了，我盯着他，看他想干什么。”桂福松了口气。

“算了，先让那小日本再蹦达几天，待我把我的好事都办完的。”鬼七说着拍了拍额头。桂福知道，他说的好事一个是儿子可能还在世上，另一个则是鬼七正在谋划着娶妻……

“桂福呀，别的事不用你管，多给我注意老逑子家的事。”鬼七说的是那个唐季恺——显魁何时能把南儿送到老逑子家。

……

陈廷安一连几天都和虾米在大和洋行附近转悠，却一直未见秀儿出来。他怀疑虾米当初看错了，但虾米坚称确实见过，并再一次描述了当时的情形……

7

唐季恺放下手里的密信，神情十分严峻。

“唐先生……”小吴感觉到有什么不对。

唐季恺起身关上了门。

“上边指示我刺杀余怀庆!”唐季恺说完，小吴吓了一跳。

“余怀庆对我们的行动没有影响呀，而且刺杀他会造成社会负面影响的。”显然，小吴也不赞同这个主张。

“上边说他虽然对我们的行动没有直接干扰，但他研制的‘汉阳造’会直接用于镇压革命，所以要除掉他。”唐季恺复述了上司的指示。

小吴的担心也是唐季恺的所想，他认为刺杀余怀庆毫无必要，但革命党的指示又不能不执行。当晚，几经思考的唐季恺给上司写了封密信，力述余怀庆并非朝廷鹰犬，不宜诛之，请求为了制造革命声势，打击清政府的气焰，是否可改为刺杀湖北巡抚……

暗杀是当初革命党扩大政治影响与消灭异己经常使用的重要手段，目的是为达到震慑作用，因此当唐季恺接到命令后，虽然有些不理解，但仍在积极准备着。正是这时，湖北巡警道接到朝廷指令：严查同盟会组织及其同党!

很快，焦伯琛也得到了巡警局长的指令：抓紧搜查乱党！并且告诉他，汉阳、汉口和武昌一带的乱党头领之一叫唐季恺。焦伯琛想起了什么，立即到了鬼七家。

这几天鬼七正窝火。半生未娶的他已经私下和一个女子来往许久，并准备大张旗鼓地迎娶，可这个女子的舅舅却是湖北巡抚大人。鬼七倒没有攀高枝的想法，只要巡抚大人不阻止这场婚事就烧高香了。可偏偏巡抚知道了此事，坚决阻止这场婚事，而那女子偏偏又特别听舅舅的话，看来鬼七精心准备的这场婚事要泡汤，鬼七哪能不窝火？

这时焦伯琛来了。

“上次你让桂福去通知我来你家抓的那个人叫什么名字？”焦伯琛第一句话就问。

“唐季恺呀……”鬼七意识到他问这个可能另有目的，出于自我保护，他随口说出了唐季恺现在的名字，而隐下了显魁之名。不想，却惹了麻烦。

“我告诉你，这个唐季恺是乱党的头目之一，你要想办法找到他，那你就立了大功，我也跟着借了个光。”焦伯琛不知道鬼七是否和唐季恺有联系。

“姐夫，不能吧？他哪是乱党呀，我太知道他了，他不过是个盐贩子！”鬼七哈哈大笑地说，焦伯琛真就糊涂了。

“那你当初为什么说他是乱党，还让我抓他？”

“嗨，也是我不仗义了，我们合伙做了笔盐的生意，他嫌我分给他的钱少了，要告我去，我就多了个心眼儿，才……”鬼七宁可给自己栽赃，也不想再把唐季恺扯进去了，他还想要他的儿子。

不想，这回轮到焦伯琛大笑了。

“我看你又是在玩什么把戏吧?！不管怎么说，这个唐季恺是乱党头目是改不了的。如果抓住了他，真的像你说的和你还合伙做过什么生意，那你就是同党了！”

“姐夫，你可别吓唬我了。贩盐又不是杀头之罪。”

焦伯琛走后，鬼七急得团团转，他担心如果唐季恺一旦落网，他还去哪找儿子呀！

可此时他无处去找唐季恺。

这会儿，唐季恺在担忧中终于得到了上司的回音：同意他的计划。唐季恺松了口气。可是该如何刺杀巡抚呢？正在这时，他得知鬼七与巡抚的外甥女来往密切，并在筹划迎娶，但巡抚正在强力阻止。可以想见，鬼七一定对巡抚十分恼恨。

既然上边同意了他的计划，唐季恺就要马上执行。他决定重金买通鬼七，以获得有关巡抚行踪的情报，以便刺杀计划的实施。

……

陈廷安仍在坚持不懈地去大和洋行附近。

这天，他还没到洋行门前时，先意外发现了傅东晨。傅东晨正在一家店铺前等谁，而且他身边站着小吴。

趁着他们没有看见自己时，陈廷安赶紧躲了起来。

陈廷安看着那个小吴，猛然想起这个人很像在虾米家附近的那个枪手！革命党要杀谁?!

陈廷安正疑惑时，一辆马车驶来，车上下来的是桂福，双方客套了几句，傅东晨和小吴上了马车。

吃惊的陈廷安不明白革命党怎么会和鬼七有来往！

鬼七怎么也想不到，正为唐季恺的事不知如何是好时，唐季恺的使者竟然找上门了。他一时不知道唐季恺派人找他的目的，不过只要不是向他兴师问罪就好。

“看住陈廷顺，别让他离开他的房间！”鬼七在唐季恺的使者到来之前将陈廷顺先隔离了起来。

傅东晨进了鬼七的房间后，鬼七故作不认识当年这个小杂工，两人单独密谈起来。

……

傅东晨回来向唐季恺报告：鬼七正因娶亲的事对巡抚不满，同意提供情报给革命党，并想立即亲见唐季恺。

唐季恺不知道鬼七为何要见他。

“唐先生，您不能去。上次就是鬼七出卖的您，这次他一定还有阴谋。”小吴说。

“是呀，现在形势很紧，焦伯琛又是鬼七的姐夫，他能这么快就答应这件事，又想和您见面，会不会是诱您上钩呢？”傅东晨也这样认为。

唐季恺准备先等几天看看情形再说。

……

陈廷安弄不懂这些乱七八糟的人和这些乱七八糟的关系了，再联想到几次有人来看虾米的奶奶，陈廷安预感到要发生什么。于是他和虾米商量要给奶奶换个住的地方……

8

兵工厂的靶场观礼台前坐满了来自各方的知名人士，他们准备观看新枪的试射。

靶场试枪是从来没有厂外人参加的，这是兵工厂历来的规矩，一是涉及军工机密，二是成败与否由厂内解决，免得失败招来非议。可鲍昆不解这次余怀庆为何要坚持主张请来这么多人，虽然没有政要，却都是三镇的知名人士。鲍昆怎么也想不出为何余怀庆此次要这么张扬，唯一的解释就是余怀庆这一年屡遭波折，如果这次能顺利而成功地批量投产，他应该松口气了，而且可以一扫自己的晦气。

余怀庆亲自操起那支样枪，远处的目标——一排纵向铁桶一侧的检验员由王主管亲自担任。

这时，王主管举起了小旗，示意可以开枪了。

余怀庆举起枪，扣动扳机后，一声清脆的枪声，余怀庆放下了枪。随后，余怀庆向观礼的人们报告了标尺数，并讲解了标尺的意义，它代表着射击的准度，用不专业的话说，它表示枪支在设定的标尺内子弹击发后的飞行路线及弹着点，从而检测出该枪的准确度。

远处，王主管跑向了那排铁桶，随后，向观礼的人群招手。人们边议论着边向那排铁桶走去。

在众人的注目下，王主管检验了七个水桶的枪眼，一切证明，不但弹着点非常准确，而且穿透力相当强，以前是击穿六个水桶，而这支枪是击穿七个！

人们纷纷向余怀庆祝贺。

鲍昆也没想到效果会这么好，他也向老师表示祝贺。

余怀庆立即当场签发了批量生产的单子。

回到办公室后，余怀庆拆开了那支样枪。这时鲍昆进了办公室。

“老师，和丢的那支样枪相比还有什么差距吗？我看比那支好吧？”鲍昆关切地问。

“当然，射程比丢了的那支长了一个铁桶。”余怀庆得意地说。一个铁桶大约折算十七米的距离，同时还要将最后的冲击力减弱计算在内。

……

长野很快得知兵工厂新枪将投入批量生产。

“这个余怀庆果然是个干才。那支样枪被盗后，这么久才重新设计出新枪，可见这支枪一定比先前的先进许多。”长野在间岛等人面前边踱着步子边说。

“我们一定要有所行动！”间岛说。

“先搞清状况再说，当然不能让支那人走到我们的前边。”长野边说边想着什么。

“巡警局有消息了吗？”长野突然问。他指的是鬼七的事。

“还没有。听说这件事可能要交给焦伯琛处理，但焦伯琛和鬼七是亲戚关系。”间岛报告道。长野冷笑一声：“我们不管他！”

“可……”间岛不解长野为何要这般打草惊蛇。

“间岛君，我们已经被这个鬼七戏弄了几次，不能再被他牵着走了。但我们必须要堵住他的嘴。”说着长野看了眼一时不解的间岛，“鬼七虽然是个流氓，却不是莽夫，他几次与我们周旋，当然直接目的是为钱，但我们不能忘记他是中国人。在涉及中国利益时，虽然大部分中国人都昏噩不觉，但鬼七这样的人我们却不得不防——他或许已经察觉了我们的用心，所以我们必须要先发制人，以防他一旦有不利于我们的行动时，我们就会掌握主动权。”

“我明白了。如果发生对我们不利的讼告时，我们就以合伙做生意发生纷争来转移清政府的视线。”间岛对长野的用心终于理解了。

“先不管他，我们以静制动。”长野突然板起了脸，“诸位，我们眼下的行动是全力收集兵工厂的情况，准备采取行动！”

间岛等人立即“嗨”了一声。

当日本人已经将注意力再次移到兵工厂时，余怀庆又一连几天没回家了。

试枪后的当晚，余怀庆自己悄悄来到了靶场。

月光下，余怀庆又认真地检查着那支样枪，随后装上子弹，调整好标尺，向远处的铁桶举起枪。

一声清脆的枪声过后，铁桶的一侧不远处走过去一个人影。余怀庆提着枪，走了过去。

铁桶边的是王主管，他已经在月光下检查过了铁桶。

“余大人，六个桶。”王主管声音凝重地说。

余怀庆挨着个地认真看了六个铁桶的弹孔。

余怀庆轻轻地叹口气。

王主管将白天余怀庆签发的生产通知单递给了余怀庆。余怀庆轻轻地撕掉了。原来，白天的试枪只是场戏罢了。这场戏是余怀庆和王主管设计的，他人无一知晓。

当晚，余怀庆在办公室里一夜没睡。他反复看了几遍样枪的图纸，还是没有找到原因所在。

天一亮，余怀庆便回了家。

管家和罗秋月还没起床，余怀庆在罗秋月房间门口轻轻地踱着步子。

管家起床后，发现余怀庆正在罗秋月的房间门口，立即缩回了头。

警惕性极高的管家不明白余怀庆这么早回来做什么，而且回来后一直在罗秋月房门前转着。他有什么事呢？怎么不敲罗秋月的房门？

管家穿好衣服，从自己房间出来。

"老爷，不知道您这么早就回来。"管家向余怀庆走来，满脸的歉意。

余怀庆向他轻轻摆了摆手，示意他小点声。

"老爷，要叫秋月吗？"管家压低了声音问。

"不要，一会她会起床的。你去忙你的吧。"余怀庆淡定地说。

管家疑惑地离开。

终于，余怀庆听见了罗秋月房间里的声音。稍等了一会儿，余怀庆轻轻敲了敲门，随之，罗秋月探出头来，见是余怀庆，罗秋月极为意外："老爷？您……"

"穿好衣服到我书房来。"余怀庆平静地说完后，进了自己的书房。

罗秋月穿好衣服出来，管家正在她的房门前。

"老爷怎么了？"罗秋月小声问管家。

管家摇头："有点奇怪，你多注意。"管家提醒道。罗秋月点点头。

罗秋月一进屋，余怀庆就和颜悦色地指了指椅子："坐吧。"

"老爷，您的脸色不好呀。"罗秋月一坐下，看了看余怀庆，有些惊讶地问。

余怀庆一笑："没关系，在厂里没睡。秋月呀，咱们爷俩有话就直说了——”

罗秋月：“您有事吩咐我就行。”

“你……能不能找到陈廷安？”

“找陈廷安？”罗秋月吓了一跳。罗秋月何尝不想找到陈廷安，可作为个体的她，找到陈廷安的目的是什么？她无法给自己一个理由。此时，她只想陈廷安能平安无事，这对她已经足够了。

“对，你不是帮会的吗？知道的应该比我多。我想见到他，但又不能惊动巡警。”余怀庆诚恳地说。

“老爷，我一定尽全力找他！”罗秋月急速地思考着余怀庆的目的，并认定是与枪有关。有一点她知道不会有大问题，那就是余怀庆既然没有通过巡警找陈廷安，一定是顾忌什么。这很让罗秋月有些心安。

“尽快。”余怀庆说。

“老爷，我马上想办法去找他！”罗秋月说。

“不要和无关的人说起这件事。”余怀庆叮嘱。

罗秋月深深地点点头。

……

罗秋月吃完早饭出门前，管家给她打开大门。

“秋月，老爷让你去做什么？”

罗秋月向他耳语：“是他私人的事，老爷不让说呀。”

说完罗秋月走了，管家不知道她说的是真是假。

罗秋月去找顺子，请他帮助找到陈廷安的行踪，但一定不要通过革命党。顺子是罗秋月在帮会时的好兄弟，他虽然不知道罗秋月要干什么，还是痛快地答应了。

罗秋月何尝不想马上找到陈廷安呢？她知道陈廷安随时都处在危险之中。

第十一章 血溅暗夜

1

大和洋行门前的街道上人来人往，可大和洋行的门却极少见人出入。

陈廷安着了魔般仍然天天到大和洋行的门前转悠，这让虾米越来越以为自己当真说了谎，否则为何再也没见那个“秀儿”出来呢？

秀儿本来就很少出大和洋行的门，一是她要防备被鬼七的弟兄们发现，二是长野也建议她不要轻易抛头露面。

秀儿似乎已经习惯了这种生活。她承担起了洋行里的所有清洁劳动。

此时，秀儿正跪在走廊的地板上擦地板。当擦到长野的房间时，她听见里面传来了日语夹杂着中国话的说话声，她好奇地停下手里的活儿，认真地听了起来……不知道听到了什么内容，她吃惊地瞪大了眼睛。

陈廷安正在大和洋行斜对面的大树下坐着时，虾米跑来。虾米这几天没有陪着陈廷安，自己去武昌卖洋烟了。

“大哥，我们搬到武昌去吧，那里比这里热闹多了！你看，我半天就卖掉了十多盒呢。”虾米坐在陈廷安的身边说。

“好！”陈廷安也早有此念，只是这一段为了秀儿天天待在了大和洋行附近。

“我看好了一个房子，我们去看看吧。”虾米拉着陈廷安。

陈廷安看了看大和洋行的大门，想了想，站了起来，和虾米走了。

……

焦伯琛终于掌握了革命党的大体踪迹，但还没有确凿的线索。为免遭局长的申斥，焦伯琛写了份情况报告，将经过刻苦侦查、获知乱党机关可能已移到武昌、本队无权也无力远涉等情况和理由如实上报。

胡三奉命去巡警局送报告，可局长不在办公室。胡三将报告放在局长的办公桌上后正要离开时，突然桌上的电话响了。胡三下意识地拿起话筒，喂了一声，话筒里立即传来了声音……胡三听完，脸色大变，待话筒里面没了声音后，胡三放下话筒，立即溜出局长办公室。

……

鬼七正在家里和桂福商量一件大事。

“看来这个老混蛋一定要坏我的好事了！”鬼七极为恼火。

“大哥，咱不能和巡抚大人来硬的。”桂福提醒他。

“我老七这么多年了就看上这么个女人，偏偏她还是什么巡抚大人的外甥女！你说我这命！”

“大哥，要不你就领着她远走高飞吧。”桂福同情地建议道。

“什么？凭什么？我老七还怕他不成？再说，我离开这儿去哪？去哪能像在这里活得这么舒服?!”鬼七吼了起来。

突然，院子里传来一阵嘈杂。鬼七透过窗子向外看去，不禁呆住了。几个着军装的人涌进了院子，而且荷枪实弹。

“怎么回事?”鬼七一时不解，正要出门时，几个军人已经一脚踹开了门，闯了进来。

“嘿，嘿，军爷你们这是干什么?”鬼七不知道到底发生了什么。

“搜查!”其中一个人冷冷地说，接着看了看房间。

“搜查？搜查什么?”鬼七强压着怒火问，“我鬼七啥地方犯了法要劳军爷们的大驾?”鬼七有意将自己的名号搬了出来。

那位领头的看了他一眼：“鬼七?”

“哦，对，霍老七。”鬼七以为对方听到了他的大名可能会收敛。

“那就对了。给我搜查!”领头儿的一挥手，几个兵立即里里外外地翻了起来。鬼七傻了眼。

“军爷，你们是哪个衙门口的?!”鬼七发觉遇到了茬口，可一时不敢确定是与长野的告发有关还是哪桩案子犯了。

“我们是巡抚大人的亲兵!”头儿甩过一句话后不再理他。鬼七听后只有傻呵呵地呆若木鸡了。

这群人将鬼七的房间从里到外翻了个底朝天，可能是没发现他们要找的，头儿一挥手，一言不发地走了。

鬼七终于醒过神儿来了：“这是给我下马威来了。”

“大哥，可他们翻什么呢?”桂福不明白巡抚怎么会以这种方式给鬼七下马威。

鬼七无言地琢磨着。桂福的话提醒了他：他们来翻什么？而且什么也不说，莫非是和乱党接洽的事……鬼七不敢想了，要真是那样，他这脑袋再硬怕是也扛不住刀砍了。

鬼七刚把房间收拾好，又一个人进来了，鬼七一看，竟然是穿着便服的焦伯琛，而且看上去像个老叫花子。

“姐夫，你……”

焦伯琛看了看房间，回身关上了门。

“刚才巡抚衙门的亲兵来了?”焦伯琛问。

“你怎么知道?”鬼七惊讶。

“你和我说实话，你和乱党有没有联系?”

“乱党?姐夫呀，我怎么可能和乱党有关系呢?就是我说你也不信呀。”鬼七立即否认，但他知道，秘密会见革命党代表的事怕是不知从什么渠道跑了风，否则不会惹来麻烦，但鬼七不可能向任何人承认。

“乱党正在谋划刺杀巡抚大人，巡抚大人不知从何得知了情报。是不是和你有关我不敢确定，但我知道巡抚衙门来人了。”

鬼七的脸色有点变了，他知道若此案落实，他这杀头之罪是免不了的。

“姐夫，你想，我怎么可能和乱党去谋杀巡抚呢?其实，我明白，巡抚是想给我扣屎盆子，警告我不能和他外甥女来往。”鬼七为自己找理由。

“我看你就死了心吧。女人哪没有，你偏往人家巡抚大院里钻!我可告诉你，如果你要是和阴谋刺杀巡抚的计划有关，你可别说我是你姐夫，我也没你这个妻弟!”

“姐夫你放心，最多我离巡抚的外甥女远点就是了。至于乱党，你又不是不知道，我还盯乱党的梢、给你提供情报呢。”

“别和任何人说我来过。”焦伯琛站了起来，“上次乱党谋刺督军已经闹得各级官员戒备森严了，真不知道这些乱党为啥就这么喜欢暗杀!我可告诉你，我已经焦头烂额了，你要是愿意自己找麻烦，可别捎上我。”

鬼七要送焦伯琛，焦伯琛拦住了。

焦伯琛走后，鬼七越想越是心惊肉跳。他怀疑是不是唐季恺为报复他而设计陷害他呢？

另一边的唐季恺正在考虑是否和鬼七见面时，却得知行刺计划已经泄露了，他同样也大惑不解，无法确定是哪个环节出了毛病。和鬼七怀疑他一样，他怀疑这是鬼七为之。

唐季恺只好将该计划搁置。

唐季恺正欲离开科学补习所时，小吴突然进来报告："唐先生，三号有重要情报！"唐季恺马上回了房间。

"三号情报在哪？"

"他亲自来了。"小吴说。唐季恺一怔，他知道若不是重要情报，"三号"不会亲自出来。

"快请他进来！"

很快，"三号"进来了，原来是胡三！

革命党十分注意在巡警和新军中发展同党，胡三便是其中之一。

"唐先生，日本人可能要对兵工厂采取行动。"胡三气喘吁吁地说。

"坐，详细说说情况。"

此前，唐季恺已经听说余怀庆新枪试射大获成功，而且马上将投入生产。唐季恺对这个消息十分忧虑——他担心这个消息立即会被各方所知，莫说会引起日本人的注意，也可能引起革命党决策者的注意。他好不容易将刺杀余怀庆的上级指令取消了，如果再触动革命党决策人的某根神经，唐季恺不知该如何应对了。因为在对待余怀庆和兵工厂的态度上，他一直和一些同志意见不一。唐季恺认为，不能目光过于短浅，不错，余怀庆和他的兵工厂确实在制造着大量的武器，而且武装的是清政府的军队，而清政府的军队多是用来镇压国人的，但是，掌握这些武器的人并非个个是清政府的爪牙，如果革命形势发展顺利的话，大批新军可为革命所用……

唐季恺听完了胡三的报告，为日本人欲破坏兵工厂的详细计划而震惊。

本来，唐季恺就认为兵工厂迟早会为革命所用，而一旦革命党的目标达成——建立共和后，它将是新政体的兵工厂，当然要加以保护。而此时，面对东洋人的阴谋，民族利益更跃上他的心头——一定要阻止日本人的行动！

刚刚送走了胡三，唐季恺立即谋划如何在第一时间阻止日本人的行动，可这时，革命党上层组织送来了一封密信，密信内容正是唐季恺所担心的——炸毁兵工厂！

唐季恺颓然而坐，一时不知该如何是好。

一动不动地坐了半个小时后的唐季恺决定再给上级写信力阻取消该计划。

2

鬼七虽然思子心切，但也不敢马上去找唐季恺，他可不想把自己的命搭上。在江湖上混迹多年的鬼七靠的是心狠手辣与智谋，同时，得以成功和自保的前提是各种情报的来源，这些情报的来源是不被人所知的。

就在鬼七仍然百思不解为何巡抚亲兵来家搜查时，他得到了一个情报：日本人有炸毁兵工厂的阴谋！

严格说，这不是鬼七的“业务范围”，尤其，他眼下还缠在一宗麻烦中，但他不能容忍小日本对中国兵工厂的觊觎。

鬼七穿上了衣服，他要亲自去找焦伯琛，不求将功赎罪，只是要把这情报报告给巡警。可还没待他出门，桂福进来了，并交给他一封密函，鬼七打开看后惊出一身冷汗。

“大哥，怎么了？”桂福惊讶地问。

“你先出去吧。”鬼七尽可能地让自己平静。

桂福走后，鬼七又看了一遍那封密函……

这院子因为这封密函而突然笼罩在诡异的气氛中，桂福也感觉到了什么，但他无法猜测那封看来不普通的密函的内容。从鬼七的神情上，他知道这封密函非同小可。

桂福也因之不安起来。毕竟，他与鬼七的命运紧紧相连。

焦虑不安的桂福被陈廷顺看见了，但他没有接近桂福。他暗中观察着桂福的表情，意识到出了什么不小的事，几番揣度后，陈廷顺认定鬼七一定在房间。

陈廷顺越来越小心，并告诫自己一定要随时关注鬼七的行踪，因为他任何一次行动都可能关系着自己的命运。他很清楚，自己的命运在很大程度上就掌握在鬼七的手里，当然他不甘永远这么被动下去，他在等待时机。

陈廷顺悄悄溜到鬼七房间的背后，透过窗纸向里望去。

鬼七将那封密函收了起来，放在柜子里，然后从柜子里拿出几枚飞镖，并将夜行衣穿在身上试了试。窗外的陈廷顺看着糊涂——他要干什么？是否会和长野进而与秀儿有关？

陈廷顺决定紧紧盯着鬼七。他预感到有什么大事将要发生。

鬼七将桂福叫了进来，不再提那封密函的事，却告诉桂福，发动弟兄们，一定盯牢了日本人，哪怕有一丝消息，也要立即向他报告。

桂福心想也许那封密函和日本人的行动有关？但他不敢多问。

……

陈廷安一连几天呆在武昌花三个银元买下的一间小房子里收拾房间，奶奶则已经搬来了。

陈廷安不用虾米帮忙，撵虾米去卖烟。

虾米仍然惦记着秀儿。他下决心要帮陈廷安找到秀儿！于是他又到了大和洋行的门前。他相信自己的命好，也许今天就能看见那个姑娘。

可等了半天，未见那姑娘出来，沮丧的虾米正欲离开时，见一个日本人从大和洋行出来了。虾米顿时生出一个念头：在这个小日本身上弄点什么！

打定主意后，虾米迎了上来。

“先生，买洋烟吗？”虾米凑到那个日本人跟前。

日本人摆了摆手，然后向远处的洋车招手，虾米离去时，洋烟盒子的盖子被日本人刮了下来。那个日本人以为是自己不小心刮掉的，不耐烦地回头看了虾米一眼，虾米倒不在意，把盒盖自己安好，又挎在脖子上离开了。

……

傍晚时，陈廷安正在小屋前等虾米时，虾米急匆匆地回来了。

“大哥，你可别说我。”虾米走到陈廷安跟前，将他拉到房子的一侧。

“干啥坏事了？”陈廷安问。

“不算干坏事吧？偷小日本的东西应该算是做好事！”虾米马上给自己的行为定了性。

“你真的偷了？不管是偷谁的，那都是偷呀！”陈廷安回身看了看奶奶住的屋子，赶紧压低了声音。

“其实啥也没偷来，就是一张什么图，可我没扔，我看了，好像是啥工厂。”虾米说着掏出了一张折叠起来的大纸。

陈廷安好奇地打开，看后，顿时严肃起来。这确是一张汉阳兵工厂的地图。地图上有处厂房做了明确的标记，在那个标记旁有个似乎冒着火焰样的小标记。陈廷安搞过炸药包，虽然没成功，但多少有了经验，他认定那是炸药包。在地图的下方，还标注了几行日文。陈廷安虽然不识日文，却从那几行日文中夹杂的中国字里猜了出了什么。

“大哥，这是不是叫地图？”虾米问。

陈廷安点点头。陈廷安已经基本确定日本人要对兵工厂动什么手脚。这不难理解，因为陈廷安与日本人有过几次直接和间接的交手，尤其那次间岛欲纵火兵工厂而遭陈廷安的阻止，更让他知道日本人不喜欢中国人的兵工厂……

“虾米，小日本要炸兵工厂！你以前偷东西都是坏事，就这一次干的是好事！”陈廷安说。

虾米怔了一下：“大哥，咱们报告给巡警吧。”

陈廷安摇头：“不行，我不相信巡警，再说，我相信你说的，秀儿可能在日本人手里。我要自己干。”

“怎么干？”虾米兴奋起来。

“兄弟，”陈廷安摸了摸虾米的头，“你给我盯牢了日本人，但不要再偷，免得被人家抓住，只要他们离开洋行、他们干了什么，你告诉我就行。”

“行，我干这个在行！”虾米顿时有了荣誉感。

……

那个日本人发现身上的地图不见了，立即向长野报告，暴怒的长野训斥了他一顿后问了他的行迹，才稍稍安了心，以为最多是落在了哪，被百姓捡去了当糊墙纸。长野这么认为倒也在理，毕竟那个年代，百姓们没有那么高的警惕性，也没有什么警民互动。

陈廷安在家把大刀认真地磨了一遍。他已经做了此番或许要手刃小日本的准备。

第二天虾米向他报告：日本人秘密制造了进出兵工厂的通行手牌……这个信息让陈廷安更坚定了日本人的所图。他明白了，日本人想要从正门进入兵工厂。

陈廷安让虾米也搞一个进出兵工厂的通行手牌，并搞一套兵工厂工人的制服。虾米爽快地应下了。

与此同时，唐季恺通过各种渠道，不但确认了日本人的阴谋，也大体摸清了他们的计划。可这时上级仍然没有对他的建议回复。看来时间来不及了，他决定暂按上级的指示行动，但要与日本人的阴谋行动同步进行，原则是见机行事……

这个任务让唐季恺极为窝火，显然，日本人破坏兵工厂是为了阻止中国人制造先进武器，革命党破坏兵工厂是为了阻止兵工厂造出镇压革命党、屠杀百姓的武器，二者虽然殊途，却是同归，这让唐季恺十分苦恼。事实上，这也正是当时的中国处于转折前夜的矛盾与无奈的现实。

为了既不违背上级的指令，又不违背自己的意志，唐季恺费尽了心思。

经过深思熟虑，唐季恺将自己最信任的小吴找到了房间。

“明晚就是日本人对兵工厂采取行动的日子，我决定派你同时潜入兵工厂。”唐季恺的手一直扶着小吴的肩膀。小吴一时还不能理解他的意思，但他十分信任和尊重眼前这位长者。

“唐先生，我听您的，您尽管指示。”

“你什么都不要带，只身潜入兵工厂就行。但一定要盯住日本人，而且要适时阻止他们的行动。一定要适时，明白吗?”

小吴不十分明白，他摇摇头。

“上级给我们的任务是炸毁兵工厂，我已经请求上级暂缓行动，可现在还没有回音，按道理说我们仍然得执行命令，可这件事太大了，一旦实施了，后悔都来不及。在没接到上级的新指令之前，我们不能眼看着日本人炸了兵工厂，中国的兵工厂不能毁在东洋人的手里！怎么办？只能见机行事……”

“我明白了!”小吴很赞同唐季恺的决定。

“可是如果上边怪罪下来……”小吴为唐季恺担心。

“由我承担。”唐季恺坚定地说，“这样，在未接新指示之前，我们不但已经行动了，而且有理由向上级汇报。你只管照我说的做吧，其他我来安排，不过，有关你潜入兵工厂的行动方案，只能你我知道。”

小吴点点头。接着，两人商量起具体的行动细节。

长野的秘密计划除了巡警和老百姓，该知道的都知道了，可见在当时错综复杂的社会中，形形色色的势力无孔不入，有组织和无组织的情报工作无论是有意为之还是阴差阳错，都得到了该得到的。

……

桂福悄悄进了鬼七院子里的一个仓房。仓房里十分昏暗，堆放着各式旧家具。

“大哥。”桂福进来后回身关上了门，然后小声地叫了一声。很快，从角落里走出来一个一身黑衣的老头——竟然是鬼七。在自家的院子里鬼七竟如此神秘，足见他对当下自己的处境或他将要采取的行动是多么神秘和不想为人所知。

“大哥，小日本可能明天晚上就行动。”

“不会搞错吧？”

“不会。我买通了大和洋行的园艺工，这个人很机灵，特别注意了日本人的的动静，他认定明天晚上日本人要干啥。”

鬼七点了点头：“没有人注意你吧？”

“没有，我十分小心。”

鬼七按着桂福的肩膀：“兄弟，我今天晚上就在这里住，明天出院子。如果有兄弟问，你就说我出远门了，如果我明天晚上回不来，我把一封信放在我房间的夹墙里，那时你再拆看——”

“大哥你别说丧气话，我们兄弟风风雨雨几十年了，什么风浪没经过？再说，南儿也许很快就回来了……”桂福动感情地说。

“你说得太对了，不为别的，为我儿子我也会逢凶化吉呀！”鬼七拍拍脑袋，“我这是有备无患嘛，这次还真有点不一样，可咱们过的日子本来也是有今天没明天的，不得时不时地摸摸脑袋？”

“大哥，这事一定要你亲自去吗？”桂福不解地问。

“一定得我去。我不去这日子更不好过。没关系，我鬼七总是能逢凶化吉。你再给我准备几样东西。一定要注意，不能让任何人知道……”

……

大和洋行作为专业的特务机构，由于训练有素，情报工作也是有声有色。这时，他们通过某种渠道得知革命党也有捣毁兵工厂的计划，只是不知道详细计划。不过，这没有影响长野的决心，他仍决定按原计划行事，只是，这倒启发了他——一旦得手就嫁祸给革命党。为此，长野将行动计划提前，并交待间岛潜入兵工厂后见机行事，并随身携带了几张革命党的传单。

……

陈廷顺找借口要去见鬼七，可有人说七爷出远门了。陈廷顺十分疑惑，责怪自己没有看住鬼七。

但陈廷顺不相信鬼七出了远门！

深夜时，桂福还没回到与陈廷顺同住的房间。陈廷顺听说鬼七是自己出的远门，那桂福干什么去了？是否鬼七仍在汉阳或者汉口、武昌？桂福和他在一起？

陈廷顺睡不着，悄悄爬起来，准备去大门口等桂福，可刚一到院子里、准备往大门方向走时，发现桂福从大门外匆匆走进来。黑暗中的陈廷顺停下来，准备迎接走过来的桂福。可是桂福既没往房间方向走来，也没去鬼七的房子，而是向另一个方向而去。在鬼七这伙人堆里生活久了的陈廷顺也练就了多疑与机警，他立即想到的是：深夜归来，却不回房睡觉，他要去哪儿？陈廷顺立即不声不响地跟了上去。

桂福想不到半夜了还有人没睡，而且是在刻意等他。他神秘地到了仓房。

仓房里，鬼七合衣睡在一张破桌子上，听见门响后立即坐起。

黑暗中，两人走到一起。

“大哥，东西都全了。”说着桂福将什么东西塞到了鬼七的手里。

“没有什么新情况吧?”鬼七诡秘地问。

“大哥放心，一切正常，就看明天晚上的事了。”桂福说完，又语气凝重地说：“大哥你一定要注意安全，还有这么多兄弟等着你呢。”桂福的声音中有一丝担忧。

“放心吧，我老七什么风浪没经过呀。”鬼七压低了声音，但声音中充满了自信，“快回去睡觉吧，免得让陈廷顺那小子多想什么。”鬼七拍了拍桂福的肩。

“大哥你也休息，我明天按计划来接你出去。”桂福说完，轻轻地退出了仓房。

两人在仓房里的对话声音虽然不大，但躲在门外的陈廷顺已经听得很清晰了。未待桂福出来，陈廷顺已先自离开并迅速回到房间，脱掉衣服钻进了被窝。

桂福回来时，陈廷顺已经响起了轻轻的鼾声。桂福一进屋就悄悄上了床，并很快响起了真正的鼾声。

陈廷顺有些紧张，预感到鬼七如此神秘定有十分重大的行动，这个行动是否与自己有直接或者间接关系呢？无论如何，陈廷顺都准备跟着鬼七，如果是和自己有关的，就见机行事，无关的话也要掌握鬼七的秘密。

陈廷顺下定决心之后，才真正地睡去。

第二天，陈廷顺时时注意着那间仓房。

3

虽然已在新家住了几宿，虾米还是恋着那“老家”。他回到汉阳的老棚子里，充满深情地四处看着。这时，唐季恺走了进来。

原来，唐季恺做好了应对各种情况的行动准备后，准备换下脑筋，去看看老逑子的母亲，因为他曾答应过奶奶一件事。

“先生，你找谁？”机灵的虾米不想让陌生人知道这里已经不是他的家了，迎在了门口。

唐季恺看了看虾米："你是？……"

"我是这家的人。"虾米指了指棚子，"你找谁？"虾米感觉这人不太像坏人，但他也在告诫自己一定要小心。

"这是老逑子家吧？"唐季恺和蔼地问。

"你是？……"虾米愣了，老逑子是他的父亲。

"你是老逑子的儿子吧？"唐季恺突然兴奋地问。虾米来不及多想什么，机械地点点头。唐季恺一下子抱住了他。虾米有点发蒙。

"走，孩子，我们进屋聊。"唐季恺拉起虾米。

虾米挣开了唐季恺的手。

"不行，我奶奶正在睡觉，有一点动静她就醒！"虾米的警惕性再次升高，多年浪荡街头的他对一切都不敢深信。

果然，唐季恺信了虾米的话，他把虾米拉到一边，轻声地说："孩子，我是你爸爸的朋友，前些天我来过——"

"哦，我知道了。你叫什么……显魁吧？"虾米想起奶奶的所说及给奶奶留下钱的那个人，他刚想把已经搬家的事告诉他，可一转念又打消这个念头，他可不想把新家在哪告诉这个人。

"对，是我。"唐季恺笑了。

"奶奶还说你这几天会领南儿来……"虾米边回想着边说。

"哦，会的，今天奶奶不是睡了吗？以后会有机会的。"

"哦……可鬼七很着急呢。"虾米随口说道。

"你说什么？"唐季恺有点不解。

虾米看了唐季恺一眼："那个叫南儿的哥哥就是鬼七的孩子——你不知道鬼七？"虾米有点卖弄地说，可说完就有点后悔。

唐季恺压制着自己的惊讶没有表现出来。他怎么也想不到自己会和鬼七有这份渊源。

“孩子，拜托你件事吧。”唐季恺边想边说。

虾米看了看他，想了想：“啥事?”此时的虾米有了种讨价还价的心理。这让唐季恺感觉到了。他掏出一个银元，塞到虾米的手里：“别怕鬼七，就说是我让你找他去的。你告诉他，我要见他，是因为南儿的事……”虾米接过钱，点了点头。

两人离开了棚户区。

……

桂福准备离开院子去办他马上要办的事，可刚出门，便迎面遇见了虾米。桂福一直认为是这小子偷走了那把大刀，但此时他更知道他是老逑子的儿子，和鬼七、鬼七的儿子南儿有关系。桂福一把抓住了他。可虾米却毫不惊慌。

“我要见你们老大!”虾米一本正经又底气十足地说。

“嘿，你小子口气不小。”桂福说着把虾米拉到一边。

“快说，啥事?”桂福感觉到这小子找鬼七一定是有关南儿的事，他不敢耽搁。

“大事呢。南儿你知道吗？就是鬼七的儿子!”虾米的口气更大了。

桂福马上把他拉进了院子。

此时，一直注视着桂福行踪的陈廷顺也看见了虾米，他想起当初在汉口外滩时哥哥因他而与德国兵起的冲突……他来这里干什么？陈廷顺想不明白。

桂福匆匆把虾米领到鬼七的房间，问清了来龙去脉后，觉得事情重大，立即叫人看住虾米，他出去了。

桂福为不引起人们的注意，观察了好久后，才悄悄进了仓房。

“你怎么这个时候来了?”鬼七从黑暗中走出来，透过破窗向外看了看，好在没有人。

“大哥，那个唐季恺在找你。”

鬼七一怔：“哦？是不是南儿的事呢？”

“是。他打发虾米来的，说要和你约个时间见一面。”

“好，一定要见的！”鬼七激动地说，“等我把这件事办完。妈的！苍天有眼呀！桂福，给虾米几个钱儿，好好打发了他。”

“好，什么时间见那个姓唐的？他可是乱党呀。”桂福担心地问。

“老子才不管他是不是乱党呢。要是他把南儿交给我，那他就是我的朋友，老子也和他们当乱党去！”

“大哥……”桂福不知道说什么了。

“你快去办你的事，没多少时间了。你让虾米告诉姓唐的，我后天见他，这回地点由他定。”

“好。”桂福点点头，马上悄悄离开了仓房。

因为是白天，陈廷顺没敢靠近仓房，但他看见了桂福进了仓房后很快又出来了。

4

下午，桂福赶着一辆马车进了鬼七家的大院。

一直在房间里趴在窗前注视着大门动静的陈廷顺看见后，预料那马车可能会去仓房，果然桂福将马车紧挨着仓房的门停了下来，然后打开仓房的门。

这时厚嘴唇走过来。

“桂福大哥，干什么呀？”

“把这些破家具卖了，省得在这儿占地方。”桂福随口说。

很快过来几个鬼七的小兄弟，看样子是要帮桂福装车。

桂福马上摆手："去去去，不用你们，我自己来就行了!"厚嘴唇和那几个人只好离开。

桂福将几个破箱子、椅子什么的搬上了车，并将一个大木箱的盖打开，很快，鬼七一脚门里一脚马车地上了车，并立即钻进了箱子。桂福盖上了箱盖。

尽管陈廷顺没看见鬼七上车，但他肯定鬼七已经上了车。陈廷顺立即收拾一下东西——他不知道鬼七去做什么，也不知道自己是否还能回来……

桂福装好了车，并用绳子将车上的东西拦了几道，然后回了和陈廷顺同住的房间去换衣服，可房间里却没有陈廷顺。

鬼七养的这帮兄弟都是些无家可归、死心塌地和他混饭吃的人，也是很有组织的大集体，有案可作时他们就分工合作集体出动，没事可干时就在院子里很少出去，极少有擅自出去混饭的，否则就会招致鬼七的责罚。可这时陈廷顺去了哪里呢？桂福未及多想就离去了。

……

傍晚时分，正是兵工厂换班的时间，从大门进出的人不少。一排身着厂服的上班工人在门前排成队，等待着门卫检验入厂手牌以便进厂。

排队的工人中，间岛在其中，他神态自若，看不出是个日本人。和大多数工人一样，他也提着一个大饭盒。而与他相隔的七八个人的后面，便是陈廷安。陈廷安手里也提着个饭盒。

间岛的饭盒里装的是炸药，陈廷安的饭盒里是水。

那时，爆炸物、危险品什么的没现在这么多，也没有安检设备，只要入厂的工人没带刀枪并有入厂的手牌，便可顺利入厂。

间岛和陈廷安先后顺利入厂。陈廷安没有发现前面的间岛。

这时，一个身着湖广总督府"督府兵"制服的军人向大门走来，门卫看了一眼，立即恭敬地让了进去。可这个人是小吴所扮。

间岛和陈廷安一进入厂区，便消失了，小吴则在一片厂内的草丛中脱掉了那身衣服，迅速隐身下来。

一辆拉着蔬菜的马车到了大门前。赶车的是打扮成慈祥老者的鬼七。

鬼七跳下车，和门卫招呼了一声："给厂里食堂送菜的！"那门卫点点头，鬼七赶着车进去了。

鬼七已经将厂区内的大体情况熟记在心。他没有将马车赶到食堂门前，而是直接赶到了堆放煤炭的煤场。见四下无人，鬼七将马拴在一根大圆木上，随后悄悄离开。

当四下寂静无声时，马车上的一个菜筐自己动了，接着，从车厢的一堆茄子里爬出了陈廷顺。不知道这陈廷顺是以什么方法混上了鬼七的菜车，而且显然未被鬼七发现。

陈廷顺四下看了看，方知这是兵工厂。他一时弄不清鬼七如此大费周章来兵工厂要干什么，但既然鬼七弄得这般神秘，那就一定是见不得人的事——他几乎明白了，鬼七是不是要对兵工厂下手呢？可一想鬼七虽然啥事都干，却很爱国，再说，谁能用大价钱买动他亲自出马呢？

陈廷顺断定鬼七此来必有所为，他决定见机行事，必要时挺身而出，保护兵工厂，擒住鬼七，将功赎罪！如此不但除掉了鬼七这个心头之患，也会报效朝廷，换来无罪之身。

可陈廷顺找不到鬼七了，也不敢去找，只好先躲在不远处的木料堆里。

最后一抹残阳逐渐消失了。表面上，兵工厂一如往常，可内里却潜伏着谁都无法预料的危机。

兵工厂北邻汉江，一段围墙经过江边，在江水与围墙之间几乎没有空隙。这时，一条小船划来，好像在打渔，而其中的一个渔夫正是唐季恺。

划船的则是顺子。

"唐先生，不会出啥事吧？"顺子不知道计划的详细内容，只觉得小吴此去肩负的任务极度危险。

“出事是一定的。只要小吴能平安归来。”唐季恺不动声色地说。

这时，突然从江里冒出一个人来，并向船边游来，唐季恺借着江面的波光看去，随后将船篙伸了过去。一个年轻人爬了上来。

“怎么了?”唐季恺知道有什么重要事情。

“唐先生，上头回信儿了，取消对兵工厂的行动。”来人说。唐季恺轻舒了口气。

“唐先生，那小吴怎么办?”顺子以为要把小吴找回来。

“原计划。”唐季恺说。顺子不敢再问了。

唐季恺不禁为自己原本的安排庆幸。看来眼下如何探知日本人的阴谋行动才是唯一也是当务之急的任务了。

已近三更了，余怀庆正在兵工厂自己的办公室里。他显得十分严肃，不时地看看怀表，又不时地看看窗外的车间。

不知道他在等着什么。

“来人!”余怀庆突然叫了一声，侍从从外间应声而入。

“大人。”

“鲍昆在哪?”余怀庆问。

“大人，可能去了车间吧。”侍卫说。

“哦，我去车间，有什么事到车间找我。”说着余怀庆从墙上拿下一个本来。

“在下明白。”侍从简洁地说。

厂区内虽无路灯、照明灯之类，但车间、库房的灯光，将它们的周围照亮的同时，也将光线延伸到了远处，只是远处昏暗了些。

生产车间外的不远处是半人高的草丛，灯光在这里几乎只是余光了，只有在面对远处的车间的灯光时，才会看见什么。这片草丛的东、北两个方向的几十米外就是围墙。东面的围墙在不远处转了个弯，向北伸展而去，背面就是汉水了。

草丛中，不同的地点趴伏着不同的人——陈廷安、陈廷顺、小吴、鬼七和间岛。只是，他们间有的并不互知。倒是陈廷顺感觉到鬼七就在他的前面。他等待着一场不知什么具体内容的好戏上演，他本人是不是其中的演员，就要看“演出”的情况了。

这几方人士不谋而合地齐聚一地，几乎是各种势力的一次大检阅和大集合。他们的目的大体一致，却又互不所知，这实在是一场难得的好戏。

间岛知道此时这偌大的兵工厂里还潜伏着革命党，但按照日本人的计划，革命党只是他们此次行动的陪衬，或者是替罪羊。革命党的具体目标是材料库还是其他车间间岛并不关心，他的目标则是眼前的这个生产车间，而且一旦得手后立即离开，那时，现场就肯定会留下革命党出现的证据。此时，间岛轻轻将几个炸药包挂在自己的身上，随时准备开始行动。

在间岛左后方不远处的草丛里，是一动不动的陈廷安。此时他紧紧地盯着右前方的间岛。陈廷安一入厂后就发现了间岛，间岛已脱掉了厂服，陈廷安则仍然是那身打扮。他知道间岛的目的，他要紧紧盯着他，看他如何作为，并将其阴谋挫败。只是，此时他也非常紧张，因为他不知道间岛具体会怎么做，他不可能一开始就抓住间岛，他甚至不想在证据确凿时将间岛一举制伏，因为那样必将招来警卫和巡警，结果就仍如前次一样，给自己也带来不小的后患。他只想做个无名英雄，悄悄地来，再悄悄地去。他很自信的是虽然没有大刀在手，但对付间岛还是绰绰有余。他不知道他的左侧潜伏着另一个人——小吴。

小吴不知道不远处藏着陈廷安，但他知道不远处的前方是日本人。他不时地看着北面围墙外，知道围墙外的汉江里有接应他的同事，同时，他也一直在注意着那个方向的动静，因为他和唐季恺有约定，一旦北墙外的江面上燃起光亮，就意味着等日本人得手后，将日本人处死在现场，然后迅速离开，否则，就要阻挡日本人的行动！此时，还没有光亮燃起，于是，小吴时刻准备着关注日本人的一举一动。

几乎是与间岛同一水平线的南侧草丛中，潜伏的是鬼七。他不知道离他不远处就趴着个小日本，但他知道小日本就在这厂区的某个角落里，是否就在附近他不敢确认，所以他一动不敢动。几乎除了他没有人知道那封密函的内容，正是那封密函促使他必须要有所行动，否则后果是什么那信上说得很清楚。这两天，大概是他一生所经历的最痛苦和矛盾的日子。他反问自己：如果没有那封密函，他是否此时会在此处？结论是肯定的，因为他不能让小日本得逞。至于当可怕的一切发生时自己该怎么办？鬼七已经考虑成熟——此事明天一定成为三镇最大的新闻，只要它发生了，结果如何都是鬼七能交待的，这当然将冒极大的风险，但为了自己能得以平安并尽可能见到自己的骨肉，他愿意冒这个险！

鬼七身后不远就是陈廷顺了。在这几个人中，只有陈廷顺来此的目的尚有些模糊，但他要紧紧盯住的就是鬼七。最初的目的是他担心鬼七真的去大和洋行杀长野，姑且不论是否能得手，秀儿将被鬼七发现则是必然的，这是陈廷顺最不愿意看到的。可当他钻进鬼七的拉菜车被拉进兵工厂时，他只有听天由命和见机行事了。

借着月光，间岛看了看怀表，已经是深夜十一点多了。他轻轻起了身……

当间岛起身向生产车间方向潜行之时，草丛中所有的人或是屏住呼吸，或是大为意外，但谁也没动。

当间岛接近生产车间外墙的灯光不及之处时，又一个身影从草丛中窜了出去，这让其他人更是大吃一惊。此时，还在草丛中的鬼七、小吴和陈廷顺谁都不知道这大片草丛中还藏着些什么人。陈廷顺不知道那前后窜出的两个人是谁，只知道鬼七还一动没动。

鬼七知道第一个离开草丛的是小日本，他本想观察一下小日本要干什么或怎么干之后再采取自己的相应行动时，另一个人却窜了出去，他拿不准那是日本人的同伙还是另有其人。他准备观察观察再说。

小吴则怀疑这两个人都是日本人。他也准备观察一番再说，但同时悄悄向车间方向缓缓爬行……

此时，鬼七以及其后的陈廷顺都在缓缓向前爬行。

间岛绕过了朝向草丛一侧的车间外墙，向北侧而来，陈廷安悄悄地跟在他的身后。

间岛将一炸药包放置在了车间的西墙下，并点燃了一条长长的导火索，之后立即转绕到北墙，将又一个炸药包的相对长一点的导火索点燃——日本人在导火索的长短上计算好了燃烧时间。接着，又转到东墙下，安放好又一个炸药包，又点燃了一个相对短的导火索……

间岛是长于行动的特务老手，他为此次行动的顺利暗自庆幸，但他怎么也想不到，他每点燃一个炸药包，尾随其后的陈廷安就会用腰间的饭盒里的水浇灭一个。

车间北侧和西侧都在鬼七等人的视线范围内，他们模模糊糊地看见间岛身后的那个人的所为时，都不禁目瞪口呆——他们不知道那个人是谁，更不知道他为何这么做。

间岛本想再在车间的南侧放置一个炸药包，从车间的东侧墙角到南侧一拐就到，但是恰好这一侧的墙上有盏灯，明亮的光线将会使他暴露无疑，而且，车间的大门恰恰就在南侧。

间岛放弃了南侧，他认为三侧即使不能同时起爆，这厂房也一定会坍塌。于是他按着计划迅速向东侧围墙奔来，因为东墙后有长野等人在接应他。

间岛决定撤走时，将怀里的革命党传单掏出扔了出去……

自从上次有人纵火兵工厂未遂后，兵工厂就加强了保卫，白天晚上都有护卫在围墙里巡逻，只是晚上少了些。间岛和其他人之所以傍晚从大门潜入，是为了有充分时间观察地形……

这会儿，长野等人在墙外已经将围墙掏了个洞，为的是间岛的退路。

间岛向东侧围墙跑去，陈廷安向间岛追来——他不能让这个小日本跑掉！间岛没有想到会有人追他，也无暇去想追他的是巡警还是兵工厂的护卫。

刚追出几步的陈廷安突然意识到什么——南侧放没放炸药包？陈廷安不敢确定，小日本在三面都放了炸药包，南面不能不放吧？因为陈廷安专注于紧随其后迅速地浇灭导火索，期间会有短暂时间在他的视野里没有间岛，也正是那瞬间，间岛曾向南侧探了一下头并犹豫了一阵，陈廷安不敢确定此时间岛是否已经在南面放置了炸药包，如果放置了，陈廷安的一切努力就是前功尽弃。

刹那间，陈廷安想到的是保护兵工厂比抓住一个人更重要。

陈廷安转身往回跑，直奔车间南侧——正面而去，途中，他发现了间岛抛下的革命党传单，陈廷安不知道是什么，一弯腰抓起一张，塞进怀里。

这一边，间岛直奔东墙而去，这必将通过那片草丛。此时，鬼七、小吴和陈廷顺都在有限的时间内考虑着自己该如何做。

鬼七已经想不了那么多，因为他已经看清即将从身边跑过去的间岛正是小日本。至于刚才欲追小日本的那人是谁他无法判定，但他看得清楚，那人的目的是保护兵工厂，不管他是谁，有他在就可能在相当大程度上保护了兵工厂，而这个小日本却绝不应该活着离开！想到这，鬼七立即跃起……

离鬼七最近的小吴吓了一跳！至此，小吴什么都不用做其此行的任务也已经达成，但这突如其来的一切还是让他有些不知所措。当鬼七跃起去追间岛时，小吴不知是该立即离开还是追那个日本人和鬼七。

按着与唐季恺的约定，一旦厂内有何动静，接应的唐季恺他们就炸开北墙，以使小吴能迅速离开……

可没有任何能让墙外人听到的动静，却一切都在同时发生着——

陈廷安奔到车间的南侧时，虽然感觉到了灯光将自己暴露在人们的视线之下、并准备尽快离开这个区域，可就是在这时，他竟然发现了那灯下的一处暗角中分明导火索在滋滋响着，并溅出火花……显然，这不是间岛所置。但陈廷安不知道。

与此同时的草丛这边，当鬼七跃起去追间岛时，陈廷顺也下意识地爬了起来——这种下意识是因为他过于关注鬼七的行动，而且此前他所看见的一切让他越发的紧张和糊涂了，他并未认出那个浇灭导火索的人是他的哥哥。

间岛本来还没跑远，鬼七几步就追上了他，并一把险些扯翻了他，十分意外的间岛欲挣脱鬼七紧紧拉住他的手，并与鬼七打了个照面。虽然灯光到了他们这里已经十分微弱，但当晚的月光尚可。

“霍先生，我们误会了！”间岛急促地说。他不想和鬼七交手，因为随时会发生爆炸，那时就将难以脱身。

鬼七也认出了间岛，这不令他意外。

“你们小日本怎么就见不得我们中国人的好呢?!”鬼七说着将间岛扑倒在地，间岛大惊。

所谓日本的武士道精神就是不怕死，间岛也不怕死，但他怕给巡警留下证据。

“霍先生，松手，马上要爆炸了。”间岛压低的声音里充满了急促与恐怖。

“那就更不能跑了你狗日的！”两人继续搏斗着。

“如果你放了我，我们就把秀儿交给你，你不会不同意吧?”情急之下，间岛只好把秀儿搬了出来，这是长野视为的秘密，但间岛知道最大的秘密莫过于眼下的解围。

间岛这句话果然让鬼七一愣。

此时，陈廷顺已经追到了鬼七的身后，只是在黑暗中鬼七和间岛都没有看见他，鬼七本可以达到他的所有目的，并为这次危机平安解套，可是，命运就是这般千变万化瞬间转换。当间岛把秀儿的事说出口时，从头到尾陈廷顺都听到了。那瞬间，陈廷顺已经决心将鬼七置于死地！他从怀里抽出短刀，从后背向鬼七刺去，鬼七惊愣中转头，可头刚转过一半还未见是谁对他下黑手时，已经重重地跌在地上。

鬼七死了。在行将告别人世的几秒时间里，他认为胡闹了半生的自己死得其所！只是遗憾看不见他的南儿了……他没有看见是谁杀了他，也就没有愤恨、没有难过和可能的悲情……所有这一切都将留给还活着的人们去评说，去感叹……

鬼七死了。无论是罪恶的一生还是张扬的一生抑或是鲜活的一生，一切都戛然而止了。

间岛不知道发生了什么，只见鬼七倒下了，间岛起身便逃，陈廷顺挥刀去追……

此时，小吴还一边看着陈廷安，又侧头看着陈廷顺在追着的间岛——他不想搅入其中，只是要在最后一刻才能离开。

正这时，生产车间的周围突然亮起探照灯，陈廷安立即暴露在探照灯耀眼的光亮之下……

与此同时，北墙响起了爆炸声。

突然亮起的灯光让陈廷顺不知所措，紧接而起的爆炸声更让他脑袋瞬间出现了空白。

此时间岛已经逃到围墙下，并从墙洞里逃出。

北墙的爆炸声告诉小吴要马上离开了。

小吴直奔北墙。那堵高墙已坍塌，小吴跳了出去，并在唐季恺等人的掩护下迅速跳到船上……

此时，陈廷安面对的炸药包的导火索已经燃烧了大半，陈廷安一脚踩着炸药包，一手去拉导火索，竟然没有拔掉，更要命的是此时他饭盒里已经没了水。情急之下，陈廷安抱起炸药包，绕过车间东墙——他本来离开车间越远越好，再在最后时刻将炸药包抛出，可这时他发现了那面北墙的缺口，他立即冲了过去……

面前就是江水，陈廷安冲出后一跃而起，连人带炸药包砸入江中。

刚刚划出不远的小船上的唐季恺等人回头看时，陈廷安已经消失在江中。

探照灯突然亮起的瞬间，埋伏在兵工厂各要害所在的巡警和兵工厂护卫顿时涌出。

已经接出间岛的长野听到那声爆炸，并得意地和同伙迅速离去。他不知道那只是唐季恺为接应小吴炸开的围墙……

日本人刚刚撤离了那个墙洞，陈廷顺也从此口逃出。很快，巡警赶到封锁了缺口。

焦伯琛等巡警迅速赶到北面那堵被炸倒的高墙缺口处，四处和江中已经静悄悄了。

显然，他们已经看到有人跳入了江里。

“刚才那个人是谁呢？真勇敢！”一个巡警说。

“要不是他，这车间最少得倒下一面了。”另一个巡警说。

“一面？早就全塌了！”又一个巡警说。

“你们几个守在这儿！”焦伯琛观察了一下江面后命令道。

焦伯琛带领另几个巡警，举起火把围着厂房仔细地搜寻着，相继发现了被拔掉了导火索的炸药包……

看来兵工厂早有准备的，至于他们是从何处得此情报并布下埋伏暂且不论，但显然，一直在暗处的巡警和护卫们并未发现除了南侧之外其他三个方向所发生的一切。即使是在南面，他们也只是在后半程探照灯亮后才发现了抱着炸药包逃去的一个人的背影。虽然这是巡警事先预知的行动，但显然，他们没有在恰当时机打开探照灯并适时出击。因此，当他们在其他三个方向都发现了炸药包时，惊出了一身冷汗。

这是何人所为？是谁置放的炸药包，又是谁将这场灾难中止了？

“你们发现了什么没有？”焦伯琛回身问身边的巡警，人们摇头，因为大家事先得到的指示是当探照灯亮起时，才能立即抓人并封锁可能的通道。

那瞬间，焦伯琛不知道这是福还是祸。余怀庆为确保此次行动滴水不露，可谓用心良苦。他本可以直接动用巡警局甚至巡警道的力量，但为严格保密，他选择了最信任的焦伯琛，这一点焦伯琛非常清楚，但今天的结果却是这样，责任在谁呢？

正这时，胡三跑来。

“队长，那边有个死人——有个人死了。”胡三的声音有点变了调儿，焦伯琛看了他一眼，“谁？”

“您过去看看就知道了。”胡三说。

焦伯琛立即跟着胡三向草丛走去。那已经围着几个人了。焦伯琛拨开人们，草丛中横卧着一个人，焦伯琛将火把举了过去，虽然只看见了侧脸，但已经知道那是鬼七了。那瞬间，焦伯琛有如梦中……

“队长，是霍……”有个巡警说。

焦伯琛醒过神来。他深知鬼七是无所不干的人，可他怎么会搅进了这场行动中？他代表的是谁？还是一场误会？是谁杀死了他？

焦伯琛在尸体旁蹲下，果然是鬼七。摸了摸鬼七的鼻息，尽管他知道鬼七已经死了。

“把老七的尸体收起来吧。”焦伯琛站了起来，下意识地看看四周。

5

当夜，兵工厂会议室戒备森严，气氛凝重。余怀庆、焦伯琛、王主管等一干人在座。

虽然兵工厂毫发未损，但余怀庆仍然脸色极为灰暗。

在这场余怀庆精心预设的埋伏中，他本想将各种对兵工厂图谋不轨的人一网打尽，结果除了一个不明死因也无法判定怀有何种目的的鬼七的尸体外别无所获。

“余大人，虽然这次行动我们失败了，但想炸毁兵工厂的人也失败了。往坏了想，我们还是幸运的。”焦伯琛想尽可能地宽慰余怀庆。

“可这不是我们的目的。”余怀庆说，这正是他十分沮丧的原因。

谁也想不到，这个看上去文质彬彬的人却精心策划了这场埋伏——从制造一起虚假的新枪试射到通过焦伯琛设下这场埋伏，余怀庆可谓煞费苦心。长期以来，汉阳兵工厂磕磕绊绊地往前走，受到了方方面面的羁绊、干扰甚至破坏，做为总办，太多的具体事务要由他一肩承担。制造世界上最好的枪是他的梦想，而造出接近世界先进水平的步枪则是他眼下必须要做的，可是，不断的干扰和意外，不时地迟滞着他的工作。他何尝不知这不是他一个人所能解决的，其实也不是湖北巡抚、湖广总督甚至朝廷能解决的，虽然他不知道原因何在，但多年来的事实已经证明了这一点。也是在无奈之下，他才自己设计了这场埋伏，以期将各类人等一网打尽，最少要令他们暴露在光天化日之下，那时，或许他就会获得哪怕是短暂的安宁。

为这场埋伏，余怀庆不但精心设计和准备，而且十分保密，但还是失败了，最少是没成功，纰漏出在了哪里？

“余大人。”焦伯琛轻轻的一声将余怀庆从中唤醒。

“伯琛，你说。”

“打探照灯的人是您亲自安排的吧？”

“对。”余怀庆点头。

焦伯琛看了眼在座的人们：“没问题吧？”焦伯琛没直接问是否可靠。

“应该没问题……”余怀庆明白他的意思，立即将目光投向一个中年人。焦伯琛明白了就是这个人在控制着探照灯。

“先生，能够告诉我为什么您晚打开探照灯两分钟吗？”焦伯琛问中年人。

中年人看了眼余怀庆，小心地说：“是鲍先生吩咐的呀。”

余怀庆一怔，立即看了眼在座的人，才发现鲍昆并不在座。鲍昆作为他的助手，这次计划的后半程他是知道的。

“鲍昆在哪儿？”余怀庆问侍从。

“大人……”侍从盲目无所知。

“马上去找！”余怀庆预感不祥。

侍从出去后，焦伯琛接着说：“我们事先约定是以探照灯亮起为号，我们巡警立即擒拿破坏者，可是因为探照灯晚打了半分钟，不但歹徒得以逃走，还险些造成祸端——如果不是有神秘且又神勇的义士拔掉了几个炸药包的导火索，如果不是最后一个炸药包被那个神秘义士抱着投入江中，后果不堪设想。”说到这儿，焦伯琛突然想到了什么，转身悄悄对余怀庆说：“大人，我怀疑南侧的那个炸药包和另三面墙下的不一样。”

“哦？你的意思是不是同一伙人所为？”余怀庆也想到了这个问题。

“还得感谢那个义士呀。”余怀庆一直在想的是那个人。他想像不出那个人为何救兵工厂，又是如何得知歹徒的用意与行踪的呢？

为了安全，人们极力主张将余怀庆安排在远离各要害部位的食堂里观察动静，在那里，虽然他能时时得到各方面的信息，却无法清晰看见现场的一切。

“这个背影我有点熟悉……”焦伯琛边说边回想着。

这时，侍从和一个巡警跑了进来。

“余大人，鲍先生悬梁自尽了！”

余怀庆目瞪口呆。

“大人，看来……”焦伯琛又侧身和余怀庆低语。余怀庆轻轻地点了点头。

“我明白了……”余怀庆说着，痛苦地摇了摇头。

余怀庆和焦伯琛起了身。

……

同时在大和洋行，间岛正在大口喝水。

长野神情凝重地看着他。

“怎么只有一声爆炸呢?”长野有些疑惑。

“也许其他两个出故障了。”间岛放下水杯。

“看看明天市面上的反应吧。”长野有些不放心，“你看清了是那个陈廷顺刺死了鬼七?!”长野再次问。

“是，我看得非常清楚。”

“鬼七怎么会出现在兵工厂？而且显然一直在盯着你。”长野十分疑惑，“那个陈廷顺又为何同时出现？是为鬼七而去？他们当初的目的是什么？那陈廷顺为什么要杀鬼七?”长野边说边思索着，满脑袋都是问号。

“陈廷顺还要杀我的，要不是灯突然亮了和炸药包爆炸了，我可能就要和鬼七、陈廷顺他们纠缠一会了。”间岛说。

长野摇了摇头：“看来其中不简单呀。你先休息，我们看看明天会发生什么吧。”

……

陈廷安没有回武昌，直接到了黑老大他们的破屋里。黑老大虽然多日未见陈廷安，但对他的到来仍一如既往，如同刚出远门的兄弟归来，大家相见甚欢。可陈廷安很快趴在一堆乱草上睡着了。这时，黑老大才发现他的衣服是湿的，几个兄弟帮他脱掉了衣服……

……

此时，桂福边焦急地等待着鬼七归来，边对陈廷顺不见踪影而忐忑不安。他会去哪儿？或者干脆是逃掉了?

此时，陈廷顺已经快进鬼七的院子了。

陈廷顺决定回来有几个理由：没有哪里会比住在这里更舒服和安全；也没有哪里比在这个圈子里的机会更多——因为他还惦记着借助焦伯琛的力量。反之，如果从此不归，他必将成为巡警和桂福等人追捕的对象——因为鬼七之死他将是最大的怀疑对象。

进门前，他已经想好了如何向鬼七的弟兄们交待。

进院后，他先回了自己的房间，见桂福不在，他马上将那柄短刀藏了起来……

桂福正焦灼不安地在鬼七的房间里踱步子，陈廷顺失魂落魄地闯了进来，进门后看了桂福一眼，什么也不说地就往里屋鬼七的卧室闯，里里外外地找着什么，桂福一时间有些发怔。

桂福大声问："你——怎么了？"

"桂福大哥，出大事了！"陈廷顺几乎是拖着哭腔说。

"到底怎么了？!"桂福突然怒吼，他好像感觉到了什么。

"七爷没在家吧？"陈廷顺故意问。

"没有，不是出远门了吗？"

"不是！七爷可能死了！"

"什么什么什么……你胡说什么？!"桂福突然给了陈廷顺一个嘴巴。

陈廷顺立即哭起来。他告诉桂福，他听说鬼七要杀长野，而且他认为鬼七这几天就是去杀长野了，为了帮鬼七的忙，他昨天悄悄潜入了大和洋行，但没发现鬼七，正当他准备回来时，却发现间岛从外面气势汹汹地回来，并向长野报告说已经将鬼七杀死了……

陈廷顺说完，桂福一声冷笑，不管这是陈廷顺的还是间岛的鬼话，桂福都不能相信，因为他知道鬼七去了哪里……

可这时，焦伯琛和几个巡警把鬼七的尸体抬了进来……

这时，桂福才惊讶地得知鬼七当真是死了。与鬼七摸爬滚打几十年的桂福不禁放声痛哭。随后，焦伯琛告诫他：不能和任何人讲鬼七的死因……

桂福终于相信了陈廷顺的话。

……

第二天，市面上并无兵工厂昨夜发生了什么的议论，这让长野意识到昨天的行动或许毫无结果，他立即想到这一切可能与鬼七和陈廷顺莫名其妙的出现有关。

和余怀庆、日本人一样，唐季恺等革命党人连夜举行了会议，研讨在兵工厂发生的一切。

唐季恺非常庆幸上级在最后时刻同意了他的建议，当然，上级可能无法知道的是他还阻止了日本人的一场阴谋。可小吴将当时的情况向他报告后，他十分诧异——和长野一样，唐季恺不知道鬼七和陈廷顺去兵工厂干什么。其实小吴当时看到的是鬼七追间岛而去，陈廷顺追鬼七而行，此后发生的一切小吴并未得见。唐季恺只能推断出：或许鬼七和陈廷顺一样，也是为阻止日本人的所为。可他们为何一定要到兵工厂内呢？他们的情报又是从何而得？唐季恺找不到合理的答案。

“唐先生，最少能认定鬼七不是日本人的帮凶。他不是要见您吗？是不是可以借此机会试探一下他？”小吴建议道。这正是唐季恺也在想的。

这时顺子来了，并向他们报告了一个惊人的消息：鬼七死在了兵工厂！

……

在昨晚的那场惊心动魄的行动中，大概只有陈廷安的作为最大，可是只有他还不知道自己身后发生的一切。另外，他不知道车间南侧的那个炸药包是否是间岛的同伙置放的还是另有他人，再就是谁将北侧的围墙炸开了？

天亮后，虾米发现陈廷安没回来。

虾米知道陈廷安一定去干了件什么大事，而且是和兵工厂有关的。至于他为何要去兵工厂，虾米不关心也想不明白，但他坚信陈廷安干的一定不是坏事。他很担心陈廷安的安全，于是，他立即到了汉阳。此时，大街上的人们悄悄议论着鬼七死了，而且是死在兵工厂里……虾米吓了一跳，想起奶奶嘱咐的事情，不由地想到：莫非昨天我去找他时他已经死了？如果他真的死了是不是和陈廷安有关呢？

虾米匆匆赶到了大和洋行门前，他猜测，如果正常，就会在这里找到陈廷安。

果然，陈廷安正坐在那棵大树下。

此时的陈廷安正在想：秀儿有可能在这里吗？这里面的日本人显然不是什么正经做生意的，如果秀儿真的在这里……怎么可能呢？这时虾米悄悄坐在了他身边。

“大哥，你昨天晚上去兵工厂了吗？”虾米学乖了，试探地问。

陈廷安的兵工厂之行是在虾米的协助下才完成的，此前不告诉他是怕牵连到他，现在事情已过，他不想瞒着他，于是便将昨天晚上的所经所历告诉了虾米。虾米听得目瞪口呆。

“大哥，你真是民族英雄！”听过评书《杨家将》的虾米赞叹道。

“可惜，没抓到那个小日本。”陈廷安说着看了眼大和洋行。

“大哥，鬼七是你杀的吗？”虾米突然问。陈廷安听了一怔：“你说什么？”

“满大街的人都在说鬼七死在了兵工厂呀，我以为——”

尽管余怀庆和焦伯琛要求将鬼七之死的真相予以保密，但不知通过什么渠道，满大街的人都知道了，不过，都是未经证实的传说。

陈廷安腾地站了起来。他的直觉告诉他这可能是真的。他首先想到的是：陈廷顺现在怎么样了？

陈廷安叫了辆洋车，和虾米上了洋车。

6

鬼七的尸体停放在平时鬼七和兄弟们议事的大厅里。桂福和弟兄们悲凄地布置着厅堂……

陈廷顺和大家一样也擦着眼泪。但趁大家不注意时，他溜了出来。

陈廷顺悄悄钻进了鬼七的卧室。他一直惦记着鬼七的那个柜子里放着什么。可打开柜子后，却没什么重要的东西。他突然想起当时鬼七收起的那封信，可柜子里没有这封信。再翻了一会，发现了几枚飞镖，陈廷顺随手装起一枚，正欲再翻时，外间传来了脚步声，陈廷顺赶紧躲在了床下。

进来的是桂福。

桂福此时的脑袋清醒了些，这才猛然想起鬼七当初的话。

桂福打开柜子，将里面的东西拨开，后壁露出时，呈现出一小幅年画，桂福轻轻推了一下那年画，年画便向外开启了——原来是暗箱门。暗箱里没有金银财宝，只有两封信……

此时，床下的陈廷顺看得目瞪口呆。

桂福打开那封密函，只看了几眼，便同样也是目瞪口呆。原来，这是封在湖广一带大名鼎鼎的保守派官员的亲笔信，要求鬼七必须将兵工厂炸掉，否则将以与乱党谋刺巡抚之名治罪……再打开另一封信，那是鬼七留给桂福以防不测的。鬼七在信中说：如果我死了也一定是英雄，绝没干有损国家和民族的事……

桂福潸然泪下，床下的陈廷顺却不知道发生了什么。

桂福将两封信藏在了怀里。

桂福感叹鬼七或许就要见到儿子了，却已是命丧黄泉！

此时，陈廷安正在鬼七家门外徘徊着，但没见陈廷顺出来，只见不时有各色人等进进出出。

……

兵工厂仍然在巡警的严密保护下，包括余怀庆的办公室门外也站着巡警。

余怀庆正在办公室内读鲍昆的遗书。

鲍昆在遗书中说，他为背叛了老师而痛苦，但又不能违背朝中那个亲戚的意志，只好铤而走险，做下了有违良心的事……只有以死谢罪云云。余怀庆放下鲍昆的遗书，长叹了口气。他明白了为何鲍昆当初欲上调京城中途又改了主意，其实是受了他人的指令。

余怀庆读完后，轻轻叹了口气，沉吟了一会，他向站在门边的侍从招了招手，侍从立即走了过来。

“马上去告诉焦队长，鲍昆的案子他们就不要介入了，我们自己处理。”余怀庆吩咐道。侍从立即出去了。

这时王主管进来了。

“大人，生产车间的工人是不是可以撤了？”

“他们已经完成‘生产任务’了，给大家放假一天……”余怀庆强打起精神说。

……

第二天，与鬼七有交情的各界人士纷纷来鬼七家吊唁。

有关鬼七之死的街头巷议五花八门，但多是说鬼七是为了保护兵工厂而死，至于是死在乱党还是小日本之手却说法不一。无论是哪种说法，鬼七的形象都在这些传说中高大起来——仗义、爱国等头衔都加在了这个昔日的江湖大佬的头上。

陈廷安混在吊唁的人群中进了鬼七家的大院。

人们传说着鬼七种种生前的道义而回避了他罪恶的一面，好像一个人横死了，人们的同情之心就最大化了，也会平心静气地发现死者生前的种种长处。陈廷安似乎也受此影响，尽管他还弄不清鬼七是否真的死在了兵工厂，是否被日本人所杀。于是他也想随着人们在鬼七的灵前鞠一躬，可是鬼七的手下认识他的太多，所以在接近灵堂时，陈廷安又溜了出去，他想找到陈廷顺。

陈廷安避开了人群后，一时不知去哪找陈廷顺，忽然，有人拉了他一下，他侧头一看，是陈廷顺。

“哥，跟我来。”

陈廷安跟着陈廷顺向那间仓房走去。虽然是短短的距离，可陈廷安的心里却怪怪的，觉得眼前这位兄弟和自己越来越远了，多了陌生感，那种陌生是实实在在的，他甚至不知道陈廷顺在做什么，更不知道他想的是什么。短短的一年多，当初那个对一切都好奇而胆小的陈廷顺，眼下俨然成了“江湖中人”。

看看周围没人，陈廷顺将他拉进了仓房。

“哥，你怎么上这儿来了?”陈廷顺问。那份表情与语气让陈廷安感觉他倒是哥哥了。

“找你，看看你在干什么。”陈廷安冷冷地说。

“我……”陈廷顺一时还真不知道该说自己在干什么了。

“鬼七……是怎么死的?”陈廷安似乎更关心这个事。

“哥，鬼七是我们的仇人，是我杀了他!”陈廷顺看着陈廷安，平静地说。陈廷安一惊，不过他有点不太相信。

“哥，我在这里忍气吞声，就是有一天为我们、为你报仇。鬼七作恶多端，我也算是为民除害了。”陈廷顺打起了精神，几乎是一副英雄气概。

“你在哪儿杀的他?”陈廷安想起街上人们的议论。

“兵工厂。鬼七要炸兵工厂。兵工厂是大清军工重地，我杀了他不但是为民除害，也为皇上铲除了一个逆贼——”陈廷顺说着突然住了嘴，紧紧盯着陈廷安，“哥……，前天晚上是不是你也在兵工厂?”

陈廷安平静地点点头。

“那个拔导火线的人就是你?”陈廷顺回忆当时的情形。

陈廷安点点头。

陈廷顺咽了口唾液：“哥，我要是不杀了鬼七，可能我们就不能站在这说话了。”陈廷顺边说边掏出口袋里的飞镖下意识地把玩着。

陈廷安听着陈廷顺的话，不知道是不是应该相信，相信或不相信都没有令人信服的证据。

“秀儿在哪?”陈廷安突然问。

“唉，杀了鬼七，也算是为秀儿报了仇!”陈廷顺稍停顿了一下感叹道。

“怎么回事?”陈廷安一激灵。

“秀儿被鬼七推进了长江……”

“为什么?!”陈廷安一把抓住了陈廷顺，不知是在问鬼七还是问陈廷安，“鬼七为什么要害死她?”

“可能是秀儿掌握了他的啥秘密，鬼七就杀人灭口。”陈廷顺虽然说的一半是事实，但他此时已经当作全部的真实告诉陈廷安了。

陈廷安冷静了一下，他不相信秀儿死了，那就是陈廷顺在说谎，或者鬼七制造了假象?陈廷安急速地思考着。

“哥，你看见那个点炸药包的是什么人了吗?”

“你看见了吗?”陈廷安收回思绪，反问道。

“小日本!想不到鬼七和日本人混到一起去了。哥，我们是大清的子民，为保大清，不管是谁，只要胆敢毁咱大清的，就得和他拼命，对吧?”陈廷顺想把他杀鬼七的理由阐述得更充分，却不想把他杀掉鬼七的真正原因告诉陈廷安。只有就势把鬼七踹到了日本人那边去，杀鬼七的理由就存在了。同时，他向陈廷安坦承是他杀了鬼七，也是为自己长久以来栖身在鬼七这里找到一个理由：卧薪尝胆。

“廷顺，我们去大和洋行!”陈廷安突然说。

陈廷顺一怔。

陈廷安压低了声音：“是日本人打的兵工厂的主意，如今鬼七死了，可祸首还在，我们杀了那个长野和间岛!”陈廷安突然提出这个建议可谓是一箭双雕。除掉大和洋行这个和中国人过不去的鬼窝子确是他的所愿，而且他也需要个帮手，如果陈廷顺确如他所说愿为大清效命，就会随他而去。其次，对于秀儿到底死没死，又是否在大和洋行，陈廷安不敢肯定。陈廷顺是否知道他更不敢确认。

看来，兄弟俩之间最大的障碍只剩下了秀儿。事实上，很多时候兄弟俩都心照不宣罢了。

“哥，那可不行。”陈廷顺立即拒绝了，随后又意识到这有些不合情理，或许会引起陈廷安的怀疑，于是接着说，“哥，我去过大和洋行，他们有洋枪，还有洋刀，我们两个进不去，就是进去了也打不过他们。”

“我们夜里摸进去。”陈廷安说。

“不行不行，人家夜里有站岗的。哥，那个长野和间岛经常出来，我们找机会在外面解决他们!”陈廷顺猜不出陈廷安是否知道秀儿就在大和洋行，虽然两人都没有明说，甚至也不敢确定对方的用意，可他们就是在这种亚真实的基础上造成了一种双方一惊一诈的真实——双方都怀疑对方知道秀儿在大和洋行，而且都在怀疑对方在掩饰着这一点。当两人进入这种状态后，似乎就都在为秀儿较着力。在这条狭窄的思维巷道里，两人越来越是短兵相接，以至最后他们的脑袋里都只剩下了“秀儿”。

“廷顺，秀儿是不是在大和洋行?!”陈廷安终于按捺不住地突然问，他不想和弟弟再为秀儿兜圈子了。

陈廷顺一怔，随即否认：“秀儿怎么会在那儿呢？秀儿死了呀！被鬼七推进了长江。”陈廷安的问话瞬间将双方一直在回避的问题揭开了盖子。顿时，陈廷顺十分恼恨——秀儿是这一年多来他忍辱负重中的唯一精神支柱。秀儿对他冷漠却对陈廷安十分热络，这已经让陈廷顺十分受伤了，如果说当初陈廷安对秀儿毫不在意甚至躲避时，陈廷顺还可勉强忍受，可当后来陈廷安越来越对秀儿在意时，陈廷顺无法忍受了。

“你怎么知道秀儿被鬼七推进了长江?”陈廷安问。

“有人看见了呀，这还能假吗?”陈廷顺没好气地说。

陈廷安并非成心夺陈廷顺的心头之爱，可他同时也知道秀儿对陈廷顺十分反感，他不过是单相思罢了。同时，陈廷安一直觉得对不起秀儿，越是找不到她，这种愧疚就越来越浓重。如果她真的死了，这愧疚就是终生的。应该说这兄弟俩对秀儿的感情不是一个味道，或者说不在一个层面上。

不知是紧张还是局促或是不安，陈廷顺不停地摆弄着手里的飞镖，这让陈廷安十分烦躁，他突然夺过陈廷顺手里的飞镖。

“你没说实话!”陈廷安对弟弟的狡诈很陌生也很反感。

陈廷安说完转身离去。

陈廷顺呆立着。

7

陈廷安出了鬼七家的大门，虾米正在一辆洋车上向他招手。

陈廷安上了那辆洋车。

就在陈廷安上洋车时，陈廷顺追了出来，他看着陈廷安上了洋车，洋车向大和洋行方向拉去。

陈廷安并未打算马上去大和洋行，他仍然不敢肯定秀儿就在大和洋行，即使确定秀儿在大和洋行，他也不可能现在就闯进去找。他虽然十分在意秀儿的下落，也会为她做点什么，但已更加成熟的他不会贸然冲进大和洋行打打杀杀，他知道大和洋行是什么地方。所以洋车跑向洋行方向不过是偶然，但陈廷顺看见后却慌了手脚。

陈廷顺一时不知如何是好。他不仅担心一旦陈廷安去了大和洋行就极可能见到秀儿，更担心陈廷安与日本人发生冲突后把事情闹大，那时，巡警也必然会插手，结果就很可能将间岛在兵工厂目睹他杀死鬼七的事情抖落出来……虽然鬼七该死，可杀人犯的罪名却是他负不起的。

就在陈氏兄弟还在仓房时，焦伯琛和桂福正在鬼七的房间。房门外儿名巡警把着门。

“焦队长，一定要为我大哥报仇呀!”桂福发自内心地哀求。

“冤有头债有主，我是警察，不管老七是不是我的亲戚，我们都要追查凶手。桂福，你和老七多年在一起，你也是他最信任的人。他确实是死在了兵工厂。”焦伯琛说完最后这句话时，桂福并不意外，“是谁杀了他呢?”此时他最疑惑的是这一点。

“老七为什么要去兵工厂你知道吗？我想他去前一定会告诉你。”焦伯琛问。

“队长，我只知道他要去兵工厂，具体要做什么大哥不肯对我说，我也不能问。不过……”桂福突然想起什么，从怀里掏出那封密函和鬼七的遗书，“大哥那天下午离开这个院子时告诉我，如果他不能回来了，就看这两封信。”说着他把信交给焦伯琛。

焦伯琛看完信后，汗已经流了下来。

鬼七去兵工厂的初衷看来已经一目了然。但可以肯定的是鬼七与日本绝非同伙，而且从他的遗书中也可以看出他真正的目的是阻止日本人，可他到底死于谁手呢？他回忆起现场及至今无法解开的谜团——显然，当时在现场的有这样几股势力：日本人、鬼七、那个抱着炸药包跳江的人。那个跳江的人是否有同伙？东面那堵墙被捣开的洞如果是日本人所为，北面临江被炸倒的那截围墙又是何人所为？当时鬼七倒毙的地方有过搏斗的痕迹，而且那正是通往东面围墙墙洞的路上，这就说明鬼七极可能是与日本人发生了冲突。那么，鬼七是被日本人所杀的可能最大。但是，鬼七显然死于刀伤，而日本人多用剑和日本武士刀。鬼七的刀伤焦伯琛已经验看了几次……如果另有杀手，这个人会是谁？显然也不会是那封密函的主人，因为“他”的意愿是鬼七能毁掉兵工厂……

焦伯琛把两封信当着桂福的面烧掉了。

“桂福，就当你什么都不知道，绝不能把这两封信的内容告诉任何人!”焦伯琛小声地说。

“我知道。”桂福深深地点点头。

此时，陈廷顺心神不宁地回了院子，却迎面遇到了焦伯琛。

“焦队长……”陈廷顺看见焦伯琛后，有种下意识的惊慌。焦伯琛看见陈廷顺的那瞬间，猛然想起兵工厂那个抱着炸药包跳江的身影，他几乎是脱口而出："你前晚去过兵工厂吗？"陈廷顺一怔："我？兵工厂？没有呀。"

"那就是你哥去了……"焦伯琛有点自言自语的意思。

"您怎么知道？"陈廷顺脱口而出。

"我就在现场！"焦伯琛突然高声说。

陈廷顺立即大吃一惊。他不知道焦伯琛说的是真是假，也不知道当时在现场的焦伯琛是否发现了他。

"队长，七爷是怎么死的？"陈廷顺突然问，目的不言而喻。

不想焦伯琛却没有理会他的这个问题，"你哥的水性如何？"焦伯琛又突然问。

"我哥的水性可好了，小时候在家时，他领我去摸鱼，一头钻进河里能好几分钟不露头。"陈廷顺说。他并不知道后来兵工厂发生了什么，更没看见陈廷安跳水而去。他不知道焦伯琛为什么要问这个。

"你刚才出去干什么了？"

"我，送我哥呀。我哥也来给七爷送行了。"陈廷顺已决定把哥哥的行踪告诉他，以阻止可能发生的一切。

"如果你想当巡警，从今以后就要干警察的活儿，听明白了吗？"焦伯琛突然说。

"是、是，队长，您让我干什么都行！"陈廷顺喜出望外。

焦伯琛向院里的几个巡警一挥手，那几个巡警立即跑了过来。

"你哥去了哪儿？"

"焦队长，我拦不住我哥，他可能去大和洋行杀长野去了！"陈廷顺希望焦伯琛能阻止陈廷安，哪怕陈廷安落入巡警之手。他给自己找的理由是这样也保护了哥哥的安全。

"马上和我走！"焦伯琛对几个巡警说完后立即向街上跑去。

陈廷顺想了想，也悄悄离开了鬼七的大院。

陈廷顺不知道焦伯琛心里想什么，更奇怪他为什么要问陈廷安的水性。他突然想到：他是否和乱党有什么关系？或者干脆加入了乱党一伙？因为他和傅东晨曾经在一起。如果他未被傅东晨所说动，怎么会和他在一起呢？想到这儿，陈廷顺似乎给自己找到了更有说服力的理由——如果他真的投了乱党，就一定和他势不两立，那样，就可在父亲亡灵前做个理直气壮的交待了。

焦伯琛对陈廷顺的话深信不疑，他必须抓住陈廷安。他知道陈廷安对日本人深恶痛绝，否则不会有兵工厂的一幕。如果陈廷安真的去了大和洋行，与日本人发生冲突，那将是一起大案，他这个巡警队长又将是上司申斥的对象。其次，陈廷安是巡警道几番下令缉拿的人犯，如果能就此一举抓获他，也能让他松口气。最后，鬼七死于谁手，他认为只有两种可能：日本人、陈廷安。陈廷安和鬼七有过节，鬼七死在现场，陈廷安嫌疑最大。

焦伯琛带领巡警直奔大和洋行。他希望最好在他和巡警赶到时陈廷安已经在洋行和日本人发生了冲突，那样，他就有理由趁机搜查大和洋行，以找到日本人不轨的证据。

就在焦伯琛带领巡警向大和洋行赶去的同时，长野正在自己的房间里乱转。

兵工厂毫无被炸的任何迹象，这是为什么呢？此时，他正等着出去搜集情报的手下们归来。

长野无语地盯着间岛，期待着答案。

“长野君！”间岛的脸上写着疑惑，好像他已经有了答案。

“说。”

“我们收买了一个巡警。他说，他们早就在兵工厂下了埋伏！”

“说说详细情况。”长野虽然稍稍一怔，但并未意外。

“但是他们巡警也奇怪是谁拔掉了我放置的炸药包的导火索。长野君，这说明当时进入兵工厂的除了鬼七和陈廷顺，还另有其人……”

长野点点头。

“可还有一个怪事。余怀庆的助手鲍昆当晚莫名其妙地自尽了。具体情况那个巡警也不知道。”

长野却毫不意外。“间岛君，当时你能得以脱身，和突然亮起的探照灯有直接关系。可探照灯为什么会突然亮了？要知道，虽然汉阳兵工厂所用都是西洋的先进设备，但探照灯也还是稀罕物，这说明他们确实是有准备的，甚至可能是个陷阱，但它没在最关键时打开，如果是那样你一定无法脱身。”

“那为什么没在第一时间打开呢？”间岛认为长野的分析极有道理。

“我怀疑那个鲍昆的自杀与此有关。”

“那这个鲍昆是受谁的指使呢？目的是什么？”间岛问。

“对于汉阳兵工厂的存废，清朝政府的上层一直意见不一，甚至因此而产生政治斗争。中国人会为维护自己的意见和主张而无所不用其极，他们太看重的是自己的颜面，这也是中国朝廷斗争的特色……”

“您的意思，鲍昆可能是受了朝中某些保守派人士的指使？”

“鲍昆是余怀庆的学生，对余怀庆十分崇拜，若无强有力的指使，他不会背叛余怀庆，这也是他为什么自尽的原因！”长野坚定地说。

“看来，有人已经事先得知了我们的计划……”忽然，长野看着间岛，“这几天我们一定要特别小心！”

这会儿，陈廷安和虾米已经快到大和洋行的后门了。两人下了洋车。

“大哥，我们是要去大和洋行吗？”一路上陈廷安一声不吭，虾米就以为他要来大和洋行。

“看看再说。”这时陈廷安才知道虾米把他拉到了这里。

陈廷安刚下车，虾米就拉住了他：“大哥，那边有人。”

陈廷安看去，果然发现在大和洋行外有几个可疑人在徘徊。陈廷安停下了脚步。

可这时，陈廷安又发现背后有巡警赶来。

焦伯琛之所以从洋行的后面赶来就是为了既不惊扰陈廷安，又要堵截陈廷安的退路。

陈廷安见此情形不知发生了什么，也不知道巡警是否有备而来。

“虾米，你快走，这里和你无关。要是我跑出去了，就在归元寺见！”说着陈廷安推了虾米一把，随后自己跳上了一堵墙……

虾米只好自己向前走了。

……

结果，巡警恭候了好久，也未见陈廷安出现。

焦伯琛没有理由闯大和洋行，天要黑时，也撤了警。

百年汉阳造②

第十二章 危在旦夕

1

唐季恺从街上匆匆赶往住处。

在街上，他听到最多的是关于鬼七之死。到底是谁杀了鬼七，人们议论纷纷。唐季恺听到了太多的议论和说法，人们无意识地营造出一种情绪——鬼七死得冤！唐季恺虽然是冷静的，但他对鬼七死前要见他却未得见而遗憾。他虽然知道当初鬼七曾出卖过他，但他从来就没认为鬼七是个坏透了的人，最少是可以利用的人。尤其，当鬼七急于要见他时、当他深知鬼七为何要见他时鬼七却死了……虽然唐季恺还不知道即使见了鬼七该怎么向他讲南儿之事，他仍然为鬼七深深地遗憾甚至悲伤。

唐季恺刚回到住处，小吴便急匆匆地闯了进来。

“唐先生，巡警可能在秘密搜捕陈廷安!”

“怎么这回还变成了秘密搜捕了?”唐季恺不解。自打陈廷安一到汉阳几乎就没消停过，始终被巡警巡捕着，说来，不但让巡警未得安宁，也连带着把日本人和革命党弄得紧张万分。

“听说是陈廷安杀了鬼七。”小吴也不太敢肯定地说。

“……不是没有这个可能。陈廷安一到汉阳就和鬼七结下了仇，而且不知道那鬼七用什么方法把他弟弟陈廷顺弄成了小兄弟，陈廷安当然不会原谅鬼七。”唐季恺边想边说着。

“小吴，马上安排下去，对陈廷安的行动不能停下来。越快除掉他越好，免得他给咱们带来麻烦!”本已经对刺杀陈廷安的事淡化了的唐季恺再次下了决心。

“好。”小吴领命后立即走了。

……

陈廷安在街上低头垂眼地转了一圈后，向归元寺方向而去。

陈廷安要去归元寺是早就有的想法，他也早就和虾米说过要去归元寺为奶奶上香祈福。

这时，迎面一辆洋车上的人发现了他。那车上的是罗秋月!

自从答应了余怀庆找陈廷安后，罗秋月一直没有放弃努力，顺子也竭尽了全力，可一直没见陈廷安的影子。越发心神不安的罗秋月却在她去归元寺为余怀庆祈福回来的途中看见了陈廷安!

罗秋月立即叫洋车夫向帮会聚会处赶去。

在门前，罗秋月遇到了匆匆赶来的顺子。

“秋月，那头已经再次下令除掉陈廷安了。”顺子说的“那头”是指革命党。

罗秋月吃了一惊："他们知道陈廷安的下落了吗?"

"这还不清楚。"顺子说。

……

陈廷安已经到了归元寺的大门口。

归元寺是汉阳乃至现在武汉最著名的寺院，坐落在武汉市汉阳区翠微路西侧。清顺治十五年（1658 年），由浙江僧人白光、主峰来此创建。取名"归元"，是出自佛经《楞严经》"归元无二路，方便有多门"。归元即归真，就是超出生灭之界，还归于真寂本源的意思。在佛教中，归元寺属于曹洞宗（该宗系禅宗五家七宗之一），故又称归元禅寺。它与宝通寺、莲溪寺、正觉寺合称为后来武汉地区的四大丛林，但时至今日，归元寺还是这一带香火最旺的。

此时的陈廷顺也到了归元寺。

陈廷顺担心在大和洋行发生什么，一旦发生，不但和他哥哥直接相关，也与他最在意的秀儿相关。于是，他尾随焦伯琛等人到了大和洋行附近。巡警没有发现陈廷安的踪迹，陈廷顺却看见了。

陈廷安在大雄宝殿的释迦牟尼像前上了香后，跪下磕了三个头……陈廷安离去后，陈廷顺则在人群后鞠了个躬。

陈廷顺不知道陈廷安除了来上香还要干什么，是否还有乱党和他接头?陈廷顺要亲自证明这些。

陈廷安在归元寺的院子里四处转了转，他在等虾米。这更让陈廷顺怀疑了：他在等乱党?

陈廷安出了归元寺的大门，四处打量着，可没有虾米的影子。陈廷顺则在院门里的人群中瞄着他。

这时，一辆马车停在了陈廷安身边。陈廷安并未在意，可院子里的陈廷顺却意识到了什么。

突然，马车车厢的帘子打开了，从车里跳下三四个大汉，在陈廷安未及反应时，已经被架上了车。随后，马车立即离去。

陈廷顺大吃一惊：这是些什么人?!

马车离去时，车上的人将车帘的一角拉了下来，那瞬间，陈廷顺认出车上对面坐着罗秋月。也是这瞬间，从对面走来的虾米偶然看了眼马车上的罗秋月，却怎么也没想到他要找或者等的陈廷安就在那马车上!

陈廷顺快步跑出归元寺大门……

虾米在门前看了看后，进了归元寺的大门。

马车远了，陈廷顺也随之跑远了。

马车跑得很快，陈廷顺实在跑不动了，只好也租了辆马车。

马车出了城，向黄陂方向奔驰。

马车一路颠簸。后面的陈廷顺不知道车里发生了什么。至此，他也不知道那车上的人是乱党还是土匪、日本人。

车里陈廷安被夹坐在两个大汉的中间，罗秋月则坐在他的对面。

“陈先生，别怪我用了这种方式。你必须得离开这里，否则你会有生命危险。”

“这是你们帮会的行为吗?”陈廷安平静地问。

“就当是我个人行为吧。市面上现在很危险，我……们不得不这么做。”罗秋月实在不想用“我们”来代替“我”，但是，已经意识到自己喜欢陈廷安的她，却刻意在掩饰着自己，不是怕陈廷安有所察觉，是为了不让自己笑话自己。像罗秋月这样的姑娘，很难正视自己的感情。

“为什么要这么做呢?”陈廷安有些疑惑。

“为了你的一条生路吧。”罗秋月躲过了他的目光。罗秋月自己都不知道为什么要这么做，这种感觉当初在刘氏铁器行门前要刺杀陈廷安时就莫名其妙地加深了。

陈廷安不太理解她的意思，但他能感觉到对方并无恶意，也深知自己处在危险之中。其实这一年多来他遇到的危险太多了，可这次危险与以往有何不同他还无法揣测。

马车到了黄陂城外停了下来。

“陈先生，这里很安全了，您可以下车了。”陈廷安面无表情地看着罗秋月。

“陈先生，劝您不要再回汉阳和汉口、武昌。”罗秋月说完将两个银元放在了陈廷安的腿上，然后将车帘掀开。

陈廷安想了想，拿起了两个银元，递给罗秋月：“我身上有钱，这个就不用了。”说着又从身上掏出一枚飞镖递给她。

“陈先生……”罗秋月有点不解，这枚飞镖不是当初送给了他吗？

这时陈廷安又掏出一枚，并微微一笑：“我还有一枚。”

“……哪里得到的呢？”罗秋月有些诧异。

“这是我在鬼七家得到的。”陈廷安如实相告。他知道，陈廷顺一定是从那院子里弄到的。

“可鬼七死了呀。”罗秋月冷冷地说。

“飞镖没死。”陈廷安将飞镖放在她的手上，“我留下的是你给我的。这个给你，你会用它它才是飞镖，在我手里就是小刀儿，可我有大刀。”说完，陈廷安微微一笑，下了车。

看着陈廷安的背影，罗秋月再也抑制不住心底鼓荡了许久的波澜。对这个男人，罗秋月有种说不出的感觉或者说是感情。她虽是帮会分子，但二十几年的生活经历非常单调，似乎她从来就没有意识到自己是个女孩子。她不知道自己何以会对陈廷安有异样的感觉。但多年的“家教”让她将这种奇怪的感觉一直深深埋在心底，绝不去碰触。

罗秋月犹豫了一下后，也下了车。

“陈先生，这里很安全，只要您不回汉阳一带……”罗秋月的语气充满了温情，这种下意识甚至把她自己吓了一跳。

“罗小姐，你快请回吧，谢谢你。”陈廷安微微一笑，罗秋月也下意识地微微一笑，转身上了车。

罗秋月强迫自己绝不要回头！

此时，陈廷顺已经将他坐的马车停在了一条岔路的树下，他本人则隐身在交叉路口的树后看着远处发生的一切。

他看见陈廷安下了车，随后又惊讶地看见了罗秋月。

马车掉头回来了。陈廷安则头也不回地向黄陂城里走去。

陈廷顺弄不明白这是怎么回事了。罗秋月是帮会的人，莫非陈廷安得罪了帮会的人？为什么没伤害他呢？如果他加入了帮会，为什么在归元寺门前以那种方式把他掳上了马车？

尽管他想不明白，但他看得明白的是，帮会的人将陈廷安押出了汉阳地界，那自然是不欢迎他再在汉阳一带了。

罗秋月的马车驶回汉阳方向，远处的陈廷安则四下打量着，之后向黄陂城里走去。

陈廷顺犹豫了。叫回哥哥？和哥哥同去？

想了好久，陈廷顺还是回身向他的马车走去。也许这是最好的结局，哥哥如果离开了这一带，不但少了危险，兄弟间也不必随时可能撕破脸皮。这是他给自己找的理由。

陈廷顺上了马车，回到汉阳。

2

虾米在归元寺等了大半天也没见陈廷安的影子。虾米有点慌了，会不会大哥出什么事了呀？虾米突然想起：大哥是不是为了他的安全，找借口把他支到远离大和洋行的归元寺，而自己去找日本人玩命去了呢？想到这，虾米马上离开归元寺，向大和洋行跑去。

大和洋行门前一如往常，看来什么也没有发生。虾米松了口气，却想不出陈廷安去了哪。当他准备马上再赶回归元寺时，却见一个卖花姑娘一边叫卖着一边走来。虾米好奇地看了那姑娘一眼，却发现她是罗秋月！

虾米听陈廷安说起过罗秋月，突然又想起当初在汉口外滩陈廷安为他拔刀相助时，曾见过这个神秘的姑娘，加之上午还在归元寺的马车上见过她一眼……虾米立即跟上了她。

罗秋月在大和洋行门前叫卖着。

中国人没有买花的罗曼蒂克，汉口开埠后，洋人大量涌入，洋行林立，也就把洋人的生活情趣一并带了进来，所以，不多的卖花女就常常在有洋人的地方叫卖。

大和洋行终于有人出来买花了。虾米往前凑了凑。

“先生，给小姐还是女士买呢？”罗秋月问。

“当然是小姐。”买者说。

“是日本小姐还是中国小姐呢？”罗秋月似乎无意地问。

“中国小姐怎么样呢？”日本人以为和花有什么关系。

“要是中国小姐，我会给您选中国姑娘喜欢的花儿呀。”

“那就是中国小姐！”日本买花者答道。

“能知道叫什么名字吗？”罗秋月边挑着花边问。

“怎么，这也和花有关？”买花者有些疑惑了。

“当然，可以在花儿上尽可能地表示出受花者的姓名呀、爱好呀。咱们给小姐送花就是要投其所好，您说对吧？”罗秋月说得头头是道。

“秀子。”日本人脱口而出。

“哦，那一定是叫秀儿吧？”罗秋月掩饰着惊喜问道。

“你怎么知道？”日本人忽然意识到了什么。

“很简单呀，中国姑娘怎么会叫秀子呢？只能叫秀儿呀、小秀儿什么的……”

“哦，快拿给我吧。”日本人突然不耐烦了。

虾米听到了这一切，不但明白了罗秋月的目的，更为她的机智叹服。

罗秋月拼了一束看上去很鲜艳、灵秀的花束……

虽然他们的对话虾米听得一清二楚，可他没听明白那日本人要把花送到哪里，而这是罗秋月也是虾米眼下最为关心的。

日本人拿着花回了大和洋行。

罗秋月卖完了这束花后，立即离开了。虾米明白，罗秋月就是来打听秀儿的，可她怎么知道秀儿可能在这儿呢？她为什么要打听秀儿呢？虾米为罗秋月的奇怪举动疑惑，也紧张起来。

罗秋月一直在关注着秀儿，这在她几番去百花园调查情况后就已经开始了。她为什么要找秀儿？秀儿对她怎么重要？虾米自然不知道。确实，秀儿的一切与她关系甚大，但还有一层关系则是：陈廷安为何对秀儿如此关注，原因是什么？她同样也想知道。

虾米急于找到陈廷安把这个重大发现告诉他。可他不知道陈廷安去了哪。

……

一个身着官服的人正在兵工厂余怀庆的办公室。

“张大人为汉阳兵工厂的前途和朝中的保守派发生了激烈冲突，若无李鸿章大人的鼎力相持，怕就遭到那帮大臣的弹劾了。”原来这个人是张之洞的幕僚。

“我知道，为建兵工厂张大人已经付出得太多了。”余怀庆感叹道。他知道，朝中的洋务派和保守派一直没有停止过斗争，洋务派时常遭到保守派的抵制。汉阳兵工厂自建厂以来，花费了大量银子，每次申请拨款都是一场斗争，而由此产生的压力大部分都是张之洞承担。

“张大人让你放手去做，但一定要尽快造出好枪，以便武装新军。”这个人无疑是在转达张之洞的意思。

“请张大人放心，在下一定舍尽全力！”余怀庆保证道。

送走了那个人之后，余怀庆更觉得自己肩上担子的沉重。不仅因为张之洞对他有知遇之恩，也因为两人的志向相同，富国强兵是他们共同的理念，这无懈可击的四个字真正做起来是多么的难。为什么难？原因何在，余怀庆还找不到真正的根源。

余怀庆匆匆回府，一进门就找罗秋月，可罗秋月不在。管家也对罗秋月这几天时常出去不解，因为据他所知，革命党那边并无活动。

“秋月怎么不在家？”余怀庆问。

“老爷，小姐说在给你找一个亲戚。”管家如此回答的目的也是试探是否确有其事。

“哦……知道了。”余怀庆明白这是罗秋月去找陈廷安了。

正这时，罗秋月回来了。

“老爷回来了呀。”罗秋月顿显轻松地说。

“嗯，找到了吗？”余怀庆问。

“对不起老爷，没找到。”罗秋月看了一眼紧紧盯着他们的管家。

余怀庆沮丧地回了书房，罗秋月马上跟了进去。

“老爷。”罗秋月压低了声音。余怀庆明白兵工厂出此大事后，行事一定要十分小心，尤其陈廷安是各方都关注的人物。但罗秋月暗示要避开的是管家，实际避开的是革命党。

“很多人都在找他，可好像他不在汉阳了。”罗秋月可谓煞费苦心。把陈廷安送出汉阳，不但为保证他的安全，免被革命党暗杀，也维护了革命党的利益——不被余怀庆所用。从她个人的感情来说，这是一箭双雕之举，她宁可这一生不再见到陈廷安，也不愿意他受到伤害。当然，也为当她面对唐季恺时少些愧疚。

“也许去了武昌或者汉口?”余怀庆想了想说。

“老爷，这我都找过了，一点儿影子都没有。不过老爷放心，我让我的朋友们帮着找呢。”

“你的朋友们?”余怀庆下意识地问了一句后马上明白了她的意思，“如果找到了他，一定要保密，而且要保护他的安全。”余怀庆叮嘱道。

“老爷放心吧！找到我马上告诉您!”罗秋月小声地说，她担心管家听到。她知道革命党已经派出杀手在寻找陈廷安，而且，唐季恺已经不再相信她，因为她在最应该解决掉陈廷安时却没能下手。

……

唐季恺再次到棚户区来了。可是找到虾米家时，却发现虾米一家已经搬走了。唐季恺刚走出棚户区，却见余府管家和小吴正在等他。看来管家一定有要事。

“出什么事了吗?”唐季恺有些紧张地问。

“最近有件怪事。罗秋月不知道在给余怀庆找什么亲戚，她不肯和我说实话。总之每天都出去。您没给她什么特殊任务吧?”管家疑虑重重地说。

“哦? 会不会是真给余怀庆找亲戚呢?”

“从没听说余大人在汉阳有什么亲戚呀。会不会……”管家想说的是会不会她背着革命党和帮会有什么其他有损革命党的活动，不过他不想说出口，因为罗秋月也算是他看着长大的。

“先不要下结论，注意观察一段。”唐季恺想了想说。帮会是革命党重要组成成员，他不想轻易造成互不信任的气氛，以免影响共同行动。但他又知道，帮会本身就是一个严密的组织，极可能游离于革命党的组织之外，他不能不小心，这也是他此前嘱咐管家在与罗秋月团结协作之余，还要注意她行动的原因。

唐季恺一回到住处，就有人告诉他罗秋月在等他。唐季恺一怔，快步进了房间，他觉得罗秋月来见他会带来比管家更重要的事情。

“秋月。”唐季恺一进门就和罗秋月热情地打着招呼。

“唐先生，我来向您报告一件事，我家老爷这几天让我帮他找陈廷安，我正好利用这个机会可以出来。”

“找到了吗？”唐季恺颇有些意外地问。

“没有。我发动了原来帮会的一些朋友，但没找到他。可能他已经离开三镇了。”

“哦？怎么没事先告诉我呢？”唐季恺故意问。

“我不知道我家老爷让我找陈廷安是什么意思，我想找到陈廷安再弄清我家老爷的意思后再向您报告。”罗秋月的解释有点苍白，但唐季恺没有任何证据和理由怀疑她。

“你家老爷为什么要找陈廷安呢？”

“可能要找那支枪。但陈廷安没有了踪影，那支枪也就没法找到了。”罗秋月说的倒是真话。

“但愿陈廷安真的离开了三镇，这样大家都少了麻烦。”唐季恺说的是心里话。罗秋月听了顿时觉得轻松了许多。

3

鬼七即将出殡了，桂福等鬼七昔日的兄弟忙着出殡的准备。从黄陂回来的陈廷顺心神不宁，且时时感受着鬼七兄弟们对他的白眼，这有点令他心惊肉跳。

其实，桂福等人一直对陈廷顺不感冒，倒不是陈廷顺的所为令他们反感，是他们无法接受这个半路入伙的“同仁”。这些人有自己的行为习惯，更有大同小异的出道目的，与鬼七可谓患难与共。陈廷顺则是鬼七别有目的招至门下的，自然与他人并非一路。同样，这里也不是陈廷顺的久留之地，鬼七一死，陈廷顺对这伙人更加失去了意义，对他的白眼也就是情理之中了。陈廷顺知道自己必须尽快离开这里，而且一定要有更好的去处。

人们对鬼七到底是谁杀死的一直议论纷纷。陈廷顺这时想出了个“大义灭亲”的好主意。他立即去找焦伯琛。

鬼七的神秘之死是汉阳一带的大事件，无论作为一件案子还是亲戚关系，焦伯琛都不能不当件大事。鬼七去兵工厂的原因已经清楚了，但也只能是他自己清楚——那是件无论如何也不能公开的秘密。

到底谁杀了鬼七，这也是焦伯琛这两天一直在琢磨的。陈廷安有重大嫌疑，没有谁比他更有理由杀鬼七，而且他也在现场……这时陈廷顺来了。

“队长，我想了一夜，还是和您说实话吧。”陈廷顺一副悲伤的样子。

焦伯琛预料到他说的可能与鬼七之死有关。“说吧。”

“是我哥杀了七爷。”陈廷顺垂头说。

陈廷顺的如意算盘是陈廷安已经离开了汉阳，巡警不会抓到他了，而且在他看来，他杀的鬼七和陈廷安杀的鬼七意义都一样。而他更重要的目的是尽快获得焦伯琛的垂青，以便当上巡警。只是，说出这种话后，他还是有点心里不舒服。

亲弟弟告密亲哥哥，这让焦伯琛也有些不舒服。

“有什么证据?”焦伯琛早就隐隐感觉到这兄弟俩有隔阂。

“是我哥亲口告诉我的，他说仇已经报了，要我和他逃，我没愿意。我发现他和一些不三不四的人来往，可我一心想为大清效力。”

“哪些不三不四的人?”

“乱党、帮会分子。”

这些，焦伯琛已经掌握。“你哥逃了？逃哪去了?”

“我不和他走，他急了，就没告诉我。”

尽管焦伯琛也怀疑是陈廷安所为，但仍有些疑点，但如今陈廷顺报了案，应该就是证据。

“谢谢你帮了我们巡警的忙!”焦伯琛觉得可以松口气了。

“队长，那我怎么办呢？七爷一死，弟兄们怕是容不得我，如果他们知道是我哥杀了七爷，我就死无葬身之地了。”陈廷顺在试探焦伯琛的态度。

“我知道你的意思，但招收巡警不是我说了算的。我会留意。以前和你说过，如果你想当巡警，就要立功，这样我才好说话。”

“队长，那今天……”

“老七毕竟是我的妻弟，我不好说话。懂吗？”

“我明白了。”陈廷顺使劲点着头。

“你先在老七那儿——嗨，先在那儿呆着，我和桂福说一下。如果你能向我们提供你哥哥的线索，或者乱党的确凿证据，我一定会帮你介绍当巡警。”

“焦队长，我一定努力！”

随后，焦伯琛和陈廷顺到了鬼七家。焦伯琛把桂福找来，当着陈廷顺的面吩咐他带领鬼七昔日的弟兄们务正业，走正道，并刻意告诉他要把陈廷顺一如既往地当作兄弟。桂福一向对焦伯琛唯命是从，虽然不知道他为何要特别说到陈廷顺，仍然立即满口应承了。

为尽快了结此案，免得带来想不到的后果，焦伯琛立即将鬼七是陈廷安所杀报告给巡警局。巡警局马上按惯例张贴出缉拿布告……这陈廷安成了缉拿布告上的常客了！

……

鬼七出殡了。送葬的队伍竟有一里多路长，各色人等杂陈其中，竟有唐季恺、罗秋月、秀儿、虾米在人群中，只是互未得见。

街边的百姓议论纷纷。或许鬼七出殡前这几天里所有有关鬼七生平的或真或假的传说，都汇拢到了一起，并在口口相传中升华和凝固了。于是，有关鬼七的一生都总结了出来，而且是传奇和接近辉煌的一生。如果说人们对其生时的恶行多有抨击，那也是在他生时。死后，他不与日本人为伍并举报其贩毒的民族气节迅速得到了肯定……所谓一俊遮百丑，鬼七昔日的可恶被人们下意识地掩藏起来，把他的可敬之处无限放大，于是鬼七一时间成了英雄……尽管密告日本人贩毒是陈廷安所为，但人们不知真相，把功劳加到了鬼七的头上。

……

焦伯琛没有出现在给鬼七送葬的现场，因为他突然得到一个消息：德国人得知陈廷安没死后，立即将余怀庆包庇陈廷安之事告到了湖广巡警道……焦伯琛知道人家德国人是有道理的，因为当初余怀庆为保护陈廷安，散布的消息是陈廷安已被处死而且沉入了江中。

焦伯琛不知道接下来会发生什么，显然，他帮不上余怀庆的忙。

……

陈廷顺知道，要想帮焦伯琛的忙而且自己立功从而当上巡警，只有一条途径：找到乱党！但他所知道的惟一线索就是傅东晨。上次傅东晨得以脱逃虽然不是他的错，但毕竟未能因此破获乱党。

为此，陈廷顺仗着胆子去了刘家，因为他不知道傅东晨对他的怨恨是否影响到了刘氏父女的情绪。可显然，刘氏父女并不知晓傅东晨险些被陈廷顺出卖的事，刘老板对陈廷顺还是那种既不热情也不得罪的态度，倒是云妹对他还很客气。

当陈廷顺拐弯抹角地问起傅东晨，才知道傅东晨已经好些天没来过刘家了。

陈廷顺沮丧地离开刘家后，不由自主地到了大和洋行附近。

无论秀儿是否爱他，她在日本人这里都让陈廷顺心里极不舒服。而且他不知道那个在兵工厂和他险些交手的间岛会对秀儿怎么样。

陈廷顺小心地接近大和洋行，还未等他观察大和洋行的周围时，却意外发现有人先于他在反复打量着大和洋行。这个人正是傅东晨。陈廷顺欣喜万分，立即隐藏起来，准备随时跟踪。对乱党的敌意和急于立功使陈廷顺坚定信心：一定要将傅东晨的底细弄个水落石出！

傅东晨终于离开了大和洋行的附近。陈廷顺叫了辆洋车跟在他后面。最终，他发现傅东晨进了一家较为僻静的住宅。陈廷顺远远地下了车，躲在一个巷口久久地注视着那个有着小门洞的住宅。很快他就有了发现：进出那个小院的不似一个家庭的成员，都是些壮年男人。

陈廷顺悄悄地离开。

4

陈廷安干脆没了踪影，而且大街上贴出了缉拿他的布告。没了主心骨的虾米卖了洋烟匣子，买了辆洋车，有客没客地拉着洋车到处跑。他不知道能不能碰见陈廷安。

虾米拉着个客人途经当初偷秀儿不成的臭水沟那条街，突然发现一个人正在臭水沟旁转悠，虾米扔下车就跑到了那人身边。

“大哥!”虾米简直是喜出望外。车上的客人不知道发生了什么，极为不爽地骂了句“疯子!”然后走了。

虾米没想到在这儿能遇到陈廷安！正准备捞枪的陈廷安也没想到遇见了虾米。

陈廷安当然不可能如罗秋月所想就此离开汉阳，但是，他也同意罗秋月说的话，他又处于极度危险中，只是他对危险早已有了承担的勇气和经验。

“大哥，你去哪儿了？怎么不回家呢?”虾米的话里有失望也有不满。

“虾米，出了那么多事，我怕给你和奶奶添麻烦，让你们担惊受怕呀。”陈廷安发自内心地说完后，从怀里掏出了那张他的布告。

“看看，我又成杀人犯了。”陈廷安不明白巡警为啥认准是他杀了鬼七。

“大哥，咱先回家吧，奶奶老叨咕你呢。”虾米说着将陈廷安拉上了洋车，陈廷安才知道他当了洋车夫。

当晚，陈廷安和虾米来到了虾米家……饭后，虾米将在大和洋行门前见到罗秋月的经过说了一遍，陈廷安听后决定明天立即要去见罗秋月！他决心要搞清秀儿的下落，因为在她身上藏着太多的秘密，他一定要解开这些谜！

第二天天不亮，陈廷安便和执意要与他同行的虾米回到了汉阳。

终于，等在余府附近的陈廷安看见余怀庆坐着马车离开了余府。陈廷安叫虾米等着他，他则潜入了余府。

陈廷安对余府的环境已经颇为熟悉。他从墙上潜入院内，但没贸然闯进屋里。他知道还有管家什么的，他不想惊动别人，于是他藏在了马厩里……

终于，他等出了到天井里打水的罗秋月。陈廷安悄悄潜到她的身后，用大刀横在了她的颈前。

“罗小姐，别叫，是我。”陈廷安不想伤害她，只是怕她声张。罗秋月吓了一跳，当听出是陈廷安后才定下神来，她不知道陈廷安怎么又回来了，这种意外自然有双重意味：为他重返危境担心，也为居然这么短的时间内能现次见到他而欣慰。此时，她更加了解了这个男人是如何的百折不挠！

罗秋月随他到了马厩。陈廷安放开了她。

“对不起，罗小姐。”陈廷安歉意地说。

“唉，你怎么又回来了？这么大动干戈是？……”罗秋月急切地问。

“我想知道你和秀儿的关系，也想知道秀儿在哪。”陈廷安单刀直入地说。

罗秋月再次不解地看了他一眼：“为啥对她那么有兴趣？”

“我……只是想知道。”陈廷安也不知道怎么向她说清楚，其实也说不清楚。

“秀儿……可能在大和洋行。”罗秋月平静地说。

“她怎么到的那里？她在那里做什么？”

“详细情况我还不太清楚，但肯定和日本人的关系非常紧密。”罗秋月的根据是日本人能给她买花。

“为啥你对秀儿那么有兴趣?”陈廷安有些不解。

“想知道鬼七都作了什么恶，他要为他做的孽赎罪……知道吗?鬼七是秀儿的仇人。”

“可这些和你有什么关系呢?”陈廷安同样有些不解。

“别忘了我是帮会的人，惩恶扬善是我们随时要做的。”罗秋月并未全说心里话。

“罗小姐，谢谢你。我得走了。”陈廷安已经能确定秀儿就在大和洋行了。

“陈先生，我能做的只有这些了，剩下的你自己多保重了。千万别轻易去大和洋行，那周围一定会有巡警的便衣。”罗秋月提醒他，然后看了看院子没人后，将陈廷安送出了大门。

可这时管家从房间的窗子里看见了罗秋月送走陈廷安的背影……

离开余府后，陈廷安还是决定去大和洋行附近看看，可这时他找不着虾米了！陈廷安吓坏了，因为他知道虾米对他是最守信的，可他更知道的是他自己处在危险当中，最不愿意连累的就是虾米。

虾米出了什么事呢?

陈廷安向街上跑去，四处找虾米和他的洋车。这时，虾米拉着洋车跑了过来。

“你干什么去了?!”陈廷安几乎吼叫着。

“大哥，出事了!”虾米一脸惊慌。

“什么事?”陈廷安马上紧张起来。

“刚才，余大人被抓走了。”虾米的口气如同余怀庆是他的家人。他从陈廷安那里听说过余怀庆是好人，好人和好人一定是朋友，最少虾米是这样认为的。刚才，他目睹了余怀庆被巡警道的警察带走……

“被谁抓走了?”陈廷安有点半信半疑。

“巡警呀!”虾米见他不温不火的反而先着急了。

这时陈廷安好像才醒过神来:“巡警?”陈廷安怎么能相信呢?余怀庆是兵工厂总办,相当于眼下的“央企”,兵工厂名义上的总办虽是湖广两省的省级官员,实际上的总办却是余怀庆。总办就是现在的厂长、总经理的意思。余怀庆不仅是兵工厂总办,而且广受各级官吏的尊重,加上他从不树敌,巡警怎么会抓他呢?

“大哥,我亲眼看见的,是巡警道的巡警抓的!”巡警道相当于时下的省公安厅。

陈廷安有点当真了。“巡警道?为什么要抓余大人呢?”他几乎是自言自语。

“巡警说是余大人犯了包庇罪,要他和他们走一趟,余大人就和他们走了。”虾米将他看到的情形一一告诉了陈廷安。陈廷安意识到什么,一把将虾米拉到洋车后。

“虾米,余大人是因为我才被抓的,我得把他救出来!”

“大哥,那可是巡警道呀,你以为是咱家住过的烂棚子?再说,加上我咱们才两人,人家可是有枪的巡警!救余大人真的是比登天还难呀!”虾米认为陈廷安的话和疯话差不多。

“我是爷们,知恩不报那还是男人?!我的命本来就是余大人给的,就是还给人家也是应当!虾米,你别管,照顾好奶奶。”陈廷安说着已经快步离开,虾米拉起车去追时,陈廷安已经没了影儿。

……

唐季恺正在武昌科学补习所给学员们讲课,有人进来匆匆告诉他有人找。

找他的是余府管家。

“唐先生,余怀庆余总办被抓走了!”

“谁抓的?”唐季恺一时不解。

“巡警道。”

“巡警道怎么会抓他这个总办大人呢?”唐季恺一时不解。

“听说是德国人向朝廷告了状，因为陈廷安劫走了德国人的枪，可余大人却私自放走了陈廷安……”管家将他所知道的情况全部告诉了唐季恺。

“哦，明白了。”唐季恺边点头边想着什么，“我们要想办法营救他!”唐季恺说。

“怎么救?”管家显然很着急，虽然他是革命党，但与余怀庆朝夕相处十几年，感情很深是自然的。

“我马上利用各界的关系，摸清情况，然后再拟个计划。余怀庆是我们中国的知识分子，有很深的民族感情，是我们争取的对象，不过，这需要一个过程，要我们多做工作……”

“对了,”管家忽然想起什么，“陈廷安好像去过余府。”

“哦?什么时候?”

“就是余大人刚出家门不久，来时我没看见，秋月送他时我看见了。后来我问秋月，她说是她家远亲，可我分明看见的是陈廷安。”管家疑惑地说。

“这个罗秋月在搞什么名堂呢?莫非……”他想起了指派罗秋月暗杀陈廷安时，罗秋月曾不忍下手，此时他想到会不会罗秋月和陈廷安有了男女私情?

“你先回余府，有什么新情况马上告诉我。我们这边要马上行动。最少要想办法知会张之洞。现在张大人知道这个情况吗?”

“我已经差车夫去了总督府，因为余大人被带走时他在场。”

“嗯，你现在就回去，观察一下罗秋月对此事的态度。”唐季恺话音刚落，有人进屋向唐季恺报告说罗秋月来了。

“请她到别的房间等我，我马上去。”唐季恺说完对管家说：“可能也是余怀庆的事。她知道你来这里吗？”

“我急着出来，没来得及告诉她。”

“哦，那你马上回去，不要让罗秋月看见。”唐季恺和管家握了握手。

5

坐落在武昌的巡警道的大门前荷枪实弹地站着四个巡警，大门前的小广场上聚集了许多人，包括罗秋月、管家、小吴和顺子等人。

罗秋月和管家跪在大门前，两人扯着一条白色横幅，上书：余总办冤枉！可几个站岗的巡警很木然。

这时，兵工厂的王主管和一大群工人赶来，在罗秋月和管家身后齐刷刷地跪了下来。

许多围观的百姓议论纷纷，怀疑一定是搞错了。余大人怎么会犯罪呢？

这时，巡警道大门里出来一个警官，看着小广场上的情形。突然，他的目光投向了远处，紧接着，广场上的人们也发现了什么，一起将目光投向街口。

只见陈廷安五花大绑地独自走来。身后不远处是虾米的洋车。

罗秋月看见了陈廷安，不禁目瞪口呆。她不知道接下来要发生什么。

“是陈廷安。”小吴对身边的顺子说。

陈廷安向巡警道大门走去，门里的那个警官迎了出来。

陈廷安站在了持枪的巡警前。

“我是陈廷安。余大人没罪！”

“你真是陈廷安？”那个警官有点不信。

“我又不是疯子，干嘛要冒充？”

那个警官将陈廷安带了进去。

远处的虾米哭了起来。

小吴立即离开了人群。

……

唐季恺正在他的住处焦虑地等待着来自巡警道门前的情况。发动兵工厂工人去为余怀庆请愿就是革命党私下策动的。

小吴跑了进来，将陈廷安自缚其身前去投案的情况告诉了唐季恺。

唐季恺十分意外。

“这个陈廷安是条汉子，很讲道义！”唐季恺感叹。

“是呀，这下余大人也许就能被放出来了。”小吴说。

“应该没问题。余怀庆的被抓本来也是朝廷那些保守派陷害他的借口，湖北的大部分官吏没有几个人愿意和一个声誉甚高的人过不去。可他陈廷安就难办了。”

“不是正好借巡警之手去掉这个麻烦吗?”唐季恺对陈廷安态度的突然转变令小吴有些不解。

“通过这件事，说明他很懂情义，辨是非，我们需要这样的人。如果以后我们策反余怀庆，也许要借助他。”原来唐季恺另有打算。

“可是……”

“走，去看看！”唐季恺穿上了衣服。

这时，门外望风的人突然从外面闯进来。

“唐先生，快走！巡警把前门堵住了！”

唐季恺一惊：“小吴，你被人跟踪了?”

“不会呀，我一路上十分注意了，没有尾巴。”小吴肯定地说。

三人立即移开一个大柜子，原来后面是条秘密通道，三人迅速离去。

很快，焦伯琛等巡警冲了进来。其中并没有胡三。

巡警搜遍了几个房间也没有一个人影儿。

“队长，会不会咱进错了人家呀?”一个巡警问。

“陈廷顺!”焦伯琛向外面叫了一声。陈廷顺进来了。

“肯定是这户人家吗?”焦伯琛问。

“没错，肯定是这家。我那天在门外盯了好久，眼见着傅东晨进了这里的!”陈廷顺肯定地说。

“仔细搜搜!”焦伯琛下令。

几个巡警又认真搜查起来，结果终于发现了秘密通道。

……

陈廷安戴着镣铐，安静地坐在大牢里，毫无悲苦和绝望的神情，似乎他已经达成了自己的心愿。这时狱卒走了过来。

“犯人陈廷安，有人来看你了!”狱卒机械地喊了一声，陈廷安坐在乱草堆里一动没动，他想不出谁会来看他，谁会有那么大的本事和理由来看他这个死囚呢?其实，可能正是因为他是死囚，狱方才会允许亲属来探视，只是，陈廷安投进大牢已经两天，这还是第一次有人来看他。

罗秋月和虾米出现在了牢房的栏杆前。陈廷安站了起来。

“大哥……”虾米扶着栏杆，泪水涟涟地叫道。

罗秋月表面上是代表余怀庆，更多的是代表她自己，她没有流泪，她不相信陈廷安这样的汉子会这样离开人世，尽管她不知道有什么法子让他脱离这场灾难。

陈廷安拖着脚镣走了过来。虾米来看他让他感动，罗秋月来看他则让他有点意外。

“这地方你们也能来呀?”陈廷安调侃地问道。

“是罗小姐带我来的。”

罗秋月提着一个食盒，此时她将食盒放在地上，从中拿出一碗碗吃的。

“陈先生，你一定要多吃，别想得太多。”罗秋月将碗递了进去，陈廷安犹豫了一会。

“大哥，都是好吃的，你快接着呀。”虾米有些发急地说。陈廷安接了过去。

“谢谢罗小姐了，我又欠了你一个人情。”陈廷安笑着说。

“那大哥出来时再还罗小姐人情呗。”不知是虾米的天真，还是有意在安慰着他。

“罗小姐，余大人出去了吗?”陈廷安小声地问。

“听说马上就要放出来了。我上午去看了他，是你救了余大人。”罗秋月一字一顿地说。

“是余大人救我在先。”陈廷安欣慰地说。

“好了好了，时间到了!”狱卒催促道。

“陈先生，别想得太多，过些天我们再来看你。”罗秋月说着向他使了个眼色。不知道陈廷安是否领会，他微笑着点点头。

虾米一步三回头地看着陈廷安，陈廷安和他们招着手，心里却想能不能有下次难说了。

陈廷安从决心投案那刻起，就抱定了视死如归的决心。本来，这条命也是人家给的，他不觉得遗憾。几年前已死过一回了，并且父亲早已在另一个世界等着他。父亲是为了大清朝的安危死在洋人枪下，而自己竟然也因洋枪才身陷囹圄，不过，可能自己将要死在中国的“汉阳造”枪下了。

人在明知自己生命无几时，总会想到这个世界上最值得留恋的人。陈廷安想得最多的是陈廷顺、秀儿和虾米。

陈廷顺毕竟是亲兄弟，尽管他对陈廷顺的所作所为越来越无法理解，双方也都清楚两人渐行渐远。可他仍然担心的是陈廷顺现在在做什么？他想要做什么？他相信自己的弟弟不是坏人，但却可能做出傻事……陈廷安继续往下想着陈廷顺时，突然强迫自己别再想，他不想把深层意识中蠕动了好久的东西揭开——他已经越来越明显地意识到兄弟间的矛盾将无法弥合，因为陈廷顺将父亲之死始终看作是为大清献出生命的忠义之举，而且认准了自己是大清的既忠且义的臣民。可这恰恰已经是陈廷安逐渐远离的观念……

其次是秀儿。他一直说不清自己对秀儿是种什么样的感觉。从反感到戒备到不解以至最后的内疚，这种变化的本身就已经把他对秀儿的感觉变得复杂化了。但他还没有明晰或者承认自己喜欢上了秀儿。同时，他知道陈廷顺喜欢着秀儿，也知道秀儿反感他，陈廷安甚至猜想过秀儿如今的处境或许与陈廷顺有关。秀儿不是坏姑娘！这是陈廷安已经认定了的，她一直在悄悄反抗着鬼七，而且与鬼七有着某种冤仇。可秀儿为什么落在了大和洋行？是她自愿还是另有原因？秀儿身上的谜团太多，可能因此秀儿的命运就有了太多的不确定性。这是陈廷安所担心的。

最后是虾米。他深知虾米对他的依恋，两人虽非亲兄弟，却比兄弟还亲。陈廷安自觉对虾米有种责任，也是在潜移默化中将自己对陈廷顺的兄弟之情或多或少地转移到了虾米的身上。此时，他无法设想如果没有了自己，虾米是否又会流浪街头不干正事……

正当陈廷安胡思乱想时，狱卒又过来了。

“有人来看你！出来！”狱卒叫道。

又是谁？而且还要出去，陈廷安以为要去刑场了。

狱卒把他带到了一间小屋。

陈廷顺竟然在里面坐着。

陈廷顺见了陈廷安，马上站了起来，将陈廷安扶坐下来。那个狱卒把门关上，站在了门外。

另一间狱卒休息的房间里坐着焦伯琛。

“你还挺有本事的。”陈廷安打量了一下小屋。

“哥，我哪有这本事呢，是焦队长。”

“焦队长？那你一定是受他的指派了？”

“哥，是我找的焦队长。你干嘛要自投罗网呢？要是你回了老家或逃得远远的，怎么会在这地方！”陈廷顺暗指的是帮会人士曾将他送到了黄陂。

“那是我自己愿意的。廷顺，你知道我不怕死，可我怕别人说我贪生、说我不仗义。鬼七虽然不仁，可他还有义。我的命和余大人比，连一文都不值，所以，他能出了大牢，我就没什么可遗憾的了。”

“哥，你把那把枪交出来，马上就能出来的！”陈廷顺欣喜地告诉他。

陈廷安却摇了摇头。

陈廷顺不解：“哥，你要那枪干什么?！它比你的命还值钱?！把枪交给焦队长，你不但能出死牢，咱哥俩还能马上当上巡警！”陈廷顺殷切地说。

陈廷安还是摇头。他心里很清楚，这支枪是兵工厂或者是余怀庆最想得到的，但结果却是因此而造出更能杀人的枪，并且杀的人是自己的同胞。自己可以拿命换出余怀庆，却不想把枪交给余怀庆，因为在他看来，这支枪的后面不知关系着多少人的性命，甚至是无辜的生命，这些他都已经亲眼所见了。这好像有些矛盾，可是陈廷安就是这么认为的。事实上，这也正是陈廷安从死忠大清开始转变的真实心理。此前，他虽然接触了一些革命党的主张，可他一时还无法接受。救恩人，又保护无辜者的生命，这是陈廷安要达到的两个目的。具体在个人的选择上，这实在是有些矛盾，远谈不上是两全其美，可在陈廷安看来则只此一途：用生命换来情和义。

“你知道枪是干什么的吗?”陈廷安主意已定，且自有道理。

“枪……杀人的呀。”陈廷顺说。

“如果中国自己造的枪去杀洋人，我马上把枪交出去，可我看见的和听说的是中国人自己造的枪杀的都是中国人！”陈廷安说得理直气壮，尽管这有点孩子气。

“杀的也都是该杀的！那些乱党不该杀？那些要造朝廷的反的叛贼不该杀？”陈廷顺不认同哥哥的说法。可他所说的该杀的人恰是陈廷安所不能接受的。

“活着挺好，我想出去，也想当巡警，可如果我把枪交出去，就意味着他人的生命不保了。”

“你就想被杀头？”

“打从我想进来时，就做好了出不去的准备了。”陈廷安平静地说。

“我的哥呀，你这可让我怎么办?!”

“你不用办。如果我死了，你能找到秀儿，就好好对她。她在大和洋行。”陈廷安说完站了起来向门外走去。

陈廷顺目瞪口呆。

……

刘氏父女得知陈廷安被关进了大牢，云妹张罗着要去探监，刘老板坚决阻止。

“看了也是死，啥用?!”刘老板喝道。

“我和他从小一起长大，他要被杀头了我们就不应该去看看?!”云妹的嗓门也不小。

“看了又怎么样？还能挡住被杀头？咱是做生意的，可不能沾了晦气。”刘老板的话音放低了些。

这时傅东晨进来了。

“东晨，这些天你都在忙什么，怎么一直不见你来?”刘老板有些不悦地问。

“刘伯，我正在联系去日本留学，事情才有了点眉目。”傅东晨说着给刘老板递上了两瓶老酒，刘老板提着出去了。

“东晨，金子真的会死吗？”云妹问。

傅东晨拉住云妹的手：“云妹，这几天我一直在想办法救他，可他是朝廷的命犯。我找了不少朋友，都无能为力……”

云妹险些流下泪来：“谢谢东晨。我想去大牢里看看他。”云妹恳求地说。

傅东晨摇了摇头：“你去看了又能怎么样呢？只会让你和他更悲伤，那对他有什么好处呢？再说，女孩子家人家是不让进死牢的。”傅东晨说得很真切，但后一句说了谎。

……

遍体鳞伤的陈廷安被从刑室扶回了牢房。

焦伯琛进了一间狱座休息的房间，房间里坐着几个狱卒。

“焦队长，犯人宁死不交待枪在哪呀！”一个显然参与了刑讯的人叹道。

“一年前纵火烧兵工厂的案子呢？”焦伯琛问。

“那更不承认了。他说是日本人要纵火，他为了拦阻和日本人拼命，才阻止了日本人的阴谋——他还成了英雄了。”

焦伯琛倒是相信陈廷安的所说，可此案的关键不在这。

“对了，他坚决不承认是他杀了鬼七。我看这小子是条汉子，是自己做的绝不否认，不承认的我估计就是没做过。反正也是要死的人了。”那狱卒说。

……

焦伯琛走在了回巡警队的路上，一路上琢磨着如果是陈廷安杀的鬼七，为何他告诉了陈廷顺，如今却不承认呢？如果不是他杀的会是谁呢？

焦伯琛刚进巡警队，就听说巡警道道台已决定不走新政后的法律程序，将择日处决陈廷安。焦伯琛立即往巡警局跑，他想确认一下这是不是真的。

……

余怀庆又送走了一拨来府上看望他的官员。

回到卧房，在罗秋月的服侍下，余怀庆躺了下来。

“秋月，一小时后一定要叫醒我。”

“你只管好好睡嘛，来人我们就说您休息了！”

“不行。我得琢磨一下陈廷安的事，是人家投案才把我换出来的！”

罗秋月兴奋地刚要说什么，管家来报说又有客人来。

“管家，告诉客人老爷刚睡，一会再来！”罗秋月没好气地说。

“秋月，怎么说话呢，人家来看我是好心，怎么好撵人家?”余怀庆立即又重新起来。

“哪位?”余怀庆问管家。

“是焦队长。”管家说。

余怀庆立即到了客厅。

焦伯琛对余怀庆被抓到大牢里呆了大半天表达了真诚的慰问。

余怀庆笑了：“没什么，我确实有错呀。再说这是没办法的事，德国人告到老佛爷那儿去了。”

“好在陈廷安是条汉子，否则也许您得在牢里多呆几天呢。”焦伯琛如实道来。

“要是他把枪交出来，他就很快能出狱。”余怀庆肯定地说，“我很理解他的心理和他的做法，他后悔把德国枪交给了我，可他偷回去的却是我精心设计的样枪呀。”

“那支德国样枪呢?”焦伯琛不太懂枪。

“看来世界战争的进程越来越快，也越来越近了，步枪更新换代的频率也越来越快了。所以，虽然我设计的那支样枪还谈不上世界水平，但已经融入不少先进的设计。我们不能简单地复制人家的枪，最多是仿制，而且，所有的设计都是一种创造，有时这种创造却不是能复制的，所谓此一时彼一时呀。所以，我一直想找回我的那支枪。如果陈廷安交出来，我会保他无事。”

“大人，可能情况有变。”焦伯琛说。

“怎么?”

“陈廷安现在不是一个罪名，您看，劫持洋人枪支，纵火兵工厂的嫌疑，还有杀害霍振江的嫌疑……”

“杀害霍振江？他怎么会有嫌疑?”余怀庆意外。

“是他亲弟弟的举报。”

余怀庆目瞪口呆。

“余大人，当时从兵工厂北侧跳江而逃的就是陈廷安。有这等好水性的人不多。据我们的侦查得知，陈廷安就有这本事。余大人您想，当时他怎么会在现场？而且霍振江又死在现场?”焦伯琛说完看着余怀庆。尽管他对陈廷安杀死鬼七的理由颇认可，却无法将现场的证据合理地连接起来。

余怀庆点着头并想着什么，随后突然站了起来。

“哦，这说明那个抱着炸药包投入江中、从而救了兵工厂的就是陈廷安了!”余怀庆有些兴奋地说，“我现在要做的是一定要保出陈廷安，他是兵工厂——不，大清的功臣！对不起伯琛，我得马上去总督府!”

焦伯琛站了起来：“去见张大人?”

“对!”

6

长野正在房间里自己摆围棋。

间岛兴冲冲地进来。

“长野君，听说那个陈廷安要被处决了。”间岛高兴地看着长野，可长野却不动声色。

“你觉得这是很大的胜利？”长野冷冷地说。

“陈廷安没少给咱们找麻烦，他死了，我们会安全得多。”间岛提醒着长野。

“别人给我们找麻烦这不重要，重要的是我们要给他们找麻烦，明白吗？陈廷安是什么罪名呀？”长野仍然在摆着围棋。

“其中一条是纵火兵工厂，这一条就是死罪呀。”说着间岛笑了起来，“很遗憾我没有得手，也遗憾陈廷安替我去死。”间岛幸灾乐祸地说，恰好此时秀儿端着茶壶进来给两人上茶。两人顿时停了嘴。

……

秀儿匆匆离开了大和洋行……

秀儿刚离开，陈廷顺就到了洋行附近。他盼着还能在这里发现傅东晨，也盼着能再立新功，为当上巡警加点法码。尽管上次对那秘密住处的搜查没有逮到人犯，却证明那里确是乱党的窝点。当然他更渴望能见到秀儿。

……

胡三问谁谁都不知道焦伯琛去了哪儿，尽管焦伯琛的办公室没人，他还是闯了进去，并立即四下搜寻起来，结果桌上的一封显然刚刚送来的信引起了他的注意。他把信口用嘴唇润开，取出了信，看后大吃一惊，马上装在自己的衣口袋里，迅速离开了巡警队。

……

唐季恺刚在新的秘密居所安定下来，并为前一个住所为何暴露正在多方查找原因时，得知陈廷安将被处死。当他为这个很有前途的有为青年惋惜时，胡三赶来了，并将那封信交给了唐季恺。唐季恺看后大吃一惊，随后感叹一句：“也许陈廷安有救了！”

正这时余府管家来向唐季恺报告说余怀庆正在去总督府途中，可能是为陈廷安事向张之洞求情。唐季恺立即把那封信交给他，让他火速赶到总督府把信交给余怀庆。

罗秋月对余大人此行抱着巨大希望。她相信陈廷安有救了！

另一边，巡警道的那位许道台却不想在陈廷安的问题上拖得太久，以免再给余怀庆带来麻烦，人犯只要一处决，案子也就了结了。于是许道台签发了陈廷安的处决令。

很快，即将处决陈廷安的布告贴到了三镇大街上。

……

陈廷顺看到布告后，默默地来到江边，在兄弟俩曾经流连过的江边坐了好久，心中默念着：爹，您为朝廷而舍命，可我哥却听信妖言，背叛了朝廷，孩儿我力劝不成，如今召来杀身之祸，我已是无能为力。就让他去向您叩首认罪吧……陈廷顺如此叨咕了一会儿，觉得与陈廷安的兄弟之情已经了结，顿感轻松了许多。

其他行人在广告前你来他往，只有秀儿久久伫立在布告前。当没有了行人时，她悄悄揭下了布告上陈廷安画像的那部分，叠好小心地放在了怀里……

罗秋月在闺房里呆呆地看着放在眼前的布告，从与陈廷安相识开始的一幕幕情景蜂拥而来，挤在她的眼前。罗秋月虽然已是个大姑娘了，却是个个人感情不外露的矜持女性，她对陈廷安的认识是渐渐加深，而非秀儿那般一见钟情。在罗秋月看来，陈廷安不仅是有骨气的男人，而且极具个性。古往今来，此类男人在女人的眼里大多具有说不清的魅力，神秘与个性，这永远是吸引女性的法宝，即使对罗秋月这样的颇有知识的女性同样有效。陈廷安的神秘是环境造成的，而个性却是与生俱来的。在对陈廷安的不自觉的了解中，陈廷安与爱憎分明、江湖道义相关的所为都令罗秋月难以忘却。当陈廷安每次从她的所知范围中消失时，都会令她有种莫名其妙的挂念。从未涉猎过男女之情的罗秋月虽然说不清这是不是男女之情，但如今陈廷安的即将离世让她心如刀割……可是，她毫无办法。清政府对陈廷安的看押十分严密，革命党无计可施，她想动用帮会兄弟的想法也很快在事实面前同样无能为力……

云妹号啕大哭地回到家里，刘老板才知道陈廷安就要被官府处决了。云妹对陈廷安更多的是友情与亲情，这大概源于当年结下的娃娃亲。当陈廷安一家不知死活时，她就曾悲伤过，尽管那时的她还不懂什么是爱情，更谈不到与陈廷安的男女之情。娃娃亲这种契约使双方有了某种天然的亲情纽带，所以，当陈廷安意外出现时，云妹一直有种愧疚感，同时也一直当他是兄长。但在以后不多的接触中，在亲情的基础上，加之双方都已经是成人，就有了更多的异样感觉。当然，兄妹之情仍占重要成分。可是，当她看到陈廷安将被处决的布告时，她在震惊、悲伤以致痛哭时，她的内心就窜起了超越兄妹之情的东西……刘老板安抚着女儿："这是没办法的事，我们有力也使不上……"这是刘老板唯一能说的。

……

为以儆效尤，巡警道准备单独枪决陈廷安，并广发布告，召唤百姓前往观刑。

好奇的、惋惜的、对死囚胆大妄为痛恨的以及那些认识陈廷安的人们都陆续来到刑场。

陈廷安被从囚车上拉了下来。人们的目光齐聚在他的表情上。

陈廷安很坦然，因为他决定自投罗网时第一个想到的就是今天的结果。而他之所以能坦然处之源于两个原因：报恩——从道义上说他已经将命还给了余怀庆，其次，他当然清楚如果将枪交出去，就可换来自己的命，可他坚定地认为，如果把枪交出去，就会间接地将数不清的人的生命置于枪口之下，而这些人都是他的同胞。因此，他觉得自己挽救了太多人的性命，自己的一条命还有何足惜？

人只要有了伟大的信念大约就能视死如归了。

陈廷安被巡警拉到刑场去。

行刑人则检查着手中的"汉阳造"，以便即刻行刑。

本想送陈廷安一程的虾米无法承受情绪上的压力，号啕着离开了刑场……

人群中的云妹哭泣起来，周边的百姓不知道她和陈廷安是何关系，纷纷避开。可这时，同样泪水涟涟的罗秋月向云妹走了过来，并扶住了云妹。

“妹妹，你是陈廷安的……”罗秋月擦去泪水轻声问。

“他曾是我的未婚夫……”云妹顾不得罗秋月是谁，痛哭着倚在了罗秋月的肩上。

秀儿满眼含泪地走了过来，罗秋月略为意外地看了她一眼：“秀儿……”未待秀儿回答，罗秋月已将秀儿拉过来，三个女人抱在一起失声痛哭……

人们奇怪，不知道这三个姑娘是死刑犯的什么亲人，还是因为她们胆小吓哭了。

“两个姐姐，你们是……”云妹泪眼模糊地看着她们问。

“我叫秀儿。”

“我叫罗秋月。”两人几乎同时答道。

“我叫云妹……”

忽然，云妹认出了秀儿就是那个撞破并弄脏了她衣服的那个姑娘。

“姐姐，我不和你生气了。”云妹又大声哭了起来。

“妹妹，我给你买件好褂子……”云妹的大哭让秀儿也无法抑制自己心中复杂的感情……

两人的两句对话却让罗秋月摸不着头脑，但这已经不重要，重要的是三个姑娘对陈廷安的感情虽然复杂，却同样的真挚，足以让她们再次紧紧拥在一起……

这时，陈廷顺挤进人群，看见这三个女人后，他惊呆了。他下意识地又缩了回去，在人群中紧紧地注视着她们。

突然一声枪响，所有人都一哆嗦，以为犯人已经毙命。抬眼看去时，陈廷安仍然直直地站在那根大木桩前……原来那声枪响是枪决犯人前的试枪。

三个姑娘如同约好了似地，收回目光，仍然紧紧抱在一起。但大部分人的目光已经投向刑场。

这时，一辆马车快速驶来，以至围观的人们不知发生了什么，纷纷避让。

监斩官知道能坐马车闯入刑场的一定是高官。以他的经验，也知道多是与刀下留人或暂停行刑有关。

车上跳下来的是余怀庆。认识余大人的纷纷议论起来。

这时，那三个姑娘也向余怀庆看去。

“好了，好了，这回陈廷安有救了。”罗秋月悄声对两个姑娘说。秀儿轻舒了一口气。云妹则一时弄不清发生了什么或将要发生什么。

余怀庆将手里的文书递给监斩官。监斩官看后，向已经准备好开枪的行刑人一挥手，那几个人收枪走了过来。

“几位今天歇了。总督大人有令！”监斩官边看着文书边说，“犯人陈廷安所盗步枪已交兵工厂，纵火之罪另有其人；谋杀鬼七证据不足，难以定罪。念其为大清军工立下了确凿功劳，着即刻特赦……”说着监斩官将文书让行刑人过目后说：“烦请几位把功臣交于余大人吧。”

当百姓看见几分钟前还是刽子手的行刑人此时却像仆人般将陈廷安当作客人扶上余怀庆的马车时，不禁一阵阵惊叹。而那三个姑娘脸上的惊喜则如凝固了一般。

陈廷顺目瞪口呆，以至于三个姑娘已经不知去向时，他才醒过神来。

这会，秀儿已经上了一辆洋车。

秀儿从来没有像今天这样高兴过。从布帘的缝隙里向外看去，觉得街上的行人个个如同自家的亲戚。她掏出怀里的东洋小圆镜，照了照自己的脸，并朝小镜子里的自己笑了笑。在镜子里，她看见了自己的耳朵，想了想，从里怀的兜里摸出了一个小布袋，从中取出了那只水滴型耳坠，小心地戴在耳垂上，然后再看着小镜子中的自己，轻轻叫了声：“哥，我好看吗?”

陈廷顺回过神来的第一反应是向大和洋行跑去。

果然，在将到大和洋行的一个路口，他截住了坐在洋车上的秀儿。

秀儿下了车，却见陈廷顺横在车前。

“你怎么在这儿?”秀儿有些意外。

“等你。”陈廷顺面无表情地说。

“怎么不去陪你哥?”秀儿对这个时候陈廷顺居然在这里有些不解。

“他去了余大人府上，不用我陪。”陈廷顺仍然面无表情。

“哦?你刚才在刑场?我怎么没看见你?”秀儿问。

“我看见你了。”

秀儿听了陈廷顺的话后，什么也没说，转身向大和洋行走去。陈廷顺大约明白了她是因他对陈廷安的态度而不满，这激发了陈廷顺的别样滋味，他拦住了秀儿。

“秀儿，你怎么会和日本人在一起?你怎么能和他们在一起呢?”

秀儿毫不理会地继续往前走。陈廷顺又跟上几步。

“你可是中国人呀，那些小日本不干什么好事，你和他们在一起——”秀儿和他们在一起会怎么样，陈廷顺一时找不到准确的词语了，可这时他突然怔住了——他看见了秀儿的领口处挂着一撮红缨，虽然那撮红缨已经修饰过了，他仍然一眼认出了那是陈廷安大刀上的红缨。

秀儿什么也没说，向大和洋行大门走去，陈廷顺呆立在路边。

……

陈廷顺到了棺材铺，退掉了先前订购的棺材，之后去了巡警队。

“你哥捡回一条命，都是人家余大人的功劳!”焦伯琛知道这兄弟俩有些不和。

“焦队长，我不明白，就是那几条罪没有，可就凭他坚决不把枪交出来，竟然说怕朝廷用枪诛杀逆贼，这不是死罪吗?”陈廷顺脱口而出。

“哦?”焦伯琛意外地看了他一眼，“你是恨你哥不死?”

“……不是，那是我亲哥！我是不明白为啥我哥要和大清朝过不去，为啥要背叛大清呢？他以前可不是这样的。”陈廷顺发自内心地说。

“要说他一时糊涂我信，可乱党嘛……我看他还够不上。”焦伯琛边说边想这兄弟俩到底因何生分呢?

“再说，即使别罪可脱，但他杀了七爷也是死罪呀。”陈廷顺几乎进入了自己的内心世界，忘记了焦伯琛会质疑他的人性。

“陈廷安杀了老七，你能作证吗?”焦伯琛突然问。

陈廷顺无言了……

焦伯琛不想让陈廷顺太难堪，对他上次提供的乱党秘密地点的功劳夸奖了一番，要他继续努力。

“只要你再找到乱党的线索，你的事就好说了，我已经把你的功劳报告上去了。”

焦伯琛的话让陈廷顺精神为之一振。

7

余怀庆吩咐冯妈将酒菜摆在了他的书房，然后关上门，和陈廷安对饮起来。

“廷安，咱爷俩也是缘分，想不到还能坐在这儿喝酒。”两人放下一饮而尽的酒盅后，余怀庆感慨地说。

“是大人给我了一条命。”陈廷安感激地说，“可我当初还偷了您的枪……”他有点不好意思了。

“先别说这个。”余怀庆确实有比这个更重要的东西想知道，“你告诉我，那天晚上有人要爆炸兵工厂，你是不是在场？”

“是。”陈廷安什么也不想瞒着眼前这位长者了。接着，他将自己因何得知日本人的阴谋，如何潜入兵工厂的经过告诉了他。

“唉，若不是你，兵工厂怕是没有今天了。”余怀庆对眼前这个年轻人赞佩不已。

“余大人，兵工厂这么重要的地方，为啥那么好进好出一点没有警惕呢？”陈廷安一直不解。

“嗨，说来汗颜哪。我在汉阳兵工厂十几年了，酸甜苦辣什么滋味都尝过，兵工厂能走到今天也是多灾多难。你也知道了，不知道有多少人在打兵工厂的主意，可他们都想把兵工厂置于死地，我再木讷，也不能总是被动地被人算计……”说着，他将自己当初设下埋伏、引蛇出洞的计划原原本本地讲给了陈廷安。陈廷安大吃一惊。

“可我没想到的是身边的助手竟然搅了局，如果没有你，后果真是不堪设想了。”

“余大人，我接受不了的是，为什么我们中国造的枪要杀中国人呢？”陈廷安想听听余怀庆的说法。

余怀庆一怔，随后笑了：“孩子，枪本身是没有生命的！自从世界上有了枪，就没有谁规定它只能杀谁不能杀谁。枪是掌握在人的手里的，从本质意义上说，它和刀没什么区别，如果你要用刀杀人，它就是武器。可是做刀的人并没有事先规定这把刀要被用来杀谁。我理解你的想法，如果这个世界上没有枪这种杀人的武器该多好？可这毕竟只是理想。我们的有志之士自从意识到落后挨打的原因是技不如人时，才提出了富国强兵和师夷之长以制夷的主张。”余怀庆说着站起了，从书案上的一个盒子里取出一张报纸：“和你一样，我也是爱国者，当我看到我的同胞毙命在洋人的洋枪之下时，就发誓一定要造出中国的好枪！可是，我能保证我们造的枪只能去杀洋人吗？”

说着，余怀庆将那张已经有点发黄的报纸打开。“这是八国联军进攻北京时，一个外国记者拍的照片，然后发表在西方的报纸上，当时我正在德国。看了这幅照片后，我就决心一定要造出中国的好枪！”说着，他将那张报纸摊开推到陈廷安的面前。

报纸上的照片是一位手持大刀的义和团义士死在东洋人枪下的情形……陈廷安突然拿起报纸认真地看着那张照片……

“爹！这是我爹！”陈廷安的音调几乎变了，虽然报纸上的照片分辨率与当今不可同日而语，但他还是认准了倒在洋人枪下的正是他的父亲！

余怀庆有点不相信自己的耳朵，之后是有点不相信陈廷安的眼睛。

“你爹？孩子，你看清了吗？是真的吗？”余怀庆怎么也不能相信。

“大人，是我爹。我怎么能把爹认错了呢？”陈廷安肯定地说。

当初，陈廷安的父亲死在洋人枪下时，他并未在现场，是由陈父的义和团兄弟们转告的他，那时，陈廷安也已经身负枪伤……当陈廷安将这些告诉余怀庆后，余怀庆更是惊讶不已，对眼前的这个小伙子曾与父亲共同抗击过八国联军感叹不已。

陈廷安原以为那些叔叔们告诉他父亲死在洋人的洋枪之下时，一直以为是西洋人，不想却是东洋人！陈廷安再次将那报纸凑到眼前，死死地盯着那个东洋人端着洋枪对着倒地的父亲的照片……

“廷安，”余怀庆轻轻拍了拍他的肩，“这张报纸和这张照片是几年来激励我造出好枪的动力，可你说，咱们造枪就是去杀那个日本人吗？”

“大人，您说得对！”陈廷安眼含热泪地说。

“我现在才明白，你为何上次把枪交给了我，又拿了回去。”余怀庆笑着说。

“我是对枪不是对人。”

“可你拿回的不是你抢来的那支德国枪，是我设计的样枪。”余怀庆似乎无意地说，可陈廷安却十分意外。

“大人，原谅我的鲁莽和愚蠢。”陈廷安真切地说。

“别这么说呀，你有你的道理，你的道理可以服人。”

“要是我把枪现在交给您还来得及吗？”

“来得及，来得及。”余怀庆为自己设计的那支样枪终于将回到自己的手上而兴奋，“廷安，上次你为何不辞而别呢？”余怀庆想知道到底是因为什么。

“是……您家罗小姐。她是帮会的人，我不明白您身边的人怎么会是帮会的，莫非您是帮主？”陈廷安微笑地问。

余怀庆苦笑：“我料到你是这么想的了。”

“您早就知道她是帮会的人？”陈廷安想知道真相。

余怀庆摇头，接着语重心长地将他当年如何收养了罗秋月及后来发生的一切讲给了他。

“你能想到他父亲是谁吗？”讲完后余怀庆突然问。

“谁？”

“鬼七！”余怀庆说完之后，陈廷安半天没说出话来。

“我明白了，罗秋月有飞镖您知道吗？”

“后来发现的。”

“鬼七也有和她一样的飞镖。我还想，这飞镖是一样的，怎么回事呢？原来是这样……”

“但秋月是个好姑娘，我还是相信她的。为了救你，她没少操心出力。”余怀庆说着意味深长地看了看陈廷安，陈廷安感激地点点头。

正在余怀庆和陈廷安两人在余府饮酒交心之时，唐季恺和他的同志们正在议论陈廷安的此次起死回生。

“‘为大清军工立下了确凿功劳’……你们听这句话，说明了什么？”

唐季恺问大家。

“说的是把枪交给了兵工厂吧?”有人说。

唐季恺摇了摇头:“仅仅一支枪不会给他那么高的评价,我怀疑陈廷安就是那个抱着炸药包跳江的人。”

“对!”小吴站了起来,“是他!后来我一直琢磨着这个人的身影怎么那么熟悉呢。”

“如果是他干的,这说明他不但有智有勇,而且这次事件很可能改变他的人生态度,我们也要改变初衷,再次争取他参加我们的组织!”唐季恺决定道。

“怎么争取呢?”小吴有些为难。

“小吴,想办法找到傅东晨,我要见他。”唐季恺已经胸有成竹。

小吴刚走,一位密使送来一封革命党决策层的密信。密信内容令唐季恺极为赞同。

原来,湖北地区的革命党人正在谋划一场旨在彻底推翻清王朝的武装起义。

那几年,革命党人在南方的武装起义一波接一波,虽都归于失败,但孙中山先生推翻清王朝、誓走共和之路的火种已在有志之士心中燃起。一场在武汉地区的大规模武装起义已在酝酿中。事实上,武装起义的倡导者间并无严密的组织,以至百年后的今天,到底是谁领导了武昌起义还是个学术问题,但无论谁在起义中占主导作用不是本小说所要探讨的。但可以肯定的是,此番起义在酝酿之时,就非常注重策略。其中重要的一个内容就是对武装力量的争取及进一步的掌握。

革命党领导者对唐季恺的指示是:争取余怀庆!

唐季恺之所以非常赞同这个决策,是因为它所具有的战略眼光。人们都清楚的是,共和的建立必须通过武装起义,因为他们知道,靠朝廷大臣和君子公车上书之类的维新和变法已经失败,事实上也不可能成功。只能武力推翻的话,那么对武装力量的掌握就尤为重要。汉阳兵工厂是清朝供应新军主要武器的制造厂，它可以为维护清王朝所用，一旦夺为己有自然也会为革命党所用、为共和之用。余怀庆作为兵工厂总办和枪支制造的技术权威，争取他同情革命进而支持革命可谓至关重要。事实上，熟知中国近当代史的读者都知道，彪炳史册的辛亥革命是以辛亥年一举成功的武昌起义命名的，因为后者为辛亥革命的胜利奠定了基础。而武昌起义的第一枪是由“汉阳造”打响的，这不仅意味着辛亥革命的参与者所使用的武器是“汉阳造”，从而“汉阳造”得以新生，更为重要是，“汉阳造”在此后近百年的历史中，在中国历次大大小小的战争中都充当着主角或存在它的影子。当然这是后话。

唐季恺立即指示部下：他要秘密会见余府管家！

……

第二天早晨，陈廷安和余怀庆坐着马车，带着耙子之类的工具到了臭水沟边。可陈廷安几乎把那条臭水沟从头到尾捞个遍，却根本没有枪的影子。

看来，自从日本人寻找之前，这支枪已经不存在了，至少不在臭水沟里了。

“大人，当时我确实扔在这里了，可怎么没有了呢?”陈廷安有点有口难辩的情急，他不愿余怀庆怀疑他是在骗他。

“廷安，我相信你。别急。没就没了吧。这个时代什么意外都会发生。”余怀庆宽慰陈廷安。

“大人，您先回府，我去找个人问问。”陈廷安抱着最后一线希望对余怀庆说。

陈廷安与余怀庆分手后，立即去找虾米，可满大街也没有拉洋车的虾米的影子。陈廷安想到了什么，马上去了武昌虾米家。

刚到虾米家门口就听到了里面的说话声，他不由地停下了脚步，支起耳朵听了起来。

此时，虾米正在屋子里给奶奶熬药。

“虾米呀，你廷安大哥怎么好几天不回家了呢？”奶奶问。

“大哥出远门了，他让我告诉奶奶，他就是到天边也会想着奶奶的。”虾米的声调中有真切的情意，却也有一丝压抑着的伤感，因为他认为此时陈廷安已经在黄泉路上了，他没在刑场坚持送他的大哥，是因为他无法目睹……除了奶奶，对他来说，陈廷安就是最亲的人了，可从那天开始就失去了这位亲人。离开刑场他直接跑回了家，却一直坐在门前不敢进屋，他怕面对奶奶时无法控制他的情绪。他一直看着天，希望能看见陈大哥走过的那条路……

“你廷安大哥怎么走时也不和奶奶打个招呼呢？”奶奶还是想着陈廷安不放。

“让我和您打招呼了呀。”

“他去哪儿了呢？路上不会有啥危险吧，这世道不太平呀。”

“大哥去的可是好地方呢，再说他武艺高强，只要他走过的地方就都得太平。”

“那他是去哪儿了呢？”

“奶奶，药好了，您得喝药了。”虾米把药端到奶奶的面前。

“你怎么不告诉我你大哥去哪儿了呢？”奶奶紧问不放。

“奶奶，陈大哥去的地方可好了，其实我也没去过，但我一定会去的！”虾米一语双关地说。

“他回来你就赶紧领家来，一个人在外边很不容易的。”奶奶叮嘱道，门外的陈廷安险些流下泪来。

陈廷安进了屋。虾米看见了陈廷安，吓了一跳，呆呆地看了好半天，才轻轻地试着喊了声：“大哥……”

“奶奶，我回来了！”陈廷安走到奶奶床前，跪了下来。

“廷安呀！廷安回来了？”奶奶高兴地伸出手摸着他的头和脸。

"嗯，我回来了。"

"虾米说你去了好地方，怎么不去了呢？"

"不去了，那儿没有奶奶。"陈廷安强忍着泪水说，可一旁的虾米却哭了，只是不敢出声。

陈廷安喂奶奶喝完药后，两人到了院子里。这时虾米才知道陈廷安何以起死回生。

陈廷安问虾米是否知道臭水沟里有枪。虾米称不知道。

"真的不知道？"陈廷安虽然知道虾米不会骗他，可只有他可能知道臭水沟里有东西。

"大哥，对天发誓，我真的不知道臭水沟里有枪，那天你去臭水沟边去找什么，我还奇怪呢。"虾米涨红着脸说。

陈廷安拍拍他的头："没事，我相信你的话。"

陈廷安告诉他要去汉阳办点事，要他告诉奶奶可能得几天后才能回来。

……

余怀庆回家后，在书房发现自己的案头摆着一团纸，余怀庆疑惑地打开，发现竟然是当初他设计的新枪图纸碎片！

余怀庆坐在案前久久未动，他似乎猜到了什么，却不想和家里的任何人对质。

确实，这团纸片是管家和罗秋月悄悄放回的，为的是执行唐季恺的指令：转变策略，放长眼光，支持余怀庆研造新枪，并伺机争取余怀庆的同情进而支持革命。这是唐季恺创造性地执行上级指示的结果。从当初阻止其造出新枪到支持其造出新枪好枪，这不仅是做法的转变，也是自信的体现——一旦革命成功，"汉阳造"就会为革命所用，而不用恐惧它对革命者的屠杀。

这时陈廷安来了，得知案上的那团纸是曾经丢失的图纸——也是臭水沟中不见了的那支枪的图纸。

“大人，枪没找到，图纸回来了是不是也能……”陈廷安期待地问。

余怀庆笑了笑，将那团图纸用火柴点燃扔进了垃圾桶。

“当时丢了枪，又找不到图纸，我确实急，而且在重新设计时也确实遇到了不少问题，这些问题有原来能解决的，也有需要重新思考再解决的。最后也重新组装了一支样枪，但在射程上还有很大的缺陷，找不到丢的枪也无法找到丢失的图纸，我只好重新设计。廷安，告诉你，已经接近完成了，而且相信在射程上会有很大的突破，只是，为了保密，我不得不小心从事……”

“大人，是我让您多付出了那么多时间和心血，真是对不起……”陈廷安再次抱歉地说。

余怀庆拍了拍他的肩：“廷安，我还得感谢你呢。如果不是样枪和图纸丢了，就不会有马上要投入生产的现在的新枪了。所以，旧图纸没用了，丢的枪也没用了，我之所以想找到那支枪，只是为了留作纪念……”余怀庆刻意在安慰着他。

陈廷安似乎明白了。

“可那支枪怎么会不见了呢？”陈廷安仍然纳闷。

“也许是被谁不经意间捞走了。别想它了。”余怀庆说。

“余大人，虽然我已经是无罪之身，再不用担惊受怕东躲西藏了，可我在汉阳也给人们添乱，也干不成啥正经事了，我想回乡下老家。”陈廷安边说边想着什么。

余怀庆很意外：“年轻人，你怎么能这么颓丧呢？人都要往前走，你总不能走回头路呀，你弟弟不还在汉阳吗？”

陈廷安摇头：“我就是怕和亲兄弟越来越生分，最后成为仇人……”看来陈廷安已经感觉到他们兄弟已经从陌路走上了对立面。

“可这和你在哪、他在哪没关系呀。即使是亲兄弟，道不同不相为谋也是古已有之的事。再说，你当初来汉阳为的是什么？”

“投奔新军。”

“不能因为遇到点挫折就后退。你先在我家里休息几天，尽量别出去，现在风还未平，浪也未静，待过了风口，我安排你到厂里当工人，这可是当初我们就定了的。当兵……怕是暂时不太可能了。”余怀庆笑着看着陈廷安。陈廷安感激地点点头。

8

鬼七死后，没有直系亲属的他将偌大的院子留给了他的弟兄们，焦伯琛为此专门把陈廷顺和桂福等人召集起来，愿意另谋出路的，焦伯琛将鬼七留下的钱分给他们，让他们各奔前程，不愿意走的，大家仍然可以留在这院子里，但不能再做鸡鸣狗盗之事。为此，焦伯琛在码头上给他们找了搬运工的活儿。这些人虽然多已习惯了以往的生活，可如今鬼七已死，没人罩着他们，也只好自谋出路，或是当了码头工人。人们最羡慕的是陈廷顺，虽然他在团伙中资历最浅，可焦队长却很信任他，一边让他和桂福共同掌管这个大院，另一边也不知道他天天忙着什么，而且时常和焦队长在一起。

其实，焦伯琛与陈廷顺两人都是在相互利用——焦伯琛利用他与刘家的特殊关系，希望他能循着傅东晨这条线索，将乱党一网打尽；陈廷顺则一心想借焦伯琛之力当上巡警。

桂福一直对陈廷顺有所忌惮，却摸不清他的底细，尤其鬼七死后，陈廷顺已经单独住了一个房间。

陈廷顺几番在刘家附近徘徊，无奈一直没见傅东晨的影子。他知道，如果自己久不建功，当巡警的事便遥遥无期。这时他想到了陈廷安手里的枪。这支枪是否交到了余怀庆的手里？他不敢肯定，自然也不敢问余怀庆。同时，他也弄不清陈廷安是一直呆在余府还是已经回了乡下。

他想，或许那支枪早已落在了鬼七之手？如果是那样，搞到手的话也算是立了一功。尽管他不知道那支枪对余怀庆已是全无用处了。

一连几天，陈廷顺不断地请鬼七的那些兄弟们喝酒，想在喝酒间套取他们所知的情况，可这些人对那支枪的事一概不知。不过他也有意外收获：鬼七曾会见过傅东晨，双方谈过巡抚之事，陈廷顺得此情报如获至宝。

……

焦伯琛本以为陈廷安的案子告一段落，他也能得以偷闲之时，不想革命党的行动明显多了起来，时常到处演讲，散发传单，弄得巡警们疲于奔命，却始终得不到有关革命党的确切情报。为此，他被巡警局长找了去，又是一顿训斥，严令他尽快破获乱党的中枢组织。

焦伯琛回到巡警队后一筹莫展，这时陈廷顺提着礼物来看他了。

“有没有什么发现？有事说事，没事不用给我买什么东西。”焦伯琛烦躁地说。

“焦队长，我哥那件案子怎么样了？”陈廷顺既然来了，就不想离开，他想探听些信息，当然更重要的是期待着立即能当上巡警。

“你哥的案子？你哥的案子不是结了吗？”焦伯琛一时不明白他如此问的目的。

“哦，结了，就是完事了。”陈廷顺不知是松了口气还是遗憾。

“怎么，你还有什么新证据？”

“没、没有。焦队长，我想继续为您做点什么，也好、也好……”

“明白了，也好马上穿上我们这身衣服，是不是？可这衣服不是那么好穿的。”

陈廷顺本不想将傅东晨与鬼七为了谋刺巡警曾秘密会见过的信息告诉焦伯琛，因为涉及鬼七，而焦伯琛是鬼七的姐夫，可为了表现自己一直在为大清效力、在履行巡警的职责，他情急之下将此情报告诉了焦伯琛。但他没说是从何得知的这个秘密。

自然，焦伯琛已经从鬼七收到的那封密函上间接得知了此情报，而且正是因为鬼七与乱党的谋划外泄，才导致鬼七收到了那封密函，鬼七也才因此走上了不归路。无疑，这应该是不为更多人所知的秘密，焦伯琛也已将它埋进了心底——这不是他可以碰触的秘密，免得引来杀身之祸，可没想到陈廷顺竟然知道了此事。这件事绝不能扩散开来。瞬间，焦伯琛思考着对策……

焦伯琛突然严肃起来的神情让陈廷顺意识到这个情报的重要，不免有些得意起来。

“廷顺，这个情报很重要。还有谁知道这件事吗?”焦伯琛问。

“没有，就我知道。”陈廷顺干脆封死了门，而且编好了谎言，他告诫自己：一定要保护好自己。如果以前还有哥哥可依靠，如今就只能靠他自己了。

“好，鬼七已死，我们只能找傅东晨了。你继续监视他，但不要被他发现。从现在开始，你就是不领俸禄的巡警了……”焦伯琛对陈廷顺有所忌惮的同时，觉得这个人也确实是块当巡警的料。

“是!”陈廷顺学着巡警，兴奋地应道。

随后，陈廷顺天天去刘家附近转悠，却一直没见过傅东晨的影子，这让他非常奇怪。

9

罗秋月悄悄潜近陈廷安房间的窗户，透过窗缝儿向里望去，只见陈廷安正靠在床上摆弄着手里的一只女鞋。那是他在江边从拾荒的老头那里买来的秀儿的鞋。罗秋月明白，那一定是秀儿的。

罗秋月悄悄退了回来，正要转身离去时，却见刚刚进院的余怀庆正在望着她。

罗秋月赶紧走上前几步：“老爷，您回来了。”说完脸红了。

陈廷安这几天一直住在余府，一步也没离开。

“廷安在吧?”余怀庆为了打消她的窘迫，不经意地问了一句。

“老爷，我去看那树上的花开没开，没看见他是不是在呀。”罗秋月极力掩饰着，余怀庆微笑了一下进了自己的房间。

这几天，余怀庆天天在家住，发现无论是吃饭还是早晨起来，陈廷安的洗漱，罗秋月都亲自关照，而不用冯妈。他知道罗秋月对陈廷安颇有好感，那个时代，青年男女之间的好感自然是男女之情了。虽然罗秋月曾做过让他意外的事，但毕竟是看着她长大的，对她的了解与父女般的感情促使他不得不为已经到了婚嫁年龄的罗秋月着想。当罗秋月出落成个大姑娘时，余怀庆就曾忧虑，即使自己担起父亲的责任，可如何为她选择佳婿呢？如今好办了，陈廷安就在自己的家里。因了对陈廷安这个年轻人的仗义、仁厚与智勇的欣赏，他早就有了将他介绍给罗秋月的想法。现在是时候了。

余怀庆让冯妈把陈廷安叫了过来。

“廷安，你去兵工厂的事正在办，先别着急。”陈廷安一进门余怀庆就说道。

“大人，我没急，只是在您这又是吃又是住的……”

“那你不用放在心上，我从来就拿你当家人看。廷安呀，你今年多大了？”

“23岁了，大人。”

“也不算小了，有没有成个家的打算？”余怀庆单刀直入。

“成家？”陈廷安下意识地反问了一句。因为这有点突然，他还从没想过这个问题。

“大人，我一事无成，还没有养家糊口的本事呢，怎么成家呢？”

“事儿你马上就有了。年龄也不小了，按你这年龄，人家早就当了父亲。怎么，是不是有了意中人呢？”

陈廷安一怔，想了想，摇头：“没有。”

“那就好办了。”余怀庆走到陈廷安的身边：“你看秋月怎么样？”

陈廷安又怔了，他不知道说什么好了。

“大、大人，我没想过呀。”陈廷安真的没想过，更不知该如何回答。

“现在想想不成？”余怀庆想马上得到他的答复。

“余大人，我……”

“怎么，有什么难言之隐？你说出来嘛。”余怀庆有点急了。

陈廷安笑了：“大人，我想都没想过，您让我马上就想，我这会也想不进去呀。”

余怀庆也笑了，心想自己真是太性急了点。

“慢慢想，慢慢想，我可不是逼你呀。”说完自己也大笑起来。

这一切，门外的罗秋月都听见了。

晚饭后，余怀庆到了罗秋月的房间。余怀庆想把自己的意思告诉她，并将陈廷安答应想想的意思也一并告诉她，可话还没说完，罗秋月便说：“老爷，人家心里有人！”罗秋月先前的羞涩到此时变成羞恼。

“谁有人？廷安？你怎么知道？”余怀庆大为意外。

“秀儿，他心里装的是秀儿，就是鬼七的干女儿。”

“秀儿？这人我听说过……她现在在哪？”余怀庆问。

“我也不知道，陈廷安正在找她。”罗秋月不想让余怀庆知道得太多，毕竟这太复杂，她不想将余怀庆牵扯其中。

……

第二天一早，陈廷安悄悄来到余府的院子里。

余怀庆提到罗秋月之后，他大半夜没睡好。

如果真的让他成家，谁会是他的首选？他对罗秋月并非没有好感，但那只是普通的人与人之间的好感，没有进入男女范畴的“私想”，秀儿则不然。当然，他对秀儿也并非简单的男女私情，秀儿是以那样一种特殊的形式走进他的生活，曾经让他反感，也曾让他烦躁，但也给了他巨大的帮助，而且那么富有戏剧性。因此，作为一个姑娘，秀儿是鲜活的、复杂的、多面的。人在男女情感上往往就是这么奇怪，越是复杂的才越是微妙的，越是微妙的才越是能打动人的。对秀儿到底有没有感情，是种什么样的感情，这些在这大半夜的时间里似乎才渐渐明晰起来……

他更加想见到秀儿，尽管见到秀儿会怎么样，能说什么，他还没个谱。

他要去大和洋行！

陈廷安刚要出院门，罗秋月迎头闯了进来，险些与陈廷安撞在一起，手里拿着的一个西瓜掉地上摔成了十几瓣。

“秋月，不好意思……”陈廷安还是第一次称呼罗秋月为“秋月”。

“你要去哪儿？”罗秋月惊异地问。

“去大和洋行。”陈廷安不想隐瞒。

“去找秀儿？”罗秋月立即想到了。

“是。我得去看看她是不是在那儿。”

罗秋月回身把门关上。

“可是外边有陌生人在转悠，这些天一直是这样。他们一定是为你而来。你出去会很危险的呀！”罗秋月此言完全出自对陈廷安安全的担心。

“哦？”陈廷安有点意外，“会是些什么人呢？”

“咱也不好去问人家呀。”罗秋月说的倒是实话。

“我要是出去他们会怎么样呢？”陈廷安想到余怀庆的叮嘱，一时不知如何是好。

“一定要出去吗？”罗秋月问。

陈廷安点点头。

罗秋月最后的努力失败了。尽管罗秋月不得不承认，从另一种感情的角度说，她不愿意陈廷安去见秀儿，这其间自然有淡淡的醋意，但罗秋月毕竟不是风尘中的世俗女子，她知道，陈廷安有见秀儿的权利，作为朋友，从道义上说，她知道自己必须支持和尽力帮助他。

“那我给你叫辆洋车。”罗秋月回身向院外看了看，出了院子。

陈廷安心里一阵难受，却说不清为什么。但他决心已定：一定要马上见到秀儿，无论她在哪！如果说此前一次次在大和洋行门前徘徊是因为他有所顾忌，此时，他不再怕什么。男人，为什么不能为自己的所想付诸行动呢？

罗秋月很快叫来辆洋车，并让洋车夫将车紧紧地贴在了大门前。

陈廷安立即闪身上了车。

陈廷安的车向大和洋行而去，后面不远处跟着另一辆洋车。陈廷安注意到了，吩咐车夫慢了下来，并将大刀操持在手。

后面那辆拉着幔帘的洋车驶了过去，陈廷安心安了些。

那辆车里坐着罗秋月，她警惕地注视着四周，以防随时可能针对陈廷安发生的不测，那时，她会奋不顾身的。

陈廷安已经接近了大和洋行。

罗秋月先在大和洋行附近下了车，隐蔽在一个角落里，并环顾着四周。

这时陈廷安也下了车，他看了看四周，除了偶尔的行人，并无可疑人。大和洋行的门半开着，里面显得黑洞洞的。

四周有些静得可怕，陈廷安感觉到了异常，但他仍然坚定地向大和洋行的门里走去，远处的罗秋月顿时紧张起来。

陈廷安进了大和洋行的门后，发现四处静悄悄的，他抽出大刀，悄悄往里走着。他进了一个房间，却是空无一人，而且一片狼藉。再进一个房间，仍然如前。显然，这里已经是人去室空。陈廷安收起大刀。

陈廷安久未出来，也未见里面有什么动静，罗秋月有些疑惑和不安。

陈廷安沮丧地出来了，问了问大和洋行隔壁卖洋油灯的，方知大和洋行已经搬走了。

陈廷安颓然地坐在大和洋行的台阶上，他怎么也想不到大和洋行竟然搬走了，而且搬哪儿去了无人知晓，这说明日本人是有意而去，秀儿一时间也难以寻觅了。陈廷安痛恨自己在那么长的时间里没有冲进去找到秀儿……

陈廷安久久地坐着，远远的罗秋月不知道他在想什么，待她问过隔壁后，才知道大和洋行已经搬了家。

她走向了陈廷安。

“回去吧。”罗秋月小声地说。陈廷安看了她一眼，并未觉得意外。

“迟早会找到她的。”罗秋月安慰道。

陈廷安感激地看了她一眼，起了身。

……

此时在兵工厂，余怀庆签发了批量生产新枪文件的同时，侍从送来已经办完的陈廷安入厂手续，余怀庆立即回了府上。

陈廷安和罗秋月已经到了余府。

余怀庆将入厂手续交给陈廷安后，陈廷安高兴得在房间里转了好几圈。虽然没当上兵，可总算当上了造中国枪的人，不仅光荣，而且更有自豪。从当年父亲死在洋枪下和自己被洋枪击伤，到现在自己将参与造中国人自己的洋枪，他深感其中的意义远远超出了自己终于有了安身立命之所的重要。

余怀庆告诉他可以在入厂前准备一下，放松一下，以后入了厂就没有那么自由了。陈廷安却要求第二天入厂。余怀庆答应了。

当天下午，陈廷安去了虾米家，可虾米不在家，奶奶对陈廷安回来非常高兴。当陈廷安告诉老人家他将去兵工厂当工人时，奶奶大表支持。

“孩子，这可是好事。以后就抓紧成个家吧。别忘了到时把媳妇领来我看看。”奶奶高兴地说。

“奶奶您放心吧。”陈廷安给奶奶倒了杯水。

天快黑了，陈廷安为奶奶做好了饭，看看时间不早了，他不想等虾米了，可刚要走时，虾米回来了。

虾米听说陈廷安要去兵工厂当工人，自然也是乐得一蹦八丈高。

“虾米，你也别拉洋车了，以后有机会我和余大人说说，你也到兵工厂当工人吧。”

可虾米却摇头：“工人要好多人管的吧？我可不愿别人管我，拉洋车多好，想拉就拉，看谁不顺眼给多少钱也不拉，好歹也是老板呢！”虾米得意地说。

“照顾好奶奶，我会随时来看你们的。”陈廷安理解地拍了拍他的肩。

“我也去汉阳拉活儿！那样就能常看见了你吧？”

陈廷安笑了：“你还能进兵工厂里面去拉活儿呀？”

“那你就和余大人说说嘛，让我进兵工厂拉活儿，挣钱给他一半！”虾米边笑边说，两人笑成一团。

笑着笑着，陈廷安突然陷入了深思：秀儿在哪里？!

“大哥，你怎么了？”虾米小心地问。

第十三章 祸起萧墙

1

余怀庆从车间回到了办公室。

新枪投入了生产，余怀庆又开始了一个研造的新周期——余怀庆从不让自己歇下来，他深知“汉阳造”如果是中国步枪的品牌，远还没有定型，只有在不断更新中趋近国际先进水平，“汉阳造”才可能站住脚，才可能引领中国军工尽快发展。

余怀庆多日食宿在兵工厂时，陈廷安正在车间履行着工人的职责。

当年汉阳兵工厂的车间之大，与当今的现代

化生产车间相比有过之而无不及，足见当年在张之洞的主导之下，决心建成与西方一般无二的先进企业的雄心。

陈廷安作为一个打磨工人，在这几百人的大车间里没有一两个小时根本找不到他的人影。

陈廷安的工作就是将铸造出来的机件打磨、抛光。那时的兵工厂还没有真正形成上下贯通、有机连结的流水作业，一旦上游断了流，陈廷安就和工友们坐在一起聊天。

不知谁从外面拿进了一张报纸，一个工友边读边给大家讲解。陈廷安每次都认真地听，当人家看完了报要扔掉时，他就要过来再认真看一遍。

一年多过去了，陈廷安得知了许多消息：1906年，革命党在萍乡、醴陵、浏阳起义，安源矿工六千人参加斗争，但最终失败……紧接着的1907年，又传来孙中山领导潮州、惠州、钦州、廉州和镇南关起义，旋败。徐锡麟在安徽起义，失败被害。秋瑾准备在浙江响应，失败后被捕慷慨就义……

虽然陈廷安吃在厂、住在厂，可他这一年多比在外边对中国的形势了解得还多，思考得也多。中国会变天吗？革命党能把清朝掀翻吗？

陈廷安的思想陷入混乱之中。他自问：如果倒退七年，他还会为大清卖命吗？

这一年多的时间里，他除了偶尔被余怀庆叫去余府改善生活外，就是去武昌看看虾米和奶奶。没有秀儿的消息，也没有陈廷顺的消息。但他没有也不可能忘记他们。

罗秋月一直未婚，余怀庆也不再提此事。罗秋月或许并非刻意在等陈廷安，但也从未关注别的男人。而余怀庆也从未在养女这个问题上操过心，他心里有底，认为陈廷安和罗秋月是迟早的事。

本来武汉三镇的革命党也正在积极筹备武装起义，可一系列坏消息传来后，鉴于经验不足、准备不足等因素，上级指示武汉三镇的行动暂时低调而行，活动需倍加小心。于是武汉的革命党转而秘密而积极地积蓄力量，以图再起。

虽然军警镇压起义军的对内战争此起彼伏，对枪支的使用量也大大增加，但汉阳兵工厂的生产量仍未饱和，余怀庆知道这与各省各自向外国购置二流甚至三流洋枪有关，因为他们或是迷信洋枪，或源于朝中的各种派系的斗争，这些是余怀庆无力左右的。

这时，余怀庆接到一份文件，读完后十分兴奋。原来，这是清朝陆军部的通令，通令各省须采购湖北兵工厂枪械。除特殊需要外，不应向外洋采购，一律向汉阳厂购买，并依期付款。

余怀庆如被打了针强心剂，立即吩咐王主管增加生产……

陈廷安很少离开兵工厂的大门，他似乎有意在与外界隔绝，但仍然时不时地想起秀儿、虾米和陈廷顺。

秀儿是否还在汉阳？是否还在湖北？是否还在中国？每当想到这时，陈廷安最担心的是：秀儿是否被日本人带去了日本？

虾米仍然在拉洋车。陈廷顺虽然一直是“编外”巡警，尽管一直没再立成大功，却事无巨细地不时向焦伯琛报告“情况”。他认定自己只有这一条路可走，而且必须走到底——当巡警！

鬼七的大院越来越冷清了。

桂福虽以昔日的兄弟为重，可没了鬼七的“凝聚力”，兄弟们一个个地离开了大院。桂福一时想不出什么好办法能留住大家。

陈廷顺匆匆进了他和桂福的房间，刚要收拾完东西，桂福就进来了。

“廷顺，有几个兄弟走了，咱这大院怕是也住不久了，你说怎么办？得想个办法留住大伙儿、保住这个家呀。”桂福不知道陈廷顺也要走。桂福习惯了集体生活，不愿意以往的生活形态一去不返。

“大哥，大家愿意去哪就去哪吧，这叫各奔前程，这不，我也得走了。”陈廷顺说着开始收拾自己的东西。

“你要去哪儿?”桂福惊讶地问。

“去巡警队，焦队长让我去，我估计我回不来了，但可不是去坐大牢呀！”陈廷顺颇有些得意地赶紧说明。桂福才明白陈廷顺熬出了头，可能要当巡警了。

陈廷顺果真当上了巡警。

焦伯琛需要人手，也需要对自己的承诺有个交待，于是陈廷顺如愿以偿了。

在集体入队的仪式上，陈廷顺激动地聆听着巡警局长的训话。

“弟兄们，从今天开始你们吃的就是皇家饭，做的当然就是皇家事。眼下，乱党活动猖獗，你们要尽忠职守，不辜负皇上的厚望，为朝廷立功……”

陈廷顺听得热血沸腾，暗下决心要当个好巡警，继承父志，为大清尽忠。

这时已是1910年。

2

下巴上有了胡须的陈廷安已经二十六七岁了，也已经是汉阳兵工厂的车间工长了。但他仍是一如既往的光棍一条，和余总办的亲密关系也是一如既往。虽然两人的关系几经波折，但却一直没有伤害彼此的感情，如今两人情同父子。

经过两三年的努力，余怀庆终于又设计出一款新的“汉阳造”。欣喜之余，也为了保密，他叫来了陈廷安。

陈廷安走进余怀庆的办公室时，只见余怀庆正在摆弄一支新枪的组合模型。

“廷安，过来看看我的新枪！”陈廷安一进门余怀庆就兴奋地说。

陈廷安走到模型前，认真地看着。虽然他对枪已经不陌生，但仍看不出这支枪有何不同。

“大人，我还是听您给我讲吧。”陈廷安窘迫地说。

“好好好。”余怀庆将模型打乱，然后每组装一个部件，他就讲该部件的作用及其改进。

“你看，在枪管后侧，我们增加了护木，这样不但更加稳固了，也可以减小击发时的震动，这样就会提高准确度。你看这个，我们把德 M1888 式直立式表尺式样，分划为 5-20；再把 88 式表尺改良为固定弧式，其分划为 1-20……”

余怀庆津津乐道着，陈廷安认真地听着。

“这两种步枪其他构造基本上相同，比如枪机之机头是分离式的，使用弹夹供弹，弹仓外露……新的改造还要在实战中总结出经验后再进行。”余怀庆信心十足地说。

“大人，您为‘汉阳造’真是倾注了全部心血。”陈廷安感叹道。

“只要我这一辈子能为中国步枪留下一点痕迹，中国步枪能和洋人的枪媲美，就是我最大的满足!”余怀庆说着又陷入遐想……

这时，侍从进来，将一份信件放到余怀庆的桌上。余怀庆看到信件的落款是陆军部，立即打开。陈廷安见状告辞。

原来，陆军部提案湖北兵工厂，要求他们改造 6.8mm 的枪弹。6.8mm 枪弹是上海制造局制造的“沪 68 步枪”所用。

要造新型子弹，就要更换机具。余怀庆到各部门核实数据及更换机具的预算，结果所需银子三十万两。余怀庆立即向陆军部申请拨款……

一个月后，余怀庆接到了陆军部的回文：所需款项由江汉关洋税负责 20 万两，宜昌关洋税负责 10 万两……

看来，朝廷也没有银子直接拨给他，可这种“转账”式的拨款几乎让余怀庆毫无信心，且莫说那“两关”心里愿意不愿意，就是办起手续来也麻烦得很。果然，在余怀庆忧虑重重地等着那“两关”的消息时，先后接到江汉关和宜昌关的来函：两关均无款可拨。

巧妇难为无米之炊，这令向来对朝廷意旨执行不二的余怀庆更加心情恶劣。虽然这责任不在他，但对朝廷上下政令的不畅与心知肚明的各级官衙的腐败则让他心痛至无言。

余怀庆苦思冥想了多日，也没想出好办法，看来无路可走时只有再去找已经调往京城的老总督张之洞了，可偏偏这时传来有知遇之恩的张之洞在京城去世的噩耗，余怀庆悲伤之至，心情灰暗，干脆躺在了办公室里间的卧室，一天滴水未进。

陈廷安一连几天没见余怀庆下来巡查，心里有点犯嘀咕，因为余怀庆只要在厂里，是每天都要到各车间走一圈的。是出差了还是病了呢？恰好这天陈廷安休息，他向王主管打听，才知张之洞逝世，余大人把自己关在办公室好几天了。陈廷安知道余怀庆为此悲伤是一定的，想想自己捡回一条命也与张大人有关，不免也一阵感叹……

余怀庆办公室的里间就是他的卧室，此时他从卧室出来，只见办公桌上已经放了一叠报纸和各级衙门发来的例行官文及朝中的“机要”，所谓“机要”就如同当今的“内部参考”。可这几天他看报纸和这些文件的心情都没了。

余怀庆坐下后，随手拿起一份“机要”，不经意地看了一眼，接着却定睛细读。

“机要”载：本年2月，广州三千新军叛乱，在广州水师的突然袭击下叛乱被消灭。文中提到了双方用的均是“汉阳造”……余怀庆唉声叹气之时陈廷安来了，见余怀庆不停地长叹，以为定是为张之洞的过世而悲伤。

“大人，张大人高龄75，算是寿终正寝，您不必过度悲伤，只要我们后人记住他的功德就是对他老人家的缅怀……”陈廷安知道自己也只能如此说了，因为余大人与张之洞的关系和感情是众人皆知的。

余怀庆什么也没说，将那份机要件推给了他。“机要”属于保密文件，但余怀庆不拿陈廷安当外人。

陈廷安读后，前几次得知此类消息的那种感觉又从心底升起。

“大人，我们造的‘汉阳造’怎么不是保家卫国，却都是用来打中国人呢？”

“新军叛乱若不剿灭，同样也是危害国家。”余怀庆似乎在自言自语。

“可他们都是中国人呀。”

“中国人一样有好有坏——那些犯上作乱、企图造反者，为什么不能杀？总不能任由他们拿着‘汉阳造’造反，却让广州水师拿着大刀去平乱吧？”

“他们为什么要造反呢？我不相信他们都是江洋大盗，要去占山为王吧。”陈廷安第一次和余怀庆争论了起来。余怀庆认真地看了看他：“廷安，你这是受乱党的蛊惑了。”

“大人，您知道我从来都不出兵工厂的大门，哪来什么乱党蛊惑，只是小的觉得——”

“我知道，”余怀庆打断了他，“我知道你父亲死在洋枪之下，你又受过枪伤，一心想用我们自己的枪去打洋人，可如今八国联军早就撤了呀，咱总不能扛着‘汉阳造’漂洋过海去打人家吧？”

“以前是民众造反，如今是新军也造了朝廷的反……大人，您说这是怎么回事呢？”陈廷安确实是想不明白了。

余怀庆收拾起东西：“得了，咱爷俩就别争论这事了，回家，你跟我回去，让冯妈给咱们包点饺子。”

两人回了余府。罗秋月见他们回来十分高兴，马上和冯妈一起包饺子去了。

余怀庆将陈廷安拉到了书房。

“廷安呀，你二十七了吧？”

“大人，您还记得我的年龄。”陈廷安感动地说。

“秋月也二十六了……”余怀庆突然笑了，“你说我是不是操闲心，可你们这两个大男大女总在我眼前晃，我不操心也不行。”说完余怀庆认真地看着陈廷安，陈廷安真是不知道该如何回答，窘迫地低下头。

“廷安，秀儿有消息吗?”余怀庆不再细说什么，马上岔开话题。

陈廷安叹口气:“不知道她是不是还在大和洋行，更不知道大和洋行还有没有。”

这时罗秋月进来给两人倒茶水，余怀庆看了看罗秋月:“秋月，饺子快好了吧?”

“马上就好了。”罗秋月说。

“我得看看去，别煮火候大了。秋月，你陪会儿廷安。”余怀庆有意离开了。

两个年轻人都隐隐感觉到了余怀庆的用意，但陈廷安在男女情事上本来就木讷，罗秋月也差不多少。她和秀儿正相反，循规蹈矩，不仅没有秀儿的火辣，甚至有些不谙情事。尽管她对陈廷安有好感，也只能被动地接受，但这对陈廷安来说是不可能的。

“廷安，你这辈子就打算在兵工厂了?”双方沉默了一会，罗秋月小声问。

“要是世面永远是这样子，怕是下辈子也得在兵工厂了——还有比兵工厂更好的去处吗?”陈廷安一时没理解她的用意。

“还真没有比兵工厂再好的地方了，我家老爷在那儿，他还能多照顾你。”原来罗秋月也并无他意。

“秋月，求你一件事好吗?”陈廷安突然问。

“干嘛说求，你只管说吧。”罗秋月爽快地说。

“有机会时帮我打听一下大和洋行还有没有，如果有搬哪里去了，行吗?”

罗秋月稍稍一怔:“好，我一定帮你打听。”罗秋月很快调整好了自己的情绪。

大家一起吃饺子时，余怀庆也没看出罗秋月和陈廷安间有何亲热但也没看出怎么冷淡。吃完饭，两人又回了厂。

回到办公室的余怀庆，发现桌上有新到的不少国际新枪的资料，余怀庆认真看过之后，发现“汉阳造”与国际上的新枪还有不少差距。余怀庆立即开始研究起来……

3

刘老板从旁院的化铁炉回到房间，刚喝了几口水，云妹就进来了。已经二十五六岁的云妹有了种成熟的美。

“爹，又要清明了，你说我妈给我留的是什么呀？好几年了你也不给我！”每到清明，云妹都会提起这档事。

“唉，我是想等你完婚时再给你呀。”刘老板有些无奈。

“不嘛，我现在就要！”云妹撒起娇来，大概对等待婚姻已经没有兴趣了。

“你这孩子呀，急啥，早晚是你的。东晨去日本两年多了，快回来了，回来你们马上就办婚事。”

“那我不管，我要看看我妈给我的是什么。”

“好好好，我给你找。”说着刘老板起身去开一个大箱子，可这时外边有人喊：“老板，有客人来谈生意了！

“来了！”刘老板又关上了箱子盖，“云妹，你看，咱家的生意最近多好，这是为你和东晨的婚事送彩礼呢。”

说着刘老板匆匆出去了。

云妹这次又没看见母亲留给她的东西。她想自己翻箱子找，可刚把箱子盖掀开，她又放下了。并非她不想知道母亲给她留下了什么，她是想将这越来越强烈的好奇心保留到最后，以满足几年来那种无数次的想像。

近年来，云妹的成熟可能更多表现在外表上，而其内心却更加单纯了。

这种单纯是单调的生活所造就。傅东晨去了日本，陈廷安几年来很少来刘家。她生命中的这两个男人都有点让她无可奈何。

云妹和陈廷安虽是儿时的青梅竹马，还谈不上男女之情，但几次与陈廷安的接触仍然让她感觉异样，是那种和傅东晨所没有过的感觉。傅东晨虽然很关心她，也很有礼貌，却一直没有给云妹那种激情，最多是客气和理性的婚约。加之这两年傅东晨去了日本，使得本来就不稳固的婚约在云妹的心里变得索然无味。此时，她有点后悔离开老家，那样她现在或许已经是陈廷安的妻子。

那个时代的婚姻虽然还是父母之命媒妁之言，但作为大武汉地区，洋人和买办街头随处可见，三镇成了除上海之外最著名的“十里洋场”，新思想、洋潮流潜移默化地影响着传统的中国人。

这两年来，云妹想陈廷安比想傅东晨的时候更多。她知道这不好，她也不可能与陈廷安结为夫妻，可她挡不住心底所想。

其实，陈廷安去了兵工厂后，只在春节时礼貌性地来看看他们父女，而且从不吃饭。

云妹甚至想过悔婚，她越来越不喜欢傅东晨，至于是不是因为喜欢陈廷安，她自己也说不清。

云妹有些心神不宁，回到自己的房间就躺在了床上……

……

虾米没心思拉活儿了，只想回家。

因为对汉阳熟悉，也为了能经常看见陈廷安，按奶奶的吩咐，虾米天天在汉阳、汉口一带跑洋车，晚上就把洋车存放在棚户区的“老家”，然后再回武昌。今天天还早，他已经给奶奶买好了药和吃的，准备把车送回棚子老家然后回武昌。

虾米正拉车走着，突然有人喊：“洋车!”

虾米也不管是不是在叫他，反正不想拉了，只顾往前走。

“嘿，怎么装听不见？放着客人不拉呀?!”又一声传来，虾米感觉到这是在叫他了，心想你就是天王老子我也不拉，怎么了?！可当他下意识地回头看时，却不得不停了下来，原来是个巡警。虾米不敢得罪巡警，只好停下了车。

那个人过来上了车：“去巡警队！”

虾米不经意间看了巡警一眼，却再也不敢认真看了——原来是陈廷顺。两三年过去了，虾米还认得他，可心不在焉的陈廷顺却没认出虾米。

虾米一溜小跑，将陈廷顺送到了巡警队，低着头收下了钱，转身就跑了。陈廷顺看着远去的虾米，似乎想起什么，却又不敢肯定，只好进了巡警队。

虾米想去兵工厂。虾米不知道陈廷顺当了巡警，也从没听陈廷安说起过。这是个大事，得马上去告诉大哥。这是虾米唯一的念头，于是他拉着车一溜小跑地往兵工厂而去。这时一个女人在叫“洋车”！虾米装作没听见，继续跑走了。

叫车的是个姑娘。虾米没想到是谁在叫他，否则一定会停下车。因为叫车的女人是秀儿！

秀儿也是二十六七岁的人了，可看上去几乎跟当年没有什么变化。

看着那个空车跑远了，秀儿只好等着下一辆。她要去见一个人，但愿还能找得到。

……

刘老板和客户谈完，又回到房间，以为云妹还在等他拿东西，却不见了云妹，刘老板以为云妹又使起了小性子，只好去了她的房间。

云妹仍然躺在床上想心思。刘老板悄悄进来了。

云妹腾地坐了起来：“爹……”云妹盯盯地看着刘老板。刘老板看着女儿，不知道发生了什么。

“云妹，想说啥?”

“我想和东晨退婚。”云妹平静地说。

“啥？云妹，你是没睡醒吧？”刘老板过去摸了摸她的头，“这也没发烧呀。”

“爹……我真的想退婚！”云妹认真地说。

刘老板坐在床边，想了想说：“云妹，我知道你不满意东晨老是拖着婚期，害得我闺女这么大了还在娘家守着，可人家马上就回来了，咱几年都等了还差这几天？”

“爹！我不是那意思！”

“那是怎么回事？”

“就是不想嫁给他。”云妹不知道该怎么和父亲说，因为她也没有确切的理由。

刘老板想了想，好像明白了：“云妹呀，我知道你想的是什么，东晨平时是忙了点，而且把婚期拖了这么久，可人家是真的忙呀，而且忙的都是正事，如今人家在日本留学，以后一定是前程似锦。可陈廷安——”他已经习惯叫金子为陈廷安了，“陈廷安有什么？没家没业的，虽然是兵工厂的工人，赚的也是有数的钱——”刘老板还要说什么时，云妹打断了他。

“爹，你说什么呢？我又没说和东晨退了婚就是要嫁给陈廷安呀！”云妹有些恼火。刘老板还要说什么时，一个伙计在窗外喊：“老板，来客人了！”刘老板以为来了客户，马上出去了。云妹刚想躺下，刘老板就回来了。

“云妹，来了位小姐，说认识你。”

云妹想不出是谁，马上站了起来，这时秀儿已经站在门口了。

“云妹，是我，秀儿。”秀儿微笑地看着云妹。云妹怔了一下，终于想起了是秀儿。

“是你呀，快进来。”云妹下意识地跑过来，拉住了秀儿。

“爹，你忙着去吧。”云妹对有些犯愣的刘老板说了一句后，将秀儿拉到了床边。刘老板只好走了。

“云妹，我以为找不到你呢。”拉着云妹的手，秀儿高兴地说。

“怎么会找不到呢，那次陈廷安的事……时我告诉你我家在哪儿了呀。”云妹不解。

秀儿笑了：“我以为你早嫁人了呢！”

“你才嫁人呢！”云妹也大笑起来。“真的，你嫁人了吗？”云妹问。

秀儿摇头：“还没想过要嫁人呢。”

“是在等陈廷安吗？”云妹索性问。

秀儿没想到云妹这么直接，突然有些不好意思了：“你怎么这么说呢？我连他在哪都不知道。”

云妹有些意外：“你真的不知道他在哪？”

“真的呀。自从上次在刑场上看见他之后，一直没有他的音讯，也不知去了哪。”秀儿真切地说。其实，这几年来，秀儿几乎是第一次有了自由，才得以自己上街。原来，秀儿一直在汉阳，只是长野他们都是深居简出，而秀儿则一直被限制着自由……

“他在兵工厂……”云妹突然有种莫名其妙的怅惘。

两个姑娘坦诚地说起了对陈廷安的感觉与思念，其间她们虽然都能感受到对方对陈廷安的好感，但两个女人间既不避讳，也不妒嫉，如同两个姐妹。

……

此时，虾米正蹲在兵工厂大门口，等着警卫去叫陈廷安。

陈廷安在大门里就看见了虾米，他以为是奶奶出了什么事，快步从工厂里跑了出来。

“虾米，有急事吗？”陈廷安有点紧张。

虾米把陈廷安拉到一边。

“大哥，我看见陈廷顺了!”

“哦？在哪?”

“他现在是巡警了。”虾米说。

陈廷安有些意外，但想想也是情理之中。

……

云妹把秀儿送走后，开始冷静了下来，这时她心里才有些不是滋味，尽管她一直将陈廷安当哥哥看待，也尽管在陈廷安险些被官府处决时，她在悲痛中隐隐有异样的感觉，但那毕竟不是明晰的。而如今，当另一个姑娘对陈廷安表现出毫不掩饰的好感时，她才知道自己同样也在喜欢着陈廷安，可她知道，自己在某种意义上已经没有这个资格了。

不知道今天怎么了，本来生活平淡、单调的云妹突然经历得太多了。秀儿刚走不久，傅东晨从日本回来了。

刘老板欢天喜地地把傅东晨从院里领到了云妹的房间……

傅东晨给父女俩买了不少礼物。待刘老板避开后，傅东晨一下抱住了云妹，在她的脸上狂吻了一气。云妹既没拒绝，也没迎合，对傅东晨，她一直有点麻木。

傅东晨早就有这个感觉，他认为是一直没结婚的缘故，因而有点内疚。

“云妹，谢谢你，我在日本天天想你会不会不等我了嫁给别人呢？这说明我太在意你了。今天一下船，我就往这儿跑，一进院，我这心才放下了。云妹，让你等了我这么久，我向你道歉。我一定会给你个最盛大的婚礼!”傅东晨说着又吻了她一下。

“云妹呀，”窗外传来刘老板的喊声，“去饭店点几个菜吧。”

“好!”云妹趁势推开了傅东晨。

云妹走后，刘老板把傅东晨领到自己的房间。

“东晨，你在东洋学的是什么呀?”

“经济。简单说就是怎么做生意。”

“那回来后想做什么生意?”

“可能给一家大洋行当买办。不过不急，我先考察考察。”

“不行在咱家干也行呀。铁器行的生意越来越好了，如果有了你这个留洋的帮衬，生意一定会更好!”刘老板自信地说。

“伯伯，咱不能把目光放在自己家里，要——”

“你说得对，年轻人就该往远、往大了看。”刘老板表示支持。

……

秀儿刚离开刘家家门，就叫了辆洋车，并吩咐车夫去兵工厂。可没走几步，她发现有人在跟踪她，一向机警的秀儿不知道跟踪她的会是哪股势力的人，马上吩咐车夫改去某地。

洋车拉着秀儿在一家“制铁株式会社”门前停了下来。秀儿下了车。

原来，这里就是改头换面的大和洋行。

秀儿进了走廊后，忽然听见长野的房间传来大叫声。那是长野的声音，不知谁让他发了火。

秀儿悄悄走了过去。

“混账!知道你们擅作主张会有什么结果?!这会影响我们的整个计划，会搅乱大局!”

……

4

休息日，陈廷安独自出了兵工厂。

虽然二十六七岁了，在工人中是为数不多的未婚者，可陈廷安一点不急，用根本就没想过来形容可能更确切些。他对秀儿念念不忘，却从未想像过秀儿作为自己的妻子是何情形。虽然他知道余怀庆一直想将他和罗秋月撮合成婚，也知道罗秋月对他有好感，他也没想过拒绝罗秋月会是何情形——他几乎从来就没把秀儿和罗秋月在“妻子”这一天平上作过比较。

他心里放不下秀儿。如果说以前的放不下是因为他曾经无数次受惠于秀儿而生的愧疚，如今，则是无法摆脱的牵挂与思念。以前，他从来不正面面对秀儿对他的痴情，如今，在自责与思念之余，无数次对往事的回忆，让他无数次感受着温暖与感动甚至是依恋与想念。

此时，怀里揣着秀儿的那只鞋，陈廷安已经走在了江边。

江水静静地流着。看着黑黝黝的江水，时时都能感受到它静静的力量——在貌似平静的江水下面，暗藏着无以言表的汹涌。这江里蕴藏着多少活跃着的生命，又吞噬了多少生命，千古以来不计其数。每滴江水似匆匆过客，一路而来，它们目睹了有限的风景；可是当你合上眼睛时，这江水似乎就是凝固的了，从整体意义上说，在人们的记忆中、在人们的视野里，它永远是个不变的整体，目睹了千古以来两岸不尽的故事……

望着江水，陈廷安在想：它还记得当年吗？还记得江边的那条破船以及曾往来破船的那几个人吗？如果眼前的江水真的有生命，它能告诉我当年它所看见的秀儿在江边发生了什么吗？此时，陈廷安拿出了怀里的那只鞋。

他坐在江边的一块石头上。此时的他更愿意回到当年，那时，也许他不会撵走秀儿，秀儿也许就不会成为现在解不开的谜，可这时他又不得不想到：兄弟呢？兄弟爱上了秀儿这是无疑的，如果秀儿嫁给了弟弟，我能否像对待弟媳那样对待秀儿……陈廷安很坦然的是，对待陈廷顺与秀儿的情感上，他没有充当不光彩的角色，两人的分道扬镳也与秀儿无关——最少陈廷安是这样想的。

陈廷安不愿再多想。这或许是个死结，也可能是多解。

此时，罗秋月一直在远处岸上的草丛中坐着看着他。

本来，罗秋月是受余怀庆之命到厂里找他去余府改善生活的，可在兵工厂门前却见陈廷安向江边走来。罗秋月警惕的神经从来都是紧绷的，此时她十分注意观察四周，以免不测的发生。

此时，陈廷安抬起头，向那条破船漂走的下游看去，却发现了一个巡警在江边徘徊，陈廷安下意识地躲在礁石之后。

那个巡警是陈廷顺。

罗秋月也看见了陈廷顺，并机警地摸了一下袖中的飞镖。她知道这是兄弟俩，却有着难以说清、他人更无法解读的关系……

与陈廷安一样，陈廷顺也是故地重游。只是他回忆中的所想相对简单了些。他想的是与秀儿在一起的日子，虽然秀儿几乎没给过他好脸色，但自从他看见秀儿，秀儿就已注入了他的生命之中。这几年他不但没有结婚，许多人给他介绍的姑娘他都拒绝相看。他自己非常清楚，如果这一生得不到秀儿，他不会再看第二个女人。

说不清是觉得愧对哥哥陈廷安，还是忌惮哥哥后来对秀儿的关注，抑或是他对哥哥背叛了父亲之志而无法接受，总之他不想再见到他……

这哥俩谁也没有想到，他们心里的秀儿此时正在更远处注视着他们……

原来，秀儿先前去了兵工厂找陈廷安。还没到大门时，就发现陈廷安出来了，正待她跟着陈廷安准备在一处安静的地方与之相认时，却很快发现罗秋月在跟踪着陈廷安，秀儿没有声张，悄悄跟到了江边……

如此，几乎整个故事中的主角都不约而同地齐聚此地，这似乎预示着什么，只是他们却相互不得知。

……

工友们发现陈廷安不爱说话了，干起活儿来也心不在焉。一次，陈廷安在砂轮机前打磨一个枪管时，一不小心险些将左手的食指指肚磨掉……

待陈廷安包扎好伤指后，余怀庆知道了，亲自批了他三天假，并将他叫到了办公室。

可以说，陈廷安在某种程度上将余怀庆当作了父亲，而余怀庆则在很大程度将把他当作了儿子。

“廷安，听说你这些日子心情不好？有什么心思和我说说好不好？”

“心情……没什么不好的呀。”陈廷安想了想终于说。确实，他也说不出为何不好。

“孩子，我喜欢你爱动脑筋，可是不能想得太多了钻到牛角尖里去。如果我没说错的话，你还是在想咱们造的枪到底干什么用是吧？”余怀庆直指他的心里所想。

陈廷安想了想，点了点头。

“孩子，军工是世界上任何一个先进国家最重要的产业。什么叫国富民强？一是百姓过上好日子，二就是这个国家不受欺负。国富和家富不一样。家富就是吃好的穿好的，出门坐马车，最多雇个看家护院的。可国富就不一样了，国家富不单是国库里存有多少钱，是要看它的国防，国防是什么？就是兵强马壮，就是在世界上不受欺负，两国交战有实力在手，就不会丧权辱国……你是读过书的人，知道鸦片战争、甲午海战中国为何失败？洋人凭什么可以肆意侵略中国？为什么咱们被人家侵略还要给人家赔银子？是因为人家船坚炮利呀！试想，如果当初你和你父亲同样也是手持洋枪，怎么会任洋人涂毒？所以，我们要想不被人欺负，就要有咱们自己的枪炮！”余怀庆说得慷慨激昂又语重心长。

陈廷安点点头。

“至于你想的什么中国枪不能打中国人，那太政治了，不是我们能搞清的，何况，枪是拿在人的手里，你能保证咱们造的枪就能一支不落在土匪强盗的手里？咱们不能因为这个就把兵工厂关了吧？”余怀庆也不知道自己今天怎么说了这么多。

陈廷安虽未豁然开朗，但也突然意识到自己确实有点愚蠢。其实，这也并非他的愚蠢，实在是因为他的脑子里已经潜移默化地受到了革命党的影响，或者是在几年的腥风血雨中他一直在痛苦思考中的阵痛……不过，余怀庆的一番教导虽然站的是客观并偏“清王朝”的立场，但其理论却是中性的，可以说他在说服陈廷安的同时，也在启发着自己。

当天，两人回到了余府。余怀庆张罗着给陈廷安炖鸡汤，罗秋月立即上街去买鸡了。这时，余怀庆才发现管家没在家。

此时，管家正在一处秘密地点参加革命党的会议。会上，唐季恺和他的同志们分析了目前的形势后，向大家宣布：抓紧开展革命活动，壮大队伍，适时举行起义，并积极筹措革命经费……

正要散会时，小吴突然进来报告：一位同仁筹集到了一笔经费，可尚未送来时，便在家中遭劫，而这位同仁的表面职业是铁器商人……唐季恺吃了一惊，他感觉这不是一件普通的抢劫案。

"各位，越是面临新的行动，我们越是要提高警惕，对任何人和任何势力都不能掉以轻心，否则就会为我们今后的行动留下大患。对这件事我们一定要弄个水落石出。"

"铁器商人……是不是从他的生意伙伴上秘密查起呢?"余府管家提醒道。

"这是个想法。"唐季恺肯定道，"而且我刚刚得到情报是：长野的大和洋行几年前突然搬走，偃旗息鼓了几年后，现在改名叫铁器株式会社……"

所有与会者都既吃惊又意外且兴奋。

唐季恺站了起来，在地上踱起了步子，然后猛地抬起头："我一开始就怀疑是日本人所为——东晨，你刚从日本回来，懂日语，又熟悉日本人的生活习性，你马上暗察一下长野他们的底细。这几年他们对兵工厂屡未得手，但作为特务机关他们不会闲着。我们只有掌握了他们的底细，才能掌握主动。"

傅东晨站起来："好!"

……

从第二天开始，陈廷安在余怀庆的安排下离开车间，给余怀庆当了校枪员。余怀庆给他的任务就是没有新枪可校时，天天在靶场练射击。

陈廷安先是把靶子都画上人形，有东洋人也有西洋人，然后从十米距离内开始瞄准射击，然后一天退后五米，直至退到标准距离……每天他都要打出上百发子弹。

这项工作给他带来了巨大的投入与快乐。

那个让余怀庆颇为得意的步枪设计终于造出了样枪。靶场上只有两个人，余怀庆和陈廷安。

当余怀庆给陈廷安亲自调好标尺后，陈廷安对着靶子以不同距离开了三枪，然后两人跑到靶前，确认此枪的准确度没有问题。余怀庆让陈廷安退后三十米，再次击发，效果仍然不错，两人都十分欣喜。下一步就是射程的检验了，两人都渴望这支枪能突破旧枪的射程，那样，此枪就算成功。

余怀庆亲自将八个铁桶纵向摆在了一起，然后退到一侧，向陈廷安挥动手里的小旗子。

陈廷安装好子弹，举起枪，心里暗暗祝福这次射击能达到余怀庆的心愿：够射程、有准度……

枪响之后，陈廷安放下枪，看着余怀庆向铁桶跑去。

余怀庆从第一个铁桶开始，一个一个地往后检看着。陈廷安远远地看着，希望余怀庆能一直走到第八个铁桶……可余怀庆走到第七个时，看了看，就停了下来，这说明，至少子弹没有击到第七个桶。

陈廷安心里一沉，为余怀庆、为“汉阳造”生出些许遗憾。

余怀庆重新摆好桶，跑到一侧后，再次向陈廷安举起小旗。

陈廷安装好子弹，心想也许刚才那颗子弹的底火不足，是个意外，但愿这次最少能击穿七个铁桶。他下意识地将脚步轻轻往前移了半步，可这时余怀庆嘴里的哨子响了。陈廷安放下枪，只见余怀庆向他摆手，意思是让他退回到标准线内。陈廷安在感动与愧疚中退了回来。

枪再次响了，结果与上次无异。

陈廷安立即向余怀庆走去，他不知道该怎么安慰这位长者，可当他走近余怀庆身边时，余怀庆却微笑着拍了拍陈廷安的肩膀：“没关系，接着来!”

陈廷安感动得无语，他望着余怀庆斑白的两鬓，那瞬间他明白了，一支枪的诞生是多么艰难……

“成功哪有那么容易，何况在这条路上，大家永远都在走着，没有尽头。我们，还在人家的后头呢，只是我们要加快脚步。”余怀庆从陈廷安手中接过那支枪，边说边走边看着。

5

余怀庆又把自己关在了办公室，完善着他那支样枪的设计。

休息日，陈廷安想了一早晨今天该做什么。没有急事时，他就会陷入对以往的回忆……于是，他出了兵工厂。

陈廷安到了那座一直令他狐疑的孤坟前。让他吃惊的是那坟上竟然有新土，这说明有人来上过坟!

陈廷安疑惑了，谁会给孤坟来培新土？鬼七已经死了，难道是秀儿？想到这儿，他立即四下打量起来，并无人迹。

他围着坟转了几圈，没看出什么特别。这座坟为什么是空的？既然是空的为什么还有人上坟？为什么鬼七和秀儿都来祭拜？一连串的谜令陈廷安无法破解，倒是自己当初劫了德国卫兵的洋枪后胡乱地跑到这里，才阴错阳差地把这个谜团又蒙上了一层谜雾。

他坐在孤坟的一侧，望着远处的树林，回想着当年因为那支枪在这一带发生的故事……他尽力不去想秀儿，可怎么也抑制不住的是在江边的破船上秀儿泣泪而去的情形——不知道她现在在哪，也不知道罗秋月是否帮他寻找过……

此时，罗秋月就在离这座孤坟不远的树丛中。但她并非是跟踪陈廷安而来，倒是陈廷安的突然而至，让欲给孤坟培土的罗秋月大为不解。她躲在远处，注视着陈廷安那狐疑、不安与凝思的神态时，觉得世界真奇妙，上天会将本不相干的一切在瞬间打包一起塞给你。

罗秋月认定陈廷安是为秀儿而来，她答应过陈廷安寻访大和洋行和秀儿，她也确实想履行诺言，可是当她将这一情况通过管家报告给唐季恺时，唐季恺的指示是：为避免陈廷安的莽撞惹出事端进而打乱革命党的相关部署，尤其避免将革命党决定相机争取的陈廷安再次推到风口浪尖，从而带来意想得到和意想不到的危险，先不要寻访秀儿下落。在革命党看来，陈廷安必将是他们队伍中的一员，而且是重要的一员。

于是，罗秋月只好告诉陈廷安，她一直在努力寻找着。

罗秋月悄悄走到了陈廷安的身边，陈廷安突然感觉到了声音，猛然跳起，罗秋月爽朗地大笑起来。

陈廷安对罗秋月出现在此地有些不解。

“听说你今天休息，我到厂里找你，见你往这边来，我就跟来了。”罗秋月轻松地说。

陈廷安回想了一下，没有发现这一路上有人跟踪，可转而一想，罗秋月本是帮会中颇有武艺的女侠客，悄无声息地跟踪一个人应是不在话下。

“你怎么才告诉我呀，吓我一跳。要是我带着大刀，也许回身就劈了过去呢。”陈廷安半开玩笑地说。

“你走得那么快，我一个弱女子怎么追得上？可你别忘了，你有大刀，我有飞镖呢。”罗秋月也半开玩笑地说。

“小姐找我有事吗？”陈廷安突然问，他以为她或许带来了秀儿的消息？

“冯妈病了，老爷不回家吃，我请你去武昌吃小吃，好不好？”此时的罗秋月是那么天真和纯朴。

“还是我请你吧，我可是有薪水的人。”陈廷安说着已经开步走了。

与此同时，好久没去过刘家的陈廷顺来了刘家。

自当上巡警后，陈廷顺兢兢业业，一直想着立大功，一心想着为朝廷尽力。无奈，陈廷安当了兵工厂的工人，形式上自然也是朝廷军工中的一员，而另一个大目标傅东晨则干脆没了踪影，据说去日本留学了。他除了在巡警队全天候地工作之外，生活非常单调，单调之余也经常回想起过去的点点滴滴——在三镇，只有刘家是他的故旧。

陈廷顺当上巡警后，只来过刘家两次，刘老板的态度与以前大相径庭，对陈廷顺十分恭敬。有了一个当巡警的老乡，一旦有不顺不遂的，同样在武汉三镇没根没底的刘家或许就能得到些关照。生意场上混久了的刘老板知道什么对他有用。

在刘家，陈廷顺意外得知傅东晨从日本留学回来了。可是当陈廷顺想知道有关傅东晨的情况时，父女俩似乎很警惕，推说不知道他现在在做什么，也不经常来刘家。这在陈廷顺看来是警惕和推托，其实人家说的的确是实情。

接着，陈廷顺得知哥哥一直在兵工厂，而且和他一样尚未婚娶。

“你怎么不去看看你哥?”云妹禁不住问。她对这兄弟俩为啥互不往来始终闹不清楚，兄弟俩分别来刘家时，只要刘家父女问起此事，兄弟俩都回避，此后这父女也不再问了。

“要去的，要去的，我这就去。”陈廷顺很快和父女俩告辞了。

陈廷顺当然没想去兵工厂，他想将傅东晨已经回到三镇的消息报告给焦伯琛，虽然不知道这傅东晨是否还和乱党有关，但傅东晨是个值得关注的对象则是无疑。

他赶到巡警队时，方知焦队长去了武昌巡警道，他也立即赶往武昌。他希望能在武昌见到道台大人。

此时，罗秋月和陈廷安已经到了武昌。

罗秋月对武昌相当熟悉，领着陈廷安到处转转。此时她很开心，无忧无虑地和她心存好感的男人在一起，她觉得很轻松。

陈廷安想去看看虾米的奶奶，可他还没张口时，两人走到了一个四合院的门前，门前挂着一个牌子，牌子上写着“日知会”。

“廷安，我们进去看个朋友吧。”罗秋月停下脚步说。

陈廷安看了看日知会的牌子，想不明白这里是做什么的，也不明白罗秋月在里面有怎样的朋友。

“什么叫日知会？难道这里是日本人的买卖？”陈廷安对日本人非常敏感。罗秋月却笑得上气不接下气：“你怎么没把日头当日本人呢？”

“你还真说得对了，我要是说了算，就不管太阳叫日！”陈廷安也笑了。

“那叫啥？”

“加一横，叫目！”陈廷安一直对日本人和太阳有关耿耿于怀。

“廷安，我告诉你，这儿和日本人不但没关系，而且是排日的！”罗秋月小声说，“这里有美国圣公会开设的日知会阅报室，每个周日，都会有有志青年来这里学习、读报、听演讲……”罗秋月说的就是当时的秘密革命团体，也就是后来在历史上留下大大一笔的“日知会”。陈廷安有些狐疑，下意识地和罗秋月往里走去。那个在门里的守卫看了罗秋月一眼，微笑着点点头。这时陈廷安看见了那个守卫——这不是当初他干了一天烧水工的科学补习所的那个守卫吗？陈廷安顿时明白了什么，立即转身离开了大门。罗秋月一回身人没了，马上追了出来。

“嘿，你怎么了？”罗秋月不知道发生了什么。

“这儿是不是乱党来的地方？”陈廷安严厉地问。

“乱党?!”罗秋月没想到陈廷安突然提出了这个问题。罗秋月当然是有目的地领他进来，为的是让他接受一些革命思想的熏陶，以完成争取他参加革命的任务，同时，如果唐季恺在里面，还可以将陈廷安引见给他。多年来，与陈廷安为伍一直是她的期望。

“啥叫乱党，人家这是有知识的人才能来的地方。”罗秋月不悦地说。

“那还是你进去吧，我现在是没知识的人。”陈廷安说完没有径直而去，这让罗秋月感觉到他对革命党已经不是那么反感，只是仍然拒绝与之沾染。

“那好吧，你等我一下，我拿点东西。”罗秋月说完进去了。陈廷安只好等在外面。

这个“日知会”确实是由“科学补习所”演变而来。在当时的社会背景下，各种革命团体纷纷在国内出现。最主要的有黄兴领导的“华兴会”，以及陶成章、蔡元培领导的“光复会”。1905 年夏，孙中山在在日本成功联合“兴中会”、“华兴会”、“光复会”等革命团体，在 8 月 20 日于东京成立了“中国同盟会”。“同盟会”在 1907 年虽曾一度再次分裂，但在革命中仍起极为重要的作用。1906 年，“日知会”在武昌成立，后来“日知会”成为“同盟会”湖北分会的机关。从 1906 年起，陈去病等人在江南先后组织成立“黄社”、“神交社”、“匡社”等文学团体，1909 年又组织成立“南社”，通过文学创作传播新思想。1907 年，“共进会”在东京成立。“共进会”的性质及纲领与“同盟会”几乎相同，但不直接隶属“同盟会”。此外还有后期成立的“振武学社”，也是后来的“文学社”。“共进会”与“文学社”是领导武昌起义的两个重要组织，这是后话。

很快，罗秋月出来了，但手上已经有了几本小册子。

“廷安，你帮我拿着。”罗秋月说着把书塞给了陈廷安，陈廷安想赶紧离开这里，随手夹在了腋下。

“我们先去吃小吃，就在前面。”说着罗秋月拉起陈廷安就走，这完全是一个下意识的动作，却是以前所从未有过的。当陈廷安意外地看了她一眼后，罗秋月才发觉自己的失态，马上松开了手。

此时，那个日知会的守卫从门里探出头，看了一眼他们的背影。

罗秋月和陈廷安在小吃摊上热火朝天地吃了武昌有名的小吃“老通城豆皮”、“热干面”等等，又买了“麻烘糕”，打了包准备送给奶奶。

此时，在巡警道门前没等到焦伯琛的陈廷顺不敢擅闯巡警道，只好先到小吃摊吃小吃，可刚把钱交完，便看见一男一女从身边走过，当他离那两人的背影不过一两米时，第一眼看见的是那个男人腋下夹着的几本印刷品，接着看见了书脊上的几个字——《革命军》。陈廷顺一惊，再细看那人的背影时，立即认出是陈廷安！陈廷顺吃惊不小，再看与他同行的女人，像是余府小姐罗秋月。

陈廷顺赶紧回身小声催促老板快将他买的“锅贴饺子”装好。待陈廷顺拿着“锅贴饺子”，转身欲跟踪陈廷安时，却惊讶地发现已经没了他们的人影。

原来，此时陈廷安和罗秋月为了赶时间，已经坐上了一辆洋车……

陈廷安腋下夹着三本小册子，除了《革命军》之外，还有《猛回头》《警世钟》，这几本当时革命党人撰写的鼓动革命的小册子在当时先进知识分子中十分流行，自然也成为清政府严查的对象。

到了虾米家门口的街道上，两人下了车。

“你要看的是谁的奶奶呀？”罗秋月一下车就问，她只听陈廷安说要看奶奶，还不知道他什么时候有了个奶奶。

“就是我那个兄弟虾米的奶奶。”陈廷安顺口答道。

“虾米……”罗秋月想了一下。

“你在外面等着我，我去去就回。”陈廷安不想让罗秋月进去，他怕奶奶以为他是带着媳妇来的，他可不愿奶奶误会。

“我和你去看看奶奶有什么不行呢？”此时的罗秋月神色凝重地说。本来心情很好的罗秋月突然心里有点不舒服，敢情这个男人并未把她当作朋友。

陈廷安不知道她怎么了。陈廷安知道罗秋月对他有好感，尽管她从未明确地表露过，应该说陈廷安对这个有时文静、有时神通，却极少表露自己情绪的姑娘同样也有好感，但也只是好感而已，他心里的秀儿如同一堵墙，挡住了所有异性的进入。

罗秋月的要求没什么不妥，陈廷安只好一言不发地进了屋子。罗秋月一声不吭地跟了进来。

“廷安来了吧？”还未待陈廷安说话，奶奶的脸上已经露出了喜色。

“奶奶，是我！”陈廷安微笑地回头看了罗秋月一眼，为奶奶的耳朵比眼睛还尖而得意。

“廷安呀，那位姑娘是谁?”奶奶向罗秋月的方向指了指。这时，不但罗秋月，陈廷安也吃惊了。

“奶奶，那是我们余总办家的罗小姐，我们来武昌办事情。”陈廷安说完看了罗秋月一眼，却见罗秋月眼睛紧紧盯着奶奶手里的那个核桃。陈廷安感觉到了什么。

罗秋月之所以坚持进来，是因为她对“虾米”这一名字的惊讶……

“奶奶……”罗秋月几乎是下意识地叫着，奶奶一怔，随后伸出手。罗秋月走了过去，跪在了奶奶的床前。

奶奶摸着她的脸：“好漂亮的姑娘呀。”奶奶赞叹道，显然，老人开始往陈廷安媳妇的方面猜测了。

“奶奶，您的核桃给我砸了吃好吗?”罗秋月轻声地说，如同出自一个小姑娘之口。陈廷安不解其意，有些怔了，奶奶同时也怔了。忽然奶奶把罗秋月拉到近前，摸索着她的脸颊……

“娥儿……”奶奶颤微微地说。

“奶奶，是我……”罗秋月的眼泪夺眶而出。

陈廷安惊呆了，那一刻，他曾经熟悉的罗秋月突然由熟悉变得亲切进而形象丰满起来，他没有想到眼前这位姑娘竟然有着那么辛酸而曲折的经历。他甚至有一把抱住她的愿望。

原来，当罗秋月听到“虾米”这两个字时，立即令她回到了幼年。她还依稀记得当年在一个新家时，她有个小弟弟叫虾米，只是那时虾米刚刚出生，因为长得瘦小，奶奶就叫他虾米了。那时，她不知道奶奶手里的两个核桃是奶奶把玩的，饿时就想要奶奶手里的核桃吃。就在娥儿将被送走时，奶奶把其中的一个核桃砸开喂给娥儿吃了。于是，奶奶的手里就剩下了这一个核桃。

这时，虾米回来了。虾米对陈廷安与罗秋月的结伴而来摸不着头脑，当奶奶和罗秋月将过去的岁月讲给他时，他也才知道那钱是鬼七给的奶奶，而罗秋月是鬼七的女儿——虾米的意外毫不亚于陈廷安。

罗秋月早已知道鬼七是她的父亲，却没想到竟然意外找到了当年收养她的奶奶……

“虾米，去买点好吃的，咱家人都回来了！”奶奶高兴地说。

“奶奶，我买了。”陈廷安说。

“奶奶，我给您买药了！”虾米也说。

奶奶笑了：“虾米一定是拉了不少客人呀。”

“那是呀，客人们都愿意坐我的车呢。”虾米得意地说完，去院子里给奶奶熬药，陈廷安看了一眼罗秋月，也跟着虾米出去了。

奶奶仍然拉着罗秋月的手：“现在就差南儿了……”奶奶还想说什么，却突然打住了。老人家不想让娥儿——罗秋月为没有结果的事着急。她不知道那个显魁是否去了棚户区找过他们，是否把南儿送了过去，为此，她才让虾米把洋车天天存放在“老家”，为的是或许能看见显魁，可至今没有消息……

“奶奶，南儿是我的弟弟吗？”罗秋月对小他一岁的弟弟仍然有着清晰的记忆。

奶奶点点头：“我以为南儿再也找不到了，可显魁说……”奶奶犹豫了。

“哪个显魁？”罗秋月盯住问。

“唉，你不认识。上次他来看我，说要把南儿领来，可一直没见他来呀”。

“显魁……”罗秋月默念着。

“娥儿，见了你爹了吗？”奶奶突然问。

“我爹？”罗秋月一怔，她意识里早就没有了父亲的概念。

“他死了！”罗秋月冷冷地说。奶奶感觉到了她的态度，“唉……

作孽呀。”

“秋月，我们走吧。”陈廷安轻轻拉了一下罗秋月，罗秋月意外地侧头看了他一眼，点了点头。这是陈廷安第一次主动地与罗秋月有了些微的身体接触。

6

傍晚，住在工人宿舍的陈廷安刚吃完饭回来准备躺一会儿时，才发现枕头边放的那三个小册子。

陈廷安从武昌回来后，忘记把小册子还给罗秋月，就随手扔在了床上。此时，他静下心来，打开捆在一起的小册子，随便拿出一本读了起来。看着看着，他才发现这是宣传反清反帝、奋起革命的。他看了看屋子，见其他人没注意到他，便悄悄地读了起来。他想知道书里都说了什么、革命党为什么要反清……

正当他边读边思考时，突然一个工友走了过来。

“廷安你看什么那么入迷呀？让我们也看看！”兵工厂的工人中大部分都识字，陈廷安吓了一跳，马上将书塞到枕头下。

“等我看完！”陈廷安顺口说。

“那你快点看，我去洗澡，回来就借给我看。一定很好看，要不你不会那么专心看。”工友神秘地笑了笑，走了。他以为陈廷安看的是什么香艳的小说。

那个工友刚出去，陈廷安马上将三本小册子塞进了炉子里。当他抓紧拨拉几本书盼着快点烧完时，突然门外有人喊了一声：“陈廷安，余大人请你去他的办公室！”

陈廷安吓了一跳，快速地将小册子烧得差不多后，出了宿舍。

余怀庆在办公室已经穿好衣服要回府了。

“廷安，这几天你没别的工作吧？”余怀庆虽然是陈廷安的上司，却从来说话十分客气。

“大人，您有何吩咐尽管安排。”陈廷安知道余怀庆要给他派工作了。

“廷安，你后天和秋月去趟大冶……”余怀庆说着看了看陈廷安。

“去大冶？和罗秋月？”陈廷安有些不解。

“这是公差。去大冶钢厂取钢材样品。要造好枪，我们必须在用材上就提高标准……先不说这些，我明天没时间，秋月以前和我去过大冶，她认识，但她毕竟是个女孩子，我不放心，如果你没其他事就和她一起去一趟。别急着回来，好不容易出去一趟，好好玩玩。大冶还是风景不错的。”余怀庆说着又不经意地看了他一眼。余怀庆当然是有目的，虽然这确是一次必要的公差，但他想借这次机会将这两个本应该早就成家的年轻人近距离地拉在一起，加深他们间的了解和感情。

“行，那我回去准备一下。”自从知道了罗秋月坎坷的经历后，陈廷安对她多了好感甚至亲近感，可与对秀儿的感觉还不可同日而语。

“明天你可以上街去买套衣服。年轻人，别弄得像个老头，再说，你可是代表我去的，别给咱兵工厂丢人。”余怀庆微笑着说。陈廷安点点头。

第二天，陈廷安准备按余怀庆的要求去街上买套新衣服再买双新鞋。可刚到大门口，护卫叫住了他。那护卫认识陈廷安是余总办亲信，一向对他十分客气。

“陈先生，正好，你妹妹来找你。”护卫说。

“妹妹？”陈廷安有点不解，何来的妹妹？

“就在门外呢，你出去就看见了。”护卫意味深长地向门外一推陈廷安，陈廷安出了大门。

刚走出大门外，陈廷安便呆住了。真是踏破铁鞋无觅处，得来全不费功夫——站在他面前的竟是秀儿！陈廷安呆立的那瞬间，感觉到了自己在发抖……

秀儿身边是一辆洋车，洋车旁站着笑眯眯的虾米。虾米为自己终于为大哥完成了一件使命而得意。

秀儿仍如几年前那般年轻，仍是几年前那般的神态。陈廷安一时不知该说什么。

两人相对傻笑着。

“大哥，上车呀。”虾米提醒了两人，两人上了虾米的洋车。

虾米将车帘拉了下来，并将车拉到一个僻静处停了下来。把车停稳后，虾米躲在远处望风。

虾米洋车上的座位有点窄，两个人坐着有点挤。此时，陈廷安和秀儿紧紧地坐在一起，双方都还有些羞涩，却见两人的呼吸很急促……在那狭小的空间里，两人近距离久久凝视着对方，直至秀儿有些不好意思了。她垂下头，从怀里掏出一双自己精心做的保存了几年的布鞋塞到陈廷安的怀里。此时，陈廷安看见了秀儿耳垂上的一只漂亮水滴形耳坠……

“这是我做的鞋。”秀儿有几分羞涩。可随之秀儿呆住了，因为陈廷安褂子上的一个钮扣开了，里面露出一只鞋来，秀儿立即认出了那只鞋。陈廷安发现了秀儿目光所及，才发现自己怀里的秀儿的鞋露了出来。陈廷安十分窘迫。这已经成了习惯，无论走到哪，这只鞋他都带在身上。好在那时的女鞋都是布面布底，放扁了既不厚也不重，要是现在的高跟皮鞋，估计陈廷安就没地方放了。

秀儿拿过了自己的那只鞋，突然，所有的拘谨和紧张烟消云散，眼泪夺眶而出，随后扑到了陈廷安的怀里……陈廷安轻轻捧起秀儿的脸，认真地看着她。多少年了，这是他第一次如此认真地看着秀儿，尽管此前的想像与梦中都有过这情形，以至此时也如在梦中。他忽然将自己的脸贴在了秀儿的脸上，眼泪情不自禁地流了出来……两人紧紧相拥。于是，几年积存下的酸甜苦辣和无以言表都融于瞬间。

此时，虾米悠然自得地坐在远处，不时看一眼洋车，洋车静静的。

车里，两人已经开始对话。

“这些年，你……”陈廷安不知道该如果表达自己对秀儿这些年来经历的关注。面前这个姑娘太让他牵挂了。刚到汉口，便以一种奇特的方式相识，而且陈氏兄弟间的关系、这多年或惊或惧、或喜或忧的经历，太多都与眼前这位姑娘相关。在经历了太多太多后，陈廷安从最初对她的怀疑到回避，再到不解和感动，这期间确实已经酝酿出非一般的牵挂与情感。

秀儿面对的陈廷安则是一如当初：善良、仗义而可依靠的男人。而且从他第一次进入她的心里，就多年来没有离去过。

秀儿讲完了前段经历后接着说："我知道了我的出身后，就一直查找这个秘密，这是鬼七最不愿意的，我也不知道他为什么那么怕。他约我去开坟，我倒没当真，也是想看他要做什么，没想到他把我推进了长江……"

"所以这只鞋才……"陈廷安拿回了那只鞋。

"嘿，你怎么不问我怎么没淹死倒关心一只鞋呢?"秀儿突然叫道。

陈廷安笑了："大活人不是在这儿吗？肯定没淹死呀。"

"你坏!"秀儿也笑了，捶了他一下。

"是日本人救了你?"陈廷安问。

"你怎么知道?"秀儿惊异。

"因为你从失踪后就一直在大和洋行，你和他们又不是亲戚，只能是他们救了你。而且那地方又保险，没人能找到你。你就长住了。"

"你真聪明。"

"我不明白，你和鬼七为啥都对那座空坟又跪又拜的呢?"这是陈廷安一直不解的谜。

秀儿的表情立即严肃起来，可刚要说什么，洋车突然动了起来，接着车走了。两人不知道虾米是在这儿呆腻了还是有了什么情况。

"陈廷顺来了!"边拉车跑的虾米边回头对着车里的他们小声说。

自从几天前陈廷顺发现陈廷安及他带着的乱党宣传品后，陈廷顺陷入矛盾中。向焦伯琛报告固然是大义灭亲，可如果查无实据却是谎报警情，于是他想先来兵工厂探听一下陈廷安在兵工厂的情况，可还没到兵工厂的大门，就发现了虾米。

上次坐过虾米的车下车后，他想起这个拉洋车的小伙子有点眼熟，如今再次看见时，他终于想起这是虾米，当年的小混混，卖过洋烟，曾经和陈廷安来往密切……陈廷顺的第一个警觉是虾米在这里干什么？接着，他发现了虾米身旁的洋车，虽然看不见车里的情形，但看得出那车里一定有人，可车里会是谁？会不会是陈廷安？车里的人在干什么？

虾米发现了陈廷顺，拉着车跑了。他拉得很吃力。

陈廷顺倒希望车离开这里，这样他就会紧紧盯住，看这车里的人是谁，到哪里下车。

虾米发现陈廷顺跟着他，立即动起了脑筋。

前边就是个十字路口，到了十字路口时，他突然转了弯，这时他看见一个等活儿的洋车夫正坐在车上。

"秀儿小姐，你上另一辆。"虾米回头悄悄说了句。随后，虾米将洋车拉到那辆车旁。

"哥们，给你个活儿，把我家小姐送家去。"虾米说完，那个车夫立即站起身，秀儿已经下了车，快速地上了那个车夫的洋车，并拉下了车帘。

街上的行人不会在意这一情形，却有一个人看见了这一幕，并颇为意外，这个人就是坐在马车上刚从巡抚衙门归来的余怀庆……

虾米继续拉着陈廷安跑了起来，这时陈廷顺也追了过来。

"虾米，拉我回厂。"车上的陈廷安说。

拉着秀儿的洋车到了铁器株式会社，秀儿交完车钱下了车。

秀儿匆匆往自己的房间走时，突然从地下室传来一阵阵惨叫，秀儿一惊，马上放慢了脚步，悄悄向地下室走去。

"秀子小姐。"后边一声轻叫，秀儿停下了脚。间岛走了过来。

“间岛先生，这下面是什么声音?”秀儿镇静了下来。

“没事，抓了一个小偷。秀子小姐就不要下去看了吧。”间岛客气地说。

“哦……那我可不敢看。”秀儿一哆嗦，马上回身向自己的房间走去。

回到房间后秀儿虽然听不到惨叫声了，却心里有些不安，她几次想出去看个究竟，最后还是罢了。

另一边，虾米拉着陈廷安回到了兵工厂的正大门。陈廷安下了车，给了虾米车钱，虾米如正常车夫那样收起钱后拉起车就跑。

眼看着陈廷安进了兵工厂，陈廷顺一时有点摸不着头脑了，这时他才想起，在回程的路上，虾米拉车时显然比先前轻松了许多，这说明中途他们卸客了！可中途下车的人会是谁呢？会不会是罗秋月？

陈廷顺不敢再进兵工厂了，他知道此事涉及余怀庆，这不是他所能处理的。

陈廷顺回到了巡警队，将看见罗秋月和陈廷安在一起，而且携有违禁品，从而怀疑罗秋月和陈廷安都是乱党的情报报告给焦伯琛。

焦伯琛颇为意外，意外的不是事涉陈廷安，而是事涉罗秋月。因为他知道罗秋月是鬼七的女儿!

“这件事交给我了，要注意保密，切不可和任何人讲!”焦伯琛拍了拍陈廷顺的肩。

“队长，您别担心我，如果陈廷安真的是乱党，我就是亲手杀了他也不会眨一下眼的!”陈廷顺坚定地说，可说到最后一个字时他下意识地眨了几下眼。

“你又立了一功，不过凡是涉及乱党的，都是最大的机密，明白吗?”焦伯琛虽然对陈廷顺有些不耐烦，也只能耐着性子安抚他，免得此事弄得尽人皆知，他就不好办也说不清了。

陈廷顺走后，焦伯琛在想：罗秋月真的会是乱党？他倒对陈廷顺的报告毫不怀疑。

第十四章 险恶用心

1

唐季恺不安地踱着步。自打进入大武汉地区，他的神经几乎没有一天不处在高度紧张之中，神经紧张的第一个表现就是敏感，而敏感却是他的职业要求。

唐季恺停下脚，叫过小吴。

“小吴，东晨几天没消息了？”

“半个月了吧？”

“会不会……出什么意外呢？”唐季恺担心地问，因为半个月联系不上傅东晨这有些意外。

“不会吧。傅先生革命经验丰富，又非常机

警，您不用担心。您不是派他去调查铁器株式会社吗？再说他刚从日本回来，不得和未婚妻热络几天？”小吴安慰着唐季恺。但唐季恺作为一个领导者，不能不时时提高警觉。

正这时，守卫进来报告：“唐先生，傅先生来了！”

唐季恺立即舒展开皱眉：“快让他进来！”

随后，傅东晨进来了。

“唐先生，您着急了吧？”傅东晨一进门就说。

“是有点急。”说着唐季恺打量了他一眼：“东晨，你有点瘦了呀。”

“可不，大病了一场！”

“好些了吗？”唐季恺关切地问。

“好些了。好了我就马上来了。”傅东晨给自己倒了杯水，喝了几口。

唐季恺期待地看着他。

“经过几天的暗中观察和潜入铁器株式会社得到的情况分析，他们确实不是老实的生意人，活动很可疑。还有，鬼七的那个干女儿秀儿也在株式会社，和那个长野是什么关系不好判断。”看来傅东晨这些天的工作很有收获。

“和长野什么关系……会是什么关系呢？”唐季恺琢磨着。

“是呀，一时搞不太清楚，这个秀儿怎么会在那儿？而且看上去他们的关系很融洽，所以，令人怀疑。”

“确实奇怪，一个和日本人毫无关系的人怎么会到了日本人那里呢？不会是因为鬼七恨日本人、而她恨鬼七就专做鬼七不喜欢的事吧——或者要借日本人之手……对了！”唐季恺忽然想起什么，“鬼七到底是怎么死的？是否和日本人有关”？

“听说是陈廷安所为呀。”傅东晨重复的是几年前巡警的定案，但是陈廷安从未承认过。

唐季恺摇头："我也不认为是陈廷安所为……好了，你辛苦了，回去好好休息几天。"唐季恺关心地拍了拍傅东晨的肩。

与此同时，回了兵工厂的陈廷安到了余怀庆的办公室，却得知余怀庆已经回府了。陈廷安立即赶到余府。

罗秋月见陈廷安进了院，立即高兴地迎了出来，见陈廷安仍是一身旧衣服，笑着说："你就穿着这身衣服代表兵工厂去大冶呀。"

"秋月，我有点急事，明天不能和你去了。"陈廷安非常抱歉地说。罗秋月瞬间呆住了，满心喜悦的她没想到竟然是这种结果。她竭力控制着自己意外的情绪，尽可能平淡地说："哦，你有事的话……告诉老爷一声吧。"罗秋月回避着陈廷安的目光。

罗秋月通常是个波澜不惊的姑娘，尤其在自己的情感生活方面。陈廷安的决定并不出乎她的意料，无论他是什么理由。

"好。"陈廷安答应完就要走，他不敢面对罗秋月那张失望的脸。

罗秋月平静说："那你也该换身衣服了。"

陈廷安点点头。

陈廷安是个不能违背自己意愿委曲求全的人。当秀儿突然出现后，他似乎知道了自己后半生所应选择的是谁。既然这样，他不想让罗秋月误会什么，更不能让余大人再为他和罗秋月之间的关系费心思。他知道余大人会很不高兴，至少会很失望，但他必须要告诉余大人，他不能和罗秋月去大冶，也借此向余大人表明，他不会和罗秋月有什么发展，更不会有结果。

果然，余怀庆听完陈廷安不能去大冶的理由是因为家乡要来位远亲他要陪伴后，好久没说话。

"大人，小的让您失望了……"陈廷安感受到了来自于自己的压力，他不愿意自己的谎言伤害面前的这位长者，尽管这谎言他不得不说。

"廷安呀，我不怪你。感情的事是无法勉强的，即使在别人看来是天生一对，可当事者不情不愿也是枉然。但我要提醒你，虽然我尊重你对秀儿的感情，但秀儿来历不明，去向也不明，你可一定要注意。"余怀庆虽然对陈廷安不去大冶有些怅然，但却是发自内心地说出心里话，这让陈廷安既感动，又为余怀庆竟然直指其心底而惊异。

罗秋月不知道余怀庆和陈廷安两人在屋子里说什么，自己悄悄离开了余府。

罗秋月想去那座孤坟。

自从罗秋月知道鬼七就是她的生父时，就对那座孤坟充满异样的感情。她知道，鬼七至死可能也不知道他的女儿还活在世上，而且不知道她曾多少次去上坟或在坟前忏悔。罗秋月当然清楚尽管坟前的石碑上刻着的是她的乳名，可坟里埋的一切都与她无关，却与父亲的罪恶有关。无论是鬼七的当初所为还是后来所行，罗秋月都无法原谅，但她却对那坟里的一切或者那坟所代表的一切充满了同情，那里埋葬着一个孤魂……

自从在虾米奶奶那里得知弟弟南儿可能还活着时，罗秋月对鬼七的感情更加复杂了。此时，她渴望苍天开眼，能让她找到弟弟。在她看来，弟弟一定比她更加不幸！

罗秋月买了几束鲜花，来到了坟前，却没想到不远处却站着焦伯琛，焦伯琛一直在打量着那座令他迷惑的孤坟。

他看见罗秋月缓缓走来时，不动声色地迎了上去。当焦伯琛已经站在罗秋月的面前时，罗秋月才从思绪中醒来。

“焦队长……”罗秋月那瞬间不知道该如何称呼面前的这个人。

“秋月。”焦伯琛对这个妻侄女的到来一时摸不着头脑。她都知道了些什么呢？

“还是叫我姑父吧。”焦伯琛希望这句话能在罗秋月那里得到他所期望的回应。

罗秋月虽不意外，但还是定定地看着眼前这位穿着警服的中年人。罗秋月早已知道他是鬼七的姐夫，自然也就是自己的姑父了。无论是作为帮会还是革命党，罗秋月都是焦伯琛的对头，但在罗秋月的眼里，焦伯琛倒也不是凶神恶煞。

“姑父……”罗秋月轻轻地叫了一声。

焦伯琛长出了口气，然后坐在了坟前。罗秋月将那束花摆在石碑前……

焦伯琛笑了：“秋月，在给你自己献花？”

“为坟里的那个人吧。”罗秋月轻轻地说。

“秋月，给你父亲上过坟吗？”焦伯琛突然问。罗秋月明白他指的是鬼七。

“他早就死了。”罗秋月平静地说。

“你和陈廷安很熟悉吧？”焦伯琛只好转而问起了另一个问题。

“他经常去我们家，是老爷的朋友，当然熟悉了。”

“你父亲就是他杀的。”焦伯琛冷冷地说，可他发现罗秋月无动于衷。

“是陈廷安把你父亲杀了！”焦伯琛又重复了一句。

“我父亲？”罗秋月沉吟了片刻后，顿时怒火中烧，却不是对杀父仇人。

“他配当我的父亲吗？如果他还有一点父亲的人味，怎么会为了抽大烟把我们卖掉？如果不是虾米父母、奶奶、如果不是余大人，我能不能活到今天都不知道……”罗秋月的脸上只有愤怒。

焦伯琛点点头，明白了罗秋月对鬼七不仅谈不上原谅，而且充满了怨恨。

“我知道，我知道。老七前半生没干一点好事！”

“后半生干什么好事了？”罗秋月仍然气愤难平。

“秋月，你这些年都在做什么？”焦伯琛再次转移话题。

“在余府做丫头。我家老爷没儿没女，他把我当亲生女儿一样。”

“秋月呀，看来你已经知道你还有个弟弟，可这么多年了，一点消息也没有，不知道是否还在世上——”

“听虾米奶奶说，南儿还活着。”罗秋月终于把这个秘密告诉焦伯琛了。

“你怎么知道?”焦伯琛十分意外。

罗秋月将从奶奶那里得到的情况告诉了他。

“天意呀！老七要是知道他的一双儿女都在，相信他一定会改邪归正……可这个显魁是谁呢?”

“只要能找到显魁，就能找到南儿的下落。”罗秋月充满希望地看着焦伯琛。

“别急，既然这个显魁去找过虾米奶奶，就一定还会再去找……秋月呀，你姑姑去世得早，这世上可能我就是你最亲的人了。我得提醒你，千万别和不三不四的人交往……”

“不三不四？姑父，您指的是?”罗秋月不知道他都知道什么。

“你不会和乱党有关系吧?”焦伯琛突然问。

罗秋月没有觉得意外，因为对方毕竟是巡警。

“我不知道什么乱党，也从来不和乱字沾边儿!”罗秋月一语双关地而肯定地说，然后轻轻地抚去石碑“娥儿”两字上的尘土。

……

正在罗秋月和焦伯琛两人在孤坟相遇并对话时，一辆洋车停在了百花园妓院的大门前。大白天的还没到上客的时候，老鸨以为来了客人，兴奋地迎了出来。可当她看到车上下来的是秀儿时，表情凝固了。

她看了看四周，拉过秀儿的手。

“秀儿，你怎么又来了？这种地方我可不喜欢你来。”

“阿姨，那我们上车吧。”秀儿拉着老鸨要上车。老鸨想了想，两人上了车。

两人到了城墙下下了车，沿着城墙边，边散步边说着。

秀儿从怀里掏出个银镯子，给老鸨戴上。

“阿姨，我早就给你买了，算是我尽的点孝心。”秀儿真诚地说。

“秀儿，你这是干什么呀，我可不是贪便宜的人，咱们娘俩谁和谁，哪用得着这个。”老鸨边说却边欣赏着已经戴在手腕上的手镯。

两人走到了一块石板前时，老鸨坐下了。

“秀儿，老七已经死了，我就把我知道的全告诉你吧。”老鸨知道秀儿五次三番地都是为了她儿时的身世而来。可那时鬼七还活着，她不敢将真情全部告诉她。

“当年呀，老七抽大烟，把老婆、家业都抽没了，两个孩子也卖了，后来被他姐夫焦伯琛抓进了大牢，这才戒了大烟。出了大牢后，想赎回两个被他卖掉的孩子，可找不着当初买孩子的那户人家了，后来又听说那户人家破败了。戒了烟的老七靠着坑蒙拐骗弄了不少钱，就开了百花园，那时我给你爹打下手……”说到这，老鸨有点脸红了，秀儿明白她指的是什么。

“后来呢?”秀儿为打破她的尴尬，追着问。

“开始生意不太好，他听说养雏妓能招来客，就从街上把你们姐俩买来了。那时你才两岁大吧，你妹妹才一岁。老七想得长远呢，想从你们不记事时就在百花园养着。后来，你妹妹病了，怎么也治不好，老七怕再花钱，就把还没咽气的你妹妹裹了裹扔到长江边去了。后来你大了点，百花园的生意也好了点，他想赎回儿女，却找不到那户人家了，不知他听谁说的他闺女娥儿也是病死了，儿子卖给了个直隶老客……”

“鬼七哭了好几天，给娥儿建了个坟。我是不敢得罪鬼七，对他做的那些伤天害理的事敢怒不敢言呀。所以当年鬼七给他闺女筑坟时，我就把你妹妹的小褂子悄悄放了进去，为的是让鬼七年年给他闺女上坟时，能在坟前给你妹妹谢罪……”老鸨说着，发现秀儿已经泪流满面。

“秀儿，别哭，你听我说。这老七不是那种一点人性都没有的人，也许是后来良心发现了吧，他把百花园盘给了我，领着你走了。那时鬼七的名号在三镇可大着呢，我这百花园得他罩着，所以我经常能看见他。听说他认你做了干闺女，对你还算不错。”老鸨边说边看着秀儿，“秀儿，不管怎么说，老七也死了，算是老天的报应吧。秀儿，这几年你都在哪来着？”

秀儿擦去眼泪，琢磨着该如何告诉她。

……

此时，没死的娥儿——罗秋月仍然和焦伯琛在孤坟前。两人不知道那坟里的是秀儿妹妹的一件小褂子。

焦伯琛已经站了起来：“秋月，不管怎么样，姑父都要告诉你，绝不能和乱党掺和在一起，否则会惹来杀身之祸。”

忽然，一阵狂风刮来，天边一侧阴了起来，很快阴云就将覆盖他们的头顶，然后就是可料想的大雨了。两人马上离开了孤坟。

阴风刮得不远处的树林沙沙作响，石碑前的那束花也被卷上了天空，最后不知落在了何处，随之，天色瞬间黑得如同夜晚，可很快又烟消云散了。

或许注定在今天这样的日子里会围绕孤坟发生一系列故事。这时，陈廷安扛着铁锹来了。

陈廷安想弄清这座坟为何与那么多人有着莫名其妙的关系，而且坟中并无尸骨，他想掘开看看里面到底是什么。

陈廷安提着铁锹定定地看着孤坟。先是觉得这不过是一个土堆罢了，既然没有尸骨何来坟墓？可他又似乎看见了坟中埋葬着那么多不相识的人，而认识的却只有鬼七一个——那里似乎是万恶之薮，又似乎是冤魂的居所……陈廷安伸出锨，正要挖下时，突然传来一声：“住手！”见过阵势的陈廷安还是吓了一跳，虽然他不信鬼，也为此地的突然一声而心惊胆战。他小心地慢慢侧头，发现站在他不远处有一个人。当目光聚焦到一处时，他不得不揉了一下自己的眼睛——那是秀儿。

秀儿轻轻地跑过来：“大哥，是我。吓着你了吧？”

“没事。秀儿，你怎么……？”

"你要干什么?"秀儿看着他的铁锹问。

"我想看看这坟里到底是什么，为什么鬼七拜，你也拜，罗秋月也拜。"陈廷安回过了神儿。

"罗秋月?"秀儿怔了。

陈廷安看了她一眼，放缓了语气说:"是，罗秋月是鬼七的女儿，小时候叫娥儿。"陈廷安说完，期待地注视着秀儿，可秀儿却毫不惊讶。

"秀儿……"陈廷安倒有些不解了。

秀儿叹了口气，之后慢慢地将她刚刚知晓的一切一一讲给了陈廷安。于是，这坟早前所有的和所涉及的一切都明朗了。

陈廷安听完后，回身将铁锹扔出了好远。

"也许鬼七不该死，最少应该在看见他的女儿之后。"陈廷安自言自语地说，想到在鬼七出殡时街头人们对他的议论。

"鬼七是你杀的吗?"秀儿尽可能平静地问。

陈廷安摇头:"不是。可巡警认为是我杀的。"

"我相信你的话。不管谁杀了他，都是他罪有应得。"秀儿愤愤地说。

"秀儿，虽然我知道你没淹死，可我还是想知道你是怎么逃上岸的。"陈廷安想换个轻松的话题。

"我不会游泳，被鬼七推进长江后，我胡乱地挣扎了几下就啥也不知道了。之前就想:完了，看不着你了。后来醒来时，我已经躺在床上了，这时才知道是大和洋行的日本老板长野救了我。"

"之后你就一直生活在大和洋行?"

"是呀，他们待我挺好的。我就给他们打扫打扫卫生什么的。"

"这几年就这么过来的?"

"是呀。怎么了?比和鬼七他们在一起好得多。他们尊重我。"秀儿理直气壮地说，但显然她隐瞒了什么。她不想让陈廷安对她有任何担忧。

“你……嫁人了吗?”

“嫁人？我从来就没想过嫁给别人。”

“那……是想嫁给自己?”陈廷安有些明知故问。

“讨厌!”秀儿娇嗔地捶打了他一下。

“大和洋行搬到哪儿去了呢?”陈廷安笑了一会后突然问。

“你要去看我吗?”

“我想知道。”

“你要是不想去看我就不要知道了。”

陈廷安不明白秀儿为何如此说，正想继续追问时，两人同时发现有人向这边走来。

“大哥，来人了，我得离开!”秀儿说完还未待陈廷安反应过来，已经隐入了身后的树林中。陈廷安为秀儿如此机敏而惊诧，随之是对秀儿为何这么怕见人不解。

来者是傅东晨和虾米。

虾米在街上遇到正在找陈廷安的傅东晨，而虾米知道傅东晨和陈廷安很熟，又知道陈廷安来了这里，就把傅东晨领了过来。

傅东晨和虾米都不应该是秀儿应该回避的吧？陈廷安想到这里往树林里望了一眼。

“廷安，还有人吗?”傅东晨马上问。

“是呀，还有人吗？就你们俩吧?”陈廷安反应机敏，瞬间尊重了秀儿的选择。

“大哥，傅先生到处找你呢，他有事。”虾米认为这两人竟说没味的话，着急地把话题挑开。

“哦，廷安，是这么回事。我有个生意伙伴，叫唐季恺，他早就听说过你，对你很欣赏，委托我请你小坐。”傅东晨诚恳地说。

“做生意的?”陈廷安脱口而出，心想做生意的找我做什么?

“对，人很好，也喜欢结交朋友。”傅东晨期待地看着他。

“大哥你就见见呗，傅先生是为咱好。”虾米鼓动着陈廷安。

陈廷安看也没看虾米，对傅东晨说:“傅先生，我不做生意，以后也不打算做生意，还是不见吧。我这个人见不了大世面，见了生人不自在。”

“廷安，即使不做生意，见见也无妨。你放心，不会有啥危险。”

“谢谢傅先生了，我不是那个意思。我一会还要回厂……”

“我大哥有事，他早就告诉我了。”虾米马上转而配合陈廷安。

傅东晨有些无奈:“那好吧。廷安，有事时就找我。”

……

此时，唐季恺正在一家小茶馆里独自喝茶。另一个小桌上坐着小吴，两人似乎不认识。

这时，傅东晨进来，看了看周围后走到唐季恺身边说了几句什么。唐季恺失望地点点头。

2

余怀庆神色凝重地将陆军部的电报放在了桌上。王主管和陈廷安站在一边。

王主管是来问余怀庆何时将他设计的新枪批量生产的，陈廷安是来询问何时再次校枪的。作为余总办直接领导的校枪员，陈廷安可以直接出入余怀庆的办公室。

结果，这两人都目睹了余怀庆得知德国人已经生产出新枪的情形。

“德国人开始生产98式改进型步枪了，可我们仿造的98式还没有真正成功。我们永远是在人之后呀。”余怀庆的手轻轻地按在了那封电报上。

“总办大人，这是没办法的事，咱们的军工企业才几年，能达到今天的水平已经让世界刮目相看了。何况，您这一年多来设计的那款新枪各项指标已经相当不错了，随时都可以批量生产。”王主管知道永远追求最好的余怀庆肩上又加了担子，尽可能地宽慰着他。

余怀庆摇头：“至少我还没满意。”

“那……能不能想办法购买98式改进型的图纸呢？”王主管建议。

余怀庆还是摇头：“已经有了上次的教训，朝廷的银子没少花，可德国人给我们提供的还不是旧的样枪和图纸？德国人不可能将自己的武器核心机密出让。”

陈廷安想说什么，几次张嘴，最后终于鼓足了勇气：“余大人，我们可以买他们的新枪……”

余怀庆看了陈廷安一眼：“这种枪德国人只会用于欧洲战场，待我们搞到实枪再辗转到国内，不知何日……你们先请回吧，我想想。”余怀庆下了逐客令。

余怀庆再次拿起那封电报了看了看。其实还是那几行字，可余怀庆每看一次，心情的沉重都会加深一分。王主管说得不错，中国的现代军工业起步很晚，不过才十几年。尽管中国的火药是四大发明之一，可热兵器的大规模缘起却是西方，而火药则不过是不断进化后的子弹的组成部分。他知道，不可能在这十几年的时间里，中国的步枪设计与制造水平就可与西方比肩，如何缩小与其的距离就是最大的成功，但就是这缩小距离的要求对余怀庆来说也是相当大的压力同时也是动力。

余怀庆打开保险柜，找出那叠“湖北兵工厂各型号步枪实战汇总”的材料。这份材料对于他人是保密的，是各省新军在实战中使用“汉阳造”的反馈，这些反馈资料是改进新枪的重要依据之一，其中有“汉阳造”的长处，更多的是缺点，这些缺点正是需要改进的。

余怀庆决定已经设计出的新枪暂缓生产，虽然一时没有德国98改进型步枪的图纸和样本，就是靠自己的冥思苦想，也要尽可能地提高“汉阳造”的水准，哪怕是一点点。最少要造出中国的一流好枪！

一连几天，余怀庆都将自己关在办公室里，没人敢进去打扰他。陈廷安几次来看望他，都被侍从挡在了门外。

陈廷安开始自责，当初为什么把余大人要他和罗秋月一起去大冶取钢材样品仅仅当成了私事呢？我陈廷安还是兵工厂的一员呀，还是余大人得意的晚辈呀。为此，看着恩人废寝忘食，陈廷安越发深感不安，可他一时想不出怎么才能帮他。后来他才知道，是王主管亲自去的大冶取回了样本。

余怀庆亲自检验了大冶钢材的韧性。尽管在当时的中国，大冶生产的钢材已经相当接近世界水平，但作为步枪的重要组成部分——枪管，余怀庆认为还没有达到标准。

一周后，王主管得到了余怀庆的召唤，来到了他的办公室。

“我们必须在用材上高水准！”余怀庆最后总结道。

“大冶生产的钢材能到现在的程度已经很不错了。我们要求……人家就能生产出更好的钢？”王主管小心地说。

“你说得对，我们得想办法。这样，过几天，咱俩亲自去一趟，在那儿住几天，和那些洋技师在一起磨几天，哪怕再提高一点也是咱们的成功。”余怀庆决定道。

正在余怀庆为钢材伤脑筋时，刘氏铁器行的生意却蒸蒸日上。人手不够用了，刘老板恨不得把准女婿傅东晨找来帮忙。可人家是留过洋的，哪会来他的铁器行当个打铁的工人。

刘老板正指挥几个工人叮叮当当打造铁器时，刘家的院子里来了个西装革履的顾客。刘老板知道这是大客户，热情地将客人让到了上房。

客人落坐后，给刘老板呈上一张名片。刘老板知道有名片的老板都是洋人。他认真看了眼名片，上写：铁器株式会社经理间岛。刘老板立即笑容满面地站起来再次向间岛作了个揖：“间岛先生多多关照我这小生意！”

这时他才知道面前这位是个日本人。

“刘先生客气了，大家都是做生意的，相互关照了！”

“说来，咱们虽然不是一个国家，可还是有点亲戚呢。”刘老板套上了近乎。

“哦？怎么说？”间岛不解。

“家婿留学日本，才回来不久。”

间岛大笑后竖起大拇指：“大大的好。这样我们就不要客气了，也不必再考察你们的生产能力，就在你们这儿订做！”

“谢谢先生关照！”刘老板已经乐不可支，“您尽管吩咐，别看我这摊儿不大，一般的铁器活儿我们都做得来。”

“要是造大炮我们可不敢请您呢。刘先生，本会社急需一批钢锹——”

“这简单，造铁锹我们可不是一次两次了。”刘老板立即抢过话来。

“可不是铁锹，是钢锹。”间岛纠正。

“明白，钢锹比铁锹硬，这我知道，我们中国人叫铁锹叫惯了，其实就是钢锹。”刘老板马上解释，恨不得马上定下这笔买卖。

“你们的锻造能力如何？”间岛例行公事地问。

“那没问题，我们用的都是大冶钢铁厂的上等煤焦！”

“可我们对你们大冶钢铁厂的钢材质量可不敢恭维……”

刘老板一怔：“您的意思是？”在这个问题上，他没有办法让对方满意。

“我们带料加工，由我们给贵行提供钢材。”

刘老板顿时喜形于色：“那更好了！”

“如果刘先生同意，我们马上就可以签合同，下午，我们就会把钢坯拉来。”

"没问题，您要是急，我先把别的活儿放下，先给您加工钢锨!"

"我们有个要求必须先和刘先生说清楚。"间岛忽然严肃起来。

"您尽管说!"刘老板兴奋了。

"我们的钢坯都是大日本帝国的上等钢材，希望贵行也能为我们打造出上等的钢锨。"间岛紧紧地盯着刘老板说。

"先生放心好了! 我和铁器打了半辈子交道，造钢锨还不是小菜一碟?"

"那好，咱就谈谈加工费。"

……

把间岛送出刘氏铁器行时，刘老板笑容满面，看来价格谈得不错。

送走了间岛后，刘老板马上去了云妹的房间，告诉她家里接了个大单，可人手不够，现请人来不及，要云妹去兵工厂找陈廷安，请他来帮忙。

"爸你真会想，人家是兵工厂的人，又不是你铁器行的人，你说让人家来帮忙人家就来呀!"云妹觉得老爹把兵工厂当成了他家的。

"云妹呀，就让他请几天假嘛，咱这是给东洋人干活，不能丢了手艺呀。你快去，不行咱好再想别的办法。"刘老板催促着。

看着父亲为生意也是为这个家起早贪黑地忙碌，云妹只好应了下来。

云妹不知道自己能不能进得去兵工厂，一清早就在大门前等着上班的工人。可这时才知道陈廷安所住的宿舍是在厂内，没厂牌的和女性都进不了工厂的大门。于是云妹拜托护卫找一下，可工人入厂期间，人家护卫没那个时间，她只好等在门前，心想不知还要等多久。这时余怀庆的马车来了，当工人们议论是余总办来了时，云妹顿时有了主意。

余怀庆每次进厂都要下车步行而入，这次他刚下车，云妹就跑到了他的跟前。余怀庆不认识这个姑娘，未待他发问时，云妹一口气把自己的事就说完了。

余怀庆早就知道陈廷安有这么一家老乡在汉阳开铁器行，老乡家有事自然应该帮忙，何况他知道陈廷安最近在厂里也没什么事，立即答应了云妹。

余怀庆进厂后马上去找陈廷安，将云妹家所求告诉了陈廷安，未待陈廷安说什么，余怀庆就特准他放假半个月，陈廷安没有了拒绝的理由。

陈廷安到了刘家，才知道是做钢锹。

陈廷安虽没学过铁匠，但有把好力气，尤其在刘老板看来陈廷安算“家里人”，比别人可靠，可以代他监监工。

刘老板和陈廷安套了一阵近乎，把陈廷安该做的刚交待完，云妹领着他去熟悉工人时，铁器株式会社的马车就送来了钢坯。云妹告诉他订货的是“铁器株式会社”，陈廷安这才知道是日本人订的货，陈廷安虽然稍有意外，却没想到铁器株式会社就是原来的大和洋行。

刘老板刚卸完钢坯送走了来者，便围着钢坯转了起来。

多年来和钢铁打交道，刘老板当然认识这些钢坯的成色，此时他心里暗想：这些东洋人怎么用这么上好的钢坯打什么铁锹呢？简直是浪费！

这时，兵工厂的王主管来了。

兵工厂是刘老板从没敢想过的大客户，如今陈廷安刚来，就引来了兵工厂的生产主管，他自然是异常兴奋。他知道，兵工厂的铁器活儿多着呢，分给他个边边角角就够他活了。此时他还不知道王主管的来意。

原来，陈廷安刚走，王主管就向余怀庆报告说靶场的铁桶都烂了，以前经常在洋油公司购买废铁桶，如今人家趁机涨价了，而且贵得离谱。余怀庆一听就来了火，吩咐王主管去刘氏铁器行问问订做新铁桶多少钱……

刘老板听说兵工厂要在他这里长年定做铁桶，立即以最低价格承揽下来。王主管见比从洋油公司买的旧铁桶还便宜，立即拍了板。

刘老板意犹未尽，和王主管攀谈起来。

“王大人，那么大的兵工厂能到我这小作坊定做物件，实在是承蒙您瞧得起在下了。”刘老板想和王主管拉上关系。

“是总办大人的吩咐，我怎么能不来呢。要不是总办大人为钢材的事在挠头，或许他就亲自来了。”王主管实话实说。

“哦？钢材现在不缺，怎么会为钢材愁呢？”刘老板有些不解，同时心底突然腾起一线渴望。

王主管苦笑：“你以为兵工厂用的钢材是你们这小作坊打个锨呀镐的用的料？”

“哦，你们那是军事秘密，我不懂。不过……王先生，我这儿还真有点好钢坯，一直没舍得用。”

“哦，好钢你们可以做斧头、菜刀呀。”王主管半调侃地说。

“那也舍不得，这钢坯的成色可是太好了！”刘老板卖弄地说。

“是吗？那我看看。”王主管觉得总得给人家个面子，不妨看一眼吧。

刘老板高兴地把王主管领到放着铁器株式会社钢坯的棚子里，掀开了棚布。王主管一看钢坯的形状，顿时眼睛一亮，显然，这种钢坯不应该是这个小作坊应该有的。他敲了敲钢坯，又用舌头舔了舔，脸上顿时有了欣喜。常年与钢材打交道的他知道这是一批好钢材。

“王大人，好钢吧？”刘老板期盼并得意地问。

“还真是好钢。哪儿来的？“王主管问。

“这可是我花大价钱从一家洋行买来的。存了好几个月了，准备把眼下的活儿做完，再做点犁头……”刘老板边编边说。

“哪个洋行？”王主管问。

“德国人的洋行。”刘老板已经编好了。日本人招中国人烦，这他明白。

“刘老板，这钢坯你能不能先别动？”王主管认真地看着刘老板说。

“您的意思是？”

"我马上就回来，你先等着我。"王主管说完马上告辞后走了。

这时，陈廷安还在后院和工人们在生炉火，对王主管的到来一无所知。

王主管一走，刘老板马上回屋，拿出与间岛的合同看了看，之后就琢磨出这批钢坯一旦转手的价格。这时他透过窗户看见陈廷安正在指挥工人搬钢坯，刘老板马上冲了出去。

"廷安，不用这批料。"刘老板拦住了工人们。

"这不是人家送来的吗?"陈廷安不解。

"送来不是干这个的。你不懂，做锹能用这么好的钢坯?走走走，料在后院呢。"刘老板领着陈廷安和工人们去了前院的仓库。那里有的是他备用的钢料铁料。

安排好了陈廷安和工人们的事，刘老板喜滋滋地等着王主管的回音。

没多久，王主管带着马车来了。双方没多废话，王主管便按刘老板开的价交了钱后拉走了钢坯。刘老板十分兴奋，因为他算过账后知道自己赚了一大笔。

后院的陈廷安心里有点不太舒服，因为他明明知道前院的钢坯才是应该做钢锹的，为何又用了后院的?尽管他不懂钢材，但还懂得道理。

中午休息吃饭时，云妹把陈廷安叫到上房，路过曾经放过钢坯的棚子时，陈廷安发现钢坯不见了。

陈廷安先到了饭堂，云妹已经把饭菜盛好了。

"云妹，棚子里的钢坯是人家带料加工的吧?"

"是呀，是什么铁器株式会社做钢锹的。"云妹顺口说道。

陈廷安虽然对日本人没什么好感，也不知道这个株式会社就是大和洋行，但仍觉得刘老板好像玩了什么把戏。见刘老板还没过来吃饭，陈廷安直接去了刘老板的房间，只见刘老板刚刚把银子收起来。

"刘伯，棚子里的钢坯怎么不见了?"

“卖了。”刘伯高兴地说。

“卖了？不是用来做钢锹的吗？”陈廷安更疑惑了。

“那么好的钢做锹不是浪费了吗？”

“可那不是人家带料加工的吗？您给卖了怎么向人家交待？”

这时云妹过来叫他们吃饭，站在一边听他们说话。

“这你就不明白了。我给东洋人用的也不是太差的钢，保证做出的锹他们就是挖石头也挖不断。”

“爹，那你这也是糊弄人！你卖给谁了呀？”云妹终于听明白了。

刘老板看了看两人：“别人我能卖吗？卖给兵工厂了。”

陈廷安怔住了。刘老板以为他不信：“真的卖给了兵工厂，是那个王主管来的，还在我这儿定了十个铁桶。”说着从柜子里拿出两份刚写完不久的契约，一份是间岛签名的，一份是王主管签名的，刘老板将王主管的那份抽了出来递给两人看，回身将另一份放回了柜子。陈廷安果然在契约上看见了“湖北枪炮厂”和王主管的名字。

“爹，你这叫偷梁换柱。人家的材料你不用，却转手卖高价赚黑心钱！”云妹叫道。不想，却惹恼了刘老板。

“你怎么这么和爹说话？我赚钱是为了谁？我还能带到棺材里去花？再说了，我是换了材料，可也没耽误给东洋人做钢锹吧？”

陈廷安早就听说过“无奸不商”，没想到亲身经历了一回。这让他心里非常不舒服。陈廷安的不语让刘老板有点尴尬，他又面对陈廷安说：“兵工厂是咱中国人的，钢坯是东洋人的，把好钢卖给兵工厂，算咱支持洋务了，有什么不好？”刘老板突然理直气壮了。

“刘伯，吃饭吧。”陈廷安那瞬间不知道刘老板说得对还是不对。

“吃饭！”刘老板不满地看了闺女一眼，三人出了刘老板的房间。

3

陈廷安每天在刘家干完活就睡在陈廷顺曾经住过的房间里，并尽可能地避免和云妹单独在一起，他不愿傅东晨感觉他和云妹还有啥瓜葛，可一连几日也未见傅东晨过来。

那天，陈廷安去厕所，刚要回到炉前帮工人们拉风箱，只见两个日本人在刘老板的陪同下正在炉前检查钢锨半成品，陈廷安立即停住了脚，然后马上瞪大了眼睛！他发现那两个日本人中有一个是间岛！两人多次打过照面，陈廷安怎么会不认识那张脸?!

陈廷安立即转过身，恰好这时间岛下意识地往厕所方向看了一眼，那瞬间他也怔了一下，但立即收回目光，并匆匆离开了刘家。

陈廷安听说日本人走后，才从厕所出来。打听了几个工人，知道刚才来的是钢锨客户——日本铁器株式会社的人。

陈廷安终于明白了大和洋行成了铁器株式会社，陈廷安为世上竟有如此之巧的事感叹。大和洋行里有间岛，铁器株式会社里也有间岛；大和洋行是小日本的特务机关，铁器株式会社就突然成了做生意的不成？陈廷安想到这马上回到了几个工人中间。

“刚才来的是钢锨的主人?”陈廷安问工人。

“是呀，来催进度的。”工人说。

陈廷安拿起一个锨头掂了掂：“对咱做的锨头满意吗?”

“那还有啥说的，锨头咱可没少打。”工人得意地说。

工人们不知道钢材的事，所以他们自然没有意识到什么。可陈廷安却顿时警觉了——既然日本人是带料加工，那就是对材料有自己的要求，怎么可能置换了材料后他们会看不出来呢？陈廷安越想越感觉不对劲，想到日本人的钢坯正在兵工厂，而余大人和王主管正为没有合适的钢材而发愁……这会不会是小日本的阴谋？陈廷安越想越可疑，立即借口回趟兵工厂取内衣而离开了刘家。

与此同时，间岛已经回到株式会社，立即向长野报告在刘氏铁器行看见了陈廷安，并可能被他认出了。

长野未动声色地想了一会儿说：“什么都没发生，等我想一下，会有办法的。”

自从蛰伏了几年再次行动后，长野已经得手了两次。革命党筹措的活动资金被劫恰是他们所为。其实他们不是针对革命党，却知道这笔款子一旦到手，事主只能自认吃了哑巴亏，这样一来，倒解决了日本人的活动经费。其次，为了眼下这个惊天阴谋，长野等人可谓费尽心机，从铁桶这一环节就动了手——用多种手段逼迫那家洋油公司将废铁桶涨成了天价……

看来，陈廷安的怀疑是对的，这确是一场阴谋，而且大有得逞之势。

陈廷安赶到兵工厂，可余怀庆的办公室门锁着。再去找王主管，才得知余总办和王主管及罗秋月等人去了萍乡煤矿和大冶钢铁厂了！陈廷安虽然对日本人是否有阴谋不敢断定，但十分可疑是肯定的，必须要将这批钢坯是日本人提供的告诉余大人！

陈廷安四处打听，方得知从刘氏铁器行拉来的钢坯还在兵工厂的仓库里。

陈廷安无权也没有能力打开仓库检验钢坯，他又没有确凿证据，不可能有任何理由要兵工厂的其他决策者封存仓库里的钢坯。

陈廷安不明白罗秋月为什么也去了。其实是余怀庆怕她在家和乱党有接触，也是因为陈廷安中途变卦后，余怀庆给罗秋月的安慰。

陈廷安回到刘家时已是夜里。此时他还没想好此事该怎么办？找焦队长也行不通，因为巡警办案需要证据，而且又涉及外国人，更何况他们不会轻易相信陈廷安的话。这事一定要在余怀庆回来前查个水落石出，以避免可能发生的不测。

回到刘家的陈廷安在屋里辗转反侧地理不出个眉目时，有人敲门。是云妹。陈廷安马上开了门，眼下只有云妹是他唯一可以商量的人。

云妹感觉到陈廷安有什么心事，背着父亲来看陈廷安。

“云妹，以为你睡了，要不我就去找你了。”陈廷安急切地说。

“出什么事了吗?”云妹并不意外。

“我怀疑日本人有阴谋!”陈廷安紧张地说。

“哦? 怎么回事?”云妹急着问。陈廷安便将他怎么认识的间岛及大和洋行的来龙去脉说了一遍……顿时，云妹也觉得那批钢坯可疑，也为陈廷安眼下的束手无策生出同感。

陈廷安盯着云妹看，云妹倒有些手足无措了。

陈廷安想起个办法，也是无奈之举：“云妹，能不能找到傅先生?”

“傅东晨?”云妹不知道傅东晨能帮上什么忙。

“也许他有办法。傅先生爱国爱民族。”陈廷安有点违心地说。他知道云妹不知道傅东晨是革命党，而他此时要找傅东晨也只能是有病乱投医了。在别无他法的情况下，如果能得到革命党的支持也是个办法，因为革命党是一个组织，有人手，对这种关系到民族利益的大事，或许会挺身而出。

“那也只能明天找了。”云妹说。

“行，就指望你了。”

……

第二天中午，云妹失望地回来了，告诉陈廷安说傅东晨已经几天没回他家了，家人也不知道他去哪儿了。看得出，云妹对傅东晨的神秘非常不悦。

“傅先生是忙人，你别怪他。我出去一趟。”陈廷安说着换上了衣服。

“你要去哪儿?”云妹有点不放心。

“去趟武昌。”陈廷安边想边说。

“去武昌哪儿?”

“一个叫日知会的地方——你别管了，反正我一会儿也等不得了。”陈廷安发觉自己说多了，可自己和日知会有什么关系呢？

陈廷安刚走，刘老板问陈廷安干什么去了，云妹说兵工厂有事人家先回去一会。本来就是白用人家，刘老板也没说什么。

陈廷安离开不久，云妹越想陈廷安说得越对——一定是日本人欲破坏兵工厂制枪的阴谋，一想到父亲竟然成了小日本的帮凶，她就心里不安，可又不能和父亲明说，只能等着陈廷安有办法查个水落石出。

陈廷安不在，刘老板只好领着工人在后院叮叮当当地打铁制锨。云妹则在前院不安地等待着陈廷安。

院门响了，云妹赶紧从屋子里跑了出来。

院门外站着秀儿。

“秀儿？”云妹有些意外，并把秀儿拉进院子里，“是来找廷安的吧？你怎么知道他在这儿？”心直口快的云妹问道。

“陈廷安在这儿？我还不知道呢，我是来还你东西的。”秀儿笑了笑，从拎着的袋子里拿出一件花衣服，朝云妹的身上比划着。

“这是……怎么回事呀？”云妹有些发愣。

秀儿大笑：“忘记当年我弄破了你的衣服，然后又被我换走了？”

“嗨，瞅你，多少年的事了你还记得，再说我那是啥衣服呀，哪顶得了这件，瞧，多好看。这得多少钱呀！”

“没几个钱儿，再说好几年了，我也得交点利息呀！”

“快，进屋！”云妹拉起秀儿。

“廷安在？”

“他出去了。”

“那你说他在。”

“可不是真在嘛，这些天他一直在帮我爹干活，这才刚出去没一会的。”

“哦，去哪儿了？”

“去什么武昌日知会……”云妹随口说道。

两人边说边进了云妹的闺房。

……

陈廷安过了江后直接去找日知会。

此时的陈廷安还谈不上对革命党的认可，但他已经多少有了些认知。革命党反清是无疑的，可同时他们还爱国，只是他们爱的是中华民族这个国家，却不是清王朝。不过，如果不是实在没办法，陈廷安也决不会找到这儿。

日知会的大门开着，没有了往日的看门者。陈廷安试着往里走，只见院子里各房间的门都开着。他挨个屋伸头看了看，没人。来到一个大房间，桌子上放着一杯杯茶水。陈廷安摸了一下茶杯，还有点温热……陈廷安突然意识到了什么，快步离开这个院子。

此时，陈廷顺带几个巡警匆匆赶到，还没到日知会的大门，便见陈廷安快速离去了。

陈廷顺意外之余立即想到的是：他已经是乱党分子了？

陈廷顺马上派人跟踪陈廷安，自己率人进了日知会大院，搜查了一圈后一无所获，这才开始疑惑：是谁走露了风声呢？!

陈廷顺回到巡警队向焦伯琛报告：日知会的人已先他一步逃走了，一定有人给乱党通风报信，焦伯琛虽然也这么认为，可他也不知道会是谁干的。

陈廷顺又将在日知会门前看见陈廷安的情况告诉焦伯琛，焦伯琛神色凝重起来。他知道陈廷安眼下可能还不是乱党，但随时可能和乱党搅到一起。

这时那个跟踪陈廷安的巡警回来了，说陈廷安回了兵工厂。

“你这哥哥迟早也是乱党的人，那时可就把你哥交给你了！”焦伯琛有意这么说，陈廷顺却毫不犹豫地回答：“他要真是乱党，和朝廷、皇上过不去，我不会顾念兄弟之情的！”

唐季恺他们确实是在千钧一发之际得到了情报，然后匆匆撤离的。在新的秘密地点，大家刚安定下来，唐季恺就和大家分析为何革命党的机关会暴露，人们众说纷纭，莫衷一是。唐季恺只好要求大家一定要注意安全。

……

第二天陈廷安没到刘家来，刘老板问云妹，云妹也不知道怎么回事。

此时，陈廷安就守在兵工厂的大门口等着余怀庆他们回来。他知道，只要他们回来一定会先到兵工厂。

刚到下午，正在兵工厂大门口坐着的陈廷安发现云妹来了，他以为是刘老板叫他回去帮着干活。

云妹把陈廷安拉到一边。

“要不要去你自己拿主意，不过我爹非让我来告诉你。”云妹开门见山来个倒装句，把陈廷安弄糊涂了。

“你说说是怎么回事?”陈廷安一时没太明白。

“日本人说钢锹的进度他们很满意，要请我爹和几个主要工人去酒楼吃饭，说是要犒劳大家。我爹说你是监工的，你得去。”

陈廷安听完没有立即回答云妹，想着这里面是否有日本人的阴谋。

“你去不去?”云妹问。

“去!”陈廷安此时的判断是：至少不会有生命危险，借此机会看看日本人的把戏。

……

陈廷安到了如意酒楼，在门外没有发现什么异常。按着云妹告诉他的包厢，陈廷安上了楼。在那个包厢门外透过门帘，他见早已在座的并没有间岛，坐在主人席上的是另一个日本人——长野。陈廷安没见过长野。

既然来了，陈廷安就进去了。

刘老板将陈廷安介绍给长野。

“廷安呀，这位是铁器株式会社的老板长野先生。人家可是咱的大主顾！“刘老板把陈廷安当成了他的家人或者雇员了，他那是和双方套近乎。

说着刘老板把陈廷安拉到长野面前：“这位是我老家时的乡亲和邻居，从小看着他长大的。”

长野和陈廷安握手：“陈先生，听说为敝社的这批钢锨您出了不少力，感谢感谢！”

陈廷安看着长野，突然觉得他很面熟。

“年轻人，坐在这边！”长野说着将陈廷安拉到他身边的座位上。

陈廷安猛然想起这个人极像余大人家里那张报纸上枪杀父亲的那个东洋兵！陈廷安在余府那些日子里，没一天不看那幅照片，尽管那时报纸上的照片很模糊，可一但深深刻进脑子里，那影像便如同再次冲洗了那张照片，逐渐清晰起来——那个东洋兵的模样早就长在他的脑子里了。

“年轻人，以后有机会、有意愿的话，可以到敝社任职嘛。”长野拍了拍他的肩，让陈廷安醒过神来。

“承蒙长野先生厚爱。”陈廷安生硬但得体地回应道，而心下的怒火却在熊熊燃烧。

这是天意，让我遇到了杀父仇人！可惜，没把大刀背来……陈廷安寻思着该如何结果这个仇人，无论如何今天也要结果了他！那瞬间，陈廷安下定了决心。这时他想到了秀儿，不知道秀儿在他们那里到底在做什么。

刘老板为讨好长野，极力怂恿陈廷安陪好长野。陈廷安索性几番提议干杯。他想把长野喝晕后伺机动手。这时陈廷安已经想好了：借着醉酒，用大盘子将长野的脑袋开了瓢！他看着长野，只见长野的脸露出了狞笑，接着又见他的脸上污血直流……

忽然，陈廷安一头趴在了桌子上。

“廷安？这小子，喝猛了！”不知道陈廷安酒量的刘老板有点不好意思。

长野很宽容地去扶陈廷安：“没关系，年轻人嘛。”可是他没扶起陈廷安。

4

长野一回到株式会社就进了会客室，间岛等人期待地看着他。

“一切正常。”长野平静地说。

间岛等几个人长出了口气。

“不会死人吧？”间岛担心地问。

“应该不会。”长野说完进了自己的房间。

原来，那场酒宴是长野怕陈廷安坏了他们的计划而设下的鸿门宴。

刘老板等人将陈廷安弄到了刘家，抬到了他住的那个房间的床上。

“爹，多丢人！他多受罪！你怎么能让他喝多了呢？”

“哪是我让他喝的，是他自己喝的，再说我哪知道他这么没酒量呀，让我在洋人面前丢脸。”刘老板还委屈呢。

云妹给陈廷安倒水喝，可怎么也叫不醒他，反复给他敷毛巾，还是一点反应没有，云妹怕出什么危险，叫来了郎中，可郎中一看陈廷安鼾声如雷，只一句：“喝多了。”人家就走了。

此时，余怀庆已经回到了兵工厂。回厂做的第一件事就是将王主管兴高采烈买来的钢坯拿到铸造车间一块，经过铸造测试，果然其韧性等各项指标远远超过大冶钢厂的钢材。余怀庆决定先用该钢造出几根枪管，一旦试射成功，即使价格再贵，也要通过那家德国洋行大量购进此款钢材。

正当余怀庆这边忙着制造枪管时，刘家的陈廷安还没醒酒。可已经三天了，他就是酒量再小也该醒了吧？

刘老板有点害怕了。他要是就此不醒，岂不是要摊上官司？

原来，当时长野趁人不备，在陈廷安的酒里放入了一种安眠药，所用剂量足能让陈廷安昏睡五六天。

刘老板害怕，云妹更害怕，她倒不是怕父亲摊官司，是怕这个曾与她一生命运相关的人真的会就此撒手人寰，她一刻也不离开陈廷安的床前，不时地给他敷冷热毛巾，不停地给他搓脚，并撬着他的牙往他嘴里灌水。

盆里的水又要没了，云妹出去打水，可回来时她呆住了——陈廷安正傻坐在床上。

云妹差点哭出来。

“你可醒了！”云妹的眼泪夺眶而出，水盆也扔在了地下，奔过去扶住呆呆坐着的陈廷安，陈廷安却立即躲开了。

“云妹，不是在如意酒楼吗？怎么跑到这儿来了？”陈廷安说完四下看着。

“我的大哥呀！你都睡了三天了！”云妹哭笑不得。

陈廷安有点不相信，看了看窗外，拍了拍脑袋，然后认真地看着云妹：“真的？”

“我怎么会骗你呀！”说着云妹指了指墙上的皇历。

陈廷安似乎终于醒悟了，突然跳下床就往外跑！

“穿上鞋呀！”云妹拎起陈廷安的鞋就往外追。

……

陈廷安坐在洋车上，洋车向兵工厂方向跑着。

此时的陈廷安越发清醒了，当时在如意酒楼的情形也逐渐浮现在脑海中，他认定自己遭到了长野的暗算……突然，陈廷安跳下洋车，把车钱扔给车夫，自己向兵工厂发疯般地跑去——他几乎已经明白，此一阴谋的前期是日本人精心设计了在刘氏铁器行订制钢锨，然后串通那家洋油公司抬高废铁桶的价格，促使兵工厂与刘氏铁器行接触——此前，他们早已摸清了见利忘义的刘老板的性格，将貌似好钢实际上一定是存在问题的钢坯通过刘老板的渠道神不知鬼不觉地送进急需好钢的兵工厂……如果说这段前期的阴谋陈廷安还只是怀疑时，现在他已经认定了这不是怀疑而是事实——日本人之所以给他下药，是担心他发现其中的秘密。

当他认准了这一点时，时间是多么重要！

陈廷安跑进余怀庆的办公室后险些昏倒。

余怀庆正在办公室精心地用细砂纸打磨用日本人的钢坯做出的枪管。

险些晕倒的陈廷安吓了余怀庆一跳，以为他遭遇了什么不测，待陈廷安喘匀了气儿、将事情的来龙去脉一一讲给余怀庆后，余怀庆大吃一惊，立即让侍从通知王主管，正在生产中的枪管立即停工，并封锁消息。

虽然余怀庆对陈廷安的所言基本相信，但为验证日本人的阴谋，他要对这批钢坯彻底检验。

一间封闭的屋子里只有余怀庆和王主管、陈廷安。

那根枪管被固定在一个老虎钳上，枪管里填装了经过严格测算的相当于一颗子弹击发时所产生的热量与震动率的火药。火药被点燃后，三人躲在钢板后。“嘣”的一声，火药爆炸了，余怀庆等人立即趋前检测，却并无异样。陈廷安有些疑惑。

“这还只相当于一颗子弹击发后所能产生的热量和震动，可一支枪在规定时间内只打一枪的概率即使在和平时期也不到一半。”余怀庆说着为枪管填装了双倍的火药。再次点燃爆炸后仍无异样，再填装相当于击发四颗子弹的火药后再次点燃。这次爆炸后所发出的声音有些异样。余怀庆等人检验枪管，发现枪管呈现了裂缝。

三个人相视无语。

余怀庆又拿过一根枪管，装填了相当于六颗子弹的火药，点燃后，三人躲在了钢板后。一声巨大的声响，随之而来有金属碎片撞击在钢板上。

三人从钢板后出来，看了看钢板，发现被金属碎片撞击了几个白点和稍稍凹进的小坑儿。再看老虎钳，枪管已经不翼而飞。

不知是庆幸还是后怕，余怀庆看了看王主管和陈廷安。

“这说明，一旦用它组装成枪，在连续击发六颗子弹后，枪管就可能会炸膛！”余怀庆说着把手放在陈廷安的肩上：“廷安，你又一次救了兵工厂！”说完余怀庆从地上捡起枪管碎片：“日本人真是无所不用其极呀！”

“这可真是精心策划！可是大人，即使那些钢坯都造成了枪管装配成枪，也不过几百支枪，他们——”王主管想说的是这些钢坯毁不掉兵工厂。

余怀庆抢过话头：“却足以毁掉兵工厂的声誉！我们还需要对这批钢坯进一步化验。”说完余怀庆将枪管碎片包在手帕里，三个人离开封闭小屋。

余怀庆将枪管碎片交到兵工厂化验室，要求化验室对该碎片的成分进行严格的化验和分析。

显然，这次化验十分困难，这在余怀庆的预料之中，他三天没离开厂，一直在等待着结果。终于，第三天结果出来了：该钢被加入了特殊的化学成分，这种化学成分使得枪管随着温度的升高而变脆……

“处心积虑！”余怀庆叹道。

余怀庆对日本人的阴谋深恶痛绝，同时又为日本人诡计的实施方式而感叹——虽然他们的目的是针对兵工厂，可就是发现了他们的阴谋，这些证据又能将这些日本人如何呢？人家的钢坯是做钢锹的，并未经他们的手直接送到兵工厂，至于那种特殊的化学成分，日本人可以说不知道，也可以说就是故意加的，为的是人家所定制的钢锹的特殊用途，谁还有办法呢？

余怀庆思来想去，还是打消了将此消息通报给巡警局的念头，而是找来了焦伯琛。

焦伯琛得知此情后深为恼怒。

“这件事不要扩大影响，权当没有发生过，不过，我还是提醒你，对这个铁器株式会社要多注意了。”余怀庆说。

“余大人，在下明白。”焦伯琛对余怀庆对自己的信任十分感激。

余怀庆没将陈廷安在此案中充当的角色过多地讲给焦伯琛听，他不想将所有细节告诉任何人。

焦伯琛回到巡警队后，将胡三和陈廷顺等几个巡警找到一起，将长野的阴谋告诉了他们，要他们对铁器株式会社多加注意。这时，陈廷顺才得知了长野的下落，自然马上想到了秀儿。

“队长，我们马上找到这个株式会社，把他们连窝端掉！”陈廷顺也对日本人充满了仇恨。

焦伯琛一摆手：“余大人说得对呀，咱的证据都是间接的，没有理由搜查人家。而且弄不好会惹起外交纠纷，那咱就引火烧身了。”

陈廷顺边听边打着自己的算盘……

……

“长野君，我们在兵工厂附近做了侦察，但一直没有什么异常。”间岛向长野报告道。

“无论我们成功与否，余怀庆都不可能就此声张。”长野早就心里有数。

“那么……我们的目的是否达到了呢？”

“到底是什么结果，不是我们能掌握的。以后不要再提这件事，权当我们没做。明白？”

……

唐季恺得到胡三密报，得知了日本人对兵工厂的阴谋，立即召集组织主要成员开会研讨对策。身在漩涡边缘的余府管家和罗秋月竟然对此等大事还一无所知。只是当唐季恺将这个情报告诉与会者时，两人才大吃一惊。

“日本人阴谋阻止和破坏中国得到好枪的活动从来就没有停止过，虽然这次可能失败了，但他们肯定不会就此罢手。”说着唐季恺看了看管家和罗秋月二人，“把你们请来的目的就是提醒二位要特别保护余怀庆的安全。当然，只是凭我们去保护一位朝廷命官有点滑稽，但这就是特殊情况下的特殊作为。余怀庆是国宝，国宝本身没有属性，所以我们一定要保护他的安全。你们要适时和适当提醒他注意安全并加强兵工厂的警戒。”

……

陈廷安醒酒后回了兵工厂之后未再回到刘家，云妹知道发生了大事，但是什么结果她无从知晓。

正当云妹不安时，刘老板也在为陈廷安的不辞而别恼火。他只知道陈廷安喝醉了，而且醉得一塌糊涂，可对这是长野的阴谋却一无所知。他想让云妹再去兵工厂把陈廷安找回来，不想遭到了云妹的一顿指责。

“都是你惹的祸，还有脸找人家!”

“你说什么？我惹什么祸了你？你个丫头片子就这么和你爹说话？”刘老板为女儿的不恭恼火，也为云妹没头没脑的指责莫名其妙。

云妹将她所知道的和猜测到的一股脑儿地讲了出来。刘老板听完目瞪口呆，虽然他不敢全信，可冷静一想，又确是疑点重重。

“爹呀，咱不能为了钱就昧了良心!”云妹激愤地说。

“你说你爹什么话?! 我昧了良心？我早就知道小日本不是东西才给他们换的料，把好钢卖给了兵工厂。至于价钱，那是你情我愿的事。再说，我怎么知道那小鬼子比我还鬼，弄出这么多勾当!”刘老板这会儿恨透了日本人。

“要是人家兵工厂出了大事，你就得吃不了兜着走!”云妹如此一说，刘老板还真的有点害怕了。

这时傅东晨来了。

傅东晨说自己这些天去了趟上海，因为上海的洋行比武汉三镇还多，那边有些业务要做。

傅东晨得知父女俩吵嘴的原因后，心下明白了。其实，关于长野图谋为兵工厂提供间接问题钢坯的消息，傅东晨已经在革命党那里得知了消息。

“云妹，别责怪伯伯了，他是做生意的，可他不是搞政治的，上了日本人的当也难免。”傅东晨说着又看了眼刘老板，“刘伯，以后哪些钱该赚哪些不能赚，咱多个心眼就行了。”

傅东晨各打五十大板，却都有道理。父女俩不再说什么了。

5

陈廷安身背大刀刚走到大门口还没出厂，就被余怀庆拦了回来。

“就凭你单枪匹马背个大刀就能报仇？你以为长野正躺在床上伸着脖子等着你去砍？怕是还没等你进了人家的房间，你的身上就被子弹钻了几个窟窿了。陈廷安呀陈廷安，你已经不是当年的毛头小子，不能凭一时头脑发热干出傻事。”余怀庆将陈廷安拉回到自己的办公室后，刚把门关上就回头说道。陈廷安垂着头一言不发。

“常言道，君子报仇，十年不晚，意思就是不要太莽撞，仇是要报的，但要从长计议。而且国恨和家仇这个词用在你身上正合适，你不能只顾着你的家仇，忘记了国恨。你以为长野这些年对兵工厂、对我打的那些歪主意我不恨吗？”

“大人，那我们就这么忍下去？”陈廷安终于忍不住。

“是，忍。否则还有什么办法？如果不忍，就像你这样去玩命，最好的结果也是同归于尽，可我判断你没有那个好机会呢。间接后果呢？可能是两国间的纷争——唉，廷安呀，甲午之耻刚刚过去十几年，日本人打到我们家门口，咱打不过人家，就得割地赔款！你以为老佛爷就愿意把白花花的银子送给东洋人？打不过人家你就得服，不服就要亡国。有什么办法？国力不如人，想不受制于人？好呀，发奋图强。廷安，多少人在为这个理想而奋斗呀，十年前你和你爹还要用大刀对人家的洋枪吧？今天不用了，可还不足以制人，所以我们还得努力。廷安，从现在开始，你哪儿也不能去，就在靶场校枪。”

陈廷安点了点头。

这时，侍从来向余怀庆报告说巡警局来人了，正在会议室。

“你回去吧。”余怀庆拍了一下陈廷安的肩后走了。

在会议室里是焦伯琛等人。

当了多年巡警队长的焦伯琛终于升任了巡警局副局长。上任伊始，在他的建议下，与兵工厂的护卫们召开了保安联席会议。余怀庆、陈廷顺等人都出席了这次会议。在这次会议上，大家回忆了建厂初期至今也没查出原因的一次大爆炸、一次大火等两次大事故，及近年来发生的纵火和爆炸未遂，再联系到长野的此次阴谋，大家对汉阳兵工厂历经的磨难虽然义愤填膺，却谁都难解其秘，为保兵工厂平安生产，只有立即加强兵工厂的保安……

会议决定，警方将向兵工厂派驻巡警配合兵工厂的护卫，由陈廷顺负责……

……

余怀庆去过了大冶和萍乡后，好像能解决的问题都已经解决了，解决不了的也不是他的能力和现有国内技术能力所能解决的。于是，他又投入了对那支样枪的改造和进一步设计中。

陈廷安每天都在靶场练射击，名为校枪。对枪，他从来没有像今天这样有兴趣，这时他似乎才明白，洋枪可以打死父亲、打伤自己，如今这洋枪为中国所造和所用，也可以打死打伤任何敌人。谁是敌人？如今在他心中的就是长野、就是日本人。他渴望着余怀庆能设计出更好的“汉阳造”，渴望着有朝一日中国造的枪不亚于洋枪，但此时的他同样也明白，洋人走过的路中国人还没走完。

余怀庆一直住在厂里。事实上，他手里的设计图纸完全可以付诸新枪的生产了，可德国98改进型步枪的面世促使他一定要精益求精！

陈廷安的身边放着几支步枪，每支枪都已经打了几十发子弹，此时他仍然对准了铁桶一枪枪地放着。他自责自己帮不上余怀庆，也努力从每一次击发中发现问题……此时，出来散步的余怀庆站在射击靶位的不远处看着陈廷安，心想：如果兵工厂都是这样的工人，如果新军中都是这样的士兵，何愁没有好枪，又何惧外夷的虎视眈眈？

余怀庆走到陈廷安的一侧，轻轻操起一支枪，装好子弹，刚要向目标物——铁桶射击时，陈廷安突然发觉了什么立即转身将枪瞄准了余怀庆……见是余怀庆，陈廷安立即放下了枪。

“好小子，反应很快，应该是个好枪手呀。”余怀庆赞叹道。

余怀庆击发出一枪后，习惯而下意识地看了看枪。

“大人，也许德国领事馆已经有了98式新枪，为什么——”

余怀庆立即打断他的话：“几年前的经验忘了吗？那劫走的正是当时德国领事馆的新枪，可那却不是他想交给兵工厂的。想得到人家的新枪，无异于与虎谋皮。”余怀庆说着，发现陈廷安有点走神儿，“陈廷安！”余怀庆喝了一声。陈廷安马上回过神来。

“我可告诉你，绝不可妄想，更不可妄动！”

“大人，我没妄想呀。”陈廷安立即否认。

“咱们兵工厂已经是举步维艰了，虽然一定要造出好枪以示世人，但也绝不能出什么大事了。明白吗？”余怀庆话里有话地说。

……

余怀庆猜对了陈廷安的心思。如果说以前围绕枪所发生的一切都是无意或者是被动的，如今他想主动去接触枪了，目的是为余怀庆、为兵工厂出份力。如余怀庆所担忧的那样，陈廷安不想出一点纰漏。

在厂里吃完晚饭后，陈廷安溜出了兵工厂。

陈廷安不知道陈廷顺已经奉命协同兵工厂警卫保护兵工厂的安全，更不知道陈廷顺就在大门前的警卫室里。

陈廷安出了兵工厂的大门后，陈廷顺持枪悄悄跟了出去。看大门的兵工厂护卫认识陈廷安，却不知道他和陈巡警是哥俩。

两人相继离开不久，秀儿来了。秀儿给陈廷安买了一件衣服，请护卫转交给陈廷安，警护告诉他陈廷安刚走……

陈廷安进了家澡堂子，陈廷顺坐在了对面的茶馆里。

夜将深时，陈廷顺一直盯着澡堂的出口，不觉打起了瞌睡，猛然醒来时，发现澡堂里走出个素衣人来，陈廷顺揉了揉眼睛，认出那是陈廷安。

陈廷顺不知道陈廷安离开兵工厂要做什么；他也知道陈廷安不大可能是破坏兵工厂的人，却难说不是乱党的人。此时见他换了一身素衣，陈廷顺顿时提高了警惕。

陈廷安出了城，向汉口方向而去，陈廷顺紧紧跟踪，但他没有发现自己身后还有个神秘的跟踪者。

陈廷安潜入了租界，并进入了领馆区。陈廷顺发现陈廷安向德国领事馆方向潜去。陈廷顺一时间虽然摸不着头脑，但很快想到或者和枪有关……

前文交待过，汉口的德国领事馆的建筑非常有特色，它的周边是通透式的围墙，巨大的欧洲城堡式的建筑则在其中间。夜晚，建筑的四周被灯光映照得非常明亮，甚至看得见高高的旗杆上不时飘动的德国国旗。

领事馆主体建筑的门楼子前站着两个持枪的德国卫兵，陈廷安避开正门，从另一侧的墙垛上翻进了院内。四处都是灯光所及的范围，陈廷安只能在周围没有动静时悄悄接近领事馆的主体建筑，之后顺着墙体，悄悄接近了门楼。

灯光下，那两个卫兵如同雕塑般一动不动，陈廷安仔细地观察着他们手里的枪，基本可以判定那是他所没见过的，至少也是兵工厂所没有的。他知道自己无法接近那两个卫兵，自然也无法在这里得手，他只是要认定一下这座建筑里面是否有这种枪——98式改进型。

陈廷顺躲在远处一个电线杆的后面，紧张地注视着陈廷安的一举一动。他虽然已当了几年的巡警，可此时他不知道万一发生不测，他该怎么办？同时他也无法预料将会发生什么。他现在只能紧张地静观其变。

陈廷安退回到主体建筑的墙下。墙体是巨石砌成，只半人高的上面就是巨大的环绕建筑四周的廊窗，廊窗内是宽大的走廊，内侧则是窗子……

陈廷安早就注意过这座建筑，他弄不明白的是这个巨大的建筑里面是否有天井，还是就是个实心儿的。

陈廷安在墙下向廊里观察了一会，几乎所有的窗子里都没有灯光。他轻轻地翻过廊窗，迅速蹲伏在一扇窗下，然后悄悄起身。外面的灯光将窗子映照得一清二楚，透过玻璃甚至可以看得见室内的摆设。陈廷安想，一定得潜入这室内，才可能通过室内潜入其他房间，这样就有可能找到枪械室。他轻轻地去拨窗缝儿，虽然很紧，但他充满了信心。可这时突然响起铃声！

原来，自从德国领事馆那年出事后，就已经在主体建筑的四周安装了报警装置，虽然用现在的水平看比较落后了，但在当时却是相当先进，以至陈廷安瞬间不知发了什么，只是当廊道里的灯全部亮起时，陈廷安才知道自己必须得马上离开了。

可这时持枪的卫兵已经冲来。

陈廷安迅速翻过廊墙，向围墙跑去，德国卫兵也跳下廊墙，之后拉开枪栓……

德国领事馆通透式围墙距离主体建筑大约还有十米左右的距离，墙体则是相隔两三米左右是一个墙垛，中间则是向上的有着锋利矛尖的铁栅栏。陈廷安必须要从墙垛上跃过。可陈廷安情急之下在借助栅栏向墙垛攀爬时，衣袖却被挂住了。

一直在电线杆后的陈廷顺虽然因为距离较远，看不清陈廷安为何在墙里受阻，却看见了卫兵向他奔来。

这时，他举起了枪……

两个卫兵看来是想捉活的，提着枪向陈廷安冲来，恰这时，一个蒙面人突然出现在墙外，一刀斩断陈廷安被挂住的衣袖，陈廷安立即攀过了墙垛……

此时，两个卫兵已经冲到了墙下，蒙面人近距离地抛出一把白灰，两个卫兵一阵怪叫，趁他们揉眼睛时，蒙面人拉着陈廷安逃去。

陈廷顺不知那人是谁，是陈廷安的乱党同伙？如果是，他们要来做什么？

此时，两个德国卫兵已经揉好了眼睛，向逃去不远的陈廷安和那个人举起了枪。

陈廷顺立即举枪射击，却不是对着陈廷安，而是向天空放了空枪。父亲死在洋人的洋枪之下，这个仇到何时他都不会忘，所以在此情形之下，他选择了站在陈廷安一边。

德国卫兵吓了一跳，再不敢盲目射击而是立即卧倒，四下寻找着射击点。

远处传来了巡捕的警哨声，陈廷顺收起枪，快速离去。

陈廷安跟着那个人已经逃入黑暗之中，并很快出了租界区，到了江边。他不知道眼前这个人是谁，在月光和江水的映照下，他感觉到了一点熟悉。他立即快步上前，扯下那人的蒙面，那人回头，却是秀儿。

或许是惊讶之后的惊喜？或者是特殊的情境之下？

两人在月光下无语地对视，陈廷安突然抱住了秀儿。秀儿那么幸福地一动不动地依偎在他的怀里。

陈廷安揽着秀儿，坐在了江边。

“你怎么知道我去了德国领事馆？”陈廷安问。

“大哥，千万别再冒险了，你已经不是当年。”秀儿避开了陈廷安的问题。

“秀儿，你现在到底是什么身份？”陈廷安急迫地问。

“我不是告诉过你吗？我在铁器株式会社。”秀儿认真地回答。

“铁器株式会社在哪？”

“不用你找我，我找你。大哥，我这辈子一定要嫁给你，不管你要不要我！但不是现在。”秀儿说着向陈廷安的身后看去，一把拉起陈廷安，两人又坐到月光不及之处，“刚才是你自己去的吗？”

“是。是谁开枪救的我呢？”陈廷安知道秀儿问的是什么。

“快走，有人过来了！”秀儿说着，推了一把陈廷安。自己则向侧前方飞奔而去，这时陈廷安才发现巡捕正在向这个方向奔来……

待陈廷安看着秀儿不见了时，才悄悄潜入长江，待搜捕赶到时四处已经静悄悄的了。

……

第二天，德国领事馆一如既往，好像什么也没发生。他们以为是来了毛贼，而那声枪响他们则认为是巡捕胡乱放的枪。

一辆高级马车在德国领事馆门前停了下来，长野从马车上下来，向领事馆走去。

此时，陈廷安已如往日般在靶场射击，同时在暗暗检讨着昨晚的行动太过仓促，好在没引来麻烦。

他坐了下来，他想认真想想神秘的秀儿。

秀儿到底是什么人？怎么感觉她不似当初那般真实和率性了呢？是因为长大了还是因为她所处的环境变了？她为何阻止我与铁器株式会社接近？

陈廷安决定不露声色地找到铁器株式会社并接近它……

6

热闹的大街上，各种装束的行人来来往往。大街一侧的各色门面中，有一家米店。不时有人走进走出。

一个商人模样的人不经意地四处打量了一眼才进了米店。米店老板点点头，那人才进了里间。

这人是唐季恺。自从“日知会”暴露后，革命党机关立即撤离才幸免于难，换了新地点后，所有人都倍加警惕。

“日知会”的暴露及日本人对兵工厂处心积虑的“钢材事件”都令唐季恺非常疑惑，这说明或是革命党内有内奸，或是日本人有令人惊讶的情报人员，无论是什么情况，革命党都必须严肃对待，找出症结。

唐季恺进去后不久，小吴、余府管家、罗秋月和顺子等人扮成购米者相继而入。

经过唐季恺的调查和分析，疑点落在了秀儿的身上，此次将大家召来，就是要研究对策。

会上，当唐季恺将自己对秀儿的怀疑告诉大家后，请傅东晨向大家复述了一件事：在陈廷安到处找不到傅东晨时，情急之下去了“日知会”，而且行前将目的告诉了傅东晨的未婚妻，可在陈廷安刚离开不久，秀儿到刘家找过陈廷安，云妹便把陈廷安的去向告诉了她，秀儿立即离开了，随即不久“日知会”就遭到了搜查。

“秀儿和日本人混的时间倒是不短了，如果她给日本人做事倒不奇怪，可她为什么要和革命党过不去呢？何况她和巡警也没有特殊关系呀。”罗秋月有点不解。

“有两种可能。第一是她可能本来就是巡警的密探，只是以铁器株式会社这个环境为掩护，其次，她受命于日本人。因为日本人的政治图谋常常不被我们所知，他们也许会借巡警之手破坏我们的组织，从而达到他们的目的。这完全视他们的利益而动，因为我们的行动可能经常会危及他们的利益。”唐季恺分析道。

这时，米店老板——一个中年人匆匆进来，贴在唐季恺的耳边悄声说：“显魁，外边有可疑的人在转悠。会后请诸位从后门离开。”这米店老板是唐季恺的老乡。

唐季恺点点头。虽然可疑人不一定掌握这个革命党的秘密据点，但时时提高警惕是唐季恺对所有革命党人的要求。

大部分人没有听见米店老板说了什么，可坐在唐季恺身边的罗秋月却听见了。她听得最清楚的是“显魁”二字！罗秋月惊讶地看着唐季恺。罗秋月想不到显魁就在身边，那瞬间，她下意识地悄悄将所有在场人都瞄了个遍——哪个是南儿？哪个是弟弟？

无论是帮会的经验还是革命党的经验，都告诉她无论什么事都不要声张。她压抑着自己的兴奋，提醒自己：不要急，慢慢地通过各种渠道接近和了解唐季恺……

……

休息日到了，多日没回家的余怀庆叫上陈廷安，一起回了余府。

经过假钢材事件和去德国领事馆盗枪失利后，陈廷安似乎更加沉稳了些，见到罗秋月时也不那么冷漠了。当陈廷安去院子的井边洗手时，罗秋月出来打水。

“廷安，你知道谁是唐季恺吗？”罗秋月低声问。

“唐……季恺？”陈廷安想了想，摇头。

“那显——”罗秋月的下一个字还没出口，冯妈跑了出来。

“哪能让小姐打水哟。快，给我。”冯妈从罗秋月手里接过水盆，随之打了个大大的喷嚏。

“冯妈你不舒服？”罗秋月问。

“没事。这是谁叨咕我呢。”

两人随着冯妈进了屋。

罗秋月发觉自己刚才问陈廷安的话完全没有意义，他怎么可能认识唐季恺或者显魁呢？她告诫自己不要无意义地乱问，免得引起人们的注意，尽管陈廷安是可信任的人。

鬼七的女儿，这是罗秋月永远不愿面对的事实。

在余府吃过饭后，陈廷安要回厂，独自离开了余府。管家向罗秋月使了个眼色，罗秋月明白管家的意思是要她盯住陈廷安。

陈廷安刚要出余府大门，罗秋月出来了。

“廷安，你别误会我的意思，接触秀儿时一定要当心！”说完罗秋月不好意思地笑了笑。革命党刚开完会，罗秋月觉得有必要提醒一下他。说完罗秋月给他推开大门。陈廷安无语地笑了笑。他知道罗秋月不是那种小心眼的人，也不会无故诋毁秀儿。她的话也道出了他心底的疑虑，可罗秋月的依据是什么呢？

陈廷安在街上转了转，为自己买了点生活用品，正要步行回厂时，却发现了拉着空车的虾米。

虾米每次见到陈廷安都高兴万分，如果多日不见更是十分亲昵。陈廷安要去看奶奶，两人准备去棚户区老家送洋车，虾米执意让陈廷安上了洋车。

陈廷安坐在洋车上一路看着街边的风景时，却意外发现了铁器株式会社。

“虾米，停一下。”陈廷安轻声地叫了虾米一下。虾米不知发生了什么，立即停下了。

看着铁器株式会社的招牌，虽然陈廷安顿时怒火中烧，但没忘余怀庆的提醒，心中暗想：后会有期！正待他想让虾米离开时，却见一辆马车停在了株式会社的门口，陈廷安立即拉下了门帘。

长野从铁器株式会社的门里出来了，后面竟然跟着秀儿。虾米的洋车所停的地方与株式会社恰好是斜对面，门前与车前陈廷安都看得很清楚。此时，虾米也发现了株式会社，接着也看见了长野。

透过车帘，陈廷安看见长野站在马车车门前，打扮鲜亮的秀儿如大家闺秀般走到车门前，长野则伸出一只手，秀儿搭着他的手上了马车。

陈廷安目瞪口呆，虾米也目瞪口呆。

此时，还有一个人也是目瞪口呆——身着便衣的陈廷顺正在铁器株式会社对面的成衣铺里看着发生在株式会社门前的一幕。

自打陈廷顺得知了大和洋行改名为铁器株式会社后，就不时地到这里转转，一半是为了见到秀儿，一半是为了监视长野之流。他深知长野一伙是为害中国的特务，同样也深知他们狡猾多端，虽然上司投鼠忌器，但陈廷顺决心要抓住他们的把柄，将他们一网打尽！

马车走了。

“大哥，咱们跟着他们吧？”虾米拉起了车后问陈廷安。

“去送车。我们回家，看奶奶去！”陈廷安斩钉截铁地说。这大大出乎虾米的意料。

这是否标志着陈廷安已经步入了成熟尚不可知，至少此时的陈廷安不想那么被动地如当年天天守在大和洋行那般作为了。只要知道了铁器株式会社在哪，陈廷安就心里有数了。另外他不想让虾米以为自己为了女人就将看望奶奶的事放在了脑后。

陈廷安和虾米与马车相向而行。陈廷顺没有注意到虾米，出了成衣铺后，叫了辆洋车，跟上了马车。

虽然陈廷安和虾米向棚户区而去，但他心里仍在想着：秀儿和长野到底是什么关系？他们去干什么？秀儿对我隐瞒了什么？为什么一涉及铁器株式会社她就支支吾吾？陈廷安暗想：迟早会水落石出！

长野是要去汉口日本领事馆，秀儿则不过是搭个便车，在闹市时秀儿下了车。

秀儿下车后，看着长野走远了，立即叫过一辆洋车。

“去兵工厂！”秀儿说完刚要上车，却不经意间看见远处的洋车里坐着陈廷顺，尽管陈廷顺立即放下了车帘，但秀儿还是认出了他。

秀儿上了车：“不去兵工厂了。”接着秀儿告诉车夫要去哪儿。

秀儿没下长野的马车时，陈廷顺一路跟着一边想：秀儿和长野是什么关系？莫非秀儿当初所说长野救了她是一派胡言？怎么会那么巧是长野救了她？难道秀儿本来就是日本人的同道？虽然这种可能并非没有，但陈廷顺却不愿这是真的。

陈廷顺坐着洋车，一路跟着秀儿，越走越有些疑惑，因为离刘氏铁器行越来越近了。待秀儿在刘氏铁器行门前下了车后，陈廷顺更加摸不着头脑了。

秀儿进了刘家大门后，陈廷顺远远地看着刘家的大门。虽然他实在想不出秀儿来这里干什么，但一定是有很重要的事！

没多久，秀儿出来了，可紧接着，云妹也出来了，两人分别叫了辆洋车，向不同方向而去。这更让陈廷顺惊讶了——这两个女人怎么认识？她们要去干什么？是否在有意分散自己的注意力？陈廷顺一时不知道该跟踪谁了……

……

陈廷安和虾米将洋车存放在了棚子老家，在赶往码头的路上却有人大喊他的名字。原来是云妹。

云妹本想去兵工厂，不想在路上遇到了陈廷安。云妹叫住了陈廷安后马上下了车。

“快去孤坟！”云妹悄声告诉他，并警惕地四下看了一眼。

“去孤坟？”陈廷安一时不解。

“秀儿让你去的。”云妹紧张和神秘的表情让陈廷安觉得此事非同小可。

“我回家了，你快去。”说着云妹又上了洋车，走了。

陈廷安猜不出秀儿约他去孤坟做什么，更想象不出秀儿怎么这么快找到了云妹……

陈廷安想了想，歉意地对虾米说：“虾米，你先回家吧，这次算我不守信用了。我可能有很重要的事。”

“大哥你去吧。反正奶奶不知道你今天要去。用不用我和你去？”虾米问。

“不用。”陈廷安边说着边发现了什么，原来他看见了罗秋月。

此时，罗秋月刚从一家药铺出来，那瞬间陈廷安不知是否该和她打招呼，他在想罗秋月是给谁抓药？是余怀庆吗？正在他犹豫时，罗秋月发现了他。

“给谁抓药?”未待罗秋月走到跟前他就急切地问。

“给冯妈呀，冯妈发烧了。”罗秋月见了虾米，一阵惊喜，“虾米，你们俩在一起呀。”

“秋月姐，我刚碰上大哥。”

“你们要干什么去?”罗秋月看了看两人问。

“我要和大哥去办件事。”虾米自作聪明又自作主张地抢答道。他感觉到了陈廷安不希望罗秋月知道他去干什么，才如此回答。

“是，我要和虾米去看看奶奶……”陈廷安只好顺着虾米说。他也确实不想将实情告诉她。

“我要回家给冯妈送药，就不和你们去了。虾米告诉奶奶，我有时间也会去看奶奶的!”罗秋月说着急着要走了。

“告诉老爷，我晚上就不去余府吃饭了。”陈廷安说完，罗秋月点点头。

双方分手了，陈廷安和虾米走了一段后也分了手，可罗秋月却没有走远。她早已从两人的神情上看出了破绽。

……

本以为甩掉了陈廷顺的秀儿刚要在接近孤坟处下车时，却发现了跟踪她的陈廷顺，她立即吩咐车夫迎着陈廷顺的洋车往回走。两车相交时，陈廷顺下车拦住了秀儿的车。

“秀儿，我刚才看见你了，一直跟你到这儿。”陈廷顺以攻为守地说。在秀儿面前，陈廷顺似乎有了底气，敢于自如地表达自己的意思了。

秀儿掀起了车帘，看了看陈廷顺，略显意外地问：“哦，是你呀。跟我干什么?”

“秀儿，又是好几年不见了，我想请你去喝茶。”陈廷顺不像当年在秀儿面前那般谦卑和低三下四了。

“好呀，走吧。”秀儿出乎意料地向前抬了抬下巴。

陈廷顺向秀儿的车夫一摆手，示意他先走。随后他也上了车。

此时，陈廷安从另一个方向走近了草丛，远远的孤坟就在前方。

陈廷顺和秀儿刚在茶馆落坐，陈廷顺就打发走了店小二。

陈廷顺打量了秀儿一眼：“秀儿，你的变化不大。”

“你的变化挺大。听说你当了巡警？”秀儿不卑不亢地问。

“你消息挺灵通，我这个当巡警的却不知道你在哪。”陈廷顺故作不知地说。

“你不是早就知道了吗？”

陈廷顺笑了：“秀儿，我一直没想明白，你为啥和日本人混在一起？据我所知，这些日本人可都不是什么好东西。”

“他们是不是好人那是别人看的，可长野先生是我的救命恩人，我就拿他当好人。”

陈廷顺摇了摇头：“秀儿，你是女人，还不知道这些日本人的诡诈，他们贩卖烟土、破坏大清军工……你看着他们表面上‘嗨嗨’的满嘴仁义道德，其实不比鬼七好到哪儿去！”

“你说的那些我没看见，再说，我是知恩图报。”秀儿掩饰着自己，面无表情地说。

“我一是担心你的安全，二是为你……嗨，不说了，秀儿，你还没嫁人吧？”陈廷顺问。

“这个你也早知道了。我说过，除了陈廷安我谁也不嫁。”

陈廷顺笑了起来：“你要是能成我嫂子，我也高兴呀。可你知道吗？陈廷安虽然不是日本人，可也是朝廷的敌人——他可能和乱党有瓜葛，巡警迟早会抓住他，那时，他可能就没机会再从死牢里逃出来了。”陈廷顺冷冷地说。

“你那么恨你亲哥？”秀儿问。

“不是我恨他，是朝廷恨他。我是大清的巡警也是大清的子民。他背叛了父亲，也背叛了朝廷，也背叛了他自己，天理和国法不容！”陈廷顺一口气说完，顿了顿，“秀儿，你刚才要去干什么？”陈廷顺一直觉得秀儿还有什么想做没做的事。

“去给我妹妹上坟……”

“那座孤坟？”

“那坟里是我妹妹的孤魂……”秀儿说着眼睛一湿。

陈廷顺非常意外：“是这样……秀儿，我和你一起去为她扫扫墓吧。”

秀儿摇头：“已经太晚了……”

7

快到孤坟时，陈廷安便开始提高警惕。当他四下打量，没有发现什么异常后，才接近了孤坟。可孤坟的四周并无秀儿的身影，陈廷安有些不解，立即到不远处的树林里转了一圈儿，还是没有人影。

陈廷安再次走近孤坟时，却见罗秋月已经在坟前了。

“你？……”看见罗秋月还提着药包，陈廷安明白了，她一直在跟踪着自己。

罗秋月笑了：“我怎么了？”

“你没怎么，是我怎么了——你比我精呀。”陈廷安苦笑着说。

“不对吧，是你跟着我呀。你别忘了这是我的坟。”罗秋月说完，陈廷安才想起罗秋月说的倒是事实。

“陈廷安，我可不是跟踪你，我是怕你遇到什么危险，尤其这地方，别看没埋着我，你来他往的倒像客栈了。”罗秋月说着自己笑了。陈廷安也觉得还真是那么回事，可秀儿为什么要让他来这里她却不在呢？

“秋月，你……看见这周围有人了吗？”他终于没说出秀儿的名字。

“没有。”罗秋月一直注意着周围的动静，确实没看见什么。

陈廷安疑惑地围着坟转起了圈子，暗暗思谋着找什么借口把罗秋月支走，因为秀儿随时可能出现。

忽然，他在坟上发现了异常——那个他十分熟悉的坟洞上的一簇草有些发蔫，他眼睛一亮，认定是有人刚刚移植上去的！陈廷安上前拔掉那簇草。

陈廷安的举动令罗秋月不解。

“嘿，你干什么?!”罗秋月见陈廷安竟然把手伸进了坟里。此时，陈廷安已经从坟洞中拖出一支枪来！正当两人意外和吃惊时，也同时发现了远处而来的巡警。

原来，陈廷顺送走了秀儿后，意识到那孤坟绝非秀儿说的那么简单，已是巡警队长的他立即召集巡警向孤坟赶来，他没指望能在这里发现什么人，只想搜查一下这座奇怪的孤坟。这时，他发现了陈廷安和罗秋月！而且已经看见了陈廷安手里提着的枪。

陈廷顺一直关注着罗秋月，不仅因为罗秋月有乱党之嫌，还有一层意思是他发现了罗秋月和陈廷安有着某种神秘的关系。他虽然怀疑罗秋月是乱党，却从未认为陈廷安是乱党，那么这两个男女到底是什么关系？联想到余怀庆对陈廷安的百般呵护，陈廷顺自然想到：莫非罗秋月和陈廷安发生了男女恋情？这是陈廷顺所希望的。他宁可与陈廷安有忠于大清与否之争，而绝不愿在他人看来是因为秀儿之争。

当陈廷顺发现了罗秋月和陈廷安在坟前时，立即示意巡警们不要惊动他们，可罗秋月和陈廷安已经发现了他们。

“你快走！”罗秋月将陈廷安向树林里推去，陈廷安来不及想什么，提着枪冲进树林。

这时，陈廷顺发现了陈廷安手里提的枪，并发现自己已经暴露，只好向巡警们一挥手，向坟前跑来，罗秋月则迎着陈廷顺而去，并横在了陈廷顺的面前。

“干什么？我可是在执行公务，和你余府大小姐没关！”陈廷顺要推开她，可罗秋月却一动不动。

“兄弟们，快给我追！”陈廷顺知道无法挣脱罗秋月，只好用枪逼住了罗秋月。

那几个巡警很快转了回来。

“陈警长，人没影儿了。”

陈廷安如同当初从德国卫兵那里抢来洋枪般一路窜去。可边跑他边想的是：我为什么要逃？如此一逃不是授人以柄吗？眼下他能给自己的一个理由就是：不能再给余大人找麻烦了，因为余大人当初将他从刑场救出时已经申明陈廷安已经把这支枪交给了兵工厂……

“把这个女人带走！”陈廷顺板着脸说。他想从罗秋月这里得到他想知道的一切。

这时焦伯琛赶到了。

原来，胡三见陈廷顺叫走了几个巡警去了孤坟方向，感觉蹊跷，立即报告了焦伯琛……

陈廷顺对焦伯琛的意外到来有些不解。

“局长，正要把嫌犯押回去向您报告呢。”说着回头指了一下罗秋月：“乱党嫌犯陈廷安和罗秋月共同作案时被属下当场抓获！”陈廷顺言不由衷地报告道。

“哦？”焦伯琛看了一眼罗秋月后接着问：“陈廷安呢？”

“报告局长，因嫌犯罗秋月的阻拦，陈廷安得以逃脱。”陈廷顺理直气壮地说。

“他们在做什么案？”焦伯琛不动声色地问。

“属下和兄弟们赶到时，陈廷安和罗秋月正从这座坟里拿枪……”陈廷顺说着指了指坟洞，焦伯琛走近坟洞往里看了一眼。

“枪呢?”

“被陈廷安带走了。”

“有点胡闹吧?”焦伯琛踱了几下步子，“就因为一支枪他们就是乱党了?”

“局长，这支枪可能就是兵工厂几年前被偷的，当初你还是队长，可是没少大动干戈呀。”陈廷顺有点不解。

“你今天这番大动干戈倒是没必要了。现在我还不敢肯定陈廷安从这坟里拿走的是什么，即使真的是枪，现在也没意义了，当时那枪还有用处，现在……连德国人都不在意了。”说着焦伯琛看了看罗秋月。

“把罗小姐放了!”

陈廷顺大为意外:“局长，哪能就这么放了呢?最少也得押回去审问审问呀，我早就向您报告过，这个女人虽然是余府小姐，但形迹可疑，属下认定她和乱党有瓜葛。您不会是顾忌她是余府——”

“住嘴!知道她是谁吗?”焦伯琛不想再和陈廷顺多费话了，“罗小姐是我的亲戚，我的侄女!”

陈廷顺张了张嘴，好半天没说出话。

“局长，我、对不起，对不起!”这大大出乎陈廷顺的意料。他不但当焦伯琛是上司，更拿他当恩人。“我知道了，罗小姐虽然不一定是乱党，可陈廷安……”

“就因为他拿走了一支枪?”焦伯琛想知道得更多。

“您说得对，也许那支枪不重要了，可是如果他交给了乱党，那就不是小事了，局长!”陈廷顺有点着急了。

“可笑，你怎么那么肯定?”焦伯琛拿不准他到底和陈廷安现在是什么样的关系，是想救他哥哥还是想害他哥?

“我肯定。他现在一定去找乱党，把枪交给乱党了！”

“我认为他一定会去余府，你信不信？”焦伯琛虽身为副局长，但不想在陈廷顺这个属下面前丢了面子，而且不论罗秋月是否真的是乱党，他都不想陈廷顺把这事闹大。

“局长，”陈廷顺看了眼罗秋月，“我和你打赌，陈廷安肯定把枪交给了别人，那人一定是乱党。我现在就和您去余府。”陈廷顺立即恢复了巡警本色。

“那好。”焦伯琛马上同意了。他不想在属下面前落下徇情枉法之嫌，尽管他确实想消除陈廷顺对罗秋月是乱党的怀疑。

焦伯琛回身对罗秋月说：“秋月，你先委屈一会。我和陈廷顺先走一步。”

此时的罗秋月正在为陈廷安担心，她预料，既然陈廷安如此神秘地特意前来取枪，就不可能拿着枪后去余府，但他会把枪交给谁？罗秋月也摸不着头绪。

当焦伯琛和陈廷顺离开孤坟时，陈廷安已经接近了城里。

在树林里逃离巡警的追捕后，陈廷安用外套将那支枪包了起来——他想尽快把枪带进城里，但他一个百姓，自然不能扛着枪招摇过市。

自此，陈廷安已经明白，一定是秀儿当初从臭水沟里捞走了这支枪，如今又藏在了坟洞里，之后通知他来取。陈廷安想想有点好笑，够巧的，两人都知道把枪藏在坟洞里是多么安全。

不知道现在罗秋月怎么样了，好在她是余府的小姐，陈廷顺不会把她怎么样。

陈廷安从城墙的一处坍塌的缺口进了城。

余怀庆早就说过，这支枪对他研制新枪已经没有意义，而且余大人在刑场上已经向警方说明这支枪陈廷安已经交给了他，这就是说，这支枪已经没有任何理由出现在兵工厂以外。既然这样，陈廷安想把这支枪藏起来，但他又想以后自己会用得着。

尽管那支枪被衣服包裹着，可看上去怎么也不像一根烧火棍，于是当陈廷安路过一处废弃的破房子时，将那支枪埋藏在墙角下的地基深处，并在上面压埋上泥土和瓦砾……

此时，焦伯琛和陈廷顺已赶到了余府的大门前。余府虽然不是在闹市区，但也不算偏僻。

余府大门附近静悄悄的，并无闲杂人等，只在不远处有辆洋车，车夫的破草帽压在脸上，正靠在车上睡觉。

焦伯琛和陈廷顺到了余家大门。

管家迎了出来。

“焦队长，好久不见了。”管家客气道。

“焦局长，焦队长现在是副局长了。”陈廷顺立即纠正。

“焦局长？恭喜恭喜！”因为余怀庆的关系，管家很熟悉焦伯琛。

“别客气。余大人在家吗？”

“去厂里了，二位请进来喝杯茶嘛。”管家客气地说。

“陈廷安来了吗？”焦伯琛问。

“早晨来的，中午吃了饭就走了呀。”管家说。

“刚才没回来过吧？”陈廷顺问。

“没有。二位屋里请，我家老爷快回来了。”说着管家打量了陈廷顺一眼。

陈廷顺停下脚，看了焦伯琛一眼，可焦伯琛还是向余府院内走去。

此时，余府门前不远处的那个车夫移开草帽，向余府大门悄悄地望了一眼。原来是虾米。

虾米并未回武昌，因为他看出陈廷安有事，更感觉那个罗姑娘有些奇怪，于是他又返回棚子取回洋车，干脆守在了余府门前。

看来无论是焦伯琛还是陈廷顺，两人谁也没猜准陈廷安把枪送到了哪里。

陈廷安倒是真和“乱党”遇上了——陈廷安刚要到兵工厂大门时，便见傅东晨从一辆洋车上下来，并立即将陈廷安拉到一边。

“傅先生?”陈廷安有些意外。陈廷安深知一个革命党人竟然大胆出现在戒备森严的兵工厂门前意味着什么。

“有事?”陈廷安警惕地看了看四周问。

“廷安，听说你今天休息。给我个面子，我们老板要见你。”

“你们老板?”

“对，唐老板。”

陈廷安忽然想起什么：“叫唐什么?”

傅东晨看看四周，犹豫了一下才小声地说：“唐季恺。”

陈廷安点点头。他虽然不知道罗秋月为什么要打听这个唐季恺，但遇到这个机会，那么就见见这个人！可这时两人都发现了周围有几个可疑人，看傅东晨的神情，显然不是革命党的人。那么这些神秘人是巡警还是日本人抑或是其他什么人?

这时，余怀庆的马车出了兵工厂的大门。车上的余怀庆看见了陈廷安。

“廷安，上车来!”余怀庆向陈廷安招手。陈廷安示意傅东晨和他一起上车。

两人上了余怀庆的马车。

“余大人，这是我的老乡。”陈廷安向余怀庆简单地介绍了一下。余怀庆和傅东晨相互点了点头。

车将行至城里时，傅东晨向陈廷安示意后，和余怀庆客气地道别，说他到家了。

傅东晨下车后，回头看了一眼，只见间岛跟踪而至……

余怀庆的马车到了余府门前。

陈廷安一路在想罗秋月为什么问他是否认识唐季恺？罗秋月和傅东晨认识不认识？这个唐季恺到底是干什么的？为什么热衷于见我？傅东晨是否又是为枪而来？如果是，他怎么会这么快就知道了消息？

陈廷安和余怀庆下了车，还没进大门，焦伯琛和陈廷顺就迎了出来。

“伯琛？”余怀庆有些意外。

“廷顺？”陈廷安同样也有些意外。

焦伯琛和陈廷顺同时注意到两人都没带枪。

“陈廷安，余大人在这儿，我们就客气点。枪在哪？”焦伯琛问。

“什么枪？”陈廷安没想到他们追到了余府，此前他也没打算将枪的事告诉余怀庆，此时只有否认了。

“哥——陈廷安，别忘父亲是为大清献出生命的，你也为保大清受过伤。我们已经看见了！希望你交出枪，和乱党断绝关系，为大清效力，要不然的话就别怪我不顾兄弟之情了！”陈廷顺说完看了焦伯琛一眼。

余怀庆看了看陈廷顺又看了看陈廷安：“这是……怎么回事？”

“余大人，这就是我弟弟陈廷顺，不知道什么时候我们成了仇人。”陈廷安冷静地说。

“哦，就是焦局长派到兵工厂协同保安的陈廷顺……”

陈廷顺一个立正：“正是在下！”

“陈廷顺，不得在余大人面前无礼！”焦伯琛喝斥完陈廷顺后立即对余怀庆说：“大人，您请回府，容在下以后向您报告。”

“廷安，跟我回家！”余怀庆拉起陈廷安就走。可陈廷顺追进了院子，挡在余怀庆的面前说：“余大人，除非陈廷安把枪真的交给您，否则我就向巡警道禀报！”

“陈廷顺！”焦伯琛为陈廷顺竟然声称要向巡警道报告大为恼火。

“你放心吧，陈廷安现在是我的客人，我为他作保行吧?”余怀庆和颜悦色地说。

“陈廷顺，等我犯了国法时你再来抓我。我会帮你立功的。”陈廷安平静地说。

焦伯琛看着这哥俩儿，心里有点不是滋味。

陈廷顺悻悻地离开了。

8

一进余怀庆的书房，余怀庆便看着陈廷安。未待他张嘴，陈廷安立即说：“大人，他们说得对，我确实找到了那支枪。”

“哪支枪?”余怀庆颇感意外地问。

“就是当初在臭水沟没找到的那支枪。”

余怀庆这才坐下：“哦，是这样。这些巡警的鼻子够管用的。也怪不得他们，当初我告诉他们那支枪你已交给我，如今这枪又到了你的手上，人家当然要当事了。行，既然他们一定要那支枪，你就给他们，反正对咱们也没啥大用了。另外，我不想知道你们兄弟间到底有什么解不开的疙瘩，但希望你们不要反目成仇。”

陈廷安默默地听着。

“焦伯琛和我是老朋友了，你不用太担心。只是你这个弟弟——”余怀庆突然笑了，“他怎么会认为你和乱党有关系呢?”说着他看着陈廷安，“你陈廷安是不是乱党，我可是有发言权的。行了，别在意，一会在家吃完饭再回厂。”

“大人，我想现在就回去。”陈廷安说。

“回去有事?”

“我把枪扔了，想现在取回来交给焦局长，免得他们大动干戈地给您造成影响。”

“那好，去吧。”

陈廷安出了余府大门后，并未发现陈廷顺或者便衣巡警，便随手向门前不远处的洋车招了一下手，洋车马上过来了，陈廷安边想着心事边上了车。

“大哥，去哪？”车夫问。这时陈廷安才发现是虾米。

“你怎么没回家？”陈廷安意外。

“我怕你出啥事。”虾米说。

“你小子怎么比巡警的鼻子还尖？走吧，去南城边。”陈廷安想把那枪取回来，交给余怀庆去处理，那毕竟是余怀庆的枪。此时他想到了罗秋月。罗秋月是余府的小姐，自小被余怀庆收养，虽是鬼七的亲生女儿，却对鬼七充满了憎恨。可她仅仅是单纯的余府小姐吗？回想起她多次神秘的举动，几经风雨的陈廷安觉得这个姑娘的背景不太简单。

虾米的车刚拐过一个街角，突然停下了。原来是罗秋月站在了他面前。

陈廷安下了车。

“你们要去哪？”

“回兵工厂。”陈廷安随机应变。

“枪呢？”罗秋月急切地问。她的急切立即让陈廷安提高了警惕。

“扔了。”陈廷安轻松地说。

“什么？怎么会扔？你既然特意去取了怎么会扔呢？”

“省得巡警追得我到处跑呀。”陈廷安存心在开她的玩笑。

罗秋月似乎相信了他的话，脸色骤变：“那可是新枪，德国 98 式改进型！”

原来，对枪械很熟悉的罗秋月在陈廷安将枪从坟洞中拉出的瞬间就发现那是一支新枪，而且是一支新型号的德国枪。联想到从余怀庆那里听到的只言片语，罗秋月认定那是德国 98 式改进型。

一直未及细看那支枪的陈廷安立即陷入迷惑——他意识中一直以为他当时抢的只是98式，后来扔到臭水沟的也只是余怀庆研制的样枪，何以又变成了德国最先进的98改进型呢？

“爱什么枪什么枪吧，我是怕了，扔了倒好，省得你我都麻烦。”陈廷安无所谓地说，此时他已经在考虑到底该如何处理那支枪。

罗秋月倒张口结舌了。

“你要回兵工厂？”罗秋月问。

“是，我刚从府上回来，你快回去吧。”说完陈廷安上了车。

看着远去的洋车，罗秋月想到的是要不要向唐季恺报告。

……

长野在一处幽暗的房子里焦虑地等待着什么。这时间岛匆匆而入。

“怎么样？”长野焦急地问。

“长野君，对不起，没有结果，也没有确切的情报。”间岛十分不安地报告道。

“我们被人算计了。真是应了中国人的一句话：螳螂捕蝉，黄雀在后。”说着，长野将手里的茶杯掼在了地上。

“走！”长野率先出了门。

原来这里是距离兵工厂不远的一间小屋。显然，他在这里近距离地指挥着什么。

在铁器株式会社的秀儿正想出去时，突然见长野和间岛等人回来了。秀儿立即退回自己的房间，梳起自己的秀发。

忽然，他听到了长野房间传来了长野暴怒的日本话，随之一声惨叫，秀儿手里的木梳吓得跌落在地板上。

秀儿来到门前倾听。这时，一阵杂乱的脚步声经过她门前的走廊，秀儿推开门，只见间岛等几个人抬着一个满身鲜血的日本人过去了。秀儿目瞪口呆地看着这一切，不知发生了什么。

这时长野走了过来：“秀子，别害怕。你不要看。”

“他……是病了吗？”秀儿惊慌地问。

“他剖腹自杀了。”长野冷冷地说。秀儿不解地看着长野。

“他侵吞了会社财产，理应引咎自裁。你回房间吧。”长野说完匆匆而去。

回到房间的秀儿坐在床上呆呆地想着什么。

……

唐季恺坐在茶馆的包厢里，傅东晨向他报告陈廷安已经有见他的意思，只是中间生出些变故才和余怀庆去了余府。傅东晨未将在兵工厂门前发现日本人的关注报告给唐季恺。

“不急，我随时都可以见他。看来他和余怀庆的关系相当紧密呀。”唐季恺说。

“是，余怀庆拿他像家人一样看待。”傅东晨肯定道。

唐季恺正要起身离开茶馆时，小吴领着罗秋月匆匆进来。

“秋月？有急事吗？”唐季恺很意外，傅东晨也有些意外。

“不知是谁交给陈廷安一支枪……”罗秋月进屋就低声而紧张地说。

“秋月坐下，慢慢说。”唐季恺指了一下椅子。

自从罗秋月意外得知唐季恺极可能就是虾米奶奶所说的显魁，并极可能知道弟弟南儿的下落后，罗秋月对他的信任进一步增强了。

“陈廷安得到了一支最新的德国98式改进型步枪。现在还不知道是谁交给他的，但我已经亲眼所见。”

“你能肯定？”唐季恺为之一震，傅东晨也眼睛一亮。

“我……没有十分看清，但不像旧枪。”唐季恺的追问反倒让罗秋月不敢肯定了。

“枪在哪？”唐季恺问。

“他说他不知道那是德国新枪，怕惹麻烦他扔掉了。可我看他是在防备我。”罗秋月肯定地说。

“哦……”唐季恺想了想，转身对傅东晨，“东晨，你想什么办法我不管，总之尽快找到陈廷安，我要马上见他！”

“是！我马上去办。”

与此同时，陈廷顺跟着焦伯琛进了巡警局焦伯琛的办公室。陈廷顺心里一直忐忑不安，觉得有些话一定得和焦伯琛说说。

焦伯琛一坐下，陈廷顺就凑到了他身边。

“局长，我是您招进巡警队的，我对您的忠诚您是知道的。我想提醒您，您的侄女可能现在还不是乱党，但她一定和乱党有接触，您得提醒她，免得让您不好做人……”陈廷顺真诚地说，不想焦伯琛的脸色十分难看。

“陈廷顺，我知道你是尽职的巡警，可也不能疑神疑鬼呀。我还能不了解罗秋月是什么人？你还是把心思往别的地方用用吧。”

陈廷顺哑口无言，他不理解对方为何听不进他的话呢。

事实上，焦伯琛虽然嘴上如此说，他心里却不得不认可陈廷顺的所言。

“你知道会是谁把枪放进坟洞的吗？”焦伯琛突然问道。

“属下也一直在想，这个人会是谁？他一定是对陈廷安很信任的人，而且又能接触到枪……局长，如果陈廷安不是乱党，枪为什么会到他的手上？如果他是余大人的忠实属下，为什么不把枪交给余大人？”

“嗯，你说得对。现要我们要查两头：陈廷安要枪干什么？是谁把枪给他的？”焦伯琛沉思着说。

……

第二天，秀儿有些焦躁不安，她出了房间，站在走廊的窗前向街上望去，忽然发现窗外的虾米向她示意……

秀儿回了房间，穿好衣服，出了株式会社。

虾米指了指洋车，秀儿立即上了车。

虾米驾车拉着秀儿急速向兵工厂赶来。

原来，陈廷安告诉虾米，一旦看见秀儿，就把她约出来，再到兵工厂找他。

这会儿，余怀庆还以为陈廷安已经把那支枪交给了巡警。而罗秋月则在自己的房间乱转着，不知是否该把真相告诉余怀庆……

第十五章 父子之情

1

陈廷安正在全神贯注地工作时，兵工厂大门的护卫来找陈廷安，说有小姐——他的亲戚在大门口等他。陈廷安立即往大门赶来，他知道一定是虾米把秀儿领来了。他想知道到底是不是秀儿把枪藏在了坟洞？他更想知道她是从哪得到的那支最新德国枪的。

一出兵工厂大门，陈廷安便四处打量，没有看见秀儿的影子，却发现了云妹！

“云妹？你怎么来了？是你叫的我吗？”陈廷安赶紧走到她身边，有些意外地问。

"不是我叫你你怎么出来了?"云妹笑着说。

"出啥事了?"陈廷安不安地问。

"老出啥事呀。走,和我去我家。"云妹说着向远处的一辆洋车招手。

"云妹,你看,还不是出事了嘛!"

"别老盼着我家出事呀。快走,到了你就知道了。好事!"

洋车过来了,云妹先上了车,陈廷安向另一方向的街口看了一眼,只好也上了另一辆洋车。

两人的洋车离开兵工厂大门不久,虾米拉着车从另一个街口向大门跑来。

秀儿从虾米的车上下来,向大门警卫走来。

"先生,能帮我叫一下陈廷安吗?"秀儿恭谦地问警卫。

警卫笑了:"怎么又是位小姐找陈廷安呀。"

"怎么?有人来过了?"秀儿索性问。

"刚才有位叫……对了,叫云妹的小姐已经把陈廷安找走了。"警卫嘿嘿一笑说。

秀儿走到虾米的车前,想了想:"走,去刘氏铁器行!"

秀儿走后,警卫换了岗,刚换完岗,傅东晨来了……

……

即使进了刘家大门,云妹也没告诉陈廷安到底是什么事。

到了陈廷安曾经住过的房间门前,云妹笑着往房门一指,微笑着说:"进去吧,进去你就知道了。"

陈廷安疑惑地推开门进去。

唐季恺正坐在床边喝茶,见陈廷安进门时,他悄悄怔了一下,然后微笑地看着陈廷安。

陈廷安呆住了，瞬间几乎停止了呼吸。陈廷安多次在梦中见过父亲，这是否又在梦中？陈廷安抓了一下自己的头皮，晃了一下头。

“金子，是我，你爹。”唐季恺平静地说。

“爹？爹！”陈廷安冲到唐季恺的眼前：“真的是爹，你还活着！”说着陈廷安上下看着面前这个人。

唐季恺笑了：“好好看，可不能叫别人爹。”

原来，唐季恺将他要见陈廷安的指示告诉了傅东晨后，决定来刘氏铁器行亲自探问一下当初日本人定做钢锨的过程，却没想到刘老板竟然是当年的儿女亲家！刘老板见了唐季恺后吓了一跳，不知道怎么人死而复生……当唐季恺把一切说明白后，云妹乐得直跳，立即去找陈廷安。

“爹！”陈廷安终于认定眼前的就是当年死在东洋人枪下的父亲，“扑通”一声跪下来。

唐季恺扶起陈廷安：“想不到我们父子今生还能相见。我陈显魁大难不死就是要干番大事业，注定要为中华民族再搏半生的！”

原来，当神通的陈显魁挥舞大刀冲到了东洋兵队前时，被东洋兵长野击中倒地，后方所有目睹了此景的人们都以为他必死无疑。战后，当地百姓去埋葬遗体时，发现了尚有呼吸的陈显魁……陈显魁伤愈后，又遭遇清政府清算曾为朝廷卖命的拳民，陈显魁几经历险，才逃过追捕，之后他追随黄兴，认识到清王朝的腐败无能，从而加入了以推翻清政府为目标的革命党……

当唐季恺简单地讲完经过后，陈廷安才明白父亲就是“乱党”。更让他吃惊的是，因为当年陈廷安身负枪伤后，在京郊养伤期间，几乎与外世隔绝，并不知道清政府很快就清算了义和团。

此时，云妹给父子俩端进了茶水，微笑地看着这对父子。

“谢谢云妹了。”唐季恺说。

“应该的呀。这是多大的好事。叔，你们聊。”云妹退去。

陈廷安将自己当年去追父亲，几经波折终于找到了直隶，见到了义和团，可还没见到父亲时，便意气风发地参加了一场大战，结果被洋枪击穿了肩膀……讲给父亲听。

唐季恺看了儿子的枪伤后，一阵唏嘘。

“贵子呢?”唐季恺问的是陈廷顺。

提到兄弟，陈廷安好久没吭声。唐季恺也不做声地看着他。陈廷安平静了一下自己，终于说道：“当年他非要和我去直隶找您，我怕他出事，没带他。可我负伤后才知道他也跟来了。那几年，我们住在大沽附近的一个老乡家里，贵子一直陪我养好伤，我们一路走了小半年才回到了湖北……”

唐季恺认真地听完儿子的讲述后，感慨地说：“我说后来我回到潜江怎么找不到你们呢。想不到陈廷安和陈廷顺就是你们俩……”

“爹，名虽然改了，姓我们可没改。”不知陈廷安是向父亲表明“坐不改姓”还是暗示父亲怎么改了姓唐。

唐季恺笑了：“革命需要，斗争需要，姓和名只是个代号罢了。”说着，唐季恺的脸上透出一丝不安和痛楚。

“爹，是我没带好贵子。”陈廷安意识到父亲在想什么，自责地说。

唐季恺摇头：“这怪不得你，也怪不得他。路都是自己选择的……”

“爹，您是不是见见他，争取他回头?”陈廷安建议道。

唐季恺苦笑：“金子——还是叫你现在的名吧。廷安，在你们面前，我是父亲，可你不要忘了，我还是革命党，是你避之唯恐不及的人。可对陈廷顺，我却是他要抓捕的对象。我了解他的性格，他认准的东西，别人是很难改变的。这几年，我一直没见到陈廷顺，可我们双方都知道对方，我们是对头。”说着唐季恺叹口气，“咱们无法争取他，也不要伤害他。”唐季恺嘱咐陈廷安。

陈廷安有些不能理解，但他明白，父亲对他们兄弟的情况一定早就有所掌握，作为兄长，他也一直在尽着兄长的责任，可事实却是……

“可他一直企图伤害我。”陈廷安不得不说。

“这你我都有责任，毕竟是我们给他灌输了当初令我们都糊涂的迷魂汤——如今，他成了我们要推倒的老房子的护卫者。陈廷顺……”唐季恺叨咕着这个名字，似乎对这个名子既陌生又令人伤脑筋。

“爹，是我……”陈廷安歉疚地想说什么，却实在找不出恰当的词汇。

“孩子，这不能怪你了，这是命运。”唐季恺边点头边说，可这话陈廷安还是有点不太明白，他刚要张嘴说什么，唐季恺打断了他。

“廷安，说来，还真是命运，幸好当初罗秋月不忍出手，否则我们父子就再次天各一方了。”唐季恺说完后，将罗秋月当初埋伏在刘家门外，最后罗秋月却未能出手的经过讲给了他。陈廷安这才恍然大悟，也有点心惊肉跳的感觉。

唐季恺摸了摸他的头：“廷安，我们是父子，应该无话不说了。我是革命党，一切以推翻清王朝、建立平等的中华民国为己任。这几年，你在汉阳掀起不了小的波澜，我那时虽然还不知道陈廷安就是你，可觉得你是块好料，想争取你加入革命党，却几次遭到你的拒绝，你可知道，因为你莽撞的行动，给我们带来了很大的危害，所以，我才布置了几次对你的刺杀——你还记得当时在虾米家门外遭遇到的枪击吗？”唐季恺问。

“记得。是日本人吧？他们想杀我。”

“那就是我们革命党所为。是天意，你毫发未损。”

“爹，秋月也是革命党？”陈廷安终于问道。

“廷安，这是组织的机密，不过我相信你从今以后也会是我们中的一员。”唐季恺说完期待地看着陈廷安。

自打陈廷安知道父亲是“乱党”的瞬间，就已经促动了他思考着这个问题，这几年他一直在经历着思想上的煎熬，时时处在转变的边缘，只是父亲的出现才成了他最后转身的推力。

“爹，您多保重。”陈廷安一字一顿地说。

“你的意思？”唐季恺一时不解。

“您做的，可是提着脑袋的事……”

唐季恺笑了：“咱们父子的命不都是捡回来的？”

陈廷安点了点头，接着他突然想起了什么。

“爹，你知道罗秋月是谁吗？”陈廷安终于有时间问这个问题了。

“余府的小姐。”

陈廷安：“她还是鬼七的女儿。”

“哦？这倒是第一次听说……”唐季恺暗暗吃了一惊。

……

拉着洋车、已经快到刘家门口的虾米突然发现刘家门外有陌生人守候，虾米立即停了下来。

“小姐，有情况。”虾米回身说。

从车上探出头的秀儿也发现了刘家门前的异常：一个男子在刘家门口转悠着。其实那是在放风的小吴。

秀儿又掀开车后帘向后看了一眼，发现一个她熟悉的日本人也坐着洋车向刘家的方向而来。

“虾米，别停。继续往前走。”秀儿小声告诉虾米。

虾米一溜小跑地经过了刘氏铁器行。刚一拐过街角，秀儿见后面没人跟来，马上下了车。

“虾米，你快去刘氏铁器行，陈廷安危险。想办法通知他快逃！”

“小姐你呢？”

“别管我。记住，先要保护你自己，再想办法通知陈廷安。”

“小姐你放心吧。”虾米转身就走。秀儿则快速离开。

此时，不知从哪听到风声的焦伯琛已经率领巡警包围了刘氏铁器行。

小吴没了踪影。

从街角刚拐过来的虾米发现了这一切，立即扔下车，从地上找了几块砖头……

焦伯琛指挥巡警四下埋伏好。

此时，陈氏父子仍然在交谈。

“廷安，听说你得到一支德国新枪?”

“您是听罗秋月说的吧? 她说是新枪，但当时我没注意。”陈廷安知道罗秋月已经报告给了父亲。

“枪你放——”唐季恺话还没说完，突然院子里传来几声嘭响，唐季恺警惕地向窗外看去，只见一块砖头又落在了院子里。

“廷安，有情况!”唐季恺立即站了起来。

这时，小吴闯了进来。

“巡警包围了我们!”小吴神色严峻地说。陈廷安和小吴认出了对方，两人点点头。

与此同时，院外的焦伯琛向巡警布置任务：“不要惊动院子里的人们，待他们出来抓活的!”焦伯琛命令道。说完焦伯琛和几个巡警向刘家大门对面的小巷里走来，正潜身在此的那个日本人只好离去。

这时，陈廷顺匆匆赶来，焦伯琛有些意外，立即把他叫了过来。

“局长，您怎么知道了?”陈廷顺比焦伯琛还意外。

“我知道什么? 你来干什么?”焦伯琛反问。

“局长，我得到消息，陈廷安可能来了刘家。我怀疑他是见什么人来了。”

刚从兵工厂赶来的陈廷顺从护卫那里得知曾有两个姑娘找过陈廷安，

其中一个叫云妹……

“哦?”焦伯琛听陈廷顺讲完后一怔，随后将可能有乱党分子到了刘家的情报告诉了他。

“看来也许你说得对。”焦伯琛说。

这时的刘家屋内，云妹听见了什么，闯进了陈氏父子所在的房间，看了眼陌生的小吴，似乎明白了什么。

“云妹，你家哪里可以躲一躲?”唐季恺问。

“有，跟我来!”云妹虽一时不知道发生了什么，但意识到危险就在眼前。

正在自己房间算账的刘老板也感觉到了异常，正要出屋时，却发现从大门进来一辆马车，刘老板此前已经发觉当年的亲家陈显魁背景复杂，所以一直没敢沾边。

看见马车进了院，刘老板赶紧迎了出去。

此时刘家后墙的外面，虾米正在努力向院子里投砖头——他现在别无他法。可第三块砖头还没投出去，就传来了脚步声，虾米只好抽身而去，躲在远处观望着。几个巡警赶了过来，举起枪，瞄着墙头。

虾米心想陈廷安完了!

守在大门不远处的焦伯琛见兵工厂的马车进了刘家大院，回身问身边的陈廷顺:“能确认马车和车夫是兵工厂的吗?”

“是，我在兵工厂大门时看见过这个车夫。”

焦伯琛点点头。

唐季恺等人正要随云妹离开屋子时，发现进院的马车是兵工厂的，大家停下了脚步。

“云妹，知道马车是干什么来的吗?”

“可能是来拉兵工厂在这儿订做的铁桶的。”陈廷安说。

“铁桶……云妹，铁桶在哪?”唐季恺问。

“在后院棚子里。”

……

刘老板和车夫交待结束后，领着车夫赶着马车到了后院，指挥工人们往马车上装桶。这时才看见云妹也在。

“这是男人的活儿，你回去陪他们去。”刘老板还不知道外边发生了什么。这时云妹悄悄和他耳语，刘老板听后吓了一跳，下意识地往身后看了看。此前他还以为是马车进院时弄出的动静呢。

“快装，快装吧。”刘老板指挥着工人。那几个工人显然已经被云妹打点好，立即开始装车。

“先生，还得一会才能装完，到屋子里喝杯茶。”刘老板拉走了车夫，并强抑着自己发抖的身体。

“局长，我们冲进去吧。”焦伯琛身边的陈廷顺有些按捺不住了。

焦伯琛摇头:“那会很危险，他们在暗处。我得保证弟兄们的安全。乱党可都是亡命之徒。”

“夜长梦多，他们要是逃了呢?”陈廷顺一想这院子里可能有乱党，便有些急不可待。

“这院子的四周都是我的人，他往哪逃?”

这时，兵工厂的马车出了院子。车上装的是码放得高高的铁桶。

“局长，乱党会不会藏在铁桶里?”陈廷顺警觉地问。

焦伯琛向另几个巡警一挥手:“廷顺，刘家人认识你，你别动。其他人跟我过去。”

刘老板出来送车夫，刚要松口气时，突然见几个巡警冲了过来，险些把尿尿在裤子里。倒是车夫若无其事。

“你们要干什么?”车夫知道他们余总办在这地界各级官员都是给面子

的，何况几个巡警。

“对不起先生，我们也是奉命行事，要检查你的铁桶。”焦伯琛客气地说。

“那就检查吧，可不能给我弄乱了。否则我交不了差，到时就得你们和我去兵工厂向余大人交待了。”

焦伯琛用枪托敲打着铁桶，刘老板眼睛盯着那枪托。当他的枪托正要敲打下面的几个铁桶时，刘老板顿时紧张得喘不过气来了。

突然，刘家后院方向传来枪声。焦伯琛一惊。

“你们马上进院！”焦伯琛说完立即顺着院墙向后院的方向跑去。

“嘿！我还等你们吗？”车夫大叫。

“走吧！”焦伯琛回头喊了一声。

原来，虾米一直在后围墙观察着动静，正准备绕到侧院看看时，惊动了巡警，虾米撒腿就跑，草木皆兵的巡警以为是乱党，便开了枪。焦伯琛弄明白后把那个巡警臭骂一顿，马上转回来进了刘家的院子。

可这时巡警已将院子和房子里搜查个遍，最后把几个工人圈了起来。

“局长，除了这几个工人，没有可疑人。”一个巡警报告。

陈廷顺仍在刘家大门对面巷子口，一时不知道自己是该进刘家还是留下不动。他不想让刘家对他反感，毕竟这不是去和刘家谈生意。

这时，他向刘家侧面的街角而去，意外发现一辆洋车刚刚离去。原来那是虾米绕回来取了他的洋车。

“站住！”陈廷顺看不见车夫，更不知道车里是否有人，边拉着枪栓边喝道。可洋车一阵风似地跑了，陈廷顺一时拿不定主意是追还是不追，因为他还不知道焦伯琛他们进了刘家院后是否抓住了乱党……

“刘老板，我们有准确情报，你们家来了乱党分子。”焦伯琛和巡警核查了几个工人的情况后，排除了是乱党的可能，问刘老板。

“倒是来过两个客户，要定做大刀，我没敢接这个活儿，人家就走了。”刘老板早就编好了谎话，而且此时的刘老板已经定下神来，可以充分发挥他见机行事的特长了。

“走了？走多久了？”焦伯琛意外地问。

“有两个时辰了吧。”刘老板说。

“陈廷安来过没有？”焦伯琛突然问。

“陈廷安？”刘老板摇头，“可是好久没来了，我还一直叨咕这小子呢，怎么不来看看我。”

……

陈廷安和唐季恺、小吴从兵工厂货场的铁桶里爬了出来。原来，那车夫图省事，把马车赶到货场的一个高坡上，掀起车辕，将那些铁桶都滚了下来……

陈廷安将两人从兵工厂的侧门送出。

“你现在马上回宿舍睡觉。明天下午到琴断口街21号找我。注意，别让人跟上。”唐季恺和陈廷安说完后，立即和小吴快速离去。

陈廷安回到了宿舍，恰好房间里没人，陈廷安脱掉衣服，躺在床上大睡起来。

没一会儿，焦伯琛和陈廷顺在兵工厂护卫的带领下向工人宿舍匆匆走来。找到陈廷安房间后，透过门缝见陈廷安正睡得鼾声如雷。焦伯琛等人悄悄地退了出来。

离开宿舍后，焦伯琛问大门护卫：“陈廷安啥时候回来的？”

“有两个钟头了吧。”护卫说。其实他根本没看见陈廷安何时回来的，但他可不想落个护卫不利的名声。

“我们找陈廷安有点私事，既然他睡了，就不打扰他了。”焦伯琛没告诉护卫为什么要找陈廷安，他不想让余怀庆知道。

离开兵工厂大门前，焦伯琛交待陈廷顺和几个巡警：“你们几个给我盯住了陈廷安，只要他离开兵工厂，走一步跟一步，一旦和乱党有瓜葛马上报告我。”

陈廷安几乎一夜没睡。见到父亲竟然还在世上这一巨大的意外足以让他感叹万千了，而后续的谜团一个接一个地即将解开。谜团解开之际，自然是惊讶连连——父亲竟然就是“乱党”的领导人；一次次危及自己生命的“意外”竟然是父亲下达的命令……陈廷安不知道往下还有什么令他意外的……

……

第二天，陈廷安在靶场转了一圈后，准备下午去见父亲。他急于见到父亲，因为有太多的话要说，也有太多的疑团要从父亲那里解开。

终于捱过了中午饭后，见没人找他，陈廷安立即向厂大门走去。可刚走到大门附近，便见大门护卫旁站着个巡警，再看大门的二楼上，也不时有巡警的影子。陈廷安转了回来。

偌大的兵工厂，陈廷安从任何一个地方都可以离开，但兵工厂有严格规定，所有员工离开兵工厂时必须要在正大门护卫处登记。如果陈廷安没有任何出厂记录却出了厂，一旦有事找不到他，他将受到最严厉的处罚——他不想给余怀庆找麻烦，尤其在这非常时期。

陈廷安再一次试图离开兵工厂时，发现大门处没了巡警，陈廷安登记完后离开了兵工厂，但他很快发现有人跟踪，想起父亲的叮嘱，他只好到一家百货商店买了块肥皂又回来了。

……

自打昨天巡警在刘家搜查过离去后，虽没出啥大事，但也险些把刘老板吓个半死。他告诫云妹：再也不许把这爷俩儿往家里招了！

这时傅东晨来了。当他得知了一切，尤其陈廷安竟然是唐季恺的儿子后，十分惊讶。

2

唐季恺在秘密住处一直没有等来陈廷安，知道他遇到了麻烦或无法离开，马上安排小吴去找顺子，通过罗秋月了解一下陈廷安的情况。

这时傅东晨来了。

“东晨呀，”傅东晨一进来，唐季恺就笑了，“那云妹本是我没过门的儿媳，倒成了你的未婚妻呀！怎么早没和我说？”

傅东晨也笑了：“我怎么知道陈廷安和陈廷顺是您的两个儿子哟。这回好了，不用我再去找陈廷安要他来见您了吧？”

“不过我们爷俩见一面也不是太容易呀。”唐季恺感叹道。

“对了，您见过陈廷顺吗？”

唐季恺立即摆手：“还是不要见，你知道，他要知道我是‘乱党’，就不会认我这个爹的。”

……

傍晚时，陈廷安去了余怀庆的办公室，表示要和余怀庆去余府，余怀庆立即答应了。

陈廷安上了余怀庆的马车。

余怀庆的马车要出大门时，陈廷顺突然拦住了马车。

“谁在车上？”陈廷顺问。

“当然是余大人。”车夫不客气地说。

“余大人，我要检查一下。”陈廷顺跑到车前，扶着马车车厢恭敬地说。

余怀庆拉开车门，看着陈廷顺：“放肆！巡警道道台有没有你的官大？”

“余大人，在下怎敢和道台大人相比。”陈廷顺立即垂下头，他知道就是局长也得对余怀庆恭敬三分，但他不想错过立功的机会。

“那就好。即使你们道台在这儿，也不会有你这么大胆！走!”余怀庆真的生气了，命令车夫马上走，陈廷顺只好离开。这时，他才知道在余怀庆面前他是多么微不足道。

余怀庆和陈廷安刚到余府，陈廷安就进了罗秋月的闺房，余怀庆心领神会，为两人能单独在一起而欣慰。

罗秋月见了陈廷安后轻松地一笑：“廷安，我们马上去见唐先生!”

陈廷安立即点头。这正是他来余府的目的。

“廷安，知道吗？奶奶说的显魁就是唐先生。”

陈廷安怔了，一时不解罗秋月的意思，因为关于“显魁”去看望奶奶的事陈廷安一直不知道。

以为陈廷安早已知道这些事的罗秋月这才明白陈廷安还蒙在鼓里，于是才将自己、奶奶、鬼七、显魁、南儿的事统统告诉了陈廷安。

尽管陈廷安已经对父亲可能会给他继续带来惊讶与意外有了思想准备，此时仍然跌坐在罗秋月的床上，完全是真正的目瞪口呆了。

“他知道我是鬼七的闺女了吧?”罗秋月小心地问。

“是我告诉他的。”陈廷安终于缓过神来，赶紧从罗秋月的床上起了身。

“那你能不能替我问问他南儿在哪?”罗秋月渴望地问。

这是最让陈廷安解不开也不敢解、不想解的谜……难以想像也不敢想像陈廷顺就是鬼七的儿子、罗秋月的弟弟南儿！这时他才想起当初在刘家时一涉及弟弟，父亲就旁顾左右而言它及那些莫名其妙的话……

难道陈廷顺真的就是南儿?！还是另有他人？陈廷安真的是弄不清了。

“好，我会问的。”陈廷安机械地回答着。

“廷安，南儿一定不会是陈廷顺，你说对不对?”罗秋月期待地看着他。

“对，一定不是。不会是他。要是他，他们父子在一起那么久，怎么会不相认呢?”这也是陈廷安认为陈廷顺不太可能是南儿的理由。

罗秋月和陈廷安久久未语，他们相互注视着对方，他们怎么也想不到各自卷入了如此复杂的关系中，而且在这张复杂的网中，他们两人竟然身在其中。他们都无法预料这意味着什么。

……

在余府吃完饭，罗秋月说要陈廷安陪他去看汉剧，陈廷安立即答应了。

罗秋月知道唐季恺此时不在住处，一定在“日知会”的秘密新址。

“日知会”的秘密新址在武昌一个小学堂内，罗秋月将陈廷安送进去后，怕回余府太晚余怀庆担心，先回了汉阳。

在一个教室里，唐季恺正在向十几个年轻学生及不明身份的年轻人讲解孙逸仙的三民主义。陈廷安进门后悄悄坐在一边，唐季恺瞥了他一眼后，继续着自己的讲解。

“诸君，孙逸仙先生提出的三民主义到底是什么呢？用最简单的定义说，三民主义就是救国主义。什么是主义呢？主义就是一种思想，一种信仰，和一种力量。一般来说，人类对于一件事，要研究当中的道理，然后会产生一种思想，这思想贯通了以后，便产生了信仰；有了信仰，人就会生出力量。所以主义是先由思想再到信仰，最后由信仰再生出力量。为什么说三民主义就是救国主义呢？因为三民主义是促进中国之国际地位平等、政治地位平等，和经济地位平等，使中国永久适存于世界，所以说三民主义就是救国主义。三民主义既是救国主义，试问我们今天的中国是不是应该要救呢？如果认定应该是要救的，那就应该信仰三民主义。信仰三民主义就能发生出极大势力，这种极大势力，就可以救中国。这个势力就由在座的诸君和千千万万的有志和有识之士组成，就会成为救中国于危难的伟大力量……”

人们为唐季恺鼓掌。陈廷安也为父亲鼓起掌，他不禁联想起了自己偷偷读过的那几本小册子，觉得死而复生的父亲那么值得敬佩。

“今天我们就讲到这儿，如果有不太理解的地方我们可以私下沟通。”唐季恺对大家说完后，人们纷纷站起来，围着唐季恺探讨一些问题。

陈廷安在一边饶有兴趣地倾听着。

……

当人们终于一个个散去后，唐季恺走过来拉起儿子：“走，我们去隔壁坐一会再回武昌。”

陈廷安随父亲到了隔壁一个小房间。

“爹——”陈廷安刚一坐下就想说什么。

“廷安，我们以后就是同志了，在公众场合不要叫我爹。”唐季恺微笑地说。

“那叫什么呢?”陈廷安觉得新鲜。

“和大家一样，叫我唐先生。”

陈廷安更觉得新鲜了：“唐先生……也没错的呀，您确实先生于我。”

父子俩大笑。

“我们当初都是太愚蠢了，为朝廷去卖命，结果人家还反过来给我们安上了逆贼的罪名。虾米的爷爷就被抓到大牢里死掉了。咱们是被朝廷利用了!”

“我知道，我知道。”唐季恺叹了口气，“只要我们觉醒了就为时不晚。”

“唐先生，您是不是看过虾米的奶奶?”

唐季恺看了他一眼，心想他为什么问这个呢？随之，他明白了什么。

“是，我去过。我和她的儿子当年是义和团的拳友。”

“您和虾米的奶奶提到过南儿吗?”陈廷安问。

“提到过，提到过。我知道南儿是霍振江——也就是鬼七的儿子，罗秋月的弟弟。”

“那您应该知道南儿的下落吧?”陈廷安紧接着问。

“我答应过她，一旦有机会时，我会找到他，把他送到虾米奶奶的面前。”唐季恺的回答有些模棱两可。

“爹……”陈廷安还是没有控制住。唐季恺看着他。

“爹，贵子是不是就是南儿?!”

“……如果是很好回答的问题我马上就会回答你。廷安，我是革命党，革命党是个组织，什么叫组织?就是有严格纪律的一群人组合在一起，为一个目标共同做一件事。我相信你也将是这个组织的人，是这个组织的人就要遵守这个组织的纪律。纪律是无情的，即使是对亲人也是一样。明白吗?”

陈廷安对父亲的话没有全听明白，却明白了他不该再问下去了。他点点头。

“廷安，在我们见面之前，为了争取你，我们可是花了不少心血，今天，我还是要问你，愿意加入我们的行列吗?”

“唐先生，当年我可就是追随着你去和八国联军玩命呀，可是错了，如果我再追随您，不会再错吧?”陈廷安半真半假地说。

“孩子，这要靠你自己认定，我不会强迫你。”

“可如果我不同意，您要派人暗杀我的。”陈廷安板着脸说。

唐季恺哈哈大笑:“这我可以向你保证，只要你不危害革命，绝对不会找你的麻烦。”

“那……廷顺算不算危害了革命呢?”陈廷安立即有意地问。

“这个……我会处理好的。”

陈廷安不想再难为父亲了，他站起来，认真地看着唐季恺："如果当年我跟随您是盲目的，那么今天我是自愿的！"

唐季恺欣慰地笑了笑，随后突然收起笑容："从现在开始，你就必须得服从革命党的一切指令。"

"我听唐先生的。"

"廷安，你现在的使命是继续留在兵工厂。我知道，余怀庆对你很器重。余怀庆这个人对清王朝很重要，对我们也很重要，因为他做的是有益于民族的事。他本身就像是一把利刃，掌握在清王朝的手里，可能就是屠杀国人的工具，可如果掌握在我们手里，就可能是推翻清王朝的一只有力的大手。所以，我们要争取他参加我们的革命，至少要同情革命。"

"我明白了。"陈廷安很赞同父亲的分析。

"还有，那支枪在哪里？"

"我藏了起来，不会有问题。随时可以取出。"

"现在是什么枪还不能确定……不过是新枪一定有人会着急。你先不要动，随时等我的通知。"说着唐季恺站了起来，"走，我们回汉阳。对了，廷安，有急事时你就去断琴口街21号找我。平时可以去余府，你就有办法和我取得联系了。"

陈廷安点点头。

唐季恺已经锁上了门。

……

当陈氏父子谈那支枪的同时，长野正在德国领事馆领事布特的办公室。

长野刚刚说完了什么，布特满脸的惊讶。

"我真是不能相信，你们日本人做事向来一丝不苟，怎么会把一支那么重要的枪搞丢了呢？"

"领事先生，鄙人为此无地自容，实在是对属下督察不利，才酿此恶果。”长野垂头而语。那支枪到底是怎么丢的他至今也没有弄明白，而那个属下不过是“私下卖枪”的替罪羊罢了，对德国领事，他必须坚持此说，以免惹来德国人的紧张。

“长野先生此来的意思是……”布特虽表同情，但心下已经拒绝了对方可能提出的要求。

“领事先生，日德两国向来邦谊甚笃，还望您看在我们是协约国的情面上，再卖给我们一支。”长野极为恳切地说。

“不不不，长野先生您应该知道，上一支枪本人已经破了例，如果这支枪到了中国的兵工厂手里，我必将引咎辞职了。”

“您放心，据悉该枪可能被大别山中的土匪弄去了。”长野在保证的同时，心里却已经凉了。

……

3

陈廷安在极度兴奋中呆在兵工厂一连几天没出来。至此，在汉阳一带折腾了几年而沉不下心的陈廷安终于找到了心灵的归宿，此次，他坚信父亲没有错，自己也没有错。

这时，他最渴望的是与父亲——“唐先生”在一起，他觉得只有和父亲在一起才能时时得到父亲的教诲，才能让他振奋。起死回生的父亲不但改变了他的生活，父亲的概念也有了全新的意义，受此影响，他对余怀庆的感情和认识也有了新的内容。原本还要时时提防的罗秋月竟然成了同道……陈廷安唯一不解甚至更加不解的是陈廷顺，父亲的态度更加让他摸不着头脑。还有那支枪。以前因枪在四处躲避时，乱党是他最提防的一股势力，如今，这支枪却只有交给革命党才最有理由……想到枪，他想得去那处废墟看看。

陈廷安出了兵工厂，立即有人跟踪，这在陈廷安的意料之中，只要甩掉就行了，这一套陈廷安已驾轻就熟。

他以为跟踪他的是巡警，其实不仅有巡警，跟得更紧的是日本人。

自从长野从德国人那购得的新枪不翼而飞之后，陈廷安一直是他们监视的对象，虽然没有确切证据证明和陈廷安有关，但还是可怀疑的对象。

那个跟踪陈廷安的日本人后，还有个人在跟踪。这个人是余府管家。

管家是来兵工厂给余怀庆送东西的，意外发现有人在跟踪陈廷安，为了弄清这个人的来头，管家就悄悄跟踪……可他没发现，他的后面还有一个人，这个人是陈廷顺。陈廷顺本来要跟踪陈廷安，却发现日本人竟然也在“关怀”着陈廷安。进而又发现了余府管家。管家的神秘和意外的行动让陈廷顺顿时警觉起来……

这次陈廷安怎么也没甩掉跟踪者，只好去了余府，这是他最后的去处，因为他知道巡警对余府是有所忌惮的。

陈廷安刚进余府的院子，管家也进了院子。陈廷安以为管家上街才回来。

管家将院门关好，紧跟着陈廷安进了屋子。

如同回了自己家的陈廷安刚一进屋门，管家就叫住了他。

“陈先生。”管家看了看外边，将陈廷安拉到了一边。

“管家……”陈廷安不知道他有什么事。

“你不要急于去取枪，先等唐先生的指示。现在有人在监视你。”

陈廷安怔了一下，马上明白了余府管家也是革命党。

陈廷安点点头。

与此同时，陈廷顺匆匆去找焦伯琛。

焦伯琛虽然已是巡警局的副局长，陈廷顺与其之间还隔着巡警队长，但陈廷顺更信任焦伯琛，有事喜欢越级上报给焦伯琛。

陈廷顺向焦伯琛报告：好像日本人在跟踪陈廷安，不但陈廷安可能参加了乱党，罗秋月和余府管家也可能与乱党有关！因为他在跟踪陈廷安时发现了神秘的管家……

焦伯琛知道陈廷顺不是说谎或好大喜功，罗秋月极可能和乱党有关，此时他不能再一味偏袒她了。

“如果陈廷安是乱党，你能否亲手抓捕他？”焦伯琛问。

陈廷顺立即严肃起来：“局长放心，在下本应以朝廷为重、以职业为重，只要局长下令，在下一定毫不犹豫！”陈廷顺保证道。

“不错，是个好巡警！”焦伯琛夸赞道，心下却为陈廷顺的冷血感慨。

“廷顺，日本人跟踪陈廷安，说明他们有跟踪的目的，目的是什么，我们要尽快搞清。至于余府管家，别急，把情况先搞清楚。你也知道，他是余大人的管家，弄不好余大人发了脾气，别说你，我都得吃不了兜着走。”焦伯琛在说道理之余，也把罗秋月巧妙地掩护起来。

“局长放心，我会小心行事的。”

陈廷顺走后，焦伯琛又担心又兴奋。担心的是罗秋月，兴奋的是如果真的破获了乱党，将是大功一件。正这时，一个巡警来向他密报……焦伯琛听后大吃一惊！

焦伯琛正要出去时，局长过来了。焦伯琛立即毕恭毕敬地站了起来。

“局长！”

“伯琛，余总办来电话了，抱怨我们巡警骚扰了他的员工——你是不是派人在跟踪那个什么陈廷安呀？”

“是。”

“余大人说话了，我也不敢不给面子。你告诉他们，别那么太明显地跟踪人家，大家都还要个脸面嘛。”局长说。

“卑职明白了！”

局长走后，焦伯琛倒轻松了些，最少可以用局长的话先稳住陈廷顺。

焦伯琛马上去了鬼七的家。他要尽快见到桂福。

……

唐季恺将小吴等行动组的人召集到一处。

“傅东晨怎么没来?”唐季恺问小吴。

“我一直没找到他，他也一直没去原来的联络地点。”

本来，唐季恺想将这次行动的主导权交给傅东晨，看来只好自己亲自出马了。

“我们得到情报，一直在跟踪陈廷安的除了便衣巡警，还有其他的可疑人，到底是哪股势力现在还搞不清。”唐季恺甚至怀疑是否帮会另有打算?这他不得不防，所以他打算采取一次行动，但避开顺子等人。不过他没将自己的想法告诉大家，免得引起猜疑。

“现在陈廷安成了各种势力再次追踪的对象，但他已经在我们的保护之下。所以，必须尽快弄清是什么人在盯着他，为此，我们要采取一次行动……”

唐季恺那边布置完任务后，兵工厂这边的陈廷安正在余怀庆的办公室。

余怀庆问陈廷安：“廷安，除了我，你是最了解这支枪的性能的，你觉得可以投入生产了吗?”

“大人，为这支样枪，您投入了太多的心血，也不要过高要求了，我看可以生产了。”陈廷安发自内心地说。

余怀庆摇头：“只要我一签单子，马上就批量生产了，那时再要改进，代价就大了。”

“那您的意思?”

“既然人家的98式改进型已经出来了，我们就不能再跟着98式的屁股后面，这不仅关系到我们的汉阳造和人家的枪又拉大了距离，更重要的是，一旦我们和洋人对垒时，哪怕武器上只有些微的差距，就可能导致一场战争的失败。可能我一时的犹豫和懈怠就会葬送着我们士兵的生命。不行，不行。”余怀庆说着，将那支样枪拆卸开来……

陈廷安为他而感动，同时，心下在想，那支埋藏在废墟之上的枪真的是德国新枪吗？如果是，就应该交给余大人！可这时他想到自己已经是革命党的一员，如父亲所说，要遵守纪律……

这时，管家来给余怀庆送他爱吃的糯米鸡，趁机塞给陈廷安一个纸条。

陈廷安和余怀庆吃完糯米鸡后，离开了余怀庆的办公室。陈廷安悄悄看了那张纸条，纸条上写着：下午去归元寺，走五里墩街，无须在意尾巴。落款是“唐”。

陈廷安不明白为什么去归元寺一定要走五里墩呢？为什么还要不怕跟踪呢？陈廷安一时不明白，但这是父命，也是革命党的命令，照做就是了。

陈廷安在兵工厂大门登记后，大摇大摆地向五里墩街走去。虽然他不必往后看，也知道有人在跟踪他。

陈廷安很沉着，且有种自豪感，他将这次的“散步”看作一次光荣的行动。

陈廷安已经到了五里墩街，仍若无其事地往前走时，小吴突然出现在他身边。

“进前边右侧的巷子口，进去后马上快跑！”小吴悄声说。

陈廷安一惊，莫非后面有什么危险？待小吴迅速往前走去时，陈廷安下意识地回头看了一眼，只见前后四五个人紧盯着他。他这回头一看，立即引起了两拨跟踪者的警觉——这正是唐季恺要的效果！

陈廷安一进巷口，立即迈开大步向前奔跑。

那两拨人也立即不约而同地向巷子口跑来。

两拨人的突然启动立即让后面的人发现了前面的那两人原来也在跟踪陈廷安，但此时后面的人已经顾不得那么多了……

先前的两人进了巷子后，发现陈廷安正在往前奔逃，立即追去。随后，后一拨跟踪者也进了巷子口，发现前边的情形，也撒腿追来。

前边的跟踪者发现了后面有人，停下转身时，后面的人不由自主地也停下了脚步，双方相隔二三十米。显然，他们互不相识。

此时，陈廷安已经消失在巷子深处。

正这时，从巷子两侧的屋顶上同时飞出短刃、飞镖，那两拨人还没弄清发生了什么时，纷纷倒地而毙……

随后，唐季恺和小吴等人跳下屋顶，检查两拨跟踪者，发现后一拨是巡警便衣，前边的两个人却是日本人！

唐季恺的计划十分成功，也保证了陈廷安的安全，可他为日本人仍然对陈廷安如此感兴趣有些不解……这时傅东晨匆匆赶来。

唐季恺等人立即将刃器从死者身上收起。这时过来一辆马车，大家立即将几具尸体扔上了马车，然后拉上帘子，马车走了。

陈廷安折回来，却只看见了地上血迹。他不禁为革命党组织的严密、行动的迅捷而感叹。

……

长野在他的房间焦急地乱转，因为他的两个手下一夜未归，他预感到出事了。

这时间岛匆匆而入。

“长野君，没有他们的一点消息。”间岛摇着头说。

“看来是凶多吉少。”长野叹道。

“是否报案？”间岛也知道那两个人真的是凶多吉少。

长野却摇头。

这时一个日本人探进头，悄声报告：“一号客人到访。”

长野神情为之一振：“请他进来！”

……

焦伯琛刚出巡警局的大门，陈廷顺慌张地跑来。

“局长，可能出事了。”

“怎么回事?”

“巡警队里有事，我昨天没去兵工厂出勤，派了两个兄弟，可他们到现在活不见人死不见尸呀。”陈廷顺真是不知道发生了什么。

“只有两种可能，一是被人所杀，谁杀的现在还不知道；二是投奔了乱党，现在乱党猖獗，新军和巡警都有不肖者受乱党的蛊惑，弃职附逆。”焦伯琛神情严肃起来。

焦伯琛所说属实。新军中的革命党人此时不但成了气候，而且有了组织。

历次武装起义的失败给革命党人提供的直接教训就是一定要掌握武装。“枪杆子里面出政权”是几十年后毛泽东提出的英明论断，其实也是基于历史的经验。要推翻清王朝的统治、建立共和，改良主义的道路显然走不通。

湖北的新军原为张之洞所练的“江南自强军”。当年主政湖广政务的张之洞非常重视师法外夷，向海外派出了大量留学生，其中日本最多。湖北新军中的中下层军官不少曾是官费派日留学，因而遍布革命党人。当时的日本是革命党人的大本营，“同盟会”就是成立于日本。在新军中，以“共进会”及“文学社”这两个革命团体渗透最广。

这些情报，巡警们当然很清楚。

陈廷顺听后松了口气：“局长，那怎么办?”

“你就如实上报吧。”

“谢谢焦局长!”陈廷安敬了个礼。

焦伯琛以异样的目光看了陈廷顺一眼。陈廷顺毫无察觉……

……

唐季恺仍然不敢确定日本人跟踪陈廷安的理由。陈廷安得到的那支枪到底是从何而来？日本人怎么会知道？如果不是为了枪，日本人为何要跟踪陈廷安？正当唐季恺百思不得其解时，傅东晨匆匆赶到了唐季恺的秘密住所。

“有什么情况吗?”唐季恺期待地问。

“有。”傅东晨有些得意地坐下。

“日本人可能从德国领事馆私下购得了一支德国98式改进型新枪，他们怀疑陈廷安可能得到了那支枪。”

“哦？是这样……”唐季恺有些意外，原来那支枪是来自日本人。

“唐先生，这说明陈廷安得到的那支枪极可能就是日本人丢失的那支枪，只是不知道他是从什么渠道得到的。”傅东晨关切地问。

“连陈廷安自己都不知道，咱们就更无从知晓了。”唐季恺笑道。

这时小吴进来了，他看了眼傅东晨后，向唐季恺报告：“我们从德国领事馆得到情报，长野曾经从德国领事馆购得一支新枪。”

唐季恺点点头，终于明白了为何日本人在跟踪陈廷安，同时也意识到必须立即对那支枪做出妥善的处理。

“这个陈廷安呀，怎么和枪这么有缘!”唐季恺苦笑了一下。

4

余怀庆听说来兵工厂提枪的是新军的郑标统，立即让侍从将这位当年的管带请到他这里。

当年陈氏兄弟尾随新军“开步走”而被领兵官见了哈哈大笑，而后这位领兵官又在主席台前险些被炸，他就是郑管带，眼下已是标统。标统的军衔就是当今的团长。

兵工厂经常会有新军将领直接来领取、押运枪支，恰好余怀庆和这位大声大气的郑标统很熟悉。

“余大人召唤下官有何命令?!”郑标统进了办公室就嚷。

“郑大标统，我可没时间和你客套，拜托你大事一件！”余怀庆捶了郑标统一拳。

“大人别说拜托，下命令就行了。”

“老郑呀，我有个朋友，一直有当兵的理想，你帮我圆圆他这个梦如何？”

“是您的朋友？”郑标统认真地问。

“当然，不是我朋友我也管不着呀。”

“那就这么定了。随时让他找我，只要提您的大名我这边就给他办手续！”

余怀庆大笑：“那我先替他谢谢你了。等我先问问他，然后让他去找你。”

“妥。那余大人还管饭不管饭？不管饭我现在就告辞了。”

“管饭也是食堂的大锅饭，您标统大人吃不下。”余怀庆笑道。

郑标统又是一阵大笑：“您三品大人的肚子怕是还没有我这个兵头的肚子油水多呢！走了！”

郑标统一走，余怀庆心想几年过去了，陈廷安想当新军的想法还有没有？

余怀庆突然想起举荐陈廷安去投军是因为他当年有这个要求，此外，余怀庆知道陈廷安毕竟未学过枪械，即使在兵工厂一辈子也难得有出头之日，若在军营，以他的孔武和机警，不出几年就可出头。

余怀庆让侍从把陈廷安从靶场上召来，将自己的想法和郑标统的应允刚一说完，不想陈廷安沉吟了一会却说：“大人，谢谢您还想着这事，可当兵的理想现在没了。”

“哦？为什么？这有点出乎余怀庆的预料，“这可是你当年作为条件和我提出来的呀。”

“那是当年。”

“当年和现在有何不同?”

“是我不同了，大人。朝廷训练新军的目的是什么?”陈廷安突然问。

“怎么?你还要考考我?一个国家的军队自然是对外攘敌，对内剿逆。其任可歌，其行可嘉，有何不好吗?”

“可我未见对外攘敌，却只见屠杀国人了。”

余怀庆闻得此言，不觉一惊:“陈廷安，你这番言论可是受了乱党的蛊惑吧?大清之固若不赖军队之持，岂不天下大乱了?”

“可我有什么理由为朝廷卖命呢?我父亲已为所谓大清把命搭上了，可怎么样了?就因为这，倒成了拒绝我参加新军的理由。现在我才明白，要不是当年那招兵的还比较同情我们，或者我们兄弟就被抓去蹲大牢了。”

“你不能因一时一事就当了乱党的传声筒，这会招来杀头之祸的!”余怀庆不想和陈廷安争论了。

“你再考虑考虑，不管你当不当兵，你的这些胡言乱语也不能和别人讲。听到了吗?!”

“我只和您讲。”陈廷安是有意和他说这些，为的是试探他的态度。这是唐先生给的任务。

“你回宿舍去吧，好好想想你刚才的那些狂言!”余怀庆下了逐客令。

……

第二天陈廷安出了兵工厂，好不容易甩掉了跟踪者后，才向琴断口街21号赶去。

与此同时，唐季恺正在住处和小吴、顺子等几个革命党人分别交流有关秀儿的情况……

唐季恺一直怀疑那个神秘的秀儿的真实身份，结合在刘家遇险，再联系前几次的泄密，尤其当唐季恺得知秀儿曾在刘家门前突然折返的信息后，更加深了对秀儿的怀疑。

这时陈廷安来了。

唐季恺立即把他掌握的所有证据最后形成对秀儿的怀疑告诉陈廷安……

陈廷安大吃一惊。

“我看不可能。秀儿不可能和日本人有瓜葛，别看她和日本人混在一起这么多年了。”

“为什么这么肯定？是不是你个人的情绪在里面？”唐季恺问。他知道陈廷安与秀儿的暧昧关系。

“唐先生，如果她和日本人穿一条裤子，我对她就只会有仇恨。您想，她出身苦，在被鬼七推进长江前和日本人毫无瓜葛。怎么可能和日本人有关系呢？再说，如果是那样，她为什么要把枪藏在坟里，让我去取呢？”

“你肯定是她把枪藏在坟里的？”

“我猜的。”陈廷安说。

“哦……廷安，你说的有你的道理，但我们是秘密工作，必须对一切持怀疑态度，才能最大可能地保证自己的安全。斗争是残酷的，我们必须要对一切人都怀有警惕，只有这样，才能更好地保护我们自己，保护我们的组织。如果秀儿是好人，我们都高兴，如果不是呢？毕竟，她身上有不少疑点。至于把枪交给你……也可能是日本人的欲擒故纵之策……”

陈廷安还要说什么，唐季恺摆摆手，将革命党的计划告诉了他——为弄清秀儿的真实身份，革命党决定伺机考察秀儿。

陈廷安在痛苦之余表示配合。

唐季恺告诉陈廷安以后不要再贸然直接找他，有事可到余府。

……

陈廷安又是一连数天没离开宿舍，余怀庆以为他正在反省，其实他是处在不安和矛盾中。他已经答应配合唐先生对秀儿的考察。因为他对秀儿十分相信，却又不得不违心地去做他不想做的事，这让他特别不是滋味。他知道躲不过去，但拖一天算一天。

可这一天还是来了。

余府管家来厂里给余怀庆送衣服时，在大门前正遇到虾米在和警卫说要找陈廷安，管家卖个人情，代警卫来通知陈廷安，以借机通知陈廷安革命党的指令。

“唐先生要你抓紧行动。”管家悄悄告诉他。

“我得想办法找到她才行。”陈廷安说。

“快去吧。你的小兄弟等你呢。”管家知道那小伙子叫虾米及与陈廷安的关系，可他想不到的是，虾米来找陈廷安正与秀儿有关。

陈廷安到了大门口，虾米告诉他：秀儿在江边老地方等他。

此时的陈廷安可谓又喜又忧。按唐先生的指令行事是不可能更改的，尽管他对秀儿毫不怀疑，但用这种方法来考察她，终让他心里不安。同时，即使他坚定地认为秀儿是无辜的甚至可能是革命党的同路人，但任何人都有一个共同的心理：即使对结果有 99% 的欢欣鼓舞，但在揭底前，最怕的是那 1% 的意料之外；而当有人暗示这 1% 具有极大可能性时，这 1% 就会大大抵消 99% 的坚信，从而生出担忧和恐惧。尤其，他对父亲是崇拜的，父亲不可能无的放矢。

陈廷安有些不安起来。

在长江边曾经停泊那条破船的地方，秀儿正坐在那儿。

陈廷安无语地走过去，悄悄坐在她身边。

“那支枪取走了？”秀儿侧头看着陈廷安。

陈廷安凝视着秀儿，点点头然后问道：“那枪是德国最新的 98 式改进型？”

“我也不知道，我又不是兵工厂的。”秀儿笑笑说。

“你从哪弄到的呢？”陈廷安特别想知道这个问题。

“那你就不要管了。”秀儿说。

“秀儿，你为啥不离开铁器株式会社呢？你知道咱们中国人都对日本人没啥好感。”

“我能上哪去呢？我在那里不愁吃不愁穿的，还能帮帮你的忙，有啥不好？”

陈廷安瞪大了眼睛，顿时觉得自己有点不地道——难道眼前这个姑娘的所作所为都是因为我，而我却要和唐先生他们一起怀疑这个纯真的姑娘？他不由得想起当初认识秀儿之后所发生的一切，无论她多么神秘，怎么也和日本人搭不上界呀！突然，他又哆嗦了一下，想起了父亲。

陈廷安沉默了好一会，拍拍自己的脑门，他在告诫自己，而告诫的理由和内容则是唐先生对他的提醒：世事纷纭，人心难测，不要相信任何人……

“秀儿，你识字吗？”陈廷安突然问。

秀儿脸一红：“识的不多。”

陈廷安从怀里掏出一本小册子，送到秀儿眼前：“认识这三个字吧？”

秀儿接过书，一字一顿地读道：“警——世——钟……”说完翻开了第一页，“长梦千年何日醒，睡乡谁遣警钟鸣？腥风血雨难为我，好个江山忍送人。”秀儿一句一句地读着，停一会儿，转着眼珠想了想，又读了下去……

秀儿的表情中有一丝惊异中的兴奋，倒是陈廷安的表情变得十分复杂起来。

“大哥，你是从哪里搞到这书的？说得真好！”秀儿兴奋地说。

“你喜欢？”陈廷安有点不安地问。

“我喜欢读。这书里说的都是新鲜话和新鲜事，开脑筋的。”

“这种书好多，你要是愿意看，可以到琴断口街北口卖《三字经》那个小摊上就有卖的。”陈廷安边说边看着她。

“不会吧，这种书巡警会让卖?”秀儿突然问道。这让陈廷安心下一紧。

“你只要偷偷问那小摊的摊主，人家看你不是巡警就会拿给你——”陈廷安正说着突然从秀儿的手里夺下那本书，快速地塞进了自己的怀里。秀儿一怔，陈廷安向他使了个眼色。原来，秀儿背后的江边走来一个人。那人是陈廷顺。

秀儿发现了穿着巡警服的陈廷顺。

陈廷安站了起来。

“秀儿，你怎么在这儿?”陈廷顺似乎没看见陈廷安，直接看着秀儿问道。

“我怎么不能在这儿呢？这又不是巡警队。”秀儿冷冷地说。

“陈廷安，你听我一句话，能不能不纠缠秀儿了?”陈廷顺突然转问陈廷安，目光冷，语气也冷。他已坚定地认为陈廷安是乱党！一想到父亲之死，陈廷顺对陈廷安的背叛充满怒火，就少了兄弟之情。

“你看我是在纠缠她吗？再说这不归巡警管吧?”陈廷安迅速从另一种思绪中醒来，同样冷冷地回道。

“这只是你我间的事，和我是不是巡警、你是不是乱党都没关。你知道我对秀儿……谁也不能夺走她！如果你还念在我们是兄弟的话，就放过秀儿，因为你还……你还有罗秋月。”陈廷顺的话虽然中间还有结巴，却似乎句句在理，而且也在做着让步，陈廷安却一时不知回应什么了。因为陈廷顺的话至少前半部分说的没错，虽然后半部分是捕风捉影，可他惊讶的是陈廷顺居然捉到了影，而且在这种尴尬的场面中，他又无法争辩，因为只要一争辩，尴尬只会加重，而且有太多的顾忌让他无法道出真相……

确切地说，此时此地，兄弟俩的冲突是为了一个女人，却很难说谁更高尚与谁更卑鄙。世事往往是这样，无论伟大还是卑鄙，都很难用生活中的任何一把尺子来衡量长短……

陈廷安的一言不发让陈廷顺突然意识到两人间此时的矛盾焦点是在秀儿的身上。

“秀儿，我不多说了，你跟他走还是跟我走，我们听你的。”陈廷顺的情绪显然已经到了毫不掩饰且决心今天摊牌的地步，以致于问出如同两个孩子过家家吵嘴的话。

此时，陈廷顺盯着秀儿，可陈廷安却别过脸去，不知道该如何是好。

陈廷安只感到一阵令人心惊的沉寂，当他听到轻微的脚步声时，才回过头来。秀儿已经远去。

陈廷顺则呆呆地望着她的背影。

陈廷安又坐下了。陈廷顺却走了，但不是秀儿走的方向。

好像什么都没发生，陈廷安仍然一动没动，他为刚刚发生的一幕汗颜甚至自责。兄弟俩深层次的矛盾虽然不仅因为秀儿，但走到这一步，他自责的是自己作为兄长的责任及对秀儿到底应该持什么态度的摇摆不定。而后一点还源于他现在还肩负着的使命，这使命不但让他不得不有违于自己的意愿，甚至左右了他做人的尊严……

此时，他流下泪来，感受着比遭受追杀时更多精神上的折磨。

……

焦伯琛正在办公室听桂福悄悄说着什么……焦伯琛的脸色十分严峻。正这时，门外传来胡三要见焦副局长的说话声。焦伯琛立即让桂福躲在了柜子后面。

胡三神色匆忙地进了焦伯琛的房间。

“啥事情?”焦伯琛观察着胡三的脸色。

“局长，我思来想去，得向您报告。陈廷顺差人天天秘密监视铁器株式会社，小的不知他是按您的指令还是他擅作主张。”

“哦?”焦伯琛有些意外,“这小子是受谁之命呢?”

“陈廷顺经常我行我素,局里让他配合兵工厂警卫监督兵工厂,他却经常自己搞小动作,不知道在搞什么名堂。”胡三怀疑地说。

胡三是革命党在巡警中的成员之一,他向焦伯琛报告陈廷顺行踪的目的是借焦伯琛之手打探陈廷顺对日本人的意图。

陈廷顺确实在监视日本人,而且随时要对日本人采取行动。

长野和间岛等人刚坐下要商量什么,门外突然传来一阵嘈杂声,接着一个日本人进来报告:“陈廷顺和大批巡警闯了进来。”

人们的目光立即投向长野。长野稍感意外后,立即稳定下了情绪:“镇定。我们没什么把柄在巡警的手里,用不着慌张。间岛君,陈廷顺在兵工厂和你照过面,你马上回避一下。”长野说完,回身掀开一幅画,启动一间密室的门,间岛马上闪身而入。

也是在铁器株式会社内,秀儿正借打扫卫生之机,悄悄接近了那间神秘的地下室……

陈廷顺率领几个巡警闯进了会社的会议室,只见长野眼前的会议桌上放着几份文件,几个日本人正在听他说着什么。长野打量了陈廷顺和几个巡警一眼,站了起来。

“陈警官,有何见教?”

“长野先生,打扰了。见教没有,得请长野先生见谅了,我们奉命搜查。”陈廷顺略显客气地说。

“想搜什么?”长野不解地问。

“所有违法行为、违禁品。”

“我们会社可是一向遵守贵国法律,从来都是合法经营。”长野此言既试探着陈廷顺,也在澄清着自己。

陈廷顺走到长野跟前,看了眼桌上的文件。陈廷顺当年在鬼七处闲来无事时,曾自学识字,那文件上的字他大体认识:采购铁矿石意向。长野将文件拿起递给陈廷顺："陈警官请过目。"陈廷顺压下了他的手："对不起了长野先生，我们要各处搜查一下。"

"请便。"长野向门外一伸手，看来他不怕搜。

陈廷顺率领几个巡警立即开始了各个房间的仔细搜查。

长野回身拿起电话："请接湖北巡警道。"

这会儿，秀儿已经走下地下室的台阶，接近了那扇铁门，上面发生的一切她毫无所知。

陈廷顺和巡警们逐个房间仔细搜查着，身后跟着泰然自若的日本人。

秀儿轻轻推了推地下室的铁门，却怎么也推不开，她将手中的拖把塞进门缝儿，用力撬着……

此时的二楼上，陈廷顺和巡警们一丝不苟地搜查着，虽然还一无所获，陈廷顺仍告诉大家："认真搜，别放过任何一个角落。"他自己则四下打量着。他心里开始发毛了，因为他还没有发现秀儿的房间，更不用说秀儿的影子了。找到秀儿，并借机揭开秀儿久居长野之所的秘密，这才是他此次行动的主要目的。但如果这个目的达不到，他就失去了搜查的理由。

忽然，陈廷顺嗅到一股女人的味道。陈廷顺几乎没接近过女人，所以对女人身上的气息十分敏感。凭着对这种特殊气息的嗅觉，陈廷顺拐过走廊的一角，随之发现了不同于其他日式房间那种木格门的一扇实木房门。陈廷顺推了推门，没推开，然后轻轻敲门，仍然没有回应。

"秀儿?"陈廷顺对着门缝轻轻叫着。

这时，一个巡警跑上楼来。

"队长，上边有令!"巡警的神色很紧张。

陈廷顺吓了一跳，没好气儿地问："什么上边？来的什么令?!"

"巡警道、巡警道道台大人亲自下的令呀。"巡警说。

陈廷顺这回真正吓了一大跳，口气中也有了点哆嗦，马上问："道台大人怎么说?”

“立即收队，不得打扰异国商人。”巡警复述道。

陈廷顺回头看了眼那扇门，不甘心地对那些已经围绕过来的巡警们一摆手：“撤!”

秀儿还是没有撬开地下室的铁门，而这时她听到了楼上杂乱的脚步声。秀儿想了想，马上拉出拖把，悄悄上了楼。

陈廷顺未和长野打招呼就领着巡警们离开了株式会社。他知道是长野直接和巡警道取得了联系。这些东洋人的能量令他惊讶更令他恼火。

秀儿回到房间时，还不知道刚才发生了什么。

陈廷顺刚一离开铁器株式会社的大门又傻了眼，只见焦伯琛正面色铁青地站在大门前等着他。

“局长……”陈廷顺知道自己闯了祸，一时不知该如何解释。

“你领这么多人来干什么?”焦伯琛阴沉着脸问。

“局长，我怀疑日本人和一系列案子有关。卑职来搜查证据……”

“一系列案子？都哪些?”

“当年他们有图谋炸毁兵工厂之嫌，近日卑职发现……有不良分子和日本人有秘密往来。”

“是吗？当年有证据吗？近日人证在哪?”

陈廷顺一时语塞：“局长，卑职正是想找证据……嫌疑人呢，卑职正要有所获时，得道台大人的……”陈廷顺表现出遗憾。

“陈廷顺呀陈廷顺，你小子打的是什么主意呢？这么大的动静，你小子竟然敢擅作主张。是什么目的呢?”

“局长，卑职立功心切，本想找到证据后向您报告，卑职是不敢贪功的。”陈廷顺说着悄悄地看着焦伯琛。

“屁话！我怀疑你小子有啥个人勾当！”焦伯琛已经不相信他立功心切的借口，却一时找不到他如此莽撞大胆的证据。

“局长……”陈廷顺有点急了，可又不能将秀儿在长野处的消息告诉他。

“回去！关你的禁闭！”焦伯琛从对方的神情和语气中感觉到他确实有什么勾当。

陈廷顺急了，他不想被关禁闭，更怕因此受到处罚，从而失去了巡警队副队长之职。

“局长！”他把焦伯琛拉到僻静处。

“局长，我看见了秀儿在铁器株式会社！”

焦伯琛确实意外了：“秀儿？秀儿不是死了吗？”焦伯琛颇感意外。其实，焦伯琛已经在秘密调查鬼七的死因，并已经开始怀疑陈廷顺，所以，对陈廷顺他不得不刮目相看——此人绝非外表那么简单。

“我原来也以为是呀，可是我最近监视日本人时，发现秀儿竟然和他们混在一起，卑职怀疑……”

焦伯琛急速地思考着。他知道，陈廷顺此时说的是真话，因为他知道陈廷顺一直对秀儿情有独钟，这也是他当初能在鬼七处栖身的主要原因。秀儿未死出乎他的意料，可她怎么会在日本人那里呢？焦伯琛至此终于明白了陈廷顺大动干戈搜索铁器株式会社的原因。

“知道秀儿为啥没死，又为啥在日本人那吗？”焦伯琛问。

“局长，我也想弄清楚呀。”陈廷顺自然不会把是鬼七欲害死秀儿的来龙去脉告诉鬼七的这位姐夫。

“这是私事，你怎么能运用巡警去人家那儿搜查？”焦伯琛又换了脸色，秀儿为啥在日本人这里他也不知道。

“这……不是私事呀，秀儿是大清的人，是不是被日本人掳去的呢？”陈廷顺又急了。

“屁话！走！”焦伯琛不再理他，指指了远处的几个巡警：“你们过来，把陈廷顺押解回队，关三天禁闭！”

陈廷顺傻了眼。

5

陈廷安和小吴躲在阴凉处，目光盯着的是远处卖《三字经》等印刷物的小摊。

陈廷安受唐先生的指令，和小吴已经在这里守了一天了。

唐季恺早已掌握陈廷安和秀儿之间说不清的暧昧的男女之情。唐季恺担心这种尚未明确的感情一旦明确，秀儿又确是巡警和日本人的暗探或帮凶，无论对组织还是对陈廷安来说，都将带来可怕的后果。而秀儿此前的诡秘行为引起唐季恺的高度警觉。

陈廷安坚信秀儿是好人，不可能和巡警或日本人有什么令革命党担忧的关系，但在唐季恺的反复说明与分析后，陈廷安也产生了一点疑惑，如果说陈廷安与小吴受命在此监视小书摊是考察秀儿的身份，不如说是陈廷安要以此证明秀儿是无辜的，对这一点他几乎可以肯定。只是他弄不清，父亲不是傻瓜，不会凭空怀疑一个人呀，更何况父亲也知道秀儿和他、和他们兄弟的关系，那么是哪个环节出了毛病呢？

陈廷安希望此事尽快了结，但更希望小书摊会永远平安无事……

望着小书摊的方向，陈廷安默念着：不要出事不要出事——巡警不要来，一天就要过去了，如果一切正常，他就有理由提出取消对秀儿的怀疑。

陈廷安看了看已经隐没在西边房影中的太阳，开始心中松了口气，并轻松地看了眼身边的小吴。此时小吴的目光仍然紧紧盯着书摊，陈廷安心想他可真是忠于职守，即使已经是看来毫无意义时。可这时他从小吴的目光中读出了什么——那目光突然警觉起来、明亮起来……陈廷安感觉到了不妙，顺着他的目光不情愿地望去，只见几个人正在气势汹汹地将小书摊翻了个底朝天。显然，那是便衣巡警。只见那摊主争辩着，却被几个巡警不由分说地绑了起来，带走了。

“什么也没翻出来怎么还带走了?”陈廷安觉得有点对不起那个摊主。

“没翻出来也得去局子里说清楚。再说，他们一定接到了情报……”小吴看着陈廷安，似乎在提醒他什么。

难道秀儿真的是巡警的密探？或者和日本人是一个鼻孔出气的？此前陈廷安是怎么也不可能相信的，即使唐季恺苦口婆心地提醒他“要怀疑一切”。可眼前的事实却证明了唐季恺的怀疑是对的，他目睹了他最不愿意看到情形！

陈廷安知道一切该结束了。他痛苦地闭上了眼睛，眼前浮现的是当初认识秀儿的情形，似乎所有的一切又回复到了当初，甚至不及当初。他打了个寒噤。

唐季恺一直在等书摊的结果。他比陈廷安想得更明确：以此验证秀儿到底是不是危险人物，若是，就要除掉，若不是，就另行查找此前泄密的原因。

当小吴和陈廷安坐在他面前，将小书摊的经过讲完之后，唐季恺并不意外，这说明秀儿可能就是巡警的密探，否则就不可能在陈廷安和她说过小书摊的第二天，书摊就遭到巡警的搜查。

“怎么可能是巡警的密探呢?”陈廷安不解地问自己，此时他已经陷入极度的痛苦之中。

“这说明她是隐藏极深的负有使命的密探，可她为什么要栖身在铁器株式会社确是个疑问。莫非她和日本人也有瓜葛?”唐季恺有些不解。

“唐先生，当初她是被长野所救，住在铁器株式会社纯属偶然。”陈廷安为秀儿争辩道。陈廷安绝不相信秀儿是日本人的爪牙。

“廷安，你还是没从个人的感情中挣脱出来，这会影响你的判断力。如果秀儿和日本人是同谋也没什么不可理解的。日本人向来以里挑外掘、从中渔利为长。而且，日本国内各种政治势力对清政府的态度十分复杂，甚至相左，对“同盟会”的态度更是或支持或反对，但一切都是基于他们的国家利益。所以，这个铁器株式会社归属哪股势力我们不得而知。可有一点很清楚，他们一方面在为他们国内的集团谋利，另一方面在想方设法阻碍中国得到先进武器，所以，复杂的秀儿混进复杂的日本人堆儿里，起什么作用都不奇怪。”唐季恺说完，陈廷安无言以对，可他仍然想像不出以往纯净的秀儿会是变化多端、深藏不露的日本帮凶或巡警暗探！

“唐先生，怎么处置秀儿？”小吴问。因为按革命党的一贯原则，一旦出现极度危害革命党组织和行动的人，一定要除掉。

“为稳妥起见，再观察一段。”唐季恺说。

……

情绪低落的陈廷安向余怀庆请了几天假，买了一大堆吃的，找到了黑老大那些讨饭的老朋友，和这些老朋友海吃一顿后，倒头便睡。善解人意的黑老大他们知道他累了，一直看护着他睡了两天。陈廷安似乎只有在这里才能真正地放松，因为也只有在这里，才没有危险，没有意外，没有要求，也没有担心、苦痛，当然也没有欲望和渴求。与世无争，只为混饱肚子，也许这才是另一种境界，但不会有多少人会情愿于这种境界……

第三天陈廷安睡够了，起来了，把黑老大他们要来的残茶剩饭一顿风卷残云，然后和黑老大及大家打了声招呼后走了。黑老大一帮人高兴地送走了这位朋友……

陈廷安刚走到兵工厂的正大门，那个认识陈廷安的警卫焦急地告诉他：“陈先生，你的朋友来找你几次了，让你去老地方。”

“什么样的人？”

“一个二十多岁的年轻人。”

陈廷安点了点头，心想那大概是小吴或者是顺子，老地方大概就是琴断口街 21 号。陈廷安心想是不是唐先生找他关于秀儿的事呢？

从黑老大他们那里回来，似乎一切又重新开始了。陈廷安立即转身走了。

此时，一个破衣烂衫的老头暗中跟在他后面。这个老头是陈廷顺。

原来，这是陈廷顺的圈套。

陈廷顺关了三天禁闭后，出来的第一个念头就是要尽快立功，但着眼点显然不能再是日本人，只能是乱党。他认定陈廷安一定和乱党有关，只是苦于没有找到证据，又因为罗秋月横亘其间，加上得不到焦伯琛的支持，所以他决定自己行动。他知道，一旦这次行动再无所获并引来意想不到的后果，他的巡警生涯将会不保，因为一旦找不到确凿的证据，不但因为牵扯到罗秋月而再遭焦伯琛的责罚，还得罪了余怀庆，因为余怀庆力保陈廷安已有前车之鉴。而一旦人证俱获，他就不怕得罪任何人。

陈廷安十分注意“尾巴”，当他在街上转了几圈，认为一切正常后，进了米店。却没想到陈廷顺比他还要小心。

陈廷顺看着陈廷安小心翼翼地进米店，望着这处不起眼的小米店，他一阵欣喜，知道这地方一定是乱党的秘密据点。

陈廷顺进了米店，边问米价边四下打量了一番，果然没有陈廷安的影子。陈廷顺出了米店，见四下没人注意他，立即快步离去。

在米店后的密室，唐季恺对陈廷安的到来有些意外。他拉过陈廷安坐在他的对面。

“廷安，我正要找你呢。你要尽快把那支枪取出来，然后交给傅东晨。他在日华公司当买办。”

陈廷安点头的同时，对唐季恺的“我正要找你呢”这句话有点疑惑。

“廷安，我告诉过你不要轻易来这里，绝不能再有第二次了。”唐季恺还以为陈廷安自己找来的。

陈廷安怔了，瞬间似乎明白了什么，下意识地回头看了一眼。

“不是您派人叫我来的吗?”

唐季恺立即警觉地站了起来：“没有!”唐季恺敲了三下身后隔板。隔板的那一边是米店的前厅。

米店老板进来了。

“这个据点暴露了；马上把‘小米缺货’的牌子挂出去。”唐季恺镇静地说。他说的“小米缺货”的牌子一旦挂出去，就是在提醒其他前来秘密据点的革命党人：此处危险，不要擅入。

“唐先生，您放心。你们快从后门离开。”米店老板镇定地领着唐季恺二人向后门走去。

“你和伙计们注意安全，见机行事。”唐季恺吩咐道。

“这您放心，这一带的百姓都知道咱这米店向来奉公守法。”老板说着已经推开了后门，并将头探了出去。这时他发现巡警已经从远处跑来。

“二位快走！”老板急忙回身叫唐季恺和陈廷安。

“你先走！”唐季恺推了陈廷安一把。陈廷安出了门后立即向右侧而去。

此时，陈廷顺率巡警从米店后边的街道向前门赶来，待陈廷安已经隐没在街道的行人中时，唐季恺也已离开米店后门，向左侧方向而行。

陈廷顺到了米店前门后才发现刚才经过的正是米店的后面，他立即分派巡警向米店后面赶来，并很快发现米店果然有后门，进而发现了刚刚离开的唐季恺。

“站住！”两个巡警拉开了枪栓。唐季恺站住了。两个巡警将唐季恺围住，枪口对准了他。

“干什么的？”一个巡警喝问。

“米店的伙计。”唐季恺平静地回答。

“搜搜他的身！”一个巡警命令另一个巡警。那个巡警刚要搜唐季恺的身时，唐季恺暗中做出了反抗的准备。这时，陈廷顺从米店的后门冲了出来。

“队长！”正要搜身的巡警见陈廷顺来了，先住了手，“这个人刚从米店出来。”

此时，唐季恺已经瞥见了陈廷顺，并立即认出了他。但他未露声色。

陈廷顺走了过来，刚与唐季恺打了个照面，便认出这是他的父亲！

“是……”陈廷顺将要脱口而出的话咽了回去，可惊愕还留在脸上。

“陈队长，没错，是我。多年不见了。”唐季恺微笑地看着陈廷顺说。

“队长，你认识他？”一个巡警问陈廷顺。

“哪能不认识，陈队长是我从小看着长大的。”唐季恺抢先说道。

“哦，认、认识。米店的老伙计了。”陈廷顺终于回过神儿来。他怎么也想不到父亲还活着，会在这里相遇。

“你不是——”陈廷顺下意识地问。

唐季恺大笑：“是，我去了几年外地，可我不适应那边的水土，这不就回来了吗？”

陈廷顺终于明白这不是梦，父亲没死。同时，他也几乎认定唐季恺是乱党，而且极可能是首要分子。可他毕竟是父亲，虽然铁面无私抓获生父定会立下大功，可父子之情在瞬间还是让他犹豫了。

“陈队长，那我先告辞了，以后有机会还要当面请教。”唐季恺乘机说。

“哦、哦，好、好。”陈廷顺还没有拿定主意时，唐季恺的话中有话更加让他犹豫了。

他仍然在犹豫中时，唐季恺已经走了。

“回去给我仔细搜！”陈廷顺终于醒过神来，向巡警一挥手，先自进了米店的后门。

陈廷顺和巡警把米店翻了个底朝天，自然是没有他们要找的人。陈廷顺将老板单独拉进后门里的一个小房间。

“陈廷安在哪？”陈廷顺问。

“哪个陈廷安？”老板装糊涂，“我店里的伙计没有姓陈的呀。”老板补充道。

“就是半小时前进来的那个穿着灰上衣的年轻人!”陈廷顺耐着性子再问。

“没那个人呀，官爷，您看错了吧?”老板答道。他明白，只要人没在巡警手上，他们就没有证据。

“看错?!”陈廷顺突然一声冷笑，“知道我是谁吗?”

“听刚才几位巡警老爷叫您队长，您是队长呀。”

“我叫陈廷顺!陈廷安是我哥，我会看错?!”陈廷顺突然大叫道。

“我不认识您的哥哥呀。”老板心下一惊，这才知道眼前的就是陈廷顺。

“我再问你，你的那个伙计是干什么的?”

“哪个伙计?”

“我爹!”陈廷顺恼火地叫道。

“你爹?”老板明白了他问的是唐季恺，“我的伙计里真没有姓陈的，不信您可以问其他伙计呀。”

“如果你现在说了，我是他的儿子，陈廷安是我哥，你还有路可走，要是不说，我就得把你带到局子里了。那时，你死也得说活也得说，最后还得是一死。明白吗?”

老板当然明白陈廷顺的所说。不交待是死路一条，如果交待了，不但自己可以保条命，而且陈廷顺虽为巡警，但唐季恺和陈廷安毕竟是他的父亲和哥哥，看他单独讯问自己，自然是在回避那些巡警。

于是老板将唐季恺和陈廷安确实来过告诉了陈廷顺。不过老板知道的有限，只知道唐季恺是组织的领导人。

陈廷顺得知了他想要的情况后，告诉老板:“行了，没你的事了。你从后门出去吧，免得让别人看见你我单独在一起说三道四。”

老板认为他说得对，起身离去，刚迈出后门，陈廷顺就操起枪跟到后门外，大叫一声："你往哪跑！"随后一枪将老板打死了。

巡警听得枪声赶来。

陈廷顺指指老板的尸体："他畏罪逃跑！"

……

陈廷安见身后并无跟踪，转了几圈后，来到了藏枪处，却远远发现藏枪处盖起了房子！陈廷安大吃一惊。询问附近的行人，才知这里正在盖的是新军的兵营！

陈廷安躲过施工者，几经判断后，终于找到了当时的藏枪处——正好在尚未完工的墙基旁。他找到一个锹头，挖了几下，终于发现当初埋枪时盖在上面的一条木板，正当他松了口气并准备深挖时，突然有人大叫："有贼呀！"陈廷安赶紧跳开，只见一个施工者大叫着跑来。

陈廷安赶紧把掘开的地方收拾好，迅速地离开……

当他逃到远处再回头看时，只见那个施工者带着两个新军士兵向陈廷安刚才所在处跑了过去。原来，军营建设是有军人警卫的。

……

陈廷顺从米店回来后，闭门一天，为米店所遇苦想了一天。

父亲竟然起死回生，如同评书的情节让他在一天多的时间里也没有缓过神来，更让他回不过气儿来的是，以往经常以之为榜样与陈廷安争论的利器，如今竟然也成了乱党，而且是乱党的头目，这让陈廷顺一时无法接受，尤其，为大清朝豁出命的父亲和哥哥如今成了朝廷的要犯，这让他痛心疾首。

正在这时，巡警局局长亲临巡警队，对陈廷顺此次行动虽未抓获首犯，但查抄了乱党的据点，击毙了一名犯人大为赞赏，并当众宣布一直是副队长的陈廷顺擢升为队长！陈廷顺感动得痛哭流涕，向局长表示："卑职愿为朝廷赴汤蹈火，为上司尽忠效力！"

此时的陈廷顺已经下定决心：既然父兄已经背叛朝廷，就要为此付出代价，也就怪不得他不讲亲情了。

队列中的胡三恨得咬牙。他恨陈廷顺不顾骨肉之情的对清王朝的愚昧之忠，也恨自己当时没在巡警队里，以至唐季恺等人虽然逃脱，却搭上了一条人命……

6

陈廷顺上任后，立即加大了对陈廷安、罗秋月等人的监视。他要从头开始，践行对局长的誓言。

只要陈廷安一离开兵工厂，无论从哪个门离开，都会有便衣巡警跟踪。别无他法，陈廷安离开兵工厂的唯一办法就是坐着余怀庆的马车去余府。

同样，罗秋月的行动也因之大受限制，大部分与革命党联系的任务都落在了管家身上。

唐季恺在新的秘密地点安下身后，得知米店老板被杀，米店被封后，知道这一切都是陈廷顺所为，而且，陈廷顺因此被提升为巡警队队长，并立即加大了对革命党人的搜捕和监视。他知道他现在面对的不仅是清政府的压力，还有在别人看来是亲生儿子陈廷顺的步步紧逼。

小吴、顺子等革命党在看着他如何决策，他们或多或少地知道陈廷顺是唐季恺的二儿子了。若按以往的规则，革命党将会采取反制措施，将陈廷顺之类的危险人物尽快除掉，但此次唐季恺迟迟没有下决心，这让大家很是不解，甚至有些猜疑，可唐季恺却不顾忌，仍一如既往地按着他的方式行事。

陈廷安刚一进余府，管家就大叫着让他帮忙把水缸挪个地方。余府上下都拿陈廷安当家人，余怀庆对管家对陈廷安的支使并不在意。

“现在形势很紧张，唐先生指示暂停一切活动，至于那支枪，他要你先这样……”陈廷安一边帮管家搬水缸，一边听着他似乎不经意的悄语。

陈廷安搬完水缸后，直接到了余怀庆的书房。

余怀庆这一段时间以来迟迟未拿出新的“汉阳造”图纸，厂里的生产虽然依旧，但他的同僚们知道他一直在设计新枪。谁也不知道他的新枪设计到了什么程度。

陈廷安一进余怀庆的书房，便发现余怀庆正在看图纸，他知道余怀庆缺的是什么，但此时他不能说。

余怀庆似乎未觉察房间进了人，仍然在专注地看他的图纸。

不知过了多久，余怀庆的目光从图纸上移开，不经意地侧头看了一眼，却见陈廷安跪在他的身后。

“廷安，你——这是干什么?”余怀庆吓了一跳。他拉起陈廷安，满脸的疑惑。

“廷安，出什么事了?”余怀庆惊讶地问。

“大人，我想当兵。”陈廷安如同孩子般恳求地说。

余怀庆怔了一下，随之笑了：“当兵不是啥难事，我早就给你联系了，你用不着给我下跪呀。”

“我想马上就去。”

“怎么突然想通了呢?”

“大人，我想通了，我得改变我现在的生活，我要当兵。”

“那好呀。我早就和你说过，虽然你的年龄大了些，但还有机会。我明天就和郑标统招呼。不是我不喜欢你在兵工厂，是想让你有更广阔的天地。”

“谢谢大人!”陈廷安为余怀庆鞠了一躬。余怀庆一时间不知道陈廷安为何突然当兵之念如此之切。

“廷安呀，我不知道你为何又想当兵了，不管怎么说，这是好事，我希望你能在军中好好干，定会大有前途的。”

陈廷安点点头。此时他想的是如果能把那支枪取出交给余怀庆该多好，那样也许就会让他的新枪研制大获进展，可此时他知道，作为革命党中的一员，他要服从命令。

在余府吃过晚饭后，陈廷安独自回了兵工厂，一路上，暗探如影随形。

第二天，陈廷安刚刚吃过早饭，余怀庆的侍从就叫他马上去余怀庆办公室，郑标统已经在等他了。

陈廷安一进门，郑标统一眼认出了他。

“哈，是你小子呀！”郑标统大叫道。

“郑大人！”陈廷安也很意外，没想到余怀庆说的郑标统就是当年威风凛凛带队行进在街上的军官。

“老郑呀，要当兵的就是他，你看如何？”余大人听说他们早就有过一面之交后，也觉得轻松了些。

“这么多年了，你怎么不早找我呀。你小子那么喜欢当兵，要是早当上兵，早穿上军官服了，最少也混个排长干了！”

“那可要仰仗你郑标统的提携了。”余怀庆以陈廷安长辈的口吻说道。

“郑大人，您看我年龄大吗？”陈廷安有点担心。

“不大！不大！我带的兵里最大的快四十岁了。不过，我现在只能委任你个副棚长（副班长）干干，往后，就得靠你自己了。”郑标统拍了拍陈廷安的肩膀。

“谢长官！”陈廷安这才知道自己马上将是新军军人了，立即向郑标统敬了个礼。虽然姿势远比当年那个敬礼规范了许多，但还不够标准，惹得余怀庆和郑标统哈哈大笑。

“老郑呀，是不是还得通过人家募兵处？”余怀庆提醒道。

“我打个招呼就行了。余大人，那我就把这小子带走了？”

“交给你了。”余怀庆看了眼陈廷安。

陈廷安看了看两人：“我是不是要回宿舍收拾收拾东西？”

“收拾个鸟！吃穿都由军需供给，你这身衣服到了军营都得扔了。”

“廷安，和郑大人走吧，别忘了常来看看我这个老头子。”余怀庆深情地拍着陈廷安的肩，不觉眼睛一酸。陈廷安当即流下泪来。

“余大人，这是干嘛，俺又没让他马上去前线打仗。营房离你不远，他随时都会来看你的呀。陈廷安呀，余大人没有子嗣，看得出，他是拿你当儿子，你小子可得懂得孝心，知恩图报呀。”郑标统被这情同父子的关系感动了。

……

陈廷安坐着郑标统的军用马车离开了兵工厂，在门前负责监视陈廷安的便衣巡警见陈廷安和郑标统同车而去，不知发生了什么，马上去报告陈廷顺。

此时，陈廷顺刚从巡警队出来，打算去巡警局看看焦伯琛。一连几天，以往常来巡警队的焦伯琛一直没来，这让陈廷顺有点心里没底，不但因为焦伯琛已经当面斥责过他几次，而且他感觉到焦伯琛已经对他不那么信任。且莫说焦伯琛是他的顶头上司，单说一直深藏陈廷顺心底的那个秘密也一直让他不得不小心翼翼……

这时在兵工厂门前监视陈廷安的巡警跑回来，向他报告陈廷安和郑标统同车而出的事。陈廷顺顾不得这些，让他回去继续监视。

陈廷顺刚到巡警局大门前，越是心里有鬼便越是遇见鬼——只见桂福从巡警局出来了。

“桂福大哥，你这是……”陈廷顺热情地拉住了桂福。

“哟，是廷顺——不不，是陈队长呀。我来找焦局长。咱们原来的兄弟们都快散尽了，我现在成了看院子的了，我想和焦局长商量一下，七爷留下的这些房子怎么办呀。”

“哦……”陈廷顺之才放了心，“焦局长在吗?”

“听说出去了，我只好改日再来了。陈队长，有时间再到咱们的老院子去看看呀。”桂福边和陈廷顺客套边告辞了。

看着桂福的背影，已经瘦了一圈的陈廷顺心里非常不安。此时他突然感到一阵孤独，父兄是与朝廷势不两立的乱党，一家人成了缉拿者与被缉拿者……陈廷顺认为他们是背叛者，理应受到惩罚！

陈廷顺打了个冷战。此时他想到的是眼下可能遇到的不测。他告诫自己，一定要时时处处小心行事……

陈廷安已经穿上了军装，郑标统亲自将他送到了队里，在队官（连长）的陪同下，陈廷安被送到新军宿舍。几十人一个大屋子，士兵们睡着上下铺，条件还不及兵工厂的工人宿舍。

"先在这儿委屈几天，新兵营马上盖好了，到时搬过去一部分弟兄，这儿就松快了。"队官客气地说，他不知道陈廷安和郑标统是何关系，劳得他亲自将个新兵送到队里。

"是那个离城墙不远的正在盖的军营吗？"陈廷安小心地问道。

"对，那就是我们新营房。这几天就能入住了。"郑标统得意地说。陈廷安则心下一喜。他急于当兵，正是接受了唐先生的指示，为的是在新军中发展组织，也方便接近那座新军营，以便拿出那支枪。

"长官。"陈廷安看了看队官，又看了看郑标统，"到时我能到新军营吗？"

队官看了眼郑标统："标统大人亲自接的兵，有啥要求下官一定满足！"不知他是对郑标统说的还是对陈廷安说的，总之是卖郑标统的好。

"哈，谁都想住新军营，可新兵住新军营倒是应该的。"郑标统就算是一锤定音了。陈廷安暗自欣喜。

……

桂福没找到焦伯琛，陈廷顺也没找到焦伯琛。焦伯琛此时正率领几个亲信巡警进行着一项秘密行动。

秀儿出了铁器株式会社大门，悠闲地向一家杂货店走去，刚买了块肥皂出来，突然几个大汉将其架住，其中一个捂住了她的嘴，随后迅速将她塞进一辆洋车。

洋车在小巷深处的一户人家门前停了下来。秀儿被架到了院子里。这时，远处跟来的胡三看了看那院门，疑惑地离去。

原来，门里并非是个院子，也不是人家，只是个破败的满是杂草的天井。秀儿不知道自己遇到了什么人，更无法预料结果如何。可是当她看见焦伯琛正坐在一块石头的基座上时，心安了许多。

焦伯琛向那两个大汉一摆手，两人放开了秀儿。

“秀儿，别生气，为了你的安全，我只能用这种方法请你来了。坐下吧。”焦伯琛指了指对面的石头。秀儿坐了下来。那两个大汉离开了。

“姑父，找我有事吗?”秀儿仍以以往的称呼叫焦伯琛。

……

过了没多久，那两个大汉被焦伯琛叫了过去。

“马上把小姐送回铁器株式会社，不要被任何人发现。秀儿，你愿意怎么活你自己说了算，姑父只能祝你多保重吧。”

秀儿点点头，走了。

焦伯琛回到巡警局后，悄悄问遍了巡警局他能看见的所有人，可谁都不承认曾经在局长的办公室接过一个莫名的电话和看过一封告密信。这时胡三回来了，焦伯琛想了想，也问了他，胡三摇头。

胡三是焦伯琛比较信任的人，所以从巡警队带到了巡警局。他哪里知道，正是这个他最信任的人恰恰是革命党。

心神不宁的陈廷顺得报说陈廷安自从和郑标统走后一直没再回兵工厂，判断他可能当了兵，到处打听后，果然在新军的操练场上发现了身着军装的陈廷安。陈廷顺不认为陈廷安是为圆当初的投军梦而加入了新军，一定是受乱党的指使有目的投军的。可是什么目的他无从猜测。同时他也知道，都说军警一家，其实自从有了警察后，军、警从来就是水火不相容，看来以后与陈廷安打交道时要小心了。

唐季恺得报焦伯琛在极为隐秘的情况下见了秀儿后极为震惊，不但对秀儿身份的怀疑再一次加深，而且对焦伯琛的身份也产生了怀疑。如果秀儿仅仅是巡警的暗探，焦伯琛为何要避开巡警局的其他人在那么荒僻的地方见秀儿呢？焦伯琛是否是日本人的代理，而秀儿是通迅员的角色呢？联想到当初长野贩卖烟土失手后，日本人竟未受任何触动，这期间是否有焦伯琛的关系？

最少有一个问题唐季恺已经确定无疑：秀儿是个危险人物，必须尽早除掉。革命党人等待着唐季恺下决心，唐季恺也琢磨着该如何处理此事。他想将秀儿和陈廷顺这两个人统筹处理，以回避同志们的猜疑。

终于捱过了近一个月，此时的陈廷安已经完成操练，如愿被分配到了新军营。

唐季恺和顺子等几个革命党的核心成员决定：秘密会见陈廷安，给其分派一项秘密而重大的使命……

陈廷安刚一入住新军营，便立即查找那支枪的所在。几经查找，当确定那支枪的所在时，陈廷安有点傻了眼——原来，那支枪正在队官宿舍的床下。做为郑标统的“亲信”，他虽然多得队官的关照，且多有机会去队官的宿舍，可总不能当着长官的面钻到人家床下去掘地找枪吧。陈廷安只能预备好工具，等队官不在时潜入行事。

余府管家代余怀庆来军营看望陈廷安，这时队官才知道陈廷安果然是大有背景，大名鼎鼎的余怀庆余大人竟也会派管家来探营。

管家告诉陈廷安，唐先生要在一家澡堂的后院见他……

陈廷安向队官告假，队官立即照准，并告诉他从明天开始，新兵放假三天！

唐季恺新的栖身之地在一家澡堂的后院。可以从澡堂的前门进入，后门出走。来澡堂的人多且杂，革命党来往不会过于显眼，而且一旦有何不测，就可从后院脱身……

父子刚刚坐定，闲话过后，唐季恺告诉他：“廷安，秀儿是巡警的暗探已经确定，只是还不能确认她和日本人的关系，但极有可能她充当了日本人与其在巡警中的代理人焦伯琛之间的联系人。如果真的是那样就太可怕了。”

陈廷安久久未语。

自从陈廷安目睹了巡警查抄了那个小书摊后，不管他是否情愿，他对秀儿都不得不产生了怀疑，因为他亲口告诉了秀儿那个小书摊的所在。这些天来，他一直经受着情感的折磨，正是因为他不愿意相信这是真实的、或者仅仅是巧合，他才承受着折磨。他等待着或者说是在盼望着这事尽快有个水落石出，可现在已经是结果了吗？

“唐先生，有什么新证据吗？”陈廷安小心地问。

唐先生非常理解陈廷安的心情，他将焦伯琛秘密会见了秀儿一事告诉了他。陈廷安哑口无言，而且没想到焦伯琛也进入了革命党怀疑和警惕的范围。

“廷安，为了这件事的处理方式我想了好几天……”

“您打算……”陈廷安有些心惊肉跳地问。

“必须得处死她！”唐季恺决断地说。虽然这在陈廷安的预料之内，但仍让他很惊讶，因为下这个决心的是他的父亲，而他的儿子对秀儿多年来充满了复杂的感情，这感情由最初的复杂至逐渐的明晰，结果却是如此面对。

“廷安，我知道你心里难受。你喜欢秀儿，你是我的儿子，如果从亲情的角度，我理应关照秀儿，可如果她不是我们家的人，而且是革命的敌人呢？廷安，我们不是简单的百姓，不能被个人感情左右。我们干的是一项中国历史上前所未有的大事业，既然我们选择了成为这个伟大事业中的一员，就要做好牺牲的准备——无论是亲情、友情还是爱情，乃至我们的生命。一切损害这项伟大事业的绊脚石和破坏者，都是我们清除的对象。廷安，这来不得婆婆妈妈。”唐季恺激动地说。

唐季恺说得陈廷安从理性出发没有反对的理由。

“在感情和革命这两者之间，做为革命者，我们必须选择革命。”唐季恺看着陈廷安，一字一顿地说，似乎他看透了陈廷安的心理。

陈廷安咬咬嘴唇，点点头。

唐季恺松了口气。

“廷安，这个任务要由你来完成。”唐季恺轻声地说。

“什么？完成什么？”陈廷安不知是没听清还是没理解父亲的话。

“廷安，”唐季恺拍了拍他的肩，“我知道这有点残酷，但这也是考验你的最好机会，你必须要这样做，只有这样才能坚定你的革命决心，也让同志们知道你是革命的可靠一员。”

“我？去杀秀儿？”陈廷安仍然不敢相信。

“对，是你。这是我交给你的任务！”唐季恺突然严肃起来。

陈廷安的眼睛直了，他已经接受了秀儿可能是奸细的事实，可让他亲手去杀掉秀儿，他一点心理准备也没有，也难以想像。

“秀儿必须得死，无论以什么方式，也不管是谁动手。而只有你动手，才能说明你的革命决心，也说明我唐先生不会因为私情而手软……廷安，这可能是有点残酷，可哪有在学堂里读书读出新天下的呢？你是男人，男人就要敢做敢为。你必须要这么做的原因……以后你会明白的。”

“爹，陈廷顺……”陈廷安不知道该怎么说，潜台词则是他是你的儿子，也是革命的破坏者，可为何没有动手？还是你在忌讳什么？

唐季恺叹了口气：“你问得好。不但你有这个想法，其他同志也一定有，所以，你一定要承担起处决秀儿的任务，这样，你不但执行了唐先生的命令，也为为父的分担了一份担子……”

“爹，我不明白……”陈廷安看着唐季恺。

“以后你会明白的。”唐季恺还不想告诉他。

“相信我，我们父子从事的事业一定会为后人所记住。我们会不断面临着选择，只要勇敢、只要有决心，就会迎来光辉的一天。听我的，去做吧。”

陈廷安垂下头，眼睛湿润了。

7

陈廷顺刚走进巡警局，便在走廊里偶然听到一间办公室里两个人说着焦伯琛，陈廷顺悄悄停了下来……

“听说焦局长在秘密调查什么案子?”

“哪来什么案子，是他的私事。”

“有啥私事可查的?焦局长可从来是公私分明的人。查啥呢?”

陈廷顺还要继续听下去时，走廊另一头过来了人，陈廷顺只好离开……

此时，焦伯琛正在自己的办公室，站在墙上的大地图前，在地图上某个地点做上了标记，并写上“秘密印刷点”，又在另一处标上“日知会”……看来焦伯琛已掌握了革命党活动的情报。

当焦伯琛成竹在胸后，立即将几个巡警招进房间里来，指着地图，向大家逐一讲解后，充满信心地说：“我们要力争此次行动把革命党人一网打尽！如果我们马到成功，我将代各位向上司请功。你们都是本局中坚，首先要做好行动前的保密，对你们，我是相信的——”正当他要详细地向大家布置任务时，胡三闯了进来。

“局长，有人找您。”胡三边说边似乎不经意地看了眼地图。

“先让他等会。”焦伯琛挥挥手。

“局长，人家有急事找你！”胡三说。

“谁?”焦伯琛只好耐着性子问。

“是桂福。看样子他有急事。”胡三说完又看了眼地图。

焦伯琛看了看大家：“不好意思，诸位等我一下。”焦伯琛说完匆匆出了办公室。

“桂福在哪？”焦伯琛问跟在后面的胡三。

“在门卫室呢。”胡三说。

焦伯琛边走边想：看来桂福是有新情况了。

“没听他说是啥事吧？”焦伯琛不知胡三是否知道了什么，可问完之后却没有胡三的回音，他回头看了看，胡三已经没了。

此时，胡三已经从巡警局的后门出来，向澡堂方向疾行而去。他得将在焦伯琛办公室看到的一切通知唐季恺。

桂福正在守卫室等着焦伯琛。焦伯琛进来后，看了眼值班的巡警，将桂福领到了一个没人的房间。

“桂福，有什么新情况吧？”

“是。”桂福紧张地说，并看看门外。

“这是巡警局，你别怕。”

“我把过去的兄弟都找到了，挨个问了个详细，现在可以肯定是陈廷顺杀了七爷。”

“什么证据？”当了小半辈子巡警的焦伯琛在意的是证据。

“有人看见过陈廷顺有把短刀，平时他都带在身上，很少有人看见过。七爷的刀伤我看过，要是陈廷安下的手，用的一定是他的大刀，可七爷身上的刀口是短刀所刺。还有，七爷出去的那天，陈廷顺一直没在家，有人看见过他跟踪七爷藏身的马车，并上了车……”

焦伯琛听到这儿，终于认定了杀死鬼七的凶手并非陈廷顺所说的陈廷安，而恰恰是他自己。当时鬼七身上的刀伤焦伯琛也注意到了。

“谢谢你桂福。虽然鬼七死有余辜，但这毕竟是一条人命，我作为巡警，有破案的职责，也还给陈廷安个清白。”

“大人，陈廷顺为达到目的是不择手段的人，您得多注意他。”桂福提醒道。

“放心，我对他心里有数。”焦伯琛说完送走了桂福。

焦伯琛匆匆赶回他的办公室，继续向大家布置任务，并让大家先做好准备，随时听他的命令后立即行动。

……

桂福离开巡警局后赶回了鬼七的大院。

鬼七死后，可谓是树倒猢狲散，众兄弟各奔前程，只剩下桂福一个人看守着大院。往日热闹的大院子破败中显得十分萧瑟。

桂福打开院门上的大锁，进了院子，并回到自己的房间。可刚一进门，却见陈廷顺微笑地坐在椅子上，门后则站着两个陌生人，桂福吓了一跳，想离开也不成了。

“桂福大哥，这几天你挺辛苦吧?”陈廷顺微笑着说。

桂福一时间无法从惊愕中冷静下来，他看了看两侧的大汉，心下明白了些许。

“廷顺，怎么来前没打个招呼呀，大哥我也好准备准备，你当上队长后我还没当面祝贺呢。咱哥俩得喝一盅呀。”

陈廷顺冷笑一声：“我要是事先和你打了招呼，怕是你早就跑得没了影儿!”

“廷顺，你……这话是什么意思?”

“桂福，你是明白人，我也不是傻瓜，这些天你都在干什么，为啥几次去巡警局，我都一清二楚。桂福你看是我的这两个兄弟帮你开口，还是你来个竹筒倒豆子呢?”陈廷顺的话音一落，那两个人就把一副绳索套在了桂福的脖子上。

“兄弟，你这是什么意思，有话你就问嘛。”

“你是不是在背后调查我？是不是焦伯琛的主意?”

“这是哪的话，焦局长是你的上司，从七爷那里论又近了层关系，怎么会调查你呢？再说你我是兄弟，就是人家调查你也轮不到我，人家手下有那么多巡警呢。”

“桂福，那就别怪我不客气了。”陈廷顺说完向那两个人一示意，其中一个拿着大铁棍的人突然挥棍击向了桂福的膝盖，桂福惨叫一声，身子立即下坠，但那两个人架起了他。

“陈廷顺，你够恨！从我看见你的那一天起就知道你是个狠茬儿、没人性的禽兽。明明是你杀了七爷，却栽赃给你的亲哥，你说你还叫人吗?!”久历江湖，不惧生死且又对鬼七忠心耿耿的桂福痛斥着陈廷顺，陈廷顺却一直微笑着。

“你这是不打自招了?!”陈廷顺突然收起笑容。

“陈廷顺呀，我死不足惜，只怕你留下会祸害忠良。我看你也没有几天蹦达了。你得罪了弟兄们，也得罪了焦局长，你还得罪了革命党。也许你交下了皇上，可皇上不是你的保镖!”桂福还要说什么时，陈廷顺向那两人示意，两人立即收紧了绳索，桂福顷刻毙命。

陈廷顺将一个钱袋抛给那两个人：“二位兄弟辛苦了。你们拿上钱后，马上离开三镇。”

那两个人接过钱，向陈廷顺鞠了一躬，无声地离去。

陈廷顺出了桂福的屋子，翻墙而去……

陈廷顺离开鬼七大院后，立即赶往武昌，直奔巡警道，竟然见到了道台。陈廷顺向道台检举焦伯琛徇私枉法，明知罗秋月可疑却不采取行动，反倒捏造他人罪名为自己的侄女脱罪……

……

焦伯琛做好了准备，决定马上采取行动，一举端掉乱党的印刷点和宣传反清的场所“日知会”，回头再处理陈廷顺。

正当他要召集可靠巡警立即出发时，胡三闯了进来。

“桂福死了！”胡三报告道。

焦伯琛顿时呆住了。

“在哪？怎么死的？”

“小的奉您之命去七爷老宅找桂福，可他已经被人勒死在自己的屋里了。局长，一定是陈廷顺干的，您得赶紧动手，否则那小子要是知道你掌握了他的那些勾当，他什么事都能干出来。”

不用胡三提醒，焦伯琛也已料定桂福之死是陈廷顺干的。

“我谅他一时半会还没那个本事！”焦伯琛虽然如此说，却也下意识地摸了一下腰间的短枪。那是只有局长才有的短枪。

这时，一个便衣巡警进来报告：“局长，我们侦察到了乱党的一个窝点，乱党们正在制造炸弹，不知道他们的目的是什么。”

“还有什么目的，当然是要搞暴乱、搞破坏！”焦伯琛立即整理好思绪，“通知弟兄们，马上行动！跑不了你！”

胡三转身要出去时，焦伯琛叫住了他：“胡三，你和我一起行动。”胡三只好停了下来，和焦伯琛一起到后院集合。

胡三不知道便衣巡警发现的“窝点”是哪里，他急于将情报送出去，却无法脱身。

正待焦伯琛要率队出发时，巡警道来了两个警官。焦伯琛以为上司有什么命令，可令他没想到的是，巡警道的警官展开一纸官文宣读道：“焦伯琛身为巡警副局长，却徇情枉法，屡次贻误警情，着立即撤职，削为巡警……”

焦伯琛目瞪口呆，所有在场的巡警也都是张口结舌。

很快，焦伯琛就明白了，这都是陈廷顺所为。至此，他倒是松了口气——陈廷顺的手段使完了，接下来发生什么，主动权就在焦伯琛的手里了。

瞬间不再是局长，也没有了指挥权，搜查乱党窝点的行动也随之取消了。

此时的陈廷顺正在巡警队的队长室里站得溜直，他的对面是巡警道道台。

“早就听说你尽职尽责，是个好巡警，以后还要继续忠心，为朝廷效力，升迁路上还有机会。”道台拍了拍他的肩。

陈廷顺立即挺了挺胸脯：“卑职保证：为大清尽忠是在下一生的追求，为保大清安宁，卑职愿赴汤蹈火！”

“对那个罗秋月，切不要轻易动，只有在有了十分充足的证据、能让余大人心服口服时才可动手。明白吗？”

“是，卑职明白！”

这时，一个巡警进来向道台耳语了几句什么。

“陈队长！”道台听完立即叫了声陈廷顺。

“卑职在！”

“你马上带队去乱党一个制造炸弹的秘密地点，把它给我连窝端了！”道台命令道。

……

陈廷顺带领一队巡警在那个便衣巡警的带领下包围了一处民宅，可搜查时却已人去室空……

原来胡三已提前通知了革命党。

第十六章 酝酿义举

1

革命党或者说唐先生、还可以说是亲爹给陈廷安下达的两项任务，取枪和处决秀儿，陈廷安积极执行的是前者。至于处决秀儿，他虽然口头上答应了，却在拖着。事实上这也需要机会，总不能冲进铁器株式会社持枪行凶。每次唐季恺通过各种渠道询问进展时，他也是以此为借口。

当兵没几个月，陈廷安已经是正目（班长），从排、队、营到郑标统，每级兵官都对他十分客气，以至他可以自由出入军营。可尽管这样，他也无法大张旗鼓地去队官的宿舍挖枪，因为唐季恺再三要求他一定要保密自己的身份。

陈廷安在街上找到了拉洋车的虾米，兄弟俩大吃一顿后，陈廷安要虾米想办法找到一个汉剧班子，虾米虽然不知道他要干什么，但满口应下了。

虾米是老江湖了，这点小事不在话下。

陈廷安回军营途中与陈廷顺在街上意外相遇了。两人都没有说话的欲望，也不知道说什么，两人相向而过。陈廷安对陈廷顺当上了巡警队长惊异，而陈廷顺对陈廷安这么快就是正目也有些意外……

陈廷安刚到军营门口，便见余府管家在等他。

原来，革命党已经侦知秀儿的行动。

“廷安，唐先生要你马上行动。”管家悄悄告诉他。

“怎么行动？”

“你先上车吧。”管家一指身边的马车。

陈廷安只好上了管家的马车。

马车上放着一支枪，那是给陈廷安准备好的。

管家在车上告诉陈廷安，秀儿此时正在赶往孤坟。

“管家，唐先生为啥一定要我执行这个任务呢？”陈廷安得知有人一直在追踪秀儿的行踪，又不知通过几个人才通知到陈廷安——为什么不用其中的一个人动手而一定要让他动手呢？这不是折磨人吗？

“廷安，这是组织的决定，我们不能说三道四，不过以我看，这也是唐先生的良苦用心呀。虽然你是他的儿子，可毕竟刚参加组织，他是想以这次行动考验你的意志，也是要让同志们认识到革命党内部严明的纪律和一视同仁。”

管家说完后，陈廷安无语了。

那座孤坟前，秀儿正含泪将墓碑上的“爱女娥儿之墓”几个字铲掉，用毛笔醮着墨汁，一笔一笔写下了“秀儿妹妹之墓”。她不知道妹妹叫什么名字，更不知道父母给她起过名字。她不想擅自给妹妹起名，而将自己的名字写在碑上正是了为将自己的命运与妹妹的命运结合到一处……

陈廷安躲在远处的树林里，虽然看不清秀儿此时在干什么，眼前却反复出现当初认识秀儿的经过，接着又回忆起秀儿的种种可疑。尽管他在感情上不愿承认秀儿是奸细，但他更认为唐先生以及革命党的同志们不会是傻瓜而错怪了她……

“廷安，开枪吧。”身边的管家轻轻地提醒他。管家的角色似乎是监斩官，又像是督战队长。毕竟那时的革命党带有许多江湖会党和帮会的色彩，还远不是后来的中国共产党那么纪律严明、爱憎分明和理想明晰……

“我要杀人了，而且要杀的是一个自打到了汉阳最早认识的姑娘、一个有恩于自己的姑娘，一个对自己没有半点伤害的姑娘，也是让自己平生第一次动情的姑娘。”陈廷安心中矛盾和不安在翻滚。“残酷”，他想到父亲说得最多的一个词。但如今他所要创造的残酷几乎是他无法接受的，因为从他个人的角度说，他没有理由剥夺对方的生命，但他又不得不相信父亲，更不能不相信父亲的组织……

陈廷安终于举起了枪。他知道自己的枪法，只要扣下板机，秀儿必将倒下。

秀儿怎么也想像不到三十多米开外一支枪口在对着她；陈廷安和管家也想不到在距他们水平距离的三十多米外，还有一双眼睛在注视着他们。

说不清陈廷顺是跟踪秀儿而来，还是跟踪陈廷安而来。足以让他惊讶的是他发现余府管家竟然和陈廷安在一起，更没想到陈廷安向秀儿举起了枪。这一切，让他糊涂了。

陈廷安是余府的座上客这陈廷顺早就知道，管家和陈廷安在一起也没什么可奇怪的，可是当他们奔向孤坟时，陈廷顺就开始警觉了，当陈廷安举起枪时，他就可以断定管家一定和陈廷安同属一伙——乱党，这实在让他吃惊不小。当他观察到陈廷安可能要刺杀秀儿时，陈廷顺就已经是震惊了。

当陈廷安举起枪时，陈廷顺也举起了枪，只是他瞄准的是陈廷安——他不会看着陈廷安杀死秀儿，不管秀儿在陈廷安心里此时是什么，但在陈廷顺心里却是不折不扣的唯一的永远的女人，这个女人即使一生不能嫁给她，也必定在他心里永居满位。

正在这关键之时，远处传来一阵马蹄声，随之一辆马车停了下来，长野下车后向孤坟赶来。

陈廷安放下了枪。陈廷顺也放下了枪。双方都轻舒了口气，仿佛都在等着这一刻。

长野和间岛到了孤坟前后，警惕地看了看四周。这个动作让陈廷安对秀儿的怀疑进一步增强了。他再次举起枪，而另一侧的陈廷顺也举起了枪，只是这时他对准的是长野。

可这时，又一辆马车驶来，从车上下来几个持枪的日本人。他们是来保护长野的。

此时，不知长野和秀儿低声说了什么，秀儿和他们走了。

陈廷安和管家注视着这一切。陈廷安再次举起枪，但他瞄准的是长野。管家轻轻地拍了拍他的肩，向他示意不要开枪。

……

虽然最终没完成唐先生交给的任务，但有管家在场所见，总可以交待了。但陈廷安意识到了秀儿确实非常可疑。当然，在革命党的眼里已经不仅仅是可能，而是证据确凿了。

回军营的路上，陈廷安将自己取枪的计划告诉了管家，管家个人很赞同，并表示立即上报给唐先生。

陈廷安刚到军营门前，虾米正在得意地等着他。

“大哥，汉剧班子我找好了。”

陈廷安没想到这么快就找到了：“你去和他们谈谈价，请他们到军营来演出一场，要多少钱。”这时虾米才知道陈廷安是这个意思，可不知道陈廷安怎么会有这个雅兴。

未待虾米回音，陈廷安就向队官报告说，他过去的一个朋友现在是一个汉剧社的班主，听说他在兵营，要来军营劳军演出。队官满心欢喜，立即答应了。

管家向唐季恺报告了陈廷安的起枪计划后，唐季恺立即拨出钱款作为给汉剧社的费用，并全力配合。

长野将秀儿接回株式会社后，很快有几个日本人带着锹镐到了孤坟，将孤坟掘开后，却发现里面空无一物，只有一件婴儿的小褂子见了风后很快成了没有颜色的碎片……几个日本人又将孤坟恢复了原貌。

……

陈廷顺决定先不动日本人和秀儿，尤其他更知道那秀儿和日本人到底是什么关系不是他能弄得清的，那就先放下，重点对付乱党。

陈廷顺认为管家和罗秋月都是乱党分子，可这两个人又是余府的人，要说余怀庆是乱党，陈廷顺自己也不相信，但如果动了余府的人，从巡警局到巡警道甚至到湖广总督都不会同意，甚至可能招致训斥，所以，陈廷顺准备一定要同时将他们一网打尽，让道台大人的担忧化为乌有。他相信唐季恺迟早会露面，如果管家或唐季恺在一起时抓获他们，就将是铁证如山！

他刚把手下派出去盯紧余府和陈廷安所在的军营，正准备出去时，有属下报告："队长，有人要见您。"

"什么人？"

"他说是您想见的。"

陈廷安不知道是谁想见他，马上和他去了巡警队的另一个房间。

一进门，只见一个戴着礼帽的人坐在椅子上，陈廷顺一时没认出是谁，向身后的巡警一摆手，那巡警立即离开。

这时那人摘下了礼帽，竟然是唐季恺！

"想不到是我吧？"

"爹……"陈廷顺完全是下意识地脱口而出。

“嘘，别叫我爹，这会给你带来不便。”唐季恺指了指门外。

“你就是唐季恺吧？”陈廷顺也坐了下来。

“对，是我。”

“是乱党在三镇的头领之一？”

“也是你要抓捕的人犯之一。”

“你……是来投案的？”

“如果你现在把我抓起来，就算我是投案的吧，不过，既然我敢来，就不怕你抓我。”唐季恺镇静地说，反倒是此言一出，陈廷顺吓得看了看外面。

“你们乱党无孔不入，是不是我们巡警里也有你们的人？”陈廷顺知道问也是白问。

“清王朝的覆灭是大势所趋、人心所向，明眼人自然都会弃暗投明。”

“就凭你们？”

“我劝你还是看清形势，能和你昔日的父兄为伍，加入革命党，我们父子三人一起战斗。”

陈廷顺笑了：“唐先生，当年我真想和你们一起战斗，可惜你们嫌我小，但我还是为你们自豪，不过，那时是为了保卫大清朝。时间刚刚过去十年，你们却翻脸无情，要推翻大清朝！我没变，你们变了。”

“识时务者为俊杰。当年我们的愚昧让我们付出了代价，我不想你再愚昧下去。当然，人各有志，你现在已经长大成人了，我只希望你成为个对中国、对历史有用的人。最少，不要阻挡我们革命党的行动。将来，革命成功后，你也不至于是个罪人。”

“唐先生，我穿着警服，领着朝廷的俸禄，效忠的是皇上……唐先生！”陈廷顺说着突然拉下脸：“念你我父子一场，我今天再放你一马，也算就此了断了我们的父子之情，但从明天开始，我们就是死对头，再抓住你和你们，我不会再客气。”

“贵子，我今天来是奉劝你不要和进步势力为敌，否则你会有后悔的那一天。”唐季恺说着站了起来。

“这你放心，我认准的路就会一直走下去，撞了南墙也不会回头。不过我也要告诉你，大清江山二百多年，哪是你们几个人能撼倒的？你们乱党没有几天蹦跶了，我们巡警就是你们的天敌！”

陈廷顺看着唐季恺走了出去后，立即叫来几个巡警。

“你们给我盯住了刚刚出去的这个人！”

唐季恺走后，陈廷顺心静了不少，似乎真的就此了断了父子之情。下一步，他开始谋划如何将乱党一网打尽了。

2

很快，陈廷顺掌握了唐季恺的住处。陈廷顺要求巡警秘密监视，一待乱党有聚会之时立即行动。

这时，巡警局长将他叫到了巡警局。

“有人举报你当年参加过拳匪？”局长开口就问。清政府一直将义和团团民称为拳匪。

陈廷顺的脸色顿时变了。自打进了巡警队，他从未向任何人讲过他的经历，他怕因为父兄的“历史问题”给他带来麻烦。可今天局长这话是从何说起呢？

“局长，当年我只是去直隶找我爹和我哥，没加入拳匪呀。”

“可有人已经把你告到巡警道。至少你爹和你哥是拳匪吧？再说，你去直隶的目的是什么？”局长紧逼问道。

陈廷顺感觉局长没有放过他的意思，看来只有全力为自己辩解了。

“局长，当年我虽然一心想当团民——拳匪，可父亲和哥哥认为我太小，没带我去。后来我去直隶是找他们的。”

“你为什么一心想当拳匪？”

“当时在下完全是出于保卫大清江山，精忠报国的想法呀！”陈廷顺觉得自己满身嘴也说不清了。同时在想是谁告的密？

“拳匪当年给朝廷找了不少麻烦，后来朝廷虽极力剿灭，但仍有不少漏网之鱼，你小子就是其中之一呀。”局长的语气虽然不是太严肃，陈廷顺也已经吓得不轻了。

“报告局长，在下当年虽是少年，但早已对朝廷忠心耿耿，如今还是忠心耿耿；对天发誓，在下没做过任何对不起朝廷的事，如今只做对朝廷有利的事！”

“你别害怕，我没要为难你的意思，但有人举报，我就要问问，因为大部分当年的拳匪都和乱党有关，我相信你不在其列。但你一定要加倍努力，破获大案，以证明你的清白，免得责罚。”

局长终于松了口。原来是借此激励他加倍为朝廷效力。

陈廷顺也大大地松了口气：“局长大人放心，在下已经在这么做。局长您可能知道，我已经和我爹、我哥势不两立，因为他们俩都是乱党！”

局长满意地点头：“说明你没说谎。我知道这两个人。唐季恺是你的父亲，陈廷安是你哥。你打算怎么做？”这正是局长的真正目的，他怕陈廷顺会放水。

“我已经掌握了他们的情况，一旦时机成熟，在下立即收网！”

“等的是什么时机？”局长追问。

“等待乱党开会时将他们一网打尽！”

“不！”局长马上摆手，“擒贼擒王！夜长梦多，如果最后唐季恺跑了，我看你不好交待。”

“局长的意思？”

“马上动手。我和你一起行动，警力就用局里的。”局长站了起来。

“听局长命令！”陈廷顺立正后毫不犹豫地说。

……

巡警局长亲自率领陈廷顺等大批巡警赶到便衣一直在监视的那间房子时，便衣向局长和陈廷顺报告昨天唐季恺进去后就一直没出来。

局长下令闯入抓捕！

结果，房间里空无一人，只有几个破桌子和一张床，而且看去好久没人住了。局长和陈廷顺及巡警极为意外和惊讶。搜遍小屋，才发现床下是个地道，地道通往街对面的一个小桥下。这时，局长等人才明白，这个所谓的秘密住地不过是唐季恺愚弄陈廷顺的一个空巢罢了。

陈廷顺对父亲的狡诈深恶痛绝。

……

唐季恺等革命党人很快得知那个空巢已经被捣毁，这不但证明了唐季恺有备无患的高明，也证明了唐季恺亲临巡警队争取陈廷顺同情革命之行已经失败。

唐季恺在革命党内部陷入了空前的信任危机。

对于陈廷顺这个革命党的眼中钉肉中刺儿，不管唐季恺是出于革命需要还出于亲情的困扰，他应该做的都做完了，下一步就是他的态度了，这态度是革命党内部人士都心里清楚的：如何处置陈廷顺。

“唐先生，大家都看着你，希望你不要做让大家失望的事，不要被亲情捆住了手脚。”多年来跟唐季恺出生入死的小吴提醒着他。

唐季恺却只能长叹一声，未做回应。这让小吴有些失望，因为在他看来，唐季恺不是优柔寡断的人，也不是意志不坚定的人。

革命党内部的人们都清楚，陈廷顺此番失手后不会罢休，必将给革命党的行动带来更大的羁绊。

此外，还有唐季恺的另一个儿子陈廷安。虽然大家知道陈廷安刚刚加入组织，革命决心不容置疑，可是在对待秀儿的态度上却不够坚定，尽管是唐季恺亲自下的命令，但他仍是畏手畏脚。

自从革命党对秀儿产生怀疑后，对她的监视一直没有放松，而秀儿似乎也察觉到了这一点，出入株式会社时十分小心。

这天，秀儿出了株式会社，在杂货店转了一圈后，甩掉了跟踪者，直奔新军营。到了军营时她才知道军营比兵工厂还戒备森严，别说找陈廷安，边儿她都无法靠近，而且她发现军营附近有可疑人在徘徊。

秀儿离开军营，到了余府附近，可在余府门前她又发现了可疑人……

秀儿脱掉身上的外套，将里面的衣服扯成条条，在路边的水塘里抓了把泥抹在了脸上，这才走近余府院门。

陈廷顺的上司曾告诫过他，对余府的监视一定不能被余大人知道，不可明目张胆。所以便衣巡警只能在远处徘徊。他们对一个要饭的去敲余府的大门一点也不奇怪。

给秀儿开大门的正是罗秋月。罗秋月还真以为是要饭的，但秀儿叫了她声“秋月”后，罗秋月才认出她。于是罗秋月大大地吃了一惊。

秀儿知道罗秋月和陈廷安的关系密切，至于是什么关系她已经顾不得了。罗秋月见了她十分意外，将她拉到了院子里。

“秀儿，你跑这儿干什么来了?”罗秋月平复了一下惊讶的情绪后问。从心里说，秋月对秀儿是密探一直不太相信。

秀儿看了看院子，虽然空无一人，但还是十分小心地将她拉到角落里，贴在罗秋月的耳边一阵低语，罗秋月听后大吃一惊，而且对秀儿的话深信不疑……

……

当秀儿刚离开军营不久后，虾米和汉剧班子到了军营。平日里生活枯燥的士兵们得知他们将会在军营里看到汉剧演出时，如同过年般喜庆。

傍晚，新军营里的广场上灯火辉煌，官兵们坐了一片，兴趣盎然地看着临时搭建的台子上上演《齐王求将》，台上的表演不时地博得台下的喝彩。

虾米作为戏班的临时杂工在后台忙得不亦乐乎。

一直坐在场边看戏的陈廷安不时地打量着队官。队官坐在前边的军官席上听戏听得摇头晃脑地入神。队官的通信兵则坐在距离陈廷安不远处的士兵中，同样也是听得如醉如痴。

陈廷安悄悄起身，回了营房，取出工具，又悄悄溜到队官宿舍。

埋枪处陈廷安早已烂熟于心，进了队官宿舍后他马上爬到了床下，一番汗流浃背后终于挖出了枪。他把床下整理好后，打开裹在枪上的自己当时的那件外衣，拿着枪在月光下看了一眼，果然如罗秋月所说，是支新枪，而且不是“汉阳造”。

陈廷安刚要离开时，门外突然传来了脚步声。陈廷安赶紧又钻到了床下。

进来的是队官的通信兵，他拿走了队官的茶碗后匆匆离开，并未发现房间里有什么异常。

陈廷安将枪藏好后又来到演出现场，看了一会后，悄悄走到台后，找到了虾米。把他拉到一边。

“兄弟，你还记得那个傅东晨吗?”

“知道。”虾米对和陈廷安所有有关系的人都记得一清二楚。

“你明天一早就到日华公司去找傅先生，让他上午到慈渡桥等我。你只要说我有东西给他就行了。”陈廷安吩咐道，“一定要注意安全，别让人跟上你。”

“大哥放心吧。都是我跟别人，别人想跟我得看我愿意不愿意。”虾米信心十足地说。

……

罗秋月马上将秀儿送来的信息告诉了管家，管家也十分意外和着急，因为余怀庆这些天一直在家，罗秋月夜间不方便出去，管家借口要去洗澡离开了余府。

便衣巡警跟踪管家一直到澡堂，见管家进了澡堂，以为管家只是来洗澡，并未在意。

可管家在洗澡堂没有找到唐季恺，只好留下话有要事找他，明天再来……

第二天天刚亮不久，罗秋月从后门悄悄离开，并立即上了辆洋车。

陈廷顺的便衣巡警一直在余府附近监视着，紧紧盯上了她。

便衣巡警有点奇怪：莫非余府的人都赶在一起洗澡？因为他们见罗秋月也进了澡堂。没办法，他们只有在外边等。

此时唐季恺已经在洗澡堂后院的密室里等她了。

“唐先生，”罗秋月一坐下就迫不及待地说，“秀儿昨天突然找到了我，她说她已经不止一次发现傅东晨悄悄进入过铁器株式会社，而且每次都是和长野密谈什么……”

唐季恺大吃一惊，久久未语。在他心里，秀儿是个奸细。如果她是奸细，她传达这个消息的目的是什么？

“会不会是秀儿恶意栽赃以转移我们的视线呢？”这是唐季恺的第一反应。

“不像，秀儿说得有鼻子有眼儿。”这个问题罗秋月已经考虑过。

唐季恺稳定下情绪，从另一个角度细细地想来：当初让傅东晨秘密调查长野等人时，傅东晨却有一段时间失踪了，这会不会说明什么问题？

“秀儿说，株式会社有间地下室，当初曾听见地下室传来拷打的声音，那时正是您指示傅东晨调查日本人期间……”罗秋月提到。

“这个有可能。可秀儿此为的目的是什么呢？”唐季恺又把思考的焦点转到了秀儿的身上。

“如果秀儿不是奸细的话，一切疑问都会迎刃而解。因为秀儿还告诉我，当初日本人要炸兵工厂的情报也是她给巡警局长打的电话，还有一封信……”

“哦……这就对了。胡三当时向我报告时也提到是个女人向巡警局长报的警。看来秀儿身上的所有疑点都是因为她替傅东晨背了黑锅。”

“秋月!”唐季恺少有地紧张地站起来。“你马上去找陈廷安，一要告诉他先不要把枪交给傅东晨，二不要对秀儿采取既定的行动！为了稳妥起见，我这边马上派人对傅东晨做进一步调查。”

“不知道陈廷安起没起出枪呢。”罗秋月有点担心。

“昨天晚上他请了个汉剧班子到军营唱戏，目的是趁乱起出枪，所以，枪现在可能在他的手上，所以你得马上就去！巡警盯得很紧，你一定要注意安全!”

罗秋月立即走了。唐季恺马上叫来小吴和顺子，把情况讲过之后，命令他们立即想尽一切办法分头调查傅东晨。

此时的陈廷顺正在军营对面的铁匠铺旁坐着。不时有军马在这里钉马掌，在没有唐季恺消息前，他只能盯住陈廷安。

昨天，陈廷顺得报说陈廷安所在的军营正在唱大戏，他怀疑乱党会趁乱搞什么活动，就一直亲自盯在这里，却未见异常。

这时，他发现了罗秋月。罗秋月从车上下来后，径直向军营门岗走去，陈廷顺立即示意大门旁的便衣马上抓捕罗秋月!

陈廷顺知道罗秋月是来找陈廷安，就一定是肩负着什么使命，或者身上有什么秘密文件。同时他知道，罗秋月作为余府的小姐，进出军营并无障碍，甚至会受到礼遇，如果将罗秋月放进去，巡警就没有资格闯进去，而且闹不好会惹起军警纠纷。

如今他已经不必忌惮焦伯琛，而只要有了证据，余大人那里也有话说。

罗秋月还没走近军营的大门，便被几个便衣巡警架走了。军营门外发生的事，军营哨兵也不管。

罗秋月知道自己落到了巡警的手里。当她欲将身上的一张革命党传单往嘴里塞时，被巡警发现夺下。那是她准备交给陈廷安的。

几个巡警将罗秋月带到了铁匠铺的后院。

此时的陈廷安正在营房里。他将发给自己的“汉阳造”藏了起来，将那支德国枪背上了肩。他准备背着这支枪出军营，人们会以为他背的是新军配发的“汉阳造”。虽然单兵不得随意携枪出营，陈廷安倒是有点特权。

此时，他在等机会，等营门站岗的哨兵换成是他熟悉的兄弟。

3

“我大哥让你上午去慈渡桥等他，有东西要给你。”虾米和傅东晨刚从日华公司出来，就将陈廷安的吩咐告诉了傅东晨。傅东晨兴奋地点点头，并塞给虾米一个银元。

虾米走后，傅东晨马上回到公司请好假离开了日华公司。

傅东晨刚刚离开日华公司不久，小吴就来找傅东晨，公司的人说傅东晨刚刚离开，小吴顿时急了起来……

陈廷顺和几个巡警正在铁匠铺的后院审问罗秋月。罗秋月坚称是来看望陈廷安，那张传单是她捡的。至于从她身上搜出的飞镖，罗秋月称是防身之用……

陈廷顺派人速告上司他已抓到一个乱党，随后将罗秋月绑起。

“先带回巡警队！”陈廷顺命令道。

……

此时，军营大门外已经没有了便衣巡警，陈廷安背着枪，和哨兵打了个招呼后大摇大摆地离开了。

虾米办成了事又得了个银元，兴高采烈地拉着洋车往军营跑，可还没到军营，便远远看见陈廷顺和几个巡警押着罗秋月。虾米吓了一跳，立即钻进小巷向军营方向急奔。

唐季恺正在澡堂后院的密室等待着各方的消息。

这时，顺子来报说：铁器株式会社后门的邻居证明傅东晨经常在夜深人静时进出会社的后院……

“看来秀儿的情报是准确的了。”唐季恺叹口气，为组织内出现了叛徒而且这叛徒还是以往非常得力的人而感叹。

“这是日本人和傅东晨的精心策划，如果不是及时发现，秀儿就成了傅东晨的替死鬼。”

“得立即除掉他！”顺子出身帮会，对叛徒尤其深恶痛绝。

“这是一定的，现在最重要的是枪不能落在日本人的手里！”

唐季恺在等罗秋月和小吴的消息。小吴很快回来了，说傅东晨突然离开了公司，去向不明。

唐季恺立即警觉起来：“他可能已经得到了陈廷安的消息。马上召集同志们，全力以赴，绝不能让枪落在傅东晨的手里！”

“罗秋月不是去了军营吗？”小吴不解。

“可能秋月出了麻烦。如果她通知到了陈廷安，傅东晨就不会这个节骨眼儿离开公司。必须防范万一！”

唐季恺等人立即离开了澡堂。

……

虾米跑到军营大门时，跟哨兵一打听，才知道陈廷安已经离开了。虾米不知道巡警为啥抓走了罗秋月，但罗秋月是大哥的朋友，只有大哥才能救罗姑娘。

虾米干脆把洋车扔在铁匠铺门前，向慈渡桥方向跑去。他知道陈廷安一定去了那里。

虾米的疯跑引起了刚刚要饭回来的黑老大等人的注意。他们认识虾米，拦住他问出啥事了。

“罗秋月被巡警抓走了！”虾米没头没脑地告诉他们。

“罗秋月是谁？”黑老大问。

“是余府的小姐，我大哥的朋友。我得去找他，赶紧告诉他救人！”虾米气喘吁吁地说。

“被抓哪儿去？”黑老大赶紧问。

“说是刚从我大哥他们兵营门前抓走，这会正往巡警队去呢。”虾米说完又跑了。

黑老大看了看弟兄们，大家也看着他，黑老大一挥手：“走，找廷安！”

几个人正琢磨着该往什么方向去时，却发现远处走来个新军军人，那人正是陈廷安。

虾米之所以跑到了陈廷安的前头，是因为陈廷安不可能背着枪满大街跑，他必须要注意是否有人跟踪，还要注意新军稽查，因为他是背枪私自外出，所以只能窜小巷……

黑老大等人迎了上来。陈廷安看见是他们，虽然很高兴，却急着和他们招呼后马上去慈渡桥。

“廷安，虾米正在到处找你，说是你的朋友罗秋月罗小姐被巡警抓去了！”黑老大急切地把从虾米那听到的一切告诉了他。陈廷安立即意识到秋月是因他而被捕！

“大哥，我得去救罗秋月！”陈廷安说着下意识地将枪顺在了手里。

“我们和你一起去！”黑老大向兄弟一挥手。

“大哥，你们去会坏事的，那些巡警有枪。我穿着军服，他们不敢把我怎么样！”

“兄弟，当心！”黑老大拍了拍他的肩。

……

这会傅东晨已经等在了慈渡桥。他警惕地不时四下看着，哪里知道陈廷安已经改变了方向，向陈廷顺所在的巡警队方向赶去。

陈廷顺和几个巡警押解着罗秋月，拐过前边的街口，离巡警队就不远了。可还没待他们接近街口时，一个新军军人却端着枪立在街中央！

便衣巡警们起初并未在意，将近时却发现那士兵等着的正是他们，细看时却是陈廷安。几个巡警一时傻了眼，看着陈廷顺不知如何是好。

陈廷顺走上前来。

“你想干什么？”陈廷顺问。

陈廷安把枪对准了他：“别往前走，小心我的枪走了火。我要你放了罗小姐！”

“放了她？她和你是同伙，都是乱党。别怪我不念兄弟之情，是你自己送上门的，那就乖乖地和我们一起到巡警队吧。”陈廷顺毫不让步。

“我既然敢带枪来追你们，一不怕什么巡警局，二也不怕开枪杀人！”说完陈廷安看了看陈廷顺身后的几个巡警：“弟兄们，你们看我像乱党吗？看罗小姐像乱党吗？我和陈廷顺是亲兄弟，可他不念兄弟之情，为贪图荣华富贵，与我生隙。他为立功不惜诬陷他人，不敢对我动手，却要抓我的未婚妻罗小姐泄忿，这是我们兄弟间的事，你们不要插手，如果他不立马放了我的未婚妻，我只能和他在此一决生死了。”

陈廷安说得理直气壮，不但令那几个巡警半信半疑，陈廷顺都有点不知如何回应了。

罗秋月感动地看着陈廷安，这感动当然是因为陈廷安坦然地说出她是他的未婚妻。

“你竟敢劫持罪犯，难道不怕被关进死牢？”陈廷顺大叫。

“陈廷顺，你知道我，只要我想做的事，就从没怕掉过脑袋。”陈廷安说着向陈廷顺一笑，还眨眨眼，这个表情让陈廷顺的后背冒出一股凉气。当陈廷安拉开枪栓时，陈廷顺无奈地回头看了眼巡警们：“把罗小姐放了。”那几个巡警本来就对把余府小姐抓来有点心里没底，此时一听此言，立即讨好般把罗秋月松了绑，送到了陈廷安面前，嘴里一个劲地叨咕：“罗小姐，多有得罪。”

陈廷顺放了罗秋月虽然是无奈之举，但有这么多人作证，他不愁向上司交待。而且有了陈廷安当街劫持人犯的把柄，陈廷顺认为回头就可以去军营抓他！

陈廷安收起枪，拉起罗秋月转身拐过街角，他本想叫辆洋车，可刚一转过街角便见十几辆洋车排成一行在等着什么，期间黑老大正在站在街角的墙边。

“上车！”黑老大已经将一辆洋车的车帘拉了起来，罗秋月上了车。陈廷安也上了车。黑老大一挥手，十几辆洋车同时向几个不同方向拉着跑去。而且车帘都放着。

本来陈廷顺要追上来看陈廷安两人往哪儿去，可一拐过街角竟发现了十几辆车四散而去，他有点傻了眼……

“傅东晨已经投靠了日本人，幸好枪还没交给他！”罗秋月摸着陈廷安手里的枪，松了口气了，接着将情况告诉了陈廷安。陈廷安倒抽了口凉气。

陈廷顺回到了巡警队，巡警局长正等着他押回的人犯，可当陈廷顺将陈廷安劫走罗秋月的经过报告给局长后，局长却什么也没说。局长知道余怀庆不可能是乱党，那么他府上的小姐就算真的是乱党，怕是办起案来也很麻烦。但事情已经发生了，他不得不琢磨该如何处理。

“能证明罗秋月是乱党？”局长问。

“能，不但在她身上搜出了乱党的传单，而且她经常和陈廷安秘密联络。局长，我请求您和军方沟通，允许我们进入军营抓捕陈廷安！”陈廷顺请求道。

局长深思起来。

此时，陈廷安和罗秋月正在洋车上，且正在认真地看着这支崭新的德国枪，心想这枪若交给余怀庆，余大人该多高兴。

“这枪是秀儿给你的？”罗秋月问。

“是，可能是她从日本人手里偷出来的。”罗秋月已经将秀儿找过她将傅东晨可能投靠日本人的经过告诉了陈廷安，陈廷安不但顿觉轻松，而且想到了这支枪可能的出处。

“要真是那样，秀儿这几年为什么呆在日本人那里就好解释了。难为她了……”罗秋月感叹道。

突然，洋车猛地停了下来，陈廷安和罗秋月险些跌下车去。陈廷安掀开车帘的一角，发现间岛等几个日本人拦在了车前。而且这是条非常安静的小巷……

陈廷安和罗秋月大吃一惊！

原来，为失去枪而十分恼火的长野倾尽全力，将他的所有手下都派了出来，跟踪所有他怀疑的人，看来如今终于有所获了。

陈廷安意识到一场恶斗将不可避免。罗秋月立即掏她的飞镖，可什么也没摸掏出来，才想起被巡警搜走了。

间岛等几个日本人向洋车逼近，车夫已经吓得扔下车跑了。

陈廷安挑开车帘，跳下车，拉开枪栓，可这时他才发现这枪里并没子弹！间岛盯着陈廷安手里的枪一时发了呆，当他回过神来指挥手下向陈廷安围过来的千钧一发之际，突然砖头瓦块向日本人飞来。日本人虽然不知道遭到了什么人的伏击，却明白这里并非只有车上的两个人，只好抱头鼠窜……

原来，是黑老大他们一直在跟踪保护着他们。

……

傅东晨还在慈渡桥头徘徊着，突然发现虾米跑来，而且身边跟着顺子等人……

原来，虾米在路上碰见了顺子和小吴，后者听了虾米所言后，立即向慈渡桥赶来，以阻止陈廷安向傅东晨交枪。

当他们到了桥旁时，既不见傅东晨，也不见陈廷安，他们以为傅东晨还没到，立即埋伏起来……

罗秋月在黑老大等人的保护下回到余府，陈廷安则持枪回了兵营。

4

间岛向长野报告说他看见陈廷安手持的确是一支德国98式改进型步枪时，长野立即惊呆了。

“竟然真的在他手上！”长野紧紧咬着嘴唇。

“怎么会到他手上的呢？”间岛也一直不解。

长野突然转身：“严格审查所有会社里的人，无论是中国人还是日本人，也无论男女！”

这时拉门突然开了，秀儿站在门外，她俯身拿起地板上的茶托，上面是两杯茶。

长野紧紧盯着秀儿。

“秀子小姐，以后进长野先生的房间一定要敲门！”间岛不悦地说。

“哦……不要责怪秀子小姐，我从没这么要求过她。是自家人嘛。”长野为秀儿打圆场。

“秀子知错了。”秀儿放下茶后退了出去。

间岛看着长野，两人的目光中有些会意。

其实，秀儿一直站在长野的门外，只是突然听到楼道里传来脚步声，才不得不开门而入。

长野房间里的落地灯旁的一个小铃铛突然响了一下。

“客人来了。”长野说。

“怎么大白天来了？”间岛不解。

“当然是有重要事情。”长野说完出了房门。

长野到了会社后院的一个小房间里，傅东晨已经等在那儿。

“长野先生，可能中间出了变故，和陈廷安约好的交枪地点没等来他，却有一批革命党突然出现了。”

“我知道了。间岛君在街上和陈廷安遭遇了，枪就在他的手上。我的双保险也没保险，还是让他逃掉了。傅先生，你认为那支枪是怎么到他手上的？”

傅东晨看了长野一会儿，终于说：“秀子——秀儿和陈廷顺、陈廷安兄弟俩的关系十分复杂，我最近才得知秀儿对陈廷安一往情深……”

“哦?!”长野很震惊，“你怎么不早告诉我？”

“详细情况以前我也不清楚，而且我看秀儿在您这里如同家人，我怎好说三道四呢。”傅东晨解释道。

“傅先生，以后除了极为特殊的情况下，不要白天来这里。”长野客气地说。

傅东晨点点头。他何尝不知日本人的危险也是他的危险？

……

陈廷安刚到宿舍把枪藏好，队官就闯了进来。陈廷安以为是队官发现了床下的异常。

“陈廷安，你最近做了什么不法的事？”向来对陈廷安十分客气的队官板着脸问他。

“长官，我长这么大从没做过不法的事。自从投军后，更是没有。”

“唉，你出事了。”队官一屁股坐在床上。陈廷安还是不清楚他指的是什么。

“我也不问你做了啥了，反正巡警局长已经向提督大人请求要进营抓你了，你有什么辙赶紧想，以我这屁大的官儿可是保不了你了。”

原来，陈廷顺的请求被局长采纳后，局长马上去见提督，并得到了提督的准许。

提督是一省的最高武官，如果他决定了，郑标统也没办法。

这时，兵工厂的王主管进了陈廷安的宿舍，这让队官又是一阵惊讶——陈廷安的能量真是了得！

“队官大人，余总办着我来请陈廷安去余府。”王主管不知道陈廷安这儿发生了什么，只是受余怀庆之嘱来找陈廷安。队官弄不清这些官场的事，谁也得罪不起，赶紧离开了是非之地……

此时陈廷顺正在巡警局，刚刚受局长之命，正调集巡警准备进兵营抓捕陈廷安。

陈廷顺决心逮捕陈廷安，如此既可免却局长对他的疑虑，循迹破获乱党组织，更可去掉陈廷安这个大麻烦……他吸取了以往的教训，在没等来局长之命前，严令所有巡警不得离开，胡三也只有干着急。

大批巡警赶到了巡警局集结，陈廷顺也从局长手里拿到了提督的手令，正信心满满地在巡警局院子里整队要出发时，巡警们突然一阵骚动，接着只见陈廷安和罗秋月径直走进了巡警局的大门。陈廷顺怎么也想不到正要去抓陈廷安，他倒找上门来，但看那架势显然不是来找他。两人在陈廷顺一时不知如何是好时，已经向局长的办公室而去。

陈廷顺闹不明白哥哥玩的是什么把戏了，只好命令巡警们暂候。

陈廷安和罗秋月进了局长的办公室后立即自报家门。局长也有点发蒙：这两人要干什么？不像是来投案的呀。

“局长大人，我与家弟陈廷顺素有积怨，为此，陈廷顺利用警权之便，擅捕罗小姐，以图栽赃本人为乱党。本人身为大清新军一分子，以卫国勘乱为任，怎会与乱党有染？！”

陈廷安的话倒是让局长有点半信半疑了。

“这位罗小姐是怎么回事？”局长知道罗秋月是余府的小姐，他的意思是她为何身藏乱党传单，与你又有何干？

“罗小姐是本人未婚妻，陈廷顺不敢与本人直面，便给罗小姐栽赃，以达诬陷本人之目的。”

“你与胞弟因何生隙?”局长不解。

“说来汗颜。陈廷顺自小有偏执倾向，到汉阳后，因屡受波折，疑心颇重，尤其是怀疑我夺其所爱，从而生仇——”

“是这位罗小姐吗?”局长立即指了指罗秋月。

“局长大人，不是。”

“那么罗小姐身藏乱党传单是怎么回事?”

“局长大人，小女去军营看望陈先生，路上捡到那片纸，根本未及细看，怎么知道是乱党的传单?”罗秋月说道。

局长知道陈廷顺和一帮巡警正在院子里等着出发，目的是进军营抓捕陈廷安，可陈廷安此时就在眼前……他不敢全信陈廷安的话，可如果是真，陈廷顺官报私仇，就给人落下把柄，他局长可以不在意陈廷安，可不能不顾忌面前的这位罗小姐。罗小姐是陈廷安的未婚妻，如果陈廷安被抓，余怀庆不可能袖手旁观……

局长也不知道该怎么办了。

这时余怀庆进了办公室。局长没想到总办大人竟会亲来警局，立即站了起来。

“总办大人!”局长站起笑脸相迎。

“局长大人，本官公务繁重，本不该为家事来烦扰你，但秋月乃至亲家女，陈廷安是本人忘年之交。他们是一对即将结婚的新人，陈廷安的鲁莽情有可原——谁的未婚妻无辜被绑走会无动于衷?此外，秋月自小由我养大，是否乱党本官心中有数。再说陈廷安，对本厂多有贡献，亦可视为对朝廷有功。也许还有年轻人的莽撞，可不至于是乱党。局长大人还是别听小人的谗言吧。今天这两人登门谢罪，我看……就够了吧?”余怀庆不给局长回话的机会。此招果然奏效，局长无言回辩，也不想和这位余大人争辩。

“余大人，有您在，什么都好说，莫说他们没杀人，就是杀人了，有您余大人作保，我也敢放人！”局长也不是省油的灯，把最后的责任推给了余怀庆。

“那就谢局长大人了。”余怀庆说着一抱拳。

“总办大人折煞在下了。大人，下官还有一事不解。”局长说着看了看陈廷安，“这位先生当街持枪，而且据说那枪是——”局长的话音还没落，门外却传来一声大叫：“什么枪不枪的?! 老子的兵上街就是要带枪，怎么了?!”说着郑标统闯了进来。

原来，郑标统听说巡警通过提督要来军营抓他的兵，本就一肚子火，听说余大人为此事亲自来了巡警局，他也一阵风地赶来了。

“标统大人!”局长有点发蒙了，不知道这郑大炮是否把他的新军都拉来了。

“局长大人，我郑标统和你可没啥过节呀，怎么听说你要抓我的兵?”

“……没有呀？哪个有那么大的胆？只是有点小误会，下官正和总办大人解释呢。”

“你说枪怎么了？那是我特批陈廷安上街可以持枪的，这不归你们巡警管吧?”

“下官的意思是他持的枪——”

“他持的是余大人的汉阳造，怎么了?”

郑标统的大嗓门震得余怀庆耳根子疼，没心思琢磨刚才局长为何提到陈廷安持的枪是怎么回事了。

……

院子里的陈廷顺目睹陈廷安和罗秋月进了局长的办公室，没多会儿又见余怀庆也进了局长的办公室，陈廷顺知道这事情又不知道往哪发展了。及至看着余怀庆和陈廷安、罗秋月在局长的亲自陪同下出了巡警局，陈廷顺只好溜到角落里唉声叹气了……

……

陈廷安一身轻松地回到兵营，刚一进院，就受到了队官等大批士兵的鼓掌欢迎，不知道是因为新军战胜了巡警之故还是不少新兵们钦佩陈廷安的仗义，抑或是羡慕陈廷安有着那么硬的靠山。

陈廷安刚回到宿舍，马上查看那支枪，它还好好地躺在他的床下。这时，一帮士兵朋友们纷纷来看望他，在大家好奇的追问下，陈廷安只好讲了在巡警局的经过。期间，那个哨兵悄悄塞给了他一张纸条。

待人们都走后，陈廷安悄悄展开那张纸条，只见上面写着：枪交余大人。落款是“唐”。陈廷安方知那哨兵不仅是他的朋友，还是革命党。

陈廷安非常兴奋，因为把枪交给余怀庆也是他的心中所想，若不是这样，他都不知该如何面对余怀庆了。

为慎重起见，陈廷安第二天溜出兵营，到了澡堂。见到唐季恺之后，证实那确是唐季恺的字条，也才知道革命党在争取余怀庆同情革命的进程上已经进入了实质阶段，而且抱有很大的希望。

“革命需要一大批有志之士、有识之士和有学之士。所以，我们一定要争取余怀庆，希望他能造出新枪为革命、为建立共和所用。”

唐季恺的话令陈廷安欢欣鼓舞，这让他看到了革命党人为这个民族所应有的胸怀。

……

巡警局长虽然没为余怀庆要走了陈廷安和罗秋月而恼火，却也为上司要求限期严厉镇压乱党起事、严查乱党的颠覆活动而头疼。他知道三镇乱党密布，可查起来却困难重重，因为不但巡警腐败、松懈，而且那些乱党无孔不入，无处不在，我中有你，却不是你中有我。

这时陈廷顺来找局长。

“局长，陈廷安当时手里拿的可不是汉阳造，是德国枪呀！”陈廷顺不但心里窝着火，也确为那支枪的来历和去向费心思。

“什么意思?”局长一时不解。

“新军配的枪都是汉阳造，他手里的怎么会是德国枪? 卑职认为，他一定是通过某种途径得到了德国枪，正要交给乱党的重要分子。我们至少有理由追查那支枪的来源和下落!”陈廷顺很有把握地说。

局长觉得有道理，余总办保的是人，可没说保枪。更何况如果那枪落在乱党的手里……

“如果他是要把枪交给余总办、交给兵工厂呢?”局长问。

“如果他交给余总办就不会持枪在大街上晃。卑职请求找陈廷安追问该枪的来龙去脉，余大人一定会理解和支持的。”陈廷顺请求道。

“那你带人去军营吧，别说是去抓人，咱也不抓人，咱只是查枪。”局长允了。

“卑职马上行动!”陈廷顺刚要走，局长又叫住了他：“停! 等我向道台大人请教一下。得他老人家和督统大人协调后才能行动!”局长实在是不想沾这个腥儿了。

5

陈廷顺率领大批巡警气势汹汹地奔向兵营。此时他手里握的是道台和都统大人的手谕，可以进入兵营搜查疑枪。

陈廷顺坚信此行定会大有收获!

陈廷顺和巡警们刚拐过一条街，已经远远地可以看见兵营的大门了，走在头里的陈廷顺突然一举手，跟在他身后的众巡警立即停了下来。此时，陈廷顺看见的是陈廷安手持一支步枪出了营门，身后却跟着十几个看来是一棚（班）的士兵，那些士兵个个手持“汉阳造”，紧紧护卫着陈廷安。正当陈廷顺有些不解时，发现几个日本人悄悄跟着陈廷安等而去。

“队长，是日本人。”一个巡警悄悄提醒陈廷顺。

陈廷顺点点头，他已认出那几个人是日本人。

“跟着那几个日本人，看他们想干什么！”陈廷顺命令几个着便衣的巡警。几个便衣巡警立即快速跟了过去，陈廷顺则带领武装巡警远远跟在后面。

间岛等日本人从陈廷安和士兵离开兵营出现在他们的视线内开始，就认出了陈廷安手里的那支枪。

日本人已经在兵营前守了多日，只等陈廷安一离开兵营，立即将其秘密绑架，以追得那支枪的下落。结果，虽然等到了陈廷安，可却是在重兵的保护之下，只能眼睁睁地看着陈廷安手持那支枪走在大街上。

日本人、便衣巡警和陈廷顺的武装巡警，一路前后相跟着陈廷安，直到看着陈廷安和那一棚士兵将他护送到兵工厂……日本人无奈地撤了，陈廷顺和他的巡警也撤了，而且松了口气——毕竟枪没落到日本人的手里。

原来，陈廷安接到将枪交给余怀庆的指示后，立即将这一任务变成了既执行革命党的指令、又符合新军利益的公开行动——他将这支枪的来龙去脉掐头去尾地报告给了郑标统，郑标统立即下令派兵护送陈廷安，将枪直接送到兵工厂，交到余怀庆手里。

正在兵工厂埋头设计图纸的余怀庆见到此枪兴奋不已，这正是他盼了许久的可供参考的德国新枪！此前，他在设计中无法解决的难题，当看了这支德国新枪后，立即迎刃而解。他没有想到德国98式改进型步枪竟然鬼使神差地突然摆在了他的案头。为此，他对陈廷安充满了感激，粗略地了解了陈廷安得枪的经过后，邀请其晚上一定到余府相聚畅饮，陈廷安爽快地答应了。

陈廷安一走，余怀庆便将那支枪的每个部件全都拆卸开来，逐个部件与自己设计的部件做了比较后，心里有了数……

傍晚，余怀庆提前离开兵工厂赶回家里，指挥管家和冯妈亲自制订菜谱。

菜已经上了桌，可陈廷安还没来，余怀庆几番催促管家出去迎接陈廷安，管家都说“快来了”。当余怀庆猛然意识到管家怎么就知道陈廷安快来时，回头再找管家，管家已经领着两个人进了屋。

一个是陈廷安，另一个则是余怀庆不认识的中年人。

余怀庆看着那个中年人，悄悄一怔，以为是陈廷安的朋友。

“这位是?”余怀庆礼貌地站了起来。

管家悄悄退了出去。

“大人，这是我父亲。”陈廷安向余怀庆介绍道。这次余怀庆彻底怔住了。

“你……父亲?”余怀庆不解地看了唐季恺一眼，又看了看陈廷安。

唐季恺向余怀庆抱了抱拳：“余大人，我是廷安的亲爹。据说您有份报纸，不妨拿出来看看。”唐季恺微笑地说。

“大人，我爹死里逃生，捡得一条性命。”陈廷安也微笑地说。

余怀庆还是不信，回身从一个文件夹里找出那张报纸，反复对照地看了看。

“真是你的父亲?”当余怀庆相信了这一事实后仍然下意识地问。

“大人，真是我父亲，我何时欺骗过您呢？当初我也不相信他还活着，可他确实活着。”陈廷安感慨地说。

这时余怀庆才意识到自己有些失礼，一把抓住唐季恺的手：“陈先生，对不起，恕我不恭了。快请坐!”

唐季恺坐了下来。

当陈廷安父子将唐季恺死里逃生的经过详细地讲给余怀庆后，余怀庆唏嘘不止。

“大人，我爹现在叫‘唐季恺’，是为了工作方便。”陈廷安听着余怀庆一口一个叫唐先生为“陈先生”反倒有点别扭，同时，他也在寻找机会切入正题，这正题是唐季恺来见余怀庆的目的。

“哦？唐……先生？工作?”余怀庆不解。

“大人，请您原谅廷安。廷安知道大人一直待我如子，我不能瞒着您。我已经参加了革命党，也就是官府说的‘乱党’，我爹——唐先生就是巡警一直在追捕的革命党人……”陈廷安适时道破。

余怀庆到底是见过世面的人，虽然陈廷安话一出口，他便十分惊讶，并下意识地看了眼门外，但他很快平静了下来。

“余大人，在下久仰您的大名，也一向对您十分尊重，相信您不会认为革命党人是凶神恶煞。”唐季恺说着举起酒杯。

余怀庆突然大笑起来，举起杯，和唐季恺碰了一下后一饮而尽。然后他看着唐季恺说：“如果你们是凶神恶煞，怕是我余怀庆的性命早已不保了。我余某人虽是朝廷命官，却不是巡警队长、局长或者道台，也没有缉拿乱党的任务，何况廷安和我是忘年交，酒桌上我们仍可称兄道弟，可离了我余家的大门后，可就恕我与您相见不相识了。”

“余大人，我今天敢来府上，自然知道您是有识之士。在我看来，所谓有识之士就是对当朝、对历史、对世界有正确的看法。在下也曾有过糊涂之时，这才有了为朝廷卖命、险些死在八国联军枪下的悲剧。咱们中华民族不能百年上演悲剧不止，对此您是有体会的。希望余大人能审时度势，为中华民族的光辉未来尽一份炎黄子孙的应尽之力——”唐季恺正说着，余怀庆举起了手。

“唐先生，我是搞技术的，秉持两个原则，一是只事造枪，二是不违朝廷。您是廷安的父亲，我才听了您刚才的一番话，还是请您不要再说的好。”余怀庆婉拒了唐季恺的劝说。他知道对方的目的。

“大人，您再想想，不管您是什么态度，您都是我尊敬的长辈。”陈廷安不想因此而与余怀庆生分。

“和你一样，我对你还会一如既往的。”余怀庆马上说。

这时罗秋月突然闯了进来：“唐先生，巡警包围了余府。”罗秋月说着看了余怀庆一眼。陈廷安父子十分意外。

“不用看我，我以人格担保，这不是本人所为。”余怀庆从陈廷安父子的眼神中感觉到了他们的疑惑，立即说道。

“余大人错怪了在下。”唐季恺立即解释。虽然刚才的一瞬间让他有些疑惑，但随后他就判定巡警不会也不可能是余怀庆招来的。

“秋月，不消说，唐先生是你的同党，咱家的所有秘密你都知道，你马上把唐先生从后门送走，坐我的轿。”余怀庆早就知道罗秋月是革命党，只是他此时当着唐季恺的面道破，让陈廷安和唐季恺稍感意外。

唐季恺在罗秋月的引导下到了后门，管家早已将轿子预备好。唐季恺上了轿子。

几个巡警发现了余怀庆的轿子从后门离开，却没人敢上前询问。

余怀庆和陈廷安继续喝酒，这时陈廷顺进来了。

“陈队长是要到我家里来搜查什么吗?”余怀庆板着脸问，陈廷安则继续喝酒吃菜。

“大人您误解了。据我们的情报显示，日本人有图谋刺杀您的计划，局里决定要派警二十四小时保护您的安全。请余大人原谅，卑职是奉命行事。”陈廷顺躬身解释道。

“哦?那我错怪你了。”余怀庆相信他说的话，因为自打陈廷安将那支枪交给他的瞬间，便意识到危险又将向他袭来。

“那就请入坐，我们一起吃酒?”余怀庆客气道。

“不了。卑职打扰了你们的雅兴，在下还要在贵府周围勘察，以保您的安全。”说着陈廷顺瞥了眼陈廷安后，离开。

原来，这只是一场误撞。

……

唐季恺一回到澡堂后院，就时刻准备搬家，因为既然巡警能找到余府，这里也就不一定安全了，但小吴很快带来了情报：陈廷顺等巡警并非是为唐季恺而去，是因为巡警接到情报说日本人有刺杀余怀庆的可能，巡警是受巡警道的命令前去保护余怀庆的，唐季恺这才释然。

唐季恺告诉大家：争取余怀庆指日可待，因此这期间一定要提防日本人对余怀庆的图谋，保护余怀庆的安全。

6

又到除夕。余怀庆在严密保护之下，没有发生意外，而且进展顺利的新枪图纸已近完成。

除夕夜，陈廷安应邀到了余府。饭厅里，丰盛的菜肴已经摆满了桌子，可余怀庆在他的书房还没有出来。

“廷安，你去请大人吧。”管家有意地暗示陈廷安。

余怀庆正在书房里，房间里虽然只有他一个人，却显得庄严肃穆。昔日有些凌乱的案上此时已经被他收拾得干干净净。正中间摆放着那幅妻女的照片，而且已经被擦得晶亮。照片的前方摆着一个精致的小香炉，余怀庆点燃了一束香，一边慈祥地看着照片上的妻女，一边慢慢地插在香炉里，然后呆呆地看着照片，嘴唇微微地蠕动着，不知默念着什么。

此时，陈廷安轻轻地走了进来。

陈廷安几次到过余怀庆的书房，但从未注意到这幅照片，当他看着余怀庆静默而庄严的神情时，他感觉到了什么。

他轻轻走到了余怀庆的身后，不由得也将目光落在了那幅照片上。忽然，陈廷安的眼睛一亮——他看见照片中的年轻女子耳垂上的那对耳坠儿，随之他又将目光移到少妇怀里的那个小姑娘……他早就知道了余怀庆妻女的遭遇，显然，这照片里的就是他逝去的妻子和不知去向的女儿……

陈廷安暗暗吃了一惊。他对那对耳坠儿——确切地说是那只耳坠儿记忆非常深刻，因为他看见秀儿曾经戴过一个，当时他还不明白秀儿为何只戴着一只……

莫非秀儿就是余怀庆失踪的女儿?！虽然陈廷安对女性的饰物不是很熟悉，但他也知道这种造型别致的耳坠儿的与众不同，甚至在中国也不多见。

“我们去吃饭吧。”余怀庆突然回头说。原来，他早已察觉到陈廷安在他的身后。

……

与此同时，在巡警队陈廷顺的办公室，桌子上摆满了各种菜肴，可坐在桌前的只有他自己。他的眼前放着一副碗筷，对面也放着一副碗筷。

陈廷顺的目光中充满了迷蒙，似乎陷入了某种想像之中。忽然，他的目光恢复了常态，拿起筷子："秀儿，咱吃饭吧！"自然，秀儿并未坐在他的对面，那只是他的想像，他常常在这种想像中获得些许慰藉。想像得久了，就成了自然。

……

与此同时的云妹家，刘老板已经端坐在桌前，给自己倒上了一杯酒。

云妹把饺子端了上来。

"爹，这回您该把我娘留给我的东西给我了吧？您可是拖我好几年了。"

"我闺女真是聪明的姑娘。爹给你准备好了！来，云妹，你把头伸过来。"刘老板把手背在背后，不知道他手里是什么。云妹兴奋而期待地将头伸了过来。刘老板将一只水滴形耳坠戴在了她的耳垂上……

"云妹，真漂亮！快去照镜子看看。"刘老板自己打量了一眼后告诉云妹。此时，云妹知道爹给自己戴上了耳坠，赶紧将柜子上的一面镜子拿了过来，认真地照了照。

"爹，真好看！这是我娘给我留下的是吗？"云妹晃着耳朵问。

"是呀，爹一直给你保存着。"

云妹又把头伸了过来，将另一只耳朵对着刘老板："爹，把那只也给我戴上吧。"云妹伸了半天头，却未见爹给她戴。

"云妹，你娘只给你留下一只。"

云妹抬起头："就一只？"她有点不相信。

“可不就一只嘛，我还能留下另一只不成？云妹，另一只你娘当年在井边提水时不小心掉井里了……”

“真可惜。”云妹又照起了镜子，“爹，这是你当年给我娘买的？你很有眼光呢。”

“哪呀，是你娘从你姥姥家带来的。”

这时有人敲门。

过年了，铁器行已经放了假，此时来的定是亲朋好友。云妹马上去开门。

门外站的是提着礼物的陈廷顺。

陈廷顺一眼看见了云妹耳上的那只耳坠。陈廷顺心下一惊。

“云妹，你的耳坠儿好漂亮，以前怎么没见你戴过?”陈廷顺问道。

云妹心情很好地说：“是我爹刚给我的，可惜只有一只。”

陈廷顺和云妹进了屋，仍然对那只耳坠赞不绝口。

陈廷顺和刘老板寒暄过后，仍然没忘记那只耳坠，试探着问刘老板那只耳坠的来历。刘老板仍以答云妹的说辞回答了陈廷顺。陈廷顺将信将疑。

和陈廷安一样，陈廷顺对秀儿的那只耳坠记忆犹新。但让他惊讶不已的是他记得桂福曾经和他说过，当年秀儿还有个妹妹……

……

与此同时的铁器株式会社。秀儿在自己房间对着镜子给自己戴上了那只耳坠，她反复看着镜子里的自己，想了想，又将陈廷安大刀上的那撮红缨别在胸前。

这时有人敲门。

“秀子小姐，吃年夜饭了。”

日本人也吃年夜饭。秀儿站了起来……

……

大年初一，陈廷安给余怀庆拜过年后，余怀庆提醒他："给你父亲拜年了吗?"

"我现在就去。"陈廷安说完要走时，余怀庆提醒道："注意安全!"

陈廷安没有回头，却深深地点点头。

陈廷安到了澡堂，见父亲正自己在煮饺子，赶紧上前替了唐季恺。

"唐先生……"大年初一，陈廷安觉得这称呼有点别扭。

"爹，秀儿可能是余大人的女儿。"

唐季恺听后，正在往碗里倒酱油的手停住了。

第十七章 关键时刻

1

九省通衢的武汉的春天来得很早，虽然没有北方田野里的人欢马叫，但人们的精神似乎从冬眠中醒来，个个都精神抖擞。

陈廷安已是个老兵，这一周他是值日官，他的几个弟兄正在大门前站岗。这几个哨兵不但是陈廷安的哥们，而且是革命党在军中的支持者。

陈廷安正在查岗时，刘老板坐着洋车来找他，并把他拉到一边，从怀里掏出一张花花绿绿的请柬。陈廷安打开一看，却是长野生日宴会的请柬。陈廷安不解。

“廷安，我知道你对长野有成见，上次他还把你喝多了，可他毕竟是我的大主顾，我是做生意的，主顾就是我的财神，我不能得罪。这次长野先生在我家又订了一批活儿，我已经交货了，该赚的钱我也赚了——我可得先说明，我赚的可是良心钱和功夫钱，没有半分是昧良心的。人家长野先生是想借自己的生日，广邀所有前后为株式会社出过力的人。当初他们订制的那批钢锨不是你在我那儿帮忙吗？所以，他也邀请了你。你给他个面子，去一下，也算是给我面子了。”刘老板很怕陈廷安不去。可他的“广邀所有前后为株式会社出过力的人”的解释简直是在打陈廷安的嘴巴。

陈廷安强压着火气：“我看情况再说。”

如果按以前的脾性，陈廷安一定会当面将请柬撕碎后一口回绝，可历经风雨的陈廷安尤其是经过唐先生的教诲后，他更加成熟了，知道凡事要留有余地。

刘老板走后，陈廷安怎么想都觉得长野这是在侮辱他。长野这个杀父仇人和民族之敌让他无法冷静地面对，只能刀兵相见。他虽然一时无法猜测这其中是否有长野的何种阴谋，但断定肯定不是一次普通的生日宴会。这个信息要马上向唐先生报告。

当陈廷安刚要回营时，云妹又赶来了。和她父亲的意思相反，她是来力阻陈廷安的。

“长野不是好人，他一定又打歪主意，你千万别去，很危险的！”这是云妹唯一的理由。虽然她没有确凿的证据，但危险是显而易见的。她不想陈廷安出什么事。

送走了云妹后，陈廷安回到营中宿舍反复思考此事。他想琢磨出自己的意见才好见唐先生，他不愿像个孩子似的凡事都要请教父亲——凡事都要请示上级。可是他怎么也没想出该如何是好。

又到查岗的时间了，陈廷安到了营门前。

一个哨兵塞给他一张纸条。陈廷安知道可能有了革命党的指示，因为这哨兵平时就是他和革命党之间的交通员。

唐季恺在纸条上写道：可应邀赴宴。借机摸清对方的底细。枪头亦接到邀请。我当力促他也赴宴……

唐季恺纸条上所说的“枪头”指的是余怀庆。陈廷安为唐先生这么快就知道了此事而惊讶。至此，陈廷安知道自己该干什么了，不但要借机摸一下长野的底细，还要让余怀庆知道他的女儿还活着，并由革命党人促成认亲，从而使余怀庆更进一步同情和靠近革命党。

此外，陈廷安还要看看秀儿在长野那里的生存状态，只是陈廷安不知道这个目的是私事还是与革命相关。

……

余怀庆为接到长野的邀请而莫名其妙。他和长野既不认识，而且日本人又一直图谋刺杀他……他倒相信日本人不可能借此场面刺杀他，可到底是什么理由邀请他呢。他看了看给他的请柬，附页上一长串三镇工商名流。看来长野是把余怀庆算做工商人士了。

余怀庆刚把请柬扔到纸篓里，唐季恺到访了。

余怀庆疑惑管家何以没有事先向他通报就把客人领了进来，可管家也不解释，恭敬地将唐季恺请进屋里，一声不吭地离去了。

“大人，在下不请自来，还请大人宽恕。”

“来都来了，就不妨一坐吧。只是我不知道你是如何进得寒舍的，外面可都是巡警呀。”

唐季恺一笑：“大人别忘了我们革命党人也是无处不在。”

余怀庆听了不禁打了个寒噤，下意识地看了看门外。

“大人，我完全是以朋友的身份来看望您，目的就是提醒您不妨赴长野的生日宴会。”

“哦，你们这么快就知道了？”余怀庆又吃了一惊，“好，我听听唐先生的理由。”

“你去了之后，或许有意外收获。”

“什么收获？唐先生，我一生别无所求，只想为大清朝的军工业贡献一生。”

“可我知道余大人也是血肉之躯，是性情中人——您不要误会，我指的是您对亲情的眷恋……”

余怀庆似乎听出了什么味道，久久地看着唐季恺：“您的意思……能不能说清楚？”

“不能，大人，但我们会为您创造机会，并保证您的安全。”唐季恺说完告辞了。

唐季恺鼓动余怀庆出席长野的生日宴会目的就是要他能看见秀儿，并认出秀儿，只要达到了这个目的，此后的一切革命党自会安排。可革命党为何不直接把秀儿领到余府来个父女相认呢？一是因为革命党人只能推断秀儿是余怀庆的女儿，却不是断定，万一不是就会弄巧成拙。此外，革命党人也想借此机会看看长野打的是什么主意。如果他要借此机会谋杀余怀庆，那就会给革命党人救下他一命的机会，因为革命党人做了周密的安排，拟定了一举捣毁株式会社的方案。如此，就可感动余怀庆进一步靠近革命党。可能这个招法不那么光明磊落，可任何革命的手段和历史事实告诉人们，没有什么是事事光明磊落的，只是当人们崇拜和歌颂一个人和一个组织时，才会将偶尔的“不择手段”当作功绩和经验罢了。

唐季恺走后，余怀庆陷入了沉思，他知道唐季恺暗指的内容，却无法判断确指的是什么。不过他知道，作为陈廷安的父亲和他对唐季恺的认知，至少这不会是陷阱。

余怀庆突然想起唐季恺刚进屋时的情形，他立即叫来了管家。

“你是革命党吗?”管家一进门，余怀庆劈头就问。

管家一怔，随后说：“大人，我不是乱党。”管家的回答让余怀庆立即意会了什么。

“大人，您是好人，我也是好人。我在府上十几年，您是了解我的。”

余怀庆不想再问什么，摆了摆手。

2

所有长野生日宴会的来宾大概都没有想到，铁器株式会社内竟会有如此阔大的宴会厅。大厅有三百多平米，不知道这个地方作为一家贸易公司的所有，平时做何用处。

大厅布置得喜庆而亮丽，中堂之上悬挂着大红横幅：“庆贺山下长野先生生日之好”。大厅里回荡着轻柔、中国人听来却是阴沉的日本音乐。打扮成侍应装束的日本人在大厅四周站了十来个，每人手上都端着托盘，上面是洋酒和高脚杯。

西装革履的长野站在门前，恭敬地与每一位到访者握手致谢。

身着军装的陈廷安几乎是最后一个到的，此时，长野已经站在大厅中主人的位置上，门前只是一个普通的会社雇员，当然也是日本人。

陈廷安进入大厅后，不经意地看了眼大厅里几乎肩挨肩的来宾们。他先是看见了余怀庆，此时余怀庆站在醒目的位置上，不少工商名流和他寒暄着。接着他又看见了陈廷顺。恰是此时，陈廷顺也看见了他。两人目光相交后，立即又移开……这一幕被正在和刘老板说话的长野看见了，即使与其面对面的刘老板也没发现长野脸上掠过一丝阴笑。

此时，陈廷顺和陈廷安都在人群中找着秀儿，可是没她的影子。

余怀庆对每位来宾都十分客气，因为他在试图从中发现着什么。

忽然，音乐声停止了，长野走到了那条横幅下，登上了一个小平台。

“各位贵宾，热诚欢迎各位光临为在下捧场。其实，鄙人的生日并不重要，可如果是一生的大事呢？可能就很重要了……”长野的开场白让所有在场的人们都为之一怔——怎么，不是生日宴会？莫非还有啥大事不成？

“鄙人在中国生活了十几年，对中国充满了感情。本来，我是独身主义者，但在中国这些年里，尤其是最近几年，本人却改变了初衷，这是因为一位善良美丽的中国姑娘打动了我，为此，我准备一违初衷，请各位贵宾做个见证，当着诸位的面，和我的意中人订下婚约，待吉日之时迎娶她做我的妻子，还望各位贵宾能为我庆贺。”说着，长野向站在门前的侍应轻轻地一挥手，所有来宾的目光立即投向了那个开着的门。

一位打扮得中日合璧装束的美女出现在人们的视线里，其衣着的华丽得体、仪容的高雅靓丽令所有来宾都为之一阵惊叹。

这个准新娘竟然是秀儿。

陈廷安和陈廷顺都倒吸了口凉气。

陈廷顺瞬间明白了，长野邀请他来大概就是为了羞辱他。

陈廷安瞬间明白了，长野邀请他来大概就是为了羞辱他。

长野走上前去，挽起秀儿的玉臂。

这时，陈廷顺看见了秀儿的右耳垂上戴着的那只水滴形耳坠儿，他极力调整角度，终于发现另一只耳朵的耳垂上没有任何饰物。

陈廷顺见过云妹也戴着这种水滴形耳坠，而且也是一只！

莫非秀儿和云妹真的是姐妹俩？这个问题再次让陈廷顺认真地琢磨起来。

“各位来宾，这位就是我的意中人秀儿小姐，请诸位端起酒杯，为我们祝福！”长野端起一杯洋酒，挽着秀儿逐个向来宾们敬酒。当他们来到余怀庆的眼前时，一直没有什么发现并急于回兵工厂的余怀庆礼貌地和长野与秀儿碰了一下杯，并看着秀儿礼貌地说：“祝福你们！”

“谢谢。”秀儿也礼貌地回了一句，并离开了余怀庆的眼前，可这时余怀庆不经意发现了秀儿戴在右耳垂上的水滴形耳坠……

那两人已经去敬下一位客人的酒了，可余怀庆仍然瞠目结舌……

那对耳坠是他和妻子结婚时一个外国朋友赠送给他们的，在当时的中国可能不会有第二对。莫非她是……余怀庆穿过人群，悄悄地打量着秀儿的面容，越看越像她的妻子。

这时，陈廷安走到他身边，轻声地说：“大人，别声张，秀儿就是您的女儿，我们会尽快让你们相认，但不是现在。”

余怀庆这才停下脚，会意而感激地看了陈廷安一眼。

长野和秀儿走到陈廷安面前，双方什么也没说，长野微笑地端起酒杯，轻轻地和陈廷安的酒杯碰了一下。陈廷安尽可能地不与秀儿的目光相遇，但他感觉到了秀儿的目光。陈廷安尽可能地保持着自己不失态。他不是忌惮长野，是压抑着心底的慌乱与不安……

长野和秀儿敬完了酒，当着客人的面轻柔地对秀儿说：“亲爱的，请你到我的房间取支雪茄好吗？”秀儿点点头，然后向来宾轻轻地点头致意，随后款款离开……

陈廷安和陈廷顺都听到了长野的那句话。

秀儿出了大厅，没有去长野的房间，而是先到了自己的房间。她在镜子前看了看自己，将头上日本女人特有的头饰摘下来扔进了抽屉。刚要转身时，房门突然响了，吓了她一跳，侧头看时，却是陈廷安。

“大哥!”

“秀儿!”

两人紧紧地抱在了一起。虽然这不是两人第一次相拥，但此番相拥意义非凡。他再次拥抱的竟然是他想杀掉的人，而如今将成为他人妻子的人……

“怎么回事?”陈廷安抱着秀儿急促地问道。他不相信这一切都是真的。

“你相信我会嫁给那个日本鬼子吗?”秀儿问。

陈廷安摇头：“那刚才是?”

“大哥，我是为了你，也是为了你们。”不知道秀儿说的为了“你们”指的是谁，虽然她可能不知道革命党是什么样的组织，但只要是陈廷安所在的组织就一定是她所同情和支持的。何况，和鬼七一样，她是民族主义者，虽不懂什么叫爱国，也从未想过要为大清效忠，可是当日本人做危害这个国家的事情时，她知道那一定是她的敌人！

接着，秀儿告诉陈廷安，她早已发现傅东晨的诡秘，经过暗中观察，认定他与长野沆瀣一气在做危害中国的事，而她久居铁器株式会社，前期是因为感激长野的救命之恩并躲避鬼七的追杀，后来为的却是掌握长野更多的底细。那支枪是她从臭水沟中捞走才未被长野和鬼七得到，至于那支新枪则是长野所购欲运回日本，被秀儿窃来。为继续得到长野的秘密，她违心地答应了他的求婚，但只是为了拖延时间……

秀儿一口气说完，不管陈廷安是否听明白了，马上说："大哥，我得赶紧给长野取雪茄了，回去晚了他会怀疑的。你快回大厅去。"陈廷安仿佛没听见，此时只是定定地看着秀儿，然后再次将她抱在怀里。

"嗯，秀儿，要注意安全，好好等我……"陈廷安又紧紧地抱了秀儿一下。

秀儿看着陈廷安，认真地点点头。

离开陈廷安的怀抱，秀儿先开门探头打量了一眼，走廊没人。她回头向陈廷安招招手。

……

秀儿进了长野的房间，刚要向一个柜子走去时，陈廷顺却突然出现并横在她的面前，秀儿吓了一跳。

"你怎么在这儿?!"秀儿吃惊地问。

"我等你好一会儿了。秀儿，你可以不嫁给我，但你一定不能嫁给长野。你没有理由也没有必要嫁给他。他是中国人的仇人，你不能以为你在中国没了亲人就——"

"谁说我没有亲人?!"秀儿突然反问。

"怎么，你知道了?"陈廷顺看着秀儿右耳垂上的那只耳坠。

"我知道了什么?"秀儿不解。

"你马上和我离开这里，我要告诉你个秘密，一个你一定会非常高兴的秘密!”说着陈廷顺拉起她。

这时陈廷安进来了，恰好站在了陈廷顺的面前。两人都非常意外……

此时的大厅，长野周旋在来宾们的中间。

间岛悄悄走到他身边，长野立即稍稍退到人少的角落。

“兄弟俩都进了您的房间。”间岛悄悄耳语后，长野露出得意之色，之后又若无其事地走入来宾人群中。

此时，一直心神不宁的余怀庆找不到陈廷安，又想等着秀儿再次露面，他不知道当他再次看见亲生女儿时是否会控制得住情绪……但他知道陈廷安的提醒是对的，心底也升起对唐季恺的感激，感激他、感激革命党。毫无疑问，革命党一定为寻找——最少为验证他失踪的女儿做出了很大的努力。

余怀庆决定马上离开这里，免得生出意外。只要女儿在，何愁见不到?

余怀庆未向任何人告别，悄悄离开了大厅和株式会社。一出大门，立即有巡警将他护送上一辆马车。而株式会社的附近则徘徊着许多便衣，小吴和顺子就在其中，他们或是扮做拉洋车的，或是扮做卖柴的……

……

“你们快离开这里!”长野房间里秀儿焦急地对陈氏兄弟说。可兄弟俩均无离开之意，不知道是怕从此一走秀儿就归了对方，还是担心秀儿会出什么意外。

秀儿从一个日式的小柜子里找出雪茄盒。陈廷顺上前拉起秀儿：“秀儿，你得马上离开这里。”

陈廷安拦住陈廷顺：“秀儿现在不能离开这里。”

陈廷顺不知道陈廷安此言的目的，恼怒地拨开陈廷安的手，却意外地将小柜子上的一杯水碰倒，那杯子里的水几乎全部洒在了秀儿刚刚打开盒盖的雪茄上。

“我现在不会离开株式会社的!”秀儿也愠怒地说。

这时，大厅方向传来了一个日本人的喊声："秀子小姐！"

"你们快离开！"秀儿以不容置疑的口气严厉地说。两人这才先后离开。

秀儿从柜子里重新取出一盒雪茄，并拿出一支。

大厅里的长野略有些心神不宁时，秀儿回来了，并将一支雪茄递给了他……

长野掩饰着惊讶和意外，但还是点燃了雪茄。

陈廷安和陈廷顺前后进了大厅，关注着秀儿的每个举动。

……

宴会即将结束时，来宾相继离开株式会社，门前的几个日本人给每位来宾都送上一盒西洋生日蛋糕……

陈廷安向大门走来，将到大门时，他回头看了一眼。那完全是下意识的，不想这一回头，却见秀儿跑了过来，手里拿着个精美的木匣。

"这是日本的小吃，很好吃的。"秀儿将木匣塞给陈廷安后，赶紧回去了。

陈廷安有种甜蜜的感觉，尽管他对什么日本小吃毫无兴趣。

走到大门前，日本侍者又给了他一盒生日蛋糕。

门前停着各种车辆，来宾们纷纷上了各自的车，各奔东西。

洋车停了一排，陈廷安一出门就上了辆洋车。

陈廷安让洋车把他拉到了一条小巷，然后叫车夫停下了车。

"秋月，你车拉得不错嘛！"陈廷安笑着说。原来他早认出车夫是罗秋月所扮。

罗秋月放下车，回过头："你怎么出来那么晚呀。还担心你出事呢。是不是你也得到一盒生日蛋糕？"

“对，你想吃？不怕炸弹？”陈廷安半真半假地说。他对日本人的一切都充满了警惕。

“担心。拿来，检查一下。”罗秋月走到了车厢前。

陈廷安立即下车，将那盒生日蛋糕交给了罗秋月。

在革命党组织中经过简单训练的罗秋月让陈廷安躲在自己的身后，然后打开盒盖，没有发现什么，轻轻拨开上面的一层奶油，还是没有发现什么，再用她手里的飞镖轻轻地切开蛋糕，还是没有发现什么。两人轻出口气。

“还有什么没？”罗秋月问。

“没有了。哦，还有是秀儿给我的一小盒……说是日本人的小吃。”

“拿来。”罗秋月伸出手。

“是秀儿给我的！”陈廷安申明。

“快拿来！”罗秋月口气坚定地说。

陈廷安一时不明白罗秋月是怎么了，莫非这小盒子里还有什么吓人的东西不成？可那是秀儿给我的呀，是罗秋月和秀儿间有什么过节？陈廷安不愿意这么想，只好把放在洋车上的小木匣拿给了她。

罗秋月看了看食盒，小心地打开包装，看了看，但她没有从上面抽开拉板，而是用飞镖将下部的木板划开，然后举起认真看了看。

“炸弹！”罗秋月轻轻地将木匣子放下，“如果从上面拉开抽板，就会立即引爆！”

陈廷安疑惑地看了看罗秋月，罗秋月知道他不敢相信，罗秋月干脆用飞镖将木匣四围的盒壁剔掉，陈廷安终于看见一根引线连接着抽板儿。陈廷安看了倒吸口凉气。

“是秀儿给你的？”罗秋月问。陈廷安点点头。

“日本人真是经过了精心谋划呀。”罗秋月感叹。

“不会每个来宾都给个炸弹带走吧?”

“肯定是精心策划，挑人给的……”说着罗秋月忽然呆住了。

“秋月，快走!”陈廷安也突然意识到了什么。

罗秋月醒过神，看了看四周，将木匣扔进了不远处一间已经废弃的破房子里。随后传来一声沉闷的爆炸声。

“赶快回府!”说完罗秋月已率先起跑。

……

此时的株式会社的大厅里已经宾客散尽，长野匆匆赶到他的房间，拉开小柜门，认真看过后才发现那盒精心准备的雪茄已经淋湿，长野叹口气，轻轻拿起那支雪茄，将雪茄下面的一条不易察觉的引线剪断——原来它连接着的是炸弹!

……

余怀庆在余府门前正要下车时，跑得满头大汗的陈廷安和罗秋月赶到了。

“老爷，那盒蛋糕在哪?”罗秋月急切地问。

“……送给路边一群要饭的了。”余怀庆终于想起罗秋月问的是什么。陈廷安立即调头往回跑。罗秋月则喊了声：“注意安全!”然后护卫着余怀庆进大门。

“怎么了?”余怀庆还有些不解。

陈廷安边一路狂奔，边四下扫视……终于，他看见了黑老大等几个人正在一堵墙下围看着什么。陈廷安稍稍松了口气，赶到他们的身边，拨开他们。果然，墙下放着那盒蛋糕。

原来，黑老大和他的兄弟们从没见过这东西更不用说吃过了，他们看着这精美的东西，不知是不忍心打开还是不知道如何打开。

“快离开!”陈廷安对大家喊道。大家有些发怔。陈廷安将大家推出好远，拾起块砖头向那盒蛋糕砸去，随之一声闷响，那堵墙倒了下来。黑老大等人吓了一跳。

“这是什么好吃的呀!”黑老大故作镇定地开玩笑。

“是炸弹!”陈廷安说完想了想，又转身跑了。

这时陈廷顺和几个巡警捧着蛋糕向余府方向而来，他们还有保卫余怀庆的任务。

突然，陈廷顺发现陈廷安迎面跑来，陈廷顺一怔。他想避开陈廷安，可陈廷安直奔他而来，并夺下他手里的蛋糕。陈廷顺大怒时，陈廷安将蛋糕抛到了路边的水沟里，随之一声爆响，陈廷顺和他的手下们目瞪口呆……

陈廷安松了口气。看也没看陈廷顺，径直离去。

陈廷安不知道自己为什么要这么做。如果救下余怀庆和黑老大他们是义不容辞，可对陈廷顺呢？因为他是兄弟？还是因为绝不能让日本人的阴谋有一丝的得逞？

陈廷顺呆立了一会儿，突然条件反射般向株式会社跑去，巡警们拉住了他。他们知道他要去找日本人玩命。

“队长，您不能去！刚才您还说这盒蛋糕是经秀儿的手交给你的呢。”一个巡警提醒道。陈廷顺只好停下了脚步。

……

余怀庆在书房里拿着那幅照片久久凝视，脸上是无法掩饰的兴奋……

这时，管家进来了。

“老爷，唐先生来了。”

“请他进来。”余怀庆立即站了起来。他料到唐季恺很快就会来，他也期待着他来。

罗秋月陪着唐先生进来。

“听说余大人险些中了日本人的炸弹，这是个不该出现的危险，也是我的同志们的疏忽，在下特来请罪。”唐季恺虽然预料到了日本人的阴谋，并已经做了大量的准备，却没想到余怀庆中途离场，以至险些使日本人的阴谋得逞。

“没关系，日本人想要我的命已经不是第一次了。不过我命大。”余怀庆并没有后怕。

“您刚才给那些讨饭的人的蛋糕确实是炸弹，好在危险已经排除了。”唐季恺已经从陈廷安那里得到了消息。

“这些险恶的日本人！”余怀庆恨恨地说，“感谢唐先生为我和我女儿精心做的这一切安排。”余怀庆不想说感谢革命党。

“大人，这是我们应该做的。你我虽理念不同，但在针对外夷上我们是一致的。”

“我还是担心的我的女儿……”这是余怀庆目前关心的最大的事。

“大人放心，我们会全力保护秀儿的安全。同时，大人不必担心，您的女儿不会和长野结婚，她一直在做着对民族有益的事情。”

说着唐季恺将秀儿的所为详细讲给了余怀庆听。余怀庆听完后，脸上是一片轻松和释然。

“我为有这样的女儿骄傲。”余怀庆得意地说，“我和女儿二十几年没见了，如果她能为民族做更多有益的事情，就是再晚点相认又有何妨？”

“大人，我们会尽快安排她离开日本人。”唐季恺肯定地说。

“还是让她做些他人做不到的事情吧。”余怀庆在不知不觉中已将革命党的目的与有益于中华民族的事业合为了一处，这令唐季恺很兴奋，可余怀庆马上意识到了这一点：“秀儿是你们同党？”

“余大人，您不必将我们视为乱党，我们不过是数不清的热爱中华民族的志同道合者，如果从这个意义上说，秀儿是！”唐季恺坚定地说。

余怀庆无语了。

“她做的是好事，那就让她继续做吧……”余怀庆像是自言自语。说着将妻女的那幅照片放在书案上的最显眼处。

“管家，请唐先生在家吃饭。”余怀庆吩咐道。

“谢谢大人，我必须马上离开。我不能给您带来任何麻烦。这对您对我们都好。”说着，唐季恺一抱拳，转身走了。

余怀庆微微地点着头。他赞同唐季恺的做法，因为一旦巡警得知他和乱党头目同餐，后果不堪设想。

……

此时，长野得报几盒炸药均未成功，沮丧之余立即命令手下加强戒备……

3

唐季恺一回到澡堂后院，立即下达了铲除铁器株式会社的命令。

革命党集中了三镇的所有革命组织的行动人员，计划将长野等日本人悉数杀掉后，放火烧了铁器株式会社的房子。

陈廷安要求参加行动，但唐季恺为了保护新军的革命党，拒绝他参加行动。唐季恺知道他惦记着秀儿的安全。

“放心，即使为了余怀庆，我们也会绝对保护秀儿的安全!”

经过精心计划的行动开始了，大批革命党行动人员在黑夜时包围了铁器株式会社，可是，已先期抵达做前期侦察的小吴却告诉唐季恺：从下午开始，未见日本人出入，入夜后也未见任何一个窗子亮起灯……

唐季恺立即向一扇窗子投出石块。

玻璃碎了，但既没人出来，也没有灯光亮起。

唐季恺明白了什么，率人进入了铁器株式会社，才发现已是人去室空。

原来，长野意识到很快就会有不测发生，已提前一步搬进了汉口日本领事馆，秀儿也被带走了。

……

一时间谁也不知道长野一伙去了哪里，秀儿被带到了哪里。

不知秀儿下落的陈廷安十分焦虑，来军营看望他的罗秋月劝他从长计议，相信秀儿会保护好自己……

那几天，陈廷顺终日在铁器株式会社的旧址前徘徊不去……

陈廷顺终于查到长野一伙和秀儿在汉口的日本领事馆。正当他思谋着如何接近日本领事馆时，突然接到巡警局的命令：南方各地乱党叛乱风起云涌，朝廷上下风声鹤唳，陈廷顺受命专事侦破三镇乱党的叛乱活动……

陈廷安在澡堂参加革命党的秘密会议。会议传达了上级要求积极准备武装起义，并商讨起义的计划……陈廷安非常兴奋，他期待这一天已经好久了。

这时巡警突然包围会场。

革命党对澡堂这个据点早就经过设计，一旦发生情况可以立即从暗道逃走，只是，巡警的突然而至打乱了撤离的步骤。

“唐先生，你们快撤，我掩护大家！”小吴知道，在这种突发情况下，必须有人留下掩护才行，否则即使大家全部进入了暗道，也没有足够的时间撤离，而且也没有足够的时间掩蔽好暗道入口。

唐季恺明白，只能这样了。唐季恺嘱咐小吴：“大家撤离后，你马上从暗道出来，我们会在出口接应！”说完他将自己的手枪交给了小吴。

说着，已经传来砸门声。

在门将被砸破时，最后一个人撤走了，小吴退到暗道口前，向将要倾覆的门口开了枪，可随后大批巡警闯了进来，小吴的手枪却卡了壳……

小吴立即将一颗手雷在洞口处引爆。洞口被炸塌了。

小吴受了轻伤，落入了巡警之手。

……

陈廷顺得到的情报是这里极可能是乱党的窝点，却不知道这里正在开会，更不知道唐季恺和陈廷安等人都在这里，可谓是歪打正着。

巡警抓住了小吴，也发现了暗道，却不知道逃走的有多少人、有哪些人。

陈廷顺和巡警将小吴押解到巡警队，他认为只要抓到了一个，就不愁牵出一批。

陈廷顺准备亲自审问小吴，他坚信没有人会在酷刑面前不讲实话。

陈廷顺准备先来软的，但刑审室的家伙已经准备好了。

“先生，你是做什么的?”

“无业。”

“你们在那个小黑屋里做什么?”

“找出路。”

“什么出路?”陈廷顺盯着问，他觉得这人看来很快要说真话了。可这时小吴却不再回答了。

正这时，陈廷安和郑标统突然闯了进来，身后跟着无奈的巡警。

“标统大人……”陈廷顺看了看郑标统，又看了看陈廷安，不知道他们来干什么。

“陈棚长，你说怎么回事。”

“我们正在开会，突然有人喊巡警抓人了，那些来咨询投军的年轻人就有慌了神的，一个跑了，大家就都跑了。”陈廷安说。

“咨询投军?”陈廷顺一时不解。

“是老子要陈廷安陈棚长外出招兵，你们巡警跟着搅和什么?!”郑标统没好气地喊。

“不会吧，标统大人，招兵还用那么藏着掖着？那房子里可是有暗道的。新军募兵是光明正大的事，怎么会……”陈廷顺据理力辩。

“哦？怎么还有暗道？”郑标统回头问陈廷安。

“那房子的主人曾经是江湖中人，后来金盆洗手了。”

“那为什么听说是巡警来就要逃呢？”陈廷顺直接问陈廷安。

“谁说是巡警了？哪个大叫我是巡警了？”陈廷安的调门儿高了起来。

“行，就当不是巡警，如果是正经事，也没必要落荒而逃吧？”

“屋子的主人以为是仇家寻仇来了，当然害怕。”

“标统大人，请问如果是募兵，为啥要在那小黑屋里进行呢？”

“这是军事秘密，当然得秘密进行。如今形势紧张，乱党一直在调查我们新军的兵员数目，所以招兵也是秘密，你懂个屁！”郑标统认为陈廷安的解释说得通，尤其他一直认为巡警在和他过不去，此时火大了起来，“把那个人给我放了！”

“您认识那个人吗？”

“放屁！我的人我怎么不认识？”

“那他姓什么？”

“姓吴呀，你还想考我？”

“标统大人，在下觉得他们是乱党，如果是募兵——”

“谁知道你们是不是乱党呀？你小子不会认为我老郑也是乱党吧？”郑标统打断了他的话，说着已经从腰间抽出了枪。

“把那个人带上来吧。”陈廷顺无奈地说。

小吴被带了上来。

郑标统看了眼壮实的小吴，上前拍了一下，哈哈笑着说：“不错的兵坯子吧！”

……

陈廷安和郑标统领着小吴离开了巡警队，万分恼火的陈廷顺还得装着笑脸把他们送到巡警队的大门。看着郑标统和陈廷安、小吴上了马车，在卫兵的护卫下离去后，陈廷顺恨得咬牙切齿。

郑标统的马车到了标统衙门前停了下来。

“廷安，领你的亲戚下车吧。该干啥干啥去，不过别再去澡堂那鬼地方去招什么兵了。”郑标统大声大气地说完，陈廷安和小吴跳下车。陈廷安向郑标统敬了个礼。

小吴得救后，唐先生大大夸赞了陈廷安。

4

在余怀庆的主持下，具有中国特色的6.8mm汉阳造步枪试制成功，只待投产。但新枪投产需改造一批设备，可打了几次报告，设备款却迟迟无法到位。余怀庆为此天天唉声叹气，却毫无办法。

革命党很快得知了此情，决定就此加紧对余怀庆的争取工作。

余怀庆不知去了多少次总督府，却都是无功而返。这天又从总督府回到家里，仍然是不停地唉声叹气。

管家和罗秋月小心地侍候着余怀庆。

“老爷，是否可以去趟京城呢？”管家知道余怀庆在为设备款着急。

“去京城又能如何呢？自打张大人和李大人相继去世后，汉阳兵工厂就失去了强有力的支持者，去了也是碰钉子，何况现如今朝廷也是焦头烂额，国库空虚。”余怀庆说的张大人和李大人是张之洞和李鸿章。

余怀庆坐在书案前，目光不由地投向了那幅照片，并久久盯视。

“老爷，秀儿会来到您身边的，她不会有事。”罗秋月懂得余怀庆的心思。

这时有人急敲院门，罗秋月去开院门。

很快，罗秋月将王主管领了进来。

“王主管，有急事?”余怀庆站了起来。他希望王主管从兵工厂给他带来了好消息。

“大人，圣上驾崩!”王主管说完跪地磕头，并呈上一封加急快件。余怀庆接过一看，方知光绪帝驾崩之讯。

余怀庆立即双膝跪地，紧接着管家和罗秋月也跪了下来。四人朝着京城方向磕头。

……

此时的大街上，革命党人到处散发着“光绪已死，清朝将亡”的传单及“南方各省和黄花岗起义相继爆发、保路运动开始”等内容的传单……

光绪死后不到两年，震惊中外的辛亥革命开始处于酝酿中。

1910 年 11 月 13 日，孙中山在马来半岛的槟榔屿与赵声、黄兴、胡汉民、邓泽如等“同盟会”重要骨干召开会议。会议总结了以往武装起义失败的经验，决定集合“同盟会”精英，在广州起义，以和清政府决一死战。

1911 年 4 月 27 日，赵声、黄兴等人在广州领导起义。起义队伍与清军展开激烈巷战，但最终因力量不敌而失败。后收殓到 72 具烈士遗骸，合葬于黄花岗，由此建成黄花岗七十二烈士墓。事实上在此次起义中牺牲的起义军远不止此数。牺牲者多为“同盟会”精英，这对屡战屡败的孙中山又是一次打击，他只好又避到美国，伺机筹划下一次行动。

我们再回过头来看看武汉三镇的情形。

到了 1911 年 3 月时，在武汉新军的各标营里都已经建立起“文学社”和“共进会”的组织。这些组织以发展会员的形式在新军中扩大影响和势力，到年底前，已经有 5000 多名士兵加入了“文学社”和“共进会”，约占新兵总人数的三分之一。“文学社”和“共进会”是新兴知识阶层的革命组织，新军士兵是发动革命的潜在力量，“文学社”和“共进会”一直以新军士兵作为主要工作对象，以为今后的武装起义做力量的准备。

1911年春，清王朝搬弄立宪骗局，成立所谓“责任内阁”，这显然是对立宪派的否定。这个皇族内阁一出场，就在5月9日颁发“上谕”，实行所谓“铁路国有”政策，宣布各省原已准交商办的铁路干线，一律“收归国有”，准备以“国有”为名，出卖全国铁路主权。5月18日，清政府任命满族贵族端方为“督办粤汉、川汉铁路大臣”，要他去强行接收湖南、湖北、广东、四川4省的商办铁路公司。5月20日，皇族内阁的邮传部大臣盛宣怀同英、美、德、法四国银行团签订600万英镑的《湖北湖南两省境内粤汉铁路、湖北境内川汉铁路借款合同》，把湖北、湖南、广东3省人民在1905年从美国侵略者手中赎回的粤汉铁路和川汉铁路的修筑权，又重新出卖给帝国主义。它不仅侵害了广大人民、特别是民族资产阶级的利益，而且威胁着中华民族的生存。因此，清政府的这种卖国政策，激起了各阶层人民的愤慨。与粤汉、川汉两干线相关的湖南、湖北、广东、四川4省大举展开了保路斗争，其中以四川最为激烈。清政府慌了手脚，立即调派兵力前往镇压。

陈廷顺等巡警被调入四川镇压保路运动。

当时，保路运动酿成民变后，川汉、粤汉铁路督办端方奉命率湖北新军入四川镇压。此时，武汉新军大部被调入川，武汉的防务非常空虚，革命党人认为这是发动起义的好机会。立即开始积极准备。

各级官府人心惶惶，百姓议论纷纷……

余怀庆在各衙门间无数次探问有关兵工厂事宜，却无人关心。余怀庆有种被遗弃的感觉，顿时病倒在家中。

清王朝摇摇欲坠之势余怀庆早就已经感觉到了，只是没想到来得这么快。他忧心偌大国家顷刻间就有分崩离析之势，担心他费尽心血研发的新枪难以投产，更伤心他倾注了半生心血的兵工厂会就此消亡……巨大的忧虑几乎盖过了他对女儿秀儿的思念……

陈廷安来看望余怀庆，谈起时局，余怀庆对大清恐将分崩离析的结果叹息不止……

陈廷安立即将余怀庆的心境报告给了唐先生。唐季恺认为时机已到，立即买了礼物来探望病中的余怀庆。

此时，余怀庆见了唐季恺，有如见到了老朋友，态度比以前大有不同，唐季恺再次重复了革命党的理念，余怀庆听后久久未语。

“看来，只是几个人口头上喊‘富国强兵’没用呀。”余怀庆第一次这么说。

“对！只有从根本上改变国体，富国强兵才是可能。余大人，汉阳兵工厂是咱们中国人的，它不能倒也倒不了。它一定会马上投入生产的！”唐季恺坚定地说。

“可设备款从哪来？”

“大人您放心，我们一定会想办法，您等消息吧。”

唐季恺离开余府后，派出大批各界革命党人进入了兵工厂，在兵工厂内革命党人的策动下，只几天的功夫便卓有成效——工人自愿延领薪水。余怀庆得知此消息后十分意外，对革命党人的动员能力大为惊异。但他知道，这还解决不了问题，因为要有现款才能购进设备。

余怀庆预料革命党人不会有什么有效的办法了，在他看来，这些革命党也不过是搞搞暗杀、说说大话的乌合之众。

管家和罗秋月都没在家，余怀庆想上街去走走，于是独自出了余府。

刚到大街上，余怀庆便见随处都有募款点，一个大大的募款箱前站着几个人，慷慨激昂地向行人演讲，号召各界向兵工厂捐款、入股，以拯救中国人自己的兵工厂……

余怀庆呆住了。没人知道这是革命党的策动，但他想到了。他叫了辆洋车，在街上穿行着，只见不但到处有演讲的人们和募款点，还有号召商家入股的咨询点，余怀庆发现王主管等人也在其中。

余怀庆又下了车，不但感受着百姓情绪的热烈，还听说三镇到处是这样的演讲和募款点，余怀庆为革命党人强大的鼓动宣传能力惊叹不已……

余怀庆独自走到一个墙角，仰望苍天，一声长叹……

革命党的宣传鼓动起民众的爱国热情，百姓纷纷捐款，商贾纷纷入股……

很快，兵工厂得到了大笔设备款，这有些出乎余怀庆的意料，但更让他感动。

余怀庆立即抓紧购置、置换生产设备，准备投入生产。

……

不知何时，铁器株式会社又有人活动，人们发现那帮人又回来了。

原来，一直在日本领事馆的长野等人发现风声不紧后，又悄悄搬回了株式会社，但此时会社中多了不少新的日本人面孔……

刚一搬回老地方，长野就将所有有关兵工厂的情报汇总到一处，并认定社会募捐与入股的运动背后有革命党的影子。

“长野君，我们该如何应对?”间岛觉得又到了该他们出手的时机了。

“先静观其变。”长野说。这时，一个日本人从领事馆取来了一封密电。电文指示长野等人：清王朝腐朽至极，倾覆是难抑之势，我们需暗中襄助革命党推翻清王朝，却需阻止中国获得先进武器……

长野对国内发来的这封电文深为赞同，立即派出特务尽一切可能得到有关兵工厂的情报。

人手派出之后，长野在会社内时时等待着消息，他知道此时的兵工厂正处在关键时期，同样，他的任务也处在关键时期。

秀儿被带回了株式会社。

在如何处置秀儿的问题上，他一直没有想好。本来，按“生日宴会”的计划，是将陈氏兄弟与秀儿同时炸死，却出现了意外。

间岛曾建议除掉秀儿，但长野认为秀儿的利用价值尚在，而且是他人无法替代的……

很快，长野得到汉阳兵工厂新枪即将投产的情报。长野深知新“汉阳造”得益于德国新枪，而那支枪恰恰是他从德国领事馆购得，却不知因何神秘失窃，疏忽大意者已被处决，但责任者到底是谁至今仍然是谜，他曾怀疑过是秀儿所为，但秀儿有这么大的胆量和如此的计谋吗？

无论怎么说，秀儿都是长野既要利用又要提防的角色，为此，他们在密谋之前检查了所有房间，没有秀儿的影子……

长野和间岛等人在长野房间里开始了密谋。他们决定炸毁兵工厂的枪弹库……可他们没想到此时秀儿正在这个房间的那个密室里！

本来，她想进入密室以图发现什么秘密，不想却被长野等人堵在了屋里出不来了。也许是阴错阳差，密室里的秀儿听到了他们的密谋……

……

镇压四川保路运动的陈廷顺返回汉阳，听说兵工厂购置设备款源于社会募集之后，立即展开调查，之后怀疑这是革命党所为，陈廷顺提醒局长此事背后可能有革命党的影子，局长对他的调查结果虽颇为信服，但要他找到证据……

几次与陈廷安的交锋，陈廷顺都未占到一点便宜，陈廷顺决定避开陈廷安，从傅东晨身上入手——他一直认为傅东晨是革命党，这倒没错，却不知道傅东晨早已是革命党追杀的对象了。

陈廷顺在刘氏铁器行的周围撒下了大网，同时他吩咐手下：绝对不可打扰更不能伤害到云妹。他清楚云妹是无辜的。

一直不见傅东晨的影子。陈廷顺疑惑傅东晨为何消失了呢？

5

终于混出了日本领事馆的秀儿叫了辆洋车，当她悄悄告诉车夫去新兵营时，才发现车夫竟是虾米。

原来，自从陈廷安得知日本人搬回了老地方，就吩咐虾米经常来这里看看……为此，虾米在这里已经徘徊几天了。

革命党早已侦知日本人搬回了老地方，但革命党正在积极筹备武装起义，暂时将毁灭日本人的计划推迟了。

虾米的洋车转瞬到了新兵营。虾米通过哨兵叫出了陈廷安。

“虾米，有事?”陈廷安一出大门就期待地看着虾米问。

虾米颇为得意地向他的洋车一抬下巴。陈廷安明白了。

陈廷安掀起车门帘上了车。

果然秀儿在车里……

自从知晓秀儿是余怀庆的女儿后，秀儿在他的心中更加美好了。

“秀儿。”上了车后的陈廷安不知说什么好了。秀儿抱住了他，将头埋在他的怀里。那瞬间，陈廷安一动不敢动，直至他感受到了秀儿在无声地流泪，因为他的前襟湿了。

……

秀儿将这一段时间来有关长野等人的情况详细地告诉了陈廷安。当秀儿得知食盒炸弹事件后非常意外，为自己被长野所利用深恶痛绝。

接着，秀儿将长野欲炸兵工厂枪弹库的阴谋告诉了陈廷安。陈廷安为秀儿的智勇深深感动。

“秀儿，你做好准备，最近你就要离开日本人，到时我告诉你个天大的好消息。”说着陈廷安下意识地抚弄了一下她的那只耳坠。

“现在告诉我嘛。”秀儿急切地摇了摇陈廷安的胳膊。

“别急，只有当你离开铁器株式会社时才能告诉你。”

“那好，你快回兵营吧，等这次把日本人的鬼主意打烂后我马上离开他们。”说着秀儿掏手帕要给陈廷安擦额上的汗，没注意将怀里的那撮红缨带了出来，陈廷安见了稍稍一怔，然后悄悄地捡起，又轻轻地放回秀儿的怀里……

“秀儿，要不，你别去了……”陈廷安突然说，他担心秀儿的安全，

“我攒够了钱，可以买处房子了……”

“哥，等着我，咱不能让小日本得逞你说是不是？我要是不回去，日本人就会怀疑了。哥，很快了，到时妹给你生一大堆儿子，都像你，好不好？”秀儿说完微笑着，陈廷安倒有点不好意思了。

“哥，你亲我一下吧。”秀儿羞涩地看着陈廷安。

陈廷安还没有亲过女人，更不用说是秀儿了。他知道秀儿说的亲是什么意思。他呆呆地看着秀儿，突然脸胀得通红，而秀儿微微地闭上眼睛在期待着他。

陈廷安轻轻地吻了一下秀儿的腮，并闭着眼睛尽情地嗅着什么……他想把秀儿的气息深深地吸入自己的肺腑……

等在外边的虾米也幸福地微笑着，但时时警惕地看着四周。这时陈廷安掀开车帘，示意虾米起车。

“去哪?”虾米站起身。

“去热闹的地方。”陈廷安说完又缩回了车里。他想和秀儿一起多呆一会，但不仅仅在方寸之地的车里。

虾米把车拉到了汉阳的商业街。

局势的紧张并没有直接影响到百姓的日常生活，街两边的店铺照开不误。

在街中间，陈廷安和秀儿下了车。令虾米惊异的是，秀儿和陈廷安都换了装束，如果不是从他的车上下来，他几乎认不出他们了。其实，他们俩只是将身上的衣服做了调整——脱下了外衣；发型做了简单的重新梳理。两个经过了风雨的人成熟了，也知道该如何保护自己了。

两个终于体味到了爱情甜蜜的年轻人那么快活地走在一起，虽然不能像现今的年轻人那样手拉着手或相依相偎，却可以如影相随。

突然，陈廷安停住了脚。跟在他身边的秀儿也停了下来，顺着他的目光，秀儿发现，那是一家照相馆。照相馆在当时的汉阳虽然已经出现了几年，但还是个稀罕物，只有大户人家才有这个“闲情逸致”。

秀儿看了看陈廷安。

“秀儿，咱们进去！”陈廷安的目光虽然在征求秀儿的意见，语气却不容置疑。

秀儿点点头。

照相馆的生意比较冷清，来个客人他们就非常热情。不过兼照相师的老板也知道，来看热闹的居多。

“二位，照张相吧。照出的人儿和您一模一样，一百年后还是现在的您，不老。”老板很会说话。

“秀儿，照吧。”陈廷安看着秀儿。他希望留下秀儿此时的照片。秀儿的脸一红，在陈廷安的眼里，如果这就是她的照片该多好。

“我们一起照……”秀儿小声却期待地说，把陈廷安吓了一跳，赶紧看了一眼老板。秀儿从来就是大胆的，只是，那个时代，男女一起照相……还真是比天小不了多少的大事。

“秀儿，你先照。以后我们再一起照。”陈廷安瞄了老板一眼。

秀儿坐在椅子上，老板反复摆她的姿势，秀儿则非常不自然。老板让她笑笑，她紧张得怎么也笑不出来，好像相机的镜头是个陌生人的眼睛，怎么能朝陌生人笑呢。

“秀儿，你笑很好看的。”站在照相机一侧的陈廷安鼓励着他。这时，秀儿笑了，笑得很开心。照相机马上冒了一股烟，把秀儿吓得跳了起来，紧接着不好意思地又坐了下来。

老板笑了，告诉她照完了。

老板告诉他们可以一周后来取照片。

离开照相馆时，陈廷安和秀儿相约八月十五那天在归元寺见面。

6

离开了秀儿后，陈廷安立即赶到余府。

此时，管家和罗秋月的革命党身份在余怀庆那里已经公开。陈廷安刚到余府，便将秀儿传递来的情报告诉了管家，管家立即去通知唐季恺。

自从澡堂这个据点暴露后，为了安全，唐季恺等人居无定所，需要碰头时，就临时找个安全的地方。

很快，扮作泥瓦匠的唐季恺和小吴到了余府。他们刚刚进院，余怀庆就回来了。原来，罗秋月遵照唐季恺的指令，特意将余怀庆从兵工厂叫了回来。

余怀庆已经把唐季恺当成了朋友，唐季恺觉得如此大事必须得通报给余怀庆，并得到他的配合。

陈廷安向唐季恺和余怀庆报告了秀儿传递出的长野的计划……

虽然日本人不会善罢干休在唐季恺和余怀庆的预料之中，但还是为日本人的丧心病狂而吃惊。唐季恺对秀儿的功绩大加赞赏，作为父亲的余怀庆也十分欣慰，也才理解女儿为何迟迟未离开日本狼窝的良苦用心。

几个人分析了日本人可能的行动计划，并为怎样应对展开了讨论。

“是不是要通知一下巡警局呢?”余怀庆想了想说。

“大人，巡警中万分复杂，很难说没有汉奸，我看还是不要通知他们，有我们军方配合足够了。”

唐季恺满意地看了看陈廷安，对他的意见表示赞同，余怀庆也觉得有道理。

“余大人，我看这样：我们会和军方协调好，以革命党人为主的一队新军在枪弹库周围设下埋伏，力求全歼日本人。”

余怀庆从唐季恺的话中才得知，新军中竟然有大批的革命党！

余怀庆对唐季恺的安排点点头。

“大人，和郑标统的协调还得您亲自出面。您可以将日本人的计划如实告诉他，也将不能通过巡警的原因和他讲清。相信他会支持的。”

“郑标统没有调兵的权力，我还是和提督大人讲吧。”余怀庆说。

“有把握吗?”唐季恺期待地问。

“应该没问题。事涉兵工厂，是朝廷大事。”

“那就太好了。我们来通知新军中的兄弟给予有力配合。”唐季恺已经胸有成竹。

唐季恺和小吴准备上房为余府换瓦，以免引起余府周围可疑人对余府进入两个泥瓦匠的猜疑，可这时人们发现陈廷安仍在深思着。

“廷安，你还有什么意见?”已经站起的小吴问。

陈廷安看了看大家：“能不能在枪弹库周围设下埋伏之外，再在兵工厂的要害部位预伏重兵呢?”

唐季恺和余怀庆均有些不解。

“说说你的理由。”唐季恺认为陈廷安不会是无的放矢。

“日本人非常狡猾，他们对秀儿不会一点察觉没有，如果他们是通过秀儿故意放出的烟幕，就是另有目标。这种可能不是没有，因为上次长野就已经借蛋糕之事利用了秀儿——经日本人之手给我的蛋糕没有炸弹，可经秀儿之手给我的日本小吃却有炸弹。这不是声东击西吗?”陈廷安考虑了好久终于说道。

唐季恺和余怀庆对陈廷安的分析均表赞同，立即对计划做出了相应的调整……

……

余怀庆说通了提督，并通过郑标统，在夜间秘密调出新军两个队（两个连），在那个敏感日子的前一天傍晚，分别埋伏在枪弹库和兵工厂的周围。

可是，无论是枪弹库还是兵工厂，都一夜相安无事。天将亮时，在兵工厂余怀庆办公室等待战果的郑标统和余怀庆都有些耐不住性子了。余怀庆开始怀疑这不过是日本通过秀儿之口制造的紧张气氛罢了。可正在这时，枪弹库方向响起了枪声……

“小鬼子果然动手了!”郑标统听到枪声兴奋起来，抱怨分兵在兵工厂实属多余，并立即准备将埋伏在兵工厂的一个队调往枪弹库。可正在这时，兵工厂生产车间的一侧突然枪声大作，郑标统一怔。

“让陈廷安说着了!”余怀庆兴奋起来，郑标统这才知道分兵在兵工厂是陈廷安的主意。郑标统立即带着卫兵和余怀庆向生产车间赶去，待他们赶到时，战斗已经结束了。

五六具尸体横卧距离车间十几米处，尸体旁边散落着爆炸装置。

队官和陈廷安等人正在查看尸体，发现均为中国人的打扮，从里到外全无日本人的特征。

“怎么一个活的没有?”郑标统问。

“标统大人，有两个活的见无路可逃，自杀了。”队官报告道。

这时，埋伏在枪弹库的队官赶来向郑标统报告：枪弹库附近只有人在外围放了几声冷枪，把埋伏的官兵搞得很紧张，之后却没了动静，听到兵工厂方向的枪声，他们才意识到什么，匆匆赶来……

看来这果真是长野的声东击西之策，只是，再次失败了。

……

长野气急败坏。

原来，长野在密谋前找遍了会社，未见秀儿的影子，在回到房间时，发现了密室外的异常，他料定秀儿钻了进去，这才开了一场秀儿能听得见的“秘密会议”。此前，他认为秀儿将假情报送出后，无论是革命党还是巡警抑或是新军都会深信不疑，却没料到仍然撞到了埋伏，幸好事前做了精心准备，让那些参与行动的手下从里到外毫无日本人的特征，而且严令他们一旦失手有被捉的危险时，必须自裁……

躲在铁器株式会社参与策划并等待消息的傅东晨也十分沮丧。

“会不会是秀儿料到了我们的计划?”傅东晨不明白为何兵工厂也有埋伏？因为当时秀儿躲在长野房间的暗室里是长野等人阴谋中的一部分——有意将秀儿诱进了暗室，并故作一无所知地在长野的房间召开秘密会议，为的就是让秀儿将假情报送出去，不想却仍遭埋伏。

“看来得和这位秀儿小姐摊牌了。”长野认为秀儿已经毫无利用价值，尤其他不能容忍自己竟然败在了一个中国小女子的手上。

“长野君，是否可以利用她诱杀陈廷安呢?”间岛提议道。

长野微微点着头……

7

唐季恺在日本人声东击西欲炸兵工厂的阴谋失败后，立即意识到秀儿处在危险之中，指示陈廷安将秀儿从日本人那里接出来！

……

陈廷顺这几天遇到了一件令他举棋不定的大事——有人为他介绍了一位大户人家的千金，对方看中了他的巡警队长的身份，对他很满意，可陈廷顺却迟迟没有与那千金见上一面，因为他心里装着的秀儿一直分量不减。正当他犹豫时，得知了兵工厂和枪弹库事件。

虽然兵工厂和枪弹库的行动没有通知巡警，但陈廷顺还是很快知道了。既然有新军参与，陈廷顺虽有牢骚也没处去发。当他将该次事件的来龙去脉弄清之后，对秀儿在日本人那里的目的发生了怀疑。如果原本以为秀儿可能是贪图富贵而栖身铁器株式会社，此时他已经朦胧地意识到秀儿处境的微妙甚至危险了。

陈廷顺带上了佩枪，怀里揣了颗手榴弹，独自来到了株式会社。

陈廷顺借口治安检查，要会社全体员工必须列队接受检查。长野得知陈廷顺上了门，立即亲自接待。

“陈队长，我想您不是真的来检查社会治安吧？”长野见陈廷顺独自而来，心下已猜出八九分，“您一定是来找秀儿的。不必大动干戈，我把她叫来就是了。”说着长野拍了两下巴掌。间岛很快进来。

“长野先生，有何吩咐？”间岛向陈廷顺打过招呼后恭问长野。

“我们以前忽略了一件事。秀子小姐是陈队长的亲戚，陈队长驾到，怎么能不请秀儿来相陪呢。请秀子小姐。”长野的态度倒像是欠了陈廷顺什么。

“长野先生，卑职正要向您通报，秀子小姐不见了，我和同仁们正在找，据有人看见……”说着间岛看了眼陈廷顺。

长野也看了眼陈廷顺，然后说：“陈队长是咱们的客人，没有什么不方便吧，你尽管说就是了。”

“有人看见一个新军棚长——可能是陈队长的兄长陈廷安先生领走了秀子小姐。因为涉及新军，我们不便交涉，所以只好向您……”

“怎么会是这样?!”长野立即站了起来，看那表情十分意外和不安。

“长野先生，卑职知道秀儿小姐是您的未婚妻，怕您着急，一直没敢告诉您，可此事涉及新军，我们一个贸易会社不便出面。再说秀子说到底是中国人，不受日本领事的管辖……”间岛立即解释。

这是长野和间岛在作戏。当陈廷顺还没跨进株式会社时，长野便立即设下了这个局。

不过，陈廷顺已不是那么好骗，当年鬼七也曾用过这招。陈廷顺马上就明白了对方的用意，但凭自己一个人强行搜查这偌大的会社，怕也是力不从心。

他想暂时离开，再见机行事。

……

这一天正是八月十五。身着便装的陈廷安正在归元寺门前等着秀儿。秀儿迟迟没有出现，虾米也没来。原来，这会儿虾米正在株式会社大门前“趴活儿”。从早到晚，他一直等在这里，按着陈廷安的吩咐，一旦看见秀儿就把她拉到归元寺。可他只看见陈廷顺进去又出来，却未见秀儿出来。

归元寺的陈廷安等不到秀儿，越来越焦躁，索性叫了辆洋车，直奔株式会社。

其实秀儿就在株式会社的楼上。她坐在临街窗前的一把椅子上，目不转睛地望着街道。

陈廷安在离株式会社稍远处下了洋车，似乎随意地往株式会社方向走着，同时向株式会社打量。

陈廷安没有发现虾米。会不会虾米把秀儿刚拉走呢？陈廷安边走边想……

他偶然一抬头，竟一眼看见了楼上的秀儿。陈廷安不明白秀儿为何此时仍然安坐在株式会社却不如约去归元寺。他轻轻向秀儿挥手。此时秀儿也看见了他，并焦急地向他使着眼色。原来此时秀儿被绑在椅子上，如果不是近看，无法发现她的嘴被肉色的布带勒着，而身后躲着的一个日本人用枪顶着她的后背。

在另一处窗口的暗处，间岛也看见了陈廷安，他立即向身后的另一个日本人示意，那人悄悄到了楼下。原来，楼下的大门后也隐藏着手持日本刀的日本人。

日本人的计划是将陈廷安诱进株式会社的大门，然后将其砍杀。

只要陈廷安进入株式会社一步，他的死就是注定的，而且不但不会留下痕迹，巡警和军方也无从查找。

无论秀儿怎么挤眼皱眉，街对面的陈廷安也看不清。他对秀儿的一动不动有些不解，看了眼四周，又看了眼大门。他这一看吓坏了秀儿，秀儿使劲地晃着脑袋，可陈廷安却向街道的另一侧走去。他确实想进入株式会社，但不是从前门。他已经发觉秀儿极可能是被胁迫着。

陈廷安刚穿过街道准备向株式会社的另一侧而去时，突然停住了脚，并闪身到墙角，因为他看见傅东晨匆匆向株式会社的侧门而来，并不时地看一眼身后。显然，有人在跟踪他。

傅东晨闪身进了会社的侧门。

正当间岛调动人手准备埋伏在侧门时，傅东晨闯了进去，几个日本人差点将这个不速之客劈死……

间岛对傅东晨光天化日之下来会社十分恼火，傅东晨则说他已无路可走。

“长野先生在忙，你等会吧。”间岛把他扔到了会客室。傅东晨心里暗暗地骂了句“狗日的”！

此时的陈廷安已经消失在秀儿的视野范围内，因为陈廷安已经隐身在一个卖肉摊后。

这时，虾米回来了。

原来，刚才是黑老大他们请虾米下馆子吃饭去了。人们对这些叫花子吃馆子啧啧称奇。原来，黑老大他们不想要饭了，他们想吃公粮——要当新军，因为一时找不到陈廷安，这才找到虾米，并倾其所有请他大吃一顿……

陈廷安隐藏起来就是要看看是谁在跟踪傅东晨，却看见虾米过来了。他正欲向他招呼时，发现陈廷顺带领大批便衣巡警从株式会社侧门方向的小街赶来。看来确实早有暗探盯上了傅东晨。

陈廷顺和便衣巡警散开来，潜伏在株式会社的四周。陈廷安悄悄走到虾米的洋车旁，直接上了车。

虾米的洋车走了。

楼上的秀儿松了口气。

第十八章 武昌枪声

1

警惕的陈廷安七拐八拐终于找到了那个修鞋摊。修鞋的是小吴。按约定，有紧急情况时，先找小吴，再找唐季恺。

小吴把陈廷安领到了唐季恺所在的一间白酒作坊见到了唐季恺。陈廷安将傅东晨进了株式会社、便衣巡警正在围捕傅东晨的消息告诉了唐季恺。

“这样很好。只要傅东晨落入巡警之手，我们就有机会除掉他，省得我们再大动干戈地找他了。”唐季恺感觉到这是借巡警之手除掉傅东晨的好机会。

接着陈廷安又将虾米和黑老大等人想加入新军的想法报告给唐季恺。

唐季恺想了想："他们都是受苦人，虽然没读过书，但一定可靠。同意你运用各种关系帮助他们加入新军，但一定要影响他们同情革命直到加入革命，我们需要一切可以利用的力量。"

"我明白，唐先生。"陈廷安笑了笑。

"唐先生，秀儿有点不对劲儿。"陈廷安将在铁器株式会社门前看见的秀儿异常告诉了唐季恺。

"秀儿可能很危险。你先别急，你先完成你的任务，我这边马上派人去看看。"唐季恺也在想这个问题。

……

此时，潜伏在铁器株式会社周围的便衣巡警仍然未见傅东晨出来。

陈廷顺认定傅东晨已经进了株式会社，可他为何不出来或者出来了自己人没有发现？他为何进了株式会社？陈廷顺百思不得其解。他想像不出傅东晨或者乱党和日本人竟然有关系的理由，这让他很迷惑也很担忧。这时他想到了秀儿，想到了秀儿右耳上的耳坠儿，这让他不能不想到云妹……想到这儿，他决定立即去刘家！

……

陈廷安向郑标统力陈了黑老大等人的可靠后，郑标统欣然同意，因为他想在新军中培植自己的势力，在这兵荒马乱之时，他知道有人就有一切。

离开郑标统，陈廷安想再去株式会社，可刚出军营的大门，便见小吴在等他。小吴向他传达了唐季恺的指示。

"唐先生说，傅东晨正张罗着和云妹结婚，让你马上去趟刘家。目的是不仅要提醒云妹不能嫁给卖国贼，更要让她提高警惕。如果傅东晨逃过巡警的追捕，云妹也会很危险。你要想个稳妥的办法提醒她，既要让她知道真相，又不至于让她太伤心。"小吴如实转达了唐季恺的指示。

"秀儿那边……"

“唐先生已经指令顺子他们马上去铁器株式会社侦察。你放心吧。”

陈廷安只能无条件地服从组织的指示，将秀儿的事暂时放后，向云妹家赶去。

此时陈廷顺已到了刘家，刘老板不在，云妹正无精打采地整理她的嫁妆。

原来，在刘老板的几番催促下，傅东晨终于答应马上将云妹娶过门。可此时的云妹对傅东晨早就毫无热情，但毕竟年龄大了，不太可能另寻婆家，何况父亲逼得紧，云妹只好屈从了。对于傅东晨，她本来没有恶感，可他总是神秘地来又神秘地去，让她摸不着头脑，更感受不到未婚夫的热情与感情。在她的心底，更在意的是陈廷安。如果说小时候是双方老人作主的娃娃亲，那时不可能有什么男女感情可言，可是当她在以为陈廷安已死却又起死回生后的交往中，对陈廷安有了全新的认识，并对他萌生了莫名其妙的感情。只是，她只能将其压抑在心底，因为她知道一切都不可能了。

可云妹对陈廷顺却几无好感，大部分原因在于他竟然和亲哥哥陈廷安反目成仇！至于唐季恺与陈廷顺后来的所有交往，她毫无所知。

对陈廷顺的到来，云妹不冷不热。刘老板没在家，她将他领到了厅里。

“云妹，傅东晨来过没有？”陈廷顺对云妹的态度毫不在意。

“没有。陈队长来我家不是找你哥呀就是找傅东晨，都是公务吧？”云妹生硬地问。

陈廷顺：“云妹，我是来找你。”陈廷顺不急不恼地说，并看着她左耳上的耳坠儿，“能告诉我你这只耳坠儿是怎么来的吗？”

云妹不解：“怎么，你以为我是偷的？”

“云妹，你怎么把我们巡警都当坏人呢？还是把我当坏人？我是为你好！”

“和我的耳坠儿有关？”

“差不多。”

“耳坠儿是我娘留给我的，怎么了？”

“……哦，是这样……”

云妹感觉到了什么，突然认真起来：“我娘就给我留下一只耳坠，可耳坠儿一定是一对的，你是不是在哪儿看见了那只？”

陈廷顺想了想，点了点头：“云妹，你很快就会知道的。”

“为啥现在不能告诉我？”云妹太想马上知道了。

这时刘老板回来了。

“陈队长，您这是……”刘老板对陈廷顺虽然也没什么好感，却绝不敢得罪。

“刘伯，我们到你屋里坐会儿吧。”陈廷顺说着拉起了刘老板。

在刘老板的房间，在陈廷顺的追问下，刘老板不得不将云妹的身世如实道来——原来，刘老板当年去汉口，在路边的大坑里发现一领席子里卷着的一岁多的云妹。娶妻后一直没有儿女的刘老板发现云妹还有呼吸，马上把她抱到了郎中那里，竟然奇迹般地救活了云妹，刘老板为掩人耳目，回老家后立即搬了家……

陈廷顺听完后，只说了一句：“刘伯伯，好好对云妹，那个傅东晨不是好人。”然后走了。

刘老板一时不知所措。他知道陈廷顺一定掌握了什么情况才追问云妹的来历，却不知道他到底知道些什么。而陈廷顺只料定秀儿和云妹是亲姐妹，却不知道这姐妹俩的父亲竟是余怀庆。

此时，傅东晨在铁器株式会社的会客室里已经等了几个小时，终于等来了长野。但长野阴沉着脸。

“你怎么又白天上这儿来了呢？”长野不悦地问。原来，长野早就知道傅东晨来了，迟迟不见的原因是对傅东晨几番不顾约定，大白天贸然来株式会社而恼火，这样无疑将加大暴露株式会社是特务机关的危险。当傅东晨一进株式会社时，长野便立即派人观察四周，果然发现有可疑人在盯着会社。更重要的是在长野看来，傅东晨不仅没有了利用价值，而且引来了巡警和革命党的双重追捕……

“长野先生放心，我干了多年的秘密工作，知道怎么甩掉尾巴，不会给你添麻烦的。”傅东晨显然说了谎。

“傅先生有什么急事吗?”长野知道对方在说谎。

“长野先生，您当初答应过我，一旦我为你们的事业尽力服务了，您会协助我去日本避祸。您大概知道了，革命党一直在追杀我，巡警却还以为我是革命党，也不放过我，我再在中国对你们日本人已经没有帮助了，所以，我想到贵国，毕竟我在贵国留过学，对那里不陌生。”

“傅先生，我们已经在为您考虑这件事。我会抓紧给你给办相关手续，你可以三天后来取。但不是白天。”长野立即答应了。

“长野先生，我还有个请求。”

“请讲。你对大日本帝国是有贡献的人，我们对朋友从来都是讲道义的。”

“我能不能和我的未婚妻一起走呢?”

“当然可以!”长野立即答应了。

……

傅东晨高兴地告辞时，长野要他从秘密通道离开……

傅东晨刚刚离开，长野立即将间岛等人叫来。

“你们立即跟踪傅东晨，离会社远点，在恰当的场合将他秘密处死。”长野平静地命令道。间岛毫不意外地点点头后立即走了。

原来“讲道义”的日本人是这么讲道义的。

陈廷顺在匆匆赶往株式会社的途中遇到两个便衣巡警，巡警告诉他刚刚发现傅东晨化装后从株式会社的秘密通道的外出口——脏水井逃了出来，一直监视株式会社的便衣巡警发现并意识到后，傅东晨已经逃脱。

陈廷顺料定傅东晨是去了刘家，立即返身往回赶。

此时，陈廷安已经到了刘家，并直接进了云妹的房间。

云妹正为刚才陈廷顺的所说不知所措，她只能意识到此事非同小可，可确切是什么她不敢断定。为此，她去问父亲，刘老板虽然有些心神不定，但向她解释的却是“他只是对你只戴一只耳坠好奇!”

当然，云妹不这样认为。她期待着陈廷顺能尽快告诉她真相。

这时陈廷安来了。

陈廷安第一眼看见的是云妹一只耳朵上的那个水滴型耳坠儿，陈廷安一惊，心想这是怎么回事？莫非云妹是余大人的另一个女儿？是秀儿的妹妹？可是没听余大人说过她有两个女儿呀？

陈廷安移开目光，发现云妹心神不定，床上扔着乱七八糟的嫁妆，陈廷安明白了什么。

“云妹，东晨最近来过吗?”陈廷安想过会儿再问耳坠儿的事，此时尽可能轻松地问。

“你们兄弟怎么都那么关心傅东晨呢？刚才陈廷顺来过，也是找傅东晨。”云妹早已对傅东晨的神秘往来不满和不解，陈廷顺和陈廷安前后脚的“关心”让她感觉到发生了什么。

“云妹，你要和傅东晨结婚了吗?”陈廷安回避了她的疑问。

“可能快了吧。”云妹像是在说别人的事。

“云妹，能不和他结婚就别结婚了。”陈廷安很难将这种话说出口，但必须要说，就说得很生硬。

“哦？为什么?”云妹急于知道答案。她关心的不是能不能嫁给傅东晨，而是不能嫁的理由。

陈廷安想了一想，刚要张口，傅东晨匆匆闯了进来。陈廷安立即站了起来，他没想到会在这个时候遇到傅东晨。

傅东晨也一怔，显然他也没料到会在这里遇到陈廷安，而且他知道革命党一直在追杀他。

两个男人怒目相向，随时都可能爆发冲突，一边的云妹一时不知所措。如果这两个男人在别处，可能早就打成了一团，并非因为中间的云妹，而是因为“组织”和信念。当两个男人怒目相视时，却谁也不想先动手，毕竟这是在云妹家，是在云妹面前，双方都有所顾忌。

“想不到你……”陈廷安还是憋不住了。

“廷安，人各有志吧。”

“无耻!”陈廷安从牙缝里挤出了这两个字。

云妹看着他们，弄不明白他们对话中的含义。

正在这时，院子里一阵混乱，三人下意识地透过窗子向外望去，只见刚刚从后院转过来的刘老板正拉扯着几个陌生人大叫着“你们干什么?”

那几个人甩开了刘老板，直向云妹的房间而来。

“间岛!”陈廷安脱口而出。此前的瞬间，傅东晨已经认出了间岛等日本人，而且意识到是为取他性命而来。

当间岛等人抽出枪冲进云妹的房间时，傅东晨已经冲向后窗，登上桌子，一脚踹开窗户，蹿了出去。与此同时，间岛持枪冲了进来，一眼看见的是陈廷安，立即举枪射击。陈廷安操起一把椅子，可这时间岛的枪响了，瞬间云妹扑向了陈廷安。陈廷安椅子扔出去的同时，云妹也重重地倒下了……

间岛不知道打中了谁，见后窗洞开，知道傅东晨已经逃脱，顾不得陈廷安，立即率领手下从后窗跳出……

待陈廷安醒过神来时，发现自己没有中枪，身上的血来自云妹的胸口，陈廷安一惊，摸了一下云妹的鼻息，呼吸已经很微弱……

陈廷顺已经率领巡警赶到了刘家。当陈廷顺等人闯进云妹的房间，看着眼前刚刚发生的一切，顿时血往上涌。

“日本人!!”陈廷安指了指窗外。

陈廷顺立即率警追了出去。

间岛等人从云妹的后窗跳出来后，发现后院不远处是堵墙，墙下有半截梯子，显然傅东晨刚刚从这里逃走。间岛一定要追上傅东晨并将其置于死地，否则无法向长野交待。

间岛等几个人爬上了梯子……

间岛等人刚跳到外墙的胡同里，陈廷顺等人已经从院外赶到了胡同口。

“站住!”陈廷顺举起了枪，随之其他几人也举起了枪。

间岛停下了脚。

“陈队长，是我，我是间岛!”间岛对陈廷顺用枪指着他有点不满。

“哦，是日本人。刚才谁开的枪?!”陈廷顺板着脸问。

“我。”间岛毫不隐晦，“我们可是为了你们大清政府在追踪一个乱党分子。”

“我们大清政府的事啥时轮到你们管了？在他国领土上你们胡作非为、滥杀无辜，爷爷们今天就送你们回小日本去!”说着陈廷顺一挥手，间岛还没弄清怎么回事时，包括陈廷顺手里的“汉阳造”，几个巡警多枪齐发，间岛等三人立即倒下。

陈廷顺冲上前后在每个人身上又补了一枪。

“把尸体扔长江里喂鱼!”陈廷顺说完马上向刘家跑去。

……

一辆平板车在街道上飞奔。

陈廷安拉着车，陈廷顺推着车，车上是云妹，后边跟着的是刘老板。再后面是几个巡警……

兄弟俩和刘老板还未将车拉到医院时，发现云妹已经断气儿了。

刘老板抱着云妹的尸体痛哭，陈廷安和陈廷顺则无言而立。此时，兄弟俩都注意到了云妹耳朵上的那只耳坠儿，陈廷顺轻轻地摘下。陈廷安目光中充满了不解和疑惑以及一丝愤怒。

“云妹和秀儿是亲姐妹!”陈廷顺手里紧紧地攥着那枚耳坠儿，不知道是自语，还是对陈廷安抑或是对刘老板说。

刘老板的哭声越发悲伤。男人的号啕是那么令人心里震颤。一个生命的结束，也就意味着一段故事的结束，无论是平淡的还是曲折的……几乎同时，陈氏兄弟突然不约而同地向铁器株式会社方向跑去。巡警不知道陈队长要干什么，也跟在后面跑了起来。

陈氏兄弟两人边跑边相互看了一眼，他们心下都明白了他们的目的是共同的。

突然，陈廷顺停了下来，从身后的巡警手里夺过一把汉阳造，扔给了陈廷安……

此时的兄弟俩又在两人间仅有的共同情感与利益上站到了一起——他们要向日本人复仇!

兄弟俩正向株式会社狂奔时，突然一辆马车横在了路中间，陈廷顺认识那是局长的马车。从马车上下来的是局长和郑标统。

“你们……干什么去?”局长叫道。

兄弟俩停下了脚步。

2

原来，军警准备联合嘉奖有功人士，恰好陈氏兄弟俩一个是新军的“典型”，一个是巡警中的“典型”。郑标统知道这兄弟俩不合，这才特意去找巡警局长，以协调在嘉奖典礼上如何让这兄弟俩不至于闹出什么尴尬事。两人谈完后局长亲自送郑标统回衙，不想却遇到了这兄弟俩。

无论是局长还是郑标统，都为这兄弟俩在一起而惊讶……

……

长野没料到间岛等人执行刺杀傅东晨这样一件几乎是微不足道的小任务竟然一去无回。他预感到出了大事。他们怕是回不来了，可他却是哑巴吃黄连。

几个月内，连连损兵折将，长野几近是光杆司令了。

陈廷安对郑标统为他与陈廷顺之间的关系操心而感激，他向郑标统保证至少不会在典礼上和陈廷顺发生不快。

……

因为局长怕陈廷顺和陈廷安再发生冲突，严令他不许参加云妹的葬礼。

在云妹的葬礼上，陈廷安一言不发。

云妹为他而死了，可活着的他无论做什么，都无法挽回云妹那曾经单纯的生命了。可因为她可能是余怀庆的女儿、是秀儿的妹妹，云妹已经不再单纯，尽管直至逝世前她还一无所知。

陈廷安离开云妹的新坟，独自走到不远处的湖边，魂不守舍地坐下。

“傅东晨已经离开了三镇？”同样也来参加云妹葬礼的唐季恺坐在了陈廷安的身边。

陈廷安对傅东晨的去向并不关心。

“云妹真的是秀儿的妹妹、余大人的女儿？他怎么有两个女儿呢？”陈廷安喃喃地自语。他只知道余怀庆有个女儿幼时就不知去向，却不知他有两个女儿。

“余大人留洋前，他的太太已经再次怀孕，但他本人不知道。他太太本想在他回国后给他个意外惊喜，却不想……”原来，唐季恺早就把余怀庆的所有情况摸了个一清二楚。

陈廷安点点头，为人世间的诸多巧合、太多的悲喜剧、更多的无可预知而叹息。

“余大人一直不知道他还有个女儿，从此就更不需要知道了……”陈廷安为余大人深深地痛惜……

“唉，不要把这个事告诉余大人，权当他没有这个女儿吧。廷安，一定要保护好秀儿的安全，绝不能让秀儿再出事了！”唐季恺同样也是悲伤地说。云妹他自小就认识的，如今突然就香消玉殒了……

“唐先生，秀儿怎么样了呢？”陈廷安惦记着顺子他们对铁器株式会社的侦察。

“还看不出异样。长野还在株式会社，但他们接连挫败，手下连死几人，要防止他狗急跳墙。我们的人一直守在会社的周围，只要秀儿一出现，我们会立即保护着她永远离开铁器株式会社！”

“为什么不能闯进去救她呢？”

“孩子……”唐季恺摸了摸陈廷安的肩膀，“我只能告诉你，行动就要开始了，在此之前，任何鲁莽都可能给组织带来灭顶之灾，明白吗？”

陈廷安没点头也没摇头。

“廷安，很快就会有结果了，别担心。”

离开父亲的陈廷安要回军营，猛然想起该去照相馆取照片了。

当他拿到照片后，对照片这种新玩艺惊讶得好一会合不上嘴——秀儿简直就在他的眼前！而那开心的笑仿佛把他拉到了七天前秀儿的面前！他小心地把照片放进了怀里。

……

一天一夜，间岛等人活不见人死不见尸，长野认定他们已死，而且是死在陈廷安或者陈廷顺的手里，尽管他没有准确的情报来证明。

长野为自己在中国这十几年来几乎一事无成而感叹自己的无能，却绝不承认是中国人的顽强与智勇。

这时，他得到情报说军方和警方欲召开嘉奖典礼，陈廷安和陈廷顺将同台受奖。他决心最后一搏，将陈氏兄弟炸死在台上……

这次，长野经过了十分缜密的计划和周密的安排。当他认为万无一失时，来到了秀儿的房间。

原来，秀儿一直被禁闭在她的房间里，窗子被堵死了，门前有人看守，吃饭有人送。

“秀儿小姐，原谅我不能给你自由。因为你的自由就意味着我的失败。”长野坐在秀儿的对面，定定地看着秀儿说。秀儿一言不发地看着他。

“你爱陈廷安，有趣的是陈廷顺也爱着你，对不对？我真替你发愁该怎么处理这麻烦的关系呢？不过，现在我告诉你这些麻烦我马上都会替你消除了。”说着长野狞笑起来。

秀儿仍然没说话，但眼睛里流露出一丝不安，这让长野捕捉到了。

“明天，他们兄弟俩要同台领奖，我的理想是在他们领奖后没下台前就一起上路，当然要去很远的地方了，再也不会找我的麻烦，你也就没有选择的麻烦了。”长野说完冷笑一声，站起离开了。

秀儿明白了。

她听见长野走远后，立即趴在门缝看了一眼，见那个守门的日本人一动不动地守在门前，看来从门出去是不可能了。她又回到窗前，可怎么也推不开。其实她已经无数次试图从窗子逃出去了，可一点希望也没有。

此时的陈廷安如坐针毡。对于明天的什么授奖，他毫无兴趣，甚至反感。两天了，秀儿把他的心思塞满了，也急于让秀儿看到那张照片。他不知道是否该听唐先生的话，他相信唐先生的所说和安排都有道理，但他的直觉告诉他：秀儿多在铁器株式会社呆一天，危险就大一分。

陈廷安的焦灼感越来越让他坐立不安……

几乎和陈廷安一样，正在巡警队的陈廷顺同样也是心神不宁。云妹的殒命不仅让他更加痛恨日本人，也让他陷入一种无以言表的悲伤。是因为云妹是他家自小的邻居？还是因为云妹极可能是秀儿的妹妹？

此时，长野准备好了炸弹。他坚信这次陈氏兄弟一定会死在这枚炸弹之下。想到这儿，他充满了快感。他边摆弄着炸弹，边进了秀儿的房间。秀儿一眼认出了他手里拿着的是什么。

“秀儿小姐，这个小东西很精致也很安静吧？可它的威力大得出奇，这可是大日本帝国最新的炸弹，只要拉开引环，它就会爆炸，陈家两个兄弟可是全靠它才能上路的。”长野以轻蔑、凌辱、戏弄甚至是歇斯底里的表情和口吻边看着秀儿边说。

“秀儿小姐，我很钦佩你的大智和大勇，如果能为我们大帝国所用，当是本国的幸事，可惜你却忘恩负义，私下里做着不利于大日本帝国的事情，所以，本人对你的所有不恭你就不该怪罪我了。不过你的爱国之心我应该没有理由指责的，但是我要告诉你，我一定要把你带到日本，一定要你离开你的国家。等我们完成了这次任务，我们就要回国了，那时也是你离开你的祖国之时。”说着，长野得意地拿着炸弹转身走了。

……

与此同时，决心违背父命的陈廷安正带着一队新军士兵向株式会社而来，他要强行把秀儿带离株式会社，并将她送到余府！

同样，陈廷顺也带领一队巡警向株式会社赶来。和陈廷安的目的一样，他想公开将秀儿从日本人那里抢出来，然后将云妹是她亲妹妹告诉她，而云妹恰恰是日本人所杀。此时，他对日本人的仇恨已超出了秀儿之爱的归属……

同一时间里，小吴等革命党人正在铁器株式会社的周围严密监视着株式会社里的动静。

秀儿的房间里，当长野刚刚转身欲离去时，秀儿的脑海里只有了一个念头：陈廷安不能死！只要他活着，就是我活着！

突然，秀儿向已经开了门正要离去的长野扑了过去，一把夺过那枚炸弹，并死死抱住长野。长野怎么也没想到秀儿会有如此举动。当秀儿拉开引环的瞬间，长野挣脱了秀儿，并向门外跑去……

秀儿追上长野，她渴望着炸弹快点爆炸。她早已决心与长野同归于尽。

可炸弹没有爆炸。

“快，把炸弹抢回来！”长野发现炸弹没炸，庆幸与气恼之余气急败坏地大叫。

此时，秀儿绝望地看着那枚炸弹。

长野和那个守卫将秀儿摁倒在地。秀儿不明白这炸弹怎么还不爆炸？并意识到这可能是长野为了羞辱她而拿来的假炸弹。想到这儿，秀儿突然松了手，可就在她松手的刹那，炸弹爆炸了……

原来，秀儿一直紧紧攥着炸弹的手恰好按住了击发器！

巨大的爆炸声在瞬间让周围所有人的大脑都停止了思想。那瞬间，这座建筑里的所有生命永远凝固了。

巨大的爆炸将整个株式会社夷为平地。

……

爆炸声将几公里内的地面震得颤动。看着远处升起的烟尘，陈廷顺立即判断那是株式会社！他一时不知道发生了什么，立即甩下巡警狂奔起来。

已经接近株式会社的陈廷安则看见了冲天的爆炸后的烟雾，同样也狂奔起来。

陈廷安和陈廷顺发疯地向现场跑来，虽然他们还不确定发生了什么，却都隐隐感觉到这与秀儿相关。

两人相继赶到了现场。当一片废墟出现在视野里时，他们的脚步立即迟滞了下来，而目光中则是茫然……

兄弟俩相距不远，不知道他们是否看见了对方，此时他们的心中所有的只是秀儿。这里发生了什么？秀儿在哪？秀儿是否还活着？他们呆若木鸡地看着眼前的废墟。

围观者越来越多。巡警已经将现场围了起来。

忽然，陈廷安终于醒悟过来，并真切地意识到了什么，冲到废墟上，发疯地扒着，十指在废墟的瓦砾间如同钢筋般抠挠着，而鲜血则很快从指尖上渗出，但他全然不觉。毫无疑问，这片废墟下不可能再有鲜活的生命存在，但陈廷安此时简单的意识里则以为秀儿就在下面等着他的相救……

陈廷顺看见了陈廷安，忽然腿一软，跪在了废墟前。

陈廷安仍不知痛楚地扒着。突然，他的两只手停下了。也许是巧合，也许是命运使然——他竟然发现了自己大刀上的那撮红缨。他呆住了，之后轻轻拿起红缨，手指上的鲜血立即浸染在红缨上……

无疑，这片废墟里不可能有生命存在了。

陈廷安从怀里拿出秀儿的照片。很快，照片上有了陈廷安的血手印。秀儿的笑还是那么灿烂，看着照片，陈廷安感觉秀儿还在，还在朝着他笑……这么多天了，一直是照片在陪伴着他。他不认为那是照片，那就是秀儿，永远存在的秀儿！

陈廷安把那撮红缨和照片轻轻地、慢慢地塞进怀里，然后抓起身边的那支汉阳造，站了起来。

人们包括陈廷顺注视着他。

陈廷安单手举起枪，枪口对着天空，扣动了扳机——一声清脆的枪声似乎将秀儿的生命送上了天堂……

随着枪声，陈廷顺垂头看着手心里的那只耳坠儿，然后握紧，双拳擂着地面，一声撕心裂肺的嚎哭……

一个鲜活的生命、一个系着两兄弟真切情感的女人就这样离开了他们，离开了人世，却是她的情愿。两兄弟的悲痛是真切的，尽管人们并不了解内情，也为他们感天动地的哀伤唏嘘不止。

……

3

在巡警局赋闲的焦伯琛一直在寻找机会除掉陈廷顺。

这时他听说了株式会社被炸为平地的消息，同时，也知道秀儿因此离开了人间。为此，焦伯琛很真实地发自内心地感觉到了悲伤和痛楚——为秀儿的如此归宿感叹不已。但秀儿为什么而死？无论是警方还是军方都没能揭开内幕。

秀儿的葬礼即将举行，焦伯琛认为这是除掉陈廷顺的机会。

杀掉陈廷顺的理由在他看来太充分了。从副局长到普通巡警虽然是陈廷顺告状的后果，但焦伯琛已经把对陈廷顺的恨上升到不仅是个人的恩怨了，无论从亲情的角度还是个人的角度还是冷静地对一个人的判断，他都认为陈廷顺应该死掉！

焦伯琛从巡警局弄出一支枪，叫了辆洋车，向郊区赶去。

他掌握的信息是陈廷顺将参加在孤坟举行的秀儿安葬仪式……

洋车快到了那片草地一侧的小路，焦伯琛下了车。

大概送葬的队伍就要来，焦伯琛已经感受到了一股悲切的冷气。

焦伯琛在草丛中趴了下来。可刚刚把枪顺过来，准备装弹时，却有枪口顶在了他的后背上。焦伯琛一惊，轻轻回头，却是穿着新军军服的虾米！可焦伯琛一时没认出是虾米。

原来，虾米已经进了新军当上了士兵。

“焦队长，你要干啥？”虾米和他的弟兄们为了保护余怀庆等人的安全，奉陈廷安命令在此设伏清场。

“我，想练练枪呀。”焦伯琛边说边站了起来。

“唬谁呀！我可不是当年的小混混了，是新军了！”虾米挺了挺胸，这时焦伯琛才认出他来，随后立即放松下来。

“原来是你呀，陈廷安的小兄弟。”

“什么小兄弟，大兄弟！”虾米不高兴地纠正，“说，你想干什么？”虾米把枪对准了他。面对当年的巡警队长，虾米有点心里没底，他向远处看了看，可在远处设伏的黑老大他们却不知藏在哪儿了。虾米刚要喊，焦伯琛吓了一跳，“别喊”！焦伯琛低声却有力地叫道。

“兄弟，我知道你是陈廷安的朋友，那就一定是陈廷顺的敌人了?”焦伯琛试探着问。

“那是!”虾米毫不犹豫。

“那我告诉你实话。我今天要杀了陈廷顺!”焦伯琛冷静地说。他已经意识到这周围可能还有新军，如果得不到他们的支持，不但难以得手，而且可能被新军抓了去。

“杀了陈廷顺?”虾米有点吃惊。他看了眼四周，一把将焦伯琛拉坐下。

“你知道陈廷顺是谁吗?”虾米问。

“这还用你问吗?”

虾米一歪头：“一看你就不知道。你知道罗秋月是谁吧?”

“余府的小姐呀。”

“她还是娥儿，你的侄女对吧?”

焦伯琛怔了，没想到虾米竟然知道这些。“是，怎么了?”

“你知道南儿是谁吧?”虾米卖弄地又问。

焦伯琛又暗暗吃了一惊，点了点头。

“南儿就是陈廷顺，是罗小姐的弟弟!”虾米如同说评书说到最后大揭底般说道。

焦伯琛差点没喘上气儿来，眼睛瞪得溜圆。很快，他意识到虾米说的可能是真的。

看着焦伯琛惊愕的表情，虾米满足了，从头到尾把自己的父亲就是老逑子、鬼七和显魁、唐季恺如何分别去看奶奶的经过讲了一遍。

焦伯琛听完后目瞪口呆了一会，突然放松下来，轻轻摇了摇头……

此时，给秀儿送葬的队伍从远处走了过来。凄婉的唢呐声将焦伯琛和虾米拉回到现实中。

“虾米，我明白了，你们是在给葬礼警戒。”

“对。长野他们死了，谁知道会不会冒出短野呢?!”

“你说得对，我也和你们一起警戒!”

两人伏在草丛中，警惕地看着四周。

焦伯琛怎么也静不下心来。当送葬的队伍在不远处拐了个弯，向那孤坟而去时，他对人们将秀儿埋葬在这里深为理解。

一辆马车走在前面，车上是盛着秀儿遗体的棺木。

远处的焦伯琛和虾米看着他们，心想人们费了多大的功夫从废墟里找到了秀儿遗体——那遗体还有多少人的身体组织部分……

谁也不知道株式会社因何爆炸，因为里面的人无一生还。可在外界看来，一个经营铁器的公司，怎么会发生那么大威力的爆炸呢？即使巡警局也没有得出最后的结论。

作为巡警队长的陈廷顺当初曾坚持要参与废墟的清理，无奈日本领事馆出面，坚持不允许中国人接近废墟，只是最后将秀儿遗体的一部分交给了警方。

唐季恺等革命党人对此事件经过认真讨论、分析后，认为有两种可能：日本人在组装炸弹时不慎引起爆炸，另一个可能则是秀儿阻止了一场阴谋……

为秀儿送葬的队伍中有余怀庆和余府的所有人，巡警局长，各府、道的官吏及陈廷安、陈廷顺，甚至还有刘老板。

秀儿的葬礼已经不是当年鬼七干女儿的葬礼，也不是一个在日本商行的中国清洁工的葬礼，是兵工厂总办余怀庆女儿的葬礼。

可这父女二十多年未见，待要相认时却已是天各一方……

在陈廷安和陈廷顺的分别安慰和帮助下，刘老板承受着巨大的悲痛安葬了云妹，同时，他也才知道了云妹的真正身世。当他知道余大人还有一个女儿时，多少还为余大人庆幸，可没过几天，余大人最后的一个女儿——秀儿竟然也死于非命。刘老板对自己的命运已经悲叹之至了，可余怀庆的遭遇岂不远远超过他？为此，他对余怀庆充满了同情，并坚持来为秀儿送葬，但陈廷安要求他一定不能将云妹之事流露出半分。

还是那座孤坟。坟头已经打开，里面已经清理出一个安放棺木的地方。坟前已经立起一块新的石碑，石碑上刻的是“爱女秀儿之墓”。

罗秋月搀扶着余怀庆，站在坟前默默地看着人们将秀儿的棺木轻轻地安放在坟中。

如果说在场的人们是对秀儿的去世而悲伤，但在此时此地，倒不如说为余大人的遭遇而难过。即将相认的亲生女儿突然离世，这对人过中年的余怀庆的打击是可想而知的。因此，所有人对余怀庆的遭遇无不唏嘘不止，可那几个知道他还有个女儿，不久前也突然殒命的人们对他已经不仅仅是同情，甚至比他本人更加悲伤、更加感叹人生的残酷与不遂人愿！

陈氏兄弟分别站在坟墓两侧，他们内心的悲伤虽然与余怀庆不是一个滋味，却同样是无以言表的痛苦……

陈廷安把手伸进了怀里。他的手在紧紧抚摸着那张照片。刚才，他曾想过把那张照片送给余怀庆，但最终打消了这个念头，他不想让老人永远把悲伤带在身边，更何况，他希望最后的秀儿永远属于他自己！

忽然，罗秋月抱住了余怀庆，真切地叫了声：“爸爸！”余怀庆毫不意外，轻轻地抚摸着罗秋月，深情地叫了声“娥儿”……

人们稍感欣慰。

远处的虾米和焦伯琛虽然不在近前，但也能感受到现场的悲愤，两人都悄悄流下泪来。

焦伯琛向坟前走来。作为余大人的老朋友，他想他一定要出现在现场，尽管如今他只是个普通的巡警，尽管陈廷顺就在现场。

……

4

兵工厂的校枪场上彩旗飘扬，各色人等站满了校枪台前。而校枪场的四周，都是荷枪实弹的新军兵士警戒着。

在校枪台前，最前一排坐着各国领事馆的武官。他们是受邀前来观看“汉阳造”试枪仪式的。

在众目睽睽之下，余怀庆亲自站在校枪台前试枪。枪声响过之后，远处靶标两侧钻出两个人，一个是中国人，一个是兵工厂特意邀请的美国使馆的卫兵，以免人们怀疑有作弊之嫌。

很快，验靶人打着旗语，人们看过后一阵惊叹。显然，无论是射程还是准确度都令人们惊叹。

接着，各国武官相继上场，一一试射……结果无一不赞不绝口。

这时，新军士兵列队而来，并整齐地立定在一侧。

陈廷安站在排头。

校枪台后侧，是汉阳兵工厂的年轻工人们组成的方阵队伍，在王主管的指挥下，引吭高歌兵工厂的厂歌。据后来考证，红军《三大纪律八项注意》的曲调是源自汉阳兵工厂的厂歌。

很快，工人们把几车新枪推到了新军队列的一侧。

兵工厂要举行新枪移交仪式。在歌声中，余怀庆从箱子里拿出一支新枪，郑重地交到已是排长的陈廷安手里，陈廷安则充满庄严感地接过“汉阳造”，敬了个十分标准的军礼。他的一侧和身后，是虾米和黑老大他们，他们无不骄傲地看着陈廷安……

……

新枪生产之余，如同上了发条一刻也停不下的余怀庆马上投入了下一轮的新枪研发和设计中。

与此同时，革命党人武装起义也在紧张的酝酿中。湖北清政府嗅到革命党人的行动意图，采取着对应之策，三镇巡警队长以上警官被招至督府训话。

“诸位都是朝廷命官，大清政府有难时，我们当奋力护卫。也不枉我们多年吃着朝廷的俸禄。虽然几个乱党不足惧，但我们必须将他们扑杀在未壮大之时，否则，不但朝廷危矣，我们也死无葬身之地呀。所以，各位一定要誓死效忠朝廷，破获乱党之后，本督军不但要论功行赏，还要将有功之臣上报朝廷，委以重任！”

督军强打着精神激励着眼前这些人，对于能否破获乱党他心里一点底也没有，因为他知道这么些年来，乱党越剿越多、势力越来越大了。

“大人！”此时已是激情满怀的陈廷顺站出了队列。

“兄弟有话请讲！”督军客气地说。

“请督军大人放心，在下陈廷顺，为保大清江山，不才愿率领弟兄们竭尽全力，即使肝脑涂地，也在所不惜！”陈廷顺说得慷慨激昂，督军满意地点着头，听着陈廷顺继续说。

“陈廷顺愿发血誓，以性命固我大清！”说着陈廷顺掏出短刀，削破一只手指，将鲜血滴落在地，其举动令所有人都吃了一惊。

督军鼓掌，惹得人们不得不捧场地鼓起掌来。

“兄弟你叫什么名字？”督军亲切地问，却忘记了刚才陈廷顺已经说过自己名字了。在场的人有的憋不住笑，陈廷顺却毫不在意，挺胸抬头地答道：“在下陈廷顺。”

“好！有了你这样的忠臣义士，剿灭乱党指日可待！”督军走到陈廷顺面前，拍了拍他的肩膀。

……

说来陈廷安和陈廷顺似乎注定要站在对立面。督军接见巡警的当天下午，陈廷安参加了革命党人策划起义的秘密会议。

一大间屋里非常昏暗，十几个人围着一张桌子坐在一起，桌子前坐着的是唐季恺，桌子上放着地图。地图旁是一把扎在桌子上的匕首。

大家的神色十分严峻。陈廷安、罗秋月、小吴、顺子和巡警胡三等革命党人悉数在场。

“我们多年来积蓄力量，等的就是这一天，希望各位小心行事，各执职责，但目标是一个，为革命成功不惜热血和生命。”唐季恺说着，展开一块白布，“这是一块白布，也象征着生命耗尽的清政府，我们要以鲜血将其埋葬。各位，表达一下我们的决心吧。”

唐季恺的话音刚落，陈廷安站走到桌前，拔出匕首。

“我代表新军弟兄们发誓：忠于革命，推翻满清，建立共和，不惜生命!”说着，割破手指，将鲜血滴在白布上。

其他人等纷纷站起，走到桌前……

此时，陈廷顺率领的巡警已经悄悄包围了这处民房。

屋里，人们的滴血已经布满了那块白布……突然，放哨的人惊慌地闯了进来。

“不好了，巡警包围了这里!”

唐季恺迅速抓起那块白布，塞进了怀里。其他有枪的人立即抄起枪。

小吴踹开后窗，可一颗子弹射来，险些击中小吴。看来，后边已经被巡警堵住了。

“大家别慌，有枪的在这里吸引敌人的火力，其他人跟着陈廷安从前门冲出去!”唐季恺没想到屡历风险，偏偏在即将举行起义时又遇到了更大的危险!

唐季恺将长枪伸出窗子向外射击。罗秋月则掏出飞镖，探头向窗外观察着目标，被唐季恺按下了头。

陈廷安没有贸然从前门突围，而是主张在棚顶打开个洞，和小吴、顺子等人顺着绳索爬上了屋顶……而前门则用家具顶了起来。

外面的巡警向屋里喊话："你们被包围了，出不去了！只要你们投降，本人保你们不死，如果抵抗，格杀勿论！"

"是陈廷顺。"唐季恺身边的罗秋月说。

"秋月，你和陈廷安他们离开这里，我在这里吸引他们。"

此时，陈廷安他们已经爬上了房顶，伏在屋顶向靠近前门的巡警射击。陈廷安的好枪法立即击倒了两个巡警。

巡警没料会遇到激烈抵抗，平时他们就是吓唬一下老百姓，真正玩起命来，没有不怕死的，立即退了出去。

此时，陈廷顺正在努力向后窗靠近，几个巡警不敢上前，在后面掩护着他。

唐季恺举枪瞄准，可他的视野里却出现了陈廷顺。

唐季恺将枪撤了回来。

"唐先生，开枪呀！"罗秋月大为不解。她没有看见冲在最前面的是陈廷顺。

此时的天色将黑，陈廷安等人掩护着人们从前门撤出。

罗秋月终于看见了陈廷顺，也明白了唐季恺何以没开枪。

"唐先生，您是因为亲情……"罗秋月知道陈廷顺是他的儿子，却一直没敢肯定是她的弟弟。"可如果您念及亲情，同志们就会很危险呀！"

唐季恺轻轻摇头，不知道是对罗秋月所言的否定还是对自己的否定。

罗秋月认为唐季恺是下不了手，立即探出身子欲投飞镖，可这时陈廷顺后方的巡警扣响了扳机，唐季恺在此前的瞬间探身拉下罗秋月，却不幸中弹。

子弹穿过了他的脖子，血流如注。

陈廷安掩护着人们已经撤离到安全地带。可这时他发现唐先生和罗秋月没撤出来……

唐季恺躺在罗秋月的怀里，说话已经很吃力。

“秋月，好希望你和廷安能成为一家……”唐季恺微笑地说。罗秋月稍一怔，随后深深地点头。

“秋、秋月，廷顺是鬼七——霍老七的儿子，是南儿，是你的弟弟……”

结果终于得到了验证，可罗秋月依然叫道：“唐先生，不！不会是真的！”罗秋月宁可相信唐先生是在说谎，而不愿承认陈廷顺是她的弟弟。

唐季恺强撑着笑了笑：“秋月，我早就应该告诉你。你们是亲姐俩，他小的时候我领养了他……我不能、不能杀他，请同志们原谅吧……”

唐季恺闭上了眼睛。

陈廷安冒着危险，返了回来，刚要进门，罗秋月闯了出来。

“快撤！”罗秋月拉起陈廷安就走。

“唐先生呢?”陈廷安甩开她。

“唐先生……已经牺牲了。”罗秋月忍着泪。

“牺牲?”陈廷安呆住了，似乎“牺牲”这个词终于转到了“死”的概念时，陈廷安才终于醒过神来，可却如在梦中。父亲死了?

这时，屋子里已经传来杂乱的枪声。小吴从院外冲进来。

“快走，增援的巡警来了！”

陈廷安被罗秋月和小吴拖着离开……

此时，陈廷顺和巡警已经闯进了房内，并发现了已经停止呼吸的唐季恺。

陈廷顺大吃一惊。

“刚才谁开的枪?!”陈廷顺问身后的几个巡警。

“我!”一个巡警得意地说，不想，陈廷顺狠狠地打了他一记耳光。

5

山雨欲来风满楼，一场大事变即将发生。革命党的有意为之几近开花结果了。这个“有意为之”指的是前边说过的，在清政府的新军中积蓄的力量。

前边说过，湖北新军原为张之洞所编练的“江南自强军”。张之洞是洋务运动的倡导者和积极实践者，经他手派到海外学习的年轻人有一大批，其中新军中的中下层军官不少曾官费派日留学，恰是这些人多是革命党人，而且“共进会”及“文学社”两个革命团体一直向这个群体渗透最广。当“保路运动”酿成民变后，湖北新军奉命入四川镇压。武汉新军大部被调入川，虽然一部分像陈廷顺这样的巡警被调回了武汉，但三镇的防务非常空虚，革命党人认为这是发动起义的好机会。

1911 年 9 月 24 日，“文学社”与“共进会”在武昌召开由双方负责人和新军代表 60 余人参加的联席会议，会上组建了起义的领导机构——起义总指挥部。“文学社”负责人蒋翊武被推举为总指挥，“共进会”负责人孙武被推举为参谋长。“共进会”负责人刘公被推举为政治筹备处总理。起义总指挥部设于武昌小朝街 85 号“文学社”机关，政治筹备处设于汉口俄租界宝善里 14 号。

本来，起义定为 1911 年 10 月 6 日（农历中秋节），后因准备不足，起义日期推迟到 10 月 16 日。

10 月 9 日“共进会”人士孙武在汉口俄租界宝善里 14 号秘密制造炸弹时发生事故，孙武被炸伤。俄国巡捕前来搜查，受伤的孙武和其他人脱逃，但起义的文件、旗帜等被搜走，并在相邻的刘公住所内带走了刘公的弟弟刘同。湖广总督瑞澄闻得此事后下令全城戒严，搜捕革命党人……

第二天，也就是 1911 年 10 月 10 日晚，余怀庆匆匆赶回家里，并立即叫来了管家和罗秋月。

余怀庆虽然同情革命，并在实质上成为了“乱党”中的一员，但他时时有种自责和惭愧，虽然他认定了革命党的主张是正确的，可毕竟做了多年清政府的官员。所以，每每与革命党取得联系时，他都是通过家里的两个“革命党”，而很少直接与唐季恺等人联系。

“唐先生遇难了……”余怀庆看着他们俩，不知是在问他们还是在告诉他们。

那两个人悲痛地垂下头。

“廷安还好吧?”余怀庆担心地问。

“爸，廷安很坚强。”罗秋月咬着嘴唇说。

余怀庆点点头。

“我要马上把一些情况告诉你们!”说着余怀庆关上房门，和两人讲了起来。

……

罗秋月赶到了军营大门，站岗的正是虾米和黑老大。

“虾米，快去叫廷安!”罗秋月急切地说。虾米看了眼四周又看了眼黑老大，黑老大向他一示意，虾米立即向院子里跑去。

此时，陈廷安正与军中的革命党人秘密商量着什么。虾米跑了进来。

“大哥，罗小姐找你!”

“兄弟们先别动，等我一下。”陈廷安马上和虾米跑了出去。

没多久，陈廷安回来了。

“弟兄们，大家做好准备，武装起义的时间定在明天，随时等待准确的动手时间的通知!”

大家非常兴奋。

……

人们散去后，虾米换了岗，来看陈廷安。陈廷安将行动计划告诉了虾米之后说：“虾米，咱俩得去趟武昌看奶奶。”

“我前天回去，奶奶还真的问你呢。不过……大哥，现在是什么节骨眼了，弟兄们可都在看着你，你不能现在离开。等咱们革命成功了再去看奶奶，奶奶该多高兴呢。”虾米真切的话让陈廷安既感动又犹豫。

“那……革命成功之后，咱还是把奶奶搬来汉阳吧，咱俩也好能经常照看她老人家。”

虾米点点头。

……

夜里，陈廷安抱着那支新“汉阳造”，怎么也睡不着……

父亲为革命牺牲了，无论是当年抗击八国联军还是如今为推翻大清王朝，父亲都没错。为此，他决心要继承父志，达成革命党的目标，而这时刻马上就要来了！

突然，武昌方面传来急促而热烈的枪声，陈廷安立即翻身而起。他不知道发生了什么。

原来，新军中的革命党人自行联络，约定以枪声为号，于10月10日晚发动起义。新军工程第八营一名正目（班长）熊秉坤是该营革命党的代表。得知起义计划泄露，他和营内其他革命军士兵相约，当晚7时发难。

晚上，二排长陶启胜带护兵两人查铺至五班，见革命党人金兆龙荷枪实弹，大惊，欲夺枪。金见事败，疾呼：“众同志再不动手更待何时？”“共进会”成员程定国持枪开火，陶带伤逃去。

对这第一枪到底是谁先开的，熊秉坤在《工程营首先发难暨事前布置》里有不同说法：程定国取枪想射击，又怕伤了金兆龙。金兆龙顺势夺了枪，用枪托子向陶启胜的头一打，“血花四迸，陶捧头向外楼梯口逃”，与熊秉坤相遇，熊放了一枪，不曾打中。

不管是谁先打这一枪，辛亥革命的烈火就此点燃而且这第一枪是出自

“汉阳造”却是无疑的。

陈廷安找到仍在睡梦中的虾米，把他拉到营房外。

“虾米，你马上通知营中的兄弟，做好随时应对突发事件的准备。”

“什么叫突发事件？”虾米揉着眼睛问。

“就是天上突然掉下的大事！”陈廷安虽急却耐着性子解释。

“知道了！”虾米立即全醒了。

这时，营中突然大乱，士兵们有的穿着衣服，有的光着大半个身子跑出营房。

“武昌发生乱党起义了！”不知道谁喊了一声。

陈廷安判断：是否武装起义因故提前了呢？

军营里乱作一团，但革命党的士兵们都集中在陈廷安的房间里。

“廷安，怎么办？我们怎么做？你就是我们的长官，你下命令吧！”黑老大说完，虾米等人纷纷附和。

这时，陈廷安心里一直在想着罗秋月晚上给他的情报。那是余怀庆告诉他的有关楚望台军火库的情报。

正在这时，一个革命党兄弟跑了进来。

“大哥，武昌那边动起手了！”

“消息准确？”陈廷安问。

“长官那里已经接到提督的电话了！”

“大家立即带上枪，和我走！”陈廷安将自己的大刀插在背后，刀柄上是那撮红缨。

乱作一团的军营里的士兵几乎是各行其是，谁也不知道出入的士兵是去镇压乱党还是去协助乱党。

……

已经是深夜，虽然武昌方面枪声响成一片，余怀庆仍然在专注地组装着一支新枪。

这时王主管紧张地走进来。

“大人，武昌那面好像……”

余怀庆最后将枪栓麻利地装了上去，并反复拉了几次。

“知道了。”

余怀庆将那支枪放在了枪架上。

“大人，这支样枪您还没有测试。”王主管知道这是余怀庆在极短的时间内再次设计的新枪。

“来不及了。马上给我备车!”余怀庆知道自己得马上行动了。

“大人，您……注意安全……要不，我和您一起去吧。”王主管不知道他要去哪，也不好问，可外面形势不明，他确实担心余怀庆的安全。

“王主管，我不在厂里时，你一定要在。不管发生什么，兵工厂都是我们安身立命之处、实践抱负之所，我不在时，厂子就交给你了。”说着余怀庆穿上了外套。

“大人，您保重。”不擅表达的王主管动情地说了这一句话，转身出去给余怀庆备车。

这时，原本武昌方向的枪声近了，并非是武昌的枪声比以前响了，而是汉阳地区也响起了枪声。

很快，王主管回来了。

“余大人，外边很乱，您还是……”

余怀庆快步走到门前，推开门。远处的天际，随着枪声，不时有流弹在天空留下一道亮光，而附近，则不时响起冷枪声。

“马上通知在厂的工人，拿起枪，保卫兵工厂!”余怀庆如同将军般命令道。王主管一时不懂余怀庆所说的保卫是要提防乱党还是军警。不管提防谁，在这兵荒马乱之时，保卫兵工厂确是兵工厂人的终极目的。

……

陈廷安率领虾米和黑老大等人及军中革命党全副武装地向楚望台军火库靠近。

陈廷安知道革命党在武装起义之前把军火库作为首要占领的目标之一是极具军事意义的部署，但清政府的军警同样一定会加强警卫。为此，陈廷安准备好要打一场恶战，所以，在奔赴军火库的途中，陈廷安已经向弟兄们明确了“随时准备与军火库的守兵交火，夺取军火库，向起义军支援军火”的要求。

军火库就在前边，看上去静悄悄的。陈廷安紧张起来。军火库向来是军事重地，革命党武装起义已经爆发，军火库不可能毫无所知，可为何这么安静呢？莫非这里有埋伏？

走在前头的陈廷安向身后摆了摆手，弟兄们立即伏下身。

“弟兄们，准备好战斗！”陈廷安低声命令。

忽然，前方不远处出现一个人影，陈廷安拉开枪栓，瞄准前方。

“廷安，别开枪！”前边的那个身影竟然在黑暗中叫出了陈廷安名字。

陈廷安向后一摆手，他听这声音有些像余怀庆。可余大人怎么会出现在这里？当那人影走到近前时，果然是余怀庆。

“余大人，您……”陈廷安一时不解。

“廷安，你们来得正好，起义提前了。军火库的弟兄们我已协调好，他们不会为难起义军，不愿意支持起义的已经离开了，支持起义的留下了。你们抓紧把军火库的武器运出去，交给起义军，他们现在正需要武器。”余怀庆说着，武昌城里的枪声越来越密集了。

原来，控制军火库是武装起义计划中的一项，余怀庆正是受到革命党的指示，向陈廷安转达了夺取军火库的任务。但军火库不仅是军事重地，而且极易发生爆炸，一旦在双方交火中发生爆炸，不但双方死伤难以预料，更为重要的是一旦发生爆炸，起义军就断了军火接济，为此，余怀庆已经亲赴军火库，以自己的影响力向军火库的官兵晓以大义，兵不血刃地劝降了守卫官兵。

陈廷安没想到如此轻松地就完成了本来是艰巨的任务。

“你们马上分兵一部，参与保卫军火库，其余马上赶到武昌去支援起义军。”余怀庆俨然成了指挥员。

陈廷安点点头，却突然想起什么：“大人，兵工厂怎么办?”

“这你放心，指挥部已有安排。”

突然，从远处传来车马声。余怀庆和陈廷安等弟兄们立即闪到一边。

借着月光，陈廷安认出持枪在前的是小吴。

“小吴!”陈廷安马上从路边跳了出来。

原来，小吴是奉命来军火库运送枪械的，但他此时还不知道军火库已经掌握在起义军手中……

关键时刻，起义军从军火库得到所存储的德、日及汉阳造步枪近两万支及弹药无数……

……

陈廷安带领一部分起义军士兵和小吴等人在军火库装上枪械后，立即运往起义的前线武昌……

当武昌的枪声响起后，巡警队长陈廷顺很快就接到命令：立即接手兵工厂，以防乱党趁机占领。

陈廷顺马上集合队伍，这才发现原本一百八十人的巡警队，眼下只剩下了六七十人。时间紧迫，陈廷顺顾不得那么多了，带领这几十个巡警向兵工厂赶去。

陈廷顺以为，虽然几十个人守卫那么大的兵工厂实在是人手太少，可兵工厂本身还有个一百多人的护卫队，合在一起，还能抵抗一阵起义军可能的进攻。

可陈廷顺他们刚一接近兵工厂的大门，突然一阵枪声，子弹全都打在了走到前边的陈廷顺的脚下，借着大门上方的灯光，陈廷顺才发现子弹是发自大门二楼。

陈廷顺赶紧退回。

“喂，别开枪，我是陈廷顺！”陈廷顺以为是兵工厂的护卫队误把他当成乱党了。

这时，一个人持枪出现在二楼上，陈廷顺定眼一看，竟然是胡三。

“胡三！你他妈连我都不认识了？怎么胡乱开枪？”陈廷顺见是胡三，这才放了心，马上向部下一摆手，大摇大摆地向大门走来，不想这时又是一排枪声。

“陈廷顺，别再往前走，我们革命党已经占领了兵工厂，如果你们识相就立即反戈一击，否则，我们就不客气了！”胡三的话音一落，二楼的走廊上就突然出现了一排持枪的巡警或者兵工厂的护卫……

这时陈廷顺才明白兵工厂已经落入乱党之手。

“弟兄们，革命党武装起义已经开始，新军、巡警的大部分兄弟已经加入起义军队伍，希望你们能弃暗投明，为建立共和出力呀！”胡三大叫着，陈廷顺气急败坏地向部下挥手：“快开枪！”说着回头一看，六七十个巡警此时只剩下了一半，其余的已经不知去向。

陈廷顺知道想占领兵工厂已经是痴人说梦了。

“兄弟们，撤！去武昌！”陈廷顺决定去武昌。他不知道武昌现在的情况，但总比在这里和胡三他们硬磕强。

此时余怀庆正在车间指挥工人连夜生产，全力赶造枪械以助革命。

“每个昼夜造出步枪60杆，子弹3万发，炮弹1~2千枚……”这是余怀庆定下的必须完成的产量。

……

激烈的枪声与不时的大炮的轰鸣与爆炸声响成一片——武昌已陷入战火硝烟之中。

已经赶到武昌的虾米一直和陈廷安在一起。当他们越过废墟向炮火和枪声最密集的地方冲去时，陈廷安却突然停下了脚步。

“大哥?”虾米不解。

陈廷安看了看周围。

“虾米，这是……”原来，陈廷安认出这片废墟竟然是虾米的家。

虾米在原地转着圈儿，然后四下跑着到处看……。

“奶奶!!”虾米失声地大叫起来，发疯地在废墟上乱跑，可他找不到哪里是奶奶呆的地方了。

陈廷安知道这是无望的。他仰起头，闭上了眼……

突然，一阵密集的枪声，虾米和陈廷安的脚前溅起一串串烟尘。

陈廷安一把抓住虾米，趴在残墙的角落里，随后爬到半堵墙下，悄悄探头看去，才发现对面是效忠清政府的巡警和新军。

当革命党武装起义爆发后，革命军立即分为对立的两个阵营，虽然都穿着军装，虽然都手持汉阳造，却是对垒的双方。

这时，起义队伍大批涌来，枪声再次热烈起来，陈廷安、虾米与起义军并肩向对方射击。

很快，对面的巡警和新军撤退了。

陈廷安回头看了看虾米，只见虾米的脸上还有泪痕，但仍在射击着。

“兄弟，走!”陈廷安拉起虾米，两人随着大家向前冲去。

很快，起义军逼近了督军府。对面的火力十分猛烈，压制得起义军一时无法前进。

对峙了一阵后，陈廷安才发现对方除了督府的卫兵外，还有陈廷顺和他的巡警队。陈廷安抱着枪回过身躲在了墙下。

“大哥，怎么了?”虾米以为他负伤了。

“没事。”陈廷安晃了晃头。他是在想：是不是冤家?为何这么路窄?

原来，陈廷顺和他的巡警队到武昌后，直接加入了保卫督府的战斗。

……

在兵工厂保护着余怀庆的罗秋月显得十分焦虑，坐立不安。余怀庆看出了她的心思。

“秋月，我不用你操心，在兵工厂我就是安全的。你快去廷安那里，他需要你。”

“爸……”罗秋月还是有点下不了决心。罗秋月确实惦记着陈廷安，她不愿意起义军失败，更不愿意陈廷安有些微闪失。

“你就去吧。不过，你可要注意安全呀!”

罗秋月点点头，转身就走。

“等等!”

余怀庆说着将办公室枪架上的枪拿下来交给她。

“秋月呀，这是全兵工厂唯一的最新样枪，你交给陈廷安。”

“?……”罗秋月不解地看着余怀庆。

“别忘了他是我的校枪员呀。”余怀庆笑了笑。

……

陈廷安和革命军逐渐接近了督军府，陈廷顺及督军府的清军在溃退中。

陈廷安正准备从残垣断壁中率先出击时，虾米把罗秋月领到了他身边。

“你怎么来了?!”陈廷安看了眼罗秋月有些意外地问。

“参加战斗呀。”罗秋月说完等着他发火呢，可陈廷安微微一笑：“注意安全。”

罗秋月将余怀庆的那支样枪塞给陈廷安：“廷安，这是余大人的样枪，他一定让我交给你。”

陈廷安接过那支样枪看了看，突然有种庄严感，他给这支样枪压进了子弹。

突然，罗秋月扑倒了他——原来，罗秋月发现对面有一支枪对准了陈廷安。

“个养的！”已隐蔽在墙后的陈廷安立即顺过那支样枪，稍一瞄准，扣动扳机。枪响后，对面那个督军府卫兵应声倒地……

“大哥，好枪法！”一边的虾米赞叹道。

陈廷安看看那支枪：“余大人的样枪……好枪呀！”陈廷安把枪抱在了怀里。

这时一阵急促的枪声响起，陈廷安拉着罗秋月伏下身来……

对方的枪声弱了。陈廷安指挥大家越过残墙，可刚接近督府大门，对面突然又响起密集的枪声。陈廷安和紧跟在他后面的罗秋月立即躲伏在一座倒下的石狮之后。

陈廷安伸出了枪，他发现了目标。

对面，督军府的大门墙垛里也伸出一支枪，那是陈廷顺。陈廷安的枪已经瞄准了他，却在准星前发现了是陈廷顺……

对面的陈廷顺也发现是陈廷安和罗秋月，同样也瞄准了对方……

突然，一只手将陈廷顺拉开，却是焦伯琛。

“你?!”陈廷顺一惊，不知道焦伯琛要干什么。虽然焦伯琛仍然穿着警服，但陈廷顺不可能不知道焦伯琛对他的怨恨。

“陈廷顺——南儿，知道对面是谁吗?”

“南儿?”陈廷顺不解。

“对，南儿，是你的小名。对面的娥儿——罗秋月是你的亲姐姐，你们是老七的儿女！”

“……骗我！”陈廷顺醒过神来后下意识地大叫道。

“如果你是唐季恺的亲儿子，不知你已经死在他们枪下几次了！当初，老七把你们姐俩卖给……”焦伯琛简要地将经过讲给了呆若木鸡的陈廷顺，陈廷顺的脑袋里快速闪过的是他参与甚至是亲为的一切——他亲手杀死了自己的生父。

“他该死！”不知道陈廷顺在说谁，还是在宽慰自己。

“陈廷安早就知道你不是他的亲弟弟了，但他还把自己当成你的哥哥！”焦伯琛痛心疾首地叫道。

此时的对面，罗秋月也发现了对面是陈廷顺。陈廷安叹了口气，缩回了枪。

……

11日上午，武昌光复。起义军当晚成立了谋略处。在谋略处的主持下，宣布成立“中华民国军政府鄂军都督府”(即中华民国湖北军政府)，公布军政府檄文和《安民布告》，宣布改国号为“中华民国”，废除清朝宣统年号，改用黄帝纪元，宣统三年改为黄帝纪元4609年。军政府建立参谋部、军务部、政事部、外交部。以咨议局大楼为办公地，以十八星旗为军旗。谋略处以军政府名义发布《布告全国电》、《通告各省文》等文告通电全国。紧接着的10月12日，革命党人第二十一混成协第四十二标的士兵在汉阳发动起义，光复汉阳；随后起义军攻占汉口。至此，武汉三镇全部掌握在革命军手中。

在庆祝辛亥革命成功的欢呼的人群中，陈廷安和罗秋月相拥而泣，远处的陈廷顺身着便装，注意着此情此景……

起义军掌控武汉三镇后，湖北军政府成立，黎元洪被推举为都督，改国号为“中华民国”，并号召各省民众起义响应。武昌起义胜利后的短短两个月内，湖南、广东等十五个省纷纷宣布脱离清政府宣布独立。1912年

1月1日，中华民国临时政府在南京成立，孙中山被推举为临时大总统。1912年2月12日，清帝溥仪退位，清朝灭亡。

1911年爆发的辛亥革命，开启了中国历史的新篇章，推翻了统治中国二百六十多年的清王朝，结束了中国几千年的君主专制制度，建立了资产阶级共和国——中华民国，极大地推动了历史的进步。当然，民主共和制度在当时的中国还只是徒具形式，但这个形式在人们观念上引起的变革不容忽视，毕竟，中国贫穷落后甚至封闭了几千年，唤醒民众还不是一朝一夕的事。但经过辛亥革命，人们或多或少地意识到自己才是国家的主人。在辛亥革命的启发之下，各种政党、社会团体和报章杂志像雨后春笋般涌现出来，政治空前活跃，民族精神普遍高涨，它为中国的继续前进创造了条件，为中国人民的觉醒敲响了晨钟。中国人民从此迈开走向世界的步伐。

在这场必将载入史册的伟大革命中。“汉阳造打响辛亥革命第一枪”使“汉阳造”出了最大的风头，而几代人为“汉阳造”研造所付出的巨大努力也肯定不会为人所忘记……

尾　声

中国共产党对辛亥革命的定义是：辛亥革命是中国历史上一次伟大的资产阶级民主革命。说其伟大是因为辛亥革命推翻了满清政府及中国实行二千余年的封建皇权制度，建立了亚洲第一个民主共和国——中华民国，而此前中国的历次起义都是以一个朝代代替另一个朝代而结束，但辛亥革命却彻底推翻了帝制，并试图建立新的政治体制——共和制。

对于辛亥革命到底是成功了还是失败了，总是说法偏向两个极端，其实这并不矛盾。从上述的角度说，辛亥革命是成功的，但之所以又说它失败了，是因为这场革命之后，并没有真正实现革命党人的理想。事实上，革命党人并没有一个确切的治国方案，只是照搬了美国宪法、美国政治体制，实行了总统共和制。尽管因为现实社会条件的限制和统治者们对约法的蔑视，比如孙中山为制约袁世凯而随意更改《民国约法》，袁世凯后来又因称帝而中止了约法，民国初年民主共和体制并未真正贯彻实施，但这毕竟是中国首次试图实行民主共和政体，推动了民主共和观念在中国的传播，使民主共和的价值观得到了确立，具有划时代的历史意义。

辛亥革命后的几年里，虽然大清帝国不复存在了，可纷纷扰扰的中国并未立即成为安定的天下一统。曾被革命党寄予厚望的袁世凯在1915年12月12日宣布接受帝位改国号为“中华帝国”，准备于1916年元旦正式登基。可惜好梦不长，经过辛亥革命洗礼的中国人民立即掀起“反袁反日”的爱国运动，孙中山领导的中华革命党公开号召人们把反袁斗争进行到底。

一向拥护袁世凯的进步党也走上了反袁道路，就连北洋军阀内部也明显分化，没等袁世凯黄袍加身，云南的蔡锷就发起“护国运动”，组织护国军讨伐袁世凯。袁世凯在众叛亲离的情况下，只得于1916年3月22日宣布取消帝制。

但1916年的汉阳兵工厂依然伫立。

余怀庆主持研造出名为“自装枪”的“汉阳造”。该枪采用枪口集汽式自动作业系统，口径7.9mm，枪管长703.1mm，初速780m/s，连刺刀重5kg，弹重10g（尖弹），射速50发/分，装弹6发。

还是那间办公室，余怀庆虽然已经明显苍老，但精神仍然矍烁。正当他埋头看着看了大半生的枪械图纸时，门响了。他没有抬头。

站在门前的是陈廷安和抱着孩子的罗秋月。

好久后，余怀庆似乎想起什么，抬头看时，不禁呆住了。

“廷安！秋月！”余怀庆放下手里的尺和笔，惊喜地冲了过来……

……

1917年，因沪厂（上海兵工厂）停造步枪，所有造枪机器一百七十余部奉命运到汉阳。汉阳兵工厂陆续增加产量，每日可造一百支步枪。

北洋政府创立了兵工专门学校，设校址于汉阳兵工厂，定名为“陆军部汉阳兵工专门学校”。

学校成立的典礼上，前来祝贺的人陆续来到会客厅。

这时，西装革履的陈廷安步入大厅，人们热烈地鼓掌。

原来陈廷安是校长。

在前来祝贺的来宾中，竟然有警察局长陈廷顺。兄弟俩的目光相交后，很快又移开了。

……

傍晚，陈廷安夫妇抱着他们四五岁的儿子向秀儿和唐季恺的坟前走来。

原来，唐季恺牺牲后，大家将他埋葬在了秀儿坟墓的附近……

忽然，陈廷安发现不远处的陈廷顺刚刚离开唐季恺的坟墓，正向秀儿的坟前走去。

陈廷安下意识地停下脚步，罗秋月等了他一会儿后，终于轻轻拉了拉他，夫妻俩继续向坟前走去。

唐季恺坟前的石碑旁，埋立着一支卸去了枪栓的“汉阳造”……

陈廷安和罗秋月在唐季恺的坟前跪下，磕头……

秀儿坟前的石碑前，陈廷顺将手里的那只秀儿曾戴过的水滴形耳坠儿轻轻地放在了墓碑顶上。

陈廷安和罗秋月默默地走来，陈廷顺无语地退到一旁。

陈廷安将那把大刀深深地插入秀儿的石碑前，只有那刀柄还露在外面。

罗秋月从怀里掏出那只红缨，将红缨牢牢地系在了刀柄上。之后罗秋月看了陈廷安一眼，陈廷安微微点头。罗秋月又从怀里取出一个红缎子荷包，里面有数张秀儿的照片，原来，不知何时，罗秋月和陈廷安冲洗了多张。

罗秋月从中取出一张照片，小心地放在了碑前，于是，坟前有了永远微笑的秀儿……

陈廷安和罗秋月的儿子怔怔地看着身旁陌生的陈廷顺。

“爸爸，妈妈，这位叔叔是谁呀？”孩子天真地问。

“是……舅舅……”罗秋月终于吐出了那两个字。

“才不是呢，明明是个叔叔！”孩子不懂什么叫舅舅。

2010 年 8 月 6 日北京
2010 年 12 月 31 日修改于北京
2011 年 3 月 1 日再次修改于北京
2011 年 3 月 14 日定稿于辽北